PANINI BOOKS

FRANK REHFELD

ZWERGEN ZORN

PANINI BOOKS

Bibliografische Information der Deutschen Nationalbibliothek
Die Deutsche Nationalbibliothek verzeichnet diese Publikation
in der Deutschen Nationalbibliografie; detaillierte bibliografische
Daten sind im Internet über http://dnb.d-nb.de abrufbar.

FRANK REHFELD: ZWERGENZORN
© 2024 Frank Rehfeld. All Rechte vorbehalten.

Cover-Illustration: Jürgen Speh © 2024

Deutsche Ausgabe erschienen 2024 Panini Verlags GmbH,
Schloßstr. 76, 70176 Stuttgart.
Alle Rechte vorbehalten.

Geschäftsführer: Hermann Paul
Head of Editorial: Jo Löffler
Head of Marketing: Holger Wiest (E-Mail: marketing@panini.de)
Presse & PR: Steffen Volkmer

Lektorat: Anja Rüdiger
Umschlaggestaltung: tab indivisuell, Stuttgart
Artwork Innenumschlag: Midjourney
Satz und E-Book: Greiner & Reichel, Köln
Druck: CPI Books GmbH, Ulm
Gedruckt in Deutschland

YDREHFE001

1. Auflage, November 2024,
ISBN 978-3-8332-4572-5

Auch als E-Book erhältlich:
ISBN 978-3-7569-9956-9

Findet uns im Netz:
www.paninicomics.de

PaniniComicsDE

ERSTES BUCH

Misstraut stets dem Schicksal, denn es ist tückisch.
Seid besonders dann auf der Hut, wenn es euch
zu begünstigen scheint, denn während es mit der einen
Hand Gaben verteilt, nimmt es mit der anderen.
Niemand vermag seine Wege zu durchschauen, denn für
das Schicksal währt ein sterbliches Leben nur einen
Wimpernschlag, und manchmal werden seine Absichten
erst nach Jahrhunderten offenbar.
Misstraut stets dem Schicksal, denn es ist tückisch.

Aus den Aufzeichnungen
des elbischen Sehers Aronides

1

»Erzähl mir nichts über Oger und Trolle«, brummte Barun. Der Zwerg strich mit einer Hand über seinen bis zur Brust reichenden rötlichen Bart, die andere legte er auf die gewaltige Streitaxt neben sich. »Ich habe oft genug gegen sie gekämpft und genügend von ihnen getötet, um zu wissen, woran ich bei ihnen bin.«

»Ich meine ja nur.« Togan warf einige Holzstücke ins Feuer zwischen ihnen. Funken stoben auf; winzige, kurzlebige Leuchtpünktchen im Dunkel der Nacht. »Auch ich habe mehr als einen dieser Unholde erschlagen, aber inzwischen haben wir doch erreicht, was wir wollten. Wir haben sie vollständig aus dem Osten vertrieben, und auch sonst sind sie überall auf dem Rückzug. Wir haben mehr als genug Land erobert, das wir besiedeln können. Vielleicht ist es allmählich an der Zeit, Frieden zu schließen.«

Für einen Menschen war Togan ziemlich kleinwüchsig, kaum einen halben Kopf größer als Barun, zudem bärtig und von so bulliger Gestalt, dass er bei flüchtigem Hinsehen durchaus als Zwerg durchgehen konnte. Vielleicht fühlte sich Barun ihm deshalb eher verbunden als den meisten anderen seines Volkes oder gar den dürren, hageren Bohnenstangen mit den spitzen Ohren.

Allerdings beschränkte sich die Ähnlichkeit, wie sich nun

herausstellte, ausschließlich auf seine körperlichen Eigenschaften. Denn Togans Gerede über Frieden verriet überdeutlich, dass er eben doch nur ein weichlicher Mensch und nicht aus dem Gebein der Erde geschaffen war.

»Ein klug ausgehandelter Frieden, der allen gerecht wird, ist dem Leid und dem Tod eines Krieges immer vorzuziehen«, äußerte sich Egarion. Der Elb war zusammen mit ihnen zu dieser Wache eingeteilt worden, da stets Vertreter aller drei verbündeten Völker gemeinsam wachen sollten.

Es fiel Barun äußerst schwer, die Gesichter ihrer Feinde, der Oger oder Trolle, zu unterscheiden. Bei den Elben hatte er diese Schwierigkeiten nicht. Gemäß des alten Zwergen-Sprichworts: »Kennst du ein Spitzohr, kennst du alle« glichen sie einander eher in ihrer Denkweise und darin, wie sie auftraten, obwohl auch sie einander alle ähnelten. Hochgewachsen, so dünn, dass man bei jedem Windstoß fürchten musste, sie würden wie ein Halm umknicken, schmale, längliche Gesichter und silberblondes, fast weißes Haar.

Sie sahen wahrlich alles andere als Furcht einflößend aus. Umso erstaunlicher war, welche Kraft in ihren zierlichen Gliedern steckte und wie gnadenlos sie trotz ihrer schmächtigen Körper zu kämpfen verstanden.

Wenn sie denn wollen, fügte er in Gedanken hinzu, aber das stand auf einem anderen Blatt. Zwar hatten die Elben sich entschieden, Zwerge und Menschen in ihrem Kampf um die Freiheit zu unterstützen, aber sie hatten geraume Zeit gebraucht, sich zu diesem Entschluss durchzuringen, und ihr ständiges Geschwafel über Frieden, mit dem sie nun sogar schon Togan angesteckt hatten, ging Barun gehörig auf die Nerven.

Es ging auf Mitternacht zu. Nicht mehr lange, dann würde ihre Ablösung eintreffen, damit auch sie noch etwas schlafen konnten. Niemand von ihnen wusste zu sagen, was der nächste Tag bringen würde, ob sie sich am Vorabend eines Waffenstillstands oder der womöglich größten Schlacht dieses nun schon fast zwei Jahre währenden Krieges befanden.

Die Allianzen aus Elben, Zwergen und Menschen auf der einen und den Ogern und Trollen auf der anderen Seite hatten ihre Heere hier am südlichen Fuß der Weißberge zusammengezogen, deren Gipfel so hoch aufragten, dass sie von ewigem Schnee bedeckt waren. Sie waren bereit für die entscheidende Schlacht, doch zunächst wollten sich am Vormittag die Anführer der Oger mit den Herrschern der drei Völker treffen, um einen letzten Versuch zu unternehmen, Frieden zu schließen.

Barun schnaubte verächtlich. Nicht alle waren von der Aussicht auf einen Frieden begeistert, dessen Bedingungen durch Worte anstatt durch einen vollständigen und endgültigen Sieg auf dem Schlachtfeld diktiert wurden.

Er jedenfalls ganz bestimmt nicht.

Er wollte kämpfen, denn er wusste, dass sein Volk niemals sicher sein würde, solange die feindlichen Armeen nicht vollständig zerschlagen waren.

»Frieden!«, stieß er hervor. »Mit diesen Bestien kann es keinen Frieden geben. Habt ihr schon vergessen, wie wir all die Jahrhunderte unter ihnen gelitten haben? Wie sie unsere Völker in Reservate gesperrt und sich geweigert haben, uns mehr Land zuzugestehen, obwohl wir immer zahlreicher wurden? Wir konnten längst nicht so viel Nahrung anbauen, wie nötig gewesen wäre, von Viehweiden ganz zu schweigen, sodass jedes Jahr Hunderte oder in Jahren mit trockenen Sommern gar Tausende Zwerge elendig verhungerten! Bei den Menschen war es genauso, sogar noch schlimmer, weil sie sich noch viel schneller vermehren als wir.« Er blickte Togan finster an. »Hast du das alles schon vergessen? Wie kannst du da das Wort Frieden auch nur in den Mund nehmen?«

Togan senkte den Blick. »Glaub mir, ich habe gar nichts vergessen. Ihr Zwerge konntet zwar wenig Nahrung anbauen, aber ihr konntet wenigstens eure Minen vergrößern und euch im Inneren der Berge ausbreiten.«

»Berge.« Barun spuckte ins Feuer. »Das waren keine echten Berge, in denen Zwerge leben können. Es gab so gut wie keine Bodenschätze, dazu nur brüchigen Fels, in dem wir jeden Stollen und jede Höhle mit Balken hätten abstützen müssen, wenn wir genug Holz dafür gehabt hätten. So aber gab es stattdessen dauernd Einstürze, bei denen Zwerge ihr Leben verloren. Wo es Erze oder gar Edelsteine gab, da haben die Oger ihre Trolle schürfen lassen. Uns hingegen haben sie nur Dreck zugestanden. Also tu nicht so, als hätten sie uns besser behandelt als euch.«

Zorn glitt über Togans Gesicht, und seine Augen schienen zu glühen.

»Wenigstens haben sie euch nicht gefressen«, stieß er hervor. »Uns schon. Zwergenfleisch scheint den Trollen im Gegensatz zu unserem nicht zu schmecken.«

Diesmal war es Barun, der den Kopf senkte. Er hatte einige der Schlachtfelder aus der Anfangszeit dieses Krieges gesehen, als ihre Feinde einen verheerenden Sieg nach dem anderen errungen hatten und der Aufstand zum Scheitern verdammt zu sein schien. Das war vor dem Eingreifen der Elben gewesen. Die Leichen vieler Menschen waren nicht nur verstümmelt, sondern tatsächlich auch angefressen gewesen, ein unbeschreiblich ekelhafter Anblick. Wie er erfahren hatte, waren schon früher immer wieder mal Siedlungen der Menschen von besonders blutrünstigen Trollen überfallen worden, die es auf einen Leckerbissen abgesehen hatten. Die Oger hatten dies jedoch bei Androhung hoher Strafen verboten, und so war es bei vereinzelten Ausnahmen geblieben. Seit Beginn des Krieges jedoch …

»Und doch bist du für Frieden mit ihnen? Ich begreife das nicht. Verspürst du denn gar keinen Hass?«

»Natürlich tue ich das! Ich hasse diese Bestien mit jeder Faser meines Körpers!« Togan richtete sich auf. »Aber noch stärker als der Hass ist die Liebe zu meinem Volk. Es hat genug gelitten. Wir haben mehr Land erobert, als wir in Jahrhunderten besiedeln können, doch wenn dieser Krieg noch lange andauert, wird es keine Menschen mehr geben. Und auch keine Zwerge mehr!«

Barun setzte zu einer heftigen Entgegnung an, schloss dann aber wieder den Mund. Man warf den Zwergen oft Sturheit und übertriebenen Stolz vor, was in besonderem Maße für ihn galt, wie er sich bereitwillig eingestand. Die Oger hatten alles getan, um seinem Volk jegliche Ehre zu rauben, aber gegen den Stolz, der wie ein Fanal in seinem Inneren brannte, waren sie machtlos. Jede Demütigung, jeder getötete Zwerg fachte dieses Feuer nur noch stärker an. Die Zweckmäßigkeit, die manche Zwerge und vor allem viele Menschen zur Grundlage ihrer Entscheidungen machten, konnte er einfach nicht nachvollziehen.

Natürlich, der Krieg war ursprünglich aus der Not ihrer beider Völker geboren, als die Zustände einfach unerträglich geworden waren. Nach einigen besonders schlimmen Missernten hatten sie vor der Wahl gestanden, entweder zu verhungern oder sich gegen ihre Peiniger zu erheben. Insofern war das ursprüngliche Ziel des Krieges mit der Vertreibung der Oger und Trolle aus den bisher eroberten Gebieten tatsächlich erreicht.

Für Barun war es jedoch stets um mehr gegangen, und daran hatte sich auch durch die Kriegserfolge bis zum heutigen Tag nichts geändert. Er wollte, dass die verdammten Bestien, die seinem Volk so viel Leid zugefügt hatten, dafür büßten!

»Das Verlangen nach Rache ist ein schlechter Ratgeber«, ergriff Egarion erneut das Wort, als hätte er seine Gedanken gelesen. »Daraus erwächst stets nur neues Unrecht. Ihr Zwerge seid zu stolz und zu heißblütig. Vielleicht ist das das Vorrecht eines so jungen Volkes, aber wenn solche Gefühle die Oberhand über

die Vernunft gewinnen, werden sie euch auf den verhängnisvollen Weg in den Untergang führen.«
»Das lass nur unsere Sorge sein.«Barun blickte den Elb finster an. Er war weder in der Stimmung für seine philosophischen Gedanken noch die geschraubte Ausdrucksweise.
»Aber es *ist* nicht allein eure Sorge. Vergiss nicht, dass wir Elben einen beträchtlichen Teil der Last dieses Krieges tragen und wir ihn in erster Linie für euch führen.«
Barun lag eine patzige Antwort auf der Zunge, aber er schluckte sie hinunter. Ob es seinem Stolz gefiel oder nicht, ohne die Unterstützung der Elben wäre der Aufstand der Zwerge und Menschen wie alle früheren binnen kurzer Zeit niedergeschlagen worden, das ließ sich nicht leugnen.

Diesmal jedoch hatten die Spitzohren sich nicht herausgehalten und tatenlos zugesehen. Zunächst hatten sie zu vermitteln gesucht. Doch als die Oger sich unnachgiebig gezeigt hatten, hatten sie zu den Waffen gegriffen und sich an die Seite der jüngeren Völker gestellt. Hatten bewiesen, über welch gewaltige Macht sie immer noch verfügten.

»Die Zeit verstreicht unerbittlich, und ihr Wesen ist beständige Veränderung. Neues steigt auf, und Altes steigt ab. Nichts währt ewig, diese Erkenntnis ist uns Elben schon vor langer Zeit zuteilgeworden«, fuhr Egarion fort. »Einst streiften wir als einzige intelligente Wesen über die Welt, doch irgendwann waren wir nicht mehr allein. Neue Völker wurden geboren und breiteten sich in unserem Lebensraum aus, die Oger und bald darauf die Trolle. Schon damals hatten wir eine ähnliche Entscheidung zu treffen wie diese Jahrtausende später.«
»Aber eure Entscheidung fiel anders aus«, warf Togan ein.
»So ist es. Wir erkannten, dass wir an einem Wendepunkt der Zeiten standen, und anstatt gegen die Veränderung anzukämpfen, passten wir uns ihr an. Wir teilten diese Welt mit den Ogern und Trollen. Anfangs bemühten wir uns sogar, ihre

Entwicklung zu fördern, doch bald erkannten wir, dass unsere Völker zu unterschiedlich waren. Wir beanspruchten nur die Ländereien, die wir benötigten und die uns wichtig waren, und zogen uns in diese zurück. Doch als in Gestalt der Zwerge und Menschen irgendwann neue Völker das Licht der Welt erblickten, ließen die Oger diese Weisheit vermissen. Stattdessen versuchten sie, euch kleinzuhalten, indem sie euch Reservate zuwiesen und dort einsperrten. Sie fürchteten, dass ihr allzu zahlreich und mächtig werden könntet.«

»Und die Elben haben tatenlos dabei zugesehen!«, stieß Barun hervor. So viel sein Volk den Elben auch zu verdanken hatte, dies würde immer ein wunder Punkt in seinem Verhältnis zu den Spitzohren bleiben. »Ihr habt vor Jahrtausenden tatenlos zugesehen, wie sich die Oger zu den Herrschern der Welt aufschwangen, und ihr bliebt genauso tatenlos, als sie diese Macht nutzten, um unser Erstarken oder auch nur unsere Ausbreitung zu verhindern. Zumindest lange Zeit.«

»Das stimmt, und es gibt immer noch viele in meinem Volk, die daran zweifeln, dass unsere Entscheidung für den Krieg richtig war. Und das wegen der Eigenschaften der Zwerge und auch der Menschen. Sie meinen, ihr wäret nicht minder grausam als die, die euch unterdrückten, würdet es ebenso an Weisheit vermissen lassen, und Worte wie deine bestätigen das nur. Unser Kampf ist sinnlos, wenn ihr Hass eure Handlungen diktieren lasst und euch ebenso verhaltet wie die Oger. Das Ziel dieses Krieges war es für uns nie, sie zu vernichten, sondern euch zu Freiheit und Ländereien zu verhelfen, damit es zwischen allen Völkern einen gerechten Frieden geben kann.«

»Schöne Worte«, schnaubte Barun. »Wir haben …«

»Still!«, fiel Egarion ihm leise, aber mit scharfer Stimme ins Wort. Seine Haltung war plötzlich angespannt. »Da ist etwas.«

Auch Barun lauschte und legte erneut instinktiv die Hand auf den Griff seiner Streitaxt.

»Ich höre nichts ...«, begann er, doch in diesem Moment ertönte ein Stück weit entfernt, offenbar an einem der anderen Wachfeuer, lautes Gebrüll, gefolgt vom Klirren aufeinanderprallender Waffen. Die Wachen dort wurden angegriffen.

»Verrat!«, keuchte der Elb.

Barun packte die Axt fester und sprang genau wie die beiden anderen auf. Nur Sekunden später ertönte auch in ihrer unmittelbaren Nähe wüstes Gebrüll.

Eine ganze Horde Trolle brach aus dem kaum dreißig Schritte entfernten Wald hervor und stürmte auf sie zu. Ein halbes Dutzend, dann ein Dutzend und immer noch mehr der hässlichen Gestalten tauchten aus der Dunkelheit auf, als spie der Wald sie aus.

Sie rasten heran wie eine Lawine, bereit, alles niederzuwalzen, was ihnen im Weg stand.

Barun gab sich keinen falschen Hoffnungen hin. Es konnte ihm und den beiden anderen unmöglich gelingen, diese Horde aufzuhalten. Ebenso gut könnten sie versuchen, eine Flutwelle mit bloßen Händen zu stoppen.

Ihnen blieb nur, ihr Leben so teuer wie möglich zu verkaufen.

2

Fassungslos starrte Barun den heranstürmenden Trollen entgegen. Sie waren Titanen, Furcht einflößende Ungeheuer, gut doppelt so groß wie ein Zwerg und immerhin noch eineinhalb Mal so groß wie ein Mensch oder Elb, dabei aber ungleich massiger. Ihre Gesichter sahen aus, als wären sie von einem unbegabten Bildhauer aus Stein gehauen worden, und auch die Farbe ihrer von Kopf bis Fuß unbehaarten Haut war felsgrau. Bis auf eine Art Lendenschurz waren sie nackt, sodass die gewaltigen Muskelpakete unter ihrer Haut gut zu sehen waren. In den Händen hielten sie riesige, am oberen Ende mit Dornen gespickte Keulen.

Barun wich zur Seite aus, als der vorderste der heranstürmenden Trolle seine Keule nach ihm schwang. Gleichzeitig schlug er beidhändig mit der Streitaxt zu. Tief drang die scharfe Klinge ins Bein des Trolls ein. Von seinem eigenen Schwung vorangetragen, machte dieser noch einen Schritt, dann stürzte er, noch immer brüllend, nun jedoch schmerzerfüllt, zu Boden. Mit einem gewaltigen Hieb spaltete Barun seinen Schädel.

Noch bevor er sich herumdrehen konnte, traf etwas mit der Wucht einer Dampframme seinen Rücken. Einer der anderen Trolle hatte ihm einen Tritt versetzt, möglicherweise ohne es überhaupt zu bemerken. Barun wurde mehrere Meter weit durch die Luft geschleudert. Seine Rüstung und der weiche Grasboden dämpften den Aufprall, dennoch japste er nach Luft. Die Axt hatte er am ausgestreckten Arm von sich weggehalten um sich nicht selbst daran zu verletzen, doch hatte er sie beim Sturz verloren.

Über sich sah er etwas Dunkles aufragen und konnte sich gerade noch zur Seite wälzen, bevor der gewaltige Fuß eines Trolls genau dort aufsetzte, wo er eben noch gelegen hatte.

Barun blieb keine Zeit, nach seiner Axt zu suchen. Stattdessen zog er ein Messer und rammte es mit aller Kraft in den Fuß.

Die Klinge aus gehärtetem Zwergenstahl drang bis zum Heft ein und wurde ihm aus der Hand gerissen, als der Troll einfach weiterstürmte, als spüre er die Verletzung gar nicht.

Der Verlust des Messers traf Barun hart. Aufgrund der wenigen Erze und sonstigen Rohstoffe in den Bergen, die sie bislang bewohnt hatten, hatte es sein Volk große Opfer gekostet, eine größere Menge an Waffen herzustellen. Praktisch alle sonstigen Dinge des alltäglichen Lebens aus Metall waren eingeschmolzen worden, um Äxte und andere Waffen daraus zu fertigen. Dennoch hatte es nicht gereicht, alle Krieger damit auszurüsten, sodass viele Zwerge genau wie ein Großteil der Menschen mit minderwertigen, von ihren Feinden erbeuteten Waffen kämpfen mussten. Insofern war der Verlust jeder echten Zwergenklinge bitter.

Wieder musste Barun zur Seite ausweichen, um nicht von einem Troll zertreten zu werden, aber auch diesmal schien es sich um keinen gezielten Angriff auf ihn zu handeln.

Nachdem das Ungeheuer ihn verfehlt hatte, stürmte das es unbeirrt weiter, ohne ihn auch nur zu beachten. Das Ziel der Trolle war das Heerlager, nicht dieser unbedeutende Wachposten.

Hastig blickte Barun sich nach den anderen um. Ihnen erging es ebenso wie ihm. Togan wich den Kolossen mit bizarr anmutenden Sprüngen aus, damit sie ihn nicht zertrampelten. Dabei schlug er mit seinem Schwert nach ihnen, doch selbst wenn sie seine Hiebe nicht mit ihren Keulen abwehrten, fügte er ihnen mit seiner Waffe aus Menschenstahl nur unbedeutende Wunden zu.

Egarion hingegen war ungleich erfolgreicher. Seine Elbenklinge schnitt durch die dicke Haut der Bestien wie durch Wachs. Vier Trolle lagen in seiner Nähe tot auf dem Boden. Gerade fällte er den fünften, indem er sich unter der herabsausenden Keule duckte und ihm dann im Vorbeilaufen den Unterleib so tief aufschlitzte, dass neben Blut auch dessen Gedärme herausquollen.

Der Troll taumelte noch zwei Schritte, dann brach er in die Knie. Egarion trennte ihm mit einem wuchtigen Streich den Kopf ab.

Wenige Schritte entfernt sah Barun seine Axt liegen, eilte darauf zu und hob sie auf. Während er sich bückte, schoss ein scharfer Schmerz durch seinen Brustkorb. Offenbar hatte er den Tritt und den Aufprall auf den Boden nicht ganz unverletzt überstanden, sondern sich ein paar Rippen geprellt oder gar gebrochen, doch er verdrängte den Schmerz.

Nur noch wenige Trolle stürmten aus dem Wald und auf ihn zu. Barun stellte sich einem von ihnen entgegen. Als der Unhold nahe genug herangekommen war, ließ dieser seine Keule auf ihn herabsausen.

Doch damit hatte der Zwerg gerechnet. Er wartete den richtigen Moment ab, dann wich er dem Hieb durch einen raschen Schritt zur Seite aus und wollte seinerseits mit der Axt zuschlagen. Aber er hatte den Troll unterschätzt. Mit einer unglaublichen Kraftanstrengung riss dieser die herabsausende Keule zur Seite, sodass sie direkt auf Baruns Kopf zielte.

Für ein weiteres Ausweichen blieb diesem keine Zeit mehr. Stattdessen gelang es ihm mit knapper Not, seine Axt hochzureißen und sie zwischen sich und die heranrasende Keule zu bringen.

Die Wucht des Aufpralls war fürchterlich. Sie pflanzte sich durch Baruns um den Schaft der Axt gekrallte Hände und seine Arme bis zu den Schultergelenken fort und ließ sie fast taub werden. Er wusste selbst nicht, wie er es schaffte, die Waffe festzuhalten, während er wie ein welkes Blatt davongewirbelt wurde.

Er hatte Glück im Unglück, denn ein Gebüsch fing seinen Sturz ab. Dennoch zuckte erneut ein heftiger Schmerz durch seinen ohnehin schon malträtierten Körper und raubte ihm den Atem. Einige Sekunden blieb er reglos liegen, dann rappelte er sich mühsam wieder auf. Mit einer Hand griff er an seinen Gürtel, wollte dem Troll eines seiner kleineren Wurfbeile hinterherschleudern, erkannte dann aber, dass die Entfernung bereits zu groß war.

»Komm schon!«, rief Egarion ihm zu. »Der Kampf ist noch nicht vorbei!«

Das war er in der Tat nicht. Ganz im Gegenteil, er hatte sich mittlerweile dorthin verlagert, wo die Trolle ihn von Anfang an hatten hintragen wollen: ins Heerlager.

Obwohl sie im Allgemeinen als nicht besonders geschickt galten, hatten die Trolle es geschafft, sich unbemerkt an mindestens ein halbes Dutzend Wachposten heranzuschleichen und sie zu überrennen.

Von mehreren Seiten stürmten sie nun das Lager, fielen über die völlig überrascht aus ihren Zelten eilenden Krieger her und metzelten sie erbarmungslos nieder.

Das bittere Gefühl des Versagens breitete sich in Barun aus, aber er gestattete ihm nicht, Besitz von ihm zu ergreifen. All die Zwerge, Elben und Menschen dort unten hatten sich darauf verlassen, dass er und die zahlreichen anderen Wachen sie rechtzeitig vor jeder Gefahr warnen würden.

Aber Egarion hatte recht. Dies war nicht der Moment, sich in Selbstvorwürfen zu ergehen. Der Kampf war noch nicht vorbei, noch immer starben Krieger.

Barun hastete los und wollte dem Elb folgen, doch nach gerade einmal drei Schritten stoppte er seinen Lauf wieder, als er etwas entdeckte.

Mit einem beklommenen Gefühl ging er auf die Gestalt zu, die nur wenige Meter entfernt reglos auf dem Boden lag. Seine Befürchtungen bestätigten sich. Es handelte sich um Togan, doch konnte er ihn nur noch an seiner Kleidung erkennen. Sein Kopf war von einem Keulenhieb in eine unförmige, blutige Masse verwandelt worden.

Ein von Trauer und Hass erfüllter Schrei drang aus dem Mund des Zwerges. Auch wenn Togan ein Mensch gewesen war, so hatte Barun ihn dennoch geachtet und gemocht.

Er warf noch einen letzten Blick auf den verkrümmt daliegenden Leichnam, dann fuhr er herum, stieß einen weiteren Schrei aus und schwang seine Axt. Von grenzenlosem Hass und dem Verlangen nach Rache erfüllt, stürmte er ins Tal hinunter.

3

Der Kampf dauerte noch an, als Barun sein Ziel erreichte, aber ein Ende war bereits abzusehen, und an seinem Ausgang konnte es ohnehin keinen Zweifel geben. Der Angriff hatte sich hauptsächlich auf den westlichen Teil des Lagers konzentriert, wo sich die Elben niedergelassen hatten. Erschüttert ließ er seinen Blick über die zahllosen Toten schweifen, die überall zwischen den Zelten lagen. Die meisten von ihnen waren Spitzohren, aber es befanden sich auch eine Menge Trolle darunter.

Obwohl die Elben überrascht worden waren, hatten sie sich rasch zur Gegenwehr formiert, wovon die vielen toten Ungeheuer kündeten. Aber weit mehr als hundert der Titanen aufzuhalten, die von verschiedenen Seiten heranstürmten und alles niederwalzten, war auch für schlaftrunkene Elben alles andere als einfach.

Vielen der Trolle war es gelungen, weit ins Lager voranzudringen, ehe sie einer nach dem anderen niedergemacht wurden. Die letzten von ihnen, etwa ein, zwei Dutzend, soweit Barun erkennen konnte, hatten sich an einer Stelle zusammengerottet, wo sie einen Kreis gebildet hatten, und den angreifenden Elben erbittert Widerstand leisteten.

»Aigilon ist tot!« Entsetzte Rufe waren zu hören, als Barun gerade über zwei Trollleichen hinwegkletterte, die einem Liebespaar gleich so dicht nebeneinander zu Boden gestürzt wa-

ren, dass sie den Durchgang zwischen zwei Zelten versperrten.
»Die Bestien haben Aigilon getötet!«

Der Ruf wurde aufgegriffen und weitergetragen, wobei sich neben dem Schrecken immer mehr Zorn und Hass hineinmischten. Auch Barun war schockiert.

Aigilon war der älteste Sohn Aeralons, des Hochkönigs der Elben, und von diesem zum Befehlshaber über das Elbenheer ernannt worden. Wenn er wirklich bei diesem heimtückischen Überfall inmitten des eigenen Heerlagers getötet worden war, musste das die Spitzohren bis ins Mark erschüttern.

Barun begriff, dass Aigilons Tod sicherlich kein Zufall war, sondern von Anfang an das Ziel dieses selbstmörderischen Angriffs gewesen sein musste. Nur so ergab dieser einen Sinn. Ihre Feinde hatten ihre Masken endgültig fallen gelassen. Ihre vorgebliche Bereitschaft zu Friedensverhandlungen war nur eine Finte gewesen, und nun war es ihnen gelungen, ihre gefährlichsten Widersacher zu enthaupten und der Allianz der freien Völker noch vor der entscheidenden Schlacht einen schweren Schlag zu versetzen.

Wie würden die Elben darauf reagieren? Würden Trauer und Verzweiflung sie lähmen, wie es sich die Trolle zweifellos erhofften? Oder würde unverzüglich ein anderer Elb an die Stelle des Königssohnes treten, und die Krieger würden sich, vom Verlangen nach Rache erfüllt, nur noch erbitterter auf ihre Feinde stürzen?

Wie sein eigenes Volk sich in so einem Fall entscheiden würde, wusste Barun, aber die Elben kannte er nicht gut genug, um sie einschätzen zu können.

Er war durch diese Gedanken so abgelenkt, dass er zu spät bemerkte, dass einer der beiden für tot gehaltenen Trolle, über die er hinwegstieg, plötzlich die Augen öffnete. Sie waren trüb, und der Blick war vom bevorstehenden Ende überschattet, aber noch lebte er.

Seine Hand fuhr hoch und packte Baruns Bein. Obwohl mehr tot als lebendig, war die Kraft des Ungeheuers noch immer so gewaltig, dass der Zwerg das Gefühl hatte, sein Bein wäre in eine Schraubzwinge geraten.

Er stöhnte auf, verlor das Gleichgewicht und stürzte auf die Brust des Monsters. Der Angriff war so überraschend gekommen, dass die Axt seinen Fingern entglitt. Geistesgegenwärtig versuchte er, nach ihr zu greifen, bekam sie jedoch nicht mehr zu packen. Sie rutschte über die Brust des Trolls und fiel seitlich davon zu Boden, unerreichbar für ihn.

Barun gab sich keinen Illusionen hin. Wäre der Troll noch im Vollbesitz seiner Kräfte, hätte er ihn mühelos zerreißen oder mit der Faust zerquetschen können. Aber offenbar hatte es die letzten Kraftreserven des Ungeheuers aufgezehrt, ihn nur zu packen.

Ein paar Sekunden lang versuchte er mit aller Kraft, sein Bein aus dem Griff zu lösen, doch erfolglos. Stattdessen nahm er eines der kleinen Beile von seinem Gürtel. Er musste sich beim Zuschlagen, so weit es ging, strecken, aber es gelang ihm, die Klinge tief in der Kehle des Monstrums zu versenken.

Blut schoss aus der Wunde, als er die Waffe wieder herausriss und sofort noch zwei-, dreimal zuschlug. Ein letztes Zittern durchlief den Körper des Trolls, dann starb er endlich.

Erneut bemühte sich Barun, die um sein Bein geschlossene Faust des Ungeheuers zu öffnen, aber im Tod noch waren dessen Muskeln so verkrampft, dass es dem Zwerg nicht gelang.

Voller Wut hieb er mit dem Beil auf die Pranke des Toten ein. Sogar mit der scharfen Klinge aus Zwergenstahl brauchte er mehrere Hiebe, um einen der Finger zu durchtrennen. Er war schweißgebadet und von Kopf bis Fuß mit Blut besudelt, als er es endlich geschafft hatte, den letzten abzutrennen.

Keuchend richtete er sich auf, sprang von dem Troll herunter und nahm seine Streitaxt wieder an sich, dann blickte er sich grimmig um.

Inzwischen waren auch die letzten Trolle gefallen, und die Rufe, die Aigilons Tod verkündeten, waren verstummt. Dennoch war die Hektik im Lager nicht geringer geworden. Überall hasteten Elben umher. Verwundete wurden versorgt, Tote weggetragen, Brände gelöscht, Zelte neu aufgebaut und die Kadaver der Trolle fortgeschafft.

Bei jedem Schritt musste Barun aufpassen, nicht versehentlich jemanden anzurempeln. Niemand beachtete ihn, und angesichts der zahlreichen Verletzten erregte es nicht einmal Aufsehen, dass er von Kopf bis Fuß mit Blut besudelt war.

Trauer und Wut gleichermaßen erfüllten ihn. Sah man von den getöteten Wachposten ab, handelte es sich bei den Opfern fast nur um Elben. Barun wagte sich nicht auszumalen, um wie viel schrecklicher die Folgen gewesen wären, wenn die Trolle stattdessen in das Lager seines Volkes oder gar das der Menschen eingedrungen wären. Die Zahl der Toten wäre um ein Vielfaches höher gewesen.

Er gab es nur ungern zu, aber die Spitzohren waren die besseren Kämpfer und besser ausgerüstet. Zwar hatten sie Aigilons Tod nicht verhindern können, doch nachdem sie sich von ihrem Schrecken erholt und eine wirksame Verteidigung organisiert hatten, hatten sie die Angreifer schnell bezwingen können.

Da Barun hier ohnehin nichts mehr tun konnte und sich fehl am Platz fühlte, wandte er sich nach Süden, den Zelten seines eigenen Volkes zu. Obwohl er wie alle Zwerge kein großer Freund von Wasser war, wollte er sich wenigstens notdürftig von dem stinkenden Trollblut reinigen.

Zudem waren die übrigen Angehörigen des Kriegsrats vermutlich bereits zusammengetreten, und er wollte an dieser Besprechung unbedingt teilnehmen. Nachdem die jüngsten Ereignisse seine schlimmsten Befürchtungen bestätigt hatten, würde man seiner Stimme dort sicherlich wieder mehr Gehör schenken als in den letzten Tagen. Außerdem musste Barun sich von einem Heiler untersuchen lassen. Nachdem die direkte Gefahr gebannt war, spürte er nun die zahlreichen Blessuren, die er erlitten hatte. Keine von ihnen war gefährlich, aber in ihrer Gesamtheit verursachten sie erhebliche Schmerzen, und falls seine Rippen tatsächlich angebrochen sein sollten, würde ihn das auch die nächste Zeit noch beim Kämpfen behindern.

Und weitere Kämpfe würde es geben, das stand nun völlig außer Frage. Nach diesem heimtückischen Überfall dürfte wohl auch der eifrigste Verfechter eines Friedensschlusses zur Vernunft gekommen sein. Nun war für jeden offenkundig, dass es sich bei der Verhandlungsbereitschaft nur um einen Trick der Oger gehandelt hatte, um ihre Wachsamkeit zu mindern. Aber jetzt hatten sie ihr wahres Gesicht enthüllt.

Er selbst hatte nicht einen Moment lang geglaubt, dass die Ungeheuer zu plötzlicher Einsicht gelangt wären, und er hatte wieder und wieder warnend seine Stimme erhoben. Aber kaum jemand hatte auf ihn hören wollen.

Die Elben waren ohnehin ein friedliebendes Volk, das nur sehr widerwillig in den Kampf gezogen war. Und die schwächlichen Menschen waren schon lange kriegsmüde geworden. Selbst in seinem eigenen Volk hatten sich in letzter Zeit die Stimmen gemehrt, die Verhandlungen befürworteten. Der Überfall dürfte sie eines Besseren belehrt haben.

Mehr noch als das veränderte Aigilons Tod alles. Den Mord an ihrem Befehlshaber und ältesten Sohn ihres Königs würden die Spitzohren bei aller Friedensliebe nicht hinnehmen. Noch waren sie von den Ereignissen schockiert, doch Barun konnte spüren, wie Zorn und Wut immer mehr Besitz von ihnen ergriffen. Wenn die Oger hofften, sie durch den Angriff der Trolle und den Tod ihres Anführers demoralisiert zu haben, würden sie sich getäuscht sehen.

Die Bestien hatten einen großen Fehler begangen, vielleicht den größten dieses Krieges. Bislang hatten die Elben diesen Krieg ohne persönliche Betroffenheit für die Freiheit der Zwerge und Menschen geführt. Von nun an jedoch würden sie voller Hass kämpfen und darauf brennen, Aigilons Ermordung zu rächen.

Jedenfalls hoffte Barun das. Ganz genau konnte man bei den Spitzohren nie wissen, woran man war, aber die Stimmung, die er um sich herum mitbekam, bestärkte ihn in seiner Hoffnung. Die Elben waren ein sehr stolzes Volk, sie verehrten ihre königliche Familie, und sie verabscheuten Heimtücke. Der Verrat traf sie in gleich dreifacher Hinsicht, und das erforderte Vergeltung.

Barun schreckte aus seinen Überlegungen auf, als er hörte, wie jemand seinen Namen rief. Nicht weit entfernt entdeckte er eine Abordnung Zwerge, die durch das Lager stapfte. Bei jedem Schritt klirrte das Metall ihrer Rüstungen. Es handelte sich um die übrigen sechs Mitglieder des Kriegsrats.

An ihrer Spitze schritt König Martuk. Auch er war voll gerüstet. Langes dunkles Haar quoll unter seinem Helm mit dem bis zum Kiefer reichenden Seitenschutz hervor; auch sein Bart war lang und wallend. Er trug eine Augenklappe, da eine Verletzung während der ersten Schlacht dieses Krieges sein Gesicht nicht nur mit einer langen Narbe gezeichnet, sondern ihn auch sein rechtes Auge gekostet hatte. Seine Rüstung war aufwändig gefertigt, und er bot einen imposanten Anblick, zumal er fast einen halben Kopf größer als die meisten Zwerge war. Zorn und Entschlossenheit waren in seinem Gesicht zu lesen.

Barun eilte auf ihn zu und verbeugte sich. »Majestät, ich war gerade auf dem Rückweg in unser Lager und wollte Euch ...«

»Wie schlimm bist du verletzt?«, fiel Martuk ihm ins Wort.

»Das meiste ist nicht mein Blut, sondern das eines Trolls, den ich erschlagen habe.«

»Gut, bei deinem Anblick habe ich schon das Schlimmste befürchtet. Nach Aigilons Tod ist Lithriel an seine Stelle gerückt. Wir sind unterwegs zu ihr, um ihr unser Mitgefühl für den Tod ihres Bruders auszudrücken und unser weiteres Vorgehen zu besprechen.«

»Lithriel«, murmelte Barun. Aigilons jüngere Schwester. Nicht zuletzt wegen der Unterdrückung durch die Oger waren die Zwerge ein auch zahlenmäßig kleines Volk. Angesichts dessen hatten in diesen Tagen, in denen ihrer aller Schicksal auf dem Spiel stand, auch viele Zwerginnen zu den Waffen gegriffen, um das Heer zu verstärken, wie es bei den Elben schon immer der Fall gewesen war. In ihren Reihen kämpften ebenso viele Kriegerinnen wie Krieger.

Dennoch erschien ihm der Gedanke an einen weiblichen Heerführer befremdlich, damit musste er sich erst anfreunden.

»Du wirst uns begleiten«, befahl Martuk. »Es ist nicht nötig, dass du dir vorher das Blut abwäschst. Es schadet nicht, wenn es die Elben daran erinnert, dass auch wir gekämpft und Verluste erlitten haben.«

»Wie Ihr wünscht«, antwortete Barun, verbeugte sich erneut und schloss sich dem Trupp an. Das allmählich trocknende Trollblut stank, und er fühlte sich davon besudelt, aber das wollte er gerne ertragen, wenn Martuk darin einen psychologischen Vorteil sah.

Während sie weitergingen, gesellte er sich zu Urtan, mit dem ihn seit vielen Jahren eine Freundschaft verband. Oft hatten sie schon Seite an Seite gekämpft, hatten sich gegenseitig den Rücken freigehalten und einander mehr als einmal das Leben gerettet.

»Du stinkst erbärmlich«, stellte Urtan fest und rümpfte die

Nase.»Wenn wir Glück haben, gehen die Trolle vor dem Gestank ihres eigenen Blutes laufen, wenn es zur Schlacht kommt.«

»Noch ein Wort, und ich haue dir die Nase noch platter, als sie ohnehin schon ist«, drohte Barun und grinste, wurde aber sofort wieder ernst.»Wie viele der anderen Wachen haben überlebt?«, fragte er leise.»Zwergenkrieger meine ich.«

Urtan schüttelte den Kopf.»Nicht einer. Zumindest ist von den insgesamt sechs angegriffenen Posten außer dir bislang keiner zurückgekehrt, und auch, was dich angeht, hatte ich die Hoffnung schon fast aufgegeben.«

Barun biss die Zähne zusammen. Fünf tote Zwerge mochten angesichts der Tausende Opfer, die dieser Krieg bislang gefordert hatte, nicht viel sein, aber die Heimtücke, mit der alles abgelaufen war, weckte seinen Hass. Obwohl er ein Gegner der Friedensverhandlungen gewesen war, hätte nicht einmal er ihren Feinden die Verschlagenheit zugetraut, diese für einen solchen Angriff auszunutzen.

»Viel hat auch nicht gefehlt, und ich wäre ebenfalls erschlagen worden«, erwiderte er.»Der Angriff kam völlig überraschend. Ich begreife einfach nicht, wie es diese Kolosse geschafft haben, sich so lautlos anzuschleichen, dass selbst die Elben mit ihren scharfen Sinnen sie erst bemerkt haben, als es bereits zu spät war.«

»Du hast recht, das passt nicht zu ihnen. Sie sind so grobschlächtig, dass man sie schon von Weitem hört, weil sie einfach vorwärtsstapfen und alles platt walzen, was ihnen im Weg steht.«

»Diesmal nicht. Wir haben sie erst entdeckt, als sie aus dem Wald hervorgebrochen sind, und dann haben sie uns schlichtweg überrannt. Sie haben uns nicht mal gezielt angegriffen, sie wollten nur so schnell wie möglich das Lager erreichen. Falls unsere Krieger auf den anderen Posten wirklich alle tot sind, dann wurden sie nur beiläufig umgebracht, weil sie ihnen im

Weg standen.« Barun knirschte mit den Zähnen. »Aber wir werden sie rächen, das schwöre ich!«

»Und ich ebenfalls, darauf kannst du Granit zertrümmern. Dieser Verrat darf nicht ungesühnt bleiben. Und das wird er auch nicht!«

4

»Verrat!«, brüllte Zarr'Lak, Oberhäuptling der vereinigten Völker der Oger, und fletschte die Reißzähne, sodass die beiden dolchartigen Hauer, die aus seinem Unterkiefer ragten, in voller Größe sichtbar wurden. Im flackernden Schein der Fackeln und Kohlebecken sah es aus, als befänden sich die gewaltigen Muskeln unter seiner grünen Haut in ständiger Bewegung. »Das war offener Verrat! Rebellion! Meuterei! Aufstand! Ahnst du Abschaum eines läufigen Straßenköters überhaupt, was du damit angerichtet hast? Ich sollte dir auf der Stelle die Gedärme herausreißen und sie dir zu fressen geben, bis du qualvoll und jämmerlich verreckst!«

Außer sich vor Wut ballte er die Fäuste.

Er war ein Titan, so groß und massig, dass er fast an die Statur eines Trolls heranreichte und manchmal sogar gemutmaßt wurde, dass sich in seiner Ahnenreihe mindestens einer der grauen Riesen finden ließe. Natürlich würde es niemals jemand wagen, dies in seiner Gegenwart zu äußern. Die Unterstellung, einer seiner Vorfahren könnte sich mit einer dieser minderwertigen Kreaturen eingelassen haben, wäre eine so niederträchtige Beleidigung, dass sie nur mit dem sofortigen Tod gesühnt werden könnte.

»Wie konntest du mir so etwas antun, du Madengewürm? Ausgerechnet du, dem ich mehr als jedem anderen vertraut habe? Du hast nicht nur alle meine Pläne für einen Waffenstillstand zunichtegemacht, sondern vielleicht sogar das Todesurteil über unser ganzes Volk gesprochen!«

Seine Stimme bebte vor Wut und war so laut, dass sie die Wände der grob zusammengezimmerten Hütte, die ihm als Feldunterkunft und Befehlsstand diente, erzittern ließ. Selbst die beiden Wachen hinter seinem Thron zogen unwillkürlich die Köpfe ein.

Nicht so Duul'Athun.

Er war einen halben Kopf kleiner als Zarr'Lak und ebenfalls muskulös, aber nicht annähernd so massig. Dennoch wich er nicht zurück und zuckte nicht einmal zusammen, sondern blieb hoch aufgerichtet stehen und trotzte dem Blick des Häuptlings. Auf keinen Fall durfte er jetzt Schwäche zeigen, sonst war alles verloren. Er war stolz auf das, was er getan hatte, aber er hatte auch gewusst, dass Zarr'Lak seine Eigenmächtigkeit auf keinen Fall einfach so hinnehmen würde. Entsprechend war er auf dessen Wutausbruch vorbereitet.

»Es war kein Verrat. Ich habe getan, was ich tun musste«, sagte er mit fester Stimme. »Getan, was mir nicht nur mein Gewissen geboten hat, sondern auch das Gesetz unseres Volkes.«

»Was erlaubst du dir, du jämmerliche Nachgeburt einer Ratte!«, tobte Zarr'Lak und ließ seine Faust so wuchtig auf die Lehne seines Throns niedersausen, dass das massive Holz wie Reisig zerbarst. »Ich werde dir die Haut in Fetzen peitschen und sie dir in Streifen von deinem Affenarsch reißen. *Ich* bin das Gesetz der Oger!«

»Nein, das bist du nicht«, entgegnete Duul'Athun mit nach wie vor fester Stimme, obwohl es ihm immer schwerer fiel, Ruhe zu bewahren. Das Gespräch verlief anders als von ihm erhofft.

Er war davon ausgegangen, dass Zarr'Lak erst einmal eine Zeit lang brüllen und toben und ihn beschimpfen würde, sodass seine schlimmste Wut bereits verraucht sein würde, wenn er selbst das erste Mal zu Wort kam. Dann hätte immerhin eine kleine Chance bestanden, dass seine Argumente auf fruchtbaren Boden fielen.

Stattdessen musste er bereits Rede und Antwort stehen, während Zarr'Laks Wut ihren Höhepunkt noch längst nicht erreicht hatte. Das war gefährlich. Der Häuptling war zwar alles andere als ein Dummkopf, aber er war aufbrausend und unbeherrscht. In seinem Jähzorn wurde er unberechenbar und neigte zu übereilten Handlungen, die er später bereute.

Duul'Athun machte sich nichts vor: Jeden anderen hätte Zarr'Lak auf der Stelle auf blutige und grausame Art getötet, ohne ihn überhaupt erst anzuhören. Er lebte nur noch, weil er der war, der er war; vielleicht der Einzige, gegen den selbst Zarr'Lak einen Kampf scheute.

Nicht umsonst war er Befehlshaber der Saikorai-Legion, der Elitetruppe der Oger und Trolle. Jahrzehntelanger Schliff hatte die besten unter ihnen ausgesiebt und in gnadenlose Kampfmaschinen verwandelt, hatte selbst die zwar bärenstarken, aber primitiven Schlagetots der Trolle in disziplinierte Krieger verwandelt. Sie waren nahezu allen anderen Truppen weit überlegen, selbst denen, die nur aus Ogern bestanden, und bildeten den Rückhalt des gesamten Heers.

Ähnliches galt auch für Duul'Athun selbst. Als Kommandant der Saikorai verfügte er nicht nur über immensen Einfluss, sondern war auch der vermutlich besttrainierte Kämpfer des Heers.

Dennoch wäre ein Kampf gegen Zarr'Lak ein Abenteuer mit äußerst ungewissem Ausgang, da er zwar geschmeidiger und besser geschult war, aber nicht annähernd an die Kraft des Titanen heranreichte. Wenn er noch die beiden Wachen hinter dem Thron mit einrechnete sowie die drei weiteren, die wenige Schritte hinter ihm Position bezogen und seinen Krummsäbel in Verwahrung genommen hatten, lagen seine Chancen irgendwo zwischen miserabel und nicht vorhanden.

Der Häuptling sprang auf, erhob sich zu seiner vollen, beeindruckenden Größe und machte drohend einen Schritt auf Duul'Athun zu. »Was soll das heißen?«, fragte er. Seine Stimme klang nun beherrschter, was aber keineswegs Entwarnung bedeutete. Ganz im Gegenteil. Ein lauernder Unterton klang darin mit, der nur noch größere Gefahr signalisierte. »Du denkst, ich hätte nicht das Recht, über unser Volk zu bestimmen? Willst du mir meinen Platz streitig machen?«

Einen Moment lang überlegte Duul'Athun, die Herausforderung tatsächlich anzunehmen. Vermutlich ohne sich dessen bewusst zu sein, hatte Zarr'Lak ihm eine goldene Brücke gebaut. Ein offizieller Kampf um den Häuptlingstitel würde in aller Öffentlichkeit unter fairen Bedingungen und mit gleichwertigen Waffen ausgetragen werden, nicht hier, wo er unbewaffnet war und eine Übermacht gegen sich hatte.

Allerdings – beinahe mehr als vor Niederlage und Tod – fürchtete er sich davor, Zarr'Lak zu bezwingen. Ein siegreicher Zweikampf würde ihn zum neuen Häuptling machen, und danach gelüstete es ihn nicht im Geringsten. Er wollte den verdammten Titel mit allen Verpflichtungen und Aufgaben, die damit einhergingen, nicht. Erst recht nicht in einer so dramatischen Lage, wie sie gegenwärtig herrschte. Er war Krieger durch und durch, kein Anführer, der sich darum kümmern musste, das ganze Volk zu regieren, auch wenn dessen Wohl sich derzeit hauptsächlich auf dem Schlachtfeld entschied.

Nein, er wollte keinen Kampf. Sollte Zarr'Lak Häuptling bleiben, Duul'Athun hatte nur eine, seiner Überzeugung nach falsche, Entscheidung korrigieren wollen.

»Davon habe ich nicht gesprochen«, stellte er richtig. »Du hast natürlich die alleinige Befehlsgewalt, aber selbst du hast nicht das Recht, dich über die uralten Gesetze unseres Volkes zu erheben, die auf dem Stein von La'ach verewigt sind. Muss ich dir erst in Erinnerung rufen, was dort geschrieben steht?«

»Ich war oft genug selbst am Stein von La'ach«, knurrte Zarr'Lak, doch Duul'Athun begann unbeirrt, die Inschrift zu zitieren.

»*Oger sind das auserwählte Volk der Götter, bestimmt zum Herrschen über die Welt, vereint unter der Herrschaft des Stärksten der Starken. Niemals werden Oger diese Macht teilen oder sich einem anderen Volk beugen. Dafür zu kämpfen ist die heiligste und ruhmreichste Pflicht eines jeden Ogers, und wenn sie sein Leben kosten sollte.*« Er machte eine kurze Pause. »Nicht meine Worte, sondern die Nork'Ras'Gul des Mächtigen, nachdem er den großen Trollaufstand niedergeschlagen hatte, und seit Jahrtausenden ehernes Gesetz unseres Volkes.«

»Ich sagte, ich kenne die Inschrift! Ich habe mit Sicherheit schon öfter als du am Stein von La'ach gestanden und sie gelesen!«, grollte Zarr'Lak.

»Und warum handelst du dann nicht so, wie Nork'Ras'Guls Worte es uns gebieten? Wie kannst du ernsthaft in Betracht ziehen, mit dem Abschaum der anderen Völker zu deren Bedingungen einen unwürdigen Frieden zu schließen und dafür alles zu opfern, was unserem Volk heilig ist, anstatt mit aller Kraft unsere gottgegebene Herrschaft zu verteidigen? Ich bin dir stets treu ergeben gewesen, aber diese Schande konnte ich nicht tatenlos zulassen. Wenn hier einer ein Verräter ist, dann nicht ich!«

Noch einmal blitzte Wut in Zarr'Laks gelben Augen auf, aber dann ließ er sich auf seinen Thron zurücksinken.

»Raus!«, brüllte er seine Wachen an. »Raus, verschwindet! Ihr alle!«

Er wartete, bis die Krieger in fast panischer Hast die Hütte verlassen hatten, ehe er sich wieder Duul'Athun zuwandte.

»Glaubst du wirklich, mir wäre diese Entscheidung leicht-gefallen? Ich habe immer nur den Ruhm und das Wohl unseres Volkes im Auge gehabt, und was ich dir jetzt sage, ist nicht für die Ohren anderer bestimmt. Nork'Ras'Gul war der vermutlich bedeutendste Oger, der jemals gelebt hat, aber auch er war kein unfehlbarer Gott. Sein Vermächtnis, das in den Stein von La'ach eingraviert ist, sind schöne Worte und über Jahrhunderte hin-weg eine Quelle von Kraft und Durchhaltevermögen für unser Volk in schweren Zeiten gewesen. Aber sie sind zugleich eine Lüge, geboren aus Hochmut und Überheblichkeit.«

»Das ... Das ist Blasphemie!«, keuchte Duul'Athun. Fas-sungslos starrte er den Häuptling an. Es mochte unklug sein, ihn erneut zu reizen, nachdem er sich gerade erst beruhigt hat-te, aber Duul'Athun konnte nicht anders. Diesmal war er es, in dem der Zorn aufwallte. Was Zarr'Lak behauptete, war ein An-griff auf alles, woran er glaubte, auf die Grundlagen und das Selbstverständnis ihres Volkes. »Mehr noch, es ist ein größerer Hochverrat, als du ihn mir vorwirfst. Ich sollte ...«

»Zügele deine Zunge!«, donnerte Zarr'Lak, bleckte erneut die Zähne und stieß ein drohendes Fauchen aus. »Auch wenn Nork'Ras'Gul mit der Zeit fast zu einem Gott verklärt wurde, war er doch nur ein Oger wie du und ich. Deshalb kann es kei-ne Blasphemie sein, ihm Fehler vorzuwerfen. Aber ich werfe sie ihm gar nicht vor, denn er konnte es nicht besser wissen. Da-mals ging man davon aus, die Elben hätten sich zurückgezogen, weil sie unsere Stärke fürchteten und einen Kampf gegen uns scheuten. Das hat uns zu dem Irrglauben verleitet, wir wären unbesiegbar, das mächtigste Volk überhaupt, von den Göttern erschaffen, über diese Welt zu herrschen.«

»Aber genauso ist es doch auch! Begünstigt von den Göttern, haben wir das größte Reich geschaffen, das diese Welt je gese-hen hat, und das seit vielen Tausend Jahren. Wir haben die El-ben vertrieben. Wir haben die Trolle unterworfen und sie sogar zu unseren Sklaven gemacht. Und wir haben verhindert, dass Zwerge und Menschen sich ausgebreitet haben und vielleicht irgendwann gefährlich werden könnten. Wir sind das zum Herrschen auserwählte Volk. Nachdem sich unsere Feinde vereint haben, haben wir zuletzt ein paar Rückschläge erlitten, aber die Götter werden uns beistehen, damit unser Sieg am Ende umso glorreicher wird.«

»Rückschläge? Sieg? Du Narr, mach doch endlich die Augen auf!«, brüllte Zarr'Lak. »Wir waren zahlenmäßig nie ein allzu großes Volk. Die Trolle konnten wir besiegen, weil sie hirnlose Kreaturen sind, und ein beträchtlicher Teil unserer Macht beruht seither auf der Unterstützung durch sie. Bei den Elben verhält es sich völlig anders. Wir *verlieren* diesen Krieg, will das nicht in deinen madenzerfressenen Dickschädel hinein? Mehr als die Hälfte unseres Landes befindet sich bereits in Feindeshand.«

»Wir werden es zurückerobern!«, eiferte sich Duul'Athun. »Das Kriegsglück ist oft launisch und ändert sich von einem Tag auf den anderen. Verloren haben wir nur, wenn wir uns selbst aufgeben, anstatt bis zum letzten Blutstropfen zu kämpfen. Und selbst wenn unser Volk untergehen sollte, weil die Götter es so beschließen, so wird es ruhmreich untergehen und sich nicht einfach ergeben. Aber dazu wird es nicht kommen, weil wir von ihnen zum Herrschen auserwählt ...«

»Schweig und hör endlich auf, dich an Mythen zu klammern, die niemals wahr sind!« Erneut schlug Zarr'Lak mit der Faust zu und zertrümmerte auch die zweite Lehne seines Throns. »Begreifst du es denn nicht? Wir waren niemals das zum Herrschen auserkorene Volk! Wir durften uns nur als Herrscher aufspielen, weil die Elben uns gewähren ließen. Wenn es ein auserwähltes Volk gibt, dann sie, denn sie waren immer stärker als wir. Immer! Sie sind *niemals* vor uns geflohen. Dieses Wissen wird seit Jahrtausenden von einem Häuptling an den anderen weitergegeben, aber unser Volk darf es nie erfahren! Wenn die Elben gewollt hätten, hätten sie uns die ganze Zeit über vernichten können, wie sie es jetzt demonstrieren, obwohl wir heute sehr viel zahlreicher, mächtiger und stärker sind, als wir es damals waren!«

»Nein!«, stieß Duul'Athun hervor und taumelte zurück, als wäre er geschlagen worden. Genauso fühlte er sich auch. Mit einem Hammer, der groß genug war, eine ganze Welt aus Überzeugungen zu zertrümmern. Seine Gedanken verwirrten sich, huschten mit rasender Geschwindigkeit in seinem Kopf durcheinander.

Nork'Ras'Gul ...

Der Stein von La'ach ...

Das auserwählte Volk der Götter ...

Geboren, um alle anderen Völker zu beherrschen ...

Das einst mächtige Volk der Elben, das vor der wachsenden Macht der Oger an unzugängliche Orte tief in den Wäldern floh ...

Das waren die Stützpfeiler, auf denen seine bisherige Sicht der Welt begründet gewesen war. Niemals hatte er daran gezweifelt, hatte die Überlegenheit der Oger gegenüber allen anderen Völkern als eine unabänderliche Tatsache angesehen.

Nun jedoch hatten diese Stützpfeiler Risse bekommen, zerbröselten immer schneller, je fester er sich an sie zu klammern versuchte. Wobei es nicht so sehr Zarr'Laks Worte waren, die ihn peinigten, sondern die jähe Erkenntnis, dass jedes davon der Wahrheit entsprach.

Das Bündnis der anderen Völker bestand im Grunde nur aus den Elben. Menschen und Zwerge, um deren Freiheit es in diesem Krieg ging, kämpften zwar ebenfalls, doch allein wäre ihr Aufstand wie alle früheren binnen kürzester Zeit zum Scheitern verurteilt gewesen. Es waren die verfluchten Spitzohren, die diesen Kampf für sie zu gewinnen drohten, die bleichen Klappergestelle, die so schmächtig aussahen, als ob sie eine Waffe kaum anheben könnten.

Die Logik, die sich daraus ergab, war so klar und einfach, dass jedes Kind sie verstehen konnte. Wie hatte er so dumm sein können, sie nicht längst selbst zu erkennen? Da es nie zuvor einen Krieg zwischen Ogern und Elben gegeben hatte, hatten sie deren Macht niemals auf die Probe stellen können. Für sein Volk war der Rückzug der Spitzohren stets ein Eingeständnis ihrer Schwäche gewesen. Welchen anderen Grund hätte es für ihr Verhalten geben sollen, wenn nicht die Furcht vor einem überlegenen Gegner?

Wenn die Elben jetzt das in Jahrtausenden gewachsene und immer stärker gewordene Reich der Oger zu zerschmettern drohten, dann hätten sie das in jedem früheren Zeitalter erst recht vermocht. Warum auch immer sie sich einst in unzugängliche Gebiete im Norden zurückgezogen und den Ogern die Herrschaft über die Welt quasi geschenkt hatten, es war gewiss *nicht* aus Furcht geschehen. Das Reich hatte immer nur von ihrer Gnaden existieren dürfen, und nun hatten sie beschlossen, es nicht länger zu dulden.

Zarr'Lak hatte recht. Das Selbstverständnis und oberste Gesetz der Oger, das Nork'Ras'Gul einst in den Stein von La'ach gemeißelt hatte, war nicht mehr als eine aus Hochmut und Unwissenheit geborene Lüge.

»Aber ... warum?«, krächzte er. Jegliche Kraft schien aus seinem so starken Körper gewichen zu sein, selbst das Sprechen fiel ihm schwer. »Wenn die Spitzohren uns die ganze Zeit überlegen waren ... warum haben sie uns dann nicht vernichtet oder versklavt? Es ist ein Naturgesetz, dass der Starke den Schwachen beherrscht, und sie ...«

»Offenbar gilt dieses Gesetz für die verschlagenen Bleichlinge nicht. Sie haben nie nach Macht und Herrschaft gestrebt. Vielleicht werden wir die Gründe für ihr Handeln nie erfahren.

Sie sind auch ohne Belang. Jetzt zählt nur, wie wir der Gefahr begegnen. Es ist nichts ruhmreich daran, sein Volk ins Verderben zu führen. Wir haben es mit einem überlegenen Feind zu tun, so schwer es uns auch fallen mag, das zu akzeptieren.«

»Aber es ist erst recht nicht ruhmreich, uns einem Feind zu unterwerfen und unter seiner Knute zu leben, selbst wenn er überlegen ist!«

»Wer spricht denn von unterwerfen? Ich wollte diesen Friedensvertrag, um Zeit zu schinden.« Ein verschlagener Ausdruck zeigte sich auf Zarr'Laks Gesicht. »Wir waren auf diesen Krieg nicht vorbereitet. Unser Heer ist nicht annähernd so groß und stark, wie es sein könnte, weil es keinen Feind zu geben schien, der dies notwendig gemacht hätte. Soll dieses Geschmeiß von Menschen, Zwergen und Elben sich als Herrscher über die Gebiete fühlen, die sie bis jetzt erobert haben. Uns wäre bei einem Waffenstillstand immer noch gut die Hälfte unseres Reiches geblieben. Dort hätten wir uns sammeln und unsere Armeen neu strukturieren können. Wir hätten gigantische Waffenschmieden errichtet, hätten neue Truppen ausgehoben und ertüchtigt und die größte Kriegsmaschinerie aus dem Boden gestampft, die die Welt je gesehen hat. Und dann, wenn der richtige Moment gekommen wäre und die Wachsamkeit unserer Feinde nachgelassen hätte, hätten wir zurückgeschlagen, und dann wären wir besser vorbereitet gewesen. Aber nun, nachdem deine Saikorai den Sohn des Elbenkönigs getötet haben, werden sie sich wohl kaum noch auf Verhandlungen einlassen.«

»Das ... Das wusste ich nicht«, stammelte Duul'Athun. »Ich habe nur die Demütigung gesehen, die dieser Friedensschluss für unser Volk bedeutet hätte, und wollte es nicht zu dieser Schande kommen lassen.« Er straffte sich. »Wenn du mich für mein eigenmächtiges Handeln zur Rechenschaft ziehen willst, werde ich jede Strafe demütig ertragen, selbst den Tod«, sagte er und meinte es auch genau so. Er würde sich nicht wehren, jetzt nicht, wenn Zarr'Lak ihn wirklich töten wollte.»Aber ich glaube, dass ich unserem Volk lebend von größerem Nutzen sein kann.«

»Denkst du, du würdest noch leben, wenn ich nicht selbst schon zu diesem Schluss gekommen wäre?«, knurrte Zarr'Lak. »Warum wohl habe ich so viel meiner kostbaren Zeit geopfert, um dir die Augen zu öffnen? Bestimmt nicht, um dir jetzt den Kopf abzuschlagen, obwohl du es verdient hättest. Verlass dich darauf, du wirst bestraft werden, aber erst nach der Schlacht, wenn wir beide dann noch leben. Ich habe einen Boten zu den Elben geschickt, um ihnen mitzuteilen, dass dieser Überfall ohne mein Wissen und gegen meinen Willen stattfand, aber ich glaube nicht, dass uns das jetzt noch helfen wird.«

»Nein«, stimmte Duul'Athun zu. Schließlich hatte er seinen Plan bewusst so angelegt, dass der Häuptling nicht mit ein paar Worten anschließend alles wieder zurechtrücken konnte. »Trotzdem ist noch nicht alles verloren. Das Heer unserer Feinde ist größer als unseres, aber die Befehlsstruktur nicht so gut organisiert, vor allem nach dem Tod Aigilons. Von den Menschen droht wenig Gefahr, unsere Truppen werden sie überrennen. Die Zwerge sind zäher und stärker, aber uns dennoch unterlegen. Wir können sie vernachlässigen und mit aller Kraft gegen die Elben ins Feld ziehen. Auch sie sind nicht unbesiegbar.«

»Unbesiegbar nicht, aber listenreich und verschlagen.« Zarr'Lak stemmte sich hoch und trat zu einem Tisch an der Seitenwand der Hütte, auf dem eine grob skizzierte Karte lag.»Unsere Art, Krieg zu führen, beruht darauf, uns mit unserer überlegenen Kraft und Truppenstärke auf einen Feind zu werfen und diesen niederzuringen.«

Duul'Athun nickte. »Weil wir immer nur gegen unterlegene Völker gekämpft haben. Taktische Überlegungen oder gar eine strategische Planung waren gegen die Menschlein oder die Dreckfresser nie vonnöten.«

»Jetzt sieht das anders aus«, fuhr Zarr'Lak fort. »Der Feind ist uns an Truppen überlegen, und die Spitzohren sind uns an Kampfkraft zumindest ebenbürtig. Wenn wir wie gewohnt einfach drauflosstürmen, werden wir verlieren, das haben die bisherigen Schlachten gezeigt. Wir müssen diesen Kampf anders angehen.«

»Ein Hinterhalt«, brummte Duul'Athun. »Aber dafür ist das Gelände nicht geeignet. Auf der einen Seite das Gebirge, sonst überall trotz der Hügel und einiger Wälder überschaubares Land. Und die Nacht ist bald vorüber, daher ist nicht mehr genug Zeit, um in ihrem Schutz größere Truppenteile zu bewegen.« Er deutete auf einen Punkt auf der Karte. »Bleibt nur das Gebirge, das wir zu unserem Vorteil nutzen müssen. Wir könnten mit einem Teil unserer Truppen das Heer der Feinde umgehen und ihnen in die Seite oder den Rücken fallen.«

Gespannt erwartete er die Reaktion Zarr'Laks. Bewusst hatte er so gesprochen, als wären ihm diese Gedanken gerade erst gekommen, dabei waren sie von Anfang an Teil seines Plans gewesen. Schon bevor er durch den Angriff auf das Elbenlager eine Schlacht unvermeidlich gemacht hatte. Er hatte vor diesem Gespräch nur nicht gewusst, wie er dem Häuptling eine so grundlegende Änderung der gewohnten Kriegsführung hätte nahebringen sollen, und bereits beschlossen, notfalls erneut eigenmächtig zu handeln. Jetzt aber boten sich ganz neue Möglichkeiten.

»Die Berge sind unüberwindlich«, wandte Zarr'Lak ein. »Selbst wenn es Pässe geben sollte, würde es Tage oder Wochen dauernd, sie zu finden und zu überqueren. Außerdem wären sie zu dieser Jahreszeit mit Sicherheit verschneit. Und das Gebirge zu umrunden würde noch länger dauern.«

»Keine Pässe.« Duul'Athun überlegte kurz, ob er den Häuptling in alles einweihen sollte, kam aber zu dem Schluss, dass dies nur zu neuen Problemen führen würde. Besser war es, möglichst wenig von der Wahrheit preiszugeben.»Aber schon als wir unser Lager aufschlugen, musste ich erkennen, dass diese Schlacht nicht leicht zu gewinnen sein würde. Ich habe deshalb frühzeitig zahlreiche Späher ausgesandt, das Gebirge zu erkunden, in der Hoffnung, dass sich daraus ein Vorteil für uns ergeben könnte.«

»Noch eine Eigenmächtigkeit?«, grollte Zarr'Lak.»Aber in diesem Fall sei sie dir verziehen. Was haben deine Späher entdeckt?«

»Etwas Besseres als Pässe über die Berge. Stollen, die durch sie hindurchführen. Sie sind stellenweise eng und niedrig, weshalb es Zeit kosten wird, eine größere Zahl von Kriegern hindurchzugeleiten, aber sie sind passierbar, und zumindest einer führt bis auf die andere Seite des Gebirges. Von dort aus können wir den feindlichen Truppen in den Rücken fallen und ihr Heer in die Zange nehmen.«

»Das sind endlich einmal gute Nachrichten!« Zarr'Lak kratzte sich am Kopf und überlegte kurz.»Ich hatte geplant, dich und deine Saikorai zur Verstärkung unseres Zentrums einzusetzen, um von dort aus dann Attacken gegen den Feind zu führen. Aber das hier eröffnet uns viel bessere Möglichkeiten.«

Er fletschte die Zähne und schlug Duul'Athun mit der Hand auf die Schulter. Es war nur ein spielerischer Hieb, doch er verriet, welche unglaubliche Kraft in seinem Körper steckte. Obwohl selbst ein Hüne, sackte Duul'Athun ein wenig in den Knien und konnte ein leises Ächzen nicht völlig unterdrücken.

»Das ist *die* Gelegenheit, deinen Fehler wiedergutzumachen und neue Ehre zu gewinnen. Du wirst deine Saikorai durch die Berge führen und unseren Feinden in den Rücken fallen. Sobald du den Angriff beginnst, lasse ich den Rest unseres Heers ebenfalls vorrücken. Wir werden ihr Zentrum von zwei Seiten in die Zange nehmen und ihre Abwehr zerschmettern. Wenn wir ihre Linien durchbrechen und unsere Armeen wieder vereinen, ist die Schlacht für uns gewonnen. Wie viel Zeit brauchst du, um alle Vorbereitungen zu treffen?«

»Keine«, erklärte Duul'Athun. »Die Saikorai stehen zum Aufbruch bereit.«

»Enttäusche mich nicht noch einmal. Ein weiteres Versagen werde ich nicht verzeihen. Mögen die Götter mit dir sein.«

Duul'Athun presste zum Zeichen der Ehrerbietung seine Fäuste gegen die Brust.

»Mögen die Götter mit uns allen sein und uns zum Sieg verhelfen.«

5

»Wir sind gekommen, um Euch und dem ganzen Volk der Elben unsere Trauer über Euren Verlust und unser Mitgefühl auszusprechen«, sagte König Martuk. Dabei senkte er demütig das Haupt. Barun und seine übrigen Begleiter taten es ihm gleich.

Lithriel, drittgeborenes Kind des elbischen Hochkönigs und neue Heerführerin der Elbenarmee, deutete ein Nicken an. Auf den ersten Blick sah sie aus wie fast alle Elben: hochgewachsen und sehr schlank, mit langem goldblondem Haar. Ihr Gesicht war von einem unvergleichlichen Liebreiz, trotz des Ernstes, den es, der Situation angemessen, zeigte. Im Licht des Mondes und der Fackeln wirkte sie fast wie eine ätherische, übernatürliche Erscheinung.

Barun hatte sie bereits mehrfach bei Beratungen gesehen, an denen sie teilgenommen hatte, ohne dabei jedoch viel zu sagen. Stets war es ihm vorgekommen, als wäre sie in eine Aura aus Licht gehüllt, das aus ihrem Inneren strahlte. Nun jedoch schien dieses Licht erloschen zu sein oder zumindest tief in ihr eingeschlossen.

Sie stand hinter einem Holzstoß, auf dem ihr älterer Bruder aufgebahrt lag. Ein mit Blutflecken beschmutztes Tuch bedeckte den Leichnam. Zahlreiche andere Elben, wie Lithriel in weiße, mit goldenen und silbernen Fäden durchwirkte Gewänder gekleidet, bildeten mit gesenktem Kopf einen Halbkreis hinter ihr.

»Ich danke Euch, König Martuk, auch im Namen meines Vaters und unseres ganzen Volkes«, entgegnete sie mit ausdruckslosem Gesicht. Vergeblich versuchte Barun, darin zu lesen. Weder Trauer noch Zorn noch sonst ein Gefühl spiegelte sich darin; es war wie aus Stein gehauen. Elben waren Meister der Selbstbeherrschung und zeigten ihre Gefühle selten.

Dennoch hatte er in den bisherigen Besprechungen den Eindruck gewonnen, als wäre die Drittgeborene bei aller Zurückhaltung ein wenig emotionaler als Aigilon und somit eher bereit, auf die einzig richtige Art auf den Überfall zu reagieren. Barun konnte sich nur schwerlich vorstellen, dass sie jetzt noch an den Friedenshoffnungen ihres Bruders festhalten würde. Vielleicht das einzig Gute an den schrecklichen Geschehnissen.

»Darüber hinaus sind wir gekommen, um unser weiteres Vorgehen zu planen«, erklärte Martuk. »So groß Eure Trauer im Moment auch sein mag, die Gefahr ist noch nicht vorüber. Kaum drei Meilen entfernt lagert das größte Heer, das die Oger bislang gegen uns aufgeboten haben, und durch ihren Überfall haben sie bewiesen, dass sie nicht ernsthaft an Frieden inter…«

Mit einer Handbewegung brachte Lithriel ihn zum Verstummen. »Jedes weitere Wort ist unnötig«, sagte sie mit nun härterer Stimme. »Ich teile Eure Ansichten, und hättet Ihr mir nicht von selbst Eure Aufwartung gemacht, hätte ich nach Euch und auch nach dem Menschenkaiser schicken lassen. Der Mord an meinem Bruder wird nicht ungesühnt bleiben. Es wird keine Friedensverhandlungen geben. Morgen ziehen wir in die Schlacht.«

Barun atmete unmerklich auf. Er wollte etwas sagen, doch Martuk kam ihm zuvor.

»Ihr braucht auch zu den Menschen keinen Boten zu senden. Ich habe gesehen, wie sich Kaiser Auretanus ebenfalls mit einer

Abordnung auf den Weg hierher gemacht hat. Er wird bald eintreffen.«

»Gut.« Der Blick der Elbin richtete sich auf Barun. »Du hast an dem Kampf teilgenommen?«

Obwohl er diese Art der Anrede inzwischen gewohnt war, verspürte Barun wie immer für einen Moment Ärger in sich aufwallen. Er gehörte dem Kriegsrat an, den Führern seines Volkes, und hatte ein Anrecht auf eine ehrenvolle Behandlung, doch der einzige Zwerg, dem die Elben diese gewährten, war König Martuk. Sie kämpften Seite an Seite, doch Kleinigkeiten wie diese demonstrierten stets aufs Neue, dass die Spitzohren auf andere Völker hinabblickten.

»Ich gehörte zu den Posten, die das Lager bewachten«, sagte er.

»Nicht sehr erfolgreich, wie mir scheint.«

Barun hatte das Gefühl, geohrfeigt worden zu sein.

»Meine Begleiter und ich haben heldenhaft gekämpft, aber wir wurden von einer Übermacht überrannt«, entgegnete er scharf. »Wir waren nur zu dritt gegen Dutzende Feinde. Der Mensch, der bei uns war, hat mit seinem Leben bezahlt, und ...«

»Entschuldige«, fiel die Elbin ihm ins Wort. »Was ich sagte, sollte keineswegs ein Vorwurf sein. Ich frage mich nur, wie sich die sonst so plumpen Trolle unbemerkt bis dicht an die Posten heranschleichen konnten. So etwas passt gar nicht zu ihnen, und das beunruhigt mich. Gerade wir Elben verfügen über ein ausgesprochen scharfes Gehör, aber keiner meiner Krieger konnte mir bislang eine Erklärung liefern. Wir müssen herausfinden, was geschehen ist, um künftig besser gewappnet zu sein.«

»Ich fürchte, ich habe auch keine Erklärung. Wir haben sie erst bemerkt, als sie aus einem Wäldchen nahe unseres Feuers hervorbrachen. Uns blieb gerade noch die Zeit, aufzuspringen und zu unseren Waffen zu greifen.«

»Das ist äußerst beunruhigend. Es scheint, als wüssten wir längst noch nicht so viel über unsere Feinde, wie wir wissen sollten.«

Unruhe entstand. Als Barun den Kopf wandte, erblickte er einen sich nähernden Oger, der von einem Trupp Elben eskortiert wurde. Er sog scharf die Luft ein und starrte das grünhäutige Ungeheuer mit den gewaltigen, aus seinem Unterkiefer nach oben ragenden Hauern hasserfüllt an, während er und die übrigen Zwerge zur Seite wichen, um ihm Platz zu machen.

»Häuptling Zarr'Lak schickt mich, um Euch sein Bedauern über den Zwischenfall auszusprechen«, wandte sich der Oger an Lithriel und blieb nur wenige Schritte von dem Holzstoß entfernt stehen. Den Toten würdigte er keines Blickes. »Dieser Angriff fand nicht auf seinen Befehl hin statt, sondern ohne sein Wissen und hinter seinem Rücken. Er ist selbst außer sich vor Zorn und hat die Rädelsführer bereits in Ketten legen lassen.«

Lithriel schwieg einige Sekunden lang.

»Warum?«, fragte sie schließlich mit ausdrucksloser Stimme. »Warum mussten mein Bruder und so viele andere sterben, wenn das Volk der Oger doch angeblich Frieden will?«

»Nicht alle Oger wünschen Frieden, wie es auch in Euren Reihen viele gibt, die dagegen sind, wie man hört.« Sein Blick glitt flüchtig zu der Zwergendelegation hinüber, ehe er sich wieder der Elbin zuwandte. »Die Aufrührer wollten die morgigen Verhandlungen verhindern, deshalb haben sie den Trollen den Angriff befohlen. Häuptling Zarr'Lak war daran in keiner Form beteiligt. Er wünscht nach wie vor Frieden. Zum Zeichen seines guten Willens bietet er an, Euch die Rädelsführer des Verrats auszuliefern, damit Ihr nach eigenem Gutdünken mit ihnen verfahren könnt.«

Barun schnitt eine Grimasse und konnte nur mit Mühe ein verächtliches Schnauben unterdrücken. Er glaubte dem Oger kein Wort. Am liebsten hätte er sich auf ihn gestürzt und die Schärfe seiner Axt an ihm erprobt. Die angeblichen Rädelsführer, die man ihnen ausliefern wollte, würden vermutlich Oger sein, die aus ganz anderen Gründen in Ungnade gefallen waren. In seinen Augen war der Überfall nichts anderes als eine Kriegslist. Und wenn der Häuptling der Grünhäute ihn tatsächlich nicht befohlen haben sollte, bewies dies nur, dass er seine Untergebenen nicht unter Kontrolle hatte. Es stand zu befürchten, dass sich derartige Übergriffe selbst bei Abschluss eines Waffenstillstands ständig wiederholten, und so wie jetzt würde er einfach immer die Schuld von sich weisen.

Bangend blickte er zu Lithriel und hoffte, dass sie nicht auf das verlogene Gerede hereinfiel. Noch fiel es ihm schwer, sie einzuschätzen.

Mehr als eine Minute lang stand sie einfach nur schweigend da und musterte mit undurchdringlicher Miene den Gesandten, der unter ihrem Blick zusehends nervöser wurde.

»Zarr'Lak wusste also nichts von diesem Überfall«, sagte sie schließlich ruhig. »Ausgerechnet er, der sein Volk und sein Heer mit so eiserner Hand regiert wie kaum ein Häuptling vor ihm, wurde von einer Handvoll Verrätern hintergangen, und als Entschädigung für unser Leid bietet er uns nun an, uns ein paar Oger zu schicken, die diesen Verrat angeblich angezettelt haben. Ansonsten soll offenbar alles so weitergehen, als wäre nichts geschehen. Habe ich die Botschaft, die du mir überbringen sollst, richtig zusammengefasst?«

Die bislang so beherrschten Gesichtszüge der Elbin entgleisten, und plötzlich zeigte sich ein Hass darin, wie Barun ihn zuvor noch bei keinem Spitzohr gesehen hatte.

»Für wie einfältig hältst du mich? Für wie einfältig hält mich Zarr'Lak? Dutzende Krieger wurden von euren Trollen niedergemetzelt. Aigilon, mein Bruder, erstgeborener Sohn und Thronfolger des elbischen Hochkönigs, meines Vaters, wurde wie ein Stück Vieh abgeschlachtet und nahezu in Stücke gehauen.«

Die Stimme der Elbin war immer mehr angeschwollen, brauste wie Donnergrollen über den Platz. Ihre grauen Augen verfinsterten sich, bis sie fast schwarz aussahen. Gleichzeitig schien etwas wie eine Aura aus Dunkelheit um Lithriel zu entstehen. Das Licht der Fackeln verblasste, die Flammen wurden kleiner. Für einen ganz kurzen Moment glaubte Barun zu sehen, wie sich etwas wie ein gewaltiger Schatten hinter ihr bildete, als wären ihr ein Paar riesiger Schwingen aus Gestalt gewordener Dunkelheit gewachsen.

»Glaubt der Häuptling der Oger ernsthaft, dass diese Blutschuld mit einer Entschuldigung und einem Bauernopfer zu tilgen wäre?« Der Donnerhall ihrer Stimme war noch lauter und machtvoller geworden. »Dieses Angebot ist geradezu unverschämt! Unter diesen Bedingungen kann es keinen Frieden geben und auch keine Verhandlungen. Wenn Zarr'Lak einer Schlacht und der Vernichtung seines Heers entgehen will, dann gibt es nur noch einen Weg für ihn. Er muss seinen Kriegern befehlen, die Waffen niederzulegen. Eine bedingungslose Kapitulation ist das Einzige, was ich zu akzeptieren bereit bin!«

Der Oger war einen Schritt zurückgewichen. Nun bleckte er die Zähne und stieß ein zorniges Fauchen aus. »Wenn das die Antwort ist, die ich überbringen soll, dann gibt es nichts mehr zu bereden«, knurrte er. »Morgen werden wir uns auf dem Schlachtfeld gegenüberstehen und Eure zusammengewürfelte Armee hinwegfegen.«

Ohne ein weiteres Wort drehte er sich um und stapfte davon, gescheitert und gedemütigt. Die Elbenkrieger, die ihn auf dem Hinweg eskortiert hatten, schlossen sich ihm auch jetzt wieder an, um ihn zu bewachen.

Mit grimmiger Befriedigung blickte Barun ihm nach. Erst jetzt bemerkte er, dass auch die Abordnung der Menschen, bestehend aus Kaiser Auretanus und vier seiner Generäle, wie er seine Berater nannte, inzwischen eingetroffen war, sich aber während des Gesprächs mit dem Gesandten der Oger dezent im Hintergrund gehalten hatte. Nun traten sie vor.

Bei den Zwergen, aber auch bei den Elben, wurde das Menschenheer hinter vorgehaltener Hand manchmal als Lumpenarmee bezeichnet. Die meisten Krieger verfügten nur über eine bunt zusammengewürfelte Mischung aus Kleidung, Waffen und sonstigen Ausrüstungsgegenständen, von denen ein Großteil im Kampf erbeutet worden war. Für die Anführer hingegen galt das nicht. Sie waren in prunkvolle, aus bestem Stahl geschmiedete Uniformen gekleidet.

Während die Uniformen seiner Begleiter durch purpurne Umhänge vervollständigt wurden, trug Auretanus einen blauen Umhang. Seinen Helm, gekrönt von einem gleichfalls blauen Federbusch, trug er unter dem Arm.

Wie stets fiel es Barun schwer, ihn als obersten Herrscher der Menschen anzusehen. Er strahlte weder Macht noch Autorität aus. Sein von dunklem Haar umgebenes Gesicht wirkte weichlich; der Versuch, ihm durch einen sorgsam gestutzten Bart einen markanten Zug zu verleihen, fiel bestenfalls lächerlich aus.

Dennoch durfte man ihn nicht unterschätzen. Immerhin hatte er sich zu Beginn des Aufstands mithilfe der Armee in einem Staatsstreich an die Herrschaft geputscht, hatte die regierende Königsdynastie für abgesetzt erklärt und die Monarchie durch ein Kaiserreich ersetzt, weil dieses den Herausforderungen eines Krieges angeblich besser gewachsen sei. Darüber hinaus war es ihm gelungen, aus seinen zerlumpten Truppen ein so schlagkräftiges Heer zu formen, wie es unter den gegebenen Umständen möglich war.

»Damit sind die Würfel wohl gefallen«, richtete er das Wort an die Heerführerin der Elben. »Obwohl Euch zweifellos kaum eine andere Wahl blieb, so zu reagieren, hätte ich mir doch gewünscht, Ihr hättet Euch mit uns beraten, ehe Ihr eine so grundlegende Entscheidung trefft, die auch unser Volk in beträchtlichem Maße betrifft.«

Menschen, dachte Barun. Das schwächste aller Völker, möglicherweise sogar zu schwach, um auf Dauer in einer rauen Welt wie dieser zu bestehen. Dennoch war es von einem Geltungsbedürfnis und einem Verlangen nach Anerkennung und Respekt erfüllt, das in krassem Gegensatz zur körperlichen Kraft seiner Krieger stand.

Da die Menschen militärisch zu unbedeutend waren, um ihren Worten Nachdruck zu verleihen, verlegten sie sich hauptsächlich auf Diplomatie und waren den Elben auf diesem Gebiet nahezu ebenbürtig geworden, wohingegen es den Zwergen weitgehend fremd war. Immerhin erkannte selbst Barun, dass die Worte des Kaisers nichts weiter als eine in wohlfeile Worte verpackte Kritik darstellten, wie zur Hölle Lithriel es hatte wagen können, eigenmächtig über Krieg und Frieden zu entscheiden, ohne erst zu hören, wie die Menschen darüber dachten.

Er sah, wie erneut ein zorniger Ausdruck über das Gesicht der Elbin glitt, doch ehe diese etwas sagen konnte, fuhr Auretanus fort: »Aber ich bin überzeugt, Ihr wolltet den Oger nur Euren verständlichen Schmerz spüren lassen und Eure Position bei den Verhandlungen verbessern, über die unsere drei Völker nun wohl beraten werden. Insofern hat uns ein günstiges Geschick hergeführt, obwohl wir eigentlich nur gekommen sind, um Euch unser Beileid für Euren Verlust auszusprechen und vor übereilten Reaktionen zu warnen.«

Genau wie einige der anderen Zwerge begann Barun mit den Stiefeln im Sand zu scharren und leise zu murren. So positiv ihn die Elben-Feldherrin überrascht hatte, so sehr missfielen ihm die Worte des Kaisers, auch wenn sie vorhersehbar gewesen waren.

Er war der schwache Herrscher eines schwachen Volkes, das aufgrund dieser Schwäche den Krieg so schnell wie möglich beenden wollte. Für ihn hatten der Aufstand und damit dieser ganze Feldzug bereits seinen Zweck erfüllt. Sein Volk war von der Knechtschaft der Oger befreit und hatte die Grenzen der ihm zugewiesenen Reservate gesprengt. Riesige, fruchtbare Ländereien warteten nur darauf, von den Menschen besiedelt zu werden.

Wenn sie bereit waren, ihren Peinigern alles zu vergeben, was diese ihnen angetan hatten, wenn sie ein Volk waren, dem Ehre, Stolz und Rache weniger bedeuteten als ein gut gefüllter Magen und ein Schaukelstuhl vor dem Kamin, dann war das ihre Angelegenheit. Aber sie gaben sich dabei einer gefährlichen Selbsttäuschung hin, und dadurch wurde es zu einem Problem für die gesamte Allianz.

Barun erinnerte sich des Gesprächs, das er vor wenig mehr als zwei Stunden mit Togan über dieses Thema geführt hatte. Selbst ein altgedienter Krieger wie er hatte mit dem Gedanken an einen Friedensschluss geliebäugelt, aber er war rasch und brutal aus diesen Träumen gerissen worden.

So würde es ihnen allen ergehen, wenn sie sich auf diesen Pfad begaben. Man durfte den Ogern nicht trauen. Sie waren verschlagen und nur auf ihren Vorteil bedacht.

Und sie waren dabei, diesen Krieg zu verlieren!

Ein Waffenstillstand oder gar ein verlogener Frieden würden den Ogern Zeit verschaffen, neue Truppen auszuheben und zu ertüchtigen. Sie hätten zwar große Landstriche verloren, aber sie würden einen Großteil ihrer Macht behalten. Zugleich würden sie versuchen, Misstrauen zwischen den anderen Völkern zu säen, und darauf hoffen, dass die Allianz zerbrach. Wenn sich allein nur die Elben wieder zurückzogen, würden die Oger mit größerer Macht als jemals zuvor zurückschlagen.

Nein, diese Gefahr musste jetzt gebannt werden, und das konnte nur gelingen, wenn sie den Grünhäuten eine so schwere Niederlage zufügten, dass diese sich nie wieder davon erholten.

»Ich danke Euch, Kaiser Auretanus«, sagte Lithriel. »Ich weiß Eure Anteilnahme zu schätzen. Aber mit Eurer Vermutung liegt Ihr falsch. Wir haben in diesem Kampf Partei für Eure Völker ergriffen, weil es auf Dauer nicht wie zuvor weitergehen konnte, doch war dies im eigentlichen Sinne nie unser Krieg. Das hat sich nun geändert! Noch niemals ist ein Angehöriger der elbischen Königsfamilie ermordet worden, schon gar nicht auf so heimtückische Art und Weise. Diese Niedertracht ändert alles. Von nun an ist dies unser Krieg, und es wird keinen Frieden geben, bis der Frevel gerächt ist.«

»Aber ...«

»Kein Aber. Unser Volk wird morgen in eine Schlacht ziehen, und ob wir siegen oder verlieren, es wird vermutlich nicht die letzte in diesem Krieg sein. Die Zwerge werden dabei an unserer Seite kämpfen, wie König Martuk mir kurz vor Eurer Ankunft versichert hat. Nun ist es an Euch, Kaiser Auretanus, eine Entscheidung zu treffen. Werdet auch Ihr und Euer Volk mit uns kämpfen? Oder werdet Ihr uns stattdessen den Rücken kehren? Niemand wird Euch aufhalten, wenn Ihr es vorzieht, zum Rest Eures Volkes zurückzukehren, den Frauen, Alten und Kindern, um Euch das von den Ogern eroberte Land untertan zu machen. Solltet Ihr jedoch jemals wieder in eine Notlage geraten und uns um Hilfe bitten, dann seid gewiss, dass das Volk der Elben sich an diese Nacht zurückerinnern und seine Ohren verschließen wird. Die Entscheidung liegt bei Euch!«

Kaiser Auretanus der Erste, Herrscher und Heerführer des Menschenvolks, schien unter dem Blick der Elbin in sich zusammenzusacken und zu schrumpfen. Er war vor seinen Generälen und zahlreichen weiteren Zeugen gemaßregelt worden wie ein blutjunger Rekrut von einem Ausbilder, noch dazu von einer Frau, und das musste für einen stolzen Mann wie ihn schier unerträglich sein. Vor allem aber hatte Lithriel ihm mit wenigen Worten das Heft des Handelns aus der Hand genommen, hatte seine Entscheidungsmöglichkeiten auf ein simples Ja oder Nein begrenzt.

Dies musste sich für ihn und seine Generäle wie ein Schlag ins Gesicht anfühlen.

Doch Lithriel hatte nicht nur das alleinige Oberkommando über die vereinten Heere an sich gerissen, sondern auch zum Ausdruck gebracht, was sie von der Armee der Menschen hielt und wie wenig sie auf diese angewiesen war. Wenn sie an ihrer Seite kämpfen wollten, waren sie als Verstärkung herzlich willkommen. Wenn nicht, würden sie die Konsequenzen tragen müssen, und die würden sich vor allem *nach* dem Krieg zeigen.

Sei für uns oder gegen uns, unterwirf dich unseren Befehlen, oder nimm dein Heer und scher dich davon. Aber dann lass dich nie wieder bei uns blicken! Nichts anderes besagten die Worte der Elbin.

Auf der einen Seite war Barun froh darüber, wie sich die neue Heerführerin der Elben entschieden hatte. Sie war stärker und entschlossener, als er gedacht hatte, stärker sogar als ihr Bruder. Deshalb empfand er fast so etwas wie Bewunderung für sie. Zudem gönnte er dem eitlen, ständig hin und her taktierenden Kaiser die Abfuhr, anderseits bereitete ihm die Situation Unbehagen.

Auch in seinem eigenen Volk waren in letzter Zeit die Stimmen immer lauter geworden, die ein Ende des Krieges begrüßten. Hätte Martuk nicht gleich zu Beginn dieser Zusammenkunft erklärt, diesen Kurs aufgrund des Überfalls nicht länger zu verfolgen, wäre er wohl genauso abgekanzelt worden wie der Menschenkaiser, was die Beziehungen zu den Spitzohren extrem belastet hätte.

Lithriels Standpunkt war ebenso eindeutig wie fragwürdig. Anders als ihr Bruder betrachtete sie ihr Bündnis nicht länger als eine Allianz gleichberechtigter Völker. Sie allein würde von nun an bestimmen, was geschah; den Menschen und auch den Zwergen blieb nur noch die Wahl, ihr zu folgen oder sich zurückzuziehen. Treue oder Verrat, Schwarz oder Weiß. Alle dazwischenliegenden Graustufen hatte sie mit ihren Worten ausgelöscht.

»Wir sind dem edlen Volk der Elben für seine Hilfe bei unserer Befreiung zu unermesslichem Dank verpflichtet«, ergriff Kaiser Auretanus wieder das Wort, nachdem er sich kurz mit seinen Generälen beraten hatte. »Und natürlich werden wir uns unserer Verantwortung nicht entziehen. Wenn Ihr beschlossen habt, diesen Krieg weiterzuführen, werden die Menschen auch weiterhin treu an Eurer Seite stehen.«

»Eine weise Entscheidung«, sagte Lithriel kühl. »Dann sollten wir jetzt die Einzelheiten unserer Schlachtaufstellung und unserer Taktik besprechen.«

6

Duul'Athun hätte erleichtert sein müssen, als er Zarr'Laks Hütte verließ, aber er war es nicht. Ein paarmal hatte das Gespräch auf Messers Schneide gestanden. Gerade am Anfang war er fast schon überzeugt gewesen, um sein Leben kämpfen zu müssen, sofern Zarr'Lak ihm diese Ehre nicht sogar verweigern und ihn stattdessen einfach von seinen Wachen ergreifen und zu Tode foltern lassen würde. Aber letztlich hatte er erreicht, was er wollte, und das war das Einzige, was zählte.

Was er über die Bestimmung seines Volkes gehört hatte, nagte jedoch an ihm.

Konnte es wirklich sein, dass die Oger nicht von den Göttern als Herrscher über die Welt geschaffen worden waren? Dass sie keineswegs auserwählt und unbezwingbar waren, sondern nur eines unter mehreren Völkern und nicht einmal das mächtigste?

Mit einem ärgerlichen Grunzen fegte er diese Zweifel hinweg.

Und selbst wenn, sagte er sich. Dann würden sie ihr Schicksal eben in die eigene Hand nehmen. Macht war nicht nur ein Geschenk der Götter. Mächtig konnte man auch aus eigener Kraft werden, sogar mächtiger als alle anderen. Möglicherweise hatten sich die Elben damals tatsächlich nicht zurückgezogen, weil sie die Überlegenheit seines Volkes erkannt hatten, aber auf jeden Fall wäre es besser für sie gewesen, wenn sie bei ihrer Entscheidung geblieben wären. Das würde ihnen schnell klar werden, wenn er während der Schlacht plötzlich mit Tausenden Saikorai-Kriegern aus dem Gebirge hervorgestürmt kam und ihnen in den Rücken fiel.

Aber dann würde es für die Elben zu spät sein. Dann würden sie und die anderen Völker zwischen Hammer und Amboss zerschmettert werden.

In seinen Augen war es ohnehin ein Fehler gewesen, den Zwergen und Menschen die Reservate zu überlassen. Immer wieder hatte dieses schwächliche Gewürm für Unruhe gesorgt. Besser wäre es gewesen, es von Anfang an vom Angesicht der Welt zu fegen und mit Stumpf und Stiel auszurotten. Dann wäre es gar nicht erst zu diesem Krieg gekommen. Es rächte sich immer, wenn man Schwäche und Mitleid walten ließ.

Die Taktik für den nächsten Tag konnte deshalb nur lauten, hart und erbarmungslos zuzuschlagen und keine Gefangenen zu machen. Bei den Zwergen und Menschen würde das schon ausreichen, um einen großen Teil von ihnen zu vernichten, zumindest den wehrfähigen. Die in ihren Ortschaften zurückgelassenen Frauen, Kinder und Greise konnte man dann nach dem Krieg mühelos abschlachten.

Bei den Elben war die Situation komplizierter. Weder war bekannt, wie stark ihr Volk wirklich war, noch an welchen unzugänglichen Orten es sich verborgen hielt. Aber wenn es gelang, ihr hier versammeltes Heer auszulöschen, würde sie das zweifellos entscheidend schwächen. Sie würden mit ihrem Blut für die Lektion bezahlen, dass sie besser dort geblieben wären, wo sie sich die vergangenen Jahrhunderte verkrochen hatten, und sich nie wieder in die Belange der Oger einmischen.

»Nun?«, riss eine Stimme ihn aus seinen Gedanken, die knarrend wie eine Tür mit schlecht gefetteten Angeln und so dumpf klang, als käme sie aus einer tiefen, modrigen Gruft.

Duul'Athun schrak zusammen. Seine Sinne waren so geschärft, dass es praktisch niemandem gelang, sich unbemerkt an ihn heranzuschleichen. Nicht einmal dann, wenn er nicht auf seine Umgebung achtete.

Urian-Gi-Rhihl bildete die einzige Ausnahme. Allerdings konnte man bei ihm nicht von *schleichen* sprechen. Die Kreatur *ging* ja nicht einmal, sondern schien knapp über dem Boden zu schweben. Duul'Athun bezweifelte sogar, dass sie so etwas wie Füße oder Beine hatte. Zu sehen war dies aufgrund ihres bodenlangen schwarzen Umhangs, der ihren gesamten Körper einhüllte, nicht. Überhaupt hatte er keinerlei Vorstellung, was sich unter diesem Umhang verbarg. Das Wesen war wie ein Gespenst, ungreifbar und unheimlich. Seine bloße Gegenwart flößte Duul'Athun immer wieder Unbehagen ein.

Aber nicht immer konnte man sich seine Verbündeten aussuchen.

»Es war nicht einfach, aber schließlich hat Zarr'Lak meinem Vorschlag zugestimmt«, antwortete er. Von dem, was er über die Bestimmung seines Volkes erfahren hatte, erwähnte er nichts. Das ging keinen Außenstehenden etwas an.

»Natürlich hat er zugestimmt. Er ist schließlich kein Dummkopf. Wir haben Tatsachen geschaffen, denen er sich fügen muss.«

Unwillig registrierte der Oger das Wort *wir* in dem Satz. Es war *sein* Entschluss gewesen, die Friedensverhandlungen zu sabotieren, und es waren *seine* Saikorai gewesen, die den Angriff verübt hatten. Urian-Gi-Rhihl hatte ihn lediglich in seinem Vorhaben bestärkt und ihm geholfen, die Einzelheiten des Plans auszuarbeiten. Eines Plans, der nur funktionieren konnte, weil Urian-Gi-Rhihl es den Trollen mit seiner Magie ermöglicht hatte, sich den Wachposten unbemerkt zu nähern.

Duul'Athuns Unwille verstärkte sich noch, als er erst jetzt, da er darüber nachdachte, erkannte, dass die Kreatur wesentlich stärker in alles verwickelt war, als ihm bislang bewusst gewesen war. Erst ihr Hinweis auf die Stollen im Berg und die Gnome, die sie darin entdeckt hatten, hatte seine letzten Bedenken beseitigt, denn beides versprach einen gewaltigen strategischen Vorteil in der Schlacht.

Für seinen Geschmack war das fast schon zu viel Einfluss, den das Wesen ihm fast unmerklich abgerungen hatte, anstatt ihm nur beizustehen. Er war für die Hilfe dankbar, aber das durfte nicht dazu führen, dass er sich die Fäden seines Geschicks aus den Händen nehmen ließ.

»Obwohl er vorläufig von einer Strafe abgesehen hat, war Zarr'Lak von meinem Verrat nicht gerade erbaut«, sagte er.»Er hat einen Boten zu den Elben geschickt und hofft, durch entsprechende Zugeständnisse doch noch Verhandlungen zu ermöglichen.«

»Ich weiß.« Täuschte er sich, oder schwang in der knarrenden Stimme ein amüsierter Unterton mit?»Aber es wird keine Verhandlungen geben.«

»Du scheinst dir da sehr sicher zu sein.«

»Diese Zugeständnisse waren des mächtigen und ruhmreichen Volkes der Oger nicht würdig, ganz davon abgesehen, dass sie unsere Pläne gefährdet hätten. Ich habe den Boten abgefangen. Sein Angebot wird nicht ganz dem entsprechen, was Zarr'Lak ihm aufgetragen hat, und es wird schwerlich ausreichen, den Zorn der Elben zu besänftigen.«

Im Grunde war das eine gute Nachricht, dennoch ärgerte sich Duul'Athun erneut über die Eigenmächtigkeit der Kreatur. Urian-Gi-Rhihl hatte in den Lauf der Geschehnisse eingegriffen, ohne sich zuvor mit ihm abzusprechen. Sein Handeln entsprach zwar völlig dem Geist ihrer gemeinsamen Pläne, doch immer öfter fragte sich Duul'Athun mittlerweile, ob Urian-Gi-Rhihl nicht insgeheim eigene Pläne und Absichten verfolgte, die wenig mit dem Wohl der Oger zu tun hatten.

Ihm lag eine scharfe Zurechtweisung auf der Zunge, doch er zwang sich zur Zurückhaltung. Bei der Durchquerung der Berge und möglicherweise während der Schlacht benötigte er die Hilfe der Kreatur, und es wäre unklug, jetzt einen Streit vom Zaun zu brechen.

»Wir werden uns sofort auf den Weg machen, damit wir so früh wie möglich in die Schlacht eingreifen können«, verkündete er. »Sind die Gnome bereit?«

»Sie werden keine Schwierigkeiten machen.«

»Gut.«

Duul'Athun ging weiter, und Urian-Gi-Rhihl glitt an seiner Seite dahin. Kurz darauf erreichten sie das etwas abseits liegende Lager der Saikorai.

Der Kommandant erteilte einige Befehle, während die Kreatur weiter auf den Berg zuglitt. Mit Zufriedenheit stellte Duul'Athun fest, dass das gesamte Lager bereits nach wenigen Minuten auf den Beinen war und die Oger und Trolle in Formation antraten. Der unbarmherzige Drill, dem er seine Truppen unterzog, machte sich bezahlt.

Duul'Athun überließ alles Weitere seinen Unterführern und wandte sich dem Eingang in den Berg zu. Ursprünglich war dieser durch Felsen und wucherndes Buschwerk so verdeckt gewesen, dass er praktisch nicht zu entdecken war. Inzwischen hatte er alle Hindernisse beseiteräumen lassen, sodass der Eingang frei lag.

Durch einen kaum zwei Dutzend Schritte langen Stollen erreichte er eine kleine Grotte, die von Fackeln erleuchtet wurde. Einige Oger und Trolle bewachten das knappe Dutzend Gnome, das sie mithilfe von Urian-Gi-Rhihl am frühen Abend gefangen hatten. Auch der war bereits hier eingetroffen. Zu seinen Füßen lag ein toter Gnom. Ein weiterer wurde von einem der Oger gerade zu ihm geschleift.

Bis vor wenigen Stunden hatte Duul'Athun nicht einmal von

der Existenz dieses Volkes gewusst. Erst durch Urian-Gi-Rhihl hatte er von diesen Kreaturen erfahren, die in Höhlen im Inneren der Berge lebten. Aber ihre Entdeckung war wie ein Geschenk der Götter, denn ohne sie ließe sich sein Plan nicht verwirklichen. Jedenfalls nicht in der kurzen Zeit, die noch bis zur Schlacht blieb.

Der Gnom war ein schmächtiges, dürres Kerlchen, das Duul'Athun gerade einmal bis zu den Oberschenkeln reichte, aber es schrie und wehrte sich mit aller Kraft. Es trat, schlug und biss um sich, wobei es sich so sehr in den Pranken des Ogers wand, der seine Bemühungen nicht einmal zu bemerken schien, dass Duul'Athun fürchtete, es könnte sich selbst dabei die Arme ausreißen.

Er beobachtete vom Eingang der Höhle aus, wie Urian-Gi-Rhihl den Gnom einfach nur aus der Dunkelheit unter seinem Umhang heraus anstarrte. Nach ein paar Sekunden lösten sich bläuliche Funken aus der Schwärze, wo sich sein Gesicht befinden mochte. Sie glitten auf den Gnom zu und umtanzten seinen Kopf, zunächst langsam, dann immer schneller, während ihre Zahl stetig zunahm. Die Gegenwehr des Gnoms erlahmte, und auch seine Schreie verstummten. Der Oger ließ ihn los und trat ein paar Schritte zurück.

Nach ein paar Sekunden waren die Funken einzeln gar nicht mehr wahrnehmbar, sondern zuckten wie Blitze auf den Gnom zu, umhüllten seinen Kopf und drangen durch Nase, Mund, Ohren und sogar die Augen in ihn ein.

Der Gnom bäumte sich auf, als würde sein Körper von einer gewaltigen Kraft gepackt, dann brach er zusammen und blieb reglos liegen. Die Funken und Blitze erloschen.

»Bringt einen anderen!«, befahl Urian-Gi-Rhihl. Sofort schleifte einer der Oger einen weiteren Gnom zu ihm, und die Prozedur wiederholte sich.

Duul'Athun beobachtete das Geschehen angewidert. Die

Gnome waren nur schwache und somit völlig unnütze Kreaturen, für die er keinerlei Mitleid empfand, aber er verabscheute Magie. Kein Oger verfügte über magische Kräfte, deshalb waren sie seinem Volk fremd. Das Dämonenwerk der Elben und auch einiger Menschen hielt er für eine verschlagene, heimtückische Art zu kämpfen, die eines echten Kriegers unwürdig war.

Und dennoch – als Urian-Gi-Rhihl am Vortag eine eindrucksvolle Kostprobe seines Könnens geliefert hatte, indem er, unbemerkt von allen Wachen, bis in sein Quartier vorgedrungen war, hatte Duul'Athun nicht widerstehen können und war auf das Angebot eines Bündnisses gegen ihre Feinde eingegangen. Manchmal musste man Feuer mit Feuer bekämpfen.

Aber Feuer war unberechenbar, und wenn man nicht aufpasste, konnte es einen selbst verschlingen.

Zum wiederholten Male fragte sich der Oger, ob er nicht doch einen Fehler gemacht hatte. Urian-Gi-Rhihl hatte ihn in seinen eigenen Ansichten bestärkt, dass die Oger aufgrund göttlicher Vorsehung allen anderen Völkern überlegen wären und sie durch einen Friedensvertrag Verrat an ihren Idealen üben und ihre Feinde unnötig stärken würden. Gleichzeitig war das Wesen jeder Frage über seine Herkunft und seine eigenen Absichten ausgewichen.

Duul'Athun war einer solchen Kreatur nie zuvor begegnet, noch hatte er je von einer gehört. Im Grunde wusste er *nichts* über seinen geheimnisvollen Verbündeten.

Ihm war nur klar, dass dessen Hilfe nicht völlig uneigennützig war, sondern mit einem manchmal anklingenden Hass auf die Elben zu tun hatte. Aber woher kam Urian-Gi-Rhihl?

Warum wusste niemand von ihm, obwohl er über eine so unvorstellbare Macht gebot?

Warum hatte er sich gerade jetzt offenbart?

Und warum gerade ihm?

Immerhin hatte sich das Wesen nicht nur gezielt an ihn gewandt, sondern sogar ausdrücklich verlangt, dass er dies Zarr'Lak gegenüber verschwieg. Angesichts der Intrige, die sie gemeinsam gegen den Häuptling und seine Friedensbemühungen geschmiedet hatten, war das allerdings verständlich.

Dass es zu diesem Bündnis gekommen war, lag jedoch nicht nur daran, dass Urian-Gi-Rhihl den nächtlichen Überfall durch die magische Tarnung der Trolle überhaupt erst durchführbar gemacht hatte. Auch nicht an seinem Versprechen, ihnen mit dieser Magie in der bevorstehenden Schlacht zu helfen, sondern vor allem an der Enthüllung, dass es verborgene Wege durch das Gebirge gab und dieses von Wesen bewohnt war, die sie über diese Wege führen könnten.

So unheimlich und verdammenswert Magie auch sein mochte, musste Duul'Athun zugeben, dass sie auch Vorteile hatte. Nur dank ihr hatten sie eine ganze Gruppe Gnome einfangen können. Doch waren ihr offenbar auch Grenzen gesetzt, wie er jetzt erlebte. Urian-Gi-Rhihl hatte ihn gewarnt, dass der Verstand der Winzlinge schwach und viele von ihnen einer geistigen Beeinflussung nicht gewachsen sein würden. Deshalb war es nötig gewesen, so viele von ihnen zu fangen.

Doch nachdem bereits fünf von ihnen bei dem Versuch der Kreatur, ihnen ihren Willen aufzuzwingen, gestorben waren, kamen Duul'Athun Zweifel, ob die Bemühungen überhaupt zu etwas führen würden. Das könnte seinen gesamten Plan gefährden. Sie würden niemals rechtzeitig die andere Seite des Gebirges erreichen, wenn er seine Saikorai blindlings durch die unterirdischen Stollen irren lassen musste.

Endlich aber zeichnete sich ein Erfolg ab. Die Funken umtanzten den Kopf eines weiteren Gnoms so dicht, dass es aussah, als trüge er einen bläulichen, halb durchsichtigen Helm. Duul'Athun beobachtete, dass das Blau diesmal nicht kräftiger wurde, als die Funken in den Kopf des Gnoms eindrangen, sondern stattdessen rasch zu verblassen begann. Die zuckenden Energiebündel, die ihn noch immer mit seinem Peiniger verbanden, wurden ebenfalls dünner und blasser, bis auch sie schließlich vollends verschwanden.

»Er hat nun keinen eigenen Willen mehr«, verkündete Urian-Gi-Rhihl in Richtung des Höhleneingangs. Offenbar war er sich die ganze Zeit über bewusst gewesen, dass Duul'Athun dort stand und ihn beobachtete. »Er wird uns durch den Berg führen und auch sonst jeden Befehl befolgen, den ich ihm gebe. Alles ist bereit.«

Duul'Athun nickte. Er rief seine Unterführer zusammen und gab den Befehl zum Aufbruch.

Nur Minuten später kroch eine schier endlose Schlange aus Tausenden von Ogern und Trollen ins Innere des Berges.

7

Der Leichnam Aigilons würde nicht eingeäschert werden, wie Barun aufgrund des Holzstoßes zunächst vermutet hatte. Stattdessen würde er dort aufgebahrt liegen bleiben, damit alle Elben Gelegenheit bekamen, ihm die letzte Ehre zu erweisen und von ihm Abschied zu nehmen. Später würde man ihn zu seinem Vater bringen, damit er in der Heimat der Elben seine letzte Ruhe fände.

So konnten die Beratungen ohne weitere Verzögerung beginnen. Als Barun jedoch zusammen mit den anderen Zwergen, den Menschen und einigen Elben das große Zelt der Heerführerin betreten wollte, in dem sie auch ihre früheren Zusammenkünfte abgehalten hatten, hielt König Martuk ihn am Arm zurück.

»Ist wohl besser, wenn du in unser Lager zurückkehrst und dir das Blut und die Eingeweide abwäschst«, sagte er. »Ich fürchte, dein Gestank beleidigt die zarten Nasen unserer Gastgeber, und der Menschenkaiser sieht schon jetzt aus, als ob er gleich kotzen müsste.«

»Aber …«

»Unsere Strategie für die Schlacht steht weitgehend fest. Lithriel wird höchstens noch Kleinigkeiten daran ändern. Außerdem möchte ich, dass du dich von den Heilerinnen untersuchen lässt. Der morgige Tag wird hart werden, da kann ich keinen halb toten Hordenführer gebrauchen.«

Barun wollte widersprechen, verzichtete dann aber darauf. Schließlich hatte er genau das ursprünglich ohnehin vorgehabt. Es gab Schlimmeres, als eine langweilige Beratung zu verpassen, um stattdessen mit ein paar Humpen Met die Erinnerung an den Überfall hinunterzuspülen und sich die richtige Kampflaune für den nächsten Tag anzutrinken.

Auch wenn der Angriff mit seinen zahlreichen Opfern furchtbar gewesen war, machte er sich recht zufrieden auf den Weg in den von den Zwergen bewohnten Teil des Lagers.

Dort angekommen, riss er einem Krieger im Vorbeigehen einen Humpen Met aus der Hand und stürzte das süße Gebräu in einem Zug hinunter.

»He!«, protestierte der Zwerg. »Du willst wohl ...«

»Was?«, fragte Barun grimmig. »Was wolltest du sagen? Wenn du auf Ärger aus bist, dann komm nur her. Ich bin gerade in der richtigen Stimmung für eine kleine Rauferei.«

Einen Moment lang schien es, als ob der Krieger die Herausforderung annehmen würde. Zwerge waren ein rauflustiges Völkchen, das gerne hin und wieder mit den Fäusten Dampf abließ. Aber dann stieß der Krieger hervor: »Barun, Ihr seid es! Ich habe Euch nicht gleich erkannt. Fürwahr, Ihr seht aus, als hättet Ihr einen guten Schluck dringend gebraucht.«

»Worauf du einen lassen kannst«, knurrte Barun, warf ihm den leeren Humpen zu und stapfte weiter.

An einem kleinen Bach, der hoch in den Bergen entsprang und durch das Lager plätscherte, kniete er nieder und begann, sich das mittlerweile getrocknete Trollblut von Armen und Gesicht und vor allem aus seinem Bart zu waschen. Einige andere Zwerge kamen herbeigeeilt und bombardierten ihn mit Fragen, aber er beachtete sie nicht weiter.

»Sobald es hell wird, ziehen wir in die Schlacht, das steht nun mit Blut unterzeichnet fest«, brummte er. »Alles Weitere werdet ihr vom König selbst erfahren.«

Sodann kümmerte er sich um die Metallteile seiner Uniform, von denen das Blut recht leicht zu entfernen war. Doch bevor er sie gänzlich säubern konnte, entstand nicht weit entfernt ein kleiner Tumult. Aufgeregte Stimmen erklangen. Vermutlich waren ein paar Zwerge in Streit geraten. Aufgrund der angespannten Stimmung kam das am Vorabend einer Schlacht immer wieder vor, doch abgesehen von einem blauen Auge oder dergleichen gab es niemals ernsthafte Verletzungen.

Dann aber vernahm Barun plötzlich eine Stimme, die ihn aufhorchen ließ.

»... lassens los. Mit eurem König ... sprechen willst.«

Es war eine hohe, quäkende Stimme, die sich deutlich von den tiefen, brummenden Zwergenstimmen unterschied. Sie klang eher nach einem menschlichen Kind oder einem Eunuchen – aber da sich weder Kinder noch Eunuchen im Heerlager aufhielten ...

Baruns Neugier war geweckt. Er richtete sich auf, brauchte sich dem Tumult aber nicht mehr zu nähern, denn eine Gruppe Zwerge kam bereits auf ihn zu. Und bei ihnen ...

Fassungslos starrte Barun das Wesen an, das zwei der Zwerge an den Armen gepackt hatten und mit sich zerrten.

Es war noch deutlich kleiner als ein Zwerg und von bräunlich grauer Hautfarbe. Bekleidet war es nur mit einer Art Lendenschurz, und sein mit dunklem, krausem Haar bedeckter Schädel schien ein wenig zu groß für seinen schmächtigen Körper.

»Ihr mich sofort loslassens!«, zeterte das Wesen. »Wichtige Botschaft für euren König Quorx bringt!«

»Was ist hier los?«, fragte Barun und stemmte die Fäuste in die Hüften. »Was ist das für eine Kreatur?«

»Wir haben sie beim Herumschnüffeln am Rande des Lagers entdeckt«, berichtete einer der Zwerge. »Offenbar irgendein halb intelligentes Tier. Wir haben dergleichen noch nie gesehen, aber es handelt sich zweifellos um einen Spion des Feindes. Sollen wir es töten?«

Das Wesen stieß einen quiekenden Laut aus. »Quorx nix schnüffeln! Quorx nix ist Tier, dumme Zwerges! Und Quorx nix ist Spion für grausame Ogers!«, protestierte es mit seiner schrillen Stimme. »Quorx ists Gnom und mit eurem König Quorx sprechen willst.«

»Das habe ich schon verstanden, aber der König ist nicht hier«, brummte Barun, während er überlegte.

Von einem Gnom hatte er noch nie gehört, aber um ein Tier handelte es sich wirklich nicht. Auch wenn das Wesen die Worte verdrehte, konnte es verständlich sprechen. Also war es intelligent.

Die Oger schien es nicht zu mögen, aber das konnte natürlich auch eine Lüge sein. In einer Welt und einer Zeit wie dieser, in der die Existenz aller Völker auf dem Spiel stand, musste er leider davon ausgehen, dass jeder, der nicht auf ihrer Seite kämpfte, ein Diener des Feindes war.

Er zog ein Messer aus dem Gürtel und machte einen Schritt auf die Kreatur zu. »Da der König nicht hier ist, wirst du mit mir vorliebnehmen müssen, und meine Geduld ist schnell erschöpft. Also sprich rasch! Woher kommst du, und was willst du hier, wenn du kein Spion bist? Antworte, oder ich schlitze dich auf und werfe deinen Kadaver den Krähen zum Fraß vor!«

»Wenn das du tust, du dumm«, behauptete das Wesen. »Quorx in Frieden kommenst und helfen wollenst. Quorx selbst von hoher Abstammung ists, weil ists sechster Sohn von Brax, Braas der Gnome in große Berge. Deshalb Quorx mit eurem König zu sprechens verlangt.« Er machte eine kurze Pause und musterte Barun noch einmal. »Aber wenn König ist nix da, du auch gut. Gegen heimtückische Trolle du gekämpft hast, noch Spurens von Kampf du trägst. Quorx Vertrauens zu dir hat, auch wenn sehr unhöflich du bist.«

»Komm zur Sache!«, verlangte Barun und hob sein Messer ein wenig höher. Dann wurde ihm plötzlich bewusst, was der Gnom gesagt hatte. »Dein ... Dein Volk lebt in den Bergen?« »Seit vielen Jahrhundertens Gnome friedlich in den großen Bergen lebens. Nur selten wir Berge verlassens. Wir nix wollen zu tun habens mit grausame Ogers und Trolle, sie deshalb nix wissen von uns. Aber jetzt Ogers uns entdeckens. Viele Gnome sie getötet und gefangen genommen habens. Deshalb großer Braas Brax zu Zwergen mich hat geschickt. Euch helfen Gnome wollens, zu besiegen böse Ogers und Trolle. Du immer noch willst Quorx töten? Dann noch dümmer als gedacht du bists!«

»Uns helfen?«, echote Barun, völlig verblüfft von dieser Wendung. Skeptisch betrachtete er den Winzling, der noch deutlich weniger als die schwächlichen Menschen wie ein Krieger wirkte. Im Gegenteil, mit seinen dürren Ärmchen und Beinchen erweckte das Wesen einen eher mitleiderregenden Eindruck. »Und wie?«

»Du nicht richtig hörens zu. Gnome in und unter Berge lebens. Viele Höhlen und Stollen es dort gebens, durch ganzes Gebirge sie führens. Ogers einen Eingang entdeckt habens, aber blind sie irrens in wenige Stollens umher. Quorx euch zeigen wirds geheime Wege. Ihr erschlagen werdets Ogers in Berge, dann ihr Heer von hinten ihr werdets angreifen können.«

Barun sog scharf die Luft ein. Wenn das, was Quorx behauptete, wirklich stimmte, dann konnte das den Verlauf der Schlacht entscheidend zu ihren Gunsten verändern.

»Lasst ihn los!«, befahl er den beiden Zwergen, die den Gnom noch immer festhielten.

»Aber Kriegsmeister, glaubt ihr wirklich, dass ihr ihm vertrauen könnt? Wir wissen nichts über ihn und sein Volk. Was, wenn er uns in eine Falle locken will?«

Diese Möglichkeit war nicht von der Hand zu weisen, dennoch glaubte Barun nicht daran. Zweifellos waren die Oger schlau genug, einen solchen Plan zu entwickeln, aber es passte nicht zu ihnen. Sie waren davon überzeugt, allen anderen Völkern überlegen zu sein, das von den Göttern zum Herrschen auserkorene Volk und deshalb unbesiegbar. Aus diesem Grund hielten sie es für unnötig und sogar für unter ihrer Würde, in einer Schlacht auf solche Tricks zurückzugreifen.

»Das Risiko müssen wir eingehen. Lasst ihn los, ich nehme die Verantwortung dafür auf meinen Helm. Der König muss sofort von diesen Neuigkeiten erfahren. Er befindet sich in einer Besprechung bei den Elben. Ich werde dich dort hinbringen, Quorx.«

Der Gnom schnitt eine Grimasse, während er seine Ärmchen massierte, auf denen der Griff der Zwerge deutliche Abdrücke hinterlassen hatte.

»Quorx nicht zu hochmütige Elbenklugscheißers will«, stieß er hervor. »Elben immer alles besser wissens und nur lachens über Gnome. Sollens selbst finden Wege durch Berge.«

Die halbe Portion so respektlos und zugleich zutreffend über die Elben reden zu hören entlockte Barun ein Lächeln. Auch wenn sie ihre Berge angeblich so gut wie nie verließen, hatten die Gnome offenbar bereits einschlägige Erfahrungen nicht nur mit den Ogern, sondern auch mit den Spitzohren gemacht.

Dennoch hatten diese die Gnome nie erwähnt. Bislang war die Existenz von nur fünf Völkern für ihn eine feststehende Tatsache gewesen. Was mochten die Elben ihnen noch alles verschwiegen haben?

Er überlegte, was er tun sollte.

Natürlich könnte er Quorx zwingen, ihn zu der Besprechung in Lithriels Zelt zu begleiten, zumal die Informationen für alle Völker interessant waren. Allerdings würde es die Hilfsbereitschaft des Gnoms sicherlich nicht fördern, wenn er ihn mit sich schleifte. Womöglich würde er gar zu dem Schluss kommen, dass sie seiner Hilfe nicht wert seien, und die erstbeste Gelegenheit nutzen, um so überraschend wieder zu verschwinden, wie er aufgetaucht war.

Nein, wenn das, was er behauptete, stimmte, waren seine Gunst und somit seine Hilfe viel zu wertvoll, um sie leichtfertig aufs Spiel zu setzen.

»Waron«, wandte sich Barun an einen der anderen Zwerge. »Lauf so schnell es geht zum Elbenlager und richte König Martuk von mir aus, dass er hier gebraucht wird. Sag, es sei äußerst dringend, aber teile ihm keine Einzelheiten mit. Die taktischen Details können auch die anderen Mitglieder des Kriegsrats abklären. Das hier wird womöglich ohnehin alles verändern.«

»Wie Ihr befehlt!«, erwiderte der Zwerg und eilte davon.

»Und dich möchte ich bitten, mir schon einmal den Eingang zu eurem Reich zu zeigen«, richtete Barun deutlich freundlicher als zuvor wieder das Wort an den Gnom. »Ich möchte mich davon überzeugen, wie groß und massiv die Stollen und Höhlen sind, um sicher zu sein, dass uns nicht alles auf den Kopf fällt, wenn wir eine größere Zahl von Zwergenkriegern hineinschicken.«

»Einverstandens, obwohl zu misstrauisch du bists«, sagte Quorx. Es gefiel ihm sichtlich, dass er nun wesentlich höflicher als zuvor behandelt wurde. »Große Augen du wirst machens.«

Barun glaubte nicht, dass der Gnom ihn tatsächlich in eine Falle locken wollte, dennoch wählte er acht Krieger aus, die ihn begleiten sollten. Lieber einmal zu oft misstrauisch als einmal zu oft tot …

Sie waren etwa eine halbe Stunde unterwegs, bis sie einen Einschnitt zwischen den Felsen erreichten, wo sich hinter einem großen Brocken eine schmale Öffnung befand. Man konnte sie erst entdecken, wenn man hinter den Felsbrocken trat. Noch aus wenigen Schritten Entfernung sah es so aus, als stellte er das Ende der schmalen Schlucht dar.

Quorx bückte sich, hob eine Fackel auf und entzündete sie mit einem Feuerstein, dann traten sie ins Innere des Berges.

Gleich hatte Barun das Gefühl, freier atmen zu können. Dies war der angestammte Lebensraum seines Volkes. Wo andere bei dem Gedanken an die ungeheure Masse an Gestein über sich Beklemmung verspüren mochten, fühlten sich Zwerge wesentlich wohler als unter freiem Himmel.

Der Stollen war zunächst so schmal, dass sie nur hintereinander gehen konnten, wurde jedoch nach wenigen Schritten breiter.

Gelegentlich strich Barun mit den Fingern über das Gestein. Er war Krieger, kein Schürfmeister, aber auch er erkannte, dass dies guter, massiver Fels war, hauptsächlich Granit, hart wie das Gebein der Erde. Keine bröckeligen Steinhaufen wie die Hügel, die die Oger seinem Volk bislang als Heimstätten zugewiesen hatten und die die Bezeichnung Berge nicht im Entferntesten verdienten. Dies hier waren zumindest dem ersten Eindruck nach Berge, in denen Zwerge leben könnten, wenn sie nicht bereits bewohnt wären.

Aber es gab viele gute Gebirge auf der Welt, unter denen sie eine freie Auswahl treffen konnten, sobald ihre Unterdrücker erst einmal vollständig besiegt waren. Das durfte auch der Grund sein, aus dem die Gnome hier bislang unbehindert hatten leben können. An anderen Orten wurden genug Erze, Mineralien und dergleichen mehr abgebaut. Diese Berge waren für die Oger nicht von Nutzen, deshalb hatten sie sie nie erforscht und nicht von der Existenz der Gnome erfahren, sonst hätten sie schon aus purer Herrschsucht längst auch sie unterworfen.

Bereits nach wenigen Dutzend Schritten erreichten sie eine große Höhle. Auch hier war nichts bröckelig, keinerlei Geröll war auf dem Boden zu entdecken. Und die Wände ...

Unwillkürlich hielt Barun den Atem an und stieß ihn erst nach ein paar Sekunden geräuschvoll wieder aus. Gemessen an den Grotten, die er bislang kannte, war dies eine Kathedrale, ein Dom. Allein das schwache Licht der Fackel reichte aus, ihn den wunderschönen Verlauf der unterschiedlichen Gesteinsschichten erkennen zu lassen. Dazwischen glänzten an vielen Stellen je nach Lichteinfall Einschlüsse von Mineralien.

Es war das Schönste, das er je gesehen hatte.

Nachdem Baruns Gedanken seit Monaten nur noch mit dem Krieg beschäftigt gewesen waren, war er auf den Anblick solcher Schönheit nicht vorbereitet. Erst in diesem Moment begriff er in vollem Ausmaß, dass sie nicht nur gegen Unterdrückung und für etwas Abstraktes wie Freiheit kämpften, sondern vor allem dafür, sich Orte wie diesen als neue Heimstatt wählen und sie durch ihr Geschick in etwas Unvergleichliches verwandeln zu können.

Nur widerstrebend riss er sich von dem Anblick los.

»Ich möchte mit deinem Vater sprechen, dem Braas eures Volkes«, wandte er sich an Quorx.

Der aber schüttelte heftig den Kopf. »Zu misstrauisch mein Vater ist. Nix gute Erfahrung mit anderen Völkern wir gemacht. Nicht mit Elbens und nicht mit Ogers. Rückzug in weit entfernte Höhlen er befohlen hat, bis Ogers und Trolle wieder abgezogens oder besiegt sinds.«

»Schade, sonst könnten wir vielleicht für die Zeit nach dem Krieg ...« Barun brach ab. Ihm kam plötzlich ein Verdacht. »Dein Vater möchte auch uns nicht hier haben, nicht wahr? Er ... Er hat dich gar nicht zu uns geschickt, du handelst auf eigene Faust. Ist es so?«

Quorx senkte den Kopf. »Ogers und Trolle viele Gnome getötet oder gefangen habens. Dass wir hier leben, sie nun wissens. Braas sich irrt. Nicht wieder weg sie gehen werdens, wenn sie gewinnens diesen Krieg. Nur weiter in Freiheit wir leben können, wenn besiegt sie werdens. Deshalb helfens ich euch will.«

Er hob den Kopf wieder. Seine Augen funkelten, als er Barun anblickte. »Und weil Rache ich will. Nicht ungestraft sie dürfen tötens meine Freunde und Brüder!«

Diese Einstellung konnte Barun gut nachvollziehen, und der Gnom stieg in seiner Achtung. Es gehörte viel Mut dazu, sich gegen den Befehl seines Vaters und des Anführers seines Volkes zu stellen und sich heimlich ins Lager eines fremden Volkes zu schleichen.

»Sie werden gerächt werden, und wenn es uns gelingt, die Oger und Trolle zu besiegen, werdet ihr wieder frei und ungestört leben können«, versprach er.

8

Sie waren seit mittlerweile mehr als drei Stunden unterwegs, dennoch ließ Baruns Begeisterung über die unzähligen Wunder, die es im Inneren des Gebirges zu bestaunen gab, nicht nach. Immer wieder entdeckte er irgendwo etwas Neues, seien es besonders geformte Steinformationen, der Verlauf unterschiedlicher Gesteinsschichten, die prachtvolle Muster an den Wänden bildeten, üppige Mineralvorkommen oder auch einfach nur das durch Vorsprünge und Vertiefungen geschaffene Spiel von Fackellicht und Schatten.

Mehrfach strich er fast andächtig mit den Fingern über die Wände und wünschte, ein weniger ernster Anlass hätte ihn hergeführt, sodass er Zeit hätte, alles in Ruhe zu erforschen und zu bestaunen. Manchmal vergaß er sogar für kurze Zeit, dass sie auf dem Weg in eine Schlacht waren, die zahlreiche Opfer, möglicherweise sogar sein eigenes Leben, fordern würde.

Aber was er hier sah, spornte seine Entschlossenheit zugleich noch mehr an, denn es zeigte ihm, welche glorreiche Zukunft sein Volk im Falle eines Sieges erwartete. Vielleicht nicht unbedingt hier, in diesen Bergen, aber es gab zahlreiche andere Gebirge, von denen viele sogar noch größer waren.

Ihr Marsch führte sie durch endlos erscheinende Stollen, manche so eng, dass nur jeweils ein Zwerg hindurchpasste, andere wie steinerne Alleen, wo zehn Zwerge mühelos nebeneinander hätten gehen können. Dann wieder gelangten sie in Höhlen, die an riesige Säle erinnerten, deren Decke durch steinerne Säulen gestützt wurde.

Vieles war von der Natur geschaffen worden, doch vereinzelt entdeckte Barun auch Spuren künstlicher Bearbeitung, vor allem dort, wo die Stollen besonders eng waren. An diesen Stellen war Gestein herausgehauen und Vorsprünge waren beseitigt worden, um sie zu verbreitern. Zweifellos ein Werk der Gnome, doch offenbarten sie keine sonderliche Kunstfertigkeit.

Wenn er sich vorstellte, was für ein prachtvolles Reich sein Volk stattdessen hier erschaffen könnte ...

Je tiefer sie in den Berg eindrangen, desto weniger waren sie auf das Licht der Fackeln angewiesen, bis Barun sie schließlich löschen ließ. Dennoch wurde es nicht dunkel. Die Decke der Stollen und vor allem der Höhlen waren von Leuchtmoos in solcher Menge bedeckt, wie er es noch nie gesehen hatte.

In den Hügeln, die die Oger ihnen bislang zugewiesen hatte, waren nur ganz vereinzelte Flechten zu finden gewesen. Obwohl sein Volk alles unternommen hatte, um ideale Wachstumsbedingungen zu schaffen, hatte sich das Moos dort nie ausgebreitet. Hier jedoch wucherte es geradezu und erhellte die Umgebung mit seinem leicht grünlichen Licht.

»Leichenlicht«, stieß Egarion neben ihm mit angewiderter Stimme hervor. Sie gingen zusammen mit dem Gnom an der Spitze eines fast dreitausend Krieger zählenden Zwergenheers, das König Martuk Barun unterstellt hatte, um seinen Plan auszuführen. Das war rund ein Drittel der gesamten Zwergenstreitmacht, was zeigte, welch große Hoffnungen der König in ihn setzte. Die Oger würden glauben, die Pforten der Hölle hätten sich aufgetan, wenn er mit diesem Herr unverhofft hinter ihnen auftauchte.

»Was?«, fragte er.

»Leichenlicht«, wiederholte Egarion. »Finsternis, totes Gestein, muffige Luft und nun auch noch Leichenlicht. Tief im Süden, am Rande der Sümpfe, stößt man gelegentlich auf eine Art Pilz, der Kadaver befällt. Verwesung und Fäulnisgase bringen ihn dazu, in einem ähnlichen Licht zu glimmen. Ich begreife nicht, wie irgendwer freiwillig in einer solchen Umgebung leben und sich dabei auch noch wohlfühlen kann.«

»Banause!«, schnaubte Barun und bedauerte bereits, dass er Lithriels Angebot akzeptiert hatte, ihnen mehrere Dutzende Elbenkriegerinnen und -krieger mitzugeben. Wenn sie das Gebirge wieder verließen, sollten diese die Oger und Trolle mit ihren Pfeilen unter Beschuss nehmen, während die Zwerge sie mit ihren Äxten angriffen. »Wird dir die Schönheit dieses Ortes wirklich nicht offenbar?«

»Ich kann mich an der Schönheit einer Blume oder eines Baumes erfreuen, an einem mit Seerosen bedeckten Weiher, an einer sanften Brise auf meiner Haut oder auch einem besonders schönen Sonnenuntergang, aber bestimmt nicht an totem Fels und Leichenlicht. Wenn es hier irgendwelche Schönheit gibt, dann ist sie wirklich sehr gut verborgen.«

»Gesagt ich dir habes, dass Elbens sind Motzköpfe«, gackerte Quorx, der mit ihnen die Spitze des Heerzugs bildete. Er war anfangs strikt dagegen gewesen, dass die Spitzohren sie begleiteten, hatte aber schließlich grummelnd nachgegeben. »Wie sie jeder soll denkens, ihren Geschmack jeder soll teilens. Nicht geändert sie sich habens.«

Während Barun grinste, bedachte Egarion den Gnom mit einem finsteren Blick, ersparte sich aber weitere Bemerkungen.

»Wieso habt ihr es eigentlich nie für nötig gehalten, uns von ihnen zu erzählen?«, fragte ihn Barun. »Die Existenz eines weiteren Volkes ist ja wohl alles andere als unbedeutend.«

Der Elb zögerte.

»Für uns war sie es«, antwortete er schließlich. »Schon damals waren die Gnome sehr scheu und nicht sehr zahlreich. Seit Jahrhunderten hatten wir keinen Kontakt mehr mit ihnen. Wir wussten nicht einmal, ob und wo überhaupt noch welche ihres Volkes leben. Und in den Wirren des Krieges gab es Wichtigeres zu besprechen.«

Die Antwort befriedigte Barun nicht wirklich, aber für den Moment ließ er es dabei bewenden.

»An einigen Stellen habt ihr die Wege verbreitert, aber sonst nichts getan, um die Schönheit dieser Hallen und Stollen herauszuarbeiten«, wandte er sich an Quorx. »Wenn der Krieg vorbei ist und ihr es wünscht, können wir euch zeigen, wie man Fels so bricht, dass seine natürlichen Strukturen am besten zum Vorschein kommen. Und bestimmt kann dein Volk uns auch einiges lehren.«

»So man das macht«, wandte Quorx sich an Egarion, anstatt Barun zu antworten. »Fragen, was wir möchtens lernen, und eingestehen, dass manches wir besser könnens. Sehen wir werden, wie Vater sich wird entscheidens, wenn …«

Er brach plötzlich ab, blieb stehen und bückte sich ein wenig, während er die Felswand musterte. Erst als Barun neben ihm in die Hocke ging, entdeckte auch er einige feine Risse im Gestein. Es dauerte einen Moment, bis er begriff, dass sie nicht natürlichen Ursprungs waren, sondern hineingeritzt.

»Für mich eine Nachricht«, erklärte Quorx. »Der Braas weiß, dass durch unser Reich ich euch führe. Er nicht zornig deswegen ists, sondern er uns warnt. Eine große Zahl Ogers und Trolle ebenfalls ins Gebirge eingedrungens sind. Einige unseres Volkes gezwungen wurdens, zu führen sie. Sie wohl gleichen Plan habens wie ihr.«

Barun ballte die Fäuste und schloss für einen Moment die Augen, als er in vollem Ausmaß begriff, was diese Nachricht zu bedeuten hatte. Sein Plan, sein Unternehmen war gescheitert, und das auf ganzer Linie. Der Häuptling der Oger war auf die gleiche Idee gekommen, auch er versuchte ihre Linien mit einem Teil seines Heers zu umgehen, um ihnen in den Rücken zu fallen. Auch er hatte Gnome gefunden, die ihm halfen und ...

Er fuhr herum und schloss seine Hand blitzartig um Quorx' Kehle. »Was für ein verdammtes Spiel ist das?«, blaffte er. »Ich habe wirklich geglaubt, dass du uns helfen willst, aber wie es aussieht, verdingen du und deinesgleichen sich auf beiden Seiten. Was wollt ihr? Dass wir und unsere Feinde uns hier im Gebirge die Köpfe einschlagen, damit ihr uns beide loswerdet? Oder ist es pure Bosheit?«

»Gewarnt ... ich euch dann ... nicht hättes«, presste der Gnom mühsam hervor. Barun lockerte seinen Griff ein wenig. »Selbst durch Nachricht ich erst davon erfahrens habe.«

»Vorhin erst hast du stolz behauptet, dass ein Gnom durch keine Folter der Welt zu etwas gezwungen werden könne«, mischte sich Egarion ein. »War das nur prahlerisches Geschwätz, oder warum führen deine Leute die Oger und Trolle nun doch durch die Berge?«

»Ich nicht mir das kann erklärens«, beteuerte Quorx. »Und Vater es auch nicht kanns, sonst nicht extra er es erwähnens würde. Sehr besorgt der Baas ist, dass er mir schickts die Warnung.«

Nach kurzem Zögern ließ Barun den Gnom los. Sein im ersten Schrecken geborener Verdacht ergab keinen Sinn, wie er allmählich begriff. Wenn Quorx sie in eine Falle locken wollte, hätte er sie wohl kaum gewarnt.

Er überlegte, was er jetzt unternehmen sollte. Einem ersten Impuls folgend, wäre er am liebsten umgekehrt, um die Feinde zusammen mit dem Rest seines Volks am Ausgang aus dem unterirdischen Labyrinth zu erwarten. Das würde ihnen immerhin einen Vorteil verschaffen, da die Oger damit bestimmt nicht rechneten.

Dann aber wurde ihm bewusst, dass ihr Vorteil im Inneren des Berges erheblich größer wäre. Die Bedingungen für einen Kampf waren hier nahezu ideal. Dies war der natürliche Lebensraum seines Volkes, eine Umgebung, in der Zwerge ihre Fähigkeiten wesentlich besser entfalten konnten als auf freier Fläche. Für die Oger und Trolle hingegen galt das Gegenteil. Aufgrund ihrer Größe und Masse würden sie hier beengt kämpfen müssen, würden ihre Kraft nicht richtig einsetzen und in den engen Stollen nur mit wenigen gleichzeitig angreifen können.

Hinzu kam, dass er von den herannahenden Feinden wusste, dies umgekehrt jedoch nicht der Fall sein dürfte. Er konnte den Ort für die Schlacht auswählen, der ihm am besten geeignet erschien. Es wäre absolut töricht, diese Vorteile aufzugeben.

Anderseits wusste er nicht, mit wie vielen Feinden sie es zu tun hatten. Es war immerhin denkbar, dass sie den Kampf trotz allem verloren, und auch wenn sie gewannen, war fraglich, ob sie ihren ursprünglichen Auftrag dann noch würden ausführen können.

In jedem Fall musste König Martuk gewarnt werden und erfahren, was hier geschah.

»Ihr beide«, wandte er sich an zwei seiner Begleiter, einen Krieger und eine Kriegerin. »Ihr werdet umkehren und dem König Bericht erstatten. Er braucht keine Verstärkung zu schicken, die würde ohnehin zu spät eintreffen. Ich bin zuversichtlich, dass wir den Feind besiegen können, aber der Eingang ins Gebirge muss zur Sicherheit scharf überwacht werden. Auch ist ungewiss, ob wir nach diesem Kampf noch genügend Kraft haben, dem Hauptheer der Oger und Trolle wie geplant in den Rücken zu fallen.«

Oder ob von uns noch genügend dafür am Leben sein werden, fügte er in Gedanken hinzu, hütete sich aber, es laut auszusprechen.

»Der König wird die Botschaft erhalten«, erklärte die Kriegerin, dann wandten sich beide um und eilten davon. Es bestand keine Gefahr, dass sie sich verirrten, jeder Zwerg fand einen Weg, den er einmal gegangen war, wieder.

»Was denn, du willst dich mit deinen Kriegern *hier* zur Schlacht stellen?«, fragte Egarion ungläubig. »Hier in dieser Umgebung?«

»Genau das«, antwortete Barun. »Dieses Labyrinth ist ideal, um dem Feind eine Falle zu stellen. Dadurch sind wir ihm überlegen.« Nach kurzem Zögern fügte er hinzu: »Mir ist bewusst, dass dir und den anderen Elben diese Stollen und Höhlen zuwider sind. Aber den Ogern und Trollen ergeht es nicht anders. Schon bei früheren Aufständen konnten wir die besten Erfolge erzielen, wenn sie in unsere Berge eindrangen. Sie wissen nicht, wie man hier kämpft, und ungeschlacht, wie sie sind, können sie ihre Kraft hier nicht richtig einsetzen.«

»Genau wie wir«, entgegnete der Elb.

»Aber ganz im Gegenteil!«, widersprach Barun. »Ich weiß, dass es viel verlangt ist, euch zu bitten, in einem euch so verhassten Umfeld mit uns zu kämpfen, euer Leben zu riskieren und womöglich zu sterben, ohne noch einmal das Licht der Sonne zu erblicken, aber gerade hier wäret ihr mit euren Bögen eine mehr als willkommene Verstärkung. Hier gibt es viele schmale Stellen, an denen schon wenige Zwerge ein ganzes Heer aufhalten können, während ihr unsere Feinde unter Beschuss nehmt.«

Egarion ließ sich Zeit beim Überlegen, aber schließlich nickte er bedächtig.

»Du hast recht. Dieses unterirdische Reich ist uns verhasst, aber niemand soll uns nachsagen können, dass wir unserer Pflicht nicht nachkommen. Und wenn diese darin besteht, uns unseren Feinden an diesem Ort hier zu stellen, dann soll es so sein.«

»Ich danke dir und den anderen Elben. Quorx, gibt es in der Nähe einen Ort, den wir gut verteidigen können?«

»Burg Moron«, entgegnete der Gnom prompt und nickte so heftig, dass Barun schon fürchtete, sein großer Kopf könnte abbrechen. »Ja, gut geeignet Burg Moron wäre.«

»Eine Burg?«

»Moron nicht richtige Burg ist«, erklärte Quorx. »In den Außenbezirken der Berge, die passierens muss jeder Eindringling, mehrere Stellungen, die zu verteidigen leicht sind, mein Volk hat errichtets. Burg Moron eine davon ists, und ganz in der Nähe sie liegts. Aber gegen Trolle wir nicht können kämpfens, sie uns einfach überrennens und niedertrampelns würden.«

»Aber wir können es«, brummte Barun grimmig. »Erst recht, wenn wir eine gute Verteidigungsstellung haben. Führe uns hin.«

Sie folgten dem Gnom noch einige Hundert Schritte weit, bis er in einem schmalen, nur wenige Meter langen Verbindungsgang zwischen zwei Höhlen stehen blieb.

»Was ist los?«, fragte Barun. »Warum gehen wir nicht weiter?«

»Zwerge.« Mit verdrossenem Gesicht schüttelte Quorx den Kopf. »Für große Schürfmeisters und Herrens der Berge ihr euch haltets, dabei blind wie alle anderen ihr seids. Du wirklich nichts siehst?«

Verständnislos blickte Barun sich noch einmal um. Es war eine Grotte wie jede andere, durch die sie bislang gekommen waren. Dann aber weiteten sich seine Augen vor Überraschung.

»Jetzt ... sehe ich es«, keuchte er. »Das ... Das ist unglaublich!«

9

Blutrot, als handelte es sich um ein Omen für die bevorstehende Schlacht, stieg die Sonne hinter den Gipfeln und Kämmen der Weißberge auf. Und Blut würde vergossen werden an diesem Tag. Das Blut vieler Oger und Trolle, aber auch das vieler Zwerge und ihrer Verbündeten, ging es König Martuk durch den Kopf. In Gedanken war er bereits bei dem Kampf, während er die Zurechtweisung Lithriels über sich ergehen ließ.

»… ein unverantwortliches Verhalten, eine solche Entscheidung zu treffen, ohne erst mit mir Rücksprache zu halten. Wenn sich auch Oger und Trolle im Berg befinden, ändert das alles. Das stinkt geradezu nach einer Falle«, schloss die Elbin mit vor Erregung bebender Stimme.

Martuk erwiderte ihren Blick ruhig. Auch wenn er in diesem Fall den Rüffel erhielt, mochte er ihre aufbrausende, leidenschaftliche Art. Zwar würde die Elbin es sicher nicht als Kompliment betrachten, aber ihr Temperament kam dem der Zwerge wesentlich näher, als es bei ihrem stets abwägenden, zurückhaltenden Bruder der Fall war.

»Ich glaube nicht an eine Falle«, entgegnete er. »Und die Stollen und Höhlen sind ein Terrain, das uns wesentlich mehr liegt als ein Kampf auf freier Fläche. Die einzigen Niederlagen, die wir unseren Feinden bei früheren Aufständen beibringen konnten, gelangen uns unter ähnlichen Verhältnissen.«

»Und wenn Eure Truppen den Feind nicht aufhalten können, oder er Eure Leute irgendwie umgeht? Ich traue diesen Gnomen nicht. Was, wenn es noch mehr Wege aus den Bergen heraus gibt und die Oger und Trolle uns von einer unerwarteten Seite aus angreifen? Das sind zu viele Unwägbarkeiten.«

»Und gäbe es weniger Unwägbarkeiten, wenn unsere Krieger sich zurückgezogen hätten?« Martuk beantwortete seine Frage selbst mit einem Kopfschütteln. »Barun hat nur den Kampf in eine für uns günstigere Umgebung verlegt. Selbst wenn die Oger ihn und seine Leute besiegen sollten, wird er sie zumindest schwächen und für Stunden aufhalten, möglicherweise bis nach der eigentlichen Schlacht.«

»Ich bin trotzdem nicht begeistert von der Vorstellung einer weiteren Schlacht im Inneren des Berges, über deren Verlauf wir nichts wissen und den wir deshalb nicht beeinflussen können.« Sie seufzte. »Aber jetzt ist es ohnehin zu spät, noch etwas zu ändern. Wenn sie sich auf halbem Weg begegnet sind, ist der Kampf vermutlich bereits im Gange, und es wird nicht mehr lange dauern, bis auch hier die Schlacht beginnt.«

Darum also geht es, dachte Martuk. Die Elbin wollte alle Fäden in der Hand halten und alles kontrollieren. Ein Wunsch, der dem Hochmut ihres Volkes entsprang. Sie traute Barun und seinen Kriegern nicht genügend taktisches und strategisches Vermögen zu, dabei wusste jeder Zwerg mit Sicherheit besser, wie man in einer solchen Umgebung kämpfte.

»Wenn es weiter nichts gibt, würde ich gerne zu meinem Volk zurückkehren«, sagte er.

»Geht, und möge das Kriegsgeschick mit uns sein.«

Von dem Hügel aus, auf dem Lithriel ihren Kommandostand errichtet hatte, warf Martuk einen letzten Blick nach Osten, wo die Streitmacht ihrer Feinde in Form von teils lang gezogenen, teils geballten dunklen Flecken zu sehen war. Ihr Aufmarsch war bereits fast abgeschlossen, aber das galt auch für die Truppen der Allianz.

Mit seinen Zwergen würde er das Zentrum ihrer vereinten Armee bilden, unterstützt durch einige Einheiten der Menschen, die er jedoch eher als Bürde empfand. Wenn es hart auf hart kam, würde er sie in die vorderste Reihe stellen und bedenkenlos opfern. Er würde nicht riskieren, dass Oger und Trolle von Menschen besetzte Positionen als Einfallstor nutzten, um die Verteidigungsfront aufzureißen. Zumal seine Armee ohne die von Barun ins Gebirge geführten Truppen um fast ein Drittel geschrumpft war.

Nützlich würden für ihn höchstens die Bogenschützen der Menschen sein, die zusammen mit denen der Elben hinter der Verteidigungslinie im Zentrum Position bezogen hatten. Im Glauben an ihre Unbesiegbarkeit hatten die Oger bisher immer eine Offensivstrategie gewählt, hatten vor allem ihre Trolle in einen Angriff nach dem anderen gehetzt, um jeden Widerstand niederzuwalzen.

Seit dem Eingreifen der Elben war diese Taktik jedoch nur noch mäßig erfolgreich, da deren Bogenschützen einen Großteil der Angreifer bereits töteten, ehe es zum Nahkampf kam. Und sollte die Verteidigung dennoch ins Wanken geraten, warteten hinter den Bogenschützen noch die Fußtruppen der Elben darauf, vorzustoßen, während ihre Reiter von den Flanken aus blitzschnelle Angriffe ausführen konnten.

Zufrieden begab sich Martuk zurück zu seinen Truppen. Während Lithriel und auch der Kaiser der Menschen ihre Truppen von höher gelegenen Beobachtungsposten aus dirigierten, würde er sein Heer nach alter Zwergentradition selbst in die Schlacht führen und an vorderster Front kämpfen, um seinen Kriegern ein Beispiel zu sein und ihren Kampfesmut zu stärken.

Auretanus und die Herrin der Elben mochten sich für unersetzbar und ihr Leben für zu bedeutsam erachten, um es im

Kampf zu riskieren. Martuk hingegen hielt nichts von derlei aus Arroganz geborener Feigheit.

Auch von hier aus konnte er das gesamte Schlachtfeld gut überblicken, da es sich um eine Hochebene handelte. Zwar verlief der Hang so sanft, dass die bulligen Oger und Trolle ihn kaum wahrnehmen und er ihren Ansturm sicherlich nicht nennenswert verlangsamen würde. Dennoch würden sie bergauf angreifen müssen, was immer einen Nachteil darstellte.

Noch bis zum vergangenen Abend war ein Waffenstillstand wesentlich wahrscheinlicher als eine Schlacht gewesen. Um den Häuptling der Oger nicht zu provozieren und womöglich einen Abbruch der Verhandlungen zu riskieren, hatte Aigilon angeordnet, keine sichtbaren befestigten Verteidigungsstellungen zu errichten.

Dennoch hatten Zwerge und Menschen seit gestern für den Fall der Fälle in den zahlreichen nahe gelegenen Wäldchen Bäume gefällt und die Stämme und dickeren Äste an einer Seite zugespitzt. Während der Nacht hatten sie diese in Dreierreihen vor ihren Linien in den Boden gerammt, die Spitzen jedem Angreifer drohend entgegengerichtet. Ob sie wirklich Schutz gegen heranstürmende Trollhorden boten, würde sich allerdings erst erweisen müssen.

Es begann das schier unerträgliche Warten auf das Unvermeidliche.

Martuk schritt die Linien der Kriegerinnen und Krieger ab und sprach ihnen Mut zu. Er wusste so gut wie sie, dass viele von ihnen den heutigen Abend nicht mehr erleben würden.

Endlich erscholl ein Hornsignal der Oger, das von anderen Hörnern erwidert wurde. Die vordersten der feindlichen Kolonnen setzten sich in Bewegung.

Die Schlacht begann.

10

Man musste wirklich sehr genau hinsehen, um die steinernen Brüstungen zu entdecken, die sich entlang der Wände um die gesamte Höhle zogen, die eine in sieben, acht Metern Höhe, die andere noch einige Meter darüber, so perfekt verschmolzen sie mit dem Gestein dahinter.

»Sind das ...?«

»Wehrgänge«, bestätigte Quorx und grinste noch breiter. »Nur von der anderen Halle aus zu erreichens sie sind. Mehr als zwei Jahrhunderte mein Volk hat gebraucht, aus dem Fels sie zu hauens.«

Das konnte Barun sich angesichts der Größe der Höhle und der Härte des Gesteins nur zu gut vorstellen. Auch sein eigenes Volk hätte sicherlich eine ähnlich lange Zeit dafür benötigt. Seine Achtung vor den Gnomen stieg.

Der schmale Durchgang würde leicht zu verteidigen sein, vor allem, wenn man dort noch Barrikaden errichtete. Ein feindliches Heer, das in die Höhle eindrang, würde sich dort stauen und konnte von den beiden Wehrgängen herab von Bogenschützen unter Beschuss genommen werden, ohne Deckung zu finden oder selbst angreifen zu können.

Allerdings wurde ihm auch sofort klar, warum sich die Gnome hier nicht allein zum Kampf gestellt, sondern sich tiefer ins Innere des Gebirges zurückgezogen hatten. *Krieger* konnten eine schmale Passage wie den kurzen Stollen zwischen den beiden Höhlen leicht verteidigen, aber angesichts von Feinden wie den Ogern und Trollen waren die Gnome dafür zu schmächtig. Die Giganten hätten sie einfach niedergetrampelt, ohne deren Gegenwehr auch nur zu spüren.

Sein Volk hingegen war aus anderem Gestein geschaffen; mit seinen Zwergen würde er den Durchgang selbst gegen die Trolle lange Zeit halten können.

»Das noch nicht alles ists«, sagte Quorx mit unüberhörbarem Stolz. Er trat ein paar Schritte in den Stollen zurück und betätigte einen kleinen Hebel. Rasselnd glitt ein massives Metallgitter aus der Decke und versperrte den Durchgang. »Ein weiteres sich an der anderen Seite des Durchgangs befindet.«

Barun nickte anerkennend, doch seine Begeisterung schwand, als er an das Gitter trat und mit den Fingern darüberstrich. Zwar bestand es aus Eisen, doch war dieses porös und von äußerst schlechter Qualität, nicht annähernd zu vergleichen mit dem Stahl, den sein Volk oder die Elben herzustellen vermochten. Es war besser als nichts, aber allzu lange würde es den feindlichen Horden nicht standhalten. Muskeln, Entschlossenheit und der Stahl der Zwergenäxte würden in diesem Fall die bessere Verteidigung sein.

Quorx bat einige Zwerge, ihm zu helfen, das Hindernis wieder zu beseitigen, was nur von oberhalb des Stollens aus möglich war. Kurz darauf war das Quietschen einer Winde zu hören. In kleinen Rucken glitt das Gitter in die Höhe, bis es durch einen Spalt wieder in der Decke verschwunden war.

»Sieht gut für uns aus«, stellte Urtan fest. »Ich wünschte nur, wir hätten mehr Zeit zur Vorbereitung, dann könnten wir diesen Ort in eine Falle verwandeln, aus der kein einziger der Oger und Trolle mehr entkommt.«

Darüber hatte auch Barun bereits nachgedacht. Sein Volk bevorzugte den Nahkampf und hatte sich im Umgang mit Pfeil und Bogen als äußerst ungeschickt erwiesen. So blieben nur die Elben, um Feinde von den Brüstungen herab unter Beschuss zu nehmen. Er war nun froh, dass sie sich seinem Trupp angeschlossen hatten, und hätte sich sogar deutlich mehr von ihnen gewünscht

Mit mehr Vorbereitungszeit hätten sie Kessel mit Öl oder Petroleum erhitzen können, um es auf die Angreifer zu kippen, oder sie hätten Speere als Wurfgeschosse herstellen können. Zwar trugen rund hundert Krieger Lanzen bei sich, die nach erfolgreicher Durchquerung der Berge in der Schlacht an der Oberfläche zum Einsatz kommen sollten, um beim Sturm auf die Oger und Trolle deren Reihen aufzubrechen, doch waren diese viel zu wertvoll, um sie durch einen einmaligen Wurf zu vergeuden.

»Wenn eure Reihen halten, können wir sie hier lange Zeit abwehren«, sagte Egarion. »Und wir werden von den Wehrgängen herab viele Feinde erschießen, wobei wir uns vor allem auf die Oger konzentrieren werden. Die Trolle allein sind ohne deren Befehle nur noch halb so gefährlich.«

»Klingt vernünftig«, stimmte Barun zu.

»Aber wir führen nur eine begrenze Menge Pfeile mit uns, und wir müssen damit rechnen, dass wir es mit einer großen Anzahl an Feinden zu tun bekommen. Die Oger würden einen kleinen Trupp aussenden, um uns in den Rücken zu fallen. Und wenn sie merken, dass ihnen der Weg versperrt ist, besteht die Gefahr, dass sie mit dem Hauptteil ihrer Streitmacht umkehren, um draußen auf dem Schlachtfeld einzugreifen, während wir uns hier mit dem verbliebenen Rest herumschlagen.«

Barun strich sich über den Bart. »Also müssen wir ihnen den Rückweg abschneiden«, murmelte er nachdenklich. »Wir haben etwas Sprengpulver dabei. Es ist nicht viel, aber für einen Stolleneinbruch dürfte es reichen. Quorx, gibt es Wege, mit denen wir ihr Heer umgehen und in seinen Rücken gelangen können?«

»Was eine Festung würde nützen, wenn einfach umgehens man sie könnte?«, gab der Gnom zurück. »Nein, alle Weges durch Burg Morons führens.«

Das entsprach nicht der Wahrheit, erkannte Barun sofort. Es musste mindestens einen Weg geben, der tiefer in das Gebirge führte, dorthin, wo Quorx' Volk lebte. Aber offenkundig war der Gnom nicht bereit, diesen zu verraten, und vermutlich würde es ihnen auch nichts nützen, weiter ins Innere der Berge vorzudringen.

»Dann müssen einige von uns dem feindlichen Heer entgegeneilen«, sagte er, »sich dann irgendwo verstecken und es vorbeiziehen lassen und anschließend das Sprengpulver zünden. Gibt es Freiwillige?«

Obwohl es sich aller Wahrscheinlichkeit nach um eine Selbstmordmission handelte, traten ausnahmslos alle Zwerge, die sich nah genug befanden und Baruns Worte gehört hatten, vor. Er wählte einen Krieger und eine Kriegerin aus, von denen er wusste, dass sie für Zwergenbegriffe schnell laufen konnten.

»Bringt alles Sprengpulver zu mir!«, brüllte er so laut, dass es durch die ganze Höhle hallte, und hakte selbst ein Beutelchen von seinem Gürtel los.

Wie er nicht anders erwartet hatte, führten nur wenige Krieger welches mit sich, da es schwer zu handhaben war und im Kampf auf offenem Terrain kaum Wirkung zeigte. Er hoffte, dass es dennoch reichen würde.

»Lasst euch auf keinerlei Kampfhandlungen ein, wenn es sich irgendwie vermeiden lässt!«, schärfte er den beiden ein, die er ausgewählt hatte. »Versteckt euch nach der Sprengung irgendwo und wartet, bis der Kampf vorbei ist.« Dann schickte er sie mit seinen Segenswünschen los.

Es war keine Zeit zu verlieren. Noch war von den herannahenden Feinden nichts zu hören, aber die beiden würden sich beeilen müssen, um die Sprengladungen in ausreichender Entfernung anzubringen.

»Egarion, du wirst mit deinen Elben auf den Wehrgängen Position beziehen«, befahl Barun, nachdem die beiden in dem Stollen jenseits der zweiten Höhle verschwunden waren. Er war der Kommandant dieser Mission, und er hatte sich mit der Begleitung durch die Elben erst einverstanden erklärt, nachdem diese sich verpflichtet hatten, seinen Anweisungen ebenso Folge zu leisten wie die Zwergenkrieger. »Aber duckt euch hinter die Brüstungen, damit man euch nicht vorzeitig entdeckt. Ich möchte, dass sich bereits möglichst viele Oger und Trolle in der Höhle aufhalten, ehe sie die Falle bemerken. Quorx, du wirst deshalb das Gitter erst herabsausen lassen, wenn sie den Durchgang fast erreicht haben.«

»Keine Einwände«, erklärte Egarion. Barun konnte ihm ansehen, wie schwer es ihm fiel, sich seinen Befehlen unterzuordnen, anstatt sie selbst zu erteilen. »Allerdings möchte ich zwei kleine Änderungen vorschlagen. Zunächst einmal würde ich meine Bogenschützen gern nur auf den oberen Wehrgang schicken. Von dort aus haben wir ein besseres Schussfeld. Vor allem, wenn die Oger versuchen, hinter den größeren Trollen Deckung zu suchen.«

»Allerdings muss ich dann einen Teil meiner Krieger auf dem unteren Ring postieren«, gab Barun zu Bedenken, »da wir damit rechnen müssen, dass unsere Feinde versuchen, ihn zu erklettern. Wenn sie ihn besetzen sollten, können sie uns von mehreren Seiten angreifen. Aber gut, so sei es, auch wenn mir scheint, dass dein Vorschlag nicht ohne Hintergedanken ist. Deine Leute müssen so erst gar nicht befürchten, in einen Nahkampf verwickelt zu werden.«

»Der Gedanke spielt in meinen Überlegungen tatsächlich

eine Rolle«, gab der Elb offen zu. »Müssten wir zu den Schwertern greifen, um heraufkletternde Feinde abzuwehren, kämen wir nicht mehr zum Schießen.« Er blickte sehr grimmig drein. »Beschuldige uns nie wieder der Feigheit! Es geht mir gewiss nicht darum, den Kampf nur aus sicherer Distanz zu führen, wie mein zweiter Vorschlag zeigen wird. Es dürfte nämlich genügen, wenn die Hälfte meiner Leute den Wehrgang besetzt. Die übrigen werden ihre Pfeile an sie übergeben und dafür bei der Verteidigung der zweiten Höhle und des unteren Wehrgangs helfen.«

Barun brauchte nicht lange zu überlegen. Es machte keinen Unterschied, ob die vorhandenen Pfeile von allen oder nur der Hälfte der Elben abgeschossen wurden. Um alle Feinde zu töten, würden sie ohnehin nicht reichen. Aber die Spitzohren waren hervorragende Nahkämpfer und somit eine willkommene Verstärkung für den Fall, dass der Feind durchzubrechen drohte.

Er nickte zustimmend, dann wies er seinen Zwergenkriegern mit knappen Befehlen ihre Posten zu. Er selbst wählte zusammen mit Egarion und einigen Kriegern die Kammer über dem Durchgang, in der sich auch die Winden für die Gitter befanden. Von dort aus konnte er durch Öffnungen im Fels beide Höhlen überblicken.

Als alle ihre Position bezogen hatten und die Vorbereitungen abgeschlossen waren, blieb ihnen nur noch zu warten.

Es dauerte noch gut eine Stunde, bis aus der Ferne sich nähernder Lärm zu hören war.

Der Feind war im Anmarsch.

11

Die Stimmung, die unmittelbar vor Beginn des Kampfes von dem Heer Besitz ergriff, war Martuk nur allzu vertraut. Auch wenn er nun der Befehlshaber war, war es nicht anders als bei seiner ersten Schlacht, in der sein Vater gefallen war, woraufhin er schon in jungen Jahren König geworden war. Die Luft war so mit Spannung aufgeladen, dass sie zu vibrieren schien. Er hatte das Gefühl, alles um sich herum mit geradezu übernatürlicher Schärfe und Deutlichkeit wahrzunehmen.

Es war nicht unbedingt ein angenehmes, aber ein absolut einzigartiges Gefühl, und er spürte es intensiver als jeder andere um ihn herum. Keiner der Krieger, auch nicht er selbst, konnte sicher sein, den Abend noch zu erleben, aber jeder wusste, dass dieser Tag über das Schicksal ihres Volkes in den kommenden Jahrzehnten, vielleicht sogar Jahrhunderten, entscheiden würde. Diejenigen, die die Schlacht überlebten, würden entweder endgültig frei sein oder erneut versklavt werden – oder miterleben müssen, wie ihr Volk vollends ausgerottet wurde.

Der Lauf der Geschichte mochte von jedem einzelnen Krieger abhängen, aber ganz besonders von ihm. Er war der König der Zwerge, und diese Verantwortung lastete schwer auf ihm. Wohin würde seine Regentschaft sein Volk führen, in die Freiheit oder in den Untergang?

Martuk merkte, dass sich seine Gedanken im Kreis bewegten und schob sie beiseite. Stattdessen konzentrierte er sich auf das, was vor ihm lag. Nun, da die Schlacht unmittelbar bevorstand, fieberte er dem Moment entgegen, da er seiner Streitaxt das Blut der Feinde zu kosten geben würde. Noch aber war es nicht so weit.

Die Oger hatten ihre Strategie seit Beginn des Krieges grundlegend geändert. Sie hatten es tun müssen, um überhaupt eine Chance zu haben, und es war eine äußerst blutige Lektion für sie gewesen. Ursprünglich hatten sie im Glauben an ihre Überlegenheit und Unbesiegbarkeit einfach nur blindlings als gewaltige Horde angegriffen, waren ohne jede Taktik vorgestürmt, um ihre Gegner niederzuwalzen.

Und sie waren erfolgreich damit gewesen, solange sie es nur mit Zwergen und Menschen zu tun gehabt hatten. Mit dem Eingreifen der Elben hatte sich das jedoch grundlegend geändert. Die Elben hatten bessere Bögen mit größerer Reichweite, ihre Pfeilspitzen waren aus härterem Stahl, und sie waren bessere Bogenschützen als die Menschen. So war es ihnen möglich gewesen, einen Großteil der Angreifer bereits aus der Ferne zu töten.

Vor allem aber hatte die elbische Reiterei den Verlauf der Schlachten verändert. Noch nie zuvor hatten die Oger gegen einen berittenen und dadurch viel beweglicheren Feind gekämpft. Auch im Sattel waren die Spitzohren hervorragende Schützen. Sie hatten die vorstürmenden Horden in die Zange genommen, hatten ihre Pfeile auf sie abgeschossen und sie immer wieder blitzschnell von allen Seiten angegriffen.

Mit nur wenigen Verlusten auf der Gegenseite hatten die Oger drei große Heere mit Zehntausenden von Kriegern verloren, ehe sie begriffen, dass jeder erneute Angriff dieser Art nur in eine weitere Katastrophe münden würde.

Aber diese Oger hier wurden nicht von einem tumben Schlagetot befehligt, sondern von Zarr'Lak, und der war klug genug, seine Truppen nicht weiter sehenden Auges ins Verderben stürmen zu lassen. Als vermutlich erster Häuptling in der Geschichte seines Volkes war er gezwungen gewesen, taktisch zu denken und Kriegsstrategien zu entwerfen. Dass ihm dies binnen kürzester Zeit gelungen war, bewies, dass man ihn keineswegs unterschätzen durfte.

Als Erstes hatte er seine Krieger mit Schilden ausgestattet, um sich gegen Pfeilbeschuss schützen zu können, und darauf aufbauend hatte er weitere Taktiken entwickelt.

Das zeigte sich auch jetzt.

Er schickte nicht wie früher sein ganzes Heer zu einem Sturmangriff los, sondern nur einzelne Kompanien, die gleichzeitig gegen beide Flanken und das Zentrum der Allianz vorrückten, wobei sie auf der einen Seite den Schutz von Hügeln, auf der anderen den eines kleinen Wäldchens ausnutzten.

Sofort sandte Lithriel ihnen ihre Reiter entgegen, doch um alle Trupps aufzuhalten, musste sie ihre Reiterei in drei Gruppen aufteilen, was sie weniger schlagkräftig machte.

Sobald sie sich den feindlichen Kompanien näherten, rückten die Oger und Trolle dichter zusammen. Die zuäußerst Stehenden hielten ihre Schilde vor sich, während die anderen im Innenbereich ihre über die Köpfe hielten, um auch gegen einen Pfeilhagel von oben geschützt zu sein. Aus dieser Deckung heraus schleuderten sie kurzschäftige Speere, Beile und Wurfsterne auf jeden Elb, der sich zu nah heranwagte.

Martuk runzelte die Stirn. Das war eine weitere völlig neue Taktik, die er noch nicht kannte. Allerdings erwies sie sich als äußerst wirksam, wie sich rasch herausstellte. Zwar gelang es den Elben sogar aus dem Sattel, vereinzelt Pfeile durch Lücken zwischen den Schilden zu schießen und einige der Trolle dahinter zu töten, aber ihre Erfolge waren gering und hielten sich mit ihren eigenen Verletzten die Waage.

Als mehr als ein Dutzend der Spitzohren gefallen waren und

sie einsahen, dass sie nur ihre Pfeile vergeudeten und sich unnötig in Gefahr brachten, wendeten sie ihre Pferde und verharrten in sicherer Entfernung.

Sofort rückten die Oger und Trolle ein weiteres Stück vor, doch sobald die Elben sie wieder unter Beschuss nahmen, verharrten sie erneut und zogen sich hinter ihre Schilde zurück wie eine Schildkröte in ihren Panzer.

»Das passt überhaupt nicht zu ihnen«, murmelte Martuk vor sich hin.

Mit einer besorgniserregenden Schnelligkeit hatten die Oger ihre seit Jahrhunderten gleiche Art zu kämpfen umgestellt und sie der Wendigkeit und Kampfstärke der Elben angepasst. Wenn der Krieg noch lange genug andauerte und sie weiterhin so schnell lernten, würde sich der taktische Vorteil, den die Allianz aufgrund ihrer wohldurchdachten strategischen Planung genoss, irgendwann womöglich ins Gegenteil verkehren.

Aber dazu würde es nicht kommen.

In anderen Teilen des Landes waren noch einige Heere unterwegs, aber den größten Teil seiner inzwischen stark dezimierten Streitmacht hatte der Feind hier zusammengezogen. Wenn die Oger diese Schlacht verloren, würden sie einfach nicht mehr über genügend Krieger verfügen, um sich noch einmal irgendwo einem Kampf zu stellen, der auch nur die geringste Aussicht auf Erfolg bot.

Martuk wunderte sich, dass der Häuptling der Oger nicht weitere Verbände vorschickte, aber sein Erstaunen wurde noch größer, als sich nach einem weiteren vergeblichen Angriff der elbischen Reiterei stattdessen auch die drei Kolonnen wieder zurückzogen.

»Was zum …«, brummte er, dann begriff er plötzlich. Die Oger führten nur ein paar Scheinangriffe durch. Bedeutungslose Geplänkel zur Ablenkung, während sie darauf warteten, dass der durch den Berg geeilte Teil ihrer Streitmacht den Truppen der Allianz in den Rücken fiel. Bis dahin wollten sie nichts riskieren und vor allem möglichst wenig Verluste erleiden.

Nun, sie würden lange auf ihre Verstärkung warten müssen...

Ein grimmiges Lächeln glitt über das Gesicht des Zwergs. Offenbar ahnte der Häuptling der Oger noch nichts davon, dass sich rund ein Drittel der Zwergenarmee ebenfalls im Berg befand und einen Hinterhalt für seine Truppen legte. Vermutlich hatte der Kampf dort ebenfalls schon begonnen, und er würde kaum weniger bedeutend sein als der hier auf dem Schlachtfeld.

Kurz nachdem die drei Kolonnen zu ihrem Heer zurückgekehrt waren, schickte Zarr'Lak weitere Truppen vor, diesmal in größerer Zahl. Rund zweitausend Oger und Trolle setzten sich in Richtung des Zentrums der alliierten Armee in Bewegung.

»Haltet euch bereit!«, brüllte Martuk.

Seine Befürchtung erfüllte sich. Erneut schickte Lithriel dem angreifenden Feind ihre Reiter entgegen, aber mittels Hornsignal und Fahnen erteilte sie außerdem den Zwergen Befehl, mit zwanzig Hundertschaften vorzurücken.

Zwar hatte Martuk einen solchen Befehl erwartet, aber das bedeutete nicht, dass er damit einverstanden war. In einer normalen Schlacht wäre ein solches Vorgehen sinnvoll gewesen, aber hier lag der Fall anders. Erkannte die Elbin nicht, dass es sich nur um Scheinangriffe handelte? Welchen Sinn ergab es da, seine Krieger in einen Kampf zu schicken, der von ihren Feinden lediglich als Ablenkung gedacht war?

Wenn die Heere aufeinanderprallten, würde es unzählige Tote und Verwundete geben. Vielleicht spekulierte Lithriel darauf, dass die Oger sich auch diesmal zurückziehen und einem Kampf ausweichen würden. Das jedoch war ein unkalkulierbares Risiko.

Aber was auch immer sie dazu verleitet haben mochte, er hatte sich ihrem Kommando unterstellt, und der ungünstigste Moment, Befehle infrage zu stellen, war während einer Schlacht.

Zornig befahl er seinen Truppen vorzurücken, führte sie selbst an. Zwanzig Hundertschaften, das waren zweitausend Kriegerinnen und Krieger – gut ein Drittel der ihm verbliebenen Streitmacht. Sollte Lithriels Plan nicht aufgehen oder sich herausstellen, dass sie seine Krieger nur aus taktischen Erwägungen heraus verheizte, würde er sie für jeden einzelnen Toten persönlich zur Verantwortung ziehen.

12

Schon lange, bevor die heranrückenden Feinde die große Höhle erreichten, waren sie zu hören. Die Oger und Trolle gaben sich erst gar keine Mühe, leise zu sein. Polternd, fluchend und grölend, wie es ihrer Art entsprach, näherten sie sich. Auch das Klirren von Metall war zu hören. Offenbar fühlten sie sich völlig sicher, und aus ihrer Sicht gab es ja auch allen Grund dafür.

Barun registrierte es mit Befriedigung. Der Feind schöpfte offenbar keinerlei Verdacht und würde blindlings in die vorbereitete Falle tappen.

Er wandte den Kopf, als Egarion neben ihm plötzlich aufstöhnte. Der Elb hielt den Kopf gesenkt und massierte mit den Fingerspitzen seine Schläfen.

»Was ist?«, fragte er leise.

»Ich … ich weiß nicht recht«, gab der Elb zurück. »Ich fühle etwas … Eine mächtige magische Präsenz, wie ich sie noch nie zuvor verspürt habe.«

»Aber weder die Oger noch die Trolle verfügen über magische Kräfte«, entgegnete Barun. »Du musst dich täuschen.« Er war in Gedanken ganz auf die bevorstehende Schlacht konzentriert und wollte sich nicht durch irgendwelche vagen Empfindungen des Elben davon ablenken lassen.

»Nein, ich … ich begreife es selbst nicht, aber ich spüre es jetzt überdeutlich. Etwas nähert sich zusammen mit den Ogern und Trollen!«, stieß Egarion hervor. »Etwas Machtvolles! Dunkles! Etwas, das vielleicht gefährlicher ist als die feindlichen Krieger selbst.«

Er verstummte, da in diesem Moment die ersten Trolle die Höhle betraten. Auch einige Oger befanden sich bei ihnen. Zu seiner Erleichterung sah Barun, dass wie erhofft keiner der Krieger einen Schild trug, mit dem sie sich vor Pfeilen schützen könnten. In den engen Stollen und ebenso bei dem geplanten Sturmangriff im Rücken des Allianz-Heers wären die großen Schilde nur hinderlich gewesen. Hier jedoch würde diese Entscheidung verheerende Folgen für sie haben.

Unbekümmert miteinander schwatzend rückten die Oger und Trolle vor, bemerkten nichts von der Falle, in die sie tappten. Die Elben und Zwerge auf den Wehrgängen blieben hinter den Brüstungen verborgen, während sich die übrigen Zwerge an den von vorn nicht sichtbaren Seiten der zweiten Höhle verborgen hielten.

Als sie die Mitte der Höhle erreichten, ließen sich einige der Trolle zu Boden plumpsen. Andere folgten ihrem Beispiel, während immer mehr von ihnen in die Halle vordrangen. Barun sah es mit grimmiger Zufriedenheit. So würden sie mehr der grässlichen Kreaturen ausschalten können, ehe diese auch nur die Gefahr bemerkten.

»Was soll das werden?«, brüllte ein Oger.

»Wir wollen eine Rast«, antwortete einer der Trolle und bleckte seine Zähne. »Wir sind seit Stunden in diesem Berg unterwegs.«

»Hoch mit euch, ihr faules Pack! Wir sind noch längst nicht am Ziel!«

Die Trolle am Eingang wichen zur Seite. Ein weiterer Oger betrat die Höhle.

Und neben ihm …

Egarion stöhnte auf und presste erneut die Fingerkuppen gegen die Schläfen. »Diese vermummte Gestalt ... sie ist die Quelle der Magie, die ich spüre«, presste er hervor. »Aber es ist ... eine mir völlig fremde Magie. Eine finstere, böse Macht!«

Barun richtete den Blick auf die Gestalt neben dem Oger, wobei er sich zunächst nicht sicher war, ob es sich wirklich um eine Gestalt handelte. Das *Etwas* schien nur aus Schwärze zu bestehen; ein mehr als zwei Meter hoher, aber kaum einen halben Meter breiter Riss in der Welt, der mit nichts als Finsternis angefüllt war.

Dann aber erkannte er, dass die Gestalt lediglich einen schwarzen, bis zum Boden reichenden Umhang oder eine Art Kutte trug, die ihr ein unwirkliches, fast gespenstisches Aussehen verlieh.

Es war unmöglich zu erkennen, um was für ein Wesen es sich handelte, aber es war in jedem Fall zu schlank und zu klein, um ein Oger oder gar Troll zu sein.

Unmittelbar vor dem Wesen stand mit hängenden Armen und völlig reglos ein Gnom. Sein Blick war leer. Offenbar stand er unter einem fremden geistigen Einfluss, weshalb er gar nicht anders gekonnt hatte, als den Saikorai den Weg zu zeigen.

Der Oger stapfte auf die auf dem Boden sitzenden Trolle zu. Diesmal war es Barun, der aufstöhnte, als er dessen Gesicht deutlicher sehen konnte.

Bei den meisten Ogern fiel es ihm schwer, sie voneinander zu unterscheiden. Dieses Gesicht jedoch kannte er, würde es nie im Leben mehr vergessen.

»Duul'Athun!«, stieß er hervor und ballte die Fäuste. »Der Schlächter!«

Es handelte sich ohne jeden Zweifel um den Kommandanten der Saikorai-Legionen. In einer der vorangegangenen Schlachten hatte Barun ihn einmal in kaum einem Dutzend Schritte Entfernung unter Zwergen- und Menschkriegern wüten gesehen. Er hatte versucht, sich zu ihm durchzukämpfen, doch es war ihm nicht vergönnt gewesen, persönlich die Klinge mit ihm zu kreuzen.

Wenn Duul'Athun sich hier befand, dann war zu befürchten, dass es sich bei seinen Truppen nicht um einfache Oger und Trolle handelte, sondern zumindest hauptsächlich um Saikorai, die Elitekrieger des Feindes.

Er gab sich keinen Illusionen hin. Falls sie es hier mit Saikorai zu tun hatten, machte das seine Aufgabe noch schwerer, als sie ohnehin schon war. Aber er erkannte auch einen Vorteil darin. Die Saikorai, die sie hier vom restlichen Heer abschnitten, konnten in die wesentlich wichtigere Schlacht an der Oberfläche nicht eingreifen.

»Keine Rast!«, bestimmte Duul'Athun. »Die schmalen Stollen haben uns schon genug Zeit gekostet.« Er versetzte einem der Trolle einen Tritt, dann ergriff er einen anderen und riss ihn scheinbar mühelos in die Höhe. »Auf mit euch, oder ich reiße euch die Eingeweide aus euren stinkenden Leibern, ihr Gewürm! Es gilt, Zwergenschädel zu spalten und Elbenpack die Spitzohren abzuschneiden, und als Lohn erwartet euch frisches Menschenfleisch!«

Keine weiteren Trolle wagten es mehr, sich niederzulassen, und diejenigen, die bereits auf dem Boden saßen, rappelten sich wieder auf, murrten nicht einmal dabei, so groß war ihre Furcht vor Duul'Athun.

Barun wandte den Blick wieder der Gestalt neben diesem zu.

Selbst er konnte die finstere Aura spüren, die von ihr ausging. Plötzlich schien es kälter in der Höhle zu werden, und selbst das von dem Leuchtmoos ausgehende Licht wirkte gedämpfter. Er hatte das Gefühl, als würden sein Mut und seine Entschlossenheit schwinden und stattdessen Verzweiflung und Angst wie auf dürren Spinnenbeinen in sein Inneres kriechen.

Mit aller Kraft kämpfte er gegen dieses Gefühl an, und das war auch dringend vonnöten. Die ersten Trolle hatten den Durchgang zur zweiten Höhle fast erreicht; es war höchste Zeit, die Falle zuschnappen zu lassen.

»Löst das Gitter!«, brüllte er.

Kaum eine Sekunde später sauste das massive Metallgitter herab und schlug dumpf vor den vordersten Trollen auf dem Boden auf. Gleichzeitig erhoben sich die Elben hinter den Brüstungen und schossen ihre Pfeile ab. Wie besprochen, konzentrierten sie sich dabei auf die Oger.

Mehr als zwei Dutzend der grünhäutigen Kreaturen starben, bevor sie die Gefahr überhaupt erkannten. Soweit Barun sehen konnte, war kein einziger Pfeil fehlgegangen oder hatte einen Oger nur verwundet. Jeder einzelne war tödlich gewesen.

Schlagartig brach Panik in der Höhle aus. Wie erhofft, reagierten die Trolle vor Überraschung und Schrecken kopflos. Ziellos hasteten sie umher, prallten gegeneinander und rannten sich gegenseitig über den Haufen. Das Chaos wurde noch dadurch vergrößert, dass immer weitere Truppen in die Höhle drängten, die noch gar nicht mitbekommen hatten, dass etwas nicht stimmte, oder von den nachfolgenden Kriegern einfach vorwärtsgeschoben wurden.

Ein paar Oger, die dem ersten Pfeilhagel entgangen waren, brüllten Befehle, die aber in dem Tumult untergingen. Noch bevor sie erkannten, dass vor allem sie gefährdet waren, wurden die meisten von ihnen bereits von einem zweiten Pfeilhagel niedergestreckt, was die Trolle noch kopfloser machte.

Viele von ihnen wandten sich zur Flucht, wollten in die Richtung zurück, aus der sie gekommen waren. Der Ausweg durch den Stollen war ihnen jedoch versperrt, weil von dort immer neue Trolle nachrückten. Mit Macht drängten die beiden Gruppen gegeneinander, und manch einer wurde in dem Gedränge vermutlich einfach erdrückt, ohne umfallen zu können.

Wenn dennoch einer der Kolosse zu Boden stürzte, hatte er keine Chance, wieder auf die Beine zu kommen, weil die anderen rücksichtslos über ihn hinwegtrampelten. Barun beobachtete es mit Genugtuung. Zahlreiche Feinde waren bereits tot oder schwer verletzt, ohne dass einer seiner eigenen Krieger auch nur in Gefahr geraten wäre. Und nichts deutete darauf hin, dass sich das rasch ändern würde, da die Trolle nicht einmal Ansätze einer koordinierten Verteidigung erkennen ließen.

Der Beschuss der Elben endete, als sie alle Oger in der Halle getötet hatten. Wie vereinbart, sparten sie ihre restlichen Pfeile, bis weitere der grünhäutigen Giganten auftauchen würden.

Lediglich Duul'Athun lebte noch, doch auch seine gebrüllten Befehle gingen in dem Tumult unter. Er stand wieder direkt neben dem magischen Wesen und dem willenlosen Gnom, und alle auf sie gezielten Pfeile oder Wurfgeschosse flammten ein Stück vor ihnen in der Luft auf und zerfielen zu Staub, sodass jeder weitere Pfeil nur vergeudet wäre.

Barun sog scharf den Atem ein. Er zweifelte nicht daran, dass dies das Werk der unheimlichen Gestalt war. Aber was war sie für ein Wesen? Es gab bei den Menschen einige wenige Zauberer und Hexen, doch waren ihre Kräfte eher gering, nicht zu vergleichen mit dem, was er hier erlebte.

Demnach konnte es sich höchstens um einen abtrünnigen Elb handeln. Einen Elb, der allem abgeschworen hatte, was seinem Volk heilig war, und sich einer anderen, machtvollen Art von Magie zugewandt hatte, von deren Existenz Barun bislang nicht einmal gewusst hatte. Einem solchen Verräter war auch zuzutrauen, dass er sich auf die Seite der Feinde seines Volkes schlug.

Gegen das Chaos, das in der Höhle herrschte, war jedoch selbst er machtlos.

Aber so einfältig die Trolle auch waren, so waren sie doch Saikorai, die gelernt hatten, Angst und Panik zu unterdrücken. Rasch besannen sie sich darauf, dass die Halle noch einen weiteren Ausgang hatte, auch wenn dieser durch ein Gitter versperrt war. Ihr Instinkt hatte sie dazu getrieben, zurück in die Richtung zu fliehen, aus der sie gekommen waren, aber nachdem sie merkten, dass sie dort nicht weiterkamen, wandten sich erst einige wenige, dann immer mehr dem zweiten Fluchtweg zu – nur um hier in eine noch tödlichere Falle zu laufen.

Unmittelbar hinter dem Gitter standen die Elben bereit, die nicht auf den Wehrgängen postiert waren, und stachen mit Schwertern und Lanzen zu. Bereits nach wenigen Sekunden lagen mehrere tote Trolle vor dem Gitter und blockierten den Weg für die Nachdrängenden.

Das alles war fast *zu* einfach, fand Barun. Und es würde nicht auf Dauer so bleiben. So dümmlich und so schockiert die Trolle für den Moment auch waren, würden sie irgendwann erkennen, dass sie so nicht weiterkamen, und sich organisieren. Oder, wenn nicht sie selbst, dann würden die Oger das für sie erledigen.

»Hört endlich auf, wie kopflose Idioten herumzulaufen!«, brüllte Duul'Athun. Diesmal hallte seine Stimme wie Donnergrollen durch die Höhle und übertönte allen Lärm. Vermutlich war auch hier Magie im Spiel. »Räumt die Leichen vor dem Durchgang weg und zertrümmert das Gitter mit euren Keulen! Und ihr anderen erklettert die Wehrgänge!«

Nun zeigte sich, dass die Trolle wesentlich disziplinierter waren, als es bislang den Anschein gehabt hatte – zumindest, wenn ihnen jemand klare Befehle erteilte.

Zu diszipliniert für Baruns Geschmack. Der Fels war zu glatt, um daran emporzuklettern, aber er beobachtete mit Schrecken, wie sich an mehreren Stellen fünf Trolle nebeneinander vor die Wände hinknieten und sich auf die Arme stützten. Vier weitere kletterten auf ihren Rücken hinauf und knieten sich auf sie, dann drei, zwei und zuletzt einer, bis eine Art Treppe entstanden war, über die weitere Trolle hinaufkletterten und den unteren der beiden Wehrgänge erreichten.

Die dort postierten Zwerge hieben mit ihren Äxten nach ihnen und töteten sie, ehe sich die Trolle über die Brüstung schwingen konnten, doch sofort rückten neue nach. Gleichzeitig entstanden immer mehr solcher aus Leibern gebildete Treppen.

Die Gestalt in der Kutte streckte einen Arm in Richtung des Wehrgangs aus. Ein sengender bläulich weißer Lichtstrahl schoss aus ihrem Ärmel, traf die steinerne Brüstung und ließ sie auf einer Länge von mehreren Metern zerbersten.

Schreie klangen auf, und die Zwerge, die dahinter standen, wurden zurückgeschleudert. Barun wusste nicht, ob sie tot waren oder noch lebten.

Es hielt ihn nicht mehr auf seinem Beobachtungsposten. Er fasste seine Axt fester und eilte auf den Wehrgang hinaus, der von seiner Position aus direkt zu erreichen war. Auf eine Axt mehr kam es sicherlich nicht an, aber er konnte nicht einfach nur tatenlos zuzusehen. Es war Tradition seines Volkes, dass ein Anführer – gleichgültig, ob es sich um den König oder nur den Kommandanten eines Kriegertrupps handelte – selbst am Kampfgeschehen teilnahm, um den Mut und die Entschlossenheit der anderen zu stärken.

Mit einem wütenden Schrei stürzte er sich ins Getümmel.

13

Anders als Martuk gehofft hatte, wichen die Trolle nicht zurück. Stattdessen blieben sie stehen, als seine Krieger und er nur noch ein Dutzend Schritte von ihnen entfernt waren. Gleichzeitig hoben sie ihre Schilde, sodass diese eine regelrechte Mauer bildeten. Eine mit tödlichen Stacheln gespickte Mauer zudem, denn durch die schmalen Lücken zwischen den Schilden streckten sie den Zwergen ihre Spieße entgegen.

Martuk sah es mit Schrecken, und er erkannte auch, dass es zu spät war, den Angriff noch abzubrechen. Wenn überhaupt, dann würden sie erst unmittelbar vor den Schilden zum Stehen kommen und wären dann hilflose Opfer.

Ihre einzige Chance bestand darin, den Schildwall durch die Wucht ihres Ansturms zu durchbrechen, auch wenn Martuk wusste, dass es fast unmöglich sein würde. Die Trolle, die das Vielfache eines Zwergs wogen, konnten sie nicht niederwalzen.

Dennoch lief er sogar noch ein bisschen schneller und stieß ein wütendes Brüllen aus, in das die übrigen Zwerge einfielen. Mit der Axt schlug er einen sich ihm entgegenstreckenden Spieß zur Seite und drehte sich leicht, sodass er aus vollem Lauf mit der linken Schulter auf den Schild traf.

Der Aufprall fühlte sich an, als wäre er gegen eine echte Mauer aus dickem Stein gelaufen. Der Schild zitterte nur ein wenig bei dem Zusammenstoß, und Martuk wurde gar nicht erst zurückgeschleudert, weil im nächsten Augenblick bereits ein weiterer Zwerg von hinten gegen ihn prallte, dann noch einer und noch einer. Martuk stöhnte. Die Luft entwich aus seiner Lunge, und einen Moment lang war er sicher, hier, zwischen seinen eigenen Kriegern und den Schilden der Trolle, zerquetscht zu werden. Aber der Druck der anstürmenden Zwerge zeigte auch Wirkung. Zwischen den Schilden vor ihm entstand eine schmale Lücke. Obwohl ihm bereits die Sinne zu schwinden drohten und er so eingezwängt war, dass er sich kaum bewegen konnte, ließ er seine Axt auf einen darin sichtbaren Trollarm niedersausen.

Der Hieb hatte nicht genug Kraft, den Arm abzuschlagen, aber er fügte dem Troll eine tiefe Wunde zu. Ein lautes Brüllen erklang, und der Troll ließ seinen Schild los. Die Lücke verbreiterte sich und wurde zu einer gut einen Meter breiten Öffnung im Schildwall.

Plötzlich konnte Martuk wieder atmen. Tief sog er die Luft ein. Mit neu erwachter Kraft schwang er die Axt, trieb sie einem weiteren Troll in den Unterleib und vergrößerte so die Öffnung zwischen den Schilden noch.

In seinem Gefolge drangen weitere Zwerge hinter den Schildwall. Die plumpen Trolle, die sich hinter ihrem Schutz sicher gewähnt hatten, wurden völlig überrumpelt und waren mit der Situation überfordert. Chaos brach in ihren Reihen aus. Keiner hörte mehr auf die gebrüllten Befehle der vereinzelten Oger, die sich in ihren Reihen befanden.

Einige Trolle ließen ihre im Nahkampf nur hinderlichen Schilde und Spieße fallen, um nach ihren stachelbesetzten Keulen zu greifen. Sie kamen nicht mehr dazu, ehe sie den Zwergenäxten zum Opfer fielen, aber durch ihr kopfloses Handeln wurde die Öffnung im Schildwall zu einer weiten Bresche, durch die immer mehr Zwerge eindringen konnten.

»Vorwärts!«, brüllte Martuk.

Er befand sich irgendwo mitten im Getümmel und hieb mit seiner Axt fast blindlings um sich. Längst schon war dies kein geordneter Kampf mehr, sondern nur ein erbittertes Hauen und Stechen. Er hatte jeglichen Überblick verloren und wusste nicht, ob es seinen Kriegern gelungen war, auch an anderen Stellen den Schildwall zu durchdringen. Die massigen Gestalten der Trolle ragten überall wie eine graue Wand auf, die ihm den Blick auf alles versperrte, was weiter als ein, zwei Meter von ihm entfernt geschah.

Dabei fraß sich ein Keil aus blitzendem Zwergenstahl tiefer und tiefer in die Reihen der Trolle, die immer mehr ins Wanken gerieten.

Anders als an den Außenseiten hielten die Trolle in der Mitte ihre Schilde nicht vor sich, sondern zum Schutz vor Pfeilen über ihre Köpfe. In dieser Haltung wurden sie zu einem leichten Opfer der Zwergenäxte, bis auch sie endlich ihre Schilde fallen ließen, um zu ihren Keulen zu greifen.

Auf diesen Moment hatten die berittenen Elben nur gewartet. Sie waren bis nah an die Formation herangekommen und schickten nun einen Pfeilhagel los.

Diese Narren!, dachte Martuk voller Zorn. *Die Pfeile werden Freund und Feind gleichermaßen töten!*

Aber er hatte die Treffsicherheit der Spitzohren unterschätzt. Soweit er sehen konnte, traf nicht ein einziger Pfeil seine Krieger.

Unmittelbar vor ihm ragte ein Troll auf, der seine Keule bereits hochgerissen hatte, bereit, sie jeden Augenblick auf ihn niedersausen zu lassen. Entsetzt erkannte Martuk, dass er dem Hieb in dem Gedränge nicht ausweichen konnte. Er war zwischen dem Leichnam eines anderen Trolls und einem seiner Krieger eingezwängt, und seine Kraft würde nicht ausreichen, einen mit solcher Wucht geführten Hieb abzufangen.

Aber dieser kam nicht. Stattdessen schien der Troll zu erstarren. Ein, zwei Sekunden stand er völlig reglos da, dann lief ein Zittern durch seinen Körper. Er ließ die Keule hinter sich fallen und griff in seinen Nacken, aus dem die Schäfte von gleich zwei Elbenpfeilen ragten. Martuk rammte ihm mit aller Kraft die Axt gegen die Brust. Der Troll bekam Übergewicht und stürzte nach hinten, anstatt den Zwerg unter sich zu begraben. Dabei prallte er gegen einen hinter ihm stehenden Oger und behinderte diesen. Martuk nutzte die Gelegenheit und den fallenden Riesen als Trittleiter. Er sprang auf dessen Knie, rannte über seinen Bauch und seine Brust, stieß sich von seinen Schultern ab, riss im Sprung die Axt hoch und spaltete dem Oger mit einem kraftvollen Hieb den Kopf.

Raserei hatte ihn gepackt, und er kämpfte wie im Rausch. Er hatte inzwischen zahlreiche Blessuren davongetragen und blutete aus mehreren Wunden, aber er nahm es kaum wahr.

Doch dann erklang eine leise, mahnende Stimme in seinem Kopf, die ihn vor der mit jedem weiteren Schritt wachsenden Gefahr warnte. Er versuchte auch sie zu ignorieren, aber sie erwies sich als hartnäckig.

Seine Stoßtrupps drangen inzwischen deutlich langsamer vor. Die grauhäutigen Ungeheuer hatten den ersten Schrecken überwunden und leisteten ihnen nun weitaus heftigere Gegenwehr. Daran änderten auch die nach wie vor auf sie niederprasselnden Elbenpfeile nichts. Viele verletzten sie nur leicht oder prallten an ihrer panzerartigen Haut ab, die nur an wenigen Stellen dünner war.

Martuk duckte sich unter einem Keulenhieb, ließ seine Axt auf den Fuß des Trolls niedersausen und hackte ihm sämtliche Zehen ab. Der Troll brüllte auf und hüpfte auf einem Bein herum, was einen geradezu bizarren Anblick bot, vor allem, da er dabei gegen andere Trolle prallte, sie zur Seite stieß und zwei von ihnen sogar mit zu Boden riss, als er schließlich stürzte.

Ohne zu zögern, nutzte Martuk die entstehende Lücke, um weiter vorzudringen. Er schlug dem verletzten Troll den Kopf ab, während weitere Zwergenkrieger über die anderen gestürzten Ungeheuer herfielen.

Erneut meldete sich die warnende Stimme in seinem Kopf. Er hatte keinerlei Überblick über den Verlauf der Schlacht. Wären die Trolle nur etwas disziplinierter und intelligenter als ein Klumpen Eisenerz, hätten sie ihn und die anderen Krieger seines Stoßtrupps vermutlich allein durch ihre Masse zwischen sich zermalmt. Zudem bestand die Gefahr, dass sich die Reihen der Unholde hinter ihnen wieder vereinten und sie einschlossen. Beides wäre das Ende für ihn und seine Begleiter.

Aber sie waren bereits zu tief ins Herz des feindlichen Heers vorgedrungen, als dass sie sich noch hätten zurückziehen und neu sammeln können. Ihre Feinde würden diese Gelegenheit nutzen, um ihre Reihen zu schließen und ihre ursprüngliche Formation wieder einzunehmen, womit jeder bislang blutig erkämpfte Vorteil verloren ginge.

Nein, es gab nur einen Weg. Sie mussten versuchen, die feindlichen Linien komplett zu durchstoßen und das Heer so in zwei Teile zu spalten.

Oder sie würden bei dem Versuch zu Tode kommen.

»Vorwärts!«, feuerte er seine Krieger noch einmal an. »Macht sie nieder! Keine Schwäche, kein Erbarmen! Für das Leben unseres Volkes!«

Die Zwergenkrieger drangen noch erbitterter auf die Ungeheuer ein und gewannen erneut ein paar Schritt Boden.

Martuk sah es nur undeutlich. Trotz des Helms hatte er eine Platzwunde an der Stirn, und Blut lief ihm in die Augen. Gleich zwei Trolle griffen ihn an. Es gelang ihm, dem Keulenhieb des ersten auszuweichen, den des zweiten versuchte er mit seiner instinktiv hochgerissenen Axt abzuwehren.

Er nahm all seine Kraft zusammen.

Doch obwohl er die Streitaxt mit beiden Händen hielt, reichte seine Kraft nicht aus, den wuchtigen Schlag abzublocken. Die Waffe wurde ihm aus den Händen geschmettert. Zwar verfehlte die Keule seinen Kopf, aber die Stacheln rissen seine Rüstung auf und bohrten sich tief in seine linke Schulter.

Ein grauenhafter Schmerz überschwemmte sein Bewusstsein. Alles wurde undeutlich und begann sich um ihn zu drehen. Jegliche Kraft schien aus seinem Körper gewichen zu sein, und er fiel auf die Knie.

»Der König!«, drangen Rufe wie aus weiter Ferne an sein Ohr. »Schützt den König!«

Um ihn herum herrschte verschwommene Bewegung, dann kippte er nach vorn, und ihm schwanden vollends die Sinne.

14

Als Barun den Wehrgang erreichte, waren bereits mehrere Trolle über die Überreste der Brüstung gestiegen und griffen die Zwerge an, die ihn verteidigten. Er eilte zu ihnen, als plötzlich ein dumpfes Grollen ertönte und der Boden leicht erbebte. Endlich! Die beiden Krieger, die er ausgeschickt hatte, hatten den Sprengsatz gezündet und den Angreifern damit den Fluchtweg abgeschnitten.

Die Trolle erschraken und waren für einen Moment verwirrt, während die Elben und Zwerge sofort begriffen, was die Explosion zu bedeuten hatte, und noch verbissener weiterkämpften. Sie nutzten den Moment der Unsicherheit bei den Trollen, um diese zu töten oder so weit zurückzudrängen, dass sie in die Tiefe stürzten.

Doch die grauhäutigen Giganten erholten sich rasch von ihrem Schrecken, als sie begriffen, dass die Explosion keine unmittelbare Gefahr für sie darstellte. Einer von ihnen, ein besonders riesiger Troll, reagierte gar nicht erst darauf, war womöglich schlichtweg zu dumm, um zu erkennen, dass überhaupt etwas passiert war. Seine Keule hatte er beim Erklimmen der Brüstung verloren, aber ein Wesen wie er stellte auch ohne Waffe eine tödliche Gefahr dar.

Der Troll schlug und grabschte einfach wild um sich, und wenn er einen der Zwerge erwischte, wurde dieser über die

Brüstung in die Tiefe geschleudert. Falls nicht schon der Sturz tödlich endete, warteten dort die übrigen Trolle und rissen ihr Opfer im wahrsten Sinne des Wortes in Fetzen.

Schaudernd wandte Barun den Blick ab und konzentrierte sich stattdessen auf den Troll.

»Haltet stand!«, brüllte er und drängte sich zwischen den zurückweichenden Zwergen weiter vor. Andere griffen seinen Ruf auf und folgten seinem Beispiel.

Barun duckte sich tief unter den zupackenden Klauen des Trolls hindurch und sah aus den Augenwinkeln etwas Helles auf sich zurasen. Gleich darauf spürte er einen harten Schlag. Einer der Elben war leichtfüßig in die Höhe gesprungen und hatte sich mit den Füßen von seinem gebeugten Rücken abgestoßen. Es gelang ihm, einen der zurückschwingenden Arme des Ungeheuers zu packen. Er nutzte den Schwung, um sich mit in die Höhe zu katapultieren, und erreichte so die Schulter des Trolls. Beidhändig rammte er ihm sein Schwert mit solcher Wucht in den Hals, dass die Klinge auf der anderen Seite wieder austrat, drehte es einmal in der Wunde und riss es wieder zurück.

So elegant, wie er am Leib der Bestie in die Höhe geklettert war, sprang der Elb wieder hinab.

Der Troll erstarrte, und ein verwirrter Ausdruck zeigte sich auf seinem Gesicht, während das Blut aus den beiden fürchterlichen Wunden an seinem Hals schoss und seinen Körper überströmte. Sein Mund öffnete sich, doch er brachte nur ein ersticktes Stöhnen heraus.

Aber er blieb stehen, als weigere er sich zu begreifen, dass die Wunden eigentlich tödlich sein mussten.

Barun schwang seine Axt und trieb die Schneide dicht über dem Knie tief ins rechte Bein des Trolls. Erst da verlor dieser den Halt. Er bekam Übergewicht zur Seite, und anstatt nach vorn stürzte er über die Brüstung auf die anderen Ungeheuer in der Tiefe hinunter und riss mehrere von ihnen mit sich zu Boden.

Wehklagen erklang, und für einen Moment erlahmten die Kampfhandlungen. Der große Troll schien bei seinem Volk eine besondere Position bekleidet zu haben; vielleicht als Anführer, vielleicht aber auch nur als besonders starker, für unbesiegbar gehaltener Krieger. Sein Tod war offenkundig ein Schock für die Bestien. Nach wenigen Sekunden jedoch ging das Klagen in Wutgeschrei über, und die Trolle setzten den Kampf mit noch größerer Erbitterung fort.

Für die Zwerge und Elben wurde es ein immer aussichtsloserer Kampf. Während sie diesen einen Troll bezwungen hatten, waren in dessen Rücken ein halbes Dutzend weitere auf den Wehrgang heraufgeklettert. Noch konnten sie ihre Stellung halten, doch das würde ihnen nicht mehr lange gelingen.

Und wenn die Verteidigungsstellung fiel, würde es zu einem offenen Kampf mit den Monstern kommen; Mann gegen Mann, mit einer verheerenden Zahl an Toten auf ihrer Seite. Genau das hatte Barun zu verhindern gehofft.

Er warf einen Blick zum Durchgang hinunter. Obwohl sich bereits wahre Berge von Erschlagenen und Erstochenen davor türmten und die Trolle kaum damit nachkamen, die Toten schnell genug zur Seite zu schaffen, war zu erkennen, dass sich das Gitter in keinem guten Zustand mehr befand. Selbst wenn es aus Zwergenstahl gefertigt worden wäre, hätte es die Giganten nicht dauerhaft aufhalten können.

Das minderwertige Metall der Gnome vermochte dies erst recht nicht. Das Gitter war bereits halb aus der Verankerung gerissen. Viele der massiven Stangen waren verbogen oder sogar zerbrochen. Allzu lange würde auch diese Sperre dem Ansturm nicht mehr standhalten.

Kaum dass Barun diesen Gedanken vollendet hatte, mischte sich das Kreischen und Bersten von überstrapaziertem Metall in das Waffengeklirr und den Chor der Schreie. Mit vereinten Kräften rissen drei Trolle das Gitter vollends aus der Halterung und warfen es achtlos hinter sich.

Einer der Trolle stürmte in den Durchgang, der gerade genug Platz für seine massige Gestalt bot. Von seinem eigenen Schwung getragen, kam er gerade mal zwei Schritte weit, ehe er in die Klingen der Verteidiger lief und leblos zu Boden sank.

Seine Gefährten zerrten seinen Leichnam aus dem Gang, und ein weiterer Troll setzte sofort nach, nur um das gleiche Schicksal zu erleiden.

Nein, dachte Barun, um den Durchgang brauchte er sich im Moment keine Sorgen zu machen. Schon eine Handvoll Verteidiger würden ihn gegen eine ganze Armee der tumben Kolosse halten können.

Ganz anders hingegen sah es auf dem Wehrgang aus. Er würde fallen, daran konnte es trotz der verzweifelten Gegenwehr keinen Zweifel geben. Es war höchstens noch eine Frage von Minuten.

Vor jedem anderen Angreifer hätte der Wehrgang allein durch seine Höhe einen wirksamen Schutz geboten, nicht aber vor diesen riesenhaften Kreaturen. Jedenfalls nicht, solange Duul'Athun noch lebte. Er war der letzte der Oger, der noch nicht gefallen war. Unermüdlich brüllte er Kommandos und trieb die Trolle an. Ohne ihn und seine Führung wären sie nicht mehr als zwar starke, aber geistlose Kolosse. Irgendwie mussten sie ihn ausschalten, aber solange er sich in unmittelbarer Nähe des Magiers hielt, war es unmöglich, ihn zu töten.

Auf seinen Befehl hin kauerten sich mehr und mehr Trolle entlang der Wand hin und bildeten lebende Treppen, über deren Rücken eine regelrechte Flut weiterer Ungeheuer den Felssims erkletterte. Der Boden dort war inzwischen übersät mit Toten, und bei den meisten handelte es sich um Zwerge oder

Elben. Die Angreifer stampften einfach über sie hinweg, nur die Leichen ihresgleichen räumten sie aus dem Weg, indem sie diese in die Tiefe stießen.

Der kurze Moment der Unachtsamkeit kostete Barun fast das Leben.

Direkt neben ihm tauchte der Schädel eines Trolls hinter der Brüstung auf. Anstatt diese erst zu überklettern, wie es die anderen taten, riss das Ungeheuer trotz seiner ungünstigen Position sofort seine Keule hoch und schlug damit nach ihm.

Erst im letzten Moment erkannte Barun die Gefahr und wich mit einem entsetzten Keuchen zurück.

Die Keule verfehlte ihn um kaum mehr als eine Handlänge. Funken stoben auf, als die stählernen Stacheln genau dort auf den Stein prallten, wo er gerade noch gestanden hatte.

Der Rückprall brachte den Troll für einen kurzen Moment aus dem Gleichgewicht, und er musste sich mit einer Hand an der Brüstung festklammern, um nicht abzustürzen.

Barun nutzte die Gelegenheit. Er sprang vor und trieb seine Axt tief in den Schädel des Trolls. Dann musste er sie mit aller Kraft festhalten und zurückreißen, damit sie nicht mitsamt dem Ungeheuer in die Tiefe fiel. Grimmig beobachtete er, wie der Troll bei seinem Sturz zwei weitere Ungeheuer mit sich riss, die hinter ihm den Wehrgang zu erklettern versuchten.

Dennoch blieb Barum nicht mehr als eine kurze Atempause. Nur wenige Schritte von ihm entfernt schleuderte ein weiterer Troll den Leichnam eines Elben von sich und stürmte auf Barun zu.

Der Zwerg fuhr herum, glitt jedoch in einer Blutlache aus und stürzte scheppernd zu Boden.

»Barun!«, vernahm er einen entsetzten Ruf. Angeführt von Urtan, eilten weitere Zwerge zur Verstärkung aus der zweiten Höhle auf den Wehrgang, doch waren sie noch zu weit entfernt, um ihm beistehen zu können. Der Troll brauchte nur noch zwei Schritte, um ihn zu erreichen und ihn zu erschlagen oder schlichtweg zu zertreten.

Drei kleinere Beile wirbelten durch die Luft und bohrten sich in die Brust des Ungeheuers, das sie nicht einmal wahrzunehmen schien.

Barun schloss mit seinem Leben ab. In seiner schweren Rüstung lag er hilflos wie ein Käfer auf dem Rücken und konnte sich weder verteidigen noch ausweichen.

Gleich darauf prasselte wie aus dem Nichts ein ganzer Hagel von Pfeilen und Speeren auf die Trolle nieder, auch auf das Monstrum vor ihm. Es hielt inne, schlug dann um sich und brüllte vor Wut und Schmerz.

Fassungslos blickte Barun sich um. Auf der gegenüberliegenden Seite der Höhle waren dicht unter der Decke in zahlreichen kleinen Öffnungen und auf Vorsprüngen zahllose Gestalten erschienen. Erst nach einem Moment erkannte er, dass es sich um Gnome handelte, die die Trolle unter Beschuss nahmen.

Die Spitzen ihrer Pfeile und kaum mehr als armlangen Speere bestanden nur aus Eisen und waren nicht allzu präzise geschliffen, sodass sie zwar die Haut der Trolle verletzten, aber nicht tief genug eindrangen, um die Ungeheuer zu töten. Aber sie fügten ihnen Schmerzen zu, und der unerwartete Angriff verwirrte sie.

Barun fühlte sich gepackt und in die Höhe gezerrt.

»Das war Rettung im letzten Moment«, keuchte Urtan. »Offenbar konnte Quorx seinen Vater doch noch überreden, uns Hilfe zu schicken.«

Gemeinsam erlegten sie den Troll mit ihren Äxten, noch bevor dieser sich von seiner Überraschung erholte. Für den Moment brach der Strom der heraufkletternden Trolle ab. Die Treppen waren zusammengebrochen, und die Höhle war von dem wütenden Brüllen der Trolle erfüllt, die vollauf damit beschäftigt waren, die Pfeile und Wurfgeschosse notdürftig abzuwehren.

»Auch das wird sie nicht lange aufhalten«, stieß Barun hervor. »Die Pfeile tun ihnen weh, können sie aber nicht ernsthaft verletzen.«

Egarion trat zu ihnen. Auch der Elb blutete aus zahlreichen Wunden, aber keine schien lebensbedrohlich zu sein.

»Wir können den Wehrgang nicht länger halten«, sagte er. »Nutzen wir die Gelegenheit, uns zurückzuziehen und am Durchgang zur Treppe eine neue Verteidigungs...«

Seine weiteren Worte gingen in einem ohrenbetäubenden Knistern unter. Ein blau-weißer Blitz zuckte aus der Kutte des geheimnisvollen Magiers, traf einen Felsvorsprung, auf dem mehrere Gnome kauerten, und ließ ihn zerbersten. Sofort konzentrierten die übrigen Gnome ihren Beschuss auf den Magier, aber ihre Pfeile verwandelten sich in Asche, ehe sie ihn trafen.

Ein weiterer Blitz loderte auf und schlug zwischen den Gnomen ein. Rückwärts gehend näherte sich der Magier zusammen mit Duul'Athun der Wand unter dem Wehrgang, um bessere Sicht zu haben, während er weitere Blitze schleuderte.

Barun kam eine aus der Not der Verzweiflung geborene Idee. Pfeile und Wurfgeschosse waren nutzlos gegen dieses Wesen, aber wie sah es mit einem direkten Angriff aus? Konnte eine langsamere, von Hand geführte Klinge möglicherweise seine Abwehr durchdringen? Vorher hatte keine Chance bestanden, nah genug an ihn heranzukommen, jetzt jedoch ...

Er trat an eine der in der Brüstung klaffenden Lücken heran. Der Magier befand sich nun fast direkt unter ihm. In seiner Kutte und der ihn umgebenden Aura aus Finsternis wirkte er mehr wie einer der Dämonen, die die abergläubischen Menschen so fürchteten, als wie ein Wesen aus Fleisch und Blut.

»Barun, was ...«, ertönte wie aus weiter Ferne eine Stimme hinter ihm, aber er reagierte nicht darauf. Was er vorhatte, war

Wahnsinn, und die Chance, dass er Erfolg haben würde, winzig klein. Aber er musste es wenigstens versuchen, sonst waren sie alle dem Untergang geweiht.

Er sprang. Noch während des Falls hob er die Axt und schlug mit aller Kraft zu, trieb sie bis zur Hälfte der Schneide in den Schädel unter der Kapuze.

Es war ein Gefühl, als würde einer der magischen Blitze direkt durch seinen Körper fahren und jeden einzelnen Nerv verbrennen, dann zerbarst die Welt um ihn herum wie in einem Kaleidoskop in unzählige Farben und Splittern.

Dann war nichts mehr.

15

Martuk musste für kurze Zeit das Bewusstsein verloren haben, denn als er wieder zu sich kam, stellte er fest, dass die Geräusche der Schlacht ein gutes Stück entfernt erklangen und sich um ihn herum keine Trolle mehr befanden. Stattdessen wurde er von mehreren Kriegern behutsam auf den Rücken gebettet.

Der Schmerz in seiner linken Körperhälfte war noch immer grauenvoll, und es war ihm unmöglich, den Arm zu bewegen. Als Martuk den Kopf so weit drehte, dass er einen Blick auf seine Schulter werfen konnte, sah er zu seinem Entsetzen nur eine blutende Masse rohen Fleisches.

Dennoch schaffte er es mit äußerster Willenskraft, den Oberkörper auf den rechten Ellbogen gestützt, sich aufzurichten und umzublicken. Er war vom Schlachtfeld bis hinter die eigenen Linien getragen worden, und was er sah, erfüllte ihn mit Genugtuung.

Nicht nur er und die Krieger in seiner Nähe hatten den Schildwall aufgerissen und einen Keil in die feindlichen Linien getrieben, dies war an mehreren anderen Stellen gelungen. In allen drei Kolonnen war die Formation der Oger und Trolle aufgebrochen worden. Allerdings hatte dies zu einem wilden, keinerlei Taktik oder Strategie mehr gehorchenden Gemetzel Zwerg gegen Ungeheuer geführt.

Und er sah noch etwas anderes, nämlich lange Reihen von blutüberströmten Zwergen, die gleich ihm ins Gras gebettet worden waren. Es waren nicht nur Dutzende, sondern vermutlich Hunderte, und nur wenige von ihnen bewegten sich noch.

Gleich darauf wurde sein Oberkörper wieder zu Boden gedrückt, sodass er nur noch den Himmel über sich sah, bis sich gleich darauf das Gesicht eines Elbenheilers in sein Sichtfeld schob, der sich über ihn beugte und sich an seiner Schulter zu schaffen machte.

Der Schmerz loderte zu neuer unerträglicher Pein auf, und wieder schwanden Martuk die Sinne, doch er kämpfte verbissen gegen die Schwärze an, die ihn zu verschlingen drohte. Nach einigen sich zu Ewigkeiten dehnenden Sekunden ließ der Schmerz schließlich nach. Das Brennmoos, mit dem der Heiler die Wunde gereinigt hatte, hatte seine Aufgabe erfüllt, und er verband sie nun. Seine langen Finger sahen aus, als bestünden sie nur aus Haut und Knochen, aber sie fühlten sich warm und weich an.

Martuk versuchte etwas zu sagen, doch es kam nur ein Stöhnen heraus. Trotz der Schwäche, die seinen Körper mit bleierner Schwere erfüllte, wollte er sich erneut aufrichten, doch der Elb presste ihm die Hand auf die Brust und vereitelte seinen Versuch schon im Ansatz.

»Bitte bleibt liegen und bewegt Euch so wenig wie möglich«, sagte er. »Ich vermute, dass der König der Zwerge einen mindestens ebenso sturen Dickschädel hat wie seine Untertanen, aber Ihr solltet auf mich hören. Ihr seid schwer verletzt, und möglicherweise werdet Ihr den Arm sogar verlieren.«

Diese Nachricht hätte Martuk mit Entsetzen erfüllen müssen, aber er empfand – nichts. Was war schon ein Arm, wenn das Überleben seines gesamten Volkes auf dem Spiel stand, selbst wenn es sich um *seinen* Arm handelte? Alles, was zählte, was sein gesamtes Denken ausfüllte, war die Schlacht, von der so viel abhing. Alles andere mochte später irgendwann an Bedeutung gewinnen, wenn sie gesiegt hatten.

Und wenn sie verloren, war ohnehin alles aus. Dann spielte es keine Rolle mehr, ob er mit oder ohne den Arm starb. Diesmal würden die Oger sie nicht wieder in Reservate sperren, sondern sein Volk und das der Menschen bis auf den letzten Mann und die letzte Frau, den letzten Greis und das letzte Kind ausrotten.

Und er, der König der Zwerge, lag einfach nur hier herum ...

Wenn er schon nicht weiter selbst kämpfen konnte, dann musste er die Schlacht zumindest aus der Ferne leiten, musste Anweisungen geben, er musste ... musste ...

Seine Gedanken verwirrten sich. Nebel senkte sich auf ihn herab und hüllte ihn ein, aber diesmal verlor er nicht das Bewusstsein. Undeutlich nahm er wahr, dass mehrere Zwerge, die sich bislang respektvoll zwei, drei Schritte entfernt gehalten hatten, näher traten und der Elbenheiler ihnen irgendwelche Anweisungen erteilte, die Martuk nicht verstand. Sein Geist trieb durch ein dämmriges Schattenland, in dem nur der Schmerz real zu sein schien.

Jemand hielt ihm ein Schälchen an die Lippen. Eine gallenbittere Flüssigkeit drang ihm in Mund und Rachen, sodass ihm gar nichts anderes übrig blieb, als zu schlucken. Feurig rann die Flüssigkeit in seinen Magen und schien seinen ganzen Körper in Brand zu setzen. Jeder einzelne Nerv fühlte sich an wie in glühende Lava getaucht. Er wollte schreien, aber sein Körper war wie gelähmt.

Dann, mit einem Schlag, war der Schmerz verschwunden. Sowohl das fürchterliche Brennen als auch der Schmerz in seiner verletzten Schulter. Selbst die zahlreichen anderen Verletzungen und Blessuren spürte er kaum noch.

Martuk sog scharf die Luft ein und atmete langsam wieder aus.

»Das ist alles, was ich im Moment für Euch tun kann«, sagte der Elbenheiler und erhob sich. »Alles Weitere liegt nun an Eurem Körper. Und daran, wie vernünftig Ihr Euch verhaltet. Ich sehe später noch einmal nach Euch. Jetzt benötigen andere meine Hilfe.«

Mit diesen Worten wandte sich der Heiler ab und ging. Für einen kurzen Moment wallte Zorn in König Martuk auf. Was glaubte der Kerl eigentlich, wer er war, ihn so einfach ... Aber sofort verflog sein Zorn wieder. Der Heiler hatte völlig recht. Martuk selbst hatte niemals eine bevorzugte Behandlung gewünscht, hatte sich als nicht mehr wert als der Geringste seines Volkes betrachtet. Seine Verletzung mochte schwer sein, aber sie war nicht tödlich, im Gegensatz zu denen vieler anderer Krieger, die dringender Hilfe benötigten.

Ohne den Schmerz, der zuvor jedes andere Gefühl überdeckt hatte, spürte Martuk nun erst, wie sehr die Verletzung ihn schwächte. Er war so erschöpft, dass er am liebsten der Anordnung des Heilers gefolgt wäre und im heilenden Schlaf des Vergessens Zuflucht gesucht hätte.

Aber sein Wille war letztendlich stärker als die Bedürfnisse seines Körpers, und so stemmte er sich erneut hoch und blickte sich um.

Eine Zwergin beugte sich vor, um ihn wieder zu Boden zu drücken, doch Martuk bedachte sie mit einem so finsteren Blick, dass sie in der Bewegung erstarrte.

»Helft mir hoch!«, befahl er.

»Aber Majestät, der Elbenheiler hat gesagt ...«

»Meines Wissens ist immer noch Martuk von den Bruchbergen König des Zwergenvolks und kein verdammtes Spitzohr!«, fiel er ihr scharf ins Wort. Er machte eine Kopfbewegung in Richtung einer winzigen, nur wenige Meter entfernten Anhöhe mit einem Felsbrocken darauf. »Bringt mich zu dem Felsen dort!«

Die Zwerge zögerten noch einen Moment, aber dann betteten sie ihn mit größter Behutsamkeit auf eine Trage und brachten ihn zu dem gewünschten Ort. Den Rücken gegen den Stein gelehnt, setzten sie ihn dort aufrecht hin. Der Hügel überragte die Ebene nur um wenige Meter, aber es reichte, dass Martuk den größten Teil des Schlachtfelds überblicken konnte. Was er sah, erfüllte ihn mit neuem Mut. Wie er zuvor schon hatte feststellen können, war es seinen Zwergen gelungen, tief in alle drei Kolonnen des Feindes einzudringen und seine Formation aufzubrechen. Die Trolle vermochten ihnen keine geordnete Verteidigung mehr entgegenzusetzen, und in dem wütenden Schlagen und Stechen gewannen die disziplinierter kämpfenden Zwerge allmählich die Oberhand.

Dann aber ließ Martuk seinen Blick weiter schweifen, und das Bild veränderte sich völlig. Gleich fünf weitere Kolonnen aus Trollen und Ogern hatten sich vom Hauptteil des feindlichen Heers gelöst, um ihren bedrängten Stoßtrupps zu Hilfe zu eilen.

Im Gegenzug erteilte Lithriel, die er nur klein auf ihrem weit entfernten Hügel sah, den restlich Zwergen und einigen Bataillonen der Menschen den Befehl, ebenfalls vorzurücken. Offenbar plante sie, die Schlacht ohne jegliche taktischen Finessen in einem wilden Kräftemessen zwischen den Fronten zu entscheiden, was in Martuks Augen gegen die starken Ungeheuer eine völlig falsche Strategie darstellte.

Vor allem versetzte ihn jedoch in Wut, dass Lithriel seinem Volk und den eher schwächlichen Menschen die Hauptlast des Kampfes aufbürdete. Sie ließen ihr Blut, um den Feind zu schwächen, während die Elbin ihre eigenen Kämpfer – von den wenig gefährdeten Reitern abgesehen – als Reserve zurückhielt. Dabei wären gerade die im Nahkampf so ungemein starken elbischen Krieger für den Kampf gegen die bislang vorgerückten Kolonnen wesentlich geeigneter.

Aber die elbischen Verbände, die Martuk nur undeutlich in der Ferne sah, rührten sich nicht. Er warf einen fast hasserfüllten Blick in ihre Richtung, aber davon setzten sie sich natürlich auch nicht in Bewegung.

Das Kampfgetümmel nahm noch zu, als die Verstärkungen beider Seiten aufeinanderprallten. In grimmigem Zorn ballte Martuk die Faust, doch dann passierte etwas, was seine bisherige Sicht von Lithriels Strategie völlig über den Haufen warf.

Ein neues, großes Heer brach aus den Wäldern und hinter den Hügeln im Rücken der feindlichen Hauptstreitmacht hervor. Es mussten Tausende sein, in das Weiß und Gold der Elben gekleidet. Noch bevor die Oger die schwerfällig reagierenden Trollverbände umgruppieren und gegen die so unverhofft aufgetauchten Angreifer in Stellung bringen konnten, waren die Elben bereits heran und stürzten sich auf sie.

Fassungslos ließ Martuk seinen Blick wieder zu der eigenen Stellung wandern. Wo er vor kaum einer Minute noch das gesamte Heer der Spitzohren gesehen hatte, befanden sich jetzt nur noch wenige elbische Verbände, die in diesem Moment ebenfalls vorstürmten.

Nur langsam begriff er. Was er gesehen hatte, war nur ein magisch erzeugtes Trugbild gewesen. Lithriel hatte sich nicht allein darauf verlassen, dass Barun und seine Streitmacht durch den Berg in den Rücken des Feindes gelangten. Stattdessen hatte sie den Plan in etwas veränderter Form für ihre eigenen Truppen aufgegriffen. Vermutlich schon während der Nacht hatte sich der Hauptteil der elbischen Krieger auf den Weg gemacht und die feindlichen Linien in einem weiten Bogen umgangen, so lautlos und deshalb unbemerkt, wie es nur Elben vermochten.

In Gedanken leistete er Lithriel Abbitte. Gegenüber der eigentlichen Schlacht, die nun in der Ferne entbrannt war, war der Kampf, in den seine Krieger und inzwischen auch die Menschen verwickelt waren, nur ein Geplänkel. Aber er war nötig gewesen, damit die Oger ihr nun heftig umkämpftes Zentrum durch die Aussendung einiger Kolonnen schwächten.

Zutiefst schockiert von dem Geschehen, gerieten die Reihen der vorgerückten Trolle ins Wanken, selbst die der gerade erst eingetroffenen Verstärkung. Obwohl die Oger wild Befehle brüllten, um die Ordnung aufrechtzuerhalten, wandten sich zuerst einige, dann immer mehr Trolle um und eilten zu ihrer Hauptstreitmacht zurück, bis sich der gesamte Heeresflügel in heilloser Flucht auflöste.

Kaum einer von ihnen erreichte sein Ziel. Fliehend und ohne Deckung, wurden sie zu einem leichten Ziel für die Pfeile der berittenen Elben. Die Trolle, die nicht getötet, sondern nur zu Fall gebracht wurden, wurden Opfer der nachrückenden Zwerge, Elben und Menschen.

Wie von Lithriel zweifellos geplant, wurde das Hauptheer der Feinde nun von zwei Seiten attackiert.

»Ja!«, brüllte Martuk und riss die Faust in die Höhe, verzog aber gleich darauf das Gesicht und biss die Zähne zusammen, als die heftige Bewegung den Schmerz in seiner verletzten Schulter neu auflodern ließ. Es gab kaum noch einen Zweifel am Ausgang der Schlacht, und er wünschte, er könnte daran teilhaben, könnte sich an den Peinigern seines Volkes für all das rächen, was diese ihm angetan hatten. Er wünschte, er …

Etwas geschah.

Es war nichts, was er in Worte kleiden konnte, aber dafür umso deutlicher spürte. Es kam ihm vor, als zöge etwas Unsichtbares, unglaublich Fremdes und Mächtiges über ihn hinweg. Die Luft schien zu prickeln, und die Härchen auf seinen Armen richteten sich auf.

Über dem Gebirge loderte ein greller weiß-blauer Blitz auf, heller noch als die Sonne. Allen Naturgesetzen zum Trotz fuhr er nicht vom Himmel nieder, sondern brach aus einem der

Berge hervor und schoss in die Höhe, während sich gleichzeitig zahllose Verästelungen über die Hänge verteilten, bis sie das gesamte Gebirge wie ein Gespinst aus knisternder magischer Energie einhüllten.

Felsbrocken lösten sich, rissen andere mit sich und donnerten an zahlreichen Stellen in gigantischen Steinschlägen in die Tiefe. Nach wenigen Sekunden erloschen die Blitze so plötzlich, wie sie aufgeflammt waren, doch noch immer war das Gestein in Bewegung. Entsetzt beobachtete Martuk das Geschehen.

»Barun«, murmelte er. Etwas war im Inneren der Berge geschehen, und es war etwas Entsetzliches, das spürte er.

Als das Getöse der in die Tiefe gestürzten Felsmassen schließlich verklang, breitete sich eine fast unnatürliche Stille aus. Selbst die Schlacht war zum Erliegen gekommen.

Doch die Ruhe währte nur wenige Sekunden, dann ging das Schlachten noch unerbittlicher weiter als zuvor.

16

Zarr'Lak tobte vor Wut.

Er hatte sämtliche Wachposten, die das nächtliche Herannahen des elbischen Heers nicht bemerkt und den Kampf überlebt hatten, hinrichten lassen, aber auch das hatte seinen Zorn nicht besänftigt.

Sie hatten mehr als nur eine Schlacht verloren, das war ihm vermutlich bewusster als jedem anderen. Diese Niederlage hatte den Krieg entschieden und ihr aller Schicksal besiegelt. Die Welt, wie sie bislang gewesen war, würde untergehen und ein neues Zeitalter beginnen, in dem die Oger nicht mehr die Herren, sondern die Unterdrückten sein würden.

Wenn überhaupt ...

Sie waren ein mächtiges, aber niemals allzu zahlreiches Volk gewesen. Und sie waren träge geworden, da es allzu lange keine Herausforderungen für sie gegeben hatte.

Der Krieg gegen die Trolle ... Zarr'Lak war sich nicht sicher, ob sie ihn in der heutigen Zeit noch gewonnen hätten, und es war ein Glück, dass die tumben Kolosse sich so in ihre Sklavenrolle gefügt hatten, dass sie niemals dagegen aufbegehrt hatten. Damals war sein Volk jung und hart gewesen, hatte sich diese Welt untertan machen wollen. Und es hatte mit Nork'Ras'Gul einen Häuptling gehabt, der die Massen hatte begeistern und anstacheln können.

Sie hatten den Krieg gewonnen, aber vielleicht war schon damals die Saat für die heutige Niederlage gelegt worden. Die Trolle hatten fortan alle Arbeiten für sie erledigt, und allzu viele Oger hatten sich dem Müßiggang hingegeben und sich damit begnügt, nur noch Befehle zu erteilen.

Seit Zarr'Lak die Macht ergriffen hatte, hatte er versucht, dem entgegenzuwirken. So hatte er jeden Oger im waffenfähigen Alter gezwungen, mindestens ein Jahrzehnt lang in seinem Heer zu dienen. Anderenfalls wären seine Truppen vermutlich bereits in der ersten Schlacht von den Spitzohren und den jüngeren Völkern hinweggefegt worden.

Und auch heute wäre der Kampf vielleicht anders verlaufen, wenn er nicht Duul'Athuns irrwitzigem Vorhaben zugestimmt hätte. Bis zur Stunde wusste er nicht, was in dem Berg passiert war, aber die Saikorai waren nicht wie geplant im Rücken des Feindes wieder herausgekommen, und der Zugang war verschüttet worden.

Er hatte stattdessen die Eruption magischer Kraft gesehen und gespürt, die nur ein Hinterhalt der Elben gewesen sein konnte, weil nur sie über eine solche Macht geboten. Sie hatten ihn gleich zweimal ausgetrickst.

Er musste davon ausgehen, dass Duul'Athun und seine Saikorai tot waren. Ausgerechnet seine Elitetruppen, das Herzstück seiner Armee, die ihm während der Schlacht an allen Ecken und Enden gefehlt hatten und die er auch jetzt dringend bräuchte, um den Rückzug seines Heers zu decken!

Der Kampf hatte bis in die späten Nachmittag gedauert. Seine Truppen hatten hart gekämpft, aber durch die List der Elben war die Niederlage nicht mehr zu verhindern gewesen. Immerhin war es ihm gelungen, die Flucht in einen halbwegs geordneten Rückzug zu verwandeln.

Ohne Rücksicht auf die Verwundeten waren sie die halbe Nacht marschiert, um eine möglichst große Strecke zwischen sich und die gegnerischen Streitkräfte zu bringen. Wer nicht mithalten konnte, wurde getötet, damit er nicht ihren Feinden in die Hände fiel und irgendetwas preisgeben konnte. Auch jetzt plante Zarr'Lak nur eine kurze Rast.

Immer noch wutschnaubend, stapfte er in das improvisierte Zelt, das man aus in den Boden gerammten Ästen und einem großen Tuch für ihn errichtet hatte. Eine einzelne Lampe hing an einem der Äste, verbreitete aber kaum Licht. Auch das übrige Lager lag in fast vollständiger Dunkelheit. Er hatte verboten, Feuer zu entfachen, um es den Kundschaftern, die die Elben zweifellos ausgesandt hatten, zu erschweren, sie zu finden.

Hätten seine Vorfahren doch bloß die jüngeren Völker direkt nach ihrem Entstehen mit Stumpf und Stiel ausgerottet, anstatt nur ihre weitere Ausbreitung zu verhindern! Sie hatten es auch damals schon nur aus Furcht vor dem Eingreifen der Elben nicht getan, zumal Menschen und Zwerge keine Gefahr darzustellen schienen. Aber wie sich nun gezeigt hatte, hatten sie sich damit nur Zeit erkauft.

Hätten nicht schon seine Vorgänger die Zwerge so grausam unterdrückt, dass sie nur voller Hass waren, wäre vielleicht sogar ein Bündnis mit ihnen möglich gewesen. Sie waren seinem eigenen Volk noch am ähnlichsten. Zwar von kleinerem Körperbau, aber stolz, bodenständig und grimmige Kämpfer.

Und sie hassten ebenfalls alles, was mit Magie zu tun hatte! Natürlich ließen sie sich von den Elben bereitwillig im Kampf um ihre Freiheit unterstützen, aber große Liebe herrschte zwischen diesen beiden Völkern sicherlich nicht.

»Verdammte Spitzohren!«, fluchte er.

»Weise gesprochen, großer Zarr'Lak. Ich kann Euch nur zustimmen«, ertönte eine unangenehm dumpfe Stimme.

Blitzschnell fuhr der Oger herum und packte seine Keule, die an einem Gurt hinter seinem Rücken hing. Er bemühte sich, das

Dunkel in der Ecke, aus der die Stimme gekommen war, mit Blicken zu durchdringen, doch es gelang ihm nicht.

»Wer ist da?«, stieß er hervor. »Zeig dich!«

»Eure Waffe werdet Ihr nicht brauchen«, erklang die Stimme erneut. Gleichzeitig spürte Zarr'Lak, wie sich sein Griff gegen seinen Willen löste. Die Keule fiel zu Boden.

»Wachen!«, brüllte er.

In das Dunkel vor ihm geriet Bewegung. Etwas, das nur aus geronnener Dunkelheit zu bestehen schien, näherte sich ihm. Er wollte zurückweichen, aber es war, als ob er die Kontrolle über seinen Körper verloren hätte. Wo blieben nur die Wachen? Sie standen direkt vor seinem Zelt und müssten ...

»Sie können Euch nicht hören«, vernahm er die Stimme erneut. »Aber seid unbesorgt, ich habe nicht vor, Euch etwas anzutun. Im Gegenteil. Ich hasse die Elben mindestens ebenso wie Ihr, und ich bin hier, um Euch Hilfe anzubieten.«

Als die Gestalt in den Lichtschein der Lampe trat, erkannte Zarr'Lak, dass sie in ein kuttenartiges schwarzes Gewand mit hochgeschlagener Kapuze gehüllt war, das sie zuvor nahezu unsichtbar gemacht hatte. Auch jetzt noch konnte er nicht erkennen, was sich unter der spitz zulaufenden Kapuze verbarg.

»Wer ... Wer seid Ihr?«, keuchte er. »*Was* seid Ihr?«

»Ein Freund«, erwiderte der Unbekannte. »Ihr könnt mich Urian-Ti-Ghol nennen. Und wie ich schon sagte, will ich Euch helfen. Euer Volk steht am Abgrund. Die jüngeren Völker werden sich für die Jahrhunderte der Unterdrückung grausam an den Ogern rächen.«

»Als ob ich das nicht wüsste«, knurrte Zarr'Lak. »Aber das erklärt nicht, was Ihr seid. Ein abtrünniger Elb? Nur die Spitzohren verfügen über Kräfte wie Ihr.«

Ein Geräusch, das fast wie eine knarrende Tür klang, drang unter der Kapuze hervor. Es dauerte einen Moment, bis Zarr'Lak klar wurde, dass es sich um ein Lachen handelte.

»Ein Elb? Nein. Mein Volk ist noch wesentlich älter als sie, aber bei Weitem nicht so zahlreich. Aus diesem Grund haben meine Brüder und ich uns stets verborgen gehalten, haben geduldig gewartet und beobachtet, wie die Macht der Elben schwand. Jetzt jedoch ist für uns die Zeit zum Handeln gekommen. Die Spitzohren sind durch den Krieg zusätzlich geschwächt, und wir werden nicht zulassen, dass sie in einer von ihnen gestalteten Weltordnung erneut erstarken.«

Zarr'Lak war unschlüssig, was er von den Worten des Fremden halten sollte. Ein Volk, das noch älter als die Elben sein sollte, von dem man jedoch nie gehört hatte? Das klang alles andere als glaubhaft. Aber er befand sich in einer verzweifelten Situation und beschloss, sich zumindest anzuhören, was dieser Urian-Ti-Ghol zu sagen hatte.

»Woher rührt Euer Hass auf die Elben?«, fragte er.

»Einst herrschten unsere Meister über diese Welt, und wir dienten ihnen«, berichtete der Unheimliche bereitwillig. »Aber trotz all ihrer Macht wurden unsere Meister irgendwann besiegt und entweder erschlagen oder vertrieben. Nur wenige von uns blieben zurück. Dann erblickten die Elben das Licht der Welt. Sie sind in fast allem das genaue Gegenteil von uns und verkörpern andere Prinzipien. Es konnte kein friedliches Nebeneinander unserer Völker geben, wir waren wie Feuer und Wasser. Uns war klar, dass sie uns töten würden, sollten sie von unserer Existenz erfahren, denn wir waren zu wenige, um ihnen Widerstand zu leisten. Also zogen wir uns in die unzugänglichen Sümpfe zurück. Dort warten wir seit Jahrtausenden auf eine Gelegenheit, sie zu vernichten.«

»Ihr wartet seit Jahrtausenden untätig?«

»Für uns hat Zeit eine andere Bedeutung als für Euer Volk. Aber natürlich waren wir nicht völlig untätig. Wir haben mehrmals mit den Anführern Eures Volkes Kontakt aufgenommen und ihnen bewusst zu machen versucht, welche Gefahr die

Elben weiterhin darstellen, auch wenn sie sich weitgehend aus dem Weltgeschehen zurückgezogen hatten. Aber man wollte nicht auf uns hören, und nun seht Ihr, wohin diese Überheblichkeit führte.«

»Davon wusste ich nichts«, gestand Zarr'Lak. »Nirgendwo in den Schriften unseres Volkes ist etwas von derartigen Kontakten vermerkt.«

»Und doch gab es sie. Und nun, in der Stunde Eurer größten Not, bieten wir den Ogern erneut unsere Hilfe an. Einer meiner Brüder hat die Gnome gefügig gemacht, die einen Teil Eures Heers durch das Gebirge geleitet haben. Der Plan Duul'Athuns war gut und hätte den Elben eine schwere Niederlage zufügen können.«

»Und wieso ist er misslungen?«, grollte Zarr'Lak. »Was ist im Inneren der Berge geschehen?«

»Ich weiß es nicht«, gab Urian-Ti-Ghol zu. »Aber dort muss sich eine Katastrophe ereignet haben, die zum Tode meines Bruders Urian-Gi-Rhihl führte, des Mächtigsten von uns.«

»Und die Saikorai-Legionen?«

»Es ist höchst unwahrscheinlich, dass im Inneren der Berge irgendjemand die explosionsartige Freisetzung magischer Kraft überlebt hat. Als Urian-Gi-Rhihl getötet wurde, muss er sich gerade mitten in einer Beschwörung befunden haben.« Ein paar Sekunden herrschte Schweigen, dann fügte das Wesen mit dumpfer Stimme hinzu: »Nehmt Ihr nun unsere Hilfe an?«

»Wie stellt Ihr Euch das vor? Wie wollt Ihr uns helfen?«

»Für Euch und Euer Volk gibt es drei Möglichkeiten, von denen Euch keine besonders verlockend erscheinen dürfte. Ihr könnt entweder ohne jede Hoffnung auf einen Sieg den Kampf bis zur völligen Auslöschung fortsetzen, oder Ihr könnt Euch ergeben und Euch der Gnade der anderen Völker ausliefern. Oder Ihr flieht, aber es wird schon bald keinen Ort mehr geben, an den Ihr fliehen könnt.«

»Meint Ihr, das wüsste ich nicht?«, knurrte Zarr'Lak.

»Sicher, aber habt Ihr schon einen Ausweg aus Eurem Dilemma gefunden? Ich kann Euch einen anbieten.«

»Und wie? Wollt Ihr an unserer Seite kämpfen? Uns mit neuen, starken Heeren zu Hilfe eilen? Oder wenigstens unsere Bezwinger daran hindern, an uns Rache zu nehmen?«

Erneut erklang das knarrende Lachen.

»Wir sind nicht annähernd stark genug, den Elben und ihren Verbündeten im offenen Kampf entgegenzutreten«, erwiderte die Gestalt. »Und etwas derartig Dummes haben wir auch nicht vor. Unsere größte Stärke ist, dass unsere Widersacher nichts von unserer Existenz wissen, und daran soll sich vorerst auch nichts ändern. Nein, ich kann Euch nur bei der dritten der genannten Möglichkeiten helfen. Ich biete Euch und jedem Oger und Troll, der Euch folgt, einen sicheren Rückzugsort an, wo Euer Volk zu neuer Macht erstarken und eines Tages zurückerobern kann, was ihm jetzt geraubt wird.«

Ungläubig starrte Zarr'Lak den Fremden an.

»Und wo soll das sein? Die Welt ist groß, aber sie ist dennoch begrenzt.« Er schnaubte. »Unsere Feinde werden uns an jeden Ort folgen, wohin auch immer.«

»Ihr irrt Euch. Und sollten sie es tatsächlich wagen, so wird es ihr Untergang sein. Eine Lektion, die auch Euer Volk schon lernen musste.«

Plötzlich begriff Zarr'Lak.

»Die ... die Sümpfe!«, keuchte er. »Ihr sprecht von den Todessümpfen!«

Im Süden des Kontinents gab es riesige Sumpf- und Moorgebiete, tückisch und lebensfeindlich, die niemals erforscht worden waren. Und doch gab es Leben dort. In früheren Jahrhunderten hatte sein Volk mehrere Expeditionen dorthin unternommen. Nur eine davon war, mit erheblichen Verlusten, überhaupt zurückgekehrt, und diese war nicht besonders weit in das fremde Gebiet vorgedrungen. Die Überlebenden waren vor Angst fast wahnsinnig gewesen und bald darauf an einer unbekannten Krankheit gestorben. Vorher jedoch hatten sie von unheimlichen, fremdartigen Lebensformen mit magischen Kräften berichtet, die in den Sümpfen hausten, ohne diese genauer beschreiben zu können. Aber angesichts ihrer Verrücktheit hatte man ihren Behauptungen nicht viel Wert beigemessen. Seither hatte es keine weiteren Expeditionen mehr gegeben.

»Die großen Sümpfe sind unsere Heimat«, erklärte Urian-Ti-Ghol.»Niemand, der sie betritt, verlässt sie wieder gegen unseren Willen. Nicht einmal ein ganzes Elbenheer.«

»Aber dort ist kein Leben möglich! Wir haben vor langer Zeit selbst ...«

»Niemand, der die großen Sümpfe betritt, verlässt sie wieder gegen unseren Willen«, wiederholte sein Gegenüber.»Das galt bislang auch für Euer Volk, aber das hat sich nun geändert. Angesichts Eurer Lage ist uns jeder Oger und Troll dort willkommen. Die Sümpfe sind nicht überall gleich. Es gibt auch dort fruchtbare Landstriche, in denen Eure Völker sich niederlassen können. Dort können sie Wild erlegen und Getreide anbauen, können neue, bessere Waffen schmieden und sich in aller Ruhe auf den Tag der Rache vorbereiten. Es wird lange dauern, viele Generationen, aber wir sind es gewohnt, in langen Zeiträumen zu denken. Vor allem aber können die Oger und Trolle dort frei leben, während sie hier nur Tod oder Sklaverei erwartet.«

In Zarr'Laks Kopf überschlugen sich die Gedanken. Alles in ihm schrie danach, dem Fremden gar nicht erst weiter zuzuhören. Er erschauderte schon bei dem bloßen Gedanken an die Sümpfe und erst recht bei der Vorstellung, dort den Rest seines Lebens zu verbringen.

Und er erschauderte auch bei dem Gedanken an die Größe der zu bewältigenden Aufgabe.

Zudem wusste er praktisch nichts über diesen Fremden. Er war ihm unheimlich, und er traute ihm kein bisschen. Niemand tat etwas ohne Eigennutz, das lernte jeder Oger von Kindheit an. Was also versprach sich Urian-Ti-Ghol wirklich von seinem so verlockend klingenden Angebot?

Was, wenn es sich um eine Falle handelte, um Zarr'Laks Volk in die Sümpfe zu locken, damit es dort elendig zugrunde ging?

Aber welchen anderen Weg gab es? Deutlicher als bislang vermutlich jedem anderen Oger war Zarr'Lak bewusst, welche Konsequenzen sich aus dem verlorenen Krieg für sein Volk ergeben würden. *Tod oder Sklaverei* hatte Urian-Ti-Ghol gesagt und es damit auf den Punkt gebracht.

»Ich bin einverstanden«, erklärte er schließlich schweren Herzens.

17

Die Schlacht hatte sich noch über viele Stunden hingezogen. Obwohl es an ihrem Ausgang keinen Zweifel mehr gegeben hatte, nachdem die elbischen Truppen so unverhofft im Rücken des feindlichen Heers aufgetaucht waren, hatten die Oger und Trolle bis zuletzt erbittert gekämpft. Schließlich aber war es der Allianz gelungen, auch den letzten Widerstand zu zerschlagen.

Mit eiserner Willenskraft hatte König Martuk sich gezwungen, den Kampf zu verfolgen, doch irgendwann waren die Schmerzen in seiner Schulter übermächtig geworden, und die Erschöpfung hatte ihren Preis gefordert.

Erst gegen Mittag des folgenden Tages war er, zornig darüber, dass man ihn so lange hatte schlafen lassen, in seinem Zelt wieder erwacht. Sein ganzer linker Oberkörper tat noch immer höllisch weh, während sich sein Arm so taub anfühlte, dass er ihn auch ohne die dicken Verbände um seine Schulter wohl nicht hätte bewegen können.

Man berichtete ihm von der unbegreiflichen Veränderung des Gebirges. Ein Phänomen, für das nur die Spitzohren eine Erklärung liefern konnten.

Während man ihm Bericht erstattete, ließ er sich zu Lithriel führen, die sich am Fuße der Weißberge befand, wo Barun mit seinen Zwergenkriegern in die Berge hineinmarschiert war.

Trotz seiner Verwundung und obwohl noch immer geschwächt, ließ Martuk sich weder tragen noch stützen, sondern ging auf seinen Beinen.

Als er die Elbenfürstin erreichte, schickte er seine Begleiter fort, denn er wollte mit Lithriel unter vier Augen reden.

»Nun?«

Ungeduldig starrte Martuk die Elbenfürstin an. Es dauerte einen Moment, bis Lithriel reagierte. Sie zog ihre Hände von der Felswand zurück und schüttelte sie, als hätte sie sich verbrannt, während sie sich langsam umdrehte.

»Die Trauer über Euren Verlust trübt mein Herz«, sagte sie. »Es tut mir entsetzlich leid, was geschehen ist, aber ich fürchte, es gibt nichts, was ich tun kann.«

»Aber ... es handelt sich doch um Magie. Es *muss* sich um Magie handeln! Selbst unsere stärksten Waffen und Werkzeuge prallen von dem Fels ab, ohne auch nur einen Kratzer zu hinterlassen, egal, an welcher Stelle wir es versucht haben. Hier, seht selbst.« Er zog mit der Rechten ein Messer aus dem Gürtel und versuchte, es an einer besonders brüchigen Stelle in den Fels zu rammen. Obwohl es so aussah, als könnte man dort Gesteinssplitter mit bloßen Händen herauslösen, glitt die Klinge wirkungslos ab. »So ist es überall. Meine Leute haben versucht, den verschütteten Zugang wieder freizulegen, aber sie können nicht das winzigste Steinchen bewegen. Das ist unmöglich, völlig unmöglich. Also erzählt mir nicht, dass dies nichts mit Magie zu tun hat. Wir haben alle gesehen, wie ...«

»Ich bestreite gar nicht, dass es sich um eine Art von Zauber handelt«, bremste Lithriel den Redefluss des Zwergenkönigs. »Im Gegenteil, Ihr habt völlig recht. Hier ist ohne jeden Zweifel Magie am Werk. Eine sehr mächtige Magie.«

»Und Euer Volk gilt als Meister der Zauberei oder Magie oder wie immer Ihr es nennen wollt«, eiferte sich Martuk. »Also sprecht einen Gegenzauber, führt eine Beschwörung durch oder tut sonst etwas! Dreitausend meiner besten Krieger sind in diesem Berg eingeschlossen, und Ihr sagt, Ihr könnt nichts tun?«

Lithriel seufzte. Ein trauriger Ausdruck glitt über ihr Gesicht.

»Ich fürchte, Ihr versteht nicht«, sagte sie. »Es stimmt, kein anderes bekanntes Volk beherrscht die magischen Künste so wie wir. Und genau das ist es, was wir selbst nicht verstehen. Weder die Oger noch die Trolle verstehen sich auf diese Kunst; sie können dies nicht bewirkt haben.«

»Aber es ist geschehen, egal, wer oder was dafür verantwortlich ist. Öffnet nur den Eingang wieder, damit meine Krieger herauskommen oder wir wenigstens Klarheit über ihr Schicksal erlangen. Das ist alles, worum es mir geht.«

»Wenn es so einfach wäre, hätten wir es bereits getan, das versichere ich Euch.« Lithriel schüttelte den Kopf. »Aber wir *können* es nicht. Es ist schwierig, es jemandem zu erklären, der nichts davon versteht. Unsere Magie bewirkt, was man allgemein als etwas Gutes betrachtet. Sie ist heilend, schöpferisch, sie kann stärken und etwas erschaffen. Doch sie ist nicht zerstörerisch. Anderenfalls hätten wir die Horden der Oger und Trolle einfach mit Feuer und Blitz hinwegfegen können. Aber so wirkt unsere Magie nicht.«

»*Eure* Magie?«, hakte Martuk nach, dem ihre Formulierung nicht entgangen war. »Wollt Ihr damit andeuten, dass es noch eine andere gibt?«

»Genau darum geht es. Es gibt auch eine andere Seite der Magie, eine dunkle, destruktive. Weder heilt sie noch erschafft sie, sondern sie tötet und vernichtet. Sie verleiht Macht und ist verlockend, aber wer ihr verfällt, verliert den Blick für alles, was schön ist, verliert jedes Gefühl außer Hass und dem Verlangen zu töten, zu zerstören und andere zu unterjochen und zu quälen. Einige wenige unseres Volkes erlagen in früheren Zeiten dieser Verlockung, ehe wir erkannten, welch schrecklichen Preis man dafür zahlen muss.«

»Wollt Ihr damit sagen, dass jemand aus Eurem Volk …«

»Nein!«, fiel Lithriel ihm fast entsetzt ins Wort. »Seit gut einem Jahrtausend ist kein Elb mehr der Verlockung des Bösen erlegen, und ich hoffe, es wird nie wieder geschehen.« Sie machte eine kurze Pause. »Und doch hat sich dieser Ausbruch von finsterer magischer Kraft ereignet, was im Grunde unmöglich ist. Es sei denn …«

»Auch einige der Menschen verfügen über magische Kräfte«, erinnerte Martuk, als sie nicht weitersprach.

Sie tat seine Worte mit einer wegwerfenden Geste ab. »Sie sind nicht annähernd stark genug, um so etwas zu bewirken. Außerdem befanden sich keine Menschen im Berg. Die Gnome jedoch … Ich kann mir kaum vorstellen, dass sie über eine solche Macht gebieten. Aber bis vor ein paar Stunden hatten wir vergessen, dass es sie überhaupt gab. Es wäre also denkbar. Ihr hättet den Gnom, der Eure Krieger in den Berg geführt hat, zu mir bringen sollen, anstatt ihm so leichtgläubig zu folgen.«

In diesem Punkt musste Martuk ihr widerstrebend recht geben. Vielleicht war er wirklich zu gutgläubig gewesen. Er hatte nur die sich bietende Chance gesehen und die Risiken nicht genauer in Erwägung gezogen. Doch der Gnom hatte nicht den Eindruck gemacht, als stelle sein Volk eine Gefahr für ein so starkes Heer seiner besten Krieger dar.

»Ich glaube nicht, dass diese Gnome selbst über eine so unglaubliche Magie verfügen, obwohl es sich natürlich nicht mit Sicherheit ausschließen lässt«, fuhr Lithriel fort. »Eher vermute ich, dass es in diesen Bergen eine Macht gab, die uns unbekannt war. Etwas Dunkles, wie ich es gerade beschrieben habe. Wir Elben waren die Ersten, die die Welt in großer Zahl bevölkerten, eben das erste Volk. Aber wir wissen, dass es in den dunklen Zeitaltern vor uns schon andere Mächte gab. Finstere, verderbliche Mächte, die Essenz des Bösen, die sich dereinst aus dem Urschlamm der Schöpfung erhoben, als die Welt geboren wurde. Sie vernichteten sich gegenseitig, bis auf wenige Ausnahmen, die aber so geschwächt wurden, dass sie in einen tiefen Schlaf sanken und möglicherweise noch immer an unzugänglichen Orten tief in den Eingeweiden der Erde ruhen.«

»Eine nette Legende, auch wenn ich kaum die Hälfte von dem begriffen habe, was Ihr sagt«, wandte Martuk mit wachsender Ungeduld ein. »Aber ich sehe nicht, was das mit dem zu tun hat, was hier geschehen ist.«

»Ihr werdet es gleich begreifen. Die Macht dieser Kreaturen war ungeheuerlich, und angesichts der Kraft dieses magischen Ausbruchs halte ich es für möglich, dass er auf eine dieser Wesenheiten zurückzuführen ist. Vielleicht haben Eure Krieger sie bei ihrem Marsch durch den Berg aus ihrem äonenlangen Schlaf erweckt. Vielleicht aber verehrten die Gnome diese Kreatur auch als Götzen, und ihre Hilfsbereitschaft diente in Wahrheit nur dem Zweck, ihr eine große Zahl an Opfern zuzuführen. Das würde erklären, warum sie auch den Ogern und Trollen den Weg in ihr Reich gezeigt haben.«

»Opfer? Aber ...«

»Es ist nur eine Vermutung, die aber vieles erklären würde«, schränkte Lithriel ein. »Vermutlich werden wir nie erfahren, was genau passiert ist, aber es führte zu einer Katastrophe, denn die fremdartige Existenz ist vergangen. Wir alle haben es gespürt, obwohl selbst wir nicht sofort begriffen haben, was es zu bedeuten hatte. Aber ein so heftiger, unkontrollierter Ausspruch von Magie ereignet sich nur, wenn ein Wesen von ungeheurer Macht einen plötzlichen Tod erleidet. Ich selbst habe so etwas zuvor noch nie erlebt, aber unsere Magier sind sich völlig sicher, dass genau das passiert ist. Und anscheinend hat diese schlagartige Freisetzung magischer Energie das Gebirge irgendwie *versiegelt*.«

»Was meint Ihr mit versiegelt? Wie kann jemand oder etwas ein ganzes Gebirge verändern und den Stein so hart werden lassen, dass man ihn mit keinem noch so scharfen Werkzeug mehr brechen oder bearbeiten kann?«

Lithriel zögerte einen Moment mit der Antwort, dann seufzte sie und sagte: »Auch das ist jemandem, der nichts von Magie versteht, fast unmöglich zu erklären. Nicht das Gestein hat sich verändert, sondern eine Art magische Schicht hat sich *über* das Gestein gelegt. Das ist sehr einfach formuliert, aber stellt es Euch ein bisschen so vor, als hätte ein riesiger unsichtbarer Sack das gesamte Gebirge eingehüllt, der nicht nur für Euch, sondern auch für uns undurchdringlich ist.«

Martuk dachte kurz darüber nach. Obwohl das Bild fast mehr Fragen aufwarf, als es beantwortete, leuchtete es ihm einigermaßen ein.

»Wenn dieser Sack, wie Ihr es nennt, wirklich undurchdringlich ist und das gesamte Gebirge umgibt, dann können wir uns vielleicht darunter durchgraben und so einen Ausgang für unsere Krieger schaffen«, schlug er vor.

»Es wäre möglich, aber gebt euch keinen falschen Hoffnungen hin, selbst wenn es gelingen sollte. Hier draußen haben wir nur einen schwachen Widerschein der magischen Explosion gesehen, im Inneren des Berges jedoch muss sie verheerend gewesen sein. Ich glaube nicht, dass irgendjemand sie überlebt hat. Wir werden vermutlich nie erfahren, um was für eine unselige Existenzform es sich gehandelt hat, aber wenn es wirklich einer dieser Urdämonen vom Anbeginn der Zeit war, dann ist es zweifellos auch besser so. Eine direkte Begegnung mit einem solchen Wesen hätte unser aller Untergang bedeuten können.«

So jedoch hat es nur das Leben von dreitausend Zwergen im Inneren des Berges gekostet, fügte Martuk in Gedanken bitter hinzu.

Er wusste nicht, ob Lithriels Worte wirklich so zu verstehen waren und sie die Tragödie tatsächlich mit so grausamer Nüchternheit betrachtete. Angesichts ihres Kampfeswillens, der bei ihr wesentlich stärker ausgeprägt war als bei ihrem Bruder und fast an Fanatismus grenzte, was er vor der Schlacht noch begrüßt hatte, konnte er es sich aber gut vorstellen. Obwohl ihre Völker schon seit Monaten Seite an Seite kämpften und starben, wusste er noch sehr wenig über die Elben, wie ihm in diesem Moment klar wurde.

Natürlich waren Barun und sein Kampftrupp ganz bewusst ein hohes Risiko eingegangen und hatten wissentlich ihr Leben aufs Spiel gesetzt, denn sie hatten damit rechnen müssen, dass die Oger und Trolle ihnen überlegen gewesen wären. Aber dass sie durch finstere Magie gestorben sein sollten oder womöglich gar noch lebten, aber zusammen mit den Ungeheuern im Inneren des Berges eingeschlossen waren, damit konnte sich Martuk nicht so einfach abfinden.

»Was hier geschah, ist eine schreckliche Tragödie«, sagte Lithriel mit mitfühlender Stimme, als hätte sie seine Gedanken gelesen. »Aber wir müssen nun nach vorn blicken. Die Oger und Trolle sind geschlagen und viele von ihnen tot, die übrigen auf der Flucht. Wenn wir sie jetzt unbehelligt abziehen lassen, werden sie sich wieder sammeln, und es wird Tausende, vielleicht Zehntausende weitere Todesopfer geben, die wir vermeiden können, wenn wir ihnen jetzt entschlossen folgen und ihre Streitkräfte vollends zerschlagen.«

Martuk wusste, dass sie recht hatte. Das war die unbarmherzige Logik des Krieges, die nicht nach Opfern und Trauer fragte. Zwerge galten als ein hartes Volk, das diese Denkweise mehr als alle anderen verinnerlicht hatte. Und auch unabhängig von Barun und seinen Kriegern hatten sie unzählige Tote zu beklagen.

An zahlreichen Stellen wurden Gruben ausgehoben, in denen die gefallenen Oger und Trolle verscharrt wurden, wie

Martuk auf seinem Weg hierher gesehen hatte. Aber es stieg auch Rauch von viel zu vielen großen Feuern auf, in den seine Krieger genau wie die Elben und Menschen ihre Toten verbrannten.

Natürlich trauerte er auch um sie, aber es war etwas anderes. Diese Zwerge waren einen ehrenhaften Tod in einem ehrenhaften Kampf um die Freiheit gestorben, und sie wurden ehrenhaft bestattet. So konnte sich ihre Asche wieder mit dem Gebein der Erde vereinen, aus dem sie entstanden waren, und ihre Seelen konnten in die Hallen der Helden in Guranons Reich einziehen.

Lithriel machte es sich leicht, wenn sie behauptete, die Zwerge im Berg seien vermutlich tot. Solange es keinen Beweis dafür gab, weigerte sich Martuk, daran zu glauben, und er war zu allem entschlossen, um die Verschollenen zu retten.

»Wenn die Oger und Trolle besiegt sind, werden wir zurückkehren«, versprach die Elbenfürstin, als hätte sie seine Gedanken gelesen. »Außerdem werde ich einige unserer besten Magier hier zurücklassen und weitere von meinem Vater anfordern. Sie werden den fremden Zauber erforschen und alles daransetzen, den Bann zu brechen und einen Weg in den Berg zu öffnen. Sollten sie dies bis zu unserer Rückkehr nicht geschafft haben, können wir auf ihrer Vorarbeit aufbauen.«

»Und vermutlich nur noch die Leichen unserer Gefährten bergen«, murmelte Martuk. »Wovon sollen sie dort leben? Selbst wir Zwerge können keine Steine essen.«

Die Elbin schwieg einige Sekunden lang.

»Dann ist dies ihr Schicksal«, sagte sie schließlich mit wieder härter klingender Stimme. »Es ist fraglich, ob es uns überhaupt gelingen wird, den Bann zu brechen. Auf jeden Fall wird es Zeit erfordern, und genau die haben wir nicht, wenn wir nicht einer noch schrecklicheren Katastrophe den Weg ebnen wollen. Wir werden morgen bei Sonnenaufgang die Verfolgung der Oger und Trolle aufnehmen, ob mit oder ohne das Heer der Zwerge.«

Stolz richtete sich Martuk trotz der Schmerzen, die ihn noch plagten, so hoch auf, wie es einem Wesen seiner Größe möglich war.

»Meine Krieger und ich werden auf keinen Fall einfach weiterziehen und unsere Gefährten ihrem Schicksal überlassen, als wäre nichts geschehen«, verkündete er. »Wir werden hierbleiben und weiterhin versuchen, einen Weg ins Innere der Berge zu öffnen. Und wenn das nicht gelingt, werden wir zumindest Totenwache halten und ihr Andenken ehren.«

»Das wird alles sein, was ihr tun könnt!«, stieß Lithriel hervor. Zorn loderte in ihren Augen. »Das Brechen dieses Zaubers ist keine Aufgabe für Krieger, egal, ob Elben, Zwerge oder Menschen. Es wäre sinnlos, unsere Heere hier untätig verharren zu lassen, begreift das endlich! Sollte Euer Stoßtrupp wider Erwarten noch leben, dann werden ein paar Tage oder Wochen keinen Unterschied machen. Die Gnome leben seit langer Zeit im Inneren des Gebirges, also muss es dort irgendwelche Nahrungsquellen geben.« Sie machte eine kurze Pause und atmete tief durch. »Ihr seid ein König, und das bedeutet vor allem, Verantwortung zu tragen. Gerade in schweren Zeiten. Auch wir haben Opfer erlitten, sogar mein Bruder ist darunter. Aber jetzt ist nicht die Zeit für Trauer. In diesen Tagen und Wochen entscheidet sich die Zukunft dieser ganzen Welt, auch Eures Volkes. Wollt Ihr daran teilhaben und Euch dieser Verantwortung stellen, *König Martuk*, oder wollt Ihr Eure Verbündeten im Stich lassen und nur Eure Verluste betrauern? Dies ist die vielleicht schwerste, ganz sicher aber die wichtigste Entscheidung Eures Lebens, also fällt sie nicht leichtfertig.«

Stumm und von wachsendem Hass erfüllt, starrte Martuk die Elbin an. Er war sich nicht einmal sicher, ob dieser Hass ihr oder sich selbst galt, denn tief in seinem Inneren wusste er, dass

145

sie recht hatte. Die Ereignisse hatten ihn überrollt und zur Hilflosigkeit verdammt. Er war mit Kräften konfrontiert worden, die er nicht verstand und nicht bekämpfen konnte.

»Nun gut, wir werden mit Euch ziehen«, verkündete er schließlich, dann wandte er sich ohne ein weiteres Wort ab und stapfte davon.

18

Wie geplant nahmen Elben und Menschen am nächsten Morgen die Verfolgung des feindlichen Heers auf. Auch Martuk hielt Wort, und bis auf die Schwerverletzten marschierte das Zwergenheer mit ihnen.

Obwohl selbst schwer verletzt, zog auch der Zwergenkönig mit ihnen. Seine Schulter und sein Arm waren gut verbunden, und Heiler kümmerten sich regelmäßig um seine Verletzung.

Acht Tage jagten sie den Ogern und Trollen nun schon Richtung Süden nach, ohne dass es ihnen gelungen war, sie einzuholen. Das hatte sich Lithriel anders vorgestellt. Der Feind war nicht nur schnell, sondern auch ausdauernd und schien sich keinerlei Schonung zu gönnen. Das warf Probleme auf, die Lithriel in dieser Form nicht erwartet hatte.

Inzwischen hatte sich ihr eigenes Heer zu besorgniserregender Länge auseinandergezogen. Die Spitze bildeten ihre Elbenreiter zusammen mit einigen berittenen Hundertschaften der Menschen. Fast einen Tagesmarsch dahinter folgten die Zwerge und noch einmal gut einen Tagesmarsch hinter ihnen erst die Fußtruppen der Menschen, die schnell ermüdeten und kaum zwanzig Meilen am Tag zurücklegten, mittlerweile sogar noch weniger. Das machte die Versorgung schwierig, und sie hatte den Tross auf die verschiedenen Einheiten aufteilen müssen.

Zweimal waren sie an Ortschaften der Oger vorbeigekommen, hatten diese jedoch verlassen und niedergebrannt vorgefunden, ohne die Möglichkeit, ihre Vorräte dort ergänzen zu können.

Zudem wussten sie nicht, ob irgendwo in den Wäldern oder sonst wo verborgen noch Einheiten des Feindes lauerten. Um zu verhindern, dass diese ihre Fußtruppen angriffen, schickte Lithriel viele Späher aus und ließ die lang gezogenen Flanken durch Reiter sichern.

Sollte es zu einer Schlacht kommen, würde sie schon jetzt zwei Tage brauchen, um all ihre Truppen zu sammeln, und je länger die Verfolgung dauerte, desto länger würde diese Zeitspanne werden. Nur mit ihren Reitern konnte Lithriel keinen Angriff auf das Hauptheer der Oger wagen. Stattdessen war sie gezwungen, sich immer wieder Scharmützel mit der hauptsächlich aus Trollen bestehenden Nachhut der Feinde zu liefern. Diese stellten keine sonderlich große Gefahr dar, aber sie kosteten Zeit. Zarr'Lak schien entschlossen, notfalls nicht nur seine gesamte Nachhut, sondern auch all seine Trolle zu opfern, damit er und die anderen Oger entkamen.

Aber wohin? Das war die Frage, auf die Lithriel bislang keine Antwort gefunden hatte.

Und noch etwas bereitete ihr Sorgen. Bei ihrem Aufbruch hatte sie wie versprochen gut ein Dutzend Elbenmagier zurückgelassen, die den Bann, der sich auf das Gebirge gelegt hatte, erforschen sollten. Auch hatte sie Boten zu ihrem Vater geschickt, die ihn über die Ereignisse informieren und ihm Aigilons Leichnam bringen sollten, damit dieser an der Seite seiner Ahnen bestattet werden konnte. Außerdem sollten sie weitere Magier anfordern, die weisesten und erfahrensten ihres Standes, deren Leben zu kostbar waren, als dass man sie den Gefahren eines Kriegszuges ausgesetzt hätte.

Eines Krieges zudem, den sie in erster Linie für die Völker der Zwerge und Menschen führten und der ihr Volk bereits mehr gekostet hatte, als diese auch nur erahnen mochten.

Dennoch hielt sie den Krieg für richtig, hatte sich im Gegensatz zu dem eher zögerlichen Aigilon von Anfang an dafür eingesetzt, wenn auch aus anderen Gründen als denen, die ihren Vater letztlich dazu bewogen hatten.

Sein Beweggrund war nicht etwa Mitgefühl für die Menschen und Zwerge gewesen. Genauso wenig wie der ihre. Ihm lag vor allem daran, die natürliche Ordnung wieder herzustellen, den Lauf der Geschichte vom Entstehen, Aufstieg und Niedergang all dessen, was lebte, und somit auch der Völker. Ein naturgegebenes Auf und Ab, das von den Ogern schon seit Jahrhunderten verhindert wurde.

Er wollte, dass jedes Volk sich seinen Anlagen gemäß entwickeln konnte, wie es dem Kreislauf der Natur entsprach.

Lithriel hingegen interessierte sich noch weitaus weniger für den natürlichen Lauf der Dinge als für das Schicksal der Zwerge und Menschen. Außer einigen wenigen Vertrauten gegenüber hatte sie dies nie laut geäußert, aber ihr war es stets nur um ihr eigenes Volk gegangen.

Jahrhundertelang hatte sie sich gefügt, obwohl sie niemals eingesehen hatte, dass sich die Elben nahezu vollständig von der Bühne der Welt zurückgezogen hatten, während die Macht der Oger weiter und immer weiter gewachsen war. Bis zu einem Punkt, an dem sie der Macht der Elben nahezu ebenbürtig war und sie in nicht allzu ferner Zukunft sogar übertroffen hätte. Dazu durfte es ihrer Meinung nach niemals kommen, deshalb hatte sie den Krieg entschieden befürwortet. Es war höchste Zeit gewesen, etwas zu unternehmen, als sich ihr Vater endlich zum Handeln entschlossen hatte.

Möglicherweise wäre es ihnen ohne die jüngeren Völker nicht einmal mehr möglich gewesen, die Oger zu besiegen, zumindest nicht so grundlegend und vollständig, wie es dann doch geschehen war.

Durch die jüngsten Ereignisse sah Lithriel sich in ihren Ansichten bestätigt. Was immer in diesem Gebirge passiert war, beunruhigte sie wesentlich mehr, als sie dem Zwergenkönig oder sonst irgendjemandem gegenüber offenbart hatte.

»Was ist los? Woran denkst du?«, riss eine Stimme sie aus ihren Gedanken.

Lithriel blickte auf, und ihr wurde bewusst, dass sie bereits seit geraumer Zeit so tief in ihre Grübeleien versunken gewesen war, dass sie überhaupt nichts von ihrer Umgebung mitbekommen hatte.

Galrond hatte sein Pferd an ihre Seite dirigiert und ritt offenbar schon seit einer Weile stumm neben ihr her. Er war ein Elbenfürst von hohem Rang und schon seit vielen Jahren einer ihrer engsten Vertrauten.

»An nichts Bestimmtes«, antwortete sie ausweichend. »Ich ...«

»Versuch nicht, mir etwas vorzumachen«, fiel Galrond ihr ins Wort. »Dafür kenne ich dich schon zu lange. Deinem Gesicht nach denkst du an etwas *ganz* Bestimmtes. Und zwar etwas sehr Ernstes.«

»Du hast recht.« Lithriel nickte langsam. »Aber in letzter Zeit geht mir so viel durch den Kopf, dass ich gar nicht weiß, wo ich anfangen soll.«

»Der Krieg ist gewonnen. Was jetzt noch folgt, ist nur ein Nachgeplänkel. Die Oger sind besiegt. Sie werden nie wieder zu ihrer alten Stärke zurückfinden. Sie werden diese Welt nicht unterjochen, und schon gar nicht werden sie jemals wieder zu einer Gefahr für uns werden. Das war es doch, worum es dir in erster Linie ging.«

»Ja«, bestätigte sie.

»Aber anstatt dich zu freuen, wirkst du eher besorgt. Die

fremde Magie bereitet dir Sorgen, nicht wahr? Ich nehme an, du weißt, woraus die magische Abschirmung besteht?«

Lithriel nickte.»Zeit. Der Sack besteht aus erstarrter Zeit.«

»Der Sack?« Fragend blickte Galrond sie an. »Ich verstehe nicht.«

»Nicht so wichtig. Nur ein Sinnbild, mit dem ich dem Zwergenkönig das Geschehen zu erklären versucht habe.« Sie zuckte mit den Schultern.»Wir Elben sind das älteste aller Völker. Wie kann es sein, dass wir nach so langer Zeit plötzlich auf eine Magie stoßen, die uns völlig unbekannt ist?«

»Ich sehe, unsere Gedanken fließen wieder einmal in ähnlichen Bahnen«, sagte Galrond.»Auch ich habe darüber nachgedacht. Sie muss entweder sehr alt sein oder sehr neu.«

»Und beides ist im Grunde unmöglich«, entgegnete Lithriel.»Wäre sie alt, wären wir im Laufe der Jahrtausende mit Sicherheit schon irgendwann einmal darauf gestoßen.«

»Aber dass ein Wesen oder gar ein ganzes Volk mit einer so extrem starken magischen Begabung quasi aus dem Nichts auftaucht, ist im Grunde ebenso wenig möglich.« Galrond blickte sie von der Seite her an.»Du denkst doch an etwas ganz Bestimmtes.«

»Vor ein paar Tagen habe ich mit dem Zwergenkönig gesprochen«, berichtete Lithriel zögernd.»Er wollte eine Erklärung für die Vorkommnisse, und das Eingeständnis, dass auch wir keine haben, fiel mir schwer. Hauptsächlich, um ihm überhaupt etwas anzubieten, habe ich mit ihm über die Urdämonen gesprochen. Inzwischen aber frage ich mich, ob ich der Wahrheit damit nicht näher war, als ich selbst geahnt habe.«

»Urdämonen«, wiederholte Galrond mit sichtlichem Schaudern.»Das erscheint mir ziemlich weit hergeholt. Seit Jahrtausenden hat es keinerlei Aktivitäten mehr gegeben, die mit ihnen in irgendeinem Zusammenhang standen.«

»Und? Für diese Kreaturen des Urschlamms sind Jahrtausende wie für uns ein Tag. Ihre Macht war unvorstellbar, und wir wissen bis heute kaum etwas über sie. Das, was in diesem Berg vorgefallen ist, erinnert mich sehr daran.«

»Ich weiß nicht«, murmelte Galrond. »Unsere Magier sind sich einig, dass die magische Explosion durch den Tod eines sehr mächtigen Wesens verursacht wurde. Aber ein Urdämon ... Wie hätten die Zwerge, selbst wenn sie sich mit den Ogern und Trollen verbündet hätten, eine solche Kreatur töten sollen? Nein, ich bin sicher, dass es eine andere Erklärung gibt.«

Lithriel spürte, wie unangenehm es Galrond war, darüber zu reden. Schon der Gedanke an die Urdämonen schien ihn so zu erschrecken, dass er sich gar nicht näher damit beschäftigen wollte. Denn es machte ihnen bewusst, dass ihrer Macht Grenzen gesetzt waren, dass sie auf dünnem Eis wandelten, das eines Tages unter ihren Füßen zerbrechen und ein Grauen freilegen konnte, dem auch sie nichts entgegenzusetzen hätten.

»Vielleicht hast du recht. Es hat keinen Zweck, wenn wir uns den Kopf darüber zerbrechen. Warten wir ab, was unsere Magier herausfinden.« Sie wechselte das Thema. »Gibt es Neuigkeiten von der Front?«

»Von einer Front zu sprechen wäre eine hemmungslose Übertreibung«, entgegnete Galrond. »Einige der Späher, die wir in weiter entfernte Gebiete geschickt haben, sind zurückgekehrt. Sie berichten alle das Gleiche.«

»Und das wäre?«

»Die Oger und Trolle fliehen, als wären die Dämonen der Unterwelt hinter ihnen her. Nicht nur Zarr'Lak und sein Heer vor uns, sondern überall, sowohl im Westen wie auch im Osten.«

»Sie werden sich irgendwo sammeln und eine neue Verteidigung aufzubauen versuchen«, vermutete Lithriel. »Dazu dürfen wir es nicht kommen lassen. Gibt es irgendwelche Hinweise, was ihr Ziel sein könnte?«

»Bislang nicht, und ich habe auch Zweifel, dass es sich nur um einen taktischen Rückzug handelt. Sie ziehen einfach nach Süden und lassen nur niedergebrannte Städte und Ortschaften zurück, als hätten sie vor, niemals dorthin zurückzukehren. Viele der Trolle haben sich ihnen angeschlossen, aber viele sind auch geblieben und plündern das Wenige, was ihre früheren Herren zurückgelassen haben, ohne dass es diese zu kümmern scheint. Die Kundschafter berichten von endlosen Flüchtlingszügen, aber sie bewegen sich nicht aufeinander zu. Außer der Himmelsrichtung scheinen sie kein gemeinsames Ziel zu haben.«

»Nun, spätestens an der Grenze zum Totenland wird ihr Rückzug zum Stillstand kommen«, war die Elbin überzeugt.

»Und wenn nicht?«

Lithriel runzelte die Stirn. »Wie meinst du das? Südlich davon liegen nur noch die Todessümpfe, und dort ist kein Leben möglich.«

»Das wissen du und ich und jedes intelligente, zivilisierte Wesen«, sagte Galrond. »Aber ob es auch die Oger wissen? Verzweifelte Situationen führen oft zu verzweifelten Handlungen. Und mir scheint, sie sind ziemlich verzweifelt.«

»So verrückt können sie nicht sein. Es wäre der Untergang ihres gesamten Volkes.« Lithriel schwieg einige Sekunden nachdenklich. »Sie fliehen, als wären die Dämonen der Unterwelt hinter ihnen her«, wiederholte sie dann ergriffen Galronds Worte. »Ist es das, was sie in uns sehen? Betrachten sie uns als so etwas wie Dämonen, die ihr Volk nach unserem Sieg ausrotten wollen?«

»Anscheinend fürchten Sie uns und vor allem die Rache der jüngeren Völker für die jahrhundertelange Unterdrückung mehr als die Todessümpfe. Sie scheinen die winzige Chance, in den Sümpfen überleben zu können, vorzuziehen. Soweit es die Zwerge und vor allem die Menschen betrifft, mögen sie mit ihrer Furcht sogar recht haben. Viele von ihnen würden am liebsten wirklich jeden Oger oder Troll erschlagen, auf den sie treffen.«

»Aber sie müssen doch wissen, dass wir das niemals zulassen würden. Natürlich müssten die Oger und Trolle ihre Waffen niederlegen und den jüngeren Völkern völlige Freiheit schenken, aber wir würden ihr Volk doch nicht ausrotten! So gut sollten sie uns kennen. Was sie vorhaben, ist Massenselbstmord. Das müssen wir verhindern! Schicken wir Boten zu Zarr'Lak und ...«

»Das haben wir doch schon versucht«, fiel Galrond ihr ins Wort. »Zwei Mal haben wir Unterhändler geschickt, um ihnen die Bedingungen für eine Kapitulation zu unterbreiten. Sie haben sie abgefangen und getötet, ohne sie auch nur anzuhören. Jeder weitere Bote würde ebenso in den sicheren Tod reiten. Darüber hinaus haben wir es mit einer ganzen Völkerwanderung zu tun, die sich wahrscheinlich gar nicht mehr stoppen ließe.«

Wieder schwieg Lithriel einen Moment lang, dann straffte sie sich. Ihr Gesicht verhärtete sich.

»Dann können wir nichts tun, um diesen Wahnsinn zu verhindern. Warten wir ab, was passiert, wenn sie die Sümpfe erst einmal erreicht haben. Sollten sie tatsächlich hineinziehen, würde uns das zumindest einer Menge Probleme entheben.«

Epilog

Der Anblick war vertraut. Im Laufe seines langen, nun schon fast dreihundert Jahre währenden Lebens war König Martuk Ogertod, wie man ihn mittlerweile nannte, mehrfach zu den Weißbergen zurückgekehrt, um jenes schicksalhaften Tages zu gedenken, an dem sich sein Volk in einer Allianz mit den Elben und Menschen die Freiheit erkämpft hatte. Abgesehen von den Spitzohren war er vermutlich der letzte noch lebende Teilnehmer dieser Schlacht.

Nach wie vor ragten die Berge himmelhoch auf, schienen sich in den vergangenen zwei Jahrhunderten nicht im Geringsten verändert zu haben. Und Martuk wusste, dass das sogar bis hin zum kleinsten Kiesel der Wahrheit entsprach. Selbst das Moos, das auf einigen der Felsen wuchs, war noch dasselbe wie damals.

Nur die Ebene, über die einst die Heere gezogen waren, hatte sich verändert. Lange Zeit hatten selbst die sich überall ausbreitenden Menschen die Nähe der Berge gemieden, doch nun gab es eine kleine Siedlung dort, die angesichts einiger wichtiger Handelsrouten und des fruchtbaren Bodens sicherlich rasch wachsen würde.

Auf seinen Stab gestützt, schleppte Martuk sich mühsam das letzte Stück vorwärts, bis er sich auf einen großen Felsbrocken sinken ließ, von dem er einen guten Blick auf das Gebirge und die Stelle hatte, wo Barun einst mit seinen Zwergenkriegern in die Berge hineinmarschiert war.

Die Elben hatten damals Wort gehalten. Nachdem das gesamte Volk der Oger und auch viele der Trolle aus Furcht vor der Rache des Feindes in die tödlichen Sümpfe im Süden geflohen waren, waren die elbischen Magier hierher zurückgekehrt. Von den Ogern hatte man seither nie wieder etwas gehört, sie waren wohl in den Sümpfen umgekommen, aber die Elben hatten viele Monate lang die fremde Magie, die den Berg einhüllte, zu erforschen versucht. Dabei hatten sie festgestellt, dass die Zeit selbst in dem Gebirge eingefroren war. Das erklärte, warum es unmöglich war, die Felsen zu zertrümmern oder den durch einen Erdrutsch verschütteten Eingang sonst irgendwie freizulegen. Trotz aller Bemühungen hatten sie diesen fremden Zauber nicht brechen können.

Martuk seufzte. Wie oft hatte er schon hier gesessen, die kunstvoll geschmiedete Tafel angestarrt, die er zum Gedenken an die damaligen Ereignisse hatte aufstellen lassen, und sich gewünscht, das Geräusch herabpolternder Felsbrocken zu hören, die irgendwo eine Öffnung freigaben.

Aber das war in den vergangenen zwei Jahrhunderten nicht geschehen, und er wusste, dass es auch jetzt nicht geschehen würde. Dieses tausendmal verfluchte Gebirge wahrte seine Geheimnisse. Es hatte beide Armeen, die einst hineingezogen waren, verschluckt und hielt sie tief in seinen Eingeweiden gefangen. Und würde sie vermutlich niemals wieder freigeben.

Was, bei Guramons Hammer, war damals im Inneren dieser Berge passiert? Oder – welch fantastischer Gedanke – geschah jetzt noch dort? Hatte es Überlebende der Schlacht gegeben, die seither ebenfalls für ewig in der Zeit erstarrt waren?

Oder war die Zeit gar im Inneren der Berge ganz normal weitergelaufen? Ein magischer Sack, der das Gebirge eingehüllt hatte, wie Lithriel es ihm vor so langer Zeit bildlich zu erklären versucht hatte.

Lebten womöglich noch Nachkommen der Zwerge, die den Kampf damals überstanden hatten, im Inneren des Gebirges? Auf ewig isoliert vom Rest ihres Volkes? Aber nein, dieser Gedanke war geradezu absurd. Wovon hätten sie leben sollen? Zwerge waren gut darin, Gestein zu bearbeiten, Erze, Gold und Edelsteine zu fördern und sie zu Schmuck oder Dingen des täglichen Gebrauchs zu verarbeiten, aber auch sie konnten sie nicht essen.

Da trotz ihrer Forschungen und all ihres Wissens über Magie nicht einmal die Elben hatten sagen können, was im Inneren der Berge geschehen war oder noch vorging, würde dieses Rätsel wohl für alle Zeiten ungelöst bleiben. Vor allem, da sich die Elben wie schon vor dem Krieg wieder aus der Welt zurückzogen. Wohin wusste niemand.

Zwar gab es auch unter den Menschen Magier, deren Kraft und Kenntnisse nun, da sie sich frei entwickeln und forschen konnten, rasch gewachsen waren, aber an diesem Geheimnis hier scheiterten auch sie.

Die Menschen…

Während des großen Krieges waren sie das schwächste Volk der Allianz gewesen, kaum für den Kampf gegen Ungetüme wie die Oger und Trolle geeignet. Mittlerweile jedoch waren sie auf dem besten Weg, zu den Herren der Welt zu werden, was vor allem daran lag, wie schnell sich ihre Zahl vergrößerte.

Während den Zwergen in ihrem, verglichen mit dem der Menschen, langen Leben meist nur wenige Nachkommen vergönnt waren, vermehrten sich die Menschen geradezu explosionsartig. Sieben, acht oder auch mehr Kinder waren bei ihnen fast die Regel, seit keine Oger und Trolle dies mehr verhinderten und sie überall genügend Nahrung vorfanden und anbauten. In Windeseile breiteten sie sich weiter aus, gründeten neue Ortschaften und nahmen immer mehr Land in Besitz.

Die Oger hatten gewusst, warum sie den Menschen nur das Notwendigste zum Leben zugestanden hatten und immer wieder viele von ihnen von den Trollen hatten töten lassen. Einzeln waren sie schwach, aber bei ungebremstem Wachstum hätten sie sich in der Masse selbst für die grünhäutigen Ungeheuer schon bald zu einer Bedrohung entwickelt.

Vor allem, da sie ein alles andere als friedliches Volk waren. Abgesehen von einigen Bergen, in denen die Zwerge Minen errichtet hatten, stand ihnen die ganze Welt offen, und dennoch gab es zwischen ihnen oft Streit. Städte kämpften gegeneinander um Wasserrechte oder die fruchtbarsten Landstriche. Manche von ihnen schlossen Bündnisse mit anderen, sodass regelrechte Machtzentren entstanden und andere gezwungen waren, es ihnen gleichzutun. So waren bereits zahlreiche kleine Reiche entstanden, die letztlich nur noch dem Kaiser untertan waren.

Martuk seufzte.

Genau diese rasche Ausbreitung und ihre Gier nach immer noch mehr und mehr hatten dazu geführt, dass die Elben sich enttäuscht von ihnen abgewandt hatten. Sie hatten die Menschen zu lehren versucht, im Einklang mit der Natur zu leben, doch diese unterwarfen sich die Natur lieber. Sie verschmutzten die Flüsse und leiteten sie nach ihrem Ermessen um, rodeten ganze Wälder, legten Moore trocken und trieben noch auf vielfältige andere Weise Schindluder mit ihren Lebensgrundlagen.

Es hieß, dass die Elben keinerlei Kontakt mehr mit den Menschen hatten, doch den pflegten sie auch nicht mehr mit ihnen, den Zwergen. Selbst Erak-Nor, die erste und prachtvollste aller Zwergenminen, wo Martuks Thron stand, hatten sie schon seit Jahren nicht mehr aufgesucht. Dabei waren sie dort früher oft zu Gast gewesen. Sogar Lithriel selbst hatte er einige Male in seinen Hallen bewirtet, nachdem sie die Nachfolge ihres Vaters angetreten hatte.

Zwar war die Lebensweise seines Volkes, das unterirdische Gewölbe der freien Natur vorzog, den Elben immer fremd gewesen, doch das hatten sie hingenommen. Bei ihren letzten Besuchen aber hatten sie immer häufiger Kritik daran geübt, dass das Streben der Zwerge zu sehr materiellen Dingen wie Edelsteinen und -metallen gelte und sie in ihrer Gier danach den Menschen kaum nachstünden.

Vermutlich hatten sich die Elben aus diesem Grund inzwischen auch von seinem Volk abgewandt wie zuvor schon von den Menschen. Martuk bedauerte das. Ohne das älteste und weiseste der Völker kam ihm die Welt ärmer vor. Auch hatte er nicht das Gefühl, dass sein Volk gierig war, aber es war nun einmal kein Volk von Philosophen, sondern von Handwerkern, und es erfreute sich an schönen Dingen.

Noch einmal ließ er den Blick über die Berghänge schweifen. Er wusste, dass dies sein letzter Besuch hier sein würde. Alle seine Berater hatten ihm wegen seines Alters und der damit einhergehenden Gebrechen davon abgeraten, überhaupt noch einmal eine so lange Reise anzutreten. Zweifellos waren ihre Bedanken berechtigt gewesen, dennoch hatte er sich darüber hinweggesetzt. Sie wussten nicht, dass er gar nicht mehr plante, von dieser Reise zurückzukehren.

Seine Tage waren ohnehin gezählt. Bei größtmöglicher Schonung in den Hallen Erak-Nors wären ihm noch Wochen, bestenfalls wenige Monate geblieben, aber er wollte nicht wie ein Tier in einem goldenen Käfig dahinvegetieren und verenden. Schon seit Jahren führte sein ältester Sohn die Staatsgeschäfte, und er erfüllte seine Aufgabe gut, sodass Martuks Nachfolge in besten Händen lag.

Er schloss die Augen und ließ den Kopf sinken. Welchen besseren Ort gab es zum Sterben als diesen, an dem er einst für die Freiheit seines Volkes gekämpft und geblutet hatte?

Einer seiner Begleiter, die auf seinen Befehl hin ein Stück zurückgeblieben waren, näherte sich ihm nach einer Weile mit einer Decke, um sie ihm zum Schutz gegen den kalten Wind um die Schultern zu legen. Doch zu seinem Entsetzen musste er feststellen, dass Martuk Ogertod, König des freien Zwergenvolkes, nie wieder frieren würde.

ZWEITES BUCH

Zeit ist das Herz jeder Veränderung,
Veränderung das Wesen der Zeit.
Nur durch Veränderung lässt sich der Fluss der Zeit erkennen,
der manchmal sanft dahinplätschert
und sich manchmal in einen reißenden Strom verwandelt.

Aus den Aufzeichnungen
des elbischen Sehers Aronides

1

Als Barun erwachte, erinnerte er sich an den Sprung und wie er der unheimlichen Kuttengestalt mit seiner Axt den Kopf gespalten hatte. Er erinnerte sich auch an den schmerzhaften Aufprall auf den Boden und an etwas wie einen kurzen Lichtblitz, aber nicht daran, dass er das Bewusstsein verloren hatte.

Und doch musste es so gewesen sein, denn die Geräusche der Schlacht, die er gerade noch wahrgenommen hatte, waren verstummt. Kein Waffengeklirr, kein Brüllen, Schreien und Stöhnen mehr. Genau das beunruhigte ihn. Er blinzelte kurz, doch da er mit dem Gesicht zur Wand lag, konnte er nicht viel von seiner Umgebung sehen.

Stattdessen lauschte er angespannt. Nicht nur der Kampf war zumindest für den Moment zum Erliegen gekommen, er hörte rein gar nichts, abgesehen vom Schlagen seines eigenen Herzens und seinen Atemzügen. Es herrschte eine absolute, lastende Stille, wie es sie nur in der unterirdischen Welt inmitten eines Berges geben konnte.

Wäre es nicht völlig unmöglich, wäre Barun davon überzeugt gewesen, dass er tatsächlich allein war. Er öffnete erneut die Augen und wälzte sich herum.

Ob unmöglich oder nicht, er *war* allein.

Bis auf ihn selbst war die Höhle vollkommen leer.

Barun kniff die Augen wieder zu und öffnete sie ein weiteres Mal, aber der unglaubliche Anblick blieb. Zwar sah die Höhle selbst noch genauso aus wie vor wenigen Momenten – die Löcher in den Brüstungen über ihm, wo die Blitze des Unheimlichen eingeschlagen waren, waren noch vorhanden und auch das herausgerissene Gitter im Durchgang zur zweiten Höhle –, aber die Krieger waren verschwunden. Sowohl seine eigenen Leute als auch die Oger und Trolle. Selbst die Leichen waren fortgeschafft worden. Abgesehen von überall verstreuten Gesteinstrümmern lag lediglich das schwarze Gewand des fremden Magiers noch neben ihm auf dem Boden.

»Unmöglich!«, stieß Barun hervor und stemmte sich, auf seine Axt gestützt, in die Höhe, während er sich weiter fassungslos umsah. »Das ... kann doch nicht sein.«

Er war überzeugt davon, dass er nicht länger als wenige Augenblicke ohnmächtig gewesen war, denn er fühlte sich noch genauso wie vor dem Sprung. Noch immer blutete er aus zahlreichen Wunden, darunter einem tiefen Riss am linken Arm. Er *konnte* nicht lange ohne Bewusstsein gewesen sein, jedenfalls nicht so lange, dass die Schlacht zu einem wie auch immer gearteten Ende gelangt wäre und man bereits sämtliche Toten hätte fortschaffen können. Anderenfalls wären seine Wunden bereits verschorft, oder er wäre schlichtweg verblutet.

Und noch etwas war unmöglich.

Obwohl das Blut an seinem Arm herablief und von seinen Fingern zu Boden tropfte, befand sich dort, wo er gelegen hatte, nur eine winzige Lache. Wäre er auch nur wenige Minuten ohnmächtig gewesen, müsste diese viel größer sein. Stattdessen sah es so aus, als hätte die Wunde erst mit seinem Erwachen wieder zu bluten begonnen.

Was, bei Guramon, hatte das zu bedeuten? Was, bei allen Dämonen der Unterwelt, ging hier vor? Wenn seine Krieger gesiegt hatten, warum hatte man ihn einfach hier liegen lassen?

Oder, im umgekehrten Fall, warum hatten die Oger und Trolle ihn nicht getötet, sondern ihm sogar seine Waffen gelassen? Es war beinahe so, als wären beide Heere mitsamt ihrer Toten von einem Augenblick zum nächsten einfach verschwunden, als hätten sie sich in Luft aufgelöst. Zwerge, Elben, Oger, Trolle, selbst die Gnome ...

Alle – bis auf ihn.

Die Gedanken jagten nur so durch seinen Kopf. Barun spürte, wie Panik in ihm aufstieg und sich wie ein eiserner Ring um seine Brust legte, der sich immer enger zusammenzog. Sein Herz begann zu rasen, und er hatte das Gefühl, keine Luft mehr zu bekommen.

Mit aller Kraft kämpfte er dagegen an, zwang sich, ruhig und gleichmäßig zu atmen. Es dauerte nicht lange, bis er die Panik zurückgedrängt hatte.

Angeekelt starrte Barun auf die schwarze Kutte zu seinen Füßen. Ob die fremde Magie des Unheimlichen etwas mit dem zu tun hatte, was hier geschehen war? Aber was auch immer für eine Kreatur das gewesen war, er hatte sie getötet, und nur das zählte. Er hatte ihren Tod *gespürt*, und die leere Kutte war der Beweis. Was hingegen danach geschehen war ...

Auf jeden Fall würde er dieses Rätsel nicht lösen, wenn er weiterhin nur hier herumstand.

Barun öffnete eine kleine Tasche an seinem Gürtel und nahm etwas Brennmoos heraus, das jeder in einen Kampf ziehende Zwergenkrieger bei sich trug. Er presste es auf die Wunde an seinem Arm und stellte wieder einmal fest, dass es seinen Namen nicht zu Unrecht trug. Als das Brennen nach ein paar Sekunden nachließ, riss er einen langen Streifen von seiner Kleidung ab und verband die Wunde. Er hätte etwas von der Kutte dafür verwenden können, aber eine instinktive Scheu hielt ihn davon ab, diese auch nur zu berühren.

»Hallo!«, brüllte er, so laut er konnte. »Ist hier jemand?«

Er bekam keine Antwort, aber er hatte auch nicht damit gerechnet.

Entschlossen stapfte Barun los. Da er selbst den Stollen hinter dem feindlichen Heer hatte sprengen lassen, blieb ihm nur eine Richtung, in die er sich wenden konnte, nämlich den Weg zurück, auf dem er mit seinen Kriegern hergekommen war. Vielleicht würde er außerhalb des Berges, wo sich der Rest des Heers befand, Antworten finden.

Obwohl sie auf dem Hinweg mehrmals abgebogen waren und er nicht allzu sehr auf seine Umgebung geachtet hatte, musste er nicht ein einziges Mal überlegen, wie es weiterging. Das war eine angeborene Fähigkeit seines Volkes. Jeder Zwerg fand einen Weg, den er einmal gegangen war, mit geradezu traumwandlerischer Sicherheit wieder.

So eilte er weiter und weiter durch die nur vom schwachen Schein des Leuchtmooses erhellten Stollen. Selbst wenn er größere Höhlen erreichte, von denen mehrere Gänge abzweigten, wusste Barun stets, welchen er nehmen musste.

Immer wieder blieb er stehen, um ein paarmal laut zu rufen. Er hoffte, wenigstens die Gnome auf sich aufmerksam machen zu können, aber auch weiterhin erhielt er keine Antwort und begegnete auch niemandem. Es schien keinerlei Leben mehr in diesem Berg zu geben.

Wie war das alles bloß möglich?

Immerhin kam er allein wesentlich schneller voran als an der Spitze eines ganzen Heers.

Allmählich näherte sich Barun dem Ausgang und beschleunigte seine Schritte unwillkürlich. Er brannte darauf, endlich ins Freie zu gelangen, um wenigstens dort Antworten zu erhalten. Vermutlich war die Schlacht dort noch im Gange, und obwohl er bereits einen harten Kampf hinter sich hatte, würde ihn nichts davon abhalten, sich erneut ins Getümmel zu stürzen. Lieber nahm er es mit einem halben Dutzend Trollen gleichzeitig auf als mit der magischen Teufelei in diesem Berg.

Der Stollen beschrieb eine weitere Biegung – und Barun blieb abrupt stehen.

Wo sich der Ausgang hätte befinden sollen, war der Stollen auf ganzer Breite eingestürzt, und meterhohe Felsbrocken türmten sich vor ihm auf!

Barun wusste nicht, wie lange er einfach nur reglos dastand und auf die undurchdringliche Wand starrte. Nur langsam begann er zu begreifen, was der verschüttete Ausgang für ihn bedeutete. Nicht nur seine Hoffnung, sich dem Rest des Zwergenheeres wieder anschließen zu können und endlich Antworten auf seine vielen Fragen zu bekommen, war zerstört.

Er war gefangen!

Beide Wege aus dem Berg hinaus waren versperrt! Vielleicht gab es noch weitere, aber bei der Größe des unterirdischen Labyrinths konnte er Jahre hier umherirren, ohne sie finden. Zeit, die er nicht hatte. Wasser würde er möglicherweise irgendwo finden, aber keine Nahrung, was bedeutete, dass ihm nur eine begrenzte Zeit blieb, bis er entkräftet zusammenbrechen und bald darauf verhungern würde.

Schließlich trat er näher an die Felsbrocken heran. Einige waren größer als er selbst und mussten Tonnen wiegen. Es würde ihm niemals gelingen, sie aus dem Weg zu räumen. Was mochte gerade hier, direkt am Ausgang, einen so starken Einsturz ausgelöst haben? Er packte einige der kleineren Brocken, zog sie heraus und warf sie zur Seite. Etwas loses Geröll rutschte nach, aber es lösten sich keine weiteren Steine aus der Decke.

Vielleicht würde es ihm gelingen, um die großen Brocken herum einen ausreichend breiten Spalt zu graben.

Von neuer Hoffnung erfüllt, machte Barun sich an die Arbeit.

Er schaffte es, eine knapp einen halben Meter tiefe Höhlung zu schaffen, dann warnte ihn ein Knacken im Gestein über ihm, und es geschah, was er die ganze Zeit über befürchtet hatte. Gerade noch rechtzeitig wich er ein Stück zurück, ehe sich ein großer Brocken aus dem Gestein über ihm löste. Polternd stürzte er in die mühsam geschaffene Öffnung und machte alle Bemühungen wieder zunichte.

Barun fluchte, aber so schnell gab er nicht auf. Er gönnte sich einige Minuten Rast, dann versuchte er es an einer anderen Stelle.

Und einer weiteren.

Und noch einer.

Es hatte keinen Zweck, und schließlich stellte er seine sinnlosen Versuche doch ein. Das Gestein war einfach zu instabil. Stets rutschten entweder nach kurzer Zeit Brocken nach, oder er stieß auf Felsen, die zu groß und zu schwer waren, um sie beiseitezuräumen.

Keuchend ließ er sich an der Wand entlang zu Boden sinken, aber er gestattete der Verzweiflung nicht, erneut Macht über ihn zu gewinnen. Stattdessen ging er gedanklich systematisch die Möglichkeiten durch, die ihm noch blieben.

Einfach nur blindlings durch den Berg zu irren, um entweder auf die Gnome zu stoßen oder einen anderen Ausweg zu finden, schied aus. Die Aussicht, dass ihm dies gelingen würde, war zu gering.

Anderseits könnte er einfach hier warten. Sicherlich hatte man außerhalb des Berges bereits bemerkt, dass der Ausgang verschüttet war, und würde ihn wieder freilegen. Barun wunderte sich ein wenig darüber, dass man nicht längst damit begonnen hatte. Denn bislang war nichts von entsprechenden Arbeiten zu hören.

Aber es gab noch eine dritte Alternative. Sein Trupp hatte recht wenig Sprengpulver mit sich geführt und keine allzu heftige Explosion hinter den Ogern und Trollen auslösen können. Vermutlich hätten ihre Feinde den Stollen ohne große Mühe wieder freiräumen können. Aber das hatten sie nicht gewusst und außerdem all ihre Aufmerksamkeit dem Kampf gewidmet. Dort waren seine Erfolgschancen sicher wesentlich höher als hier.

Nach kurzem Überlegen entschied sich Barun dafür, es zumindest zu versuchen. Sollte es ihm nicht gelingen, konnte er immer noch hierher zurückkehren. Aber es widerstrebte ihm, nur tatenlos hier herumzusitzen und darauf zu hoffen, dass man ihn von außen befreite.

Er erhob sich, um den gleichen Weg zurückzustapfen, auf dem er hergekommen war.

Natürlich barg sein Plan Risiken. Selbst wenn er den jenseitigen Ausgang erreichte, so lag dieser im Rücken des feindlichen Heers und wurde womöglich sogar bewacht. Er würde vorsichtig sein müssen.

Was mochte außerhalb des Berges inzwischen geschehen sein? All die Rätsel, auf die er gestoßen war, mussten irgendwie mit dem Tod des fremden Magiers zusammenhängen. Daran gab es für ihn keinen Zweifel.

Während er durch die nur von seinen eigenen Geräuschen durchbrochene Stille der unterirdischen Felswelt schritt, rief er sich noch einmal genau ins Gedächtnis, was sich zugetragen hatte. Er war mit zum Hieb erhobener Axt durch ein Loch in der steinernen Brüstung hinabgesprungen und hatte die Klinge tief in den Kopf des Magiers getrieben. Gemeinsam waren sie gestürzt, und beim Aufprall auf den Boden hatte er etwas wie einen Lichtblitz wahrgenommen. Gleich darauf hatte er, von völliger Stille umgeben, auf der Erde gelegen. Er hatte noch den Schmerz des Aufpralls gespürt und war sich einer Ohnmacht nicht einmal bewusst gewesen.

Irgendetwas stimmte daran nicht. Da musste noch mehr gewesen sein, irgendein Mosaiksteinchen, das er übersah, als würde sein Gedächtnis es verdrängen.

Und dann, als er in Gedanken alles noch einmal durchging und sich gezielt jede Einzelheit ins Gedächtnis rief, wusste Barun es plötzlich wieder.

Sein Hieb mit der Axt ...

Er hatte schon mehr als einem Feind den Kopf gespalten und wusste, wie es sich anfühlte, wenn die Schneide Knochen zertrümmerte. Bei dem Magier jedoch war es anders gewesen. Die Axt war auf keinen massiven Widerstand gestoßen, keine Knochen. Es hatte sich eher angefühlt, als dringe sie in eine zähe, widerlich gallertartige Masse ein.

Und in dem winzigen Moment, in dem er sich mit dem Fremden auf gleicher Höhe befunden und einen Blick unter seine Kapuze geworfen hatte ...

Nein, er wusste es nicht mehr. Die Tür in seinem Gedächtnis hatte sich wieder geschlossen, und so sehr er sich auch bemühte, es gelang ihm nicht, weitere Erinnerungen hervorzuzerren.

Ihn schauderte, denn eines wusste er mit einem Mal mit unumstößlicher Sicherheit: Dieser Magier war kein Wesen aus Fleisch und Blut gewesen!

Ein leises, kaum hörbares Geräusch vor ihm riss Barun aus seinen Gedanken. Mit Schrecken wurde ihm bewusst, dass er aufgrund seiner Grübeleien kaum noch auf seine Umgebung geachtet hatte. Nachdem er seit dem Erwachen niemandem begegnet war, hatte er sich zu sicher gefühlt.

Er blieb stehen und lauschte. Nach nur wenigen Sekunden vernahm er erneut einen leisen Laut. Es klang, als würde etwas gegen Stein stoßen und einen Moment lang daran entlangschleifen.

Baruns Herz schlug schneller. Handelte es sich um die Gnome, oder war er gar endlich auf andere Zwerge gestoßen? Oder ...

Ein Stück vor ihm traten drei Trolle aus einem Seitengang und machten seine Hoffnungen zunichte. Ihre stachelbesetzten Keulen hielten sie kampfbereit in den Händen.

Barun fuhr herum. Auch von hinten näherten sich ihm zwei Trolle. Er saß in der Falle!

»Was haben wir denn hier?«, ertönte eine hohntriefende Stimme. »Einen Zwerg, der ganz allein umherspaziert und so viel Lärm verursacht, als würde der Berg ihm allein gehören.«

Eine weitere Gestalt trat aus dem Seitengang hervor. Es war ein Oger, aber nicht irgendein Oger. Barun erkannte ihn sofort. Es war Duul'Athun, der Herr der Saikorai.

2

»Es reicht endgültig!«, brüllte Torek Eisenfaust, König des Zwergenreichs von Erak-Nor, direkter Nachkomme von Martuk Ogertod, und ließ seine metallene Hand wuchtig auf den Tisch niedersausen. Sein Haar war wie sein Bart lang und pechschwarz, und er trug eine prächtig mit Juwelen verzierte goldene Krone auf dem Haupt. »Was bildet sich dieser aufgeblasene Kerl eigentlich ein? Will er es wirklich auf einen Krieg mit uns ankommen lassen?«

»Ich fürchte, der Herzog ist zu allem entschlossen und wird nicht einmal davor zurückschrecken, Majestät«, entgegnete Orluk Weißbart, der neben ihm an dem runden Beratungstisch saß. Er war bereits fast dreihundert Jahre alt, doch aufgrund seiner Weisheit und seines Weitblicks galt er noch immer als Toreks einflussreichster Berater. »Er hat in den vergangenen Jahren erheblich aufgerüstet. Sein Heer zählt mehr als zwanzigtausend Mann und wächst mit jedem weiteren Tag. Unseres hat nur knapp achttausend Krieger.«

»Und wenn schon!«, ereiferte sich Gilgor, des Königs Sohn, und sprang auf. Sein Haar war ebenso schwarz wie das seines Vaters, und seine Augen blitzten. »Achttausend Zwerge gegen zwanzigtausend Menschen. Sollen sie ruhig kommen.«

»Aber das werden sie nicht«, entgegnete Orluk ruhig. »Herzog Lethrides weiß, dass er keine Chance hat, wenn er Erak-

Nor offen angreift. Unsere Verteidigungsanlagen sind hoch und stark und bieten uns sicheren Schutz. Bei einem Sturm auf Erak-Nor würden seine Krieger rasch knietief im eigenen Blut waten. Genau deshalb hat er sich für die Blockade entschieden. Er schneidet uns von jeglichem Handel ab. Was nutzen uns alles Gold und alle Edelsteine, wenn wir keine Nahrung dafür kaufen können? Er will uns aushungern.«

»Dann werden wir eben hinausziehen und ihre sogenannte Blockade hinwegfegen!«, ereiferte sich Gilgor.

Torek winkte ab.

»Setz dich hin, und sei still!«, befahl er.

»Aber Vater ...«

»Setz dich endlich und schweig!«, brüllte der König. »Übermut mag ein Privileg der Jugend sein, aber du weißt nicht, wovon du sprichst. Sollten die Truppen von Herzog Lethrides in unser Reich eindringen, wären wir ihnen weit überlegen. Aber die Außenwelt ist *sein* Reich, und wir haben kaum Erfahrung im Kampf auf offenem Terrain. Dort wären wir den Menschen nicht nur zahlenmäßig weit unterlegen.«

»Menschen«, wiederholte Gilgor verächtlich, sprach aber nicht weiter, als ihn ein eisiger Blick seines Vaters traf.

»Menschen mit vielen von uns geschmiedeten Waffen und Rüstungen«, ergriff Morlan das Wort, Kriegsmeister von Erak-Nor und damit oberster Befehlshaber des Zwergenheeres. »Allein das macht sie schon zu einem gefährlichen Gegner. Wir hätten sie niemals damit ausrüsten dürfen.«

Torek seufzte. »Ich weiß, dass Ihr von Anfang an dagegen wart. Aber welche Wahl blieb uns denn?«

Er dachte an die Zeit vor gut neunzig Jahren zurück, als sich die drei kleineren östlichen Fürstentümer verbündet hatten und gemeinsam in Waloria eingefallen waren. In seiner Verzweiflung hatte sich der Urgroßvater des aktuell regierenden Herzogs Lotho Lethrides mit der Bitte um Hilfe an ihn gewandt.

Und da das Verhältnis seines Volkes zur Herrscherfamilie zu dieser Zeit noch sehr gut gewesen war, hatte Torek keinen Grund gesehen, dieser Bitte nicht nachzukommen. Er hatte nicht nur ein beträchtliches Kontingent an Waffen und Rüstungen aus besonders gehärtetem Zwergenstahl an den Herzog verkauft, sondern war auch persönlich an der Spitze eines tausendköpfigen Zwergenheeres zusammen mit den walorischen Truppen in die Schlacht gezogen.

In diesem Kampf hatte er seine linke Hand verloren, aber es war ihnen gelungen, die Angreifer zurückzuschlagen. Deutlich erinnerte sich Torek noch an den überschwänglichen Dank des Herzogs und seine Versprechen auf ewig während Freundschaft zwischen ihren Völkern. Versprechen, die schon seinem Enkel nichts mehr bedeutet hatten und schon gar nicht Lotho Lethrides.

»Für wie lange haben wir noch Vorräte?«, wandte er sich an Tandil, einen eher unscheinbaren grauhaarigen Zwerg, der die Beratung bislang schweigend verfolgt hatte. In seinen Händen lag die Verantwortung für viele Bereiche, die die Organisation des Gemeinwohls der Mine betrafen.

»Schon vor Beginn der Blockade sind weniger Nahrungsmittel als sonst üblich bei uns eingetroffen«, berichtete er. »Und in den vergangenen zwei Wochen gar keine mehr. Dabei ist jetzt Erntezeit, und wir hatten gehofft, unsere Lager wieder auffüllen zu können. Aber …«

»Wie lange?«, unterbrach Torek ihn.

»Nun, Fleisch haben wir fast gar nicht mehr, weder Dörrnoch Pökelfleisch. Beim Korn ist die Lage nicht ganz so dramatisch. Es dürfte noch für zwei Monate reichen, wenn ich die Ausgabe rationiere, sogar für drei. Danach droht eine Hungerkatastrophe.«

»Zwei bis drei Monate«, wiederholte Torek Eisenfaust erschrocken. »Das ist weniger, als ich erwartet habe.«

»Ich bin sicher, die Bauern in Bergbach und der Umgebung würden uns ihr Fleisch und Getreide weiterhin liebend gern verkaufen, wenn die Blockade nicht wäre«, ergänzte Tandil. »Sie bauen viel mehr Getreide an, als die Menschen benötigen. Viele leben ausschließlich vom Handel mit uns. Sie werden in arge Existenznot geraten.«

»Das werden sie nicht«, widersprach Orluk. »Bislang besteht die Blockade nur aus ein paar Wachen, die jeden zurückschicken, der trotz des Verbots mit uns Handel zu treiben versucht. Wir könnten sie mühelos hinwegfegen. Mit Sicherheit hat der Herzog deshalb bereits ein Heer aufgestellt und hierher entsandt. Trifft es erst ein, wird sich die Blockade in eine Belagerung verwandeln. Aber es muss versorgt werden, und obwohl Lethrides den Bauern zweifellos weniger bezahlen dürfte als wir, werden sie keine Not leiden müssen.«

Gilgor konnte nicht länger an sich halten und sprang erneut auf. »Dann lasst uns jetzt hinausziehen, ehe wir von einem ganzen Heer eingeschlossen werden!«, rief er. »Wir jagen die Wachen davon, gehen nach Bergbach, und wenn sich die Bauern nicht trauen, uns ihre Vorräte zu verkaufen, nehmen wir sie uns einfach.«

Zu seiner eigenen Überraschung maßregelte ihn sein Vater diesmal nicht. »Wir sollen die Nahrungsmittel stehlen?«, fragte er nur.

»Nein, natürlich nicht. Wir lassen einfach das, was wir den Bauern ohnehin zahlen würden, an Gold zurück. So haben sie ein gutes Geschäft gemacht. Und weil sie nicht freiwillig mit uns gehandelt haben, kann der Herzog sie nicht dafür bestrafen.«

»Du hast deine Lektionen gut gelernt, Junge.« Ein flüchtiges Lächeln glitt über Toreks Gesicht. »Genau diesen Plan habe ich auch schon erwogen. Aber er birgt auch Gefahren. Wir verschieben das Problem damit nur in die Zukunft, und selbst wenn wir für Fleisch und Korn bezahlen, würde der Herzog ein solches Vorgehen als feindlichen Akt werten und als Vorwand benutzen, noch entschlossener gegen uns vorzugehen.«

Einige Sekunden herrschte Schweigen.

»Es wird so oder so eine Auseinandersetzung geben, es sei denn, wir kommen seinen Forderungen nach«, ergriff Morlan schließlich wieder das Wort. »Vielleicht sollten wir einfach bezahlen. Was nutzt uns all unser Reichtum? Wir können im Inneren des Berges keine Nahrungsmittel in der benötigten Menge anbauen, und unser Gold können wir nicht essen.«

»Zweihundert Prozent Zoll auf alle Waren, die Erak-Nor verlassen, und außerdem ein Viertel unseres Goldes als Steuern?«, empörte sich König Torek. »Mit dem Zoll schneidet Lethrides uns wirksamer als mit jeder Blockade von jeglichem Handel ab, weil er sich nicht mehr lohnen würde. Keine einzige Karawane würde mehr kommen. Und ein Viertel unseres Reichtums als Steuern? Sollen wir wirklich menschlichen Steuerschnüfflern den Zutritt erlauben, die unsere Mine bis in den letzten Winkel ausspionieren? Dies ist unser Reich. Wir waren schon hier, lange bevor die Vorfahren des Herzogs die umliegenden Ländereien für sich beanspruchten und Waloria als eigenständiges Reich gründeten. Es gibt jahrhundertealte Verträge, laut derer Erak-Nor davon ausgenommen ist und der gesamte Bergzug für alle Zeiten unserem Volk gehört. Der Herzog hat keinerlei Recht, etwas von uns zu fordern, und er wird auch nichts bekommen!«

Das war eine für seine Verhältnisse lange Rede. Er ließ sich auf seinem Stuhl zurücksinken, griff nach dem Humpen mit Met vor sich auf dem Tisch und trank einen großen Schluck.

»Außerdem würden wir uns auch damit nur Zeit erkaufen. Sehr, sehr teuer erkaufen«, stimmte Orluk Weißbart ihm zu. »Wir müssen uns über die wahren Absichten des Herzogs im Klaren sein. Er ist schon lange neidisch auf unseren Reichtum, und nun ist er entschlossen, seine Gier zu befriedigen. Egal, wie viel wir ihm bezahlen, es wird nicht genug sein. Er wird sich nicht eher zufriedengeben, bis er uns vertrieben und die gesamte Mine in seinen Besitz gebracht hat. Und seine Steuerschätzer sollen unsere Verteidigungsfähigkeit ausspionieren.«

Gildor sog scharf die Luft ein. Er hatte die Art, wie sein Volk schon seit geraumer Zeit von Herzog Lethrides drangsaliert wurde, zwar als eine respektlose Unverschämtheit betrachtet, aber nicht mehr dahinter vermutet. Es war doch unmöglich, dass …

»Ich fürchte, genau so ist es«, erwiderte Torek. »Wir können bezahlen, bis wir schwarz werden, er wird sich immer neue Forderungen einfallen lassen. Und alles, was wir ihm geben, wird unseren eigenen Untergang noch beschleunigen, denn er wird es dafür verwenden, weitere Söldner anzuheuern und sein Heer noch zu vergrößern. Wenn, dann müssen wir ihm *jetzt* Einhalt gebieten.«

Gildor konnte nicht glauben, was er hörte. Waren denn alle verrückt geworden? Er hatte das Gefühl, als öffnete sich unter ihm ein bodenloser Abgrund. Sein gesamtes Weltbild geriet ins Wanken.

»Besteht …« Er schluckte. Es fiel ihm schwer, das Unvorstellbare auch nur auszusprechen. »Besteht wirklich die Gefahr, dass wir Erak-Nor verlieren?«

Alles in ihm sträubte sich schon gegen die bloße Vorstellung. Die Mine war seine Heimat, die er kaum jemals verlassen hatte, und sie war wie verschiedene andere bereits vor fast eintausend Jahren von seinem Volk angelegt worden. Sie war sogar die erste ihrer Art gewesen. Lange vor Torek hatte einst König Martuk Ogertod persönlich auf dem Thron Erak-Nors gesessen.

Einst hatten Zwerge, Menschen und Elben eine Allianz gebildet, um gemeinsam die Herrschaft der Oger und Trolle zu brechen. Er kannte die Erzählungen über diese Zeit gut. Wie hatte es nur dazu kommen können, dass sie sich einander so entfremdet hatten und zu Feinden geworden waren?

Natürlich lag es an den Menschen. Von der Unterdrückung befreit, hatten sie sich mit geradezu atemberaubender Geschwindigkeit vermehrt und ausgebreitet, aber da sie ein allzu zänkisches und gieriges Volk waren, hatten sie sich schon bald untereinander zerstritten, hatten eigenständige Reiche gegründet und führten fast ständig irgendwo untereinander Krieg, um ihre Macht und ihren Besitz zu vergrößern.

Und bei alldem warfen sie seinem Volk Gier vor, weil es durch harte Arbeit reich geworden war und bei Geschäften zäh verhandelte! Noch niemals hatten Zwergenminen gegeneinander Krieg geführt, und es war auch noch nie geschehen, dass Zwerge eine Stadt der Menschen angegriffen und geplündert hatten! Umgekehrt hingegen schienen die Menschen dies inzwischen nicht mehr auszuschließen.

Enttäuscht, dass ihre Lehren so wenig gefruchtet hatten, hatten sich die Elben schon vor Jahrhunderten vom Weltgeschehen zurückgezogen. Auch zwischen Elben und Zwergen hatte es Meinungsverschiedenheiten gegeben, dennoch waren die Spitzohren ihnen wesentlich länger freundschaftlich verbunden gewesen als den Menschen, und es hatte nie ein offenes Zerwürfnis gegeben. Sie hätten ein Vorgehen wie das des Herzogs niemals gebilligt, aber wenn es ihr Volk überhaupt noch gab, so wusste niemand, wo es Zuflucht gefunden hatte.

»Wir werden alles tun, um den Fall Erak-Nors zu verhindern«, versicherte Torek und trank einen weiteren Schluck Met. »Doch wir müssen klug und besonnen vorgehen, sonst droht wirklich die Gefahr, dass wir alles verlieren.«

»Aber wir sind stärkere Kämpfer als die Menschen! Und wir besitzen gewaltige Reichtümer und ...«

»Und doch liegen die wichtigsten Vorteile auf der Seite des Herzogs«, fiel ihm sein Vater ins Wort. »Wir haben eine töd-

liche Schwäche, da wir auf Nahrungsmittel von außerhalb angewiesen sind. Wir können nicht jedes Mal, wenn unsere Vorräte zur Neige gehen, mit einem Kriegertrupp hinausziehen
und sie uns gewaltsam holen, ob wir sie nun bezahlen oder
nicht. Und erst recht nicht, wenn der Herzog sein Heer hier in
Stellung bringt.«

»Wenn er all seine Truppen hier konzentriert, könnte einer
seiner befeindeten Nachbarn die Gelegenheit nutzen und in Waloria einfallen«, gab Morlan zu bedenken. »In dem Fall müsste
er die Belagerung rasch wieder aufgeben.«

»Das wäre möglich, aber wir können uns nicht darauf verlassen.« Torek schüttelte den Kopf. »Am wichtigsten erscheint
mir im Moment, dass wir Zeit gewinnen, und dafür müssen wir
zunächst unsere Vorräte ergänzen. Ich werde, noch ehe das Heer
des Herzogs eintrifft, zahlreiche Kriegertrupps losschicken, die
so viele Nahrungsmittel wie möglich in Bergbach und bei den
Bauern der Umgebung holen und fair bezahlen werden. Sie sollen jeden Karren, den sie finden, vollladen. Das dürfte unsere
Versorgung zumindest für ein paar Monate sicherstellen.«

»Nur leider würden Eure Krieger direkt in eine Falle laufen«, ertönte in diesem Moment eine helle Stimme über ihnen.
»Genau damit rechnet der Herzog nämlich. Große Teile seines
Heers sind bereits eingetroffen, halten sich aber noch verborgen, um eure Krieger zu überwältigen, wodurch er ein zusätz-
liches Druckmittel in die Hand bekäme.«

Genau wie alle anderen hob Gildor ruckartig den Kopf und
starrte in das von einigen Lampen nur notdürftig erhellte Halb-
dunkel der reich verzierten, dem Blätterdach eines Waldes
nachgebildeten Gewölbedecke über ihnen. Eine Gestalt löste
sich aus dem Schatten eines der aus dem Fels gemeißelten steinernen Äste. Während sie herabsprang, machte sie eine Rolle in
der Luft und landete mit beiden Beinen zielsicher in der Mitte
des Tisches.

Es handelte sich um eine junge Menschenfrau.

»Aber vielleicht kann ich Euch helfen, Majestät«, sagte sie und verbeugte sich vor dem König.

3

»Wie lange hast du noch?«, fragte Abalor. Er lehnte sich auf dem Mäuerchen zurück und stützte seinen Oberkörper auf die Unterarme, während er träge in die warm vom Himmel scheinende Nachmittagssonne blinzelte.

»Noch etwas über ein Jahr«, antwortete Hatoron, ließ sich ebenfalls zurücksinken und strich sich das lockige dunkle Haar aus der Stirn.

»Wird langweiliger hier werden ohne dich. Willst du nicht doch verlängern? Es gibt schlechtere Orte als diesen.«

»Aber auch bessere. Nein, nein, nach Ende meines Dienstes bin ich hier weg und werde Offizier in der kaiserlichen Reiterei. Aurania soll auch schön sein, vor allem im Sommer, und als Offizier werde ich ein bequemes Leben haben. Und natürlich einen deutlich höheren Sold.«

Abalor nickte. Er hatte nichts anderes erwartet. Dafür waren sie ja letztlich alle hier.

Kurz nach der Flucht der Oger und Trolle hatte Kaiser Auretanus der Erste einst nahe den Sümpfen im Süden des Kontinents zahlreiche Wachforts errichten lassen. Anfangs waren es kaum mehr als hölzerne Baracken gewesen, die mithilfe der Zwerge jedoch rasch zu regelrechten Festungen ausgebaut worden waren.

Aber die Oger und Trolle waren nie zurückgekehrt. Viele der Festungen waren im Laufe der folgenden Jahrhunderte aufgegeben worden und längst verfallen. Für andere, so wie das nach seinem ersten Kommandanten benannte Ahrenstein, hatte man eine neue Funktion gefunden.

Offiziell bewachten sie immer noch die Grenze, doch in erster Linie diente die Festung inzwischen als Ausbildungslager. Jeder, der sich freiwillig für zehn Jahre dorthin verpflichtete, erhielt die Garantie, nach Ende seines Dienstes in die kaiserliche Armee übernommen zu werden. In einer Zeit, in der vielfach Hungersnöte und Armut herrschten, bedeutete das ein solides, sicheres Einkommen. Die meisten wurden sogar in den Offiziersrang erhoben.

»Bei mir sind es noch fast fünf Jahre«, sagte Abalor. Im Gegensatz zu Hatoron trug er sein blondes Haar kurz, und er hatte weichere Gesichtszüge. »Und ob ich es schaffe, Offizier zu werden, steht noch in den Sternen.«

»Das wird schon noch.«

»Ich weiß nicht. Ich bin ein leidlich guter Schütze, aber viele andere sind besser. Ich habe mich nur gemeldet, weil keine andere Arbeit zu bekommen war. Der Großteil meines Solds geht an meine Eltern, sonst könnten sie nicht überleben. Hast du noch Familie?«

Hatoron nickte und schüttelte gleich darauf den Kopf. »Ich weiß es nicht. Ich hatte einen Bruder, aber ich habe schon lange nichts mehr von ihm gehört. Keine Ahnung, ob er überhaupt noch am Leben ist.«

»Außer meinen Eltern habe ich noch zwei jüngere Schwestern und einen Bruder. Manchmal vermisse ich sie sehr.«

»Lass die düsteren Gedanken.« Hatoron schlug ihm auf die Schulter. »Was meinst du, gehen wir heute Abend noch ins Dorf?«

Das Dorf war ursprünglich nur ein Bauernhof gewesen, der etwas über eine Meile hinter Ahrenstein errichtet worden war, um die Festung zu versorgen. Später hatten sich noch andere

Menschen dort angesiedelt, und es gab ein Gasthaus, ein Freudenhaus und verschiedene Handwerksbetriebe. So war eine richtige kleine Siedlung entstanden. Sie hatte keinen Namen und wurde deshalb stets nur *das Dorf* genannt.

»Klar«, entgegnete Abalor. »Ein paar ordentliche Humpen Starkbier wären ...«

Das Dröhnen eines Alarmhorns unterbrach ihn. Zweimal direkt hintereinander wurde es auf einem der Wachtürme an den vier Ecken der Burg geblasen.

»O Mann, wer kommt denn auf die Idee, an so einem schönen Tag eine Übung ...«

Ein weiteres Mal ertönte das Alarmhorn zweimal hintereinander.

»Verdammt, das ist keine Übung!«, rief Hatoron.

Sie sprangen auf und eilten ohne ein weiteres Wort in verschiedene Richtungen davon. Auch der Rest der Festung erwachte zu emsiger Betriebsamkeit. Dies alles hatten sie Hunderte Male geübt, sodass jeder, ohne nachzudenken, wusste, was zu tun war.

Einen wirklichen Ernstfall hatte es allerdings noch nie gegeben. Nicht nur seit Abalor in Ahrenstein war, sondern seit der Erbauung der Festung. Den Feind, vor dem sie einst schützen sollte, gab es nicht mehr, und um für die Kriege der einzelnen Reiche von Bedeutung zu sein, lag Ahrenstein viel zu abgelegen. Doch wer sonst sollte eine stark befestigte Burg ohne jegliche Reichtümer angreifen?

Diese Gedanken gingen Abalor durch den Kopf, während er sich in der Waffenkammer einen Bogen und einen Köcher mit Pfeilen aushändigen ließ. Sein Schwert trug er bereits gegürtet. Anschließend hastete er die steinerne Treppe zum östlichen Wehrgang empor.

»Was ... Was *ist* das?«, stieß er hervor, als er einen Blick über die Zinnen in Richtung Süden warf.

Eine dunkle, aus der Ferne nicht näher erkennbare Masse quoll wie eine zähe Flüssigkeit zwischen den Hügeln hervor und färbte immer größere Teile des Landes dunkel. »Ein Heer!«, keuchte der Mann neben ihm. »Das muss ein Heer sein und noch dazu ein gewaltiges. Die Oger und Trolle…« »Unsinn!«, fiel ein Dritter ihm ins Wort. »Die Oger und Trolle sind schon vor tausend Jahren zugrunde gegangen.« »Und wer soll es sonst sein? Hinter dem Totenland liegen nur die Sümpfe, und dort lebt niemand.« Abalor kniff die Augen zu schmalen Schlitzen zusammen. Die dunkle Wolke breitete sich nicht weiter aus, sondern formierte sich zu einer lang gezogenen Kolonne, die langsam, aber beständig auf Ahrenstein zu rückte. Es *war* ein Heer, und da die Kolonne immer noch länger und länger wurde, musste es sich um Tausende von Kriegern handeln, alle in Rüstungen in der Farbe der Nacht.

Mehr und mehr Bogenschützen eilten auf den Wehrgang. Überall erklangen fassungslose und erschrockene Rufe.

Abalor begriff nicht, was das zu bedeuten hatte. Sollten die Oger und Trolle wirklich in den Sümpfen überlebt und sich über all die Jahrhunderte hinweg dort verborgen gehalten haben? Aber warum kamen sie jetzt wieder hervor?

Das alles war nicht zu begreifen, und nur eines stand fest: Das Heer war real, und es war groß. Verdammt groß. Abalor spürte ein flaues Gefühl in der Magengegend, als ihm bewusst wurde, dass die trotz allen Drills gemütliche Zeit der Ausbildung vorbei war. Sein Leben befand sich an einem Wendepunkt. Für ihn stand ohne jeden Zweifel fest, dass das fremde Heer feindlich war, und das bedeutete, dass es zu einem Kampf kommen würde.

Seine erste Schlacht!

Blut würde fließen, vielleicht auch sein eigenes.

Seine Eingeweide krampften sich zusammen, als ihm bewusst wurde, dass er den Abend nicht mit Hatoron zusammen bei ein paar Bier im Dorf verbringen, sondern dann womöglich schon tot sein würde.

Er war Krieger, hatte sich zur kaiserlichen Armee gemeldet, und natürlich war damit die Gefahr verbunden, dass er irgendwann würde kämpfen müssen. Aber doch nicht hier und jetzt! Seine Ausbildung war genau wie die der meisten anderen Verteidiger Ahrensteins noch nicht einmal beendet, und obwohl er es erst vor wenigen Minuten Hatoron gegenüber bestritten hatte, hatte er die Hoffnung noch nicht aufgegeben, womöglich doch Offizier zu werden. Vielleicht würde er sogar einen gemütlichen Posten als Ausbilder erhalten.

Aber hier und jetzt in den Kampf zu ziehen und womöglich getötet zu werden? Abalor spürte, wie seine Knie weich wurden, und einen Moment lang musste er sich auf die Zinnen stützen.

Er sah, wie ein Meldereiter durch das Tor ritt und in nördlicher Richtung davonpreschte. Hilfe würde er keine bringen können. Die nächste größere Stadt, die eine Garnison unterhielt, war mehrere Tagesritte entfernt. Sie waren auf sich allein gestellt, aber zumindest würde man anderenorts von dem Angriff erfahren. Sollte Ahrenstein fallen – was Almon verhüten möge –, wurden die Menschen wenigstens vor der Gefahr gewarnt.

In scheinbar quälender Langsamkeit bewegte sich der Heerzug auf sie zu. Es würde noch mehr als eine Stunde dauern, bis er Ahrenstein erreichte. Die Zeit wurde für Vorbereitungen genutzt, die bereits überall im Gange waren. Katapulte wurden geladen, Pech in riesigen Kesseln erhitzt.

Dann begann das tatenlose Warten, das Abalor schlimmer erschien als die Schlacht selbst. Sobald der Kampf erst einmal losging, kam man nicht mehr zum Grübeln darüber, ob man ihn wohl überleben würde.

Endlich hatte sich das feindliche Heer so weit genähert, dass man mehr als nur eine dunkle Masse erkennen konnte. Eisiges Entsetzen kroch wie auf dünnen Spinnenbeinen Abalors Rückgrat hinauf und drang bis in seine Seele vor. Schon dass ein ganzes Heer einfach so aus den Sümpfen marschiert kam, war ein Schock für ihn gewesen, aber als er jetzt sah, woraus es bestand ...

Das waren keine Oger oder Trolle.

Was er erblickte, war ein Bestiarium widerlicher Kreaturen, wie man sie noch niemals zuvor im bekannten Teil der Welt gesehen hatte; Ungeheuer, die direkt aus den Tiefen der Unterwelt hervorgekrochen sein mussten!

4

»Duul'Athun!«, stieß Barun hervor und starrte den Oger hasserfüllt an.

»Es ehrt mich, dass du mich nach der langen Zeit noch erkennst«, entgegnete der Oger höhnisch. »Aber für dich war die Zeit gar nicht so lange wie für andere, nicht wahr?«

Barun hatte keine Ahnung, wovon Duul'Athun sprach, und es war ihm in diesem Moment auch völlig egal. Diese grünhäutige Kreatur war persönlich für den Tod Hunderter Zwerge verantwortlich und die von ihm ausgebildeten und befehligten Truppen für den Tod vieler weiterer.

Den Hexenmeister, der bei der Schlacht direkt neben ihm gestanden hatte, hatte Barun getötet, und er hatte gehofft, auch den Anführer der Oger noch erschlagen zu können, ehe dieser sich von seiner Überraschung erholte. Die Ohnmacht hatte ihm jedoch einen Strich durch die Rechnung gemacht.

Was er nicht verstand, war, warum Duul'Athun die Gelegenheit, ihn zu töten, nicht genutzt hatte, solange er bewusstlos gewesen war. Aber auch das spielte jetzt keine Rolle. Der Zwerg wünschte nur, das Versäumte nachholen und Duul'Athun den Garaus machen zu können.

Doch selbst wenn die fünf Trolle nicht gewesen wären, hätte er in seinem geschwächten Zustand gegen den wohl stärksten und bestausgebildeten Kämpfer der Oger keine Chance gehabt.

»Ist der Herr der Saikorai so feige geworden, dass er sich hinter seinen Trollen verstecken muss?«, provozierte er ihn dennoch. »Stell dich mir zum ehrlichen Zweikampf. Heerführer gegen Heerführer, und wir werden sehen, wer am Ende noch atmet.«

Barun rechnete nicht damit, dass er mit diesem plumpen Versuch Erfolg haben würde, und er wurde nicht enttäuscht. Der Oger lachte nur dröhnend.

»Feige?«, entgegnete er schließlich und schnaubte. »Deine Worte sind nicht mehr als das erbärmliche Winseln eines Verzweifelten, der mich anfleht, ohne jeden Grund meine Vorteile aus der Hand zu geben.« Dann befahl er seinen Trollen: »Ergreift ihn, aber tötet ihn nicht! Ich brauche ihn lebend.«

Barun erkannte, dass ihm das zumindest einen kleinen Vorteil verschaffte. Denn er würde es den Ungeheuern bestimmt nicht leicht machen, ihn lebend zu fangen. Lieber starb er im heldenhaften Kampf, als Duul'Athun in die Hände zu fallen.

Er packte seine Axt fester, als die drei Trolle vor ihm auf ihn zukamen, während die beiden hinter ihm sich weiterhin darauf beschränkten, ihm den Fluchtweg zu versperren.

Anders als Trolle es im Kampf sonst meist taten, stürmten die Angreifer nicht einfach blind vor, um alles niederzuwalzen, was ihnen im Weg stand. Stattdessen näherten sie sich ihm langsam und vorsichtig.

Im Bemühen, ihm keine schweren Verletzungen zuzufügen, schlug einer der Trolle zaghaft, fast spielerisch, mit seiner Keule zu. Barun hätte den Schlag mühelos mit seiner Axt abfangen können, aber damit hätte er den beiden anderen Trollen die Möglichkeit geboten, ihn zu packen.

Stattdessen bückte er sich unter dem Hieb hindurch, sprang vor und schlug seinerseits mit der Axt zu, trieb sie tief in den Fuß des Trolls und hackte ihm mehrere Zehen ab, während die beiden anderen Trolle ins Leere griffen. Mit einem lauten Brüllen wich der verletzte Troll zurück. Er ließ seine Keule fallen, hüpfte auf einem Bein und umklammerte mit den Händen den blutenden Fuß.

So gefährlich die Unholde durch ihre Kraft und Größe in einem Kampf auf Leben und Tod auch waren, so wenig waren sie durch ihre plumpe Art geeignet, einen schnelleren, sich wehrenden Gegner unverletzt zu fangen.

Barun nutzte die Lücke, die sich zwischen ihnen auftat, und rannte los, direkt auf Duul'Athun zu. Er war so oder so verloren, aber wenn es ihm gelang, den Kriegsherren der Saikorai mit ins Verderben zu reißen, würde er wenigstens eines ehrenvollen Todes sterben, auch wenn wohl nie jemand von seiner Tat erfahren würde.

Der Oger erwartete ihn mit scheinbarer Gelassenheit. Erst als Barun fast heran war, die Streitaxt zum Schlag über den Kopf erhoben, zog Duul'Athun mit einer Schnelligkeit, die der Zwerg einem Koloss von seiner Statur niemals zugetraut hätte, sein Schwert und parierte den Hieb. Unmittelbar darauf trat er einen Schritt seitlich vor. Dabei drehte er sich halb um die eigene Achse und rammte Barun den Ellbogen gegen den ungeschützten Kopf.

Grelle Sterne explodierten vor Baruns Augen, und er wurde gegen die Wand geschleudert. Die Axt entglitt seinen plötzlich kraftlos gewordenen Händen, und die Beine vermochten das Gewicht seines Körpers nicht mehr zu tragen. Hilflos sank er an der Wand entlang zu Boden.

Duul'Athun steckte das Schwert zurück in die Scheide, bückte sich und hob ihn mühelos mit einer Hand hoch. Obwohl sich ihre Gesichter nun, kaum eine Armlänge voneinander entfernt, auf gleicher Höhe befanden, sah Barun ihn nur noch verschwommen. Alles schien sich um ihn zu drehen, und er kämpfte mit aller Kraft gegen eine weitere Ohnmacht an.

Trotzdem versuchte er an den Dolch zu gelangen, den er am Gürtel trug. Die Kehle des Ogers befand sich in Reichweite vor ihm. Ein rascher Schnitt und ...

Es ging nicht. Seine Arme baumelten ohne jede Kraft an seinen Seiten herab. Seine Hände weigerten sich, seinen Befehlen zu gehorchen.

»Töte ... mich«, presste er mühsam hervor. »Na los, töte ... mich endlich.«

»Dich töten?« Duul'Athun verzog das Gesicht zu einer hasserfüllten Grimasse. »Glaube mir, das würde ich nur zu gern. Alles in mir schreit danach, das Leben mit bloßen Händen aus dir herauszuquetschen, dir den Kopf abzureißen und deinen Leichnam auf jede nur denkbare Art zu schänden, um anschließend auf deine Überreste zu spucken.« Er machte eine kurze Pause, und seine Grimasse verwandelte sich in ein nicht minder abstoßendes Lächeln. »Aber ich bin sicher, lebend bist du mir von größerem Nutzen.«

Obwohl Barun kaum noch klar denken konnte, begriff er, was das bedeutete. Duul'Athun würde ihn foltern, um Informationen von ihm zu erhalten, und erst wenn er diese hatte oder einsah, dass er nichts mehr von ihm erfahren konnte, erst dann würde er ihn langsam und auf besonders grausame Art umbringen.

»Du wirst ...«, fuhr der Oger fort, wurde jedoch von lautem Gebrüll unterbrochen.

Waffen klirrten, und Barun wurde durch die Luft gewirbelt, als Duul'Athun ihn von sich schleuderte und herumfuhr, um sich den plötzlich aufgetauchten Gegnern zu stellen.

Barun prallte hart auf den Boden, und ihm schwanden endgültig die Sinne.

5

Gildor war der Erste, der sich von seiner Überraschung erholte. Er sprang auf, wich einen Schritt vom Tisch zurück und zog noch in derselben Bewegung einen Dolch aus dem Gürtel, die einzige Waffe, die er bei sich führte.

Mit vor Unglauben weit aufgerissenen Augen musterte er die Fremde, die breitbeinig mit in die Hüften gestemmten Fäusten auf dem Tisch stand. Sie war von Kopf bis Fuß in eng anliegendes schwarzes Leder gekleidet. Auch das Haar, das ihr bis über die Schultern fiel, war schwarz, und sie hatte sich das Gesicht mit Ruß bestrichen, um perfekt mit den Schatten zu verschmelzen.

Sie zeigte keinerlei Aggressivität, schien nicht einmal eine Waffe bei sich zu haben, aber der Beratungsraum lag direkt neben dem Thronsaal, dem Herzen Erak-Nors. Die bloße Tatsache, dass sie es geschafft hatte, unbemerkt bis hierher vorzudringen und sich dem König bis auf wenige Schritte zu nähern, stellte bereits eine ungeheure Gefahr dar.

Auch Torek war inzwischen aus seiner Erstarrung erwacht. »Wachen!«, brüllte er, und nur wenige Sekunden später stürmte ein halbes Dutzend schwer bewaffneter Zwergenkrieger in den Raum. Er deutete auf die Fremde. »Eine Spionin! Ergreift sie!«

»Das wird kaum nötig sein, großer Torek Eisenfaust. Wenn ich Euch ein Leid antun wollte, wäret Ihr längst tot.« Sie sprang leichtfüßig vom Tisch und streckte den Kriegern ihre Arme mit den Handflächen nach oben entgegen. Stählerne Manschetten, die durch eine kurze Kette miteinander verbunden waren, schlossen sich um ihre Handgelenke. »Und wäre ich eine Spionin, hätte ich mich Euch wohl kaum zu erkennen gegeben.«

Sie wurde grob durchsucht, selbst ihre Stiefel tastete eine der Wachen nach Waffen ab.

»Auch das ist nicht nötig«, sagte sie. »Ich bin unbewaffnet hergekommen, um Euch von meiner Friedfertigkeit zu überzeugen. Man nennt mich Skari.«

Zwei der Krieger packten sie und zerrten sie vor den König, der sich wie alle anderen im Raum inzwischen ebenfalls erhoben hatte. Dort zwang man sie auf die Knie.

»Wie bist du an meinen Wachen vorbeigelangt?«, fuhr er sie an. »Und weshalb bist du hier, wenn du angeblich keine Spionin bist?«

»Nun, ich bin eine Diebin, aber das macht es in Euren Augen vermutlich nicht besser. Eine *gute* Diebin, wie es scheint, sonst hätte ich kaum bis hierher vordringen können.«

»Und doch stehst du nun in Ketten vor mir.«

»Ach ja?« Skari lächelte flüchtig und bewegte kurz die Hände. Klirrend fiel die Kette zu Boden. »So ist es besser. Erspart Euch weitere Mühe, ich würde auch jede andere Fessel ebenso mühelos lösen. Hört Euch lieber an, was ich zu sagen habe, denn ich bin wirklich hier, um zu helfen. Gegen eine angemessene Bezahlung, versteht sich. Ich denke, ich habe Euch bereits eine Information von beträchtlichem Wert geliefert.«

Gildor steckte seinen Dolch in den Gürtel zurück. Im Vergleich zu den Äxten der Wachen war dieser ohnehin nur ein Spielzeug, aber er glaubte nicht mehr, dass die Fremde eine Gefahr darstellte. In gewisser Hinsicht bewunderte er sogar ihren Mut und ihre Geschicklichkeit. Sie hatte etwas vollbracht, was er noch vor wenigen Minuten für gänzlich unmöglich gehalten hätte, und obwohl sie unbewaffnet war, zeigte sie angesichts der Wachen und der drohend auf sie gerichteten Waffen keine Spur von Angst.

War sie wirklich so von ihren Fähigkeiten überzeugt oder einfach nur verrückt?

Torek rang einen Moment mit sich, dann nickte er und deutete auf einen freien Stuhl.

Skari setzte sich, und auch alle anderen nahmen ihre Plätze am Beratungstisch wieder ein. Allerdings postierten sich die Wachen direkt hinter der Diebin.

»Sollte das Heer des Herzogs bereits eingetroffen sein, so wäre das in der Tat eine enorm wichtige Information, und wir wären dir wirklich zu Dank verpflichtet«, sagte Torek. »Wenn sie denn wahr ist.«

»Das ist sie.«

»Wir werden später darauf zurückkommen. Bevor ich entscheide, wie wir mit dir verfahren, möchte ich mehr über dich wissen. Du gibst zu, dass du eine Diebin bist. Das macht dich nicht gerade vertrauenswürdig. Wer bist du, woher kommst du, und was genau sind deine Absichten?«

»Meinen Namen kennt Ihr bereits, und ich wuchs in den Slums von Merigan im Lande Ushan auf, wenn Euch das etwas sagt. Was meine Absichten betrifft, kam ich ursprünglich her, um ein paar wertvolle Kleinode aus Eurer Schatzkammer zu stehlen«, gab sie unbefangen zu. »Es gilt als unmöglich, unbemerkt in eine Zwergenmine einzudringen, aber ich liebe nun mal Herausforderungen.«

Ein Raunen erhob sich, und die Wachen rückten näher an Skari heran, doch Torek bedeutete ihnen mit einer Geste, sich zurückzuhalten. Trotz des Ernstes der Situation musste Gildor grinsen. Die Fremde *war* verrückt. Merkte sie nicht, dass sie sich gerade um Kopf und Kragen redete?

»Dies ist nicht unsere Schatzkammer, wie schwerlich zu erkennen ist«, stellte der König fest. »Stattdessen hast du eine geheime Ratssitzung belauscht. Also doch eine Diebin *und* Spionin?«

»Ich sprach von meinen ursprünglichen Absichten«, erklärte Skari. »Aber sie haben sich geändert, als ich in Bergbach eintraf und erkannte, in welcher Lage Ihr Euch befindet. Natürlich stellen Eure Schätze eine Verlockung dar, zumal sie bald nicht mehr *Eure* Schätze sein werden, wenn es nach Herzog Lethrides geht. Was er plant, ist eine himmelschreiende Ungerechtigkeit.«

Gilgor erkannte sofort, dass sie mit diesen Worten einen Fehler gemacht hatte, noch bevor das Gesicht des Königs sich verdunkelte und sich eine steile Falte auf seiner Stirn bildete.

»Eine Diebin mit hehrem Gerechtigkeitssinn und ehrenvoller Moral?«, höhnte er. »Glaubst du wirklich, wir nehmen dir ab, dass du uns nur deshalb nicht mehr ausrauben willst, weil dich das Vorgehen des Herzogs empört? Du hast den Bogen überspannt und dich selbst jeder Glaubwürdigkeit beraubt. Ich habe genug von deinen Lügen gehört. Wachen, werft sie in den Kerker. Wir werden sehen, ob du dich auch von dort befreien kann.«

Die Krieger zerrten sie von ihrem Stuhl hoch, doch Gilgor hob rasch die Hand.

»Wartet«, sagte er. »Ich weiß, wie unglaubwürdig das klingt, Vater, aber alles, was sie zuvor gesagt hat, klang für mich recht überzeugend.«

»Gut einstudierte Lügen«, brummte Torek.

»Die sie gar nicht nötig gehabt hätte, wenn sie sich uns nicht freiwillig zu erkennen gegeben hätte. Wir wüssten sonst gar nichts von ihrer Gegenwart. Wäre sie eine Spionin, hätte sie sich ebenso unbemerkt wieder zurückziehen können, wie sie hergekommen ist, und als Diebin hätte sie es vermutlich auch bis in unsere Schatzkammer geschafft, wenn sie bis hierher vorgedrungen ist. Ihre Zunge ist frech und unverschämt, aber ich finde, wir sollten uns alles anhören, was sie zu sagen hat.«

Skari warf ihm einen dankbaren Blick zu.

»Dem stimme ich zu«, meldete sich Orluk Weißbart zu Wort. »Wenn sie eine Spionin wäre oder sonst etwas Finsteres im Schilde führte, würde sie sich sicherlich diplomatischer verhalten. Hören wir sie weiter an.«

Torek überlegte ein paar Sekunden lang, dann nickte er widerstrebend.

»Also gut, sprich weiter. Aber ich warne dich, meine Geduld ist fast aufgebraucht. Lasst sie los.«

Skari sank auf ihren Stuhl zurück.

»Mir scheint, ich habe mich ungeschickt ausgedrückt«, sagte sie. »Natürlich waren es nicht nur edle Motive, die mich mein Vorgehen ändern ließen, sondern zum Teil sehr egoistische. Wäre ich in Eure Schatzkammer eingedrungen, hätte ich nur einige wenige Stücke mitnehmen können, die in meinen Taschen Platz gefunden hätten. Eine lohnende Beute, zweifelsohne, aber möglicherweise schätzt Ihr meine Informationen und meine Hilfe als wertvoller ein. Ihr haltet mich für eine Spionin. Nun, wenn *Ihr* bereit seid, mich angemessen zu entlohnen, bin *ich* bereit, für Euch zu spionieren.«

Gildor spürte, wie die Anspannung im Raum nachließ. Zwerge waren dafür bekannt, dass sie selten etwas taten, ohne dabei an ihren eigenen Nutzen zu denken, deshalb klang Skaris Erklärung für sie nun wesentlich plausibler.

»Aber das ist es nicht allein«, fuhr die Diebin fort. »Herzog Lethrides ist besessen von der Gier nach Macht. Sollte ihm der Reichtum Erak-Nors in die Hände fallen, wird er sein Heer noch einmal immens vergrößern und alle seine Nachbarn mit Krieg überziehen. Das wäre meinen Geschäften äußerst abträglich.«

Gildor konnte ein Lachen nicht unterdrücken, was ihm einen strafenden Blick seines Vaters einhandelte.

»Mir scheint eher, dass Raub und Plünderungen in Kriegszeiten besser gedeihen als im Frieden«, entgegnete Torek.

»Eben«, stimmte Skari ihm zu. »Aber Raub und Plünderungen marodierender Banden sind etwas anderes als die feine Kunst des Diebstahls. Diese erfordert Geschicklichkeit und sorgsame Planung, nicht nur bloße Gewalt. Und dafür bedarf es friedlicher, sicherer Zeiten. Ich habe keinerlei Interesse daran, dass es Krieg gibt.«

König Torek nickte bedächtig. Auch dieses auf einer Abwägung von Nutzen und Schaden beruhende Argument klang für ihn wesentlich glaubwürdiger als uneigennützige Hilfsbereitschaft. »Kommen wir zurück zu den Informationen, die du uns liefern kannst. Du behauptest, das Heer des Herzogs lagere bereits in der Nähe von Bergbach und warte nur darauf, dass wir die Mine verlassen, um unsere Vorräte aufzufüllen. Kannst du dafür Beweise vorlegen?«

»Das Heer hält sich in dem großen Waldstück nordöstlich des Ortes versteckt. Wählt einen Eurer Krieger aus, und ich werde ihn hinführen, damit er sich mit eigenen Augen davon überzeugen kann.«

»Dafür brauche ich deine Hilfe nicht«, sagte Torek. »Ich werde einen Spähtrupp zusammenstellen, der …«

»Der garantiert den Schergen des Herzogs in die Arme laufen wird«, fiel Skari ihm ins Wort. »Wählt am besten ein Dutzend Krieger in klirrenden Rüstungen aus, damit man sie schon von Weitem hört und sieht.« Sie schüttelte den Kopf. »Mir scheint, Ihr wollt nicht wahrhaben, wie streng der Herzog das gesamte Gebiet bereits überwacht. Schon für mich allein wird es nicht ganz leicht, mich durch seine Linien zu schleichen. Aber da Ihr meinem Wort verständlicherweise nicht vertraut, akzeptiere ich *einen* Zwerg als Begleitung. Mehr jedoch wären viel zu gefährlich.«

»Ich melde mich freiwillig«, rief Gildor.

»Das verbiete ich. Ich werde das Leben meines Sohnes nicht einer Fremden mit bislang noch ungeklärten Absichten anvertrauen«, entschied Torek.

»Auch ich muss davon abraten«, schlug Skari in die gleiche Kerbe. »Ein Risiko lässt sich nicht ausschließen, und falls wir gefasst würden, bekäme Lethrides ein machtvolleres Druckmittel in die Hand, als er sich wünschen könnte. Nein, Majestät, wählt einen Eurer Krieger aus. Jemanden, der möglichst geschickt ist. Und er soll unauffällige dunkle Kleidung tragen, auf keinen Fall eine Rüstung. Ich werde ihn unbemerkt durch die feindlichen Linien bringen, und wenn wir zurück sind, werdet Ihr mir hoffentlich mehr Vertrauen entgegenbringen.«

6

Ein Stück außerhalb der Reichweite der Katapulte stoppte das
Heer der Ungeheuer und verteilte sich, bis es Ahrenstein in
einem weit gezogenen Halbkreis umschloss. Abalor musste
seine Schätzung, was dessen Größe betraf, noch einmal nach
oben korrigieren. Es waren sicherlich fünf- bis sechstausend
Angreifer, während in der Festung nur knapp tausend Krieger
stationiert waren, manche davon erst im ersten Ausbildungs-
jahr.

Aber die Mauern Ahrensteins waren hoch, und das Tor war
stark, was den zahlenmäßigen Unterschied mehr als wettmach-
te. Nun, da der Kampf unmittelbar bevorstand und Abalor den
Gegner vor Augen hatte, verspürte er neue Zuversicht.

Zwar waren die Ungeheuer gerüstet und trugen Krumm-
schwerter und Schilde, aber es waren dennoch nur wilde Bestien, die sicherlich keine hohe Intelligenz besaßen. Die Mauern
mussten für sie unüberwindlich sein. Sollten sie sich ihre hässlichen Schädel daran einrennen, während die Pfeile der Verteidiger sie niederstreckten.

Eine der Kreaturen trat vor und kam auf die Festung zu.

»Das reicht!«, rief Boranon, Kommandant von Ahrenstein,
von einem der Wachtürme herab, als das Wesen nur noch ein
Dutzend Schritte von der Mauer entfernt war. Er war ein altgedienter Veteran mit angegrautem Haar und von der Sonne

verbrannter Haut. »Wer seid ihr, und was wollt ihr, dass ihr mit einem Heer in dieses Land einmarschiert? Sprich rasch, ehe unsere Pfeile dich durchbohren.«

»Ich bin Bhor-Uhl von den Orks. Ergebt euch, dann wird euch die Gnade eines schnellen, schmerzlosen Todes zuteil. Anderenfalls werden wir die Burg stürmen, und jeder, der uns lebend in die Hände fällt, wird sich wünschen, dass ihn der Tod im Kampf ereilt hätte.«

Hohngelächter aus Hunderten Kehlen antwortete ihm. Auch Abalor fiel in das Lachen ein, doch ihn beschlich ein beklommenes Gefühl. Er hatte noch nie zuvor von Orks gehört, aber das war keine hirnlose Bestie, die da sprach.

Die Haut der Kreatur war, soweit sie nicht von der Rüstung bedeckt wurde, von einem so dunklen Grün, dass man es fast für Schwarz halten konnte. Sie war gut einen Kopf größer als ein Mensch und von massiger Gestalt. Ihr Gesicht schien geradewegs einem Albtraum entsprungen, als hätte jemand ohne jedes handwerkliche Geschick einem Klumpen Ton genommen und versucht, einen annähernd menschlichen Schädel daraus zu formen. Die Augen waren winzig und leuchteten gelblich, die Pupillen waren katzenhaft geschlitzt. Die Nase war nur angedeutet, der Mund dafür umso größer, und beim Sprechen entblößte das Ungeheuer Zweierreihen spitzer Reißzähne, zu denen sich zwei nur angedeutete Stümpfe von Hauern gesellten, die aus dem Unterkiefer wuchsen. Strähniges dunkles Haar hing von seinem Kopf herab.

»Wir uns ergeben?«, rief Boranon. »Packt euch mit eurer Horde und kehrt in die Löcher zurück, aus denen ihr hervorgekrochen seid, solange wir euch noch ziehen lassen! Ansonsten werdet ihr kaiserlichen Stahl zu schmecken bekommen.«

Die Kreatur bleckte die Reißzähne. Ihr Gesicht verzerrte sich zu einer Grimasse, die sie noch abstoßender aussehen ließ.

»Wie ihr wollt«, stieß sie hervor, wandte sich um und stapfte davon.

Kaum hatte sie das Heer wieder erreicht, wurden dort Hörner geblasen, dann begann der Angriff, und allen Regeln taktischer Kriegskunst zum Trotz, denen zufolge man mit einzelnen Verbänden angriff und eine Reserve in der Hinterhand hielt, stürmten die Ungeheuer alle zugleich brüllend los.

Die Katapulte schleuderten schwere Steinbrocken in die Luft, doch da die Feinde in einer lang gezogenen, halbmondförmigen Linie angriffen, boten sie ein schwieriges Ziel. Die wenigen Brocken, die überhaupt trafen, töteten nur ein paar von ihnen, während die Übrigen unbeirrt weiterstürmten. Zu seinem Schrecken bemerkte Abalor, dass viele von ihnen Leitern mit sich führten.

»Bögen spannen ... halten – und schießt!«, ertönte der Befehl an die Bogenschützen. »Noch mal das Ganze! Schickt ihnen einen Pfeilregen entgegen, dass sich der Himmel verdunkelt!«

Das war angesichts von nur vierhundert Pfeilen gewaltig übertrieben. Dennoch erzielte die Salve eine beachtliche Wirkung. Viele Pfeile hämmerten nur in die Schilde oder prallten von den massiven Brustpanzern ab, aber wesentlich mehr töteten oder verwundeten ihr Ziel.

Auch Abalor war erfolgreich. Er hatte auf eines der vordersten Ungeheuer gezielt und beobachtete mit grimmiger Zufriedenheit, dass sein Pfeil dicht über den etwas zu tief gehaltenen Schild hinwegzischte und sich in die Kehle der Kreatur bohrte.

Es war das erste Mal, dass er Blut vergoss und jemanden tötete, doch ihm blieb keine Zeit für Triumph und erst recht nicht für Gewissensbisse, zudem handelte es sich nicht einmal um einen Menschen. Sofort zog er einen neuen Pfeil aus seinem Köcher und schoss erneut.

Auch die Katapulte waren inzwischen nachgeladen worden

und schleuderten wieder ihre Gesteinsbrocken. Wie im Fieber feuerte Abalor Pfeil auf Pfeil ab, genau wie die Männer rechts und links von ihm.

Als die Orks, wie ihr Unterhändler die Kreaturen genannt hatte, die Mauern der Festung erreichten, blieben viele Hundert Tote oder Verletzte hinter ihnen zurück. Trotzdem schien ihre Zahl kaum abgenommen zu haben. Niemand kümmerte sich um die Verwundeten.

Nachdem sie durch den sich zusammenziehenden Halbkreis nur auf drei Seiten der Festung zugestürmt waren, schlossen sie die Umzingelung nun auch auf der Nordseite, wo sich das Tor befand.

Sie drängten sich dicht aneinander und hielten die Schilde über ihre Köpfe erhoben, sodass es immer schwieriger wurde, wirkungsvolle oder gar tödliche Treffer zu erzielen. Viele der Schützen ließen die Bögen sinken und schleuderten stattdessen schwere, fast kopfgroße Steinbrocken in die Tiefe. Die schlugen mit einer solchen Wucht auf, dass auch die Schilde sie nicht aufhalten konnten. Rekruten im ersten Lehrjahr schleppten ständig Nachschub herbei.

Erste Leitern, die gerade bis zu den Zinnen reichten, wurden an die Mauern gelehnt. Wieselflink kletterten die Orks sie hinauf. Es gelang den Verteidigern, viele der Leitern umzustoßen, aber längst nicht alle. Steinbrocken prasselten auf die Orks hinab, und während sie kletterten, konnten sie ihre Schilde nicht optimal einsetzen.

Abalor erschoss eines der Ungeheuer, das fast schon die Zinnen erreicht hatte. Beim Sturz riss es auch die Nachfolgenden mit sich in die Tiefe, und er konnte die Leiter umstoßen.

Kaum einen Meter neben ihm gelang einem seiner Kameraden ebenfalls ein tödlicher Schuss. Der Ork stürzte jedoch seitlich von der Leiter, und sofort war der hinter ihm Kletternde heran, rammte dem Schützen sein Krummschwert in die Brust und schwang sich auf den Wehrgang. Er wehrte zwei Schwerthiebe ab, ehe ein dritter ihm den Kopf abschlug, aber die Zeit hatte gereicht, dass zwei weitere Orks über die Zinnen kletterten.

Abalor riss seinen letzten Pfeil aus dem Köcher und schoss ihn einem der Ungeheuer direkt in die Stirn, dann ließ auch er seinen Bogen fallen und zog sein Schwert.

Im Hof unten wurden Befehle gebrüllt, und er hörte, wie das Tor geöffnet wurde. Eine stählerne Woge aus rund dreihundert schwer gepanzerten Reitern ergoss sich ins Freie. Sie teilten sich vor dem Tor in zwei Gruppen und preschten in beide Richtungen an der Mauer entlang. Einer von ihnen war Hatoron, wie Abalor wusste.

Die Orks, die nicht schnell genug auswichen, wurden einfach niedergetrampelt, und wer nicht von den Hufen der Pferde erfasst wurde, den erschlugen die Reiter mit ihren Äxten oder Langschwertern. Auch die an der Mauer lehnenden Leitern wurden niedergerissen. Nichts schien diese Woge aus Stahl aufhalten zu können.

Jubelrufe erklangen auf den Wehrgängen. Nun, da keine Orks mehr nachdrangen, konnten die wenigen, die diese bereits erreicht hatten, rasch getötet werden. Auch Abalor jubelte, während er einen Steinbrocken in die Tiefe schleuderte und sofort nach einem weiteren griff.

Auf der Südseite der Festung trafen sich die beiden Trupps, ritten aneinander vorbei und setzten die Umrundung der Burg fort. Nur eine Handvoll von ihnen war gefallen. Abalor hoffte inbrünstig, dass sich Hatoron nicht unter ihnen befand.

Doch trotz ihres animalischen Aussehens waren die Orks keine hirnlosen Bestien. Sich gepanzerten Reitern zu Fuß in den Weg zu stellen war ein aussichtsloses Unterfangen. Solange diese sich auf dem Rücken ihrer Pferde befanden, walzten sie jeden Widerstand nieder. Schwerthiebe, die sie trafen, prallten wirkungslos von ihrer Panzerung ab. Lediglich die blattdünnen Spitzen von Lanzen vermochten diese in einem ritterlichen Kampf zu durchdringen.

Die Rüstungen, die sie schützten, waren zugleich aber auch ihre Schwäche. Ohne Rücksicht auf ihr Leben griffen die Orks nach ihren Beinen, dem Zaumzeug oder gar den Schabracken der Pferde, während andere sie aus dem Sattel zu reißen versuchten. Wieder andere ließen sich seitlich der Reiter fallen, und obwohl die Schabracken, die die Pferde schützten, fast bis zum Boden reichten, konnten sie aus dieser Position mit ihren Krummschwertern nach den Beinen der Tiere schlagen.

Mit Schrecken beobachtete Abalor, wie immer mehr Reiter aus dem Sattel gerissen oder von ihren zusammenbrechenden Pferden abgeworfen wurden. Nur wenigen gelang es, auf den Füßen zu landen und den gegen die Übermacht aussichtslosen Kampf noch ein paar Sekunden lang fortzusetzen.

Am Boden wurden die Reiter jedoch zu hilflosen Opfern. Sie hatten keine Chance, wieder aufzustehen, das bloße Gewicht ihrer Rüstungen nagelte sie an den Boden.

Nicht einmal die Hälfte der Reiter erreichte wieder das Tor, und trotz des unermüdlich auf sie niederprasselnden Stein- und Pfeilhagels drängte sich dort inzwischen eine besonders große Horde Orks, sodass es nicht geöffnet werden konnte. Die Reiter hieben mit ihren Äxten und Schwertern auf sie ein, doch die Ungeheuer schienen keinerlei Angst zu kennen, ihr Leben bedeutete ihnen offenbar nichts.

Ein Reiter nach dem anderen wurde aus dem Sattel gezerrt, und waren sie erst einmal am Boden, rissen die Orks ihnen die Helme vom Kopf und töteten sie.

Nach quälend langen Sekunden schwang das Tor schließlich doch auf. Mit triumphierendem Gebrüll wollten die ersten Orks hindurchstürmen, sahen sich jedoch einer mehrfach hintereinander gestaffelten Einheit von Lanzenträgern gegenüber, die sie zurückdrängten und aufspießten. Während sie vorrückten, bildeten die Lanzenträger eine Gasse zwischen sich, durch die die noch lebenden Reiter endlich in die Festung flüchten konnten.

Es waren erschreckend wenige, nicht einmal mehr hundert, die von der Eliteeinheit des kaiserlichen Heers übrig geblieben waren. Und kaum einer war ohne schwere Blessuren davongekommen. Die Klinge eines Feindes vermochte ihre Panzerung nicht zu durchdringen, aber die bloße Wucht der Hiebe beulte den Stahl ein und verursachte schlimme Prellungen und sogar Knochenbrüche.

Manche fielen vor Erschöpfung einfach aus dem Sattel, kaum dass sie in Sicherheit waren. Heiler eilten herbei, um sich um sie zu kümmern. Es würde keinen weiteren Ausfall mehr geben, dafür waren sie zu wenige.

Auch die Lanzenträger, die immer mehr in Bedrängnis gerieten, zogen sich zurück. Mit einem dumpfen Knall schloss sich das Tor hinter ihnen, und die wuchtigen Riegel wurden wieder vorgelegt.

Derweil hatten die Orks längst wieder begonnen, Leitern aufzurichten, und setzten ihren Sturm auf die Mauern fort. Der Vorrat an Steinbrocken, der den Verteidigern zur Verfügung stand, schwand allmählich. Immer häufiger brachten die jungen Rekruten nur noch neue Köcher mit Pfeilen, obwohl diese wesentlich weniger wirksam waren.

Auch Abalor hatte einen neuen Köcher bekommen und schoss wieder auf die Angreifer. Doch die Übermacht war zu erdrückend. An immer mehr Stellen kletterten die Orks nun über die Zinnen, und auf den Wehrgängen tobte ein erbitterter Schwertkampf. Zwar trugen auch die Bogenschützen Schwerter, doch ohne Schilde und nur durch leichte Kettenhemden geschützt, waren sie den Angreifern nicht gewachsen.

Sofern es ihnen möglich war, zogen sie sich zurück, während besser gerüstete und mit Schilden ausgestattete Fußsoldaten auf Wehrgänge hinaufeilten, um sie zu ersetzen.

Es gelang Abalor noch einmal, eine der Leitern umzustoßen, aber rechts und links von ihm hatte der Feind die Mauern bereits erklommen. Ein Ork, der gerade einen der Verteidiger niedergestreckt hatte, stürmte auf ihn zu. Nur mit Mühe gelang es Abalor, den Schwerthieb abzuwehren, wobei er zum ersten Mal am eigenen Leib die ungeheure Kraft der Kreaturen spürte. Der Aufprall des Krummschwertes setzte sich durch seine Klinge bis in den Arm fort und betäubte ihn fast. Um ein Haar wäre ihm die Waffe aus der Hand geprellt worden.

Die Wucht des Hiebes ließ ihn zurücktaumeln. Sein Fuß stieß gegen einen Toten, und er verlor das Gleichgewicht. Hilflos stürzte er rücklings zu Boden.

Sofort setzte der Ork nach. Breitbeinig stand er über ihm und erhob sein Schwert zu einem tödlichen Hieb.

Instinktiv tat Abalor das Einzige, was ihm noch blieb. Er stieß sein Schwert nach oben und rammte es zwischen den Beinen in den Unterleib des Ungeheuers.

Der Ork erstarrte einen Moment lang, dann lief ein Zittern durch seinen Körper. Das Krummschwert entglitt seinen plötzlich kraftlos gewordenen Fingern, dann stürzte er wie ein gefällter Baum.

Abalor rollte sich rasch zur Seite und versetzte dem fallenden Ork einen Fußtritt, der diesen vom Wehrgang in die Tiefe stürzen ließ.

Mühsam rappelte er sich auf. Sein ganzer Körper schmerzte, vor allem aber seine Arme.

Das Undenkbare war geschehen, wie er in diesem Moment begriff. Ahrenstein war gefallen. Doch der Gedanke löste nicht einmal mehr Schrecken in ihm aus, nur eine abgrundtiefe Leere.

Noch einmal wehrte er einen Hieb ab und wich einem weiteren aus, dann spürte er plötzlich einen reißenden Schmerz am Kopf, und Dunkelheit verhüllte seinen Geist.

Sein letzter Gedanke, als er vom Wehrgang in die Tiefe stürzte, galt seiner Familie, die er nun nie mehr wiedersehen würde.

Nachdem auch der letzte Verteidiger der Festung niedergemacht worden war, wandten die Orks sich dem Dorf zu.

7

Barun erwachte mit so dröhnenden Kopfschmerzen, als befände sich ein ganzes Hammerwerk in seinem Schädel. Bleigewichte schienen auf seiner Brust zu liegen. Sein Blick klärte sich nur langsam, als er die Augen aufschlug. Immerhin erkannte er, dass er sich nicht mehr im Stollen befand.

Der Raum war groß und von Petroleumlampen hell erleuchtet. Eine steinerne, kunstvoll geglättete Decke wölbte sich hoch über ihm, und er lag in einem bequemen Bett; ein Luxus, der ihm schon seit Monaten nicht mehr vergönnt gewesen war.

Zwei Gestalten beugten sich über ihn, doch es waren keine Trolle, sondern Zwerginnen, wie er zu seiner Erleichterung feststellte. Eine von ihnen tupfte an seinem Kopf herum, die andere verband gerade seinen linken Arm.

Ein weiteres Gesicht schob sich in sein Blickfeld. Es war ein älterer Zwerg mit grauem Haar und Bart.

»Willkommen zurück, Heerführer«, sagte er.

Diese Stimme ... Barun kannte die Stimme, und nun entdeckte er im Gesicht des Zwerges vertraute Züge. Aber das war unmöglich! Vor wenigen Stunden, während der Schlacht, war der Zwerg noch ein junger Mann gewesen, genau wie er selbst kaum hundert Jahre alt, während er jetzt das zweihundertste Lebensjahr sicherlich schon weit überschritten hatte.

»Urtan?«, krächzte Barun ungläubig. Obwohl die Schmerzen in seinem Kopf und seiner Brust sofort zu neuer Heftigkeit explodierten, richtete er sich vorsichtig auf.

Sein Gegenüber nickte. »Ich bin es, alter Freund, und ich bin wirklich so alt, wie ich aussehe.«

»Aber … wie kann das sein? Du …«

»Ich weiß, dass du unzählige Fragen hast, und du wirst auf alle eine Antwort erhalten. Aber wir sollten es langsam angehen lassen. Du warst dem Tod näher als dem Leben, als wir dich fanden, und der Schock über das, was du hören wirst, könnte zu viel für dich sein. Ich glaube, Egarion kann dir alles besser erklären als ich. Ich werde nach ihm schicken. Aber jetzt brauchst du zunächst einmal viel Ruhe.«

»Verdammt, was ich brauche, sind Antworten«, polterte Barun, aber er merkte selbst, dass seine Stimme viel zu schwach klang, um seiner Forderung Nachdruck zu verleihen.

Er ließ seinen Blick umherschweifen. Dies war nicht einfach nur eine Grotte, in der seine Leute ein Lager aufgeschlagen hatten, sondern eine prachtvoll hergerichtete Wohnhöhle. Die Wände und die Decke waren kunstvoll bearbeitet, zudem gab es Schränke und Truhen.

»Wo bin ich hier überhaupt?«, fragte er.

»Du befindest dich in Arkhazan, unserer neuen Heimat, und dies ist mein Schlafgemach.«

»Neue Heimat? Aber wie und wieso …«

»Später«, unterbrach ihn Urtan. »Du hast eine schwere Kopfverletzung und zahlreiche weitere Wunden davongetragen. Zudem sind zwei deiner Rippen gebrochen. Schlaf dich erst einmal aus, und wenn du das nächste Mal erwachst, wirst du alles erfahren.«

Er drückte Barun sanft auf das Lager zurück, der sich nicht dagegen sträubte. Vor seinen Augen drehte sich alles, und was er gehört hatte, so wenig es auch gewesen war, verwirrte seinen Geist.

Eine der Heilerinnen reichte ihm ein Schälchen mit einer bitter schmeckenden Flüssigkeit. Barun trank sie und spürte, wie sich eine wohlige Wärme in seinem Körper ausbreitete. Er schloss die Augen und war nur Sekunden später wieder eingeschlafen.

*

»König?«, wiederholte Barun ungläubig und starrte Urtan an. »Du bist jetzt König? Aber Martuk ...«

»Das versuche ich dir gerade zu erklären. Seit dem Kampf gegen die Oger und Trolle sind wir in diesem Gebirge eingeschlossen. Alle Ausgänge sind versperrt und durch Magie versiegelt. Es ist unmöglich, sie zu öffnen. Auch die Elben haben es mit ihrer Magie versucht, aber erfolglos.«

»Es geschah, als Ihr den fremden Magier getötet habt, und das, während er gerade eine Beschwörung aussprach«, fügte Egarion hinzu. Auch der Elb war gealtert, doch sah man ihm das nicht so deutlich an wie Urtan. »Seine gesamte Kraft wurde dadurch auf einen Schlag freigesetzt, aber nicht nur das. Seine Magie war anders als unsere. Sie zapfte Kräfte aus einer anderen Daseinsebene an, was bedeutet, dass er mit seiner Beschwörung einen winzigen Riss im Gefüge der Welten schuf. Als er starb, wurden diese nicht mehr kontrolliert. Für einen Moment strömten unvorstellbare Kräfte in unsere Existenzebene, ehe der Riss sich wieder schloss.«

Verdrossen starrte Barun den Elben an. Nur am Rand registrierte er, dass Egarion ihn anders als noch vor der Schlacht mit der ehrenvollen Anrede ansprach. Man hatte ihm gesagt, dass seit seinem ersten Erwachen ein kompletter Tag verstrichen war, und er fühlte sich wesentlich kräftiger; kräftig genug, um aufzustehen.

Nun saßen sie in einem anderen, noch sehr viel prächtiger

ausgestatteten Raum zusammen. Man hatte ihm ein Mahl aus frisch gebackenem Brot, Fleisch, Käse und köstlichem Met aufgetischt, über das er sich gierig hergemacht hatte. Nun aber galt es, seinen Wissensdurst zu stillen.

»Ich verstehe kein Wort«, brummte er.

Urtan lächelte. »Mir ging es ebenso, als Egarion es mir erklärt hat, und noch heute begreife ich längst nicht alles.«

»Du sagst, wir seien völlig von der Außenwelt abgeschnitten.« Barun deutete auf den gedeckten Tisch. »Wo kommt das dann alles her? Und woher das Holz für die Möbel, wenn wir in diesem Berg gefangen sind?«

»Ich werde es dir zeigen, später. Wir hatten viele Jahre Zeit, uns ein neues Leben aufzubauen. Zunächst aber musst du begreifen, was überhaupt geschehen ist.«

»Jahre?«

»Ich weiß, es kommt dir vor, als hätte die Schlacht gerade erst stattgefunden, aber in Wahrheit liegt sie schon einige Zeit zurück.«

»Und Zeit ist genau das, um das sich alles dreht«, nahm der Elb den Faden auf. »Es gab eine ungeheuer starke magische Explosion, die im Umkreis des toten Magiers die Zeit selbst erstarren ließ. Sie fror ein, wenn Ihr so wollt. Das ist eine Magie, die uns unbekannt ist, deshalb standen auch wir dem Phänomen völlig hilflos gegenüber. Erst langsam, ganz langsam, schrumpfte der Bereich, in dem dieses Phänomen wirksam war. Für die, die am weitesten vom Ursprung entfernt waren, begann die Zeit schon nach wenigen Jahren wieder normal zu verlaufen. Sie waren nicht gealtert, waren auch nicht bewusstlos gewesen. Die Zeit war für sie einfach stehen geblieben und lief dann irgendwann weiter.«

Barun massierte sich die Schläfen. Was er hörte, verursachte ihm erneute Kopfschmerzen, denn es widersprach jeder Logik und jedem gesunden Zwergenverstand. Je mehr er darüber nachzudenken versuchte, desto mehr hatte er das Gefühl, dass sich seine Gehirnwindungen verknoteten. Es war einfach unfassbar. Aber das war Magie für ihn schon immer gewesen.

Immerhin begriff er wenigstens in Grundzügen, was Egarion ihm zu erklären versuchte.

»Durch den Tod des Magiers wurde also die Zeit um ihn herum eingefroren«, fasste er zusammen. »Und je weiter weg sich jemand von ihm befand, desto eher verlief die Zeit für ihn wieder normal, so wie für euch beide. Ich hingegen ...«

»Du warst ihm am nächsten«, sagte Urtan. »Deshalb warst du am längsten davon betroffen. Du bist nicht gealtert, nicht einmal deine Wunden haben geblutet. Die Zeit ist auch für dich einfach stehen geblieben.«

So unglaublich das auch klang, Barun sah den Beweis direkt vor sich. Urtan, der vor der Schlacht jünger als er selbst gewesen war, war jetzt etliche Jahre älter als er, mindestens ein Jahrhundert. Es fiel Barun schwer, die Frage zu stellen, die sich zwangsläufig daraus ergab, da er die Antwort fürchtete.

»Wie lange?«, stieß er schließlich hervor. »Wie lange war ich in dieser Zeitstarre gefangen?«

Urtan und Egarion wechselten einen raschen Blick.

»Genau wissen wir es nicht«, antwortete der Zwerg nach kurzem Schweigen. »Die Gnome messen die Zeit nicht so wie wir, deshalb konnten wir nie genau herausfinden, wie viel Zeit verstrichen ist, bis die Ersten von uns wieder zu sich kamen. Aber die Schlacht in Moron liegt bereits gut tausend Jahre zurück.«

Tausend Jahre!

Die Zahl hallte in Baruns Verstand wider, aber es war nur eine Zahl ohne Inhalt und Bedeutung. Obwohl er sicher war, dass Urtan ihm die Wahrheit gesagt hatte, weigerte sich sein Geist, diese ungeheuerliche Eröffnung zu begreifen.

Er trank einen Schluck von dem Met, den Urtan hatte bringen lassen, und spürte das Bedürfnis, mehr und mehr davon zu trinken, bis der Alkohol die sich in seinem Kopf überschlagenden Gedanken auslöschen würde.

»Generationen von Zwergen sind seither geboren und gestorben«, fuhr Urtan fort. »Wir haben im Inneren der Berge eine Stadt errichtet, Arkhazan. Mehr als fünfzehntausend Zwerge leben mittlerweile hier, und ich bin ihr König, da ich als dein damaliger Stellvertreter den höchsten Rang bekleidete. Aber du warst der Befehlshaber unseres Heers, und nun, da du wieder unter uns weilst, steht dir dieser Titel zu, und ich bin gerne bereit, die Herrschaft in deine Hände zu legen, Barun Schädelspalter.«

Barun verschluckte sich an seinem Met, hustete und starrte sein Gegenüber fassungslos an.

»Ich? König?«, stieß er hervor. »Ich fühle mich, als hätte es mich unversehens in eine völlig fremde Welt verschlagen, über die ich nicht das Geringste weiß. Wie soll ich da regieren? Nein, nein, ich lege keinerlei Wert auf dieses Amt. Und ich trage auch keinen Ehrentitel.«

»Aber ja doch, er wurde dir bereits vor Jahrhunderten verliehen«, entgegnete Urtan mit einem verschmitzten Lächeln. »Indem du den Magier getötet hast, hast du uns vermutlich alle gerettet.«

Eine Weile kehrte Stille ein. Barun betrachtete Egarion. Umgeben von all diesem Wahnsinn erschien ihm der Elb wie ein Fels in der Brandung. Von einigen winzigen Fältchen um Mund und Auge abgesehen, sah er noch aus wie zum Zeitpunkt der Schlacht – der einzige vertraute Anblick, während sich alles andere verändert hatte.

»Egarion und ich gehörten zu den Letzten, die die Zeitstarre wieder freigab«, sagte Urtan, als hätte er Baruns Gedanken gelesen. »Ich hatte erkannt, dass die Verteidigung des Wehrganges zusammenzubrechen drohte, und bin mit anderen Kriegern dorthin geeilt. Deshalb befand ich mich zusammen mit Egarion in dem Moment, in dem du den Magier getötet hast, fast genau über dir. Als die Zeit für mich normal weiterlief, waren nur noch du und Duul'Athun und eine Handvoll Trolle in eurer unmittelbaren Nähe in der Zeit erstarrt.«

»Und warum habt ihr sie nicht getötet, solange sie wehrlos waren? Es hätte nicht viel gefehlt, und ich wäre ihnen zum Opfer gefallen!«

Der Elb seufzte und schlug die Beine übereinander. »Ich sehe, Ihr versteht immer noch nicht. Die Zeit um sie herum hatte schlichtweg aufgehört zu existieren. Es war unmöglich, sie oder Euch zu erreichen. In einem Bereich ohne Zeit kann niemand getötet oder auch nur verletzt werden. Nicht einmal Licht kann außerhalb der Zeit existieren. Die Krieger Eures und meines Volkes, die als Erste in den normalen Zeitfluss zurückkehrten, erblickten nur eine undurchdringliche Schwärze, die die beiden Höhlen verschlungen hatte. Sie konnten nicht sehen, dass sich jenseits davon auch die ersten Trolle wieder zu regen begannen. Als die Zeitstarre mich freigab, umfasste diese Schwärze nur noch einen kleinen Bereich von kaum mehr als einem Dutzend Schritten.«

»Als die wieder in den normalen Verlauf der Zeit zurückgekehrten Zwerge und Elben schließlich begriffen, dass die Zeitstarre langsam zurückging und immer mehr Opfer wieder freigab, versuchten sie und später auch ich den Bereich zu sichern, um unsere Krieger zu schützen und die Trolle zu töten, ehe sie zu einer Gefahr werden konnten«, erklärte Urtan weiter. »Aber es war ein Prozess, der sich über Generationen hinweg erstreckte, und bei Weitem nicht immer gelang es uns. Es war unmöglich vorherzusagen, wann die Starre wieder ein Stück zurückgehen würde. Manchmal passierte jahrzehntelang nichts, dann wieder gab es mehrere Schübe im Abstand von nur wenigen Jahren.«

»Und es wurde immer gefährlicher«, ergänzte Egarion.»Der größte Teil unseres Heers befand sich in der zweiten Höhle und damit weiter von dem Magier entfernt. In den ersten Jahrhunderten waren wir deshalb in gewaltiger Überzahl und jagten die Trolle. Aber zuletzt gab die Starre fast nur noch Trolle frei. Hier in Arkhazan waren wir gut geschützt, aber jede Expedition nach Moron stellte ein hohes Risiko dar. Genau wie wir hatten sich die Trolle inzwischen vermehrt und streiften überall in den Stollen umher. Allzu oft überfielen sie unsere Patrouillen. Es war ein stetes Hin und Her, wer gerade den Bereich um Burg Moron beherrschte, aber es gelang uns, die meisten unseres Volkes sicher herzuholen.«

»Bei mir war niemand zur Stelle, als ich zu mir kam«, stellte Barun mit leichter Verbitterung fest.

»Nein«, gab Urtan zu.»Lange Zeit wurde Burg Moron von der zeitlosen Zone in zwei Bereiche geteilt, die nur auf verschiedenen Wegen zu erreichen waren. Wir bemühten uns, zumindest auf unserer Seite einen befestigten Posten zu unterhalten, obwohl dieser immer wieder angegriffen wurde. Aber richtig schlimm wurde es erst, als die Zeitverzerrung wenige Jahre nach Egarion und mir auch Duul'Athun freigab. Vorher waren die Trolle nur wilde Bestien, die weitgehend planlos durch die Stollen streiften. Er aber formte sie wieder zu einer schlagkräftigen Kampftruppe. Wir mussten uns zurückziehen und schickten nur noch selten Patrouillen aus.«

»Und der Trupp, der mich vor ihnen gerettet hat? War er nur zufällig zur richtigen Zeit am richtigen Ort?«

»Nicht ganz«, erwiderte Urtan.»Die Gnome sind oft in den Stollen unterwegs. Sie fürchten die Trolle nicht, weil sie zu flink sind, um von ihnen erwischt zu werden, und da sie durch Spalten und Öffnungen fliehen können, die für die Ungeheuer zu klein sind. In gewisser Hinsicht sind sie unsere Augen und Ohren geworden. Sie hörten dich rufen und haben mich benachrichtigt, woraufhin ich direkt einen schwer bewaffneten Kampftrupp ausgesandt habe. Zwar fand Duul'Athun dich eher als wir, aber wir konnten dich ja glücklicherweise befreien. Fast hätten wir auch Duul'Athun selbst erwischt, aber er konnte entkommen, indem er seine Trolle geopfert hat.«

Barun runzelte die Stirn. Sich aus den Stollen zurückzuziehen und sich hier zu verschanzen gefiel ihm nicht besonders. Es entsprach nicht der Denkweise eines Zwergenkriegers. Aber er wusste noch zu wenig, um die Lage wirklich beurteilen zu können, und hielt sich deshalb mit einem Urteil zurück.

Er trank noch einen Schluck Met, dann erhob er sich von seinem Stuhl, obwohl der Schmerz in seinen gebrochenen Rippen bei der Bewegung sofort wieder aufflammte.

»Jetzt zeigt mir alles andere«, verlangte er und erkannte im gleichen Moment, dass sein barscher Befehlston äußerst unangemessen war. Trotz Urtans fortgeschrittenem Alter fiel es ihm schwer, ihn nicht mehr nur als Freund und als Untergebenen zu betrachten, sondern als König. »Bitte«, fügte er deshalb mit dem Anflug eines Lächelns rasch hinzu.

8

»Ich werde eine Adeptin schicken, die nach deiner Frau sieht«, versprach Arisha Lakari, Hohepriesterin des Ordens der Mondgöttin Lunara. »Bezahl die zehn Sesterzen beim Verlassen des Tempels, und ich verspreche, dass deine Frau schon bald keine Schmerzen mehr haben wird. Und nun geh.«

Der Bäcker verneigte sich, dann eilte er aus dem nur von Fackeln und Kohlebecken erleuchteten Raum.

Arisha strich geistesabwesend über ihr Gewand aus rotem Samt, das um die Taille von einem goldenen Gürtel gerafft wurde. Es war doch immer wieder das Gleiche. Die Menschen fürchteten sie und beschimpften die Angehörigen des Ordens als Hexen. Wenn aber eine Krankheit oder sonst eine Plage sie traf, suchten sie doch immer wieder im Tempel Hilfe.

Wobei der Orden selbst dafür sorgte, dass es stets neue Plagen gab. Erst vor zwei Tagen hatten die unermüdlich in den tiefen Kellergewölben forschenden Adepten und Alchemisten ein wunderbares Serum fertiggestellt, das ein schier unerträgliches Reißen im Bauch verursachte. Damit hatten sie die Brunnen im Handwerkerviertel Bornums in der Nähe des Palastes und an wenigen anderen, weit voneinander entfernt liegenden Plätzen der Hauptstadt verseucht. Das besonders Tückische war, dass das Reißen längst nicht jeden Menschen befiel, sodass es wie eine normale Krankheit wirkte und niemand Verdacht schöpfte.

Aber auch so waren allein an diesem Vormittag bereits mehr als drei Dutzend Bittsteller im Tempel erschienen und hatten gegen klingende Münze das Versprechen auf Hilfe erhalten. Arisha zweifelte nicht daran, dass noch sehr viel mehr kommen würden.

Mit ein bisschen Glück erwischte es sogar Herzog Lethrides selbst, obwohl sie bezweifelte, dass er bei ihr um Hilfe ersuchen würde.

Sie lehnte sich auf ihrem thronartigen Sessel zurück. Es war ermüdend, all die Bittsteller zu empfangen, und am liebsten hätte sie diese lästige Aufgabe an eine der anderen Priesterinnen abgetreten. Aber sie war nun einmal das Gesicht des Ordens, und angesichts der hohen Preise, die sie für ihre Hilfe verlangte, erwarteten die Menschen, von ihr persönlich empfangen zu werden.

Der Tempel benötigte das Geld, besonders seit Herzog Lethrides alle öffentlichen Zuwendungen an den Orden gestoppt hatte, da die Aufrüstung des Heers immer größere Summen verschlang.

Und sie ahnte auch, wer dahintersteckte oder den Herzog zumindest in dem eingeschlagenen Kurs bestärkte …

Als wären ihre Gedanken der Auslöser gewesen, wurde in diesem Moment die Tür aufgerissen, und eine Frau im schwarzen Gewand einer Oberpriesterin stürmte in den Saal. Nur Frauen durften als Priesterinnen in den Dienst der Mondgöttin treten, Männer wurden im Tempel nur als Alchemisten und Wachen geduldet.

»Er ist wieder da«, keuchte sie.

Arisha sprang von ihrem Sitz auf.

»Kein Zweifel?«, vergewisserte sie sich.

»Kein Zweifel, Herrin«, bestätigte die Oberpriesterin. Sie hieß Ariole und sah aus wie eine junge Frau von kaum zwanzig Jahren, dabei war sie bereits mehr als dreimal so alt. Die Magie des Ordens erhielt sie jung. »Er ist wie schon zuletzt durch das Südtor gekommen. Unsere Bannlinie hat ihn registriert und einen Alarmimpuls ausgesandt, als er sie überschritten hat. Lunaras Spiegel ist bereits vorbereitet, Herrin. Aber wir brauchen Euch, um seine volle Macht zu entfesseln.«

»Dann komm«, sagte Arisha.

Auch bei ihrem Anblick hätte niemand vermutet, dass sie bereits annähernd dreihundert Lebensjahre zählte, wobei dies nicht allein auf ihre Magie zurückzuführen war. Eher hätte man sie um die vierzig geschätzt. Kaum eine Falte zeigte sich in ihrem Gesicht, ihre Hände waren noch glatt wie Porzellan, und ihr langes feuerrotes Haar fiel ihr in Locken bis weit über die Schultern.

Gemeinsam eilten die beiden Frauen einen Korridor entlang und zwei Treppen in die Tiefe, ehe sie über einen weiteren Korridor einen von Fackeln erhellten Raum erreichten. Mehrere andere Oberpriesterinnen hatten sich bereits um das einzige Möbelstück versammelten, einen Tisch, auf dem eine runde, etwa einen halben Meter durchmessende Metallscheibe von der Dicke eines Fingers lag. Das Metall sah aus wie Silber, doch Arisha wusste, dass es noch weitaus seltener war.

Die Scheibe war makellos poliert, nicht der kleinste Kratzer zeigte sich darauf. Nur am Rand gab es einen schmalen Streifen mit in das Metall eingravierten magischen Symbolen.

Arisha und Ariole traten zwischen die anderen Frauen. Rasch überzeugte sich die Hohepriesterin, dass das Ritual perfekt vorbereitet war, dann ließ sie sich einen Dolch reichen und stach sich mit der Spitze in den Daumen.

Ein Blutstropfen quoll hervor. Sie ließ ihn in die Mitte der Scheibe fallen. Das Blut wurde komplett von dem Metall aufgesogen, und nach einigen Sekunden begann die Oberfläche leicht zu flimmern.

Arisha tippte auf einige der Symbole am Rand der Scheibe.

Das Flimmern verstärkte sich, und sie konzentrierte sich auf das, was sie sehen wollte.

Die übrigen Priesterinnen begannen leise zu summen. Arisha spürte ihre Magie und Konzentration, nahm sie in sich auf und fügte sie ihrer hinzu.

Das Metall der Scheibe wurde matt. Immer mehr Schlieren durchzogen es, als wogte Nebel darin. Farben und Formen wurden sichtbar. Das Summen der Priesterinnen schwoll an, und Arisha konzentrierte sich mit aller Kraft.

Aus den Formen und Farben entstanden Gebäude, auch das bekannte Bild des Südtors schälte sich aus den Schlieren. Die breite Straße, die von dort bis zum Palast in der Stadtmitte Bornums führte, war von Menschen bevölkert.

Noch einmal verstärkte Arisha ihre Konzentration, und die Straße schien näher zu rücken. Die Menschen waren nun genauer zu sehen, sodass sie sogar ihre Gesichter erkennen konnte.

Anfangs mühsam, dann immer flüssiger veränderte sich die Stelle, die die Scheibe ihr zeigte, als flöge diese in geringer Höhe über der Straße.

Und dann, schon fast auf halbem Weg zum Palast, entdeckte Arisha, was sie gesucht hatte.

»Dort! Das muss er sein!«, stieß Ariole hervor.

Arisha runzelte die Stirn. Fast hätte sie aufgesehen und der Oberpriesterin einen finsteren Blick zugeworfen, aber das hätte ihre Konzentration noch stärker beeinträchtigt. Ariole war eine äußerst fähige Priesterin, und ihre magischen Kräfte reichten fast an ihre eigenen heran. Eines Tages würde sie an Arishas Stelle treten, aber sie war impulsiv, hatte sich manchmal nicht gut genug unter Kontrolle.

Das Bild hatte sich für einen Moment getrübt, doch sobald sich alle wieder mit voller Kraft darauf konzentrierten, klarte es erneut auf.

Es zeigte eine in eine bodenlange schwarze Kutte gehüllte Gestalt, deren Gesicht wegen der hochgeschlagenen, spitz zulaufenden Kapuze nicht zu erkennen war.

Die Oberpriesterin hatte ihn erstmals nur durch Zufall vor mehr als einer Woche entdeckt. Sie war in der Nähe des Palastes unterwegs gewesen, als sie eine fremde magische Ausstrahlung gespürt und dann den Unbekannten gesehen hatte, der gerade den Sitz des Herzogs betrat.

Und sie war nicht die Einzige gewesen. In nahezu allen Hauptstädten und größeren Ortschaften gab es Tempel des Ordens, und Arisha hatte über den Spiegel Verbindung mit ihnen aufgenommen. Sowohl im westlich von Waloria gelegenen Rungavien als auch in Lorton, dem mittleren der drei unabhängigen kleinen Fürstentümer im Osten, war der Magier in den vergangenen Wochen gesichtet worden, wobei ihn allein die magische Aura verraten hatte, die ihn umgab. Es war anzunehmen, dass er im Verborgenen auch an anderen Orten aktiv war, wenngleich die Art und das Ziel seiner Aktivitäten noch rätselhaft waren.

Auch in Lagon, dem südlichsten der Fürstentümer, hatten Priesterinnen eine entsprechende Störung der Magie gespürt, sogar schon vor Monaten, danach allerdings nicht mehr. Ihrer Entdeckung hatte der dortige Tempel nicht viel Aufmerksamkeit geschenkt. Erst im Zuge der Sichtungen in den vergangenen Wochen war auch sie an die Oberen des Ordens gemeldet worden.

Gemessenen Schritts ging der Unbekannte die Straße entlang, fast als würde er dahingleiten.

Obwohl er einen bedrohlichen, zumindest aber befremdlichen Anblick bot und die Straße voller Menschen und Fuhrwerke war, schien niemand Notiz von ihm zu nehmen. Niemand warf ihm einen Blick zu oder sah ihm gar nach. Die Menschen wichen ihm aus, obwohl es den Anschein hatte, als würden sie ihn gar nicht bewusst wahrnehmen.

Um wen oder was es sich handelte, war nicht festzustellen. Unter der Kutte konnte sich jeder befinden – ein Mann ebenso gut wie eine Frau, womöglich sogar nicht einmal ein Mensch. Ein Zwerg sicherlich nicht, dafür war die Gestalt zu groß, aber möglicherweise ein Elb ...

Seit Jahrhunderten schon hatten sich die Elben vom Weltgeschehen zurückgezogen, wie sie es schon vor dem Krieg gegen die Oger und Trolle getan hatten. Es kam nur noch äußerst selten vor, dass jemand vom Alten Volk irgendwo gesehen wurde. Konnte es daran liegen, dass sie nur verhüllt reisten, wenn sie mit den Herrschern der Menschen heimlich Kontakt aufnahmen?

Das konnte eine Erklärung sein, doch glaubte Arisha nicht wirklich daran. Die Elben hatten schon immer eine Abneigung gegen alles Dunkle gehabt. Daher war es sehr unwahrscheinlich, dass sie sich ausgerechnet in Schwarz kleideten.

Sie beobachtete, wie sich der Unbekannte dem Palast näherte. Selbst die Wachen nahmen keinerlei Notiz von ihm. Ohne auch nur einmal angesprochen zu werden, verschwand die geheimnisvolle Gestalt im Inneren des Gebäudes und war ihren Blicken entschwunden.

Aus leidvoller Erfahrung wusste Arisha, dass es keine Möglichkeit gab, sie dort weiter zu beobachten. Der Herzog verfügte über eigene fähige Magier, natürlich Anhänger des Sonnengottes Almon, die den Palast gegen jede Art von Magie abschirmten.

Sie trat einen Schritt zurück. Das Bild trübte sich, und gleich darauf lag wieder eine scheinbar ganz normale silberfarbene Metallscheibe auf dem Tisch. Leichte Schwäche überkam sie, und sie taumelte kurz, fing sich aber sofort wieder.

»Ich will wissen, wer oder was diese Gestalt ist«, sagte sie. »Wir werden sie abfangen, wenn sie die Stadt wieder verlässt.«

9

Bedrücktes Schweigen herrschte im Beratungssaal, als Wilgon seinen Bericht beendet hatte. Er war ein noch junger Krieger und von Torek Eisenfaust ausgewählt worden, die Diebin zu begleiten. Gemeinsam hatten sie Erak-Nor durch eine verborgene Pforte verlassen, und sie hatte ihn trotz erheblicher Schwierigkeiten unbemerkt zu dem Wäldchen geführt, wo er die Armee des Herzogs mit eigenen Augen gesehen hatte.

»Ihr wisst nun, dass ich die Wahrheit gesagt habe«, ergriff Skari nach einer Weile das Wort. »Und ich bin freiwillig zurückgekehrt, was ich kaum getan hätte, wenn ich euch hintergehen wollte.«

»Die Nachrichten sind schlimm, aber darunter soll nicht die Überbringerin leiden«, sagte Torek. »Du hast dich um Erak-Nor sehr verdient gemacht und dich unseres Vertrauens als würdig erwiesen. Deine bisherigen Informationen sind durchaus wichtig für uns, und du sollst angemessen dafür entlohnt werden.«

»Allerdings haben sie uns nur gezeigt, dass unsere Lage noch viel verzweifelter ist, als wir bisher geglaubt haben«, warf Orluk Weißbart ein. »Wir haben keine Vorräte und können uns auch keine besorgen, ohne von den Truppen des Herzogs angegriffen zu werden. Er kann uns hier aushungern, und wenn wir uns seiner Armee in einer offenen Feldschlacht stellen, verlieren wir.«

»Ihr könntet euch an den Kaiser wenden«, schlug Skari vor. »Wie man hört, hat er die alten Bündnisse nicht vergessen. Ihm liegt an Frieden zwischen unseren Völkern, und er würde nicht gutheißen, was hier geschieht.«

»Pah!«, stieß Gildor hervor. »Der Kaiser ist alt, schwach und krank. In seinem Reich brennt es an allen Ecken und Enden, und er unternimmt nichts. Er wird allenfalls eine Protestnote an Herzog Lethrides schicken, der ihr einfach keine Beachtung schenken wird, und sonst wird nichts geschehen. Und wie sollte der Kaiser überhaupt von unserer Lage erfahren? Es ist ein weiter Weg durch feindliches Gebiet bis nach Aurania. Selbst wenn wir eine Abordnung durch den Belagerungsring bringen könnten, würde es ihr wahrscheinlich nicht gelingen, ganz Waloria unbemerkt zu durchqueren.«

»Kaiser Togenian kann uns nicht helfen«, stimmte Torek Eisenfaust zu. »Angesichts der zahlreichen Kriege, die im Reich wüten und die er tatenlos duldet, wird er nicht wegen einer einzelnen Zwergenmine Truppen schicken und auch noch einen Krieg mit dem Herzog riskieren. Denn das wäre der wohl einzige Weg, Lethrides aufzuhalten. Nein, wir sind auf uns allein gestellt.«

Wieder herrschte eine Weile lang Schweigen.

»Dann bleiben uns nur zwei Alternativen«, fasste Gildor ihre Lage schließlich zusammen. »Entweder kommen wir den Forderungen des Herzogs nach, dann ist es nur noch eine Frage der Zeit, bis sich Erak-Nor vollständig in seiner Hand befindet. Oder wir liefern ihm einen Kampf, den noch unsere Enkel und Urenkel in Liedern besingen werden, selbst wenn wir ihn nicht gewinnen können.«

»Vielleicht können wir das Kriegsglück ja auch zu unseren Gunsten wenden«, warf Kampfmeister Morlan zögerlich ein. »Die Diebin hat Wilgon bis zum Lager des feindlichen Heers geführt, ohne dass sie entdeckt wurden. Wenn wir mit einem Teil unseres Heers unbemerkt bis dorthin kämen und einen Überraschungsangriff durchführen würden ...«

Er brach ab, als Skari schallend zu lachen begann, doch nicht sie antwortete auf den Vorschlag des Kriegsmeisters, sondern Torek.

»Absoluter Unsinn!«, blaffte er. »Es ist etwas völlig anderes, einen einzelnen Zwerg als Späher durch die feindlichen Linien zu schmuggeln als ein ganzes Heer. Mehrere Tausend Zwerge in voller Rüstung – man würde uns schon Meilen entfernt hören.«

»Es gibt noch eine andere Möglichkeit, deren Erfolgsaussichten Ihr jedoch besser einschätzen könnt als ich«, behauptete Skari. »Was ist mit den anderen Eures Volkes? Erak-Nor ist nicht die einzige Zwergenmine. Es gibt andere, die nicht allzu weit entfernt in friedlicheren Gegenden liegen. Wenn sie Krieger zur Unterstützung schicken, wird es sich Herzog Lethrides dreimal überlegen, ob er eine offene Schlacht riskiert.«

Torek Eisenfaust spielte nachdenklich mit seinem Bart, wickelte sich die Spitze um den Finger und zwirbelte daran herum. »Auch ich habe schon daran gedacht«, erklärte er. »Aber da es wegen der Blockade unmöglich schien, sie überhaupt nur zu benachrichtigen, habe ich den Gedanken nicht weiter verfolgt.«

»Die Blockade stellt für mich kein Problem dar, wie Ihr mittlerweile wisst. Die nächstgelegene Zwergenmine ist Khron-Adur. Mit einem schnellen Pferd könnte ich sie in weniger als einer Woche erreichen.«

»Hast du ein schnelles Pferd?«

»Ich nicht, aber die Männer des Herzogs.« Skari zuckte mit den Schultern. »Läuft auf das Gleiche hinaus.«

Torek lächelte flüchtig, schüttelte dann aber den Kopf. »Ich bin sicher, dass du Khron-Adur erreichen würdest, aber ich bin auch sicher, dass es nichts nutzen würde. Alle anderen Minen im Umkreis haben mit ähnlichen Problemen wie wir zu kämpfen, wenn auch nicht so extrem. Sie würden keine Hilfe schicken.«

»Erak-Nor ist die älteste aller Zwergenminen. König Martuk Ogertod selbst hat sie einst gegründet, und Ihr stammt direkt von seinem Blut ab«, eiferte sich Gildor. »Das bedeutet, dass Ihr rein formal noch immer König *aller* Zwerge seid. Ihr könntet es ihnen befehlen.«

»Ich bin nur der Schatten einer glorreicheren Vergangenheit.« Torek griff nach dem Becher mit dem Met und stürzte ihn in einem Zug hinunter. Seine Stimme klang schwer, als bereitete es ihm große Mühe, die Worte auszusprechen. »Martuk Ogertod war ein großer König, vermutlich der größte, den unser Volk je hervorgebracht hat. Aber nach dem Krieg hat er einige Entscheidungen treffen müssen, die nicht jedem gefallen haben. Sicher, er hat Erak-Nor gegründet, und es ist die bis heute wohl reichste Zwergenmine geworden. Aber er wusste, dass nicht unser ganzes Volk hier Platz finden konnte. Um auf Dauer zu überleben, musste es sich ähnlich wie die Menschen ausbreiten. Aus diesem Grund hat er nur wenige Tausend Zwerge in Erak-Nor aufgenommen und die anderen fortgeschickt, um an anderen Orten eigene Minen zu gründen. Nicht alle haben dabei eine glückliche Hand bewiesen. Während Erak-Nor dank der reichen Gold- und Edelsteinvorkommen in der Tiefe wuchs und gedieh, wurden in anderen Minen nur geringe Vorkommen gefunden, und so manche musste sogar wieder aufgegeben werden. Der Neid auf das reiche Erak-Nor wuchs und dauert bis heute an. Den Zusammenhalt, den unser Volk einst auszeichnete, den gibt es schon lange nicht mehr.« Er schüttelte den Kopf. »Sie werden keine Hilfe schicken.« Torek füllte seinen Becher erneut und trank ihn wieder in einem Zug leer, dann knallte er ihn auf die Tischplatte.

Betroffenes Schweigen folgte seinen Worten. Es war eine für

ihn ungewöhnlich lange Rede gewesen, und was er gesagt hatte, schockierte Gildor. Er war mit Stolz auf seine Abstammung aufgewachsen, und er hatte nie Zweifel daran gehabt, dass auch alle anderen Zwerge mit ebensolchem Respekt zu Torek Eisenfaust aufblickten, wie es die Bewohner Erak-Nors taten. Dass Neid und Missgunst dieses Verhältnis trüben könnten, war ihm nie in den Sinn gekommen.

»Trotzdem werden sie unsere Bitte nicht einfach ablehnen«, behauptete er, aber es klang hilflos. »Sollte ausgerechnet Erak-Nor fallen, sendet das ein verheerendes Signal. Sie müssten befürchten, dass auch sie von den Menschen in ihren Ländern angegriffen würden. Schlagen wir jedoch den Herzog mit vereinten Kräften zurück, würde es so schnell niemand mehr wagen, eine Zwergenmine anzugreifen.«

»Ja, es läge in ihrem eigenen Interesse, uns zu helfen, selbst wenn manch einer bei dem Gedanken an den Fall Erak-Nors vielleicht Häme empfinden mag«, ergänzte Orluk Weißbart. »Wenn sie es von selbst nicht erkennen, dann sollten wir versuchen, sie zu überzeugen. Dafür wird es allerdings nicht reichen, nur sie zu ihnen zu schicken.« Er deutete auf Skari. »Da Ihr selbst hier unabkömmlich seid, sollte jemand aus Eurer Familie mit ihnen verhandeln, Majestät. Nur so könnt Ihr ihnen den nötigen Respekt erweisen.«

Er vermied es, zu Gildor zu blicken, aber es war auch so jedem klar, wen er meinte. Der König hatte nur einen Sohn und keine anderen direkten Blutsverwandten.

»Dann werde ich mich dieser Aufgabe stellen«, erklärte Gildor, »und diesmal werdet Ihr mich nicht davon abhalten können, Vater, da unser aller Wohl davon abhängt!«

Torek musterte ihn einige Sekunden lang, dann deutete er ein Nicken an. »Ihr habt alle recht. Wir müssen es wenigstens versuchen, auch wenn ich die Chancen nach wie vor für gering halte.«

»He, Moment mal!« Skari stand auf, beugte sich vor und stützte sich mit den Fäusten auf den Tisch. »Dürfte ich in der Angelegenheit vielleicht auch noch ein Wörtchen mitreden? Allein schaffe ich es durch die Blockade und kann eine geschriebene Botschaft überbringen. Aber zusammen mit Gildor und womöglich noch einer Eskorte für ihn ist es unmöglich. Ich kann keinen Zwergentrupp unbemerkt bis zur Grenze durch halb Waloria führen. Ihr seid nun mal leicht zu erkennen, da nutzt die beste Verkleidung nichts.«

»Und wenn wir durch die unwegsamen Wälder im Süden des Mycäischen Gebirges ziehen?«, fragte Gildor. »Dort lebt niemand außer ein paar Fallenstellern und Waldläufern. Sie würden uns nicht behelligen, wissen vermutlich nicht einmal, was hier los ist. Der Herzog wiederum würde uns dort nicht vermuten und deshalb auch nicht nach uns suchen. Die Spitze des Gebirgszuges reicht bis fast an die Grenze zu Lagon heran.«

Skari ließ sich auf ihren Stuhl zurücksinken und überlegte kurz. »Dort ginge es, auch wenn die Reise dadurch mindestens dreimal so lange dauern würde, als wenn ich allein reite«, sagte sie nachdenklich, schüttelte aber gleich darauf den Kopf. »Allerdings müssten wir erst einmal viele Meilen unentdeckt am Fuß der Berge entlangziehen, um einen Pass zu erreichen und das Gebirge zu überqueren, und das wäre ebenfalls unmöglich.«

»Einen Pass«, wiederholte Gildor. »Und wenn es einen anderen Weg gäbe? Einen, der ...«

»Es reicht!«, donnerte Torek und schlug mit seiner Eisenfaust auf den Tisch. »Auch wenn sie auf unserer Seite steht, müssen wir ihr nicht gleich alle unsere Geheimnisse verraten!«

»In diesem Fall schon, Vater«, gab Gildor nicht minder scharf zurück, »da vermutlich unser aller Überleben davon abhängt!« Seine Augen schienen zu glühen. In diesem Moment wirkte er majestätischer und entschlossener als der König selbst.

Einen Moment lang schien es, als wolle Torek ihn in die Schranken weisen, doch dann ließ er sich resignierend zurücksinken.

»Es gibt einen anderen Weg«, fuhr Gildor fort. »Einen geheimen Stollen, den wir schon vor Jahrhunderten angelegt haben. Er führt bis zur anderen Seite.«

»Ein Stollen durch das gesamte Gebirge?«, fragte Skari ungläubig. »Aber das sind fast fünfzig Meilen!«

»Wir sind Zwerge«, erinnerte Gildor sie stolz. »Miss uns nicht nach menschlichen Maßstäben. Wenn es um Stein geht, vermögen wir manches, wovon ihr Menschen nicht einmal zu träumen wagt. Die Existenz des Stollens ist geheim, vor allem der Herzog weiß nichts davon. Auch ist der Ausgang so gut verborgen, dass niemand ihn finden kann.«

»Ich war noch nicht auf der anderen Seite der Mycäischen Berge«, gab Skari zu. »Aber wenn es diesen Stollen bis dorthin gibt, könnt ihr dann nicht auf diesem Weg Vorräte herbeischaffen?«

»Nicht für so viele hungrige Mäuler«, erwiderte Orluk. »Dort erstrecken sich riesige Wälder. Es würde Tage, eher sogar Wochen dauern, die Wälder zu durchqueren und wieder bewohntes Gebiet zu erreichen. Und es führen keine Straßen hindurch, auf denen wir mit Karren fahren könnten. Aber wir bräuchten ganze Wagenzüge voll.«

»Hingegen ist das Gelände ideal, um unbemerkt bis nach Lagon zu gelangen«, ergriff Gildor wieder das Wort, »und dann an den Weißbergen vorbei weiter nach Khron-Adur.«

Doch Torek schüttelte nur müde den Kopf. »Selbst wenn es dir gelingt, Khron-Adur zu erreichen und König Gwarun davon zu überzeugen, uns zu Hilfe zu eilen, so würde der Herzog frühzeitig von einem sich nähernden Zwergenheer erfahren und es abfangen. Es würde gar nicht erst bis in unsere Nähe kommen.«

»Nicht, wenn wir zur richtigen Zeit einen Ausfall wagen und seine Truppen hier beschäftigt halten«, wandte Kampfmeister Morlan ein. »Auch der Herzog ist nicht stark genug, an zwei Fronten gleichzeitig zu kämpfen. Sollte er seine Armee aufteilen, so liefe er Gefahr, beide Kämpfe zu verlieren. Stattdessen wird er uns mit allem, was er hat, angreifen, um unser Heer zu zerschmettern und Erak-Nor zu erobern, ehe die Verstärkung eintrifft. Alles, was wir tun müssen, ist einige Tage lang standhalten, egal, wie groß die Übermacht der Menschen sein mag.«

»Es würde ein grauenvolles Massaker geben«, murmelte König Torek düster.

»Jeder unserer Krieger würde, ohne zu zögern, sein Leben opfern, um Erak-Nor zu retten«, behauptete Gildor. »Die Frage ist, was seid *Ihr* bereit, dafür zu tun, Vater? Seid Ihr bereit, mit aller Kraft an ihrer Spitze zu kämpfen, oder wollt Ihr nur abwarten und den Menschen unsere Heimat kampflos überlassen?«

Torek sprang mit vor Wut verzerrtem Gesicht auf. »Was erlaubst du dir, so mit mir zu sprechen?« brüllte er. »Noch bin ich König von Erak-Nor! Ich lasse dich in Ketten legen und ...«

Er verstummte, dann begann er plötzlich dröhnend zu lachen und ließ sich auf seinen Stuhl zurücksinken.

»Bei Guramon, gut gemacht, Junge!«, stieß er noch immer lachend hervor und schnappte nach Luft. »Das habe ich wohl verdient. Und vor allem habe ich es gebraucht, um zu spüren, dass noch Zorn und Feuer in mir brennen.«

»Es tut gut zu sehen, dass Ihr Euch nicht von der Verzweiflung überwältigen lasst, Vater«, sagte Gildor. »Es wird mir gelingen, bei den Königen der anderen Zwergenminen auch ein solches Feuer zu entfachen, und ich werde sie nicht eher wieder verlassen, bis sie uns Hilfe zugesagt haben. Herzog Lethrides wird sich wundern, wie wehrhaft unser Volk sein kann!«

10

Wenn dies der Tod war, dann war er nicht in Almons Himmelreich aufgestiegen, in dem Glück und ewiger Sonnenschein herrschten. Dies konnte höchstens die Unterwelt mit ihren immerwährenden Qualen und Schrecken sein.

Das war Abalors erster Gedanke im Moment seines Erwachens.

Dann erst, mit Verzögerung von ein paar Sekunden, begriff er, dass er nicht tot war, obwohl das eigentlich unmöglich schien. Aber der höchst irdische Schmerz, den er verspürte, überzeugte ihn, dass er noch am Leben war. Er war nur bewusstlos gewesen, und das offenbar nicht einmal besonders lange.

Um ihn herum erklang das Stöhnen und Schreien von Verwundeten, aber auch die rauen Stimmen der Orks waren zu hören.

»Treibt die zusammen, die noch auf ihren Füßen stehen können!«, rief einer von ihnen gerade. »Wir nehmen sie mit, um uns mit ihnen zu vergnügen. Tötet alle anderen!«

Abalor öffnete vorsichtig ein Auge. Es war verklebt, und er sah alles wie durch einen roten Schleier. Er erinnerte sich, dass eines der Ungeheuer ihn am Kopf erwischt hatte. Doch offenbar hatte es ihn nur mit der flachen Seite der Klinge getroffen und ihm lediglich eine blutende Platzwunde zugefügt. Noch immer rann ihm das Blut übers Gesicht.

Und noch etwas wurde ihm bewusst. Er lag auf weichem Untergrund, war nicht auf das Pflaster des Innenhofes gestürzt, sondern auf einem mit Heu gefüllten Wagen gelandet.

Die hässliche Fratze eines Orks erschien über der hölzernen Seitenwand des Karrens. Rasch schloss Abalor das Auge bis auf einen winzigen Spalt und war sich sicher, dass sein Ende nun doch gekommen war.

Aber der Tod verschmähte ihn auch diesmal. Der Ork warf nur einen flüchtigen Blick auf sein blutüberströmtes Gesicht und entfernt sich dann wieder.

Von Erleichterung übermannt, blieb Abalor weiterhin reglos liegen. Um ihn herum verstummten allmählich die Laute der Verwundeten, als sie einer nach dem anderen abgeschlachtet wurden.

»Wir rücken ab!«, erklang wieder die Stimme des ersten Orks. Abalor vermutete, dass es sich um Bhor-Uhl handelte. »Unsere Krieger kehren auch aus dem Dorf bereits zurück.«

Abalor hörte das Trampeln von Stiefeln, dann kehrte Ruhe ein. Trotzdem blieb er noch reglos liegen, bis die Stimmen der Ungeheuer vollends in der Ferne verklungen waren. Dann erst richtete er sich vorsichtig auf.

Der Anblick, der sich ihm bot, übertraf seine schlimmsten Befürchtungen. Überall auf dem Hof und auf den Wehrgängen lagen die Leichen von Menschen, die meisten entsetzlich zugerichtet. Der Boden war glitschig vom Blut, wie er feststellte, als er vom Wagen stieg und fast ausrutschte.

Auch in Abalor selbst war etwas abgestorben. Denn es gab nur eine gewisse Menge an Grauen, die man ertragen konnte.

Wie in Trance stieg er über die Leichen hinweg auf einen der Wehrgänge hinauf. Das Heer der Ungeheuer hatte sich bereits ein gutes Stück entfernt und tauchte zwischen den Hügeln im Süden unter, aus denen es gekommen war.

Als er sich umdrehte und in die entgegengesetzte Richtung

blickte, sah er, dass das Dorf lichterloh brannte. Er nahm an, dass auch dort niemand mehr am Leben war, so wenig wie in Ahrenstein. Dennoch begann er, die gesamte Festung zu durchsuchen. Vielleicht hatten die Orks irgendjemanden übersehen, oder jemand hatte sich wie er selbst erfolgreich tot stellen können ...

Doch seine Hoffnung erfüllte sich nicht. Niemand außer ihm hatte das Gemetzel überlebt. Auch Hatoron fand er unter den Toten auf dem Hof.

Noch immer wie in Trance verließ Abalor die Festung. Schon zuvor, als er von dem Wehrgang hinuntergeblickt hatte, hatte er das Gefühl gehabt, dass etwas nicht stimmte, aber erst jetzt wurde ihm bewusst, was es war.

Außerhalb der Festung lagen nur wenige Leichen, und es waren ausschließlich Krieger der schweren Reiterei, die die Orks aus dem Sattel hatten reißen können. Die zahlreichen Leichen der Ungeheuer waren verschwunden. Die Orks mussten sie mitgenommen haben, um keinerlei Spuren zu hinterlassen.

Aber ihr Plan würde nicht aufgehen. Sie hatten einen Fehler begangen und einen Augenzeugen übersehen. Allein an ihm lag es nun, Zeugnis davon abzulegen, was hier geschehen war.

Abalor überlegte, ob es Sinn hatte, zum Dorf zu gehen. Inzwischen loderte nur noch an wenigen Stellen Feuer zwischen den ausgebrannten Ruinen. Nein, entschied er, niemand konnte dieses Inferno überlebt haben.

Einige herrenlose Pferde der Reiterei grasten nicht weit entfernt, als wäre nichts geschehen. Die Orks hatten sich nicht die Mühe gemacht, sie einzufangen. Eines von ihnen hob den Kopf, als er sich näherte, und trottete langsam auf ihn zu. Froh, einen seiner Herren gefunden zu haben, rieb es seinen Kopf an ihm.

Abalor tätschelte es kurz, dann schwang er sich in den Sattel. Er war kein allzu guter Reiter, aber es würde schon gehen.

Denn alle mussten erfahren, was hier geschehen war. Die Menschen mussten vor der Gefahr gewarnt werden.

11

»Unglaublich«, hauchte Barun mit fast versagender Stimme. Der Anblick raubte ihm schier den Atem. »Das ist ... überwältigend.«

Die Höhle war gigantisch, eine Halle, die sicherlich Hunderte von Metern durchmaß. Neben vielen kleineren Stalagmiten – die teilweise immerhin auch eine Höhe von mehreren Metern erreichten und von beachtlichem Umfang waren – ragten gut zwei Dutzend riesige Exemplare auf, die sich mit den von oben herabwachsenden Stalagtiten zu wahrhaft titanischen Säulen verbunden hatten und die gewölbte Decke stützten. Überall waren die Spuren zwergischer Handwerkskunst zu bewundern. So waren die Säulen mit unzähligen Reliefs und Stuckarbeiten versehen. Die niedrigeren Stalagmiten und sonstige Felsen waren bearbeitet und in Statuen oder andere Kunstwerke verwandelt worden. Es gab Straßen und Plätze, deren Belag aus farbenfrohen Mosaiken bestand. Auf einigen von ihnen befanden sich sogar Brunnen mit komplizierten Wasserspielen, die vermutlich mit Dampf betrieben wurden.

Dazwischen erhoben sich zahlreiche Gebäude, jedes davon ebenfalls ein Kunstwerk mit prachtvollen Fassaden voller Stuck, Reliefs, Erkern und vorragenden Fresken. Das wohl größte und am aufwendigsten verzierte war der Königspalast, auf dessen Dach Urtan ihn geführt hatte. Egarion hingegen hatte sich bereits von ihnen verabschiedet, weil ihn noch andere Aufgaben erwarteten.

Doch Arkhazan war noch weitaus größer, als Barun von hier aus sehen konnte. Das wurde ihm klar, als er entdeckte, dass in die Wände der Höhle auf zahlreichen durch Treppen miteinander verbundenen Etagen bogenförmige Türen eingearbeitet waren, hinter denen vermutlich weitere Wohnhöhlen lagen. Außerdem gab es abzweigende Stollen, die zu anderen Bereichen der Stadt führten.

Alles wurde von hoch aufragenden Laternen in den Straßen in ein Lichtermeer verwandelt.

Arkhazan, was in der ursprünglichen von den Ogern verbotenen aber dennoch nie ausgestorbenen Zwergensprache *Zuflucht* bedeutete, war eine Zwergenstadt, die diesen Namen wahrlich verdiente. Es war ein uralter Traum seines Volkes, einst solche Heimstätten zu errichten, aber in den nur hügeligen Reservaten, die ihre Unterdrücker ihnen zugewiesen hatten, war daran nicht zu denken gewesen.

Hier jedoch war dieser Traum Wirklichkeit geworden, und Barun hatte nie etwas Erhabeneres und Schöneres erblickt. Und all dies war errichtet worden, während er in der magischen Zeitverwerfung gefangen gewesen war. Erst jetzt wurde ihm vollends bewusst, was es bedeutete, dass er in quasi einem einzigen Moment ein volles Jahrtausend übersprungen hatte, in der sich die Welt außerhalb seines Zeitkerkers weitergedreht hatte.

Er wusste nicht, wie lange er nur dastand und auf die Stadt hinabblickte. Urtan ließ ihm viel Zeit, alles in sich aufzunehmen, doch schließlich räusperte er sich.

»Wir sollten hinuntergehen, damit du dir alles aus der Nähe ansehen kannst. Es gibt noch weitaus mehr, was ich dir zeigen möchte.«

Barun nickte nur stumm. Sie stiegen mehrere Treppen hinunter und verließen den Palast. Andere Zwerge begegneten ihnen. Sie verneigten sich vor dem König und einige sogar vor ihm. Darüber hinaus musterten sie ihn mit unverhohlener Neugier. Die Nachricht von seiner Ankunft hatte sich offenbar bereits in der ganzen Stadt verbreitet. Es war seltsam, von so vielen angestarrt zu werden, ohne auch nur einen von ihnen zu kennen. Er war ein Fremder in einem fremden Land.

Barun bemühte sich, die Blicke möglichst zu ignorieren. Es gab so viel zu entdecken, dass er am liebsten nach jedem Schritt stehen geblieben wäre, um wieder irgendein Detail zu bestaunen. Die Häuser und Straßen waren nicht nur mit größter Kunstfertigkeit gebaut worden, sondern wurden auch penibel instand gehalten. Nirgendwo war auch nur die geringste Spur von Verfall zu entdecken.

»Viele der Gebäude hier sind öffentlich«, erklärte Urtan. »Dort drüben, das ist beispielsweise unsere Bibliothek. Dort werden Chroniken und andere Schriften aufbewahrt, in denen die Geschichte Arkhazans von der Gründung bis heute verzeichnet ist. Als ich herkam, habe ich dort viele Wochen zugebracht, um Lesen zu lernen und mich über alles zu informieren. Ein König sollte lesen können.«

»Dann bleibt mir das erspart«, entgegnete Barun, »denn ich sagte ja schon, dass ich kein Interesse habe, den Thron zu besteigen. Ich bin Krieger, kein Regent. Mir genügt das Amt des Heerführers, das König Martuk mir verliehen hat, um einen endgültigen Sieg über Duul'Athun und seine Trolle zu erringen. Das sehe ich weiterhin als meinen Auftrag an.«

Urtan lächelte nachsichtig. »Seit damals hat sich viel verändert. Die Weißberge sind so riesig, dass wir und selbst die Gnome nur einen kleinen Teil davon kennen. Es ist nahezu unmöglich, einen Gegner aufzuspüren, der nicht aufgespürt werden will. Das war stets die Stärke der Trolle. Wir konnten nicht gegen sie kämpfen, weil sie sich nicht zum Kampf stellen, sondern stets nur in kleinen Gruppen aus dem Hinterhalt angreifen. Komm, ich werde dir etwas zeigen, das dich bestimmt interessiert.«

Sie verließen die Höhle durch einen breiten Stollen und erreichten kurz darauf eine weitaus kleinere. Das Klirren von Stahl schallte ihnen entgegen. Etwa zweihundert noch junge Zwerge hielten sich hier auf und waren unter der Aufsicht älterer Ausbilder mit Waffenübungen beschäftigt.

Barun blieb stehen und beobachtete sie. So beeindruckend die Wunder Arkhazans auch sein mochten, dies war etwas, zu dem er einen persönlichen Bezug hatte.

Der laute Ruf eines Ausbilders unterbrach das Training, und er kam auf sie zu. Es war ein Zwerg, der zwar einen prächtigen rötlichen Bart, aber kein Haupthaar mehr hatte. Eine Narbe zog sich über seinen kahlen Schädel von der Stirn bis zum Nacken, und er trug eine Augenklappe über dem linken Auge.

»Majestät, es ist eine Ehre, Euch hier zu begrüßen«, sagte er und verbeugte sich vor dem König, dann aber auch vor Barun. »Das gilt auch für Euch, Barun Schädelspalter.«

»Das ist Dorgan, oberster Waffenmeister von Arkhazan«, stellte Urtan vor. »Die Narbe trug er davon, als seine Patrouille von den Trollen überfallen wurde. Seither ist er für die Ausbildung unserer jungen Krieger verantwortlich.«

»Und das macht er sehr gut, soweit ich es auf den ersten Blick beurteilen konnte«, lobte Barun.

»Genau wie ich ist jeder dieser Frischlinge mit Geschichten über Eure Heldentaten aufgewachsen«, erklärte Dorgan. »Es wäre jedem von ihnen eine Ehre, in einem Trainingskampf gegen Euch zu zeigen, was er gelernt hat. Wenn Ihr es wünscht, werde ich meinen besten Schüler auswählen, damit er gegen Euch antritt.«

Heldentaten, hallte es in Baruns Kopf wider. Das also war aus ihm geworden, eine verklärte Heldenlegende. Die Hälfte seiner angeblichen Taten war wahrscheinlich im Laufe der Jahrhunderte dazuerfunden worden.

»Nicht jetzt. Ich bin im Moment nicht in der Verfassung für einen Kampf«, antwortete er und schnitt eine Grimasse. »Die Heiler haben mir Schonung verordnet. Außerdem war es nur eine glückliche Fügung, dass ich den Magier töten konnte. Er war durch seine Beschwörung abgelenkt, und mein Angriff traf ihn unvorbereitet.«

»Du solltest deine Leistungen nicht selbst schmälern, tadelte Urtan. »Ich sage es nicht gern, aber unsere Stellungen drohten überrannt zu werden, und mit großer Wahrscheinlichkeit hätten wir die Schlacht verloren.«

»Vielleicht ergibt sich später die Gelegenheit zu einem Trainingskampf«, sagte Barun begütigend zu Dorgan. »Dies alles ist neu für mich, und ich möchte mir erst einmal einen allgemeinen Überblick verschaffen.«

Sie verabschiedeten sich von Dorgan, und Urtan führte den ehemaligen und vielleicht auch neuen Heerführer der Zwerge weiter durch ein wahres Labyrinth von Stollen.

»Du hast mich vorhin gefragt, woher dein Essen stammt«, sagte Urtan nach einer Weile. »In diesem Bereich hier lagern wir unsere Vorräte. Hinter dieser Tür dort befindet sich einer unserer Getreidespeicher. Und ein Stück weiter durch diesen Stollen schlachten wir und pökeln oder dörren das Fleisch, das wir nicht frisch verzehren.«

»Aber ... woher kommt es? Du hast gesagt, es gebe keinen Weg aus dem Berg hinaus. Wie ...«

»Sieh selbst«, forderte ihn König Urtan auf und öffnete ein großes Portal. Grelles Sonnenlicht flutete ihnen entgegen. Geblendet kniff Barun die Augen zusammen. »Anders als wir zunächst geglaubt haben, sind die Weißberge kein Gebirgsmassiv, sondern ein Gebirgszug. Ein Gebirgszug, der dieses Tal umschließt.«

Barun schirmte die Augen mit der Hand ab und blinzelte vorsichtig. Es dauerte eine Weile, bis sich seine Augen an die Helligkeit gewöhnten und sich aus den verschwommenen Schemen ein Bild herausschälte.

Er stieß scharf die Luft aus und griff unwillkürlich nach seinem Bart, als müsste er sich daran festhalten. War schon die Pracht Arkhazans überwältigend, so war es dieser Anblick in ebensolchem Maße.

Vor ihm erstreckte sich ein gigantisches, fruchtbares Tal, das ringsum von himmelhoch aufragenden Bergen mit Steilhängen und schneebedeckten Gipfeln umgeben war.

Obwohl einige schon abgeerntet waren, gab es noch zahlreiche riesige Getreidefelder, deren goldene Ähren sich in einer sanften Brise wiegten, nicht minder große Weiden, auf denen ganze Viehherden grasten, sowie einen Wald von erheblicher Größe. Barun erblickte Elben und Gnome, die auf den Feldern arbeiteten, sowie einige schwer bewaffnete Zwergenpatrouillen, die das Gebiet sicherten.

Etwa durch die Hälfte des Tals zog sich eine Mauer mit wuchtigen Wachtürmen, auf deren Wehrgängen Zwergenkrieger patrouillierten.

»Hier bauten die Gnome schon vor tausend Jahren ihre Nahrung an«, drang Urtans Stimme wie aus weiter Ferne in sein Bewusstsein. »Sie waren zunächst nicht begeistert, uns auf Dauer als neue Nachbarn zu haben, aber da es nun mal keinen Weg aus dem Gebirge hinaus gibt, haben wir uns mit ihnen arrangiert. Nun sind unsere Völker schon seit langer Zeit freundschaftlich miteinander verbunden. Da wir kein gutes Händchen dafür haben, bestellen sie die Felder und hüten das Vieh, während wir sie vor den Trollen schützen.«

»Unglaublich«, stieß Barun hervor. »Wie viele Wunder erwarten mich noch?«

»Morgen werden wir in die Minen hinabsteigen, wenn du es

wünschst, aber dies hier ist unser Lebensnerv. Wären die Weißberge wirklich ein Gebirgsmassiv, wie wir damals annahmen,
hätte keiner von uns lange überlebt. Auch so war das erste Jahr
hart, wie in den Chroniken verzeichnet ist. Obwohl die Gnome
große Mengen Vorräte für schlechte Zeiten angelegt hatten,
musste unser Volk hungern. Aber sie legten viele neue Felder an
und züchteten mehr Vieh, sodass sich die Lage bereits ab dem
zweiten Jahr besserte.«

»Und was liegt jenseits der Mauer?«, fragte Barun, obwohl
er die Antwort ahnte.

»Wir haben diesen Bereich den Trollen überlassen, da wir
ihn nicht brauchen. Auch dort gibt es Vieh, das sie jagen können. So konnten wir ihre Angriffe auf unser Gebiet, die sie anfangs ständig verübten, erheblich verringern. Offenbar ist es
uns während der großen Schlacht tatsächlich gelungen, alle
Oger zu töten. Die Trolle sind zwar ein starkes und aggressives Volk, aber ohne Führung ging es ihnen nicht mehr um eine
Fortsetzung des Krieges, sondern nur ums Überleben. Sie emp-
fanden lediglich unsere Patrouillen in den Stollen als Bedrohung. Ansonsten gab es eine lange, fast schon friedliche Phase
mit nur wenigen Kämpfen. Das änderte sich erst, als Duul'Athun wieder ihr Befehlshaber wurde. Er hasst uns nach wie vor
und schmiedet aus den Trollen wieder eine Armee, um uns zu
vernichten.«

Barun schüttelte den Kopf. Frieden mit Trollen, wann hatte man je etwas so Verrücktes gehört? Er erkannte, dass er zumindest in diesem Punkt mit Duul'Athun mehr gemein hatte
als mit seinem eigenen Volk. Aber vielleicht waren der Oger und
er einfach nur Relikte einer vergangenen Zeit.

Er wechselte das Thema. »Wenn die Ausgänge aus dem Gebirge magisch versiegelt sind, was ist dann mit den Bergen
selbst? Es muss doch Pässe geben, auf denen man sie überwinden kann.«

»Meinst du, wir hätten nicht danach gesucht? Aber selbst wenn es sie geben sollte, so sind die Felswände einfach zu steil, um sie zu erklettern. Wir haben Stufen in das Gestein geschlagen, aber es ist einfach zu bröckelig. Aus Holz haben wir Treppenaufgänge errichtet, aber die Berge sind Tausende Meter hoch, und es ist unmöglich, so gewaltige Treppen zu bauen. Glaub mir, wir haben im Laufe der Jahrhunderte alles versucht, um die Berge zu überwinden, aber es war vergebens.«

»Und die normalen Wege aus den Bergen hinaus? Wir kennen zumindest zwei, aber es gibt sicherlich noch mehr.«

»Die Gnome haben uns zu anderen Ausgängen geführt, und wir sind sogar tief in Bereiche vorgedrungen, die selbst ihnen unbekannt waren. Aber es war überall das Gleiche. Durch die magische Explosion scheinen große Teile der äußeren Berghänge ins Rutschen geraten zu sein und alles verschüttet zu haben.«

»Aber das allein kann ja nicht das Problem sein. Egarion sprach davon, dass die Berghänge magisch versiegelt worden seien.«

»Ja. Wenn ich ihn richtig verstanden habe, dann wurden die Kräfte des Magiers bei seinem Tod zwar explosionsartig freigesetzt und haben sich ausgedehnt, sich dann aber wieder zusammengezogen. Sie sind in die äußeren Berghänge eingedrungen und haben diese ebenfalls in der Zeit eingefroren. Es ist unmöglich, auch nur kleine Kiesel zu entfernen, so wenig wie es möglich ist, neue Ausgänge zu schaffen.« Urtan senkte den Blick. »Und vielleicht ist es sogar besser so«, fügte er leiser hinzu. »Wir wissen nicht, was uns dort draußen erwarten würde. Möglicherweise existiert die Schreckensherrschaft der Oger noch immer.«

Barun ließ den Blick noch einmal durchs Tal schweifen. Was sein Volk hier errichtet hatte, war trotz der Trolle eine Idylle. Eine Stadt, die ihresgleichen suchte. Und es gab Nahrung im Überfluss.

Dennoch war dies ein Gefängnis, selbst wenn die Gitterstäbe vergoldet waren. Doch mit seinen nächsten Worten würde er diese Gitter womöglich niederreißen.

»Du sagtest, ihr hättet nicht einmal kleine Kiesel aus dem Geröll vor den Ausgängen entfernen können«, sagte er bedächtig. »Aber bevor ich Duul'Athun in die Hände fiel, bin ich bis zu der Stelle vorgedrungen, an der uns Quorx damals in das Gebirge führte. Ich habe das Geröll gesehen und versucht, mich hindurchzuwühlen. Und ich habe Gesteinsbrocken herausreißen können. Was mich aufgehalten hat, waren nur die großen Felsen, die zu schwer waren, als dass ich sie allein hätte bewegen können.«

Urtan erstarrte für einen Moment, dann keuchte er auf und sah Barun mit großen Augen an. »Du meinst ...«

»Ich glaube, das magische Erbe des Magiers ist nun nicht nur in Burg Moron vollends vergangen, sondern überall. Der Weg aus den Bergen hinaus ist wieder frei!«

12

Herzog Lotho Lethrides hatte denkbar schlechte Laune. Er hatte am Vorabend zu viel süßen Wein getrunken, den er gewöhnlich gut vertrug. An diesem Morgen jedoch war er mit einem höllischen Kater und üblen Krämpfen im Bauch aufgewacht, die auch die Tränke seiner Heiler bislang nicht zu lindern vermochten. Zudem fühlte er sich schwach und hatte deshalb beschlossen, den Tag im Bett zu verbringen, obwohl er alles andere als wehleidig war. Im Gegenteil. So hart er zu seinen Untertanen war, so hart war er auch sich selbst gegenüber.

Das Letzte, wonach ihm derzeit der Sinn stand, war ein Treffen mit Urian-Ti-Ghol. Aber jemanden wie ihn konnte man nicht einfach wegschicken und an einem anderen Tag wiederkommen lassen.

Wie stets war der Unheimliche unangemeldet erschienen. Ohne von den Wachen oder sonst jemandem aufgehalten oder auch nur bemerkt zu werden, war er bis ins Allerheiligste des Palastes, in Lotho Lethrides' private Räumlichkeiten, vorgedrungen. Nicht einmal die Sperren, mit denen seine Magier den gesamten Bau gegen Eindringlinge gesichert hatten, stellten ein Hindernis für ihn dar.

Nun wartete er vermutlich in Lethrides' Bibliothek auf ihn, wie sein Ruf vermuten ließ. Es war ein magischer Ruf, der bis in den Schlaf des Herzogs vorgedrungen war und ihn geweckt hatte.

Während er sich von zwei Dienerinnen beim Anziehen helfen ließ, warf Lethrides einen sehnsüchtigen Blick zu seinem Bett. Nur zu gern hätte er sich wieder unter den Fellen verkrochen und weitergeschlafen, um den Schmerzen in seinem Kopf und seinem Magen auf diese Art zu entrinnen. Wenigstens die Schlafmittel seiner Heiler wirkten.

Aber auf so etwas nahm Urian-Ti-Ghol keine Rücksicht. Einmal, während Lethrides gerade mit einer außerordentlich hübschen und ebenso begabten Hure das Bett geteilt hatte, hatte er versucht, den Ruf zu ignorieren, aber das Locken war immer stärker geworden, bis er ihm nicht mehr hatte widerstehen können.

Als die Dienerinnen fertig waren, machte er ein paar vorsichtige Schritte. Er war ein hagerer, aber zäher Mann mit dunklem Haar und einer weit vorspringenden Hakennase, wegen der man ihm den Beinamen *Der Adler* verliehen hatte. Damit konnte er gut leben, bezeichnete sich manchmal sogar selbst so. Adler waren die majestätisch dahinschwebenden Könige der Lüfte, die blitzschnell herabstießen und ihre Beute schlugen. So sah er auch sich selbst gern.

Derzeit allerdings fühlte er sich kein bisschen majestätisch. Er schenkte sich einen Becher Wein ein und stürzte ihn in einem Zug hinunter. Sein Magen wand sich protestierend und reagierte mit einem neuerlichen Krampf. Lethrides krümmte sich und presste die Arme auf seinen Leib. Beinahe hätte er das Gesöff direkt wieder erbrochen, aber dann begann der Alkohol zu wirken und linderte zumindest den Kopfschmerz.

Die Dienerinnen eilten herbei, doch der Herzog scheuchte sie mit einer barschen Handbewegung zurück. Mit anfangs noch unsicheren, dann aber rasch fester werdenden Schritten verließ er das Schlafgemach.

Er fand Urian-Ti-Ghol wie erwartet in seiner privaten Bibliothek vor. Wie stets konnte Lethrides bei seinem Anblick ein Frösteln nicht unterdrücken. Der Fremde war ihm unheimlich. Obwohl sie bereits seit rund einem Jahr miteinander verkehrten, wusste er so gut wie nichts über ihn. Aber seine Informationen und Ratschläge hatten sich stets als nützlich erwiesen, und bei einem so wichtigen Verbündeten war Herzog Lethrides bereit, über manches hinwegzusehen.

»Ihr habt mich warten lassen«, sagte die Gestalt anstelle einer Begrüßung.

»Würdet Ihr Euer Kommen vorher ankündigen, könnte ich problemlos Zeit für Euch einräumen, anstatt dass ich alles stehen und liegen lassen muss, um zu Euch zu eilen«, gab der Adler scharf zurück. »Ich war unpässlich.«

»Ihr seht auch nicht gut aus. Ich werde Euch helfen.«

Der Unheimliche glitt auf ihn zu. Instinktiv wollte der Herzog zurückweichen, aber seine Beine gehorchten ihm nicht. Urian-Ti-Ghol streckte einen Arm aus und berührte ihn am Kopf. Erneut erschauderte der Herzog. Es fühlte sich an, als krabbelte eine Spinne über seine Kopfhaut, aber nur Sekunden später fühlte er sich deutlich besser.

»Ihr wurdet Opfer eines Giftes«, erklärte die Gestalt in der Kutte und trat zurück. »Ich habe es neutralisiert, aber es war weder tödlich noch für Euch persönlich bestimmt. Ich bin sicher, viele sind davon betroffen und lassen sich gegen hohen Lohn von ihren Schmerzen befreien.«

»Ein Gift? Aber wer ...«

»Liegt die Antwort nicht auf der Hand?«

»Lunaras Orden«, sagte Lethrides zähneknirschend. »Ich hege schon lange den Verdacht, dass die verdammten Hexen für manche der Plagen, Seuchen und Krankheiten verantwortlich sind, die die Stadt immer wieder heimsuchen. Aber es gab keine Beweise.«

»Dann solltet Ihr dem einen Riegel vorschieben. Es ist ohnehin unumgänglich, dass Ihr Schritte gegen den Orden einleitet, wenn Ihr wollt, dass unsere Treffen auch künftig geheim bleiben. Beim Durchqueren des Stadttors habe ich etwas gespürt ... Durch meine Ankunft wurde eine Art magischer Impuls ausgelöst und sicherlich irgendwo empfangen. Ich fürchte, der Orden hat durch irgendetwas Verdacht geschöpft. Wenn Ihr nicht wollt, dass er unsere Pläne bedroht, müsst Ihr gegen ihn vorgehen.«

Lethrides überlegte kurz. Sein Verhältnis zum Orden hatte sich ohnehin verschlechtert, seit er dem Tempel alle öffentlichen Zuwendungen gestrichen hatte, und er wollte es nicht auf die Spitze treiben.

»Der Orden der Mondgöttin ist ziemlich mächtig, und das weit über Waloria hinaus«, gab er zu bedenken. »Sein Einfluss erstreckt sich bis zum Kaiserhof. Und obwohl das Volk die Hexen nicht sonderlich liebt, fürchtet es Lunaras Zorn.«

»Wollt Ihr mir ernsthaft erzählen, dass ein mächtiger Herrscher wie Ihr sich außerstande sieht, gegen eine einzelne religiöse Splittergruppe vorzugehen?« In Urian-Ti-Ghols dumpfe Stimme hatte sich ein drohender Unterton geschlichen. »In dem Fall habe ich mich vielleicht in Euch getäuscht und sollte unser Bündnis noch einmal überdenken. Mir scheint, der Adler entpuppt sich als lahme Krähe.«

»Nein, nein, seid unbesorgt!«, sagte der Herzog rasch. Er spürte Zorn in sich aufsteigen, kämpfte aber dagegen an. Er konnte es sich nicht leisten, den Unheimlichen zu verärgern. »Ich werde mir etwas einfallen lassen.«

»Gut. Nachdem das geklärt ist, wenden wir uns dem eigentlichen Grund meines Besuchs zu. Wie weit sind Eure Vorbereitungen zur Eroberung Erak-Nors gediehen?«

»Die Blockade der Mine hat vor wenigen Tagen begonnen«, berichtete Herzog Lethrides stolz. Sein Zorn verflog, dies war für ihn vertrautes Terrain. »Die Zwerge sind von jeglichem Handel abgeschnitten, und den Berechnungen meiner Berater zufolge verfügen sie nur noch über geringe Vorräte. Zudem habe ich, wie von Euch vorgeschlagen, große Teile meines Heers im Umfeld der Mine zusammengezogen. Im Falle eines gewaltsamen Ausbruchs werden die Zwerge in eine Falle laufen. Auf freiem Feld sind sie meinen Truppen kaum gewachsen. Aber ich hoffe, dass es gar nicht erst dazu kommen wird, sondern Torek Eisenfaust sich meinen Forderungen beugt. Das verdanke ich allein Eurem Rat und Eurem Verhandlungsgeschick gegenüber König Legaron von Rungavien und Fürst Ongaven von Letrien.«

»Ich habe Legaron und Ongaven deutlich vor Augen geführt, dass es verhängnisvoll für sie wäre, wenn sie Eure Truppenkonzentration im Süden dazu nutzen würden, in den Norden Walorias einzufallen«, stimmte Urian-Ti-Ghol dem zu. »Sobald sich Erak-Nor und sein Reichtum in Eurer Hand befinden, werdet Ihr mächtiger denn je und Eure Rache würde fürchterlich sein. Die Narren ahnen nicht, dass ihre Tage ohnehin gezählt sind.«

Herzog Lethrides nickte. Die drei Fürstentümer im Westen Walorias waren vor gut zweihundert Jahren durch Erbstreitigkeiten aus dem einst mächtigen Reich Langorian hervorgegangen. Obwohl miteinander verwandt, hassten die Fürsten einander und hielten sich gegenseitig in Schach, was ihre Macht minderte. Vor fast einem Jahrhundert jedoch hatten sie sich in seltener Eintracht miteinander verbündet, um gemeinsam Waloria anzugreifen, was gezeigt hatte, dass man ihnen nicht trauen durfte. Seit Beginn seiner Herrschaft trachtete Lotho Lethrides daher bereits danach, diesen Unruheherd zu beseitigen.

»Die Bedrohung meiner Grenzen ist mir schon lange ein Dorn im Auge. Mit dem Gold der Zwerge werde ich die größte Armee aufstellen, die es in diesem Teil der Welt jemals gab«, prahlte er. »Rungavien und Letrien werden schon bald ein Teil des walorischen Reiches sein. Und danach … Wir werden sehen. Gibt es auch Neuigkeiten aus Lorton und Lagon?«

»Wie Ihr wisst, lehnt Fürst Oldwin von Lagon jegliche Verhandlungen ab und weigert sich seit unserem bislang einzigen Treffen, mich auch nur zu empfangen. Daran hat sich nichts geändert, aber Lagon braucht uns nicht weiter zu kümmern. Es wird in dem heraufziehenden Krieg hinweggefegt werden. Bessere Nachrichten kann ich hingegen aus Lorthon vermelden. Fürst Orman ist bereit, Euren Kriegszug gegen Erak-Nor mit eintausend Mann seiner Armee zu unterstützen, hauptsächlich gepanzerten Lanzenträgern. Aber er verlangt auch einen stolzen Preis dafür.

»Wie viel?«

»Einhunderttausend Sesterzen.«

»Einhunderttausend Sesterzen?«, ächzte der Herzog. »Selbst wenn ich so viel Geld zur Verfügung hätte, könnte ich dafür gut die drei- oder vierfache Zahl an Landsknechten und Söldnern anheuern.«

»Ihr seid ein Narr!«, stieß der sonst stets kalt und emotionslos wirkende Urian-Ti-Ghol in plötzlich aufwallendem Zorn hervor. »Wann lernt Ihr endlich, über den Rand Eures eigenen Tellers zu blicken? Was Orman Euch anbietet, sind hervorragend ausgebildete und bewaffnete Truppen, die einem zusammengewürfelten Haufen von Streunern weit überlegen sind.«

»Das ist zweifellos richtig, aber es ändert nichts daran, dass ich das Geld nicht habe. Die letzte Rekrutierungswelle hat die Staatskasse bedrohlich geleert, und ich kann die Steuern nicht noch mehr erhöhen, ohne die Wirtschaft des Reiches in den Ruin zu treiben und Aufstände zu riskieren.«

»Aber Ihr werdet das Geld nach der Eroberung Erak-Nors haben«, entgegnete Urian-Ti-Ghol. »Ich konnte mit Fürst Orman aushandeln, dass der Preis erst nach Abschluss des Kriegszugs zu zahlen ist, aber selbstverständlich geht er ein solches Risiko nicht ohne Hintergedanken ein. Seine wahren Ambitionen sind leicht zu durchschauen. Er will Erak-Nor für sich selbst. Ich habe ihm zusichern müssen, dass seine Truppen nur als Reserve dienen und nur im Notfall in den Kampf eingreifen. Nach dem Sieg gegen die Zwerge würdet Ihr – so plant er es – erkennen müssen, dass Ihr einen neuen Feind inmitten Eures stark geschwächten Heers habt.«

»Bei den Zitzen der sechsköpfigen Wölfin!«, fluchte Lethrides. »Dafür wird dieser Bastard bezahlen!«

»Natürlich, er wird bezahlen und nicht Ihr. Kehrt den Spieß um und zwingt seine Lanzenträger, an vorderster Front zu kämpfen. Sollen sie ruhig aufgerieben werden. Wenn Ihr Euch dann nach der Eroberung Erak-Nors auch gegen Orman wendet, um ihm seine Heimtücke heimzuzahlen, ist das lortonische Heer durch den Verlust der Lanzenträger bereits deutlich geschwächt.«

Der Herzog neigte den Kopf. »Und wieder einmal stehe ich tief in Eurer Schuld.« Seine gewöhnlich stechend blickenden Augen leuchteten angesichts der glorreichen Zukunft, die sein Besucher für ihn entworfen hatte. »Aber was, wenn es gar nicht erst zum Kampf kommt? Wenn die Zwerge auf meine Forderungen eingehen?«

»Das werden sie nicht. Sie werden ihre Mine niemals kampflos aufgeben«, behauptete Urian-Ti-Ghol. »Wohin sollten sie gehen?«

»Was weiß ich. Sollen sie bei irgendeinem anderen Zwergenvolk Unterschlupf finden. Hauptsache, sie verlassen Waloria.«

»Und wieder denkt Ihr nicht weit genug«, tadelte der Kuttenträger. »Wenn Ihr sie ziehen lasst, werden sie an nichts anderes als Rache und Rückeroberung denken. Sie werden Allianzen schmieden, sei es mit anderen Zwergen, sei es mit Menschen, und schon bald werden sie wieder vor Euren Toren stehen, stärker als je zuvor. Nein, ein Kampf ist unausweichlich. Sollten sie so dumm sein und Erak-Nor verlassen, dürft Ihr sie nicht ziehen lassen. Greift sie dennoch an. Auf freiem Feld werdet Ihr sie ohne Zweifel besiegen.«

Herzog Lethrides überlegte. Anfangs waren seine Ambitionen nur darauf ausgerichtet gewesen, die Zwerge zu Steuern, Zöllen und anderen Abgaben zu zwingen. Allein das hätte bereits ein Vermögen in seine Kassen gespült. Erst nach und nach war, nicht zuletzt durch Urian-Ti-Ghols Einflüsterungen, der Plan in ihm gereift, Erak-Nor gänzlich in seinen Besitz zu bringen. Doch hatte er gehofft, dies erreichen zu können, ohne eigene militärische Verluste erleiden zu müssen, indem er die Zwerge schlichtweg aushungerte.

Aber die Argumente des Schattenmanns waren von einer bestechenden Logik, der er sich nicht entziehen konnte. Wenn es ihm gelang, die Zwerge aus Erak-Nor zu vertreiben, würde er sie sich zu Todfeinden machen. Sie wären eine permanente Bedrohung für seine Herrschaft, dabei musste er für seine geplanten Eroberungen der Nachbarländer den Rücken frei haben.

»Ihr habt recht«, räumte er ein. »Es ist besser, diese Gefahr ein für alle Mal zu beseitigen. Das Schicksal des Zwergenvolkes von Erak-Nor ist besiegelt.«

13

Als Diebin war Skari es gewöhnt, durch schmale Schächte zu kriechen oder sich durch enge Öffnungen zu zwängen. Schon ihr Vater, bei dem sie nach dem frühen Tod ihrer Mutter in Merigan aufgewachsen war, hatte sich mit Gaunereien, Diebstählen und Einbrüchen durchgeschlagen. Seit sie alt genug gewesen war, hatte er sie überall dorthin geschickt, wo er wegen seiner Größe und kräftigen Statur nicht hingelangen konnte. Sie war durch winzige Fenster oder Abwasserkanäle gekrochen, und es hatte ihr nie etwas ausgemacht.

Der Weg durch den Zwergentunnel war jedoch auch für sie ein Albtraum. Rund zwei Tage lang waren sie durch die nur von etwas Leuchtmoos an der Decke und ihren mitgeführten Fackeln und Lampen erhellte Dunkelheit unterwegs, was allein nicht allzu schlimm gewesen wäre. Wirklich übel hingegen war die abgestandene, muffig riechende Luft, die stellenweise so schlecht war, dass Skari das Gefühl hatte, kaum noch atmen zu können.

Selbst die Fackeln brannten nur schwach und gaben wenig Licht. Allerdings flackerten die Flammen. Es musste also einen ganz leichten Luftzug geben, sonst wären sie vermutlich bereits erstickt.

Den Zwergen schien die schlechte Luft weniger auszumachen, aber für Skari wurde lange Zeit jeder Schritt zur Qual.

Dennoch hielt sie durch. König Torek hatte versprochen, ihr Gewicht in Gold aufzuwiegen, wenn es ihr gelang, seinen Sohn lebend ans Ziel und wieder zurückzubringen. Dafür war sie bereit, nahezu alles zu ertragen und vor dem Wiegen noch eine Mastkur draufzulegen.

Alle paar Stunden legten sie eine Rast ein, und Skari vermutete, dass das hauptsächlich ihretwegen geschah. Die Zwerge waren ungeheuer zäh und ausdauernd. Sogar wenn sie kaum noch genug Kraft hatte, um sich auf den Beinen zu halten, war ihnen keinerlei Zeichen von Schwäche anzumerken.

Irgendwann wurde die Luft ganz allmählich etwas besser. Der Stollen verbreiterte sich und mündete in eine große Höhle. Ganz schwach sickerte Tageslicht durch einige nicht sonderlich große Öffnungen in der Decke, und Skari konnte endlich wieder einigermaßen atmen.

»Wir haben es geschafft«, verkündete Gildor. »Dort vorn ist der Ausgang.«

Sie durchquerten die Höhle, die sich an ihrem Ende wieder verengte, und standen dann plötzlich vor einer massiven Wand. Skari blickte den Königssohn fragend an.

»Der Stollen stammt noch aus der Zeit, als wir Erak-Nor gerade erst besiedelt haben«, erklärte er. »Damals wussten wir noch nicht, ob die Oger und Trolle nicht eines Tages gestärkt zurückkehren würden. Deshalb haben wir für den Notfall einen Fluchtweg angelegt. Die Elben, die uns damals noch freundschaftlich verbunden waren, haben uns geholfen, das Tor zu errichten.«

Gildor zog einen unscheinbaren Schlüssel aus der Tasche, steckte ihn in ein kaum sichtbares Schloss und drehte ihn. Gut ein Dutzend silbern funkelnder Pünktchen leuchteten an der Wand auf.

»Man muss sie in der richtigen Reihenfolge berühren, sonst bleibt das Tor verschlossen«, erklärte der Sohn des Zwergenkönigs und tippte rasch hintereinander vier von ihnen an.

Die Wand teilte sich in zwei Flügel, die mit lautem Knirschen nach innen aufschwangen. Frische, nach Wald duftende Luft strömte herein.

Skari trat ins Freie und atmete so tief ein, dass ihr fast schwindlig wurde. Erst dann blickte sie sich um.

Im Gegensatz zur anderen Seite des Gebirges, wo es vorgelagerte Grate und Hügel gab und die Berghänge nur sanft anstiegen, ragten sie hier Dutzende Meter steil in die Höhe, und der Wald wuchs bis fast an den Fels heran.

Auf den ersten Blick erkannte Skari, dass es sich um einen sehr alten Wald handelte. Die Bäume waren hochgewachsen und knorrig, ihre Kronen hatten sich so miteinander verflochten, dass kaum Licht hindurchfiel. Entsprechend gab es, abgesehen von einigem dornigen Gestrüpp, auch kaum Unterholz, dafür aber eine Menge Totholz aus umgestürzten Bäumen und abgebrochenen, fast mannsdicken Ästen, das das Vorankommen erschweren würde. Dicke Bartflechten hingen von den Bäumen herab und bildeten stellenweise regelrechte Vorhänge.

Alles in allem war dies eine Umgebung, die für ihr Vorhaben wie geschaffen war. In diesen Wäldern konnten ganze Armeen spurlos untertauchen.

»Dieser Wald gefällt mir nicht«, brummte Gildor jedoch, während er das Tor hinter ihnen wieder schloss. »Hat er noch nie. Wenn der Wind in den Blättern raschelt, hört es sich fast an, als würden die Bäume miteinander reden.«

Diese Vorstellung brachte Skari zum Lächeln. Für sie hatte der Wald nichts Furchteinflößendes, sondern eher etwas Erhabenes. Viele dieser Bäume standen vermutlich schon seit Jahrhunderten oder gar Jahrtausenden hier. Natürlich war das Gebirge noch sehr viel älter, aber es bestand aus totem Gestein, während der Wald lebte.

Nach dem anstrengenden Marsch rasteten sie fast eine Stunde, um etwas zu trinken und zu essen. Plötzlich jedoch schreckte sie das Dröhnen eines Horns auf. Nur Sekunden später antworteten mehrere weiter entfernte Hörner.

»Was hat das zu bedeuten?«, fragte Skari alarmiert.

»Wohl nichts weiter«, sagte Gildor in einem Tonfall, der sie wohl beruhigen sollte, doch in seiner Stimme schwang auch Besorgnis mit, die er nicht gänzlich unterdrücken konnte. »In diesen Wäldern leben einige Jäger und Trapper. Gelegentlich kommen sie über den Pass nach Bergbach und verkaufen dort ihre Felle. Ansonsten schätzen sie die Einsamkeit und kümmern sich wenig um das, was in der Welt geschieht.«

»Trotzdem sollten wir aufbrechen«, drängte Skari. »Es wäre gefährlich, den Herzog zu unterschätzen. Selbst wenn er von dem Stollen nichts weiß, ist ihm zuzutrauen, dass er schon auf einen bloßen Verdacht hin einige seiner Schergen auf diese Seite des Gebirges geschickt hat. Wir müssen in Bewegung bleiben.«

Niemand erhob Einwände, und so setzten sie ihren Weg in östlicher Richtung am Fuß des Gebirges entlang fort. Ihr Trupp war größer, als Skari lieb gewesen wäre. Am liebsten wäre sie allein mit Gildor losgezogen. Ihre Hoffnung beruhte auf Unauffälligkeit und Schnelligkeit. Es war ihre besondere Begabung, sich den Blicken anderer zu entziehen und Fallen zu entgehen. Dabei eine einzelne Person mitzunehmen war etwas ganz anderes als eine ganze Gruppe.

Dennoch war dieser Vorschlag sofort abgelehnt worden. Daraufhin hatte sie eine Eskorte von höchstens einem halben Dutzend Kriegern verlangt, doch Torek hatte auf mindestens der doppelten Menge bestanden. Dabei war es dann geblieben.

Immerhin trugen die Zwerge keine komplette Panzerung, sondern nur Kettenhemden und darüber ganz normale Kleidung. So konnten sie sich schneller und leiser bewegen, als Skari befürchtet hatte. Von ihrer eigenen Fähigkeit, lautlos überall unterzutauchen und nahezu unsichtbar zu werden, waren sie freilich weit entfernt.

Sie waren erst wenige Minuten unterwegs, als erneut ein Horn erklang, näher diesmal. Auch die auf das Signal antwortenden Hörner schienen nun weniger weit entfernt zu sein.

»Das sind nicht nur Jäger und Fallensteller, die sich gegenseitig von unserer Ankunft unterrichten«, stieß Skari hervor. »Wenn sie nur abgeschieden ihren Geschäften nachgehen wollten, würden sie sich uns nicht nähern. Ich habe euch gewarnt, den Herzog zu unterschätzen. Er hingegen hat *euch* offenbar nicht unterschätzt und es für möglich gehalten, dass euer Volk auch auf dieser Seite über einen Ausgang aus dem Gebirge verfügt.«

»Du glaubst, es sind seine Schergen?«

»Ich erkenne eine Falle, wenn ich mich einer nähere, sonst wäre ich längst schon nicht mehr am Leben«, sagte Skari scharf. »Die Häscher des Herzogs durchkämmen den Wald, und zumindest einer von ihnen hat uns bereits entdeckt und ruft die anderen herbei. Da das hier auch für sie unbekanntes Terrain sein dürfte, haben sie vermutlich die Waldläufer gezwungen, ihnen zu helfen.«

»Und was sollen wir jetzt tun?«, fragte Gildor und blickte sich gehetzt um, als könne jeden Moment hinter einem der Bäume ein Feind hervorspringen.

»Wir müssen umkehren. Vielleicht schaffen wir es noch unversehrt zurück zum Tor!«, sagte Skari. »Unser Plan ist aufgeflogen, das Geheimnis ist kein Geheimnis mehr. Wir müssen uns etwas anderes einfallen lassen.«

»Nein!«, protestierte Gildor. »Auf gar keinen Fall. Da dies nur eine Absicherung für den Herzog ist, hat er bestimmt nicht allzu viele seiner Leute hergeschickt. Wenn wir jetzt aufgeben, wird es keinen weiteren Versuch mehr geben, denn mein Vater würde keinen mehr gestatten. Wir *müssen* uns irgendwie durchschlagen.«

Er hatte sich mit in die Seiten gestützten Fäusten vor ihr aufgebaut, doch da er zu ihr aufblicken musste, wirkte seine Haltung nicht allzu beeindruckend. In seinen Augen jedoch loderte eine Entschlossenheit, die ihr zeigte, dass er nicht nachgeben würde.

Sie konnte ihn verstehen, immerhin ging es um die Zukunft seiner Heimat.

»Also gut. Unsere Gegner müssen sich erst sammeln, ein wenig Zeit bleibt uns noch. Wir brauchen eine Position, die wir gut verteidigen können.«

Die Zwerge schwärmten aus, und bald war eine geeignete Stelle gefunden. An zwei Seiten bildete Totholz, das sich mehr als mannshoch aufgetürmt hatte, eine unüberwindliche Barrikade. Eine weitere Seite wurde durch einen umgestürzten Baum geschützt, dessen Stamm drei Männer kaum hätten umfassen können. Auf der vierten Seite standen immerhin zwei der riesigen Bäume, auch wenn zwischen ihnen eine große Lücke klaffte. Die Zwerge bemühten sich, einige Äste aus dem Totholz herauszuzerren, um diese Lücke zu schließen, was sich jedoch als unmöglich erwies.

Noch während sie es versuchten, zischte ein Pfeil dicht an einem von ihnen vorbei und bohrte sich in das Totholz.

»Deckung!«, rief Skari und suchte selbst hinter dem umgestürzten Baum Schutz.

Der Angriff hatte begonnen!

14

»Da kommt er«, sagte Ariole leise und deutete nach vorn. Die Anspannung war ihrer Stimme deutlich anzuhören. Arisha Lakari nickte nur stumm. Auch sie sah nun die von einer Kutte verhüllte Gestalt, die sich langsam näherte. Sie hatte mit zwölf ihrer mächtigsten Priesterinnen und einem halben Dutzend gut ausgebildeter Tempelwachen etwa eine halbe Meile außerhalb der Stadt in einem Waldstück entlang der Südstraße Position bezogen. Als Ariole dem fremden Magier zum ersten Mal begegnet war, war sie ihm in sicherer Entfernung gefolgt und hatte ihn in dieses Wäldchen abbiegen sehen, dann aber seine Spur verloren. Durch den Wald führte nur ein kaum erkennbarer Trampelpfad, nicht mehr als ein Wildwechsel. Nun hatte sich Arisha dort mit ihren Leuten nicht weit von der Straße entfernt im dichten Unterholz versteckt. Sie war sicher, dass sie hier richtig waren, denn sie spürte eine schwache magische Ausstrahlung in dem Wäldchen, ohne die genaue Quelle lokalisieren zu können.

Als sich der Unheimliche ihnen bis auf wenige Meter genähert hatte, erhoben sie und ihre Begleiterinnen sich aus ihrer Deckung und verstellten ihm den Weg.

»Was soll das? Ein Hinterhalt?«, stieß er mit dumpf grollender Stimme hervor und blieb stehen. »Meint Ihr, ich hätte Eure Anwesenheit nicht längst bemerkt?«

»Kein Hinterhalt«, entgegnete Arisha. »Ich habe lediglich einige Fragen an Euch.«

»Ich habe nichts mit euch zu schaffen, Hexe, und ich sehe keinen Grund, deine Fragen zu beantworten.«

»Wir werden sehen«, sagte Arisha. Ein Laut, der ebenso gut ein Knurren wie ein Lachen sein konnte, drang unter der Kapuze hervor, doch sie sprach unbeirrt weiter. »Ihr habt in letzter Zeit mehrfach den Herzog aufgesucht. Ich möchte wissen, wer Ihr seid und was ein Magier, der offenkundig keinem bekannten Orden angehört, mit ihm zu schaffen hat.«

»Meine Geschäfte im Palast sind allein meine Angelegenheit.«

»Nicht, wenn Ihr Euch wie ein Dieb mit Magie dorthin Zutritt verschafft, indem Ihr den Blick der Wachen und aller anderen von Euch ablenkt«, sagte Arisha und ärgerte sich, dass ihre Stimme nicht ganz so fest klang, wie sie es gern hätte. Etwas von der Fremdartigkeit, die der Unbekannte ausstrahlte, schien in ihren Geist zu dringen und ließ sie erschaudern. »Solltet Ihr den Herzog in Euren magischen Bann geschlagen haben, wäre das eine Gefahr für ganz Waloria, und wir hätten allen Grund, gegen Euch vorzugehen.«

»Herzog Lethrides tut nur, was Herzog Lethrides tun will. Ich berate ihn lediglich von Zeit zu Zeit.« Der Magier hob die Arme und streckte sie Arisha drohend entgegen. »Und nun gib den Weg frei, Hexe. Auch gemeinsam seid ihr nicht stark genug, um mich aufzuhalten.«

Fast lautlos murmelte Arisha eine Formel und wob Schutzzauber mit ihren Händen. Dabei spürte sie, wie diese durch die Zauber ihrer Priesterinnen verstärkt wurden. Sie hatte geahnt, dass der Fremde ihr freiwillig keine Antworten liefern und ein Kampf unausweichlich sein würde.

Einige Sekunden lang standen sie sich gegenüber, ohne dass einer von ihnen den ersten Schritt machte.

»Und beratet Ihr auch König Legaron, einen Feind des Herzogs?«, sprach Arisha schließlich weiter. »Ihr wurdet auch in Lorton gesehen. Aber Eure Aktivitäten erstrecken sich nicht nur auf die nähere Umgebung. Selbst im fernen Salkistan hat man Euch oder jemanden, der Euch gleicht, gesichtet. Mir scheint, Ihr kommt weit in der Welt herum.«

»Offenbar habe ich euren Orden unterschätzt«, zischte der Fremde. »Ihr habt viel herausgefunden, mehr als gut für euch ist. Glücklicherweise wird der Herzog eurem Treiben schon bald ein Ende setzen, und auch ich werde euch künftig mehr Aufmerksamkeit widmen. Und mit dir fange ich an!«

Bläulich violette Blitze schossen aus den Ärmeln seiner Kutte hervor, trafen auf ihre Schutzzauber, die für einen kurzen Moment als helles Gespinst zwischen ihren Händen sichtbar wurden – und glitten davon ab.

Arisha Lakari taumelte einen Schritt zurück. Die Kraft des Angriffs überraschte sie. Zwar hielten ihre Zauber ihm stand, aber nur dank der Verstärkung durch ihre Priesterinnen. Sie war die mächtigste Magierin in Waloria, die Hohepriesterin des Lunara-Tempels, und dennoch hätte sie den Angriff allein nicht abwehren können.

Über welche unglaubliche Macht verfügte der Fremde?

»Ergreift ihn!«, befahl sie. Solange er seine Magie gegen sie richtete, konnte er nicht auch noch die Tempelwachen abwehren.

Doch sie sah sich bitter getäuscht. Während er mit seinem rechten Arm weiterhin knisternde Blitze auf sie schleuderte und sie damit bannte, richtete er den linken auf die vorstürmenden Männer. Die beiden vordersten loderten, von einem der Blitze getroffen, in grellen Stichflammen auf und waren dann einfach nicht mehr da, binnen Sekundenbruchteilen ausgelöscht. Die Übrigen wurden von der Kraft seiner Magie zurückgeschleudert.

»Lunara hilf!« Arisha schickte ein Gebet zur Mondgöttin, wohl wissend, dass deren Macht im hellen Sonnenlicht des Tages begrenzt war. Dennoch begann ihre Haut leicht zu prickeln, und sie meinte, frische Kraft zu spüren, die sie durchströmte.

Sie zwang das Gespinst ihrer Zauber vorwärts, auf den Magier zu, drängte dessen Blitze zurück. Auch die anderen Priesterinnen setzten ihre Zauber nun auf die gleiche Art ein. Der Unheimliche konnte sie nicht alle abwehren. Eines der Gespinste fiel wie ein Netz über ihn. Es glühte grell auf und zerfiel dann, aber in dieser Zeit hatten sich bereits zwei weitere Netze über ihn gelegt.

Der Fremde tobte, stieß fürchterliche Laute aus. Wenn es eine Sprache war, dann eine, die Arisha noch nie zuvor gehört hatte. Die Blitze erloschen, als die Netze seine Arme an den Körper zwangen, und seine Kutte begann an mehrere Stellen zu schwelen.

Ein weiteres Netz legte sich über ihn, und einen Moment lang gab sich Arisha der verzweifelten Hoffnung hin, dass sie ihn überwältigt hätten. Sie verstärkte die Kraft ihres magischen Gespinstes noch, und die verbliebenen Tempelwachen drangen mit gezogenen Schwertern erneut vor.

Der Unheimliche stieß einen schrillen Schrei aus und riss mit einer gewaltigen Kraftanstrengung die Arme nach oben, zerfetzte mit einem Schlag sämtliche Netze.

Erneut schossen bläuliche Blitze aus den Ärmeln seiner Kutte. Diesmal zielten sie nicht nur auf Arisha, sondern waren so breit gefächert, dass sie sämtliche Priesterinnen und auch die Tempelwachen trafen. Und dennoch waren sie von unverminderter Kraft.

Wie schon ihre Kameraden zuvor, loderten alle vier Krieger gleichzeitig auf und zerfielen zu Asche. Arisha hörte einen Schrei hinter sich und sah aus den Augenwinkeln, wie eine der

Priesterinnen zusammenbrach und ebenfalls in einer Stich-
flamme verging.

»Ihr Närrinnen!«, brüllte der Magier. »Ihr ahnt ja nicht
einmal, mit was für einer Macht ihr euch angelegt habt. Eure
ganze Welt wird brennen und im Feuer vergehen!«

Arisha spürte, wie ihre Schutzzauber zerbarsten, dann wurde sie genau wie die übrigen Priesterinnen von der Druckwel-
le einer gewaltigen Explosion zurückgeschleudert. Sich über-
schlagend flog sie mehrere Meter durch die Luft, bis ihr Sturz
in einem Gebüsch endete.

Sie stöhnte und spürte den Geschmack von Blut in ihrem
Mund. Alles drehte sich um sie. Das Letzte, was sie sah, als sie
mühsam den Kopf hob, war der Magier, der mit immer noch
schwelender Kutte im Dickicht untertauchte.

Dann schwanden ihr die Sinne.

15

Der Kampf begann genau so, wie Skari befürchtet hatte. Die Angreifer zeigten sich erst gar nicht und griffen nicht offen an. Stattdessen nahmen sie die Diebin und die Zwerge aus dem Verborgenen heraus mit Pfeilen unter Beschuss. Einige waren dem Schusswinkel nach auf Bäume geklettert. Diese waren besonders gefährlich, weil es vor ihnen kaum Deckung gab.

Zwei Zwerge waren bereits getroffen, einer von ihnen schwer verwundet. Der andere hatte nur einen Streifschuss am Oberarm davongetragen, jedoch mussten Muskeln und Sehnen verletzt worden sein, denn er konnte den Arm nur noch eingeschränkt bewegen.

Ein weiterer Zwerg schrie auf und brach reglos zusammen. Er war am Kopf getroffen worden. Ein weiterer Pfeil verfehlte Skari nur um Haaresbreite. Sie hatte sich unmittelbar neben dem umgestürzten Baum zu Boden geworfen.

Mit Schrecken erkannte sie, dass sie sich selbst in eine Falle manövriert hatten. Dieser Platz konnte im Nahkampf gut verteidigt werden, aber den Bogenschützen erleichterten sie ihre Arbeit noch, indem sie hier alle auf einem Fleck saßen, anstatt ausschwärmen zu können.

»Wir dürfen hier nicht bleiben«, keuchte Gildor dicht neben ihr. »Sie schießen uns einen nach dem anderen ab, ohne dass wir sie auch nur zu sehen bekommen.«

Skari verzichtete darauf, ihn daran zu erinnern, dass sie gegen eine so große Zahl an Begleitern gewesen war. Mit dem Königssohn allein hätte sie sich verbergen und einem Kampf ausweichen können. »Bleibt in Deckung, so gut es geht, bis ich euch rufe!«, befahl sie. »Ich werde versuchen, einige der Schützen auszuschalten.«

Sie wartete ab, bis zwei weitere Pfeile heranzischten, die glücklicherweise niemanden verletzten, dann glitt sie geschmeidig wie eine Schlange über den Baumstamm hinweg und duckte sich hinter einer knorrigen, alten Eiche. Die ewige Dämmerung unter dem Blätterdach wurde nun zu ihrer Verbündeten. In der schwarzen Kleidung war sie fast unmöglich zu sehen.

Dies war für sie nun vertrautes Terrain. Ob es sich um einen Wald oder die dunklen Gassen einer Stadt handelte, machte im Prinzip keinen großen Unterschied. Während sie bislang die Gejagte gewesen war, verwandelte sie sich nun selbst in eine Jägerin.

Sie hatte sich eingeprägt, von wo die Pfeile gekommen waren. Insgesamt, so vermutete sie, hatte sie es mit etwa zwei Dutzend Gegnern zu tun, also ungefähr doppelt so vielen wie die sie begleitenden Zwerge. Im offenen Kampf wären diese den Angreifern möglicherweise zumindest ebenbürtig gewesen, aber ohne Fernwaffen waren sie den herzoglichen Kämpfern hilflos ausgeliefert. Und es waren noch mehr Häscher im Wald unterwegs, die sich näherten, wie die gelegentlich noch immer ertönenden Hörner verrieten.

Gebückt und teilweise flach auf den Boden gepresst, glitt Skari in einem Bogen auf die Stellungen der Angreifer zu. Niemand schien sie zu bemerken, zumindest schlugen keine Pfeile in ihrer Nähe ein.

Nach einigen Minuten hatte sie die Position erreicht, an der sie einen der Schützen vermutete. Tatsächlich entdeckte sie ihn etwa auf halber Höhe eines Baums, auf einem Ast hockend. Am Fuß des Baums knieten zwei weitere Bogenschützen. Alle drei waren in braune Mäntel gekleidet und würden gleich erfahren, dass sie nicht die Einzigen waren, die aus dem Verborgenen heraus angreifen konnten.

Skari kauerte sich hinter ein Dornengestrüpp und hakte eine kunstvoll gefertigte Steinschleuder vom Gürtel los. Mochten andere über diese Waffe lächeln, in den Händen von jemandem, der damit umzugehen verstand, war sie nicht weniger gefährlich als ein Bogen und dabei wesentlich handlicher.

Sie zog einen kleinen, runden Stein aus der Tasche, zielte kurz und ließ ihn fliegen. Zielsicher traf sie den Schützen auf dem Baum am Kopf, der bewusstlos von seinem Ast kippte und direkt auf seine beiden Begleiter fiel, wobei er auch sie mit zu Boden riss.

Ehe diese sich von ihrer Überraschung erholen und wieder aufrappeln konnten, war Skari über ihnen. Sie hatte ihr Schwert gezogen, ein Zwergenschwert, das König Torek ihr anstelle ihres eigenen beim Abschied zum Geschenk gemacht hatte. Es lag wundervoll ausbalanciert in der Hand und schien kaum etwas zu wiegen. Sie hämmerte es dem ersten Schützen mit der flachen Seite gegen die Schläfe und versetzte dem zweiten einen wuchtigen Tritt unters Kinn. Beide blieben reglos liegen.

Fast wäre es die letzte Tat ihres Lebens gewesen. Erst im letzten Moment erkannte sie die Bewegung aus den Augenwinkeln und warf sich zur Seite, als ein weiterer Häscher hinter dem Baum hervorsprang, den sie nicht gesehen hatte!

Seine Klinge verfehlte sie nur um Haaresbreite. Skari rollte sich geschickt ab, doch noch während sie wieder auf die Beine zu kommen versuchte, musste sie einen weiteren Hieb parieren, der sie erneut rücklings zu Boden schleuderte und ihr das Schwert aus der Hand prellte.

Ihr Gegner war ein schlanker, dunkelhaariger Mann mit

Hakennase, das Gesicht zu einem widerwärtigen Grinsen verzerrt. Er hielt sein Schwert mit beiden Händen, um sie mit einem Stoß zu durchbohren.

Skari trat ihm zwischen die Beine.

Sein Grinsen verlosch. Mit einem quiekenden, fast komisch anmutenden Laut taumelte er zurück.

Sie rollte sich zur Seite, bis sie ihr Schwert ergreifen konnte, dann kam sie mit einem geschmeidigen Satz auf die Beine. Aber auch ihr Gegner hatte sich wieder aufgerichtet, wobei sein Gesicht noch immer schmerzverzerrt war. Jetzt sah Skari auch, warum er sich nicht am Beschuss der Zwerge beteiligt hatte. Seine linke Hand war ein wenig verkrüppelt, zu stark, um damit einen halbwegs sicheren Bogenschuss abzugeben.

Skari machte sich bittere Vorwürfe, dass sie ihn übersehen hatte. Sie war überhastet vorgegangen, hatte die Umgebung nicht gründlich genug erkundet. Ein sträflicher Leichtsinn, der sie um ein Haar das Leben gekostet hätte! Schon ein paar Schritte zur Seite hätten ausgereicht, um auch ihn hinter dem Baum zu sehen. Allerdings hatte sie die Schützen so schnell wie möglich ausschalten wollen, da jeder weitere Schuss einen Zwerg töten konnte.

Und das war nun das Resultat! Sie verlor wesentlich mehr Zeit, und das Klirren der Waffen würde die Verstärkung alarmieren.

Skari führte einige Schläge gegen seine Klinge, um sich vorzutasten, machte dann einen Ausfallschritt und stieß vor. Der Hakennasige parierte ihren Angriff ohne sichtliche Mühe, verstand er, mit seiner Waffe umzugehen.

Ehe er seinerseits zum Angriff übergehen konnte, deckte Skari ihn mit kräftigen Hieben ein und trieb ihn zurück, während sie nach einer Lücke in seiner Deckung suchte. Bei allen Dämonen der Unterwelt, sie musste den Kampf so schnell wie möglich beenden!

Da ihr Vater sie schon mit wenigen Jahren für seine Machenschaften eingespannt hatte, hatte sie nie so etwas wie eine unbeschwerte Kindheit gehabt. Aber die hatten Kinder, die wie sie in den Armenvierteln aufwuchsen, nie. Dergleichen war den Sprösslingen der Reichen vorbehalten.

Als sie vierzehn gewesen war, hatte jemand ihrem in seinen letzten Jahren ständig besoffenen Alten die Kehle durchgeschnitten, und sie war auf sich allein gestellt gewesen. Trauer hatte sie keine empfunden. Der Alte war ein herzloser Tyrann gewesen, der sie vor allem im Suff oft verprügelt hatte.

Damals hatte Skari Waffen verabscheut, hatte geglaubt, sie würde mit Geschicklichkeit allein auskommen. Dann aber war sie bei einem Taschendiebstahl erwischt worden, und ein Mann hatte sie festgehalten. Mit einer Waffe, und sei es nur ein Dolch gewesen, hätte sie sich leicht befreien können. So aber war sie vor einen Richter gezerrt worden, der zum Glück milde gestimmt war und sie nur zu ein paar Wochen Haft verurteilt hatte. Seit dieser Zeit hatte sich ihre Einstellung zu Waffen geändert. Kaum war sie wieder entlassen worden, hatte sie sich im Umgang mit ihnen geübt und später, als sie es durch ihre Gaunereien zu einem gewissen Wohlstand gebracht hatte, sogar einen Fechtlehrer angeheuert.

Das kam ihr jetzt zugute, aber auch ihr Gegner war verdammt gut. Zwar dominierte sie die meiste Zeit über den Kampf, doch ein paarmal brachte er sie durch überraschende Konter in Bedrängnis. Und jeden Moment konnten ihm weitere Häscher zu Hilfe kommen.

Als wären ihre Gedanken der Auslöser gewesen, tauchte ein weiterer Mann im braunen Mantel zwischen den Bäumen auf. Er hielt seinen Bogen mit einem bereits aufgelegten Pfeil in den Händen. Als er Skari erblickte, riss er ihn hoch, spannte ihn und ließ den Pfeil fliegen.

Skari sah den gefiederten Tod direkt auf sich zu rasen.

16

So sehr Barun all das beeindruckte, was sein Volk hier im Laufe von Jahrhunderten geschaffen hatte, merkte er doch immer mehr, dass er ein Fossil aus einer lang vergangenen Epoche war. In seiner Zeit hatte ein unbarmherziger Krieg getobt. Er war von Kindheit an mit einem abgrundtiefen Hass auf die Oger und Trolle aufgewachsen und hatte schon in früher Jugend das Kriegshandwerk erlernt.

Auch jetzt standen sich Zwerge und Trolle noch feindlich gegenüber, aber sie lieferten einander nur noch unbedeutende Scharmützel, und selbst diese versuchten sie so gut wie möglich zu vermeiden. Sein Volk hatte sich hier eine fast paradiesische Oase geschaffen, aber es hatte einen Preis dafür bezahlt. Barun war sich nicht mehr sicher, ob es sich noch als Gefangener des Gebirges fühlte oder die magische Versiegelung eher als Schutz vor der Außenwelt empfand.

Auch Urtan, der einst von mindestens ebenso großem Hass wie er selbst beseelt gewesen war, war von dieser Veränderung betroffen. Barun fragte sich allerdings, ob die nun schon so lange auf ihm lastende Verantwortung für die Zwerge von Arkhazan ihn hatte pragmatisch werden lassen oder ob er nur träge geworden war und sich deshalb mit dem Status quo abfand.

Er hatte erwartet, die Nachricht, dass er Felsen aus dem Geröll vor dem Eingang des Berges hatte lösen können, würde größte Aufregung verursachen. Immerhin bedeutete dies, dass genau wie die Zeitverwerfung in Burg Moron mit großer Wahrscheinlichkeit auch die magische Versiegelung der Berge verschwunden war und ihnen der Weg in die Freiheit offen stand. Doch anstatt mit Begeisterung hatte Urtan eher erschrocken reagiert und Barun inständig gebeten, darüber zunächst noch zu schweigen.

Er war ohne jeden Zweifel von einem draufgängerischen Krieger zu einem zögerlichen und abwägenden Bewahrer des Bestehenden geworden, dem jede Veränderung missfiel.

Anlässlich von Baruns Rückkehr gab es am Abend ein großes Fest in Arkhazan mit allem, was nach zwergischem Verständnis dazugehörte: Berge von frischen Backwaren oder scharf gewürztem Fleisch, in Strömen fließenden Met, lauthals gegrölte Heldenlieder und zwei Massenprügeleien sowie zahlreiche kleinere Raufereien. Kurzum, alles, was Spaß machte. Wenigstens daran hatte sich nichts geändert.

Die folgenden Tage verliefen ruhiger. Barun nutzte dies, um so ziemlich jeden Winkel Arkhazans zu erkunden, darunter auch die beeindruckenden Minen, die sein Volk Hunderte Meter tief in den Leib der Erde getrieben hatte. Hier waren lange Zeit über vor allem Gold, Silber und verschiedene Edelsteine abgebaut worden, doch inzwischen waren die Vorkommen fast erschöpft.

Stattdessen war man in größerer Tiefe auf große Mengen eines bislang unbekannten Erzes gestoßen. Es hatte den Namen Adamantit erhalten, und daraus ließ sich ein Metall herstellen, das angeblich noch weitaus härter war als der beste Zwergenstahl. Entsprechend wurde es vor allem zur Fertigung von Waffen und Rüstungen verwendet.

Natürlich genügten wenige Tage nicht, alle in fast tausend Jahren geschaffenen Wunder gebührend zu bewundern, aber die Zeit reichte aus, Barun erkennen zu lassen, wie wenig alle Errungenschaften seines Volkes ohne Freiheit wert waren.

Die Tage verstrichen rasch, und von den zahlreichen neuen Eindrücken fühlte er sich fast erschlagen. Auf die für ihn dringendste Frage, nämlich wann endlich überprüft werden sollte, ob sich die Ausgänge aus dem Gebirge tatsächlich wieder öffnen ließen, erhielt er von Urtan jedoch stets nur ausweichende Antworten.

Erst nach gut einer Woche erklärte sich der König bereit, einen Erkundungstrupp loszuschicken. Abgesehen von einigen Schürfmeistern, die das Geröll genauer untersuchen sollten, sollte der Trupp zum Schutz vor einem Trollangriff aus insgesamt dreißig Kriegern bestehen.

Sofort und ohne groß darüber nachzudenken, bat Barun um das Kommando. Seine Verletzungen waren gut verheilt, und abgesehen von gelegentlichen Schmerzen in seinen Rippen fühlte er sich wieder völlig gesund.

Urtan zögerte zunächst, doch Barun ließ nicht locker.

»Indem ich den Magier getötet habe, habe ich uns damals vielleicht gerettet, aber ich habe die Krieger und ihre Nachkommen zugleich zu jahrhundertelanger Gefangenschaft verurteilt«, argumentierte er. »Da ist es nur angemessen, wenn ich nun mithelfe, die Tore zur Freiheit wieder zu öffnen.«

Mit immer größerer Dringlichkeit hatte er auf seiner Forderung bestanden, bis Urtan schließlich nachgab, und nun standen sie vor dem Geröll, nur noch ein kurzes Stück von ebendieser Freiheit entfernt.

Wenn auch nicht an dem Ausgang, an dem Barun vor einigen Tagen schon sein Glück versucht hatte, sondern dort, wo die Oger und Trolle einst in den Berg eingedrungen waren.

Dieser Ausgang lag nicht nur näher und war von Arkhazan aus leichter zu erreichen, in diesem Gebiet hielten sich auch nur selten Trolle auf, da es von diesem Teil des Gebirges kaum Zugänge zu ihrem Teil des Talkessels gab.

»Nun?«, wandte Barun sich an einen der Schürfmeister.

»Es ist wie ein Wunder!« Seine Augen leuchteten. »Der magische Bann scheint vollends verschwunden! Ich bin in meinem Leben bereits mehrfach hier gewesen, aber nie haben wir auch nur die kleinsten Splitter entfernen können. Nun aber scheint es nur noch ein Steinschlag wie jeder andere gewesen zu sein. Das lockere Gestein lässt sich mühelos entfernen.«

»Worauf wartet ihr dann noch?«, brummte Barun. »Legt den Ausgang endlich frei. Er ist wahrlich lange genug verschlossen gewesen!«

»Wir müssen die Decke abstützen, ehe wir uns die großen Felsen dort vorne vornehmen können«, erklärte der Schürfmeister. »Das Problem ist das ständig nachrutschende Geröll, aber das müssten wir mit ein paar massiven Brettern und Stützbalken in den Griff bekommen.«

Barun nickte zufrieden. Da dies zu erwarten gewesen war, hatten sie entsprechendes Material auf Handkarren direkt mit sich geführt. »Und wie lange wird es schätzungsweise dauern?«

»Das ist schwer zu sagen.« Der Schürfmeister kratzte sich an seinem von dunkelblondem Bart bedeckten Kinn. »Ein paar Stunden mindestens. Es hängt davon ab, wie schnell wir die großen Felsbrocken zertrümmern können, vor allem aber von der Beschaffenheit der Außenhänge des Berges. Die können wir von hier aus nicht abstützen. Wenn sie nachrutschen, kann es Tage, womöglich gar Wochen dauern.«

»Dann sorgt dafür, dass das nicht geschieht.« Barun ballte die Fäuste.

Diese Nachricht schmeckte ihm gar nicht, und das nicht nur, weil er von Natur aus ungeduldig war. Jede Stunde, die sie hier verbrachten, erhöhte die Gefahr, entdeckt zu werden. Und wenn sie gar Wochen hier verbringen mussten, war es nahezu unvermeidlich, dass die Trolle auf ihr Tun aufmerksam wurden.

Genau das aber durfte auf keinen Fall geschehen. Duul'Athun würde nicht lange brauchen, um zu begreifen, was ihr Treiben zu bedeuten hatte. Es gab noch andere Ausgänge aus dem Berg, und wenn Duul'Athun erst einmal erkannte, dass der magische Bann nicht länger bestand, würde er ebenfalls einen davon freilegen lassen.

Noch wusste niemand von ihnen, wie die Welt außerhalb der Weißberge mittlerweile aussah. Natürlich hoffte Barun, dass die Allianz gesiegt hatte und ihn eine Welt frei von der Tyrannei der Oger erwartete.

Aber wenn nicht, wenn die Oger immer noch herrschten und Duul'Athun ins Freie gelangte, würde er mit einer Armee zurückkehren. Und das würde das Ende Arkhazans bedeuten.

Nun, dachte Barun grimmig, sollten Trolle hier auftauchen und sie entdecken, konnte er immerhin herausfinden, wie effizient dieses neuartige Metall tatsächlich war. Genau wie die anderen Krieger trug er ein dunkles Kettenhemd aus diesem Adamantit. Es war fast so biegsam wie Leder, dabei aber so leicht, dass er das Gewicht kaum spürte.

Da Baruns Axt beim Kampf mit Duul'Athun verloren gegangen war, hatte Urtan ihm eine zum Geschenk gemacht, die ebenfalls vollständig aus Adamantit geschmiedet worden war. Ihr geringes Gewicht war für ihn noch ungewohnt, aber die Schneide war auf jeden Fall so scharf, wie man es sich nur wünschen konnte.

Ungeduldig wartete er, während die Stunden verstrichen. Es kam ihm vor, als gingen die Arbeiten nur in quälender Langsamkeit voran. Immerhin schienen sich keine Trolle in der Nähe zu befinden.

Schließlich eilte einer der Schürfmeister auf ihn zu.

»Wir sind durch!«, stieß er so aufgeregt hervor, dass sich seine Stimme fast überschlug. »Es ist bislang nur eine kleine Öffnung, aber wir können das Tageslicht sehen! Alles Weitere ist jetzt nur noch handwerkliche Routine.«

Barun sprang von dem Felsbrocken, auf dem er gesessen

hatte. Die Aufregung des Schürfmeisters verriet ihm, dass der Zwerg ebenso wie vermutlich auch die anderen bis zur Stunde nicht geglaubt hatte, dass sie wirklich einen Durchbruch schaffen könnten. Ihm wurde klar, dass er nicht einmal ansatzweise erahnen konnte, was dieser Moment für sie bedeutete.

Diese Zwerge waren wie schon ihre Vorfahren in Arkhazan geboren und aufgewachsen und hatten nie etwas anderes kennengelernt. Die Welt außerhalb der Weißberge war für sie stets nur ein Mythos gewesen, etwas unerreichbar Fernes. Ein Ort, um den sich die wildesten Legenden und Spekulationen rankten. Die kleine Öffnung, die sie nun geschaffen hatten, war für sie ein Tor zu einer völlig fremden Welt.

Als jemand, für den seit dem Einmarsch in den Berg erst wenige Tage vergangen waren, konnte Barun die Bedeutung, die dieser Augenblick für seine Begleiter hatte, unmöglich nachempfinden.

Die übrigen Schürfmeister drängten sich vor der Öffnung, wichen aber respektvoll zur Seite, als Barun zu ihnen trat. Nun erkannte er, dass sie lediglich ein etwa armdickes Rohr durch das Geröll gebohrt hatten. Als er hindurchblickte, konnte er tatsächlich gedämpftes Tageslicht und etwas Grünes erkennen, vermutlich Pflanzen, die dort draußen vor der Felswand wucherten. Aber er sah auch, dass das Rohr mindestens zwei Meter lang war.

»Weitermachen!«, befahl er. »Ich will, dass der Ausgang noch heute freigelegt wird.«

Die Schürfmeister widmeten sich nun einem der besonders großen Felsen. Selbst mit vereinten Kräften war es unmöglich, ihn zu bewegen. Also blieb nur die Möglichkeit, ihn in mehrere kleinere Brocken zu zertrümmern.

Mit Beilen und Meißeln wurden zunächst dünne Kerben in das Gestein geschlagen, in die dann Keile und schließlich Brechstangen getrieben wurden, auf die genügend Druck ausgeübt werden konnte, dass der Fels barst. Für diese Arbeit teilte Barun bis auf einige wenige Wachen auch die Krieger ein.

Trotz dieser Hilfe und obwohl Urtan die erfahrensten und geschicktesten Schürfmeister für diese Mission ausgewählt hatte, dauerte es noch über zwei Stunden, bis die besonders großen Felsen endlich in kleinere Brocken gespalten und die Trümmerstücke aus dem Weg geräumt waren.

Dichtes Buschwerk wucherte vor der Öffnung. Als die Schürfmeister Anstalten machten, es abzuschlagen, stoppte Barun sie mit einem scharfen Zuruf. »Wir wissen nicht, was uns dort draußen erwartet. Das Dickicht verbirgt den Eingang und bietet uns vorläufig mehr Schutz, als jedes noch so massive Tor es könnte.«

Er bog einige Zweige zur Seite und trat als erster Zwerg seit einem Jahrtausend aus dem Berg.

Eine vollkommen veränderte, im Grunde neue Welt erwartete sie. Wie mochte sie sein? Hatte die Schreckensherrschaft der Oger überdauert? Oder war es eine friedliche Welt geworden, in der sein Volk sich in Eintracht mit den Elben und Menschen frei hatte entfalten können. Ob es womöglich andere, noch prachtvollere Minen als Arkhazan gab?

Die Antwort auf diese Fragen war nun zum Greifen nah.

17

Der Verbotene Wald trug seinen Namen nicht zu Unrecht. Leira wusste, dass sie ihn nicht betreten durfte, das hatten ihre Eltern ihr – wie alle Eltern Bachens ihren Kindern – oft genug eingeschärft.

Das Dorf lag hoch im Norden, und es sollte in den Wäldern Wölfe und Wildschweine geben. Angeblich waren auch schon Bären und andere Raubtiere gesichtet worden. Aber Verbote machten etwas erst richtig interessant, und so war es bei den Jungen in Bachen eine beliebte Mutprobe, sich heimlich zumindest ein kleines Stück in den Verbotenen Wald hineinzuwagen. Bislang waren sie auch noch alle wohlbehalten zurückgekehrt.

Der Bach im Norden des Dorfes, dem es seinen Namen verdankte, bildete die Grenze, die sie nicht überschreiten durfte, und bislang hatte Leira sich stets daran gehalten.

Aber Axa wusste nichts von dem Verbot, und wenn, hätte er sich vermutlich nicht darum geschert. Denn natürlich war der Welpe Schuld daran, dass Leira sich jetzt in dieser Gewissensnot befand. Gerade noch hatte sie versucht, ihm auf der großen Dorfwiese das Apportieren beizubringen, als das Tier plötzlich jedes Interesse an dem Spiel verloren hatte und laut kläffend davongejagt war.

Immer wieder seinen Namen rufend, war Leira ihm nachgelaufen, aber wie üblich hatte der Welpe nicht gehorcht. Stattdessen hatte er mit einem Satz den Bach überquert und war gleich darauf im Dickicht des Waldes verschwunden.

Zögernd starrte sie in das rasch dahinplätschernde Wasser vor ihren Füßen, dann überwand auch sie den Bach mit einem großen Schritt. Ihre Eltern würden so oder so mit ihr schimpfen. Wenn sie ohne den Welpen zurückkehrte, würde es ein Donnerwetter und vielleicht sogar Schläge geben, weil sie besser auf das Tier hätte aufpassen müssen. Aber wie sollte man auf einen wieselflinken Wirbelwind aufpassen, der partout nicht gehorchen wollte?

Mit einem beklommenen Gefühl schritt Leira durch den kaum ein Dutzend Meter breiten Streifen kniehohen Grases, der zwischen Bach und Wald lag.

Als sie die ersten Bäume erreichte, hielt sie noch einmal inne. Angst schnürte ihr die Kehle zu, und das Herz schlug ihr bis zum Hals.

»Axa!«, wollte sie rufen, doch es wurde nur ein Krächzen daraus. »Axa, komm her!« Diesmal klang es laut und deutlich.

Aber natürlich gehorchte der Welpe auch diesmal so wenig wie zuvor.

Was, wenn anstelle des Hundes ein Wolf mit weit aufgerissenem Maul und riesigen Zähnen aus dem Unterholz hervorgeschossen kam? Aber dann sagte sich Leira, dass den Jungen, die sich in den Wald gewagt hatten, schließlich auch nie etwas passiert war.

Sie nahm all ihren Mut zusammen und trat einen Schritt vor, dann noch einen.

Und befand sich im Verbotenen Wald!

Es ging ihr nicht allein darum, der zu erwartenden Strafe zu entgehen, wenn sie ohne Axa nach Hause kommen würde. Vermutlich würde das Hündchen ohnehin zurückkehren, sobald es Hunger bekam.

Was aber, wenn nicht? Wenn ihm im Verbotenen Wald etwas zustieß?

Der Verlust würde ihren Vater hart treffen. Es hatte in Bachen zuletzt einige Einbrüche gegeben, und obwohl in seiner kleinen Küferei nicht viel zu holen war, hatte er die Anschaffung eines Hundes für sinnvoll erachtet. Wenn der Welpe auch niemanden vertreiben konnte, so würde er bei unerwünschten Eindringlingen doch zumindest anschlagen. So hatte er das letzte und schwächste Tier aus dem Wurf von Bauer Mariot gekauft, zu mehr hatten seine Ersparnisse nicht gereicht.

Aber obwohl ihr Vater es nie gesagt hatte, wusste Leira, dass der Welpe zugleich auch ein Geschenk zu ihrem elften Geburtstag im vorigen Monat gewesen war, daher war es ihre Aufgabe, sich um die Erziehung des kleinen Tollpatsches zu kümmern. Mit äußerst mäßigem Erfolg bislang, wie sie sich eingestehen musste. Axa schien kein größeres Vergnügen zu kennen, als alles anzuknabbern, ihr zwischen die Beine zu laufen, was schon zu einigen Stürzen geführt hatte, und ihr in die Waden zu beißen oder nach ihrer Hand zu schnappen, wenn sie ihn zu streicheln versuchte. Aber vor allem machte er sich einen Spaß daraus, eben *nicht* zu gehorchen.

Dennoch liebte Leira ihn, und das war der Hauptgrund, weshalb sie jetzt tapfer einen Fuß vor den anderen setzte.

Auf weiteres Rufen verzichtete sie, es würde doch nichts nutzen. Axa wollte offensichtlich mit ihr Verstecken spielen, und das bedeutete, dass er irgendwo darauf wartete, dass sie ihn fand. Sofern er nicht eine interessante Fährte erschnüffelt hatte, der er folgte, was Almon verhüten möge.

Die Kronen der riesigen Bäume bildeten ein dichtes Dach über Leira, das das helle Sonnenlicht aussperrte. Zudem wucherte dichtes Unterholz im Verbotenen Wald, das ihr das Vorankommen erschwerte. An einer Dornenranke zog sie sich einen schmerzhaften Kratzer am Arm zu. Von all den Gefahren, vor denen die Erwachsenen stets warnten, war hingegen glücklicherweise nichts zu entdecken.

Dennoch verspürte sie Beklemmung, als sie zurückblickte. Nur noch schwach schimmerte das Sonnenlicht am Waldrand durch das Dickicht. Wenn sie weiterging, bestand die Gefahr, dass sie es gar nicht mehr sah und sich verirrte. Alles hier sah gleich aus.

Statt noch tiefer in den Wald einzudringen, wandte sich Leira deshalb nach rechts und hielt sich in gleich bleibender Entfernung vom Waldrand. Doch immer wieder zwangen Brombeersträucher und andere Hindernisse sie zu Umwegen.

Axa jedoch fand sie nicht, und allmählich erkannte sie, dass ihre diesbezüglichen Bemühungen völlig vergeblich waren. Der Welpe konnte keine zwei Schritte von ihr entfernt im Dickicht kauern, ohne dass sie ihn sehen würde.

Sie beschloss, ihre sinnlose Suche abzubrechen und umzukehren, als sie plötzlich Geräusche hörte. Das Knacken von Zweigen drang an ihre Ohren, als trampele etwas Großes durch den Wald. Das konnte keinesfalls Axa sein.

Erneut zeigte ihre Fantasie ihr Bilder von wild gefletschten Wolfsfängen oder Bärenpranken, die mit dolchartigen Krallen nach ihr schlugen, und Leira begann am ganzen Körper zu zittern. Alles in ihr schrie danach, so schnell sie nur konnte wegzulaufen, hinaus aus diesem schrecklichen Wald und in die Sicherheit des Dorfes, doch ihre Beine gehorchten ihr nicht. Kraftlos sank sie zu Boden und duckte sich zitternd in das knorrige Wurzelwerk eines besonders großen Baums.

Das Brechen und Knacken von Ästen wurde immer lauter. Was immer die Geräusche verursachte, näherte sich ihr. Als sie kurz darauf gedämpfte Stimmen hörte, wollte sie schon erleichtert aufatmen, doch es waren kehlige, raue Stimmen, die gar nicht nach Männern aus dem Dorf klangen.

Kurz danach bewegte sich das Unterholz nicht weit von ihr,

und als sie sah, was sich ihr näherte, schlug sie die Hände vor den Mund und konnte nur mit Mühe einen Schrei unterdrücken.

Es war Gestalt gewordener Schrecken, der einem Albtraum entsprungen zu sein schien; Ungeheuer, wie Leira sie nie zuvor gesehen hatte.

Aber es waren keine wilden Tiere, keine frei lebenden Monster, die auf der Suche nach Nahrung durch den Wald streiften. Stattdessen zogen sie jeweils zu sechst nebeneinander in Reih und Glied dahin, stampften alles nieder, was ihnen im Weg stand, und wichen nur den Bäumen aus. Erst bei genauerem Hinsehen entdeckte Leira, dass sie sogar Uniformen trugen, deren Schwarz sich kaum von ihrer grünlich schwarzen Haut abhob.

Nur wenige Meter von ihr entfernt stapfte die Kolonne dahin. Leira duckte sich noch tiefer zwischen die Wurzeln des Baums und wünschte, sie könnte schrumpfen und sich in einem Mauseloch verkriechen. Ihr Herz hämmerte so wild, dass sie fürchtete, es wäre noch weit entfernt zu hören.

Angeführt wurden die Ungeheuer von einem Wesen, das von Kopf bis Fuß in eine gleichfalls schwarze Kutte mit spitz zulaufender, weit nach vorn gezogener Kapuze gehüllt war, sodass sie nicht sehen konnte, was sich darunter verbarg.

Etwas Fremdes, ungeheuer Bösartiges, das Leira fast körperlich spüren konnte, ging von der Gestalt aus. Obwohl sie nicht einmal wusste, wie dieses Wesen aussah, jagte es ihr noch mehr Angst ein als die finsteren mit Spießen und Krummschwertern bewaffneten Ungeheuer.

Es dauerte qualvolle, sich zu Ewigkeiten dehnende Minuten, bis die gesamte Kolonne an ihr vorbeigezogen war. Insgesamt mussten es mehr als zweihundert Ungeheuer sein.

Leira wollte schon aufatmen, als sie ein neuer Schrecken durchfuhr, denn ihr wurde bewusst, dass die Monster direkt auf den Waldrand zu marschierten, ihn zum Teil bereits überquert hatten.

Das Dorf!, schoss es ihr durch den Kopf. Die Ungeheuer marschierten direkt auf ihr Dorf zu! Sie würden über die wehrlosen Menschen dort herfallen, über ihre Freunde, Nachbarn und auch ihre Eltern. Und sie würden sie töten, daran bestand für Leira kein Zweifel.

Sie musste ihre Eltern und die anderen warnen!

Schluchzend versuchte sie, auf die Beine zu kommen, aber noch immer lastete die Panik wie ein erdrückendes Gewicht auf ihr. Ihr Körper fühlte sich völlig kraftlos an, fast wie gelähmt. Und ein Teil von ihr, der von der Angst beherrscht wurde, *wollte* auch gar nicht aufstehen, sondern einfach hier liegen bleiben, wo sie in Sicherheit war.

Aber was immer sie hätte tun wollen, wäre ohnehin zu spät. Inzwischen hatte auch das letzte der Ungeheuer den Wald verlassen, und sie mussten vom Dorf aus bereits zu sehen sein.

Tränen liefen ihr über die Wangen. Sie rollte sich zwischen den Wurzeln zusammen wie ein Baby und wünschte sich nichts sehnlicher, als aus diesem Albtraum aufzuwachen.

Sie wusste nicht, wie lange es dauerte, bis die Ungeheuer zurückkehrten und wiederum nur wenige Meter von ihr entfernt vorbeizogen. Auch als ihre johlenden Stimmen verklungen und sie längst wieder in den unergründlichen Tiefen des Waldes verschwunden waren, blieb Leira noch minutenlang reglos liegen. Schließlich jedoch nahm sie all ihren Mut zusammen und stand auf.

Was waren das bloß für Bestien gewesen?

Eine instinktive Scheu hielt sie davon ab, in der breiten Schneise zu gehen, die die Ungeheuer durch das Unterholz getrampelt hatten. Stattdessen hielt sie sich ein Stück daneben, als sie plötzlich ein klägliches Winseln hörte. Mit dem Bauch fast auf dem Boden kroch ein braunes Fellbündel auf sie zu.

»Axa!«, stieß sie hervor und hob das Tier auf. Auch der Welpe zitterte vor Angst und vergaß darüber völlig, nach ihren Fingern zu schnappen. Stattdessen ließ er es zu, dass sie ihn an sich drückte, kuschelte sich in ihren Armen zusammen und leckte ihr vor Freude sogar mit der Zunge übers Gesicht.

Leira ging weiter. Sie ahnte, was sie zu sehen bekommen würde, und setzte bewusst langsam einen Fuß vor den anderen, um den endgültigen Moment des Schreckens noch etwas hinauszuzögern.

Als sie den Waldrand erreichte, traf der Anblick sie wie ein Schlag. Es gab ein Ausmaß des Entsetzens, das alles übertraf, was man sich in Gedanken ausmalen konnte.

Bachen existierte nicht mehr.

Kein einziges Haus stand mehr. Wo sich das Dorf befunden hatte, erstreckte sich nur noch eine Trümmerwüste. Ein Brand, der so heiß wie die Feuer der Unterwelt gewesen sein musste, hatte alles verschlungen und nur rauchende Trümmer hinterlassen, aus denen vereinzelt noch ein verkohlter Balken aufragte.

Leira sah alles durch einen dichten Tränenschleier. Lange stand sie einfach nur reglos da und drückte den Welpen an sich, ehe sie sich schließlich mit schleppenden Schritten wie in Trance den Überresten des Dorfes näherte.

18

Der Pfeil raste direkt auf Skari zu, und es war bereits zu spät, ihm auszuweichen. So schlug sie, nur von ihren Instinkten geleitet, mit dem Schwert zu. Ihr gelang das fast Unmögliche: den Pfeil so zu treffen, dass er ins Gebüsch flog.

Sofort zog der Schütze einen weiteren Pfeil aus seinem Köcher, doch bevor er dazu kam, den Bogen zu spannen, riss Skari ein Messer aus dem Gürtel und schleuderte es nach ihm. Zielsicher drang es bis zum Heft in seine Brust. Er stürzte und blieb reglos liegen.

So schnell alles auch gegangen war, hatte es Skaris Aufmerksamkeit doch für kostbare Augenblicke von ihrem eigentlichen Gegner abgelenkt. Dieser machte einen Ausfallschritt und stach mit seinem Schwert zu, ohne dass sie in der Lage war, den Angriff zu parieren.

Im letzten Moment drehte sie sich zur Seite, sodass die Klinge nicht ihren Bauch traf, sondern ihr nur eine Schnittwunde an der Hüfte zufügte, die zwar brannte, sie aber nicht weiter behinderte und ihren Zorn nur noch weiter anfachte.

Sie musste diesen Kampf so schnell wie möglich beenden.

Skari wich einen Schritt zurück, um sich erneut zu konzentrieren, dann leitete sie einen neuen Angriff ein.

Sie führte mehrere harte Streiche, jeden ein bisschen höher. Ihr Gegner parierte sie zwar ohne Probleme, aber sie zwang ihn damit, seine Deckung jedes Mal ein klein wenig weiter anzuheben. Viermal schlug sie auf diese Art rasch hintereinander zu; nach dem fünften Hieb wollte sie ihr Schwert nicht wieder heben, sondern es in einem Bogen nach unten schwingen und einen Streich gegen seine Beine führen.

Ihr Gegner jedoch schien ihren Plan zu durchschauen und tat etwas völlig Unerwartetes. Anstatt den fünften Hieb ebenso wie die anderen zu parieren, wich er mit einem raschen Schritt zur Seite aus. Wo sich gerade noch seine Beine befunden hatten, durchschnitt Skaris Klinge nur Luft, und sie wurde von ihrem eigenen Schwung nach vorn gerissen.

Das Schwert ihres Gegners pfiff seitlich heran und hätte sie getötet, wenn sie versucht hätte, das Gleichgewicht wiederzugewinnen. Stattdessen jedoch ließ sie sich widerstandslos fallen. Sie spürte den Luftzug der Klinge, so dicht strich diese über ihren Kopf hinweg und trennte ihr wohl auch noch ein paar Haare ab.

Blindlings schlug sie selbst noch im Fallen zu, traf aber auf keinen Widerstand. Dann krümmte sie ihren Körper zusammen und verwandelte ihren Sturz in eine halbwegs gelungene Rolle, mit der sie ein paar Schritte entfernt wieder auf die Beine kam.

Sofort fuhr sie herum und hob ihr Schwert, um ihren Körper zu decken, aber der Angriff blieb aus. Stattdessen stand der Scherge des Herzogs nur in seltsam schräger Haltung da. Erst jetzt bemerkte Skari das Blut, das an seinem rechten Bein herablief. Sie hatte ihn doch getroffen; das Zwergenschwert hatte in sein Fleisch geschnitten, ohne dass sie es auch nur gespürt hatte.

Die Wunde am Oberschenkel blutete stark und musste höllisch wehtun, denn als er einen Schritt auf sie zu machte, drohte das Bein unter seinem Gewicht wegzuknicken. Offenbar hatte sie auch noch ein paar Sehnen und Muskeln erwischt.

»Gib auf, dann lasse ich dich leben!«, rief Skari.

Seine Antwort bestand nur aus einem verächtlichen Grinsen.

Sie trat einen weiteren Schritt näher. Es widerstrebte ihr, einen Verletzten abzuschlachten, deshalb schlug sie nur mit der Breitseite des Schwertes zu.

Doch erneut hatte sie ihren Gegner unterschätzt. Er war immer noch wehrhaft. Zwar musste er auf seine Beinarbeit verzichten, dennoch parierte er ihren Streich und ebenso einen zweiten.

Dann plötzlich schien er regelrecht zu explodieren, sprang vor und deckte sie mit einer ganzen Serie von Hieben und Stichen ein, die sie nur mühsam abwehren konnte, weil sie nicht darauf gefasst gewesen war. Sie hatte sich von der vermeintlichen Schwere seiner Verletzung täuschen lassen, bei der es sich in Wirklichkeit offenbar doch nur um eine einfache Schnittwunde handelte.

Immerhin behinderte die Verletzung ihn zumindest ein bisschen, wie Skari feststellte. Immer wenn er mit dem rechten Bein auftrat, lenkte ihn der Schmerz für den Bruchteil einer Sekunde ab. Das machte sie sich zunutze.

Als sie einen weiteren Stich abwehrte, ließ sie ihr Schwert in einer komplizierten Parade um seines herumwirbeln und stach ihrerseits zu.

Diesmal ging sie keinerlei Risiko mehr ein und versuchte nicht, ihren Gegner zu schonen. Die Klinge bohrte sich in Höhe seines Herzens in seine Brust und beendete den Kampf. Der Hakennasige war bereits tot, als er auf dem Boden aufschlug.

Skari blickte auf seinen Leichnam hinab und atmete ein paarmal tief durch. Der Kampf hatte kaum eine Minute gedauert, aber er war kräftezehrend gewesen. Dennoch gönnte sie sich nur ein paar Sekunden, ehe sie ihr Schwert zurück in die Scheide steckte und auf die nächste Stelle zu hastete, von der Pfeile gekommen waren.

Sie fand sie nicht auf Anhieb, aber dann entdeckte sie gleich drei Bogenschützen, die auf den Ästen einer Eiche Position bezogen hatten, während zwei weitere am Boden lauerten. Sie schossen jetzt nicht mehr so rasch hintereinander wie am Anfang, sondern teilten sich die verbliebenen Pfeile besser ein und warteten, bis sich ihnen ein einigermaßen Erfolg versprechendes Ziel bot.

Anscheinend waren sie nur an den Zwergen interessiert, hatten es nicht für nötig erachtet, nur wegen einer Menschenfrau in deren Begleitung auf das Waffengeklirr zu reagieren und ihre Position aufzugeben.

Frauen kümmerten sich bei den Menschen hauptsächlich um die Hausarbeit. Es gab nur wenige, die überhaupt ein Schwert zu schwingen verstanden, deshalb hatten sie in Skari keine Bedrohung gesehen.

Sie lächelte grimmig. Sie würde sie rasch eines Besseren belehren.

Diesmal griff sie nicht sofort an, sondern nahm sich ein paar Sekunden Zeit, um die Umgebung genauer in Augenschein zu nehmen. So fiel ihr hinter einem umgestürzten und halb vermoderten Baumstamm eine Bewegung auf.

Gleich darauf wurden von dort drei Pfeile abgeschossen, aber sie waren nicht auf sie gerichtet, sondern trafen die beiden Schützen am Boden und einen auf dem Baum. Zwei weitere Pfeile holten nur den Bruchteil einer Sekunde später auch die beiden anderen von den Ästen herunter.

Völlig verblüfft hatte Skari dem Geschehen zugesehen, als sie plötzlich den kalten Stahl einer Klinge an ihrem Hals spürte.

»Lass die Schleuder fallen und streck deine Hände nach oben!«, vernahm sie eine barsche Stimme dicht an ihrem Ohr. Sie wagte kaum zu atmen und tat, was der Unbekannte verlangte.

Im selben Moment richteten sich zwei Menschen hinter dem umgestürzten Stamm auf, ein weiterer trat hinter einem Baum hervor. Sie waren ähnlich gekleidet wie die Schergen des Herzogs, doch waren ihre fast bodenlangen Mäntel braun und grün gefleckt, was sie hervorragend tarnte. Alle drei hatten harte, wettergegerbte Gesichter und hielten Bögen in den Händen. Die Pfeile waren auf Skari gerichtet.

»Wer bist du, und was hast du mit den Zwergen zu schaffen?«, fragte der Mann hinter ihr und zog seinen Dolch zurück. Als er vor sie trat, konnte Skari sehen, dass er ebenso wie die anderen gekleidet, allerdings deutlich älter war. Sein Haar war an einigen Stellen bereits grau, und Wind und Wetter hatten tiefe Furchen in sein Gesicht gegraben. Seine blauen Augen jedoch blickten klar und fast jugendlich. Eisige Entschlossenheit blitzte in ihnen.

Er war ein Mann, dem man nichts vormachen konnte, das erkannte Skari sofort, und sie versuchte gar nicht erst, ihm irgendwelche Lügen aufzutischen.

»Ihr müsst zu den Fallenstellern gehören, die in diesen Wäldern leben«, stieß sie hervor. »Ich heiße Skari, und mein Auftrag ist es, die Zwerge durch diese Wälder zu führen.«

»Nicht sehr erfolgreich, wie mir scheint. Ja, wir leben hier, allerdings bevorzugen wir den Begriff Waldläufer. Was wollt ihr in unserem Reich?«

Auch jetzt entschied sich Skari, wahrheitsgemäß zu antworten. »Wir kommen aus Erak-Nor. Herzog Lethrides lässt die Mine belagern, will sie in seinen Besitz bringen. Wir sind unterwegs nach Khron-Adur, um König Gwarun um Hilfe zu bitten, aber offenbar hat der Feind uns aufgelauert.«

»Wir haben keinen Streit mit den Zwergen von Erak-Nor, im Gegenteil, sie haben auf dem Markt von Bergbach oft gute Preise für unsere Felle bezahlt. Gleiches galt lange Zeit allerdings auch für die Einwohner Walorias.«

»Galt?«

Mit einer Geste bedeutete der Waldläufer seinen Begleitern, ihre Waffen zu senken. »Mein Name ist Maramon. Das sind Noriano, Argolon und Itarios. Und ja, der Herzog hat den Frieden aufgekündigt. Vor einigen Tagen überquerte ein großer Trupp seiner Schergen den Pass. Sie erinnerten uns daran, dass auch diese Wälder zum Walorischen Reich gehören. Ein Anspruch, den der Herzog zuvor nie geltend gemacht hat. Sie behaupteten, die Zwerge planten einen Angriff auf uns, und offenbar gebe es auch auf dieser Seite des Gebirges einen Ausgang aus der Mine. Damit hatten sie offenbar recht, aber alles andere klang arg an den Haaren herbeigezogen.«

»Angeblich sind sie zu unserem Schutz gekommen«, berichtete Itarios weiter. »Gleichzeitig wollten sie von uns erfahren, ob es einen solchen Ausgang wirklich gebe und wo er sich befinde. Aber da wir selbst nichts davon wussten, konnten wir ihre Fragen nicht beantworten. Daraufhin begingen sie einen verhängnisvollen Fehler. Sie nahmen einige unserer Frauen als Geiseln, um uns zu erpressen. Wir gingen zum Schein auf ihre Forderungen ein, um Zeit zu gewinnen und herausfinden zu können, wo sie unsere Frauen gefangen hielten.«

»Vor wenigen Stunden konnten wir sie befreien, aber dann seid ihr plötzlich aufgetaucht«, ergriff Maramon wieder das Wort. »Wir mussten sicher sein, dass ihr nicht doch Vorboten einer Armee seid, aber dann hättet ihr euch anders verhalten. Ich glaube dir deine Geschichte. Ruf deine Zwergenfreunde her, ihnen wird kein Leid geschehen.«

Skari sah Maramon prüfend an, konnte aber keine Falschheit in seinen Augen erkennen. Und hätten er und seine Begleiter es doch auf die Zwerge abgesehen, wären diese ohnehin verloren.

»Gehen wir besser zu ihnen«, sagte sie und hob ihre Schleuder auf. »Es sind Verletzte unter ihnen, die versorgt werden müssen, vielleicht sogar Tote.«

Während sie sich der Stellung der Zwerge näherten, rief sie Gildor zu, dass die Gefahr vorbei sei und ihre Begleiter gekommen seien, um zu helfen. Der Anblick, der sich ihr bot, war schlimmer als befürchtet. Drei der Zwerge waren tot, und von den anderen war kaum einer ohne mehr oder weniger schwere Blessuren davongekommen. Auch Gildor blutete aus zwei Wunden, einer am Kopf und einer an der Schulter, aber er hatte Glück im Unglück gehabt. Die Pfeile hatten ihn nur gestreift.

Einige der anderen Zwerge hatte es übler erwischt. Skari sah auf den ersten Blick, dass zumindest vier von ihnen die Reise nicht würden fortsetzen können. Ihre Mission stand unter keinem guten Stern. Sie hatten das Tor gerade erst hinter sich gelassen, und Gildor hatte bereits mehr als die Hälfte seiner Eskorte verloren.

Während Maramons Begleiter die anderen Zwerge versorgten, nahm er selbst sich mit kundigen Fingern der Wunden des Königsohns an. Mit Brennmoos brachte er die Blutungen zum Stillstand, dann schmierte er eine übel riechende Paste darauf. Anschließend ließ er sich von Gildor genauer über die Lage auf der anderen Seite des Gebirges informieren.

»Das ist übel«, sagte er schließlich. »Der Frieden zwischen Zwergen und Menschen währt seit einem Jahrtausend, und nun bricht ihn der Herzog. Wir leben hier abgeschieden von den Ereignissen in der übrigen Welt und mischen uns niemals in ihre Belange ein. Aber es liegt nicht in unserem Interesse, dass Erak-Nor fällt, und das nicht nur, weil wir stets guten Handel mit deinem Volk betrieben haben. Sollte der Herzog die Mine erobern, wären weitere Kriege die Folge, nicht nur zwischen Menschen und Zwergen, sondern auch zwischen den Menschen untereinander. Chaos und Elend würden ausbrechen, und die Weltordnung, wie wir sie kennen, würde ins Wanken geraten. Das hätte auch Auswirkungen auf uns und darf nicht geschehen.«

»Dann werdet ihr uns beistehen?«, fragte Gildor hoffnungsvoll. »Wir Zwerge können nicht gut mit Pfeil und Bogen umgehen, und diesmal können wir nicht auf die Hilfe der Elben hoffen. Gute Bogenschützen wie ihr wärt bei der Verteidigung Erak-Nors eine unschätzbare Hilfe.«

Maramon lächelte, aber es wirkte eher traurig. »Das ist nicht die Art von Hilfe, die ich meine. Wir Waldläufer sind nicht sehr zahlreich, kaum mehr als fünfzig Familien, die über diese riesigen Wälder verteilt leben. Und wir werden unsere Heimat nicht verlassen, um in einem Krieg zu kämpfen, der nicht der unsere ist.«

»Aber ihr könnt nicht einfach …«, ereiferte sich Gildor, doch Maramon brachte ihn mit einer Geste zum Schweigen.

»Die Schergen des Herzogs sind zahlreich in unser Reich eingedrungen. Und es befinden sich noch mehrere Hundert in diesen Wäldern. Sie haben sich uns gegenüber feindselig gezeigt, deshalb werden wir nicht eher ruhen, bis wir jeden Einzelnen von ihnen entweder verjagt oder getötet haben. Aber das wird Zeit kosten, und bis dahin bleibt dies eine gefährliche Gegend für euch, vor allem, da ihr nur noch so wenige seid. Einige der Schwerverletzten sind dem Marsch nicht mehr gewachsen und werden umkehren müssen.«

Widerstrebend gab Gildor ihm recht, indem er zaghaft nickte.

»Allein würdet ihr es niemals schaffen, ohne von euren Feinden entdeckt zu werden«, sprach Maramon daraufhin weiter. »Aber wenn du diese Mission trotz eurer Verluste fortsetzen willst, werden wir euch sicher bis zu den Ausläufern des Gebirges im Osten führen. Wir sind hier zu Hause und kennen Wege, die den Männern des Herzogs unbekannt sind. Ich verspreche, dass ihr den östlichen Rand unserer Wälder unbeschadet erreichen werdet. Danach allerdings seid ihr wieder auf euch gestellt, doch die Grenze zu Lagon ist dann nicht mehr fern.

Sobald ihr das Reich Fürst Oldwins erreicht, dürftet ihr in Sicherheit sein.«

Gildor überlegte kurz, dann nickte er erneut und deutete eine Verbeugung an. »Wir nehmen dein großzügiges Angebot dankend an, Maramon von den Waldläufern.«

19

»Das ist eine offene Kriegserklärung!«, ereiferte sich Ariole. »Das dürfen wir uns nicht gefallen lassen!«

Zustimmende Rufe wurden laut. Sobald die Neuigkeiten an ihr Ohr gedrungen waren, hatte Arisha Lakari alle Priesterinnen in der großen Tempelhalle zusammengerufen, in der sie auch die Besucher empfing, die sich mit ihren Bitten an den Tempel wandten.

»Wir dürfen uns dem nicht beugen!«, rief eine andere Priesterin. »Dieser Erlass verstößt gegen den ausdrücklichen Erlass des Kaisers, der im ganzen Reich freie Wahl und Ausübung des Glaubens zusichert!«

»Sollen sie nur kommen, wir werden ihnen einen gebührenden Empfang bereiten!«, fügte eine weitere Priesterin hinzu.

»Und wie wollt ihr das machen?«, fragte Arisha mit schneidend scharfer Stimme, die den Tumult mühelos übertönte. Zwei Tage waren seit dem fehlgeschlagenen Angriff auf den fremden Magier vergangen, und länger hatte Herzog Lethrides nicht gebraucht, um mit einem Paukenlag darauf zu reagieren. »Glaubt ihr ernsthaft, ihr könnt der geballten Macht des Herzogs länger als ein paar Stunden trotzen?«

»Unsere Wachen können den Tempel sehr viel länger gegen die Stadtgarde halten«, behauptete Ariole, »vor allem, wenn wir sie mit magischen Abschirmungen unterstützen!«

Arisha warf noch einmal einen Blick auf die Bekanntmachung, die in der Nacht überall in der Stadt angebracht worden war. Eine Priesterin hatte sie entdeckt und eine davon mitgebracht.

Darin gab Herzog Lethrides bekannt, dass die Kirche des Sonnengottes Almon ab diesem Tag als alleinige Staatsreligion in seinem Herrschaftsgebiet galt. Sämtliche andere Kulte, Sekten und sonstigen Glaubensgemeinschaften waren mit sofortiger Wirkung unter Androhung der Todesstrafe verboten. Alle nicht dem Sonnengott geweihten Tempel hatten unverzüglich zu schließen, ihr Besitz fiel an die Krone.

»Du verstehst nicht, um was es hier wirklich geht«, sagte Arisha und blickte die Priesterin fast mitfühlend an. »Ich glaube, euch allen ist das noch nicht richtig klar. Es geht Lethrides nicht um eine einheitliche Staatsreligion. Das hier richtet sich allein gegen uns, und ich wette, dass sein geheimnisvoller Berater dahintersteckt. Er sieht in uns eine Gefahr, und anstatt nur gegen uns vorzugehen, verschleiert der Herzog seine Absichten und verbietet gleich alle Religionen außer dem Glauben an Almon, dem ohnehin die allermeisten Menschen in diesem Land anhängen. Dieser Fremde bereitet mir allmählich echte Sorgen. Er ist geschickter und damit noch gefährlicher, als ich gedacht habe.«

Unwillkürlich strich sie über ihren linken Ellbogen. Selbst mit den Kräften, die ihr die Mondgöttin verlieh, vermochte sie die Verletzungen, die der fremde Magier ihr und den anderen zugefügt hatte, nicht einfach verschwinden zu lassen. Sie konnte lediglich ihre Heilung beschleunigen. Die Abschürfungen waren bereits verschorft, aber das Gelenk selbst und ihre Rippen taten noch höllisch weh.

Sie hatte den Fremden gleich zweifach unterschätzt. Sowohl was seine Durchtriebenheit als auch was seine Kraft betraf.

»Wenn der Magier uns aus dem Weg haben will, dann müssen wir uns erst recht zur Wehr setzen«, setzte Ariole nach. »Wir wissen nicht, welche Pläne er verfolgt, aber es sind bestimmt keine guten, und wir sind die Einzigen, die ihn vielleicht aufhalten können.«

»Vielleicht, wenn wir all unsere Macht aufbieten«, stimmte Arisha zu. »Auch der Herzog weiß, dass die Uniformierten, die den Tempel umstellt haben, keine wahren Gegner für uns sind. Sie sollen uns höchstens zu einem Angriff provozieren. Doch mit Sicherheit hat er bereits ganze Bataillone seiner regulären Truppen hierher in Marsch gesetzt. Sie werden den Tempel Stein für Stein niederreißen und uns töten oder zumindest in den Kerker werfen, wenn wir hierbleiben. Einen größeren Gefallen können wir ihm nicht tun.«

»Aber was sollen wir stattdessen tun? Sollen wir den Tempel etwa kampflos aufgeben und dem Herzog all unsere Reichtümer überlassen?«

»Was bleibt uns anderes übrig? Tot oder in Gefangenschaft können wir nichts mehr bewirken. Also werden wir unsere Roben ablegen, fliehen und untertauchen. Unsere wichtigsten Artefakte nehmen wir mit. Den Rest, auch unser Gold, werden wir in den Katakomben unter dem Tempel verstecken und magisch absichern. Wenn der Herzog es auf unseren Reichtum abgesehen hat, werden seine Schergen das mit dem Leben bezahlen.«

»Was sollen wir dann machen?«, fragte Ariole. »Ins Ausland fliehen und in einem anderen Tempel des Ordens Unterkunft suchen?«

»Wer will, kann das gerne tun«, erwiderte Arisha. »Ich jedoch werde bleiben, und jeder, der mir weiterhin folgen will, ist mir herzlich willkommen. Der Herzog und auch der fremde Magier werden feststellen, dass auch wir gefährlich sind. Vor allem, wenn wir nicht mehr an den Tempel gebunden sind, sondern aus dem Verborgenen heraus zuschlagen.«

*

Von außen ließ der Mondtempel seine wahre Größe nicht im Entferntesten erahnen. Dem Betrachter bot sich ein zweigeschossiges, mit Säulen und einem prachtvollen Bronzetor geschmücktes Gebäude. Den Großteil des Erdgeschosses nahm die große Halle in Anspruch, während sich im Obergeschoss nur Schlafräume befanden.

Der Hauptteil des Tempels, der aus insgesamt sieben unterirdischen Etagen bestand, war nur durch eine verborgene Treppe erreichbar. Niemand, der nicht dem Orden angehörte, hatte je einen Fuß hineingesetzt, mit Ausnahme der wenigen Zwerge, die vor Jahrhunderten geholfen hatten, die Katakomben zu errichten. Menschliche Baumeister damit zu beauftragen war Arishas Vorfahren zu riskant gewesen, Zwerge jedoch waren verschwiegen und kümmerten sich nur um ihre eigenen Angelegenheiten.

Dort unten gab es Skriptorien und Bibliotheken, die einen schier unermesslichen Schatz an Wissen bargen, Labore, deren Tische mit Retorten, bizarr aussehenden Glasgefäßen und anderen Gegenständen angefüllt waren, Lagerräume und noch vieles mehr.

In emsiger Eile schafften die Mitglieder des Ordens nun so viel wie möglich davon in die unterste Etage, vor allem die unersetzlichen Bücher, Schriftrollen und heiligen Gegenstände sowie alles Gold und was sonst noch von hohem Wert war. Wenn der Herzog hoffte, seine Schatzkammer durch die Plünderung des Tempels füllen zu können, würde er eine herbe Enttäuschung erleben.

Und noch etwas gab es hier unten: Gleich zwei lange Fluchtstollen begannen hier und führten in entgegengesetzte Richtungen unter der Stadt hindurch bis zu zwei unscheinbaren Häusern nahe der Stadtmauer, die von treuen Gläubigen bewohnt wurden, und von dort aus weiter zu gut getarnten Ausgängen außerhalb der Stadt.

Einige der mächtigsten Priesterinnen waren damit beschäftigt, den Zugang zum untersten Kellergeschoss zu tarnen und die magischen Fallen vorzubereiten, die jeden töten würden, der dort einzudringen versuchte.

»Das wird sie eine ganze Weile beschäftigen. Wochen, vielleicht Monate«, sagte Ariole. »Aber es wird sie nicht auf Dauer aufhalten, das ist auch Euch bewusst, oder? Auch die Priester Almons verstehen etwas von Magie.«

»Vielleicht werden einige Wochen schon reichen«, antwortete Arisha. »Lethrides hat die Geduld des Kaisers durch seine Kriege und die Auseinandersetzungen mit den Zwergen von Erak-Nor bereits ziemlich strapaziert. Togenian mag alt und träge geworden sein, aber er kann nicht dulden, dass seine Autorität derart untergraben wird. Unser Orden hat auch am Hof viel Einfluss, und unsere Schwestern in Aurania werden ihm die Hölle heiß machen.«

»Und was machen wir bis dahin? Wie sollen wir im Untergrund kämpfen?«

Arisha lächelte flüchtig. »Ich habe nicht vor zu kämpfen, jedenfalls nicht in dem Sinne, wie du vermutlich meinst. Einige von uns werden in der Stadt bleiben und dem Herzog auf die Finger schauen. Du, Anira, wirst sie anführen«, sagte sie, an eine der anderen Priesterinnen gewandt. »Das Sammeln von Informationen ist derzeit wichtiger als alles andere, aber ihr müsst im Geheimen agieren. Der Herzog darf nicht erfahren, dass sich noch Mitglieder des Ordens in der Stadt aufhalten. Doch wenn der Kaiser eingreift und das Verbot aufgehoben wird, müsst ihr sofort wieder die Kontrolle über den Tempel übernehmen. Vor allem aber müsst ihr in Erfahrung bringen, ob und wie oft der Fremde Herzog Lethrides weiterhin aufsucht, nur seid dabei besonders vorsichtig. Er scheint unsere Gegenwart spüren zu können wie wir die seine.«

»Wir werden vorsichtig sein, Herrin.«

»Und was werden wir unternehmen?«, hakte Ariole nach.

»Für dich habe ich einen speziellen Auftrag. Du wirst dich mit den übrigen Priesterinnen nach Erak-Nor begeben. Der Herzog plant einen Angriff auf die Mine. Schon jetzt wird seine Machtgier nur durch seine ziemlich leere Schatzkammer gebremst. Wenn es ihm gelingt, die Reichtümer der Zwerge zu erbeuten, wird er im ganzen Reich Söldner anwerben und ein Heer aufstellen, das seinesgleichen sucht. Er wird alle Nachbarländer mit Krieg überziehen und kaum noch aufzuhalten sein. Letztlich wird er sich womöglich gar gegen den Kaiser stellen. Und das darf nicht geschehen.«

Es war Ariole anzusehen, dass ihr der Auftrag nicht sonderlich gefiel. Lieber wäre sie auf vertrautem Terrain geblieben. Dennoch senkte sie demütig den Kopf.

»Und was genau sollen wir dagegen tun?«, fragte sie.

»Was immer in eurer Macht steht. Ich möchte, dass ihr die Zwerge bei allem unterstützt, was ihr besser könnt als sie. Sammelt Informationen, findet die Schwachstellen des herzoglichen Heers heraus, streut gezielt Gerüchte und schwächt die Moral der Krieger. Was genau zu tun ist, werdet ihr vor Ort herausfinden.« Arisha machte eine kurze Pause, dann fügte sie hinzu: »Und falls es wirklich zu einem Angriff kommen sollte, werdet ihr helfen, die Mine zu verteidigen.«

Ariole verneigte sich. »Wie Ihr wünscht, Herrin. Aber was werdet Ihr tun?«

»Ich werde versuchen, mehr über den Unbekannten herauszufinden. Ein so mächtiger Magier kommt nicht einfach so aus dem Nichts. Und da seine Kräfte dunkler Natur sind, weiß ich auch, wo ich mit meinen Nachforschungen beginnen werde.«

Arioles Augen weiteten sich vor Schrecken, als sie begriff, ebenso wie die der anderen Priesterinnen, die das Gespräch mit anhörten.

»Ihr ... Ihr wollt zu Ondruin!«, keuchte sie entsetzt. »Ich beschwöre Euch, tut das nicht. Niemand gelangt zum Dunklen Turm und verlässt ihn lebend. Ondruin kümmert sich nicht um die Belange der Welt, sondern ist nur an seinen widerlichen finsteren Forschungen interessiert. Es heißt, er sei nicht einmal mehr ein Mensch.«

»Das war er nie«, sagte Arisha ohne ihre Worte näher zu erklären.

»Geht nicht«, flehte auch Anira. Das Entsetzen in ihren Augen war unermesslich, und ihre Stimme bebte. »Ariole hat recht. Er wird Euch töten, und nicht nur das. Er wird Euch Eure Seele entreißen und sie in die ewige Verdammnis schleudern!«

»Vielleicht«, murmelte Arisha. »Vielleicht aber auch nicht. Das Risiko muss ich eingehen. Doch ich habe guten Grund zu der Annahme, dass er mich empfangen wird. Wenn der unbekannte Magier aus dem Schwarzen Turm stammt, werde ich es herausfinden. Und falls nicht, dürfte Ondruin meine Informationen zumindest interessant finden.«

»Aber Ihr ...«

»Ich habe meine Entscheidung getroffen!«, fiel Arisha ihr scharf ins Wort. »Vielleicht wird mein Vorhaben mich das Leben kosten, aber ich sehe keinen anderen Weg, mehr herauszufinden. Sollte ich nicht zurückkehren, wirst du, Ariole, neue Hohepriesterin des hiesigen Tempels. Führe ihn in diesen schweren Zeiten weise und mit Umsicht.«

Ohne noch jemandem Gelegenheit zu geben, etwas zu sagen, fuhr sie herum und eilte davon.

20

Nur langsam beruhigte sich Herzog Lotho Lethrides wieder von dem Tobsuchtsanfall, den die Nachricht Hauptmann Makiras ausgelöst hatte, und zwang sich, ein paarmal tief durchzuatmen.

»Das ist völlig inakzeptabel!«, stieß er, noch immer zornbebend, hervor. »Ich habe zwei Bataillone meiner besten Bogenschützen entsandt, und du wagst es, mir zu berichten, dass ihr vor ein paar Dutzend vertrottelten Fallenstellern und Beerensammlern geflohen seid?«

»Sie nennen sich selbst Waldläufer, und sie sind alles andere als vertrottelt«, entgegnete Makira, ein kräftiger Mann mit einer langen Narbe im Gesicht. »Ganz im Gegenteil, es sind die vielleicht härtesten Männer, denen ich je begegnet bin. Sie leben weit verstreut in den Wäldern, bilden aber dennoch eine verschworene Gemeinschaft. Und an Meisterschaft mit dem Bogen kann es keiner meiner Männer mit ihnen aufnehmen, wie ich leider gestehen muss. Außerdem sind sie in den Wäldern zu Hause, kennen dort jeden Fußbreit Boden. Wir hatten keine Chance gegen sie. Sie haben aus dem Hinterhalt angegriffen und gnadenlos jeden niedergemacht, der sich nicht ergeben hat oder geflohen ist.«

»Ich hätte große Lust, dich wegen Feigheit und Unfähigkeit öffentlich auspeitschen und dann hinrichten zu lassen!«, brüllte der Herzog. Dabei galt sein Zorn inzwischen weniger dem Hauptmann als den verfluchten Fallenstellern und den ganzen Umständen, die sich als nicht gerade vorteilhaft erwiesen. »Diese Waldmenschen werden für ihren Verrat eines Tages bezahlen, aber jetzt gibt es Dringenderes.«

»Ihr werdet eine ganze Armee schicken müssen«, prophezeite Makira, doch der Herzog tat seinen Einwand mit einer Handbewegung ab.

»Notfalls lasse ich ihre gesamten Wälder niederbrennen«, tobte er. »Aber zuvor muss ich Erak-Nor einnehmen, das ist wichtiger als alles andere. Dass es dir und deinen Leuten nicht gelungen ist, diesen Zwergentrupp auszuschalten, ist schlimmer als alles andere. Berichte mir mehr über sie!«

»Es waren ungefähr ein Dutzend, doch einige von ihnen konnten wir töten oder zumindest schwer verwunden. Nur einer meiner Männer konnte entkommen. Er behauptet, dass sich Gildor, der Sohn König Toreks, unter ihnen befunden hat, außerdem eine Menschenfrau.«

»Eine Menschenfrau?«

»Ja, anscheinend eine mächtige Kriegerin. Sie allein hat mehrere meiner Männer getötet.«

»Eine Frau?« Der Herzog zog eine Augenbraue in die Höhe. »Mir scheint, ich habe die Kampfkraft deiner Krieger erheblich überschätzt. Gehörte sie zu diesen Waldmenschen?«

»Nein, sie ist wohl mit den Zwergen aus dem verborgenen Portal gekommen.«

Herzog Lethrides überlegte. Seine Wut hatte er inzwischen weitgehend im Griff. Was gut war, denn in dieser Lage brauchte er einen klaren Kopf.

Wieder einmal hatte sich Urian-Ti-Ghol als Ratgeber von unschätzbarem Wert erwiesen. Er war es, der die Möglichkeit eines Ausgangs der Zwergenmine auf der anderen Seite der Mycäischen Berge erwähnt hatte. Zuvor hatte Lethrides dergleichen angesichts des Ausmaßes des Gebirges für unmöglich gehalten. Selbst der Schattenmann war sich in diesem Punkt nicht sicher gewesen.

Seine bloße Mutmaßung hatte den Herzog jedoch veranlasst, Truppen über den Pass zu schicken, was sich als die richtige Entscheidung erwiesen hatte, da es tatsächlich ein geheimes Portal gab.

Hätte das alles nur nicht so schmachvoll geendet! Vermutlich traf den Hauptmann tatsächlich keine oder nur wenig Schuld. Ohne den Verrat der Waldmenschen hätten seine Leute die Zwerge zweifellos getötet oder gefangen genommen. Bei dem bloßen Gedanken, dass das Schicksal ihm beinah den Sohn des Zwergenkönigs in die Hände gespielt hätte, presste er die Zähne so fest aufeinander, dass es wehtat.

Torek Eisenfaust hatte nur ein Kind, da seine Frau früh gestorben war und er nicht wieder geheiratet hatte. Für dessen Freilassung hätte er sicher fast alles getan, vielleicht ihnen sogar die Mine kampflos überlassen.

Aber es hatte keinen Sinn, verpassten Gelegenheiten nachzutrauern.

»Noch ist nicht alles verloren«, sagte er. »Das Ziel der Zwerge dürfte gewesen sein, in Khron-Adur und vielleicht noch weiteren Minen um Beistand gegen mich zu ersuchen.« Ganz wie Urian-Ti-Ghol es für den Fall, dass tatsächlich ein geheimes Portal existierte, vorausgesagt hatte. »Vielleicht haben sie ihre Mission angesichts der Verluste abgebrochen und sind nach Erak-Nor zurückgekehrt. Oder die Waldmenschen verweigern ihnen die Durchquerung ihres Gebiets und zwingen sie so zur Umkehr.«

»Leider muss ich Euch auch in diesem Punkt enttäuschen, Eure Exzellenz. Einer meiner Männer hat sie noch einmal gesehen, einen halben Tagesmarsch weiter östlich. Sie sind nur noch ein kleines Häuflein, aber es befanden sich einige der Waldläufer bei ihnen, um sie zu führen.«

Wütend ballte Herzog Lethrides die Fäuste und hämmerte sie auf die Lehnen seines Throns. »Verflucht sei dieses Ge-
sindel! Auch für diesen Verrat werden sie teuer bezahlen! Und
doch – die Zwerge sind zu Fuß unterwegs und werden nur langsam vorankommen. Nimm dir so viele Reiter, wie du brauchst,
und fang sie ab, wenn sie den Wald an den Ausläufern des Gebirges verlassen. Sie dürfen Khron-Adur auf keinen Fall erreichen.
Und bring mir den Königssohn unter allen Umständen lebend!«
»Zu Befehl, Eure Exzellenz. Und was sollen wir tun, wenn sie
vor uns an der Grenze nach Lagon ankommen?«
»Sie dürfen Khron-Adur auf keinen Fall erreichen!«, wiederholte der Herzog. »Was ist daran so schwer zu verstehen?
Kümmere dich nicht um Grenzen, die ohnehin bald nicht mehr
existieren! Du und deine Männer werdet auch diesmal keine Uniformen tragen. Sollte die Sache schiefgehen, werde ich
abstreiten, dass ihr in meinem Auftrag unterwegs wart. Aber
wenn sich meine Unternehmungen wie geplant entwickeln,
wird Fürst Oldwin ohnehin nicht mehr lange auf dem Thron
sitzen. Also tut, was immer nötig ist! Verfolgt sie, bis ihr sie erwischt, aber bringt mir den Königssohn!«
»Das werden wir«, versprach Makira. Er salutierte und
wandte sich zum Gehen, doch ein Zuruf des Herzogs ließ ihn
noch einmal verharren.
»Noch etwas, Hauptmann. Ich verzeihe dein Scheitern nur
ein Mal. Solltest du auch diesmal versagen, solltest du dir wünschen, im Kampf zu fallen, anstatt erneut mit leeren Händen zu
mir zurückzukehren.«

21

Vorsichtig zwängte sich Barun durch die Büsche ins Freie. Er fluchte ein paarmal, weil sich sein Bart und seine Haare im Dickicht verfingen, aber schließlich war er durch. Eine längliche, gebogene Schlucht lag vor ihm. Sie war etwa hundert Schritte breit und gut drei- bis viermal so lang. Der Boden war felsig, aber es gab auch zahlreiche Mulden, in denen sich Erdreich abgelagert hatte. Sie waren mit Gras und Büschen bewachsen, sogar zwei Bäume überschatteten die Schlucht.

Barun ließ seinen Blick über die an beiden Seiten steil aufragenden Felswände wandern. Sie bestanden aus gutem, festem Granit und schienen wie geschaffen dafür, dort Verteidigungsanlagen zu errichten, von denen aus man angreifende Feinde schon frühzeitig unter Beschuss nehmen konnte.

Hinter ihm traten auch die Schürfmeister und die nicht zur Wache in den Stollen eingeteilten Krieger ins Freie. Zweifellos war dies für sie ein extrem bedeutsames Ereignis. Staunend und noch immer etwas ungläubig, blickten sie sich um.

Barun ließ ihnen Zeit, den Moment auszukosten, und ging ein Stück weit in die Schlucht hinein. Rasch eilte einer der Krieger hinter ihm her.

»Herr, unser Auftrag ist erfüllt. Ihr kennt den Befehl König Urtans. Wenn es uns gelingt, einen Durchbruch zu schaffen, sollen wir sofort nach Arkhazan zurückkehren und auf gar keinen Fall die Umgebung erkunden.«

Natürlich kannte Barun den Befehl. Urtan hatte ihn häufiger als jede andere Anweisung wiederholt. Trotzdem war er von Anfang an entschlossen gewesen, ihn zu ignorieren, wenn die Umstände günstig waren. Es würde noch gut zwei Stunden bis zum Einbruch der Dämmerung dauern, und offenkundig lauerte keinerlei Gefahr in der Nähe.

»Urtan ist nicht mehr der mutige junge Krieger, der einst unter mir diente«, antwortete er so laut, dass jeder ihn hören konnte. »Er wäre damals der Erste gewesen, der an meiner Stelle versucht hätte, wichtige Informationen zu erhalten, und ich hätte ihn für seine Eigeninitiative gelobt. Aber er ist ein alter, zahnloser Löwe geworden, der jedes Risiko scheut. Niemand weiß besser als ich, Barun Schädelspalter, dass manchmal Wagnisse eingegangen werden müssen. Und ich traue mir durchaus zu, mögliche Gefahren einzuschätzen.«

Ihm war bewusst, dass man ihm diese Worte ohne Weiteres als Verrat auslegen konnte. Auch wenn er früher einmal Urtans Befehlshaber gewesen war, war dieser mittlerweile König und er ihm zu Treue und Gehorsam verpflichtet. Aber Barun wusste auch um seine besondere Stellung und die Verehrung, die man ihm entgegenbrachte.

Während sich auf den Gesichtern einiger der bereits älteren Schürfmeister Skepsis zeigte, entdeckte er in den Augen der Krieger ein Leuchten, das ihm zeigte, dass seine Worte ihnen gefielen.

»Das heißt nicht, dass jeder von euch künftig tun kann, was er selbst für richtig hält«, fügte er drohend hinzu. »Urtan ist und bleibt König von Arkhazan. Aber hier, außerhalb seines Herrschaftsbereichs, war er zuletzt mir unterstellt, und dieser Befehl von einst wurde nie widerrufen. Das Kommando über die Krieger, die damals in die Weißberge zogen, also auch über ihn, wurde mir von einer Autorität übertragen, der auch er Treue geschworen hat, nämlich von König Martuk persönlich, auch wenn dieser längst tot sein dürfte.«

Barun wusste, dass er auf dünnem Eis wandelte. Manche mochten es als Spitzfindigkeit betrachten, wenn er sich auf Kommandostrukturen berief, die bereits ein Jahrtausend alt waren.

»Außerdem befehlige ich diesen Trupp, und für meine Befehle übernehme ich die alleinige Verantwortung«, fügte er hinzu.

Dann wählte er ein halbes Dutzend Krieger aus. »Ihr folgt mir. Die anderen bewachen weiterhin den Durchgang. Und denkt daran, dass nicht nur von hier draußen, sondern vor allem von innerhalb des Berges Gefahr droht.«

Zusammen mit seinen Begleitern machte sich Barun auf den Weg durch die Schlucht. Die verengte sich immer mehr und war am Ende nicht einmal mehr fünfzig Meter breit. Ideal, um sie durch eine massive Mauer mit Zinnen und einem Wehrgang abzuriegeln, wie er mit dem Blick eines Kriegers direkt erkannte.

Jetzt gab es dort nur einen mehrere Meter dicken Gebüschstreifen. Ein leicht zu überwindendes Hindernis, aber genau wie das Dickicht vor dem Höhleneingang ein hervorragender Sichtschutz. Vermutlich wusste in der Außenwelt kaum jemand überhaupt noch von der Existenz dieser Schlucht, durch die die Oger und Trolle einst in die Weißberge eingedrungen waren.

Auch hier zwängten sie sich vorsichtig durch die Büsche, was sich wesentlich schwieriger gestaltete als am Ausgang des Berges, da es sich um dicht wucherndem Ginster und anderes stacheliges Gestrüpp handelte. Genau wie seine Begleiter fluchte Barun ein ums andere Mal. Als sie das Hindernis schließlich überwunden hatten, zupfte er sich, immer noch fluchend, Blattwerk und kleine Zweige aus Bart und Haaren, während er sich umschaute.

Seine Hoffnung, von hier aus die Landschaft in der Ebene überblicken zu können, erfüllte sich nicht. Stattdessen breitete sich vor ihnen eine Gesteinswüste aus hohen Felsbrocken aus, zwischen denen es Durchgänge gab, die wohl irgendwann im Laufe der Jahrtausende von Gebirgsbächen ausgewaschen worden waren. Jetzt war hier alles trocken, aber wenn im Frühjahr der Schnee auf den Berghängen schmolz, würde das Wasser reißende Sturzbäche bilden. Es hatte die Felsen so glatt geschliffen, dass es keine Möglichkeit gab, sie zu erklettern.

Wohl oder übel blieb ihnen nichts weiter übrig, als sich einen Weg durch die ausgetrockneten Bachbetten zu suchen. Mehr als einmal gelangten sie dabei an steile Felsabstürze. Während der Schneeschmelze würden sich hier beeindruckende Wasserfälle bilden, aber nun waren sie gezwungen, umzukehren und andere Pfade zu suchen.

Ihr Weg führte sie beständig bergab, und allmählich veränderte sich die Landschaft. Anstatt der glatt geschmirgelten Felsen gab es nun mehr schroffe Grate. Der Boden war immer häufiger mit lockerem Geröll bedeckt, das ihnen das Vorwärtskommen erschwerte, und es wuchs auch wieder mehr Buschwerk.

Nach einer Weile bot sich ihnen endlich der Blick in die Ebene hinunter.

»Eine Stadt!«, stieß einer der Krieger aufgeregt hervor.

»Und allem Anschein nach eine Stadt der Menschen«, stellte Barun fest. »Das ist nicht die Bauweise der Oger.«

Zumindest ist sie es damals nicht gewesen, fügte er in Gedanken hinzu.

»Dann ... Dann haben wir den Krieg gewonnen!«

Barun stieß ein lautes Lachen aus. Es war befremdlich, den Krieger von *wir* sprechen zu hören, wenn man bedachte, dass der Krieg Jahrhunderte vor seiner Geburt stattgefunden hatte.

Allerdings war ihm selbst genau der gleiche Gedanke gekommen. Soweit er aus der Ferne erkennen konnte, bestand die Stadt aus einem Zentrum mit einer Art Schloss und zahlreichen anderen großen Gebäuden, um die sich Hunderte von kleineren Häusern und Hütten drängten. Obwohl es eine Umfriedung gab, waren keine ausgehobenen Gräben und Schutzwälle oder andere Verteidigungseinrichtungen außerhalb der Stadt zu entdecken, wie sie zu seiner Zeit üblich gewesen waren. Offenbar herrschte zumindest in diesem Teil der Welt tatsächlich Frieden.

Außerhalb der Stadt gab es eine Menge Gehöfte mit Viehgattern und großen Feldern, auf denen goldenes Getreide wogte, während andere bereits abgeerntet waren.

Die Oger hätten den Menschen niemals erlaubt, eine so große Stadt zu errichten, die ein eigenes Heer aufstellen könnte. Sie hatten nur kleinere Dörfer geduldet, und wenn diese zu groß wurden, hatten sie die Trolle geschickt, damit diese einen Teil der Bevölkerung gnadenlos töteten.

»Aus dieser Entfernung lässt sich nicht sicher bestimmen, um was für eine Stadt es sich handelt«, sagte Barun. »Wir müssen noch näher heran.«

Der Boden unter ihren Füßen wurde immer fruchtbarer. Falls er noch aus Fels bestand, so hatte sich eine dicke Schicht Erdreich darauf abgelagert.

Sie hatten das dem Berg vorgelagerte Hügelland erreicht, und die Stadt war nun deutlicher zu erkennen. Es handelte sich um eine Stadt der Menschen. Der Anblick der gut zwei Dutzend berittenen Uniformierten, die das Land zwischen ihr und dem Gebirge durchkämmten, vertrieb auch den letzten Zweifel. Offenbar suchten sie jemanden, denn sie stießen immer wieder ihre Lanzen in das Buschwerk, an dem sie vorbeikamen.

»Runter!«, zischte Barun und duckte sich selbst hinter einen ziemlich kargen Strauch. Aber es war bereits zu spät. Einer der

Berittenen deutete in ihre Richtung und preschte dann mit mehreren Begleitern auf sie zu.

Barun stieß einen wilden Fluch aus. Genau das hatte er vermeiden wollen! Urtan würde ihm zurecht den Kopf abreißen, wenn durch seine Unvorsichtigkeit bereits bei der ersten kurzen Erkundung der Außenwelt die Existenz Arkhazans aufflog.

»Irgan, schleich dich zurück und erstatte dem König Bericht, falls sie uns nicht einfach ziehen lassen«, befahl er einem seiner Begleiter. »Aber er soll nichts unternehmen. Ich glaube nicht, dass uns Gefahr droht. Das Geheimnis Arkhazans muss gewahrt bleiben. Ihr anderen, steht auf, man hat uns ohnehin entdeckt. Wir wollen nicht den Eindruck erwecken, als hätten wir etwas zu verbergen. Überlasst mir das Reden.«

Auch er selbst erhob sich, während Irgan im Schutz der Büsche auf allen vieren davonkroch. Barun wusste zwar nicht, was in den letzten tausend Jahren in der Außenwelt alles vorgefallen war, aber zumindest waren Zwerge und Menschen damals Verbündete gewesen. Er hoffte, dass das immer noch galt. Da Zwerge das Leben im Inneren der Berge und Menschen das an der Oberfläche vorzogen, kamen sie sich üblicherweise nicht ins Gehege, sodass es keinen Grund für Feindseligkeiten gab.

Kurz darauf waren die Reiter heran. Der vorderste zügelte sein Pferd dicht vor ihnen.

»Zwerge!«, brummte er und ließ den Blick über sie schweifen. Es klang enttäuscht. Der Mensch hatte ein markantes Gesicht mit einem grauen Schnauzbart. Das ebenfalls graue Haar unter seinem Helm war ebenfalls gelockt. Seine Uniform war mit allerlei Zierrat versehen und kaum für eine Schlacht geeignet. Der Mann war kein Krieger, aber da er eine Uniform trug, gehörte er wohl zu einer Art Stadtwache. »Wir suchen eine Bande von Dieben und Mördern. Habt ihr jemanden gesehen?«

»Nein«, erwiderte Barun wahrheitsgemäß.

»Schade. Dann fürchte ich fast, sie sind uns entwischt. Ich bin Gal Durigan von der Stadtgarde Siegtals. Und wer seid ihr, und woher kommt ihr?«

»Mein Name ist Bar…lok Schädelspalter«, verbesserte sich Barun mitten im Wort. Vermutlich war es besser, seinen wahren Namen zu verschweigen. Zwar erinnerte sich vermutlich schon lange niemand mehr an ihn, aber sicher war sicher. Sein Ehrenname hingegen war nur in Arkhazan bekannt, und er nannte ihn bewusst, um seinem Gegenüber zu zeigen, dass er ein Zwerg von Rang und Titel war. »Und wir kommen aus Turk-Arkaz.«

Der Name war frei erfunden, aber seine Rechnung ging auf.

»Nie gehört«, brummte Durigan. »Aber ich kenne längst nicht alle Zwergenminen, vor allem die weit entfernten nicht. Im Übrigen seid ihr hier völlig falsch.«

»Falsch? Wie …«

»Ihr seid doch sicherlich auf Pilgerreise und wollt zur Gedenkstätte«, fiel der Gardist ihm ins Wort. »Aber die liegt nicht an diesem Berghang, sondern mehrere Meilen weiter westlich.«

Barun wusste zwar nicht, wovon Durigan sprach, dennoch nickte er. Solange der Gardist ihm unwissentlich goldene Brücken baute, war es besser, ihn einfach reden zu lassen, anstatt Fragen zu stellen, die womöglich Verdacht erregten.

»Ich verstehe, ihr seid gerade erst angekommen und kennt euch hier nicht aus«, fuhr Durigan fort. »Von Siegtal aus führt eine gut gepflasterte Straße zur Gedenkstätte, die man unmöglich verfehlen kann, aber ihr wart noch gar nicht in der Stadt.«

Seine Augen verengten sich. »Demnach dürftet ihr auch noch keine Besuchserlaubnis haben, oder?«

»Wir kommen von weit her«, erklärte Barun, »und wussten nicht …«

»Ich glaube dir«, unterbrach ihn der Gardist erneut. Es schien zu seinen Gepflogenheiten zu gehören, andere nicht aussprechen zu lassen, was Barun nur recht war. »Aber ohne gültige Erlaubnis kommt ihr erst gar nicht auf das Gelände.«

»Und wo bekommen wir die?«

»Ihr könnt sie bei der Stadtverwaltung erwerben.« Durigan warf einen Blick zum Himmel hinauf. »Die Sonne geht bald unter, und wir müssen unsere Suche abbrechen. Ich mache euch einen Vorschlag. Wir geleiten euch nach Siegtal, dann kommt ihr noch vor Einbruch der Dunkelheit sicher dort an. Es würde ein schlechtes Licht auf uns werfen, wenn friedliche Pilger Opfer von herumstreunenden Halsabschneidern würden. Wir haben hervorragende Gasthäuser mit günstigen, speziell für Zwerge hergerichteten Zimmern, wo ihr übernachten könnt, und wir sind für unser Bier und unseren Met berühmt.«

Barun lag absolut nichts daran, bis in die Menschenstadt vorzudringen, aber ihm war klar, dass er das Angebot nicht ablehnen konnte. Denn hinter den freundlichen Worten verbarg sich ein kaum verhüllter Befehl, und plötzlich begriff er, um was es hier ging. Um der Toten der offenbar siegreich verlaufenen Entscheidungsschlacht zu gedenken, pilgerten anscheinend häufig Zwerge und vermutlich auch Menschen in diese Gegend, und in Siegtal verdiente man daran, sie nach Strich und Faden auszunehmen. Die günstigen Zimmer würden sich als überteuerte Absteigen erweisen, und Durigan bekam von dem Wirt, zu dem er sie führte, sicher eine Provision in klingender Münze. Schon deshalb würde er nicht darauf verzichten, sie auf jeden Fall nach Siegtal zu bringen.

Es war bittere Ironie, dass er als einer der letzten noch lebenden Teilnehmer der Schlacht nun durch Menschen in Schwierigkeiten geriet, die sich mit der Erinnerung an die blutige Vergangenheit die Taschen füllten.

»Einverstanden«, sagte er, obwohl er den Gardisten am liebsten vom Pferd gezerrt und ihm das Grinsen aus dem Gesicht geprügelt hätte. Sie hätten den kleinen Trupp mühelos überwältigen können, aber da waren noch die anderen Gardisten, die weiterhin nach den flüchtigen Mördern suchten. Und sie konnten nicht gegen alle kämpfen. Es war besser, sich zu fügen. »Bringt uns in die Stadt.«

DRITTES BUCH

Der Tod ist ein Bastard,
der ewige Feind, den es zu meistern gilt,
und Zeit ist sein willfähriger Sklave.

König Martuk Ogertod,
angesprochen auf sein hohes Alter

1

»Wie geht es ihm heute?«, wandte sich Argenion, ältester Sohn und Thronerbe des Kaiserreichs, an den Leibarzt seines Vaters. Der blätterte in einem Vorraum zu dessen Schlafgemach in alten Schriften. Liperion war ein Mann in mittleren Jahren, und seine weit hervortretenden Augen erinnerten an einen Frosch. Sein Können jedoch war unbestreitbar, und der Kaiser hatte bedingungsloses Vertrauen zu ihm.

»Den Umständen entsprechend«, antwortete er. »Geistig ist er heute gut dabei, besser als in den letzten Tagen. Aber er ist die meiste Zeit müde und schläft immer wieder ein. Er schläft auch jetzt.«

»Ich muss trotzdem zu ihm.«

»Davon muss ich abraten. Die Ruhe tut ihm gut, da er keine Nacht richtig durchschläft.«

»Es tut mir leid, aber ich muss ihn dennoch sprechen«, beharrte der Sohn des Kaisers. Argenon war ein kräftiger, hochgewachsener Mann von fast vierzig Jahren mit energischen Gesichtszügen und Augen, die fast so dunkel wie sein schulterlanges Haar waren. Er sah den Arzt eindringlich an. »Unaufschiebbare Staatsgeschäfte erfordern es.«

Liperion zögerte kurz, dann nickte er. »Also gut«, sagte er und stand auf. »Ich werde ihn wecken und fragen, ob er Euch zu empfangen wünscht.«

»Bitte, Liperion«, sagte Argenion und hielt den Heiler am Arm zurück. »Ich würde ihn nicht stören, wenn es nicht wirklich dringend wäre. Ich weiß, du möchtest ihn schonen, aber ich *muss* ihn sprechen. Das gesamte Reich ist in Gefahr.«

»Ich werde sehen, was ich tun kann.« Der Arzt trat durch die Tür ins Schlafgemach des Kaisers und schloss sie hinter sich. Es schien eine Ewigkeit zu vergehen, bis er sie endlich wieder öffnete. »Der Kaiser erwartet Euch jetzt«, sagte er und fügte leiser hinzu: »Bitte regt ihn möglichst wenig auf.«

Argenion trat ein. Obwohl die Fenster geöffnet waren, roch es schlecht in dem mit verschwenderischem Prunk ausgestattetem Gemach.

Mit mehreren Kissen im Rücken saß Kaiser Togenian aufrecht im Bett. Er war nur noch ein Schatten seiner selbst, ein verhutzeltes kleines Männchen mit fast kahlem Kopf und einem Gesicht, das wie eine von tiefen Falten durchfurchte Totenmaske aussah. Dabei war er einst eine beeindruckende, vor Kraft strotzende Erscheinung gewesen.

Er lächelte, als er seinen Sohn erblickte.

»Tritt näher, Argenion, damit ich dich besser sehen kann«, bat er mit zittriger Stimme. »Wie laufen die Staatsgeschäfte?«

»Deshalb bin ich hier, Vater. Aber zunächst einmal: Wie fühlt Ihr Euch heute?«

»Nun, besser wird es nicht mehr, also bin ich froh, wenn es nicht schlimmer wird. Wieder Probleme mit Herzog Lethrides?«

»Leider ja. Er hat die kaiserlich garantierte Religionsfreiheit in Waloria aufgehoben und alle Glaubensrichtungen außer dem Orden des Sonnengottes verboten. Seine Absicht dabei ist leicht zu durchschauen. Er will sich das Vermögen aus dem Tempel der Mondgöttin einverleiben, um seine geplanten Kriege finanzieren zu können. Eine Abordnung der Hexen hat bei mir bereits entschiedenen Protest eingelegt, und ich wiederum habe eine Protestnote an den Herzog geschickt. Um mehr zu tun, sind mir ja leider die Hände gebunden.«

»Wie hat er reagiert?

»Er hat nicht einmal darauf geantwortet. Und warum sollte er auch? Ich bin zwar Euer Sohn, verfüge aber weder über das Amt noch den Titel, um irgendwelchen Forderungen oder Protesten Nachdruck zu verleihen.«

»Und was würdest du tun, wenn du …« Ein Hustenanfall schüttelte den ausgemergelten Körper des Greises und schnitt den Rest seines Satzes ab. Es dauerte mehr als eine Minute, bis er in der Lage war, weiterzusprechen. »Was würdest du tun, wenn du handeln könntest, wie du es für richtig hältst? Würdest du ein Heer schicken, um gegen Herzog Lethrides Krieg zu führen und ihn von seinem Thron zu verjagen?«

»Hätte ich die Macht, ihm auch nur damit zu drohen, würde er vermutlich von sich aus einlenken«, ereiferte sich Argenion. »Und er ist ja nicht der Einzige. Auch viele andere, die Euch einst die Treue geschworen haben, tanzen Euch jetzt auf der Nase herum. Sie bedrohen ihre Nachbarn, und vielerorts sind bereits regionale Kämpfe ausgebrochen. Wir müssen dem einen Riegel vorschieben.«

Der Kaiser starrte einige Sekunden lang ins Leere, und Argenion fürchtete bereits, dass er den Faden des Gesprächs verloren hatte und seine Gedanken in irgendwelche Fernen abgeschweift waren.

»Wenn der Kaiser ein Heer entsendet, muss er an dessen Spitze reiten, so ist es seit ewigen Zeiten Brauch«, sagte Togenian jedoch schließlich. »Du weißt, dass ich dazu nicht mehr in der Lage bin.«

»Dann setzt mich offiziell als Regenten ein, anstatt mir nur ein paar unwichtige Regierungsgeschäfte zu überlassen«, forderte Argenion wie nun schon seit so vielen Wochen. »Als Re-

313

gent würde ich über eine ganz andere Macht gebieten und wäre auch befugt, ein Heer zu führen.«

»Du kannst es wohl gar nicht mehr erwarten, an meine Stelle zu treten, wie?« Der Kaiser lachte leise, dann aber musste er erneut husten. »Du wirst das Reich schon noch früh genug erben.«

»Wenn es dann überhaupt noch ein Reich zum Erben gibt«, murmelte Argenion düster.

»Das Kaiserreich besteht seit nunmehr rund einem Jahrtausend. Ein paar machtgierige Aufwiegler wie dieser Herzog Lethrides werden daran nichts ändern«, behauptete Togenian.

»Und was, wenn er wirklich Erak-Nor angreift und es gar erobert? Das könnte zu einem offenen Krieg zwischen Zwergen und Menschen führen, wie es ihn in diesen tausend Jahren nie gegeben hat. Ein Krieg, der auf alle Minen im Reich übergreifen und schrecklich genug werden könnte, um es bis in seine Grundfeste zu erschüttern.«

»Die Zwerge sind nicht dumm und wissen, dass der Herzog auf eigene Faust handelt, deshalb wird sich diese Auseinandersetzung nicht ausweiten.«

»Vielleicht nicht. Vielleicht aber doch. Der Kaiser ist Garant des Friedens, und man wird Euch vorwerfen, dass Ihr durch Untätigkeit ermöglicht habt, dass es so weit kommen konnte.«

Argenion atmete ein paarmal tief durch. Das Gespräch würde sich wie so oft im Kreis drehen. All diese Argumente hatte er schon mehr als einmal vorgetragen, ohne dass es irgendetwas gebracht hatte.

In Gedanken verfluchte er die Halsstarrigkeit seines Vaters. Er konnte störrisch wie ein alter Maulesel sein. Überall im Reich litten und starben Menschen, und es stand vor einer bislang einzigartigen Zerreißprobe. Aber Togenian schloss vor all dem die Augen und war nur noch darauf konzentriert, sich aufs Sterben vorzubereiten.

Argenion zögerte kurz, dann beschloss er, dem Kaiser auch die Informationen mitzuteilen, die er ihm mit Rücksicht auf seine Gesundheit eigentlich hatte verschweigen wollen. Doch der alte Mann musste begreifen, dass das Reich nicht länger ohne Regentschaft bleiben durfte, vor allem in militärischer Hinsicht.

»Die internen Machtkämpfe sind nicht das einzige Problem«, sagte er. »In den letzten Tagen erreichten mich immer mehr äußerst beunruhigende Berichte. Ahrenstein ist angegriffen worden, eine der Festungen an der Südgrenze, die seit vielen Jahren hauptsächlich als Ausbildungslager dient. Alle, die dort stationiert waren, wurden getötet, ebenso in dem angrenzenden Dorf, das von den Angreifern niedergebrannt wurde. Die Menschen wurden regelrecht abgeschlachtet.«

Togenians Augen weiteten sich entsetzt. Diese Nachricht schien ihn tatsächlich zu berühren und seinen Wall aus Gleichgültigkeit zu durchdringen.

»Aber ... wer hätte Grund, eine kaiserliche Ausbildungsstätte anzugreifen?«, stieß er hervor.

»Genau das ist die Frage. Es gab nur einen einzigen Überlebenden. Er behauptet, der Überfall sei von Monstern verübt worden, die aus den Totenlanden kamen.«

»Monster? Aus den Totenlanden über unsere Südgrenze?« Das Gesicht des Greises zeigte deutlich Skepsis, dann weiteten sich seine Augen erneut. »Sollte es möglich sein, dass doch einige der Oger und Trolle in den Sümpfen überlebt haben?«

»Seiner Schilderung nach waren es weder Oger noch Trolle, sondern Ungeheuer, wie man sie noch nie zuvor gesehen hat«, berichtete Argenion. »Kleiner als Oger, mit einer fast schwarzen Haut und klauenartigen Händen. Sie nannten sich selbst Orks.«

»Orks? So etwas wie Orks gibt es nicht, schon gar keine ganze Armee solcher Ungeheuer. Bestimmt hat der Schock den Verstand dieses Überlebenden verwirrt.«

»Das habe ich auch erst geglaubt, aber seine Aussage wurde bestätigt. Mehrere Dörfer sind in letzter Zeit überfallen und dem Erdboden gleichgemacht worden. Und das nicht nur im Süden, sondern in den unterschiedlichsten Teilen des Landes. Die Siedlungen wurden überfallen, die Einwohner abgeschlachtet, und dann sind die Täter so spurlos wieder verschwunden, wie sie aufgetaucht sind. Den Überfall auf Bachen – das ist ein kleines Dorf hoch im Norden, etwa hundert Meilen östlich von hier – hat nur ein kleines Mädchen überlebt, und ihre Beschreibung der Angreifer deckt sich mit der des Kriegers aus Ahrenstein. Das kann kein Zufall sein.«

»Aber das ... das ist unmöglich!«, stieß Togenian hervor. »Der Überfall auf die Grenzfestung ist eine Sache, aber wie sollte ein ganzes Heer angeblicher Ungeheuer unbemerkt quer durch das Reich bis in den hohen Norden ziehen?«

»Es ist sogar noch wesentlich schlimmer«, behauptete Argenion. »Ich sagte ja schon, es sind noch weitere Dörfer überfallen und niedergebrannt worden, und das an weit voneinander entfernten Orten. Und alles innerhalb weniger Tage, auch wenn es eine Weile gedauert hat, bis die Berichte mich erreichten. Es ist schlicht und einfach unmöglich, dass es sich um dieselben Angreifer handelt.«

»Du musst der Sache nachgehen und herausfinden, was es damit auf sich hat.«

Argenion nickte. Damit hatte er längst begonnen. Seit er von den Vorfällen erfahren hatte, kreisten seine Gedanken ständig darum. Diese Angriffe waren wesentlich besorgniserregender als die Machenschaften von Herzog Lethrides und einiger anderer Aufwiegler. Er hatte das Gefühl, dass sich etwas Mächtiges, Finsteres zusammenbraute, dessen wahre Ausmaße er noch gar nicht abschätzen konnte. Etwas, das alles, was im Laufe des letzten Jahrtausends geschaffen worden war, bedrohte.

Und ihm waren die Hände gebunden, sodass er nicht wirklich dagegen vorgehen konnte!

»Und wenn sich herausstellt, dass tatsächlich fremde Heere das Reich durchqueren, ob nun Ungeheuer oder nicht? Was soll ich dagegen tun? Ernennt mich zum Regenten, Vater, nur dann kann ich wirkungsvoll handeln.«

Der Kaiser lächelte milde und schüttelte den Kopf. »Nein, Junge, es bleibt dabei. Ich will nicht, dass in meinen letzten Tagen im Zentrum des Reiches ein Krieg ausbricht. Sieh zu, wie du die Schwierigkeiten mit dem Herzog anders gelöst bekommst.«

Argenion schnappte nach Luft.

»Aber es geht doch bei Weitem nicht nur um den Herzog! Hast du nicht zugehört? Es herrscht bereits Krieg, und das an zahlreichen Orten des Reichs! Jemand überfällt unsere Dörfer, brennt sie nieder und massakriert die Einwohner.«

Kaiser Togenian versuchte, sich in seinem Bett weiter aufzurichten, sank jedoch sofort wieder zurück.

»Aber das ist ja schrecklich. Du musst etwas dagegen ...« Wieder schüttelte ihn ein Hustenanfall, und als er sich davon erholt hatte, blickte er seinen Sohn lächelnd an. »Argenion, mein Junge, schön, dass du mich besuchen kommst. Was machen die Staatsgeschäfte?«

»Es ist alles gut, Vater«, presste Argenion zwischen zusammengebissenen Zähnen hervor. Das kurze Fenster geistiger Klarheit hatte sich wieder geschlossen, und offenbar hatte der Kaiser alles, was er ihm berichtet hatte, schon wieder vergessen. Jetzt noch einmal von vorn zu beginnen hatte keinen Sinn, sein Vater würde seinen Ausführungen nicht noch einmal folgen können.

Ein weiterer Tag war vergeudet, ohne dass sich etwas änderte.

»Ich werde später noch einmal nach dir sehen«, sagte Argenion, dann verließ er mit geballten Fäusten das Schlafgemach.

2

Die Ellbogen auf die goldenen Lehnen gestützt und den Kopf in den Händen vergraben, saß König Urtan auf seinem Thron und hing düsteren Gedanken nach. Es war schon spät am Abend, und er hatte zu viel Met getrunken, aber er wollte sich nicht hinlegen. Er wusste, dass er ohnehin keinen Schlaf finden würde, ehe er nicht Nachricht von Baruns Trupp erhielt.

In den fast hundert Jahren, die er Arkhazan regierte, hatte er die auf ihm lastende Verantwortung noch nie als so drückend empfunden wie in der letzten Woche. Mit der Rückkehr Baruns aus den Abgründen jenseits der Zeit hatte sich alles verändert, und sein gesamtes Leben war auf den Kopf gestellt worden.

Dabei hatte er gehofft, die Rückkehr seines Freundes noch miterleben zu dürfen. Das Problem war nicht Barun, sondern das vollkommene Verschwinden des magischen Banns, der die Weißberge bislang vor der Außenwelt geschützt hatte.

Denn so empfand Urtan mittlerweile. Vermutlich lag es an seinem Alter, denn im Verlauf der Zeit hatten sich seine Ansichten geändert. Als er selbst vor mehr als hundert Jahren aus der zeitlosen Starre erwacht war, hatte er sich nichts sehnlicher gewünscht, als einen Ausweg aus dem Gebirge zu finden, bis er schließlich widerwillig eingesehen hatte, dass es keinen gab. Er hatte gelernt, sich mit der Situation zu arrangieren, und erkannte nach den langen Jahren der Regentschaft sogar etwas Positives darin.

Sah man von der beherrschbaren Gefahr durch die Trolle ab, hatte sein Volk sich hier das Paradies geschaffen, von dem es in der Zeit vor der Großen Schlacht immer geträumt hatte. Sie hatten alles im Überfluss, und selbst wenn das Gebirge offen wäre, würden die allermeisten der hier geborenen Zwerge Arkhazan vermutlich kaum häufiger als ein- oder zweimal im Leben verlassen.

Die Freiheit, die manche durch den magischen Bann eingeschränkt sahen, war eine, die nur durch ihr Fehlen auffiel.

Jemand wie Barun, der in der Außenwelt aufgewachsen und seinem eigenen Empfinden nach erst vor wenigen Tagen in das Gebirge einmarschiert war, sah das natürlich anders. Er war noch jung und wild, so wie Urtan selbst es damals gewesen war. Er brannte darauf zu erfahren, was in der Zwischenzeit außerhalb der Berge geschehen war. Und wenn es seinem Trupp gelang, den Ausgang zu öffnen, dann würde er diese Welt über kurz oder lang erkunden.

Urtan gab sich keinen Täuschungen hin. Selbst wenn Barun sich jetzt noch an seine Befehle hielt, würde er nach seiner Rückkehr darauf bestehen, unverzüglich einen Erkundungstrupp loszuschicken.

Fast bedauerte Urtan, dass Barun abgelehnt hatte, ihm die Last der Königswürde von den Schultern zu nehmen, obwohl es nicht anders zu erwarten gewesen war. Der junge Krieger würde Wochen, wenn nicht Monate brauchen, sich in dieser Zeit zurechtzufinden und alles zu lernen, was er als König wissen musste. Dann aber könnte er ein guter Regent werden. Er war es gewohnt, Befehle zu erteilen und Verantwortung zu tragen. Zwar war er ungestüm und wagemutig, aber vielleicht war das genau richtig für einen Herrscher in einer solchen Zeit der Veränderung.

Die Zeit der Ruhe und des relativen Friedens, in der Arkhazan vor sich hin gedämmert war, war unwiederbringlich vorbei. Urtan konnte nur hoffen, dass die Zukunft seines Volkes nicht wie die ferne Vergangenheit mit Blut, Feuer und Tod geschrieben werden würde.

Er wurde aus seinen Gedanken gerissen, als eine Wache die Ankunft Irgans ankündigte, eines Kriegers aus Baruns Trupp, der ihn zu sprechen wünschte.

Endlich!

Gebannt lauschte er dem Bericht des Kriegers. Barun hatte recht gehabt, der magische Bann war tatsächlich vollends geschwunden. Obwohl sich damit Urtans schlimmste Ängste erfüllten, konnte er sich nicht von einer gewissen Aufregung und Neugier freisprechen.

»Ich nehme an, Barun hat meinen Befehl missachtet und sich in der Außenwelt umgesehen?«

Der Krieger senkte den Kopf. »Ja, Majestät, das hat er.«

»Und was hat er dort herausgefunden? Sag schon, wie sieht es in der Außenwelt aus? Konntet ihr Hinweise darauf finden, wie der Krieg ausgegangen ist?«

»Jawohl, Majestät. Wir entdeckten eine Menschenstadt in der Ebene. Ich schätze, sie hat bestimmt zweitausend Einwohner, und sie war nur schwach befestigt. Wie es aussieht, fühlt man sich dort durch nichts bedroht, es scheint also Friede zu herrschen.«

Urtan atmete auf und ließ sich auf seinem Thron zurücksinken. Friede! Das konnte nur bedeuten, dass König Martuk und die anderen Völker der Allianz damals gesiegt hatten.

Somit erfüllte sich zumindest seine schlimmste Befürchtung nicht. Arkhazan war, trotz seines Namens, keine Zuflucht vor einer Welt, die von Ogern beherrscht wurde, die alles daransetzen würden, diese Zuflucht zu vernichten, sobald sie von ihr erfuhren. Wenn Menschen friedlich in der Außenwelt lebten, wurde sein Volk auch nicht mehr bedroht. Und wenn er taktisch klug vorging und nichts überstürzte, stand ihnen vielleicht ein neues Zeitalter des Wohlstands bevor.

Seine Euphorie schwand jedoch rasch, als Irgan seinen Bericht fortsetzte.

»Dieser Narr!« Urtan explodierte regelrecht, als er von der Entdeckung durch die Garde der Stadt erfuhr, sodass Barun nichts anderes übrig geblieben war, als den Gardisten zu folgen. »Ich wusste, dass er meinen Befehl missachten würde, aber ich habe nicht damit gerechnet, dass er den Oberflächenbewohnern direkt in die Arme läuft!«

»Die Gardisten haben das Gelände auf der Suche nach flüchtigen Verbrechern durchkämmt und uns gleich in dem Moment entdeckt, als wir uns hinter einem Vorsprung hervorgewagt haben, um die Ebene zu überblicken«, verteidigte sich Irgan. »Damit konnte niemand rechnen.«

»Unsinn, nur eine Ausrede!«, schnappte Urtan und sprang auf. Er war nicht bereit, diese Wendung einfach so als unglücklichen Zufall durchgehen zu lassen. »Es war bodenloser Leichtsinn! Barun wusste, was auf dem Spiel steht. Ich hätte mehr Umsicht von ihm erwartet. Was, wenn er von Ogern entdeckt worden wäre? Ich weiß, er würde selbst unter der Folter niemals etwas verraten, aber sie hätten die Gegend durchsucht und den freigelegten Zugang entdecken können.« Er ließ sich auf den Thron zurücksinken. »Bodenloser Leichtsinn«, brummte er noch einmal.

»Barun wird auch den Menschen nichts verraten«, war der Krieger überzeugt. »So weit ich das Gespräch mithören konnte, scheinen oft Zwerge in die Stadt der Menschen zu kommen, um der Großen Schlacht zu gedenken und die Gefallenen zu ehren. Da wird ein weiterer kleiner Trupp Zwerge keine Aufmerksamkeit erregen. Ich denke, sie werden schon morgen zurückkehren und eine Menge zu berichten haben.«

»Und ich werde Barun auch eine Menge zu sagen haben, aber das wird ihn nicht erfreuen«, entgegnete Urtan schon wieder halbwegs versöhnt. Einst hatte er Barun sein Leben anvertraut und wäre ihm bis in die Tiefen der Unterwelt gefolgt. Da war es wohl angebracht, ihm auch jetzt zu vertrauen.

Und vielleicht würden sie auf diese Art tatsächlich mehr erfahren als durch monatelanges vorsichtiges Taktieren.

»Es ist gut, du darfst dich zurückziehen«, sagte Urtan, doch noch während Irgan sich verneigte, stürmte ein weiterer Krieger in den Thronsaal.

»Die Trolle!«, keuchte er. »Die Trolle greifen die Mauer an!«

3

Barun hatte es immer als eine seiner Stärken angesehen, in unverhofften Entwicklungen nicht nur das Negative zu sehen, sondern auch neue Chancen. Die Entdeckung durch die Stadtgarde von Siegtal betrachtete er mittlerweile als Glück im Unglück. Zwar hatte er nicht vorgehabt, direkt schon Kontakt mit der Außenwelt aufzunehmen, aber nun bot sich ihm die willkommene Gelegenheit, eine Menge Informationen zu sammeln, und er war entschlossen, das Beste daraus zu machen.

Geschickt entlockte er Gal Durion schon einiges auf dem Weg nach Siegtal. So erfuhr er, dass die Schlacht dereinst mit einem großen Sieg der Allianz geendet hatte, und vom Ende der Oger und Trolle in den Todessümpfen im Süden. Auch hörte er vom Schicksal eines gewissen Barun, der mit einer Armee von Zwergenkriegern in die Weißberge eingedrungen war und dort ein schreckliches Ungeheuer erschlagen hatte, dabei aber wohl auch selbst den Tod gefunden hatte. Hauptsächlich um dieses tapferen Helden zu gedenken, kamen bis zum heutigen Tag Zwerge an diesen Ort.

Es fiel Barun schwer, bei dieser Schilderung ernst zu bleiben. Man hatte ihn also nicht vergessen, sondern er galt bis in die heutige Zeit als großer Held, soso.

Immerhin war die Schlacht also gewonnen worden, und es gab keine Oger und nur noch wenige Trolle auf der Welt. Über die Spitzohren erfuhr er nichts und wagte auch nicht allzu neugierig nachzufragen, aber Menschen und Zwerge lebten friedlich und in Freiheit miteinander.

Auch die Befestigung Siegtals zeigte, dass die Zeiten friedlich geworden waren. Was Barun aus der Ferne zunächst für eine massive Stadtmauer gehalten hatte, erwies sich lediglich als Palisade aus in den Boden gerammten Pfählen, die allenfalls geeignet war, Strauchdiebe und wilde Tiere fernzuhalten. Auch die Stadtgarde schien nicht zu viel mehr in der Lage.

Gal Durion ließ es sich nicht nehmen, sie persönlich bis zu einer Herberge zu geleiten, die Zwergengruß hieß, wie ein verblichenes Holzschild über der Tür verkündete. Angeblich handelte es sich um die beste im Ort, doch machte sie von außen nicht viel her und von innen noch viel weniger.

Den Betrag, den der glatzköpfige dürre Wirt, ein Mensch mit Namen Elam, für eine Übernachtung verlangte, konnte Barun nicht einschätzen, da er keine Vergleichsmöglichkeit hatte und die Währung nicht einmal kannte. Dafür wurde ihm schmerzlich bewusst, dass er weder Geld noch Gold bei sich führte.

Einer seiner Begleiter jedoch zog einen Ring vom Finger und bot ihn dem Wirt an, der ihn mit einem gierigen Blick akzeptierte und ihnen sogar noch einige Münzen zurückgab. Vermutlich hatte er das Geschäft seines Lebens gemacht, aber da Barun den Wert des Geldes nicht kannte, war er nicht in der Lage, geschickt zu feilschen. So begnügte er sich damit, dem Wirt einen finsteren Blick zuzuwerfen, woraufhin dieser noch zwei Münzen dazulegte.

Ehe der Glatzkopf sie eine Treppe hinaufführte, wechselte er einige leise Worte mit Gal Durion, und Barun meinte das Klimpern von Münzen zu hören.

Ihre Unterkunft bestand aus einer alles andere als sauberen Kammer, in die man acht grob zusammengezimmerte und mit gammeligem Stroh gefüllte Betten gezwängt hatte, auf denen fleckige, grobe Decken lagen. Sollten noch weitere Reisende kommen, würden sie sich das Zimmer mit diesen teilen müssen, verkündete der Wirt.

»Ich hoffe, Ihr seid mit allem zufrieden, werte Herren«, sagte er dann. Am liebsten hätte ihm Barun das schmierige Grinsen aus dem Gesicht geprügelt, aber er begnügte sich damit, dem Menschen einen weiteren so finsteren Blick zuzuwerfen, dass dieser von selbst die Treppe hinunter flüchtete.

Wenn dies die beste Herberge im Ort war, wie Gal Durion behauptet hatte, dann mussten alle anderen schlimmer als Schweineställe sein.

Zwergengruß, pah! *Zwergenbeschiss* wäre ein passenderer Name gewesen.

»Etwas zu essen oder zu trinken, werte Herren?«, erkundigte sich Elam, als sie ins Erdgeschoss zurückkehrten. Zwar verspürte Barun wirklich Hunger und Durst, aber in der Schankstube saßen nur zwei Leute, und als er sah, was man ihnen vorgesetzt hatte, verging ihm schlagartig jeglicher Appetit.

»Lasst uns aus diesem Dreckloch verschwinden«, meinte einer seiner Begleiter. »Dieser Gardist hat uns an den Wirt verschachert. Ich bin sicher, wir finden eine bessere Unterkunft.«

»Für eine Nacht wird es schon reichen«, sagte Barun. »Jetzt sehen wir uns erst einmal in der Stadt um. Bestimmt bekommen wir irgendwo etwas zu essen, das appetitlicher aussieht als der Fraß hier!« Den letzten Satz hatte er so laut gesprochen, dass auch der Wirt es hören musste.

Ziellos streiften sie durch die Straßen, und Barun musste anerkennen, dass sich die Menschen seit ihrer letzten Begegnung erheblich weiterentwickelt hatten. Damals hatten sie in hölzernen Hütten gehaust, nun lebten sie in massiven und zum Teil sogar baulich interessanten Steinhäusern.

Die meisten davon waren überaus gepflegt. Es war unübersehbar, dass Siegtal eine wohlhabende Ortschaft war. Zwar kannte Barun die aktuelle Mode nicht, aber die meisten Menschen, denen sie begegneten, waren gut gekleidet. Auch standen auf vielen öffentlichen Plätzen Statuen. Sie waren nicht mit der Pracht der Standbilder in Arkhazan vergleichbar, offenbarten aber dennoch eine beachtliche Kunstfertigkeit. Arme Städte konnten sich derartige Werke vermutlich nicht leisten.

Nur andere ihres Volkes trafen sie nicht, dabei schienen Zwerge hier kein ungewöhnlicher Anblick zu sein, denn niemand beachtete sie sonderlich.

Nach einer Weile entdeckten sie eine Taverne, aus der ihnen Lachen, Grölen und Gesang entgegenschallten, und kehrten dort ein. In einer Ecke fanden sie einen freien Tisch, ließen sich dort nieder und bestellten Met und eine einfache Mahlzeit. Beides bekamen sie schon nach wenigen Minuten. Der Met war ein wenig wässrig, aber durchaus genießbar, und das galt auch für das Essen, das aus frisch gebackenem Brot, Käse und kaltem Fleisch bestand.

»Sag«, wandte sich Barun an das Bedienmädchen, das ihnen die Bestellung brachte, »halten sich zurzeit noch andere Zwerge in Siegtal auf?«

»Ich weiß nicht, vielleicht ja, vielleicht nein«, antwortete sie mit einem koketten Augenaufschlag. »Da muss ich erst nachdenken.«

Barun begriff. Er holte den Beutel mit den Münzen hervor, die sie in der Herberge als Wechselgeld bekommen hatten, und legte eine davon auf den Tisch. Sein Verdacht, dass Elam ihnen nur wertloses Kleingeld angedreht hatte, bestätigte sich, denn das Bedienmädchen schnitt nur eine verächtliche Grimasse und wandte sich zum Gehen. Rasch legte er noch einige weitere Münzen dazu.

»Es geht das Gerücht, dass eine Zwergengruppe heute Nachmittag im *Tanzenden Bären* Quartier bezogen hat«, sagte das Mädchen und strich die Münzen ein. »Aber sicher kann ich es nicht sagen, denn seither haben sie die Herberge offenbar nicht mehr verlassen. Es ist alles etwas geheimnisvoll.«

Barun bedankte sich und ließ sich für zwei weitere Münzen den Weg beschreiben. Als sie aufgegessen hatten und er mit dem Rest von Elams Geld bezahlen wollte, erlebte er eine unangenehme Überraschung, denn der Wirt schüttelte den Kopf. »Das reicht gerade mal für den Met, nicht aber für das Essen«, erklärte er.

Nach kurzem Überlegen zog Barun einen schlichten Dolch aus Zwergenstahl aus seinem Gürtel und legte ihn auf den Tresen. Der Wirt begutachtete ihn und bot ihm schließlich hundert Taler dafür.

»Bisschen wenig«, sagte Barun, obwohl er nicht die geringste Ahnung hatte, ob der Preis angemessen war. »Wie wäre es mit hundertzwanzig?«

Sie einigten sich auf hundertzehn, und da er für das gesamte Essen nur zwei Taler bezahlen musste, hatte Barun das Gefühl, diesmal nicht übers Ohr gehauen worden zu sein.

Als sie die Taverne verließen, war bereits die Nacht hereingebrochen. Es gab einige Straßenlaternen, doch längst nicht so viele wie in Arkhazan. Immerhin aber brauchten sie sich den Weg nicht im Dunkeln zu suchen. Sie machten sich auf zum *Tanzenden Bären*, der nur zwei Straßen weiter lag. Die Herberge machte einen weitaus gepflegteren Eindruck als Elams Absteige, und noch einmal verfluchte Barun Gal Durion in Gedanken.

In der Schankstube herrschte weniger Betrieb als in der Taverne, doch der Met, den man ihnen servierte, war von deutlich besserer Qualität. Nur andere Zwerge entdeckten sie auch hier nicht, und als Barun den Wirt danach fragte, erhielt er nur ein unverständliches Gebrummel als Antwort.

»Wir haben bereits eine Menge wichtige Informationen gesammelt«, fasste Barun zusammen, nachdem sie sich an einem Tisch in der Ecke der Schankstube niedergelassen hatten. »Vor allem wissen wir, dass es offenbar keine Oger und nur noch wenige Trolle auf der Welt gibt. Damit sind Duul'Athun und seine Schergen wohl die Letzten ihres Volkes. Dieses Wissen können wir zu gegebener Zeit vielleicht zu unserem Vorteil nutzen.«

»Da Zwerge und Menschen nun friedlich zusammenleben, brauchen wir unsere Herkunft eigentlich nicht mehr zu verschleiern, sondern können allen von Arkhazan berichten«, meinte einer seiner Begleiter.

»Vermutlich wäre es kein großes Risiko, aber diese Entscheidung möchte ich nicht über König Urtans Kopf hinweg treffen. Außerdem wissen wir nicht, wie es in anderen Teilen der Welt aussieht.« Barun schüttelte den Kopf. »Nein, es ist besser, wenn die Existenz Arkhazans vorläufig geheim bleibt. Es gibt noch eine Menge Fragen, auf die ich Antworten finden muss, ehe wir uns offenbaren.«

»Dann sollten wir versuchen, so viele Gespräche wie möglich zu führen, anstatt für uns zu bleiben«, schlug ein anderer Zwerg vor.

»Zu gefährlich«, befand Barun. »Es würde Verdacht erregen, wenn wir zu viele Fragen über Ereignisse und Gegebenheiten stellen, die für die Menschen hier Selbstverständlichkeiten sind. Ungefähr so, als würde in Arkhazan jemand nach dem Aussehen der Oger oder Trolle fragen.«

»Aber wie sollen wir etwas herausfinden, ohne Fragen zu stellen?«

Eine alte, ärmlich gekleidete Menschenfrau mit einem runzligen Gesicht und einem breitkrempigen Hut trank den letzten Schluck aus ihrem Becher, dann stand sie umständlich auf. Ihr Rücken war gebeugt, und sie zog ein Bein schlurfend nach, während sie mit langsamen Schritten direkt auf den Tisch der Zwerge zukam.

»Ihr Zwerge, die ihr sicherlich reich mit Schätzen aus euren Bergen gesegnet seid«, krächzte sie mit leicht lallender Stimme. »Wollt ihr nicht einer armen alten Frau, der das Leben übel mitgespielt hat, einen Becher Wein ausgeben?« Barun wollte sie schon davonscheuchen, als sie hinzufügte: »Ich könnte euch viele Geschichten über Siegtal und die umliegenden Städte erzählen. O ja, die alte Skari hat viel gehört und gesehen.«

Barun erkannte die Chance, die sich ihm bot, und überlegte es sich anders. Der alten Säuferin konnten sie für den Preis von ein paar Bechern Wein Fragen stellen, ohne dass diese Verdacht schöpfen würde.

»Setz dich«, sagte er und deutete auf einen freien Stuhl.

»Habt Dank, edle Zwergenherren. Möge Almon euch alle segnen«, sagte sie, während sie ebenso umständlich, wie sie zuvor aufgestanden war, Platz nahm. Barun bedeutete dem Schankmädchen, ihnen Wein zu bringen, von dem die Alte sofort einen gierigen Schluck trank. »Ihr seid sicher nach Siegtal gekommen, um der Toten der Großen Schlacht zu gedenken.«

»Erzähle uns von der Schlacht«, verlangte Barun. »Hier, am Ort des Geschehens, ist die Erinnerung daran sicherlich lebendiger als in unseren fernen Hallen.«

»Wenn du es wünschst, gerne. Darf ich fragen, wo eure fernen Hallen liegen? Ihr kommt doch nicht etwa aus Khron-Adur?«

»Was interessiert dich unsere Herkunft?«, entgegnete Barun, merkte sich aber zugleich den Namen der Zwergenmine. »Und was hast du mit Khron-Adur zu schaffen?«

»Oh, da Khron-Adur nur wenige Tagesreisen westlich liegt, kommen öfter Zwerge von dort hierher. Noble Zwergenherren ganz wie ihr und oft auch spendabel. Die letzten waren tief betrübt, weil König Waron schwer erkrankt war, und die alte Skari will nur fragen, ob sich sein Zustand inzwischen gebessert hat.«

»Also gut, wir kommen aus Khron-Adur«, behauptet Barun barsch. »Und König Warun befindet sich wieder auf dem Weg der Besserung. Aber nun erzähle uns von der Großen Schlacht, denn ...«

Er brach ab, als die Tür aufgestoßen wurde. Männer in dunkelbraunen Umhängen drängten herein. Ein halbes Dutzend, dann acht, schließlich neun. Schatten vor den Buntglasfenstern zeigten, dass draußen noch mehr warteten.

Der Wirt wollte sich ihnen erst entgegenstellen, zog sich stattdessen aber rasch in die relative Sicherheit hinter dem Tresen zurück. Die Männer kamen direkt auf Barun und seine Begleiter zu.

»Im Namen von Herzog Lethrides!«, sagte der Mann an ihrer Spitze. Eine lange Narbe zog sich über seine rechte Wange. Er schlug den Umhang zurück und legte die Hand auf den Griff seines Schwertes. »Wer seid ihr, und woher kommt ihr?«

»Wir sind hier in Lagon, wo Fürst Oldwin auf dem Thron sitzt, und nicht in Waloria!«, krächzte die Alte den Soldaten wütend an. »Herzog Lethrides verfügt hier über keinerlei Macht!«

»Halt's Maul und verschwinde, Alte!«, blaffte der Mann. »Das hier geht dich nichts an!«

Barun stand auf und legte seine Hand demonstrativ auf seine Streitaxt, die er neben sich abgestellt hatte und die am Tisch lehnte. »Mein Name ist Barlock Schädelspalter. Ich komme mit meinen Begleitern aus Khron-Adur«, sagte er. »Und diese Frau ist mein Gast. Mäßige deine Zunge, oder du wirst erkennen, dass ich meinen Ehrennamen nicht zu Unrecht trage.«

Sein Blick bohrte sich in den des Menschen. Einige Sekunden lang standen sie sich reglos gegenüber und starrten sich feindselig an.

Einer der anderen Soldaten beugte sich zu dem Narbigen vor.« Der Königssohn ist nicht bei ihnen. Ich habe ihn bereits mehrfach gesehen und würde ihn wiedererkennen. Außerdem ist es einer zu viel. Gildor hat nur noch vier Zwerge und eine junge Menschenfrau in seiner Begleitung. Das sind nicht die Zwerge, die wir suchen.«

Der Narbige zögerte noch einige Sekunden, dann nickte er und löste die Hand vom Griff seines Schwerts.

»Dann wäre jetzt wohl eine Entschuldigung angebracht«, sagte Barun.

»Verzeiht die Störung«, presste der Narbige hasserfüllt hervor, dann fuhr er herum. »He, Wirt!«, brüllte er. »Beherbergst du noch weitere Zwerge in diesem Rattenloch?«

»Nein, Herr, ich ...«

»Durchsucht das Haus!«

Seine Begleiter schickten sich an, dem Befehl Folge zu leisten, doch in diesem Moment steckte die Alte vier Finger in den Mund und stieß einen gellenden Pfiff aus. Gleichzeitig sprang sie auf, und mit wenigen Handgriffen riss sie sich den Hut und die Lumpen vom Leib. Darunter war sie in eng anliegendes schwarzes Leder gekleidet.

Mit dem Ärmel wischte sie sich übers Gesicht, und ihre Runzeln und Falten verschwanden wie durch einen Zauber. Zu seiner Verblüffung erkannte Barun, dass er auf geschickt aufgetragene Schminke hereingefallen war.

Mit einem Satz sprang die Menschenfrau auf den Tisch, von dort aus auf zwei weitere und erreichte die Treppe ins Obergeschoss, der sich die Soldaten gerade zugewandt hatten. In ihrer Hand blitzte ein Schwert.

»Keinen Schritt weiter, oder euer Leben ist verwirkt!«, rief sie.

Barun starrte sie fassungslos an.

4

Arisha Lakari verließ den Tempel durch den nach Westen führenden unterirdischen Stollen und erreichte wohlbehalten das Fluchthaus in der Nähe der Stadtmauer. Es wurde von einem zutiefst gläubigen Ehepaar bewohnt, das die Mondgöttin oder den Orden niemals verraten würde. Arisha teilte den beiden mit, was geschehen war und dass schon bald weitere Hexen kommen und einen Teil der Heiligtümer und Schätze des Tempels bei ihnen lagern würden, was sie in helle Aufregung versetzte.

Arisha schärfte ihnen ein, in nächster Zeit besonders vorsichtig zu sein, dann setzte sie ihren Weg durch den unterirdischen Stollen fort. So gelangte sie unter der Stadtmauer hindurch zu einem außerhalb liegenden Gehöft, das ebenfalls von treuen Anhängern des Ordens bewirtschaftet wurde. Die einzige Besonderheit daran, die einem Beobachter hätte auffallen können, war eine Anzahl von Rassepferden, die man auf einem Hof wie diesem nicht erwartete.

Auch hier blieb Arisha nur wenige Minuten und sprach den Dienern des Ordens Trost zu, während eines der Pferde, ein prachtvoller Schimmel, für sie gesattelt wurde. Auf ihm ritt Arisha davon.

Sechs Tage lang folgte sie in scharfem Galopp dem Kaiserweg, der von Bornum aus in nordwestlicher Richtung bis nach

Aurania führte, dem Sitz des Kaisers und Hauptstadt des gesamten Reichs. Längst schon hatte sie Waloria und damit das Herrschaftsgebiet von Herzog Lethrides hinter sich gelassen. Sie wäre ohne jede Unterbrechung geritten, denn zur Erholung reichten ihr kurze Meditationen. Aber dann wäre das Pferd unter ihr zusammengebrochen. Es war seine, nicht ihre Erschöpfung, die sie immer wieder zwang, Rast zu machen. Meist wählte sie dafür Städte, in denen es einen Tempel des Ordens gab, von denen einige an ihrer Reiseroute lagen. Dort berichtete sie von den Ereignissen in Bornum und rief ihre Schwestern zu erhöhter Wachsamkeit auf. Dabei betonte sie vor allem die Gefahr, die ihrer Meinung nach von dem geheimnisvollen Magier ausging.

Am siebten Tag bog sie bei einer kleinen Siedlung direkt nach Westen ab. Nach einem weiteren Tagesritt wurde die Besiedlung spärlicher, das Land karger, und auch das Wetter wurde unfreundlicher. Am Himmel zogen dunkle Wolken auf, und kurz darauf begann es zu regnen.

Gegen Abend erreichte Arisha völlig durchnässt einen einsam gelegenen Hof, wo sie um ein Nachtquartier bat oder zumindest um die Erlaubnis, im trockenen Stroh der Scheune zu schlafen. Der Bauer, ein grantiger, unfreundlicher Grobian, drohte ihr, seine Hunde auf sie zu hetzen, wenn sie nicht augenblicklich verschwand, doch ein einzelnes kehliges Wort und eine Handbewegung Arishas reichten, dass sich die zuvor noch wild geifernden Hunde mit eingezogenem Schwanz davonstahlen.

Auch der Bauer wurde plötzlich wesentlich freundlicher. Er bat sie ins Haus und befahl einer Magd, das Beste aufzutischen, was die Speisekammer hergab, während er den Schimmel versorgte. Anschließend bot er Arisha sein eigenes Schlafgemach an. Er selbst würde bei den Knechten schlafen. Mit einem grimmigen Lächeln nahm sie sein Angebot an.

Sie schlief nur wenige Stunden und wurde wach, bevor es zu dämmern begann. Leise verließ sie das Haus, nachdem sie eine Münze auf den Tisch der Wohnstube gelegt hatte, die den Bauern für das Nachtquartier und die Mahlzeit mehr als entschädigte. Ebenso leise sattelte sie ihr Pferd und setzte ihre Reise fort.

An diesem und dem folgenden Tag wurde es gar nicht erst richtig hell. Es regnete nach wie vor, wie so oft in dieser Gegend, und die Wolken waren so dunkel, dass sie fast schwarz aussahen.

Menschen lebten in dieser Gegend gar keine mehr. Es hieß, es sei hier nicht geheuer, und da der Boden so unfruchtbar war, dass außer Flechten und Moos höchstens noch vereinzelte Grasbüschel darauf wuchsen, siedelte sich hier auch niemand an. Dafür lagen gigantische schwarze Felsbrocken, von denen nur eine Handvoll Eingeweihter wussten, woher sie stammten, über die Landschaft verteilt.

Hätten die Menschen, die am Rande dieser trostlosen Einöde lebten, Arisha danach gefragt, hätte sie ihnen erklären können, dass es die Überreste einer Burg waren, die einst hier gestanden hatte, lange bevor die ersten Oger oder selbst Elben das Licht der Welt erblickt hatten. Unvorstellbare Kreaturen hatten hier gehaust und das Land in weitem Umkreis mit ihrem Odem des Bösen für alle Zeit verdorben, ehe sie von anderen ebenso mächtigen und finsteren Kreaturen vernichtet worden waren.

Arisha wagte sich nicht vorzustellen, welche ungeheuren Kräfte hier gewütet hatten, die die Trümmer der urzeitlichen Festung über Hunderte von Meilen weit ins Land geschleudert hatten.

Sie preschte weiter, tiefer hinein ins Herz der Ödnis. Es war nicht das erste Mal, dass sie hier war, aber das hatte sie ihren Ordensschwestern wohlweislich verschwiegen. Sie wusste, dass von den Trümmerstücken keine Gefahr ausging, und auch als sich ein gespensterhaftes, milchiges Schemen vor ihr bildete, trieb sie ihr Pferd nur noch weiter an und ritt unbeschadet mitten hindurch.

Ebenso wenig kümmerte sie sich um die bläulichen Irrlichter, die nicht weit von ihr entfernt zu tanzen begannen und sie in das hier stellenweise recht tückische Moor zu locken versuchten.

Arisha kannte den Weg und ließ sich durch nichts davon abbringen. Weder von den Erscheinungen noch von dem zum Sturm gewordenen Wind, der um die schwarzen Felsen heulte und ihr Regenschwaden ins Gesicht trieb. Im Gegenteil, obwohl ihre Kleidung bis auf den letzten Faden durchnässt war und ihr am Leib klebte, genoss sie das Tosen der Elemente. Es war fast wie eine Heimkehr.

Sie warf den Kopf in den Nacken und schickte ein lautes Lachen hinauf zum finsteren Himmel. Gleichzeitig trieb sie den Schimmel zum Endspurt an. Ihr rotes Haar und der schwarze Umhang, den sie übergezogen hatte, um ihre Ordenstracht zu verbergen, flatterten im Wind.

Donner drang aus der Ferne an ihr Ohr, und in den Wolken vor ihr wetterleuchtete es. Vereinzelt zuckten Blitze über den Himmel.

Sie näherte sich dem Gewitter und damit auch ihrem Ziel. Schon damals, als sie den Schwarzen Turm vor so langer Zeit zum ersten Mal aufgesucht hatte, war er von Sturm, Blitz und Donner umtost worden.

Endlich tauchte undeutlich das Ziel ihrer Reise vor ihr auf, eine gewaltige Trümmerwüste, aus der die Überreste des titanischen runden Turms aufragten. Auch er war in dem urzeitlichen Kampf, der einst hier gewütet hatte, geschleift worden, erhob sich aber immer noch fünfzehn, zwanzig Meter hoch über das Trümmerfeld. Er hatte einen Durchmesser von sicherlich mehr als hundert Metern und bestand ebenfalls aus dem schwarzen Gestein, aus dem alles hier erbaut gewesen war.

Der Donner grollte nun ohrenbetäubend. Blitz um Blitz zuckte vom Himmel, und jeder einzelne schlug in den Turm ein, ohne ihm etwas anhaben zu können. Es schien, als würden die ungeheuren Energien von dem schwarzen Gestein aufgesogen.

Ein mannshoher metallener Zaun aus massiven Streben, unterbrochen von einem geschmiedeten Tor, umgab das gesamte Areal.

Arisha wusste, dass jeder Unbefugte, der diesen Zaun oder das Tor berührte, augenblicklich zu Asche verbrannte. Doch eine Handbewegung und einige geheime Worte von ihr genügten, dass sich das Tor vor ihr öffnete und hinter ihr wieder schloss.

Sie ritt hindurch und zügelte ihr Pferd erst, als sie den Turm erreicht hatte. Dort sprang sie aus dem Sattel. Anzubinden brauchte sie den Schimmel nicht. Selbst ohne den unüberwindlichen Zaun würde er nicht fortlaufen.

Gemessenen Schrittes trat sie auf ein riesiges Portal zu. Nicht einmal mit ihrer Zauberkraft hätte sie es öffnen können, doch wie von Geisterhand bewegt schwang es vor ihr auf.

Ondruin erwartete sie bereits. Natürlich hatte er ihr Kommen längst bemerkt und schien gewillt, sie zu empfangen.

Ohne zu zögern trat sie ein. Hinter ihr schlug das Portal mit einem dumpfen Laut wieder zu und sperrte nicht nur das Toben der Elemente aus, sondern auch das Tageslicht und den grellen Schein der Blitze, denn der Turm hatte keine Fenster.

Magische Feuer an den Wänden erhellten das Innere nur schattenhaft, doch viel gab es ohnehin nicht zu sehen. Die Eingangshalle, die die gesamte Grundfläche des Turms umfasste, war bis auf eine breite Treppe aus dem gleichen schwarzen Gestein wie alles hier völlig leer.

Auf halber Höhe der Treppe stand Ondruin, der schwarze Magier. Er trug diese Bezeichnung zu Recht, denn bis auf seine Haut war alles an ihm schwarz, was ihn in dieser Umgebung fast unsichtbar machte. Hochgewachsen, schlank und dennoch muskulös stand er da. Er trug eng anliegende Kleidung und einen Umhang, der trotz völliger Windstille um seine Schultern wehte. Arisha wusste, dass es kein Umhang, sondern etwas ganz anderes war. Ondruins langes schwarzes Haar verriet, dass er trotz der spitzen Ohren und der fast leichenhaft bleichen Haut kein Elb war. Er war ein Hybrid, ein Mischling, Sohn einer Elbin und eines menschlichen Mannes.

Unter den Wenigen, die ihn kannten und von seiner Herkunft wussten, wurde gemunkelt, Lithriel selbst sei seine Mutter gewesen, doch Arisha glaubte das nicht. Die Elbenherrscherin hatte immer nur Verachtung für die Menschen übrig gehabt, sodass es äußerst unwahrscheinlich war, dass sie sich mit einem von ihnen gepaart hatte.

Ondruin selbst schwieg sich über seine Abstammung aus.

»Arisha«, sagte er nun mit wohltönender Stimme, und seine scharf geschnittenen Züge mit den markanten Wangenknochen verzogen sich zu einem Lächeln, das seine eisgrauen Augen jedoch nicht erreichte. »Ich wusste, dass du eines Tages zu mir zurückkehren würdest. Quält dich die Erinnerung an meine heißen Küsse so sehr, dass du dein Leben unter den jämmerlichen Sterblichen nicht mehr erträgst?«

Arisha widersprach nicht. Es war besser, ihn zumindest eine Weile in dem Glauben zu lassen, dass die Sehnsucht sie zurückgetrieben hätte. Wichtig war, dass er keinen Groll gegen sie zu hegen schien. Er war launisch, und verfiel er in düstere Stimmung, war ihm durchaus zuzutrauen, dass er sie aus Rache, weil sie ihn einst verlassen hatte, einfach tötete.

Zudem lag er mit seinen Worten auch nicht völlig falsch. Mehr als einmal war sie in den vergangenen Jahrzehnten ihres Lebens im Orden überdrüssig gewesen, und sie hatte in Erwägung gezogen, zum Dunklen Turm zurückzukehren, der noch so viele Geheimnisse barg, die es zu erforschen galt. Die fremdartige Magie des finsteren Gemäuers war stärker als der ewige Kreislauf von Werden und Vergehen und ließ seine Bewohner nicht altern. Sie konnte ihnen theoretisch sogar Unsterblichkeit verleihen.

Vor allem aber hatte es sie zurück zu Ondruin gezogen, der wahrscheinlich tiefer als jeder andere in die Geheimnisse wahrer Magie vorgedrungen war. Einst hatte sie ihn leidenschaftlich geliebt, und diese Liebe war niemals ganz vergangen, genau wie er es ihr schon vor vielen Jahren prophezeit hatte. Es war eine Art von Magie, die sich nicht durch einen Gegenzauber aufheben ließ. Vor so vielen Jahren war sie Ondruin zum ersten Mal begegnet, da war sie noch eine blutjunge Ordenspriesterin gewesen, und sie war ihm sofort verfallen. Und auch er musste damals einen schwachen Moment gehabt haben, denn gewöhnlich suchte er keinerlei Kontakt zur Außenwelt, und sein Tor blieb Besuchern verschlossen.

Ihren Vorschlag einer Allianz zwischen ihm und dem Orden hatte er rundum abgelehnt, aber sie war dennoch bei ihm geblieben. Gemeinsam hatten sie als Liebespaar im Dunklen Turm gelebt, doch es war eine einseitige Liebe gewesen, wie ihr mit der Zeit bewusst geworden war. Ondruin war zu einem solchen Gefühl gar nicht fähig. Er war nicht nur der Spross zweier Völker. Alles, was an ihm einst menschlich oder elbisch gewesen war, war von der Finsternis seiner Forschungen nach und nach abgetötet worden.

Langsam stieg sie die Treppe hinauf, und im gleichen Tempo kam er ihr entgegen. Als sie sich begegneten, nahm er sie wortlos in die Arme und küsste sie mit der gleichen Leidenschaft wie früher. Einer Leidenschaft, die sie im tiefsten Inneren erschaudern ließ und zugleich Gefühle in ihr auflodern ließ, die sie lange unterdrückt hatte. Die Jahrhunderte, die vergangen waren, seit sie zum ersten Mal hergekommen war, schienen dahinzuschmelzen, als hätten sie nie existiert. Sie fühlte sich wieder ebenso jung wie damals.

Als sich ihre Lippen nach Minuten wieder voneinander lösten, atmete sie schwer und musste darum kämpfen, sich selbst und ihre Aufgabe nicht zu vergessen. Ihren klaren Verstand zu bewahren, anstatt sich von einer Woge des Glücks mitreißen zu lassen.

»Ja, ich habe dich vermisst«, stieß sie hervor, und es war nur zu wahr. Auch wenn man ihn aufgrund seiner Forschungen für eine Bestie halten mochte, verstand er es, eine Frau zu betören wie kein anderer.

Mit aller Gewalt dachte sie an den Magier in der Kutte, der mit seinem verderblichen Einfluss auf Herzog Lethrides im Begriff stand, ganz Waloria und die angrenzenden Länder mit Krieg zu überziehen, und das ernüchterte sie. »Aber das ist nicht der einzige Grund, aus dem ich hergekommen bin. Ich muss mit dir reden.«

5

Der Angriff bewies einmal mehr, dass es Duul'Athun innerhalb
kurzer Zeit gelungen war, die wilden Trolle durch eisernen Drill
in eine disziplinierte, schlagkräftige Armee zu verwandeln. Völlig lautlos hatten sie sich in ihrem Teil des Talkessels versammelt, und ebenso vorsichtig und leise drangen sie durch das
dicht bewaldete Gebiet in Richtung der Mauer vor.

Die Ersten, die sie bemerkten, waren nicht die Zwerge auf
der Mauer und in den Wachtürmen, sondern die Elben in ihrer
nicht weit von der Mauer entfernt liegenden Siedlung. Sie nahmen eine Veränderung in den gewohnten Lauten des Waldes
wahr. Vögel gaben Warnrufe von sich, und andere Tiere flohen
vor der näher rückenden Armee der Ungeheuer.

Egarion selbst eilte daraufhin zur Mauer und fand seinen
Verdacht bestätigt. Doch noch waren die Trolle nicht allzu dicht
herangekommen, und den Zwergen blieb Zeit, sich auf die Verteidigung vorzubereiten.

Diese Vorbereitungen verliefen ebenfalls in aller Stille, um
den heranrückenden Feind nicht zu warnen. Sollten die Trolle
ruhig glauben, dass die Zwerge ahnungslos wären und man sie
überraschen könnte.

In Wahrheit waren sie längst kampfbereit. Zudem waren Boten unterwegs, um Verstärkung aus den Kasernen zu holen und
den König zu informieren.

Fast zeitgleich mit Urtans Eintreffen auf dem besonders stark befestigten Turm über dem einzigen Tor in der Mauer erfolgte schließlich der Angriff.

In den ruhigen Zeiten hatten die Zwerge es gewagt, einen gut zwei Dutzend Meter breiten Streifen vor der Mauer zu roden und zu nutzen. Doch seit Duul'Athun wieder das Kommando über die Trolle übernommen hatte, war es zu gefährlich geworden, den gesicherten Bereich zu verlassen. Seitdem waren vor der Mauer noch keine Bäume nachgewachsen, wohl aber hohes Dickicht.

Ein Hornsignal gab das Zeichen zum Angriff, und in diesem Moment gaben die Trolle jegliche Zurückhaltung auf. Laut grölend, wie es ihrer Art entsprach, stürmten sie in einer breiten Kette finsterer Schemen in der Dunkelheit aus dem Wald hervor und trampelten das Dickicht vor der Mauer nieder. Es waren Hunderte, und somit war es umso bemerkenswerter, dass sie es geschafft hatten, so leise aufzumarschieren.

Wieder einmal stellte Duul'Athun unter Beweis, wie gefährlich er war.

Aber die Zwerge waren auf der Hut. Lampen flammten auf der Mauer auf, und in ihrem Schein waren die Angreifer deutlich zu erkennen.

Deren Ziel war nicht das Tor. Es war bewusst klein gehalten, gerade einmal breit genug, dass zwei Zwerge es nebeneinander passieren konnten. Zudem war es ganz aus Adamantit gefertigt und somit praktisch unzerstörbar.

Nein, die Trolle hatten es auf die Mauer abgesehen. Fast jeder zweite trug eine grob zusammengezimmerte Holzleiter bei sich. Die Übrigen schützten sie und sich selbst durch besonders große Schilde, die sie über ihre Köpfe hielten. Selbst den meisterhaften Elbenschützen gelang es nur in wenigen Fällen, Pfeile durch die Lücken zwischen den Schilden jagen und einige der Trolle zu verwunden oder zu töten.

Die meisten von ihnen schafften es, die Mauer zu erreichen und ihre Leitern aufzurichten. Bevor sie hinaufstiegen, ließen sie die klobigen, großen Schilde fallen und griffen stattdessen zu kleineren, die sie über sich hielten. Damit waren sie zwar gegen Treffer von oben einigermaßen geschützt, doch die Elbenschützen richteten sich sofort darauf ein. Anstatt auf die Trolle, die direkt unter ihnen in die Höhe kletterten, schossen sie auf die auf den anderen Leitern, die seitlich nicht geschützt waren.

Obwohl die Elben so Dutzende der grauhäutigen Ungeheuer töteten und diese beim Absturz oft noch andere mit sich in die Tiefe rissen, dauerte es nicht lange, bis die Ersten die Zinnen erreichten.

Dort wurden sie von scharfen adamantitenen Zwergenäxten empfangen, während sich die Elben in Richtung des Turms zurückzogen, um von dort aus weiter auf die Angreifer zu schießen.

Die Zwerge hieben wild auf jeden Troll ein, der versuchte, auf die Mauer zu klettern, und erschlugen die Bestien zu Dutzenden.

Ein wenig fühlte sich Urtan an die so weit zurückliegende Schlacht in Burg Moron erinnert. Allerdings war die Ausgangslage diesmal eine ganz andere. Es gab keinen Magier, der mit seinen Blitzen die Abwehr zerschmetterte, und die Adamantit-Klingen der Zwerge durchdrangen die zähe Haut der Trolle mühelos.

Am liebsten hätte Urtan sich selbst ins Kampfgetümmel gestürzt. Trotz seines Alters vermochte er noch immer mit einer Axt umzugehen. Und war ein ruhmreiches Ende im Kampf nicht der einzig wahre Tod für einen Krieger?

Allerdings wusste er auch, dass man keine Heldenlieder über ihn singen würde, wenn er sich ohne jede Notwendigkeit in Gefahr brachte. Stattdessen würde man sein Handeln als Torheit bewerten. Als Flucht vor der Verantwortung, auch wenn sein

Tod den Weg für einen neuen Herrscher frei machen würde, der für Zeiten wie diese eher geeignet wäre.

Noch war sein Eingreifen alles andere als erforderlich. Wenn die Trolle irgendwo durchzubrechen drohten, und er würde sich todesmutig in die Schlacht stürzen, um sie zurückzudrängen, wäre es etwas anderes, aber davon war der Verlauf des Kampfes weit entfernt.

Urtan fragte sich, was Duul'Athun mit diesem Angriff bezweckte. Er schickte seine Krieger in einen sinnlosen Tod, ohne die geringste Aussicht auf einen Sieg.

In diesem Moment wurde in einiger Entfernung ebenfalls zum Angriff geblasen. Etwa eine Meile westlich, fast auf der anderen Seite des Talkessels, wurden nun ebenfalls Lampen entzündet, und gedämpft drang auch von dort das Gebrüll von Trollen herüber.

Das also war Duul'Athuns Plan: An zwei weit voneinander entfernten Stellen fast gleichzeitig zuzuschlagen, in der Hoffnung, dass sie alle verfügbaren Krieger zu Beginn des Kampfes hier zusammengezogen hatten und die Mauer im Westen nur schwach bemannt war.

Und tatsächlich befanden sich dort nur die üblichen Wachen auf der Mauer – wenige Dutzend Krieger und keine Bogenschützen –, während sie hier von Verstärkung aus den Kasernen unterstützt wurden.

Soweit Urtan von seiner Position aus sehen konnte, war die Zahl der angreifenden Trolle drüben mindestens so groß wie am ersten Angriffspunkt. Sie würden sich von den Wachen kaum aufhalten lassen.

Duul'Athun hatte ihnen eine Falle gestellt.

6

Barun war von den Ereignissen völlig überrascht worden und wusste im ersten Moment nicht, wie er sich verhalten sollte. Zwei Seelen schlugen in seiner Brust. Es war seine oberste Pflicht, keinerlei Aufsehen zu erregen, sondern so schnell wie möglich und ohne Spuren zu hinterlassen nach Arkhazan zurückzukehren. Was hier geschah, ging ihn und seine Begleiter nichts an.

Zudem hatte diese Skari sie getäuscht. Sie war nicht an ihren Tisch gekommen, weil sie einen großzügigen Gönner suchte, der ihr etwas zu trinken spendierte, sondern hatte sie gezielt ausgewählt, um sie auszuhorchen, während er gehofft hatte, Informationen von ihr zu erhalten.

Sie waren ihr gegenüber in keiner Form zur Hilfe verpflichtet. Das Sinnvollste wäre es, wenn sie einfach ihre Zeche bezahlten und sofort von hier verschwanden.

Anderseits waren der Narbige und seine Begleiter offenbar auf der Jagd nach einer bestimmten Zwergengruppe, und Skari schützte diese. Selbst wenn er sie alle und dazu noch das Geheimnis von Arkhazan in Gefahr brachte, gab es unter diesen Umständen nur eine Art, wie er reagieren konnte. Barun erhob sich und ergriff seine an die Wand gelehnte Streitaxt.

»Kommt!«, sagte er. »Die Dame braucht unsere Hilfe.«

Seine Begleiter sahen ihn überrascht an. Offenbar gingen

ihnen die gleichen Gedanken durch den Kopf wie ihm zuvor. Dennoch zögerten sie nicht, seinen Befehl zu befolgen.

Die junge Frau war inzwischen in einige Bedrängnis geraten. Zwar konnte sie ihren Platz auf der Treppe behaupten, musste sich jedoch gleich drei Angreifer erwehren. Ein weiterer versuchte, seitlich am Geländer hinaufzuklettern, um in ihren Rücken zu gelangen.

Barun packte ihn und riss ihn zurück. Als der Mann herumfuhr, rammte der Zwerg ihm das hintere, stumpfe Ende der Axt ins Gesicht und schickte ihn ins Reich der Träume.

»Haltet euch da raus!«, brüllte der Narbige und trat Barun mit erhobenem Schwert entgegen. »Die Zwerge, hinter denen wir her sind, sind Feinde des Herzogs von Waloria und werden wegen mehrfachen Mordes gesucht!«

»Glaubt ihm kein Wort!«, keuchte Skari, während sie einen Hieb nach dem anderen abwehrte. Es gelang ihr, einem der Männer einen Tritt gegen die Brust zu versetzen, der ihn zurücktrieb. Beim Sturz von der Treppe riss er zwei seiner Begleiter mit zu Boden, doch wurde die Lücke sofort von anderen wieder gefüllt. »Herzog Lethrides plant, die Zwergenmine Erak-Nor anzugreifen, und ich bin zusammen mit Gildor, dem Sohn von König Torek Eisenfaust, nach Khron-Adur unterwegs, um dort um Hilfe zu bitten. Diese Männer sind Häscher, die unter allen Umständen verhindern sollen, dass wir unser Ziel erreichen.«

»Diese Angelegenheit geht euch nichts an. Bleibt zurück, oder ihr werdet den morgigen Tag nicht mehr erleben!«, blaffte der Narbige und führte einen Streich mit seinem Schwert in Baruns Richtung, der jedoch nur der Abschreckung diente.

»Ich weiß nicht, wie es bei euch Menschen ist, aber wir Zwerge helfen einander, wenn unsereiner in Gefahr ist«, erwiderte Barun ruhig. Dann griff er an. Wild schwang er die Axt und trieb den Narbigen mit wuchtigen Hieben zurück.

Auch seine Begleiter stürzten sich auf die Männer des Herzogs. Es dauerte nur wenige Sekunden, bis sie den Platz vor der Treppe freigeräumt hatten.

Aber auch ihre Gegner verstanden sich auf den Kampf, wie sie gleich darauf bewiesen, nachdem sie ihre Überraschung überwunden hatten. Vereint stürzten sie sich mit blitzenden Klingen auf die Zwerge. Diese wirbelten ihre Äxte mit beispielloser Kunstfertigkeit, wurden jedoch von der bloßen Übermacht zurückgedrängt.

Wieder und wieder schlug der Narbige schnell und kräftig mit seinem Schwert zu, sodass Barun schon Schwierigkeiten hatte, die Hiebe abzuwehren, nicht daran zu denken, dass er selbst einen Angriff führte. Zudem lag die Axt noch ungewohnt in seiner Hand. Sie war leichter als seine alte, da sie aus diesem Adamantit gefertigt war, das Urtan so gepriesen hatte. Immerhin ließ sie sich dadurch mit weniger Kraftaufwand schwingen.

Als der Mann neben Barun unter dem Hieb eines Zwerges aus dem Gleichgewicht geriet und gegen den Narbigen taumelte, bot sich ihm eine unerwartete Gelegenheit. Für einen kurzen Moment war die Deckung seines Gegners offen, und Barun nutzte sofort seine Chance. Er riss seine Axt hoch, sodass sie mit der Schneide wuchtig gegen das Schwert des Narbigen prallte.

Klirrend zersplitterte dessen Klinge in mehrere Teile.

Fassungslos starrte der Mann auf den Stumpf, den er in der Hand zurückbehielt, aber auch Barun war für einen Moment zu verblüfft, um die Gelegenheit für einen Todesstreich zu nutzen. Das Adamantit übertraf seine kühnsten Erwartungen. Ihm war bewusst, dass es sich um einen Glückstreffer im genau richtigen Winkel gehandelt hatte, dennoch kannte er kein anderes Material, das Stahl wie Eis zersplittern ließ.

Der Narbige sprang zurück, aber ein anderer nahm sofort seine Stelle ein. Die Übermacht war nach wie vor erdrückend, und die Zwerge wurden weiterhin Schritt für Schritt zurückgedrängt. Einige der Angreifer versuchten hinter sie zu gelangen, was ihre Lage noch bedrohlicher machte.

»Kreisformation!«, rief Barun, ohne zu wissen, ob diese Bezeichnung überhaupt noch verwendet wurde, aber seine Begleiter begriffen sofort, was er meinte. Mit den Rücken zueinander bildeten sie einen engen Kreis, sodass sie sich in alle Richtungen gleichzeitig verteidigen und nicht von hinten angegriffen werden konnten.

Aus den Augenwinkeln bekam er mit, wie Skari einen der Männer tötete. Gleich darauf wagte sie sich mit einem kühnen Sprung von der Treppe direkt zwischen die Angreifer und riss mehrere von ihnen mit sich zu Boden. Schneller als ihre Gegner löste sie sich wieder aus dem Knäuel und kam auf die Beine, tötete einen weiteren von ihnen durch einen Stich in die Brust und trieb die anderen zurück, indem sie eine Kombination von Hieben in verschiedene Richtungen schlug.

Auch Barun und seine Begleiter hatten ihre anfängliche Zurückhaltung inzwischen aufgegeben. Sie hatten Blutvergießen vermeiden und lediglich die Frau schützen wollen, hatten gehofft, ihr bloßes Eingreifen würde ausreichen, die Schergen dieses Herzogs zum Rückzug zu bewegen. Doch stattdessen war dies ein Kampf auf Leben und Tod geworden, und mit entsprechender Verbissenheit kämpften sie.

Zwei der Männer lagen bereits tot vor ihnen auf dem Boden. Ein weiterer war schwer verletzt zurückgetaumelt, und einem anderen versetzte Barun gerade einen Axthieb zwischen Schulter und Hals, der diesem den Kopf zur Hälfte abtrennte.

Auch außerhalb der Schänke erklangen nun laute Rufe und Kampfgeräusche.

»Die Garde!«, rief Skari und bezog wieder Position auf der Treppe, wo sie sich der Angreifer besser erwehren konnte. »Diese Narren sind fanatisch genug, sogar gegen die Stadtgarde zu kämpfen, dabei haben Gildor und seine Begleiter die Herberge längst verlassen.«

Barun begriff, dass Skaris Worte hauptsächlich an die Häscher des Herzogs gerichtet waren und ihnen vor Augen führen sollten, wie sinnlos ihr Kampf geworden war.

Und sie zeigten Wirkung.

»Wir ziehen uns zurück!«, stieß der Narbige hasserfüllt hervor und schüttelte die Faust in ihre Richtung. Offenbar waren die gesuchten Zwerge längst durch einen Hinterausgang entkommen und im Gewimmel der Stadt untergetaucht. »Aber fühlt euch nicht zu sicher! Der Weg nach Khron-Adur ist noch weit. Ihr werdet niemals dort ankommen!«

Nach einem letzten finsteren Blick in ihre Richtung gab er seinen Männern einen Wink. »Kommt. Die Stadtgarde ist uns nicht gewachsen. Wir brechen durch!«

Die Kämpfer wichen zurück und drängten durch die Tür des Gasthauses ins Freie. Gleich darauf war sich entfernender Hufschlag zu hören.

Die Zwerge ließen ihre Waffen sinken. Keiner von ihnen hatte eine ernsthafte Verletzung erlitten. Der Wirt jammerte über seine zerschlagene Einrichtung, bis Skari ihm ein Geldstück zuwarf.

»Verschwinden wir von hier«, sagte sie zu den Zwergen. »Auch wenn wir uns nur verteidigt haben, weil wir angegriffen wurden, könnte es ungemütlich für uns werden, wenn die Garde uns schnappt. Ich habe wenig Lust, tagelang verhört zu werden und die Nächte in einem Kerker zu verbringen.«

Dem konnte Barun sich nur anschließen. Mit seinen Begleitern folgte er der Menschenfrau die Treppe hinauf. Vorbei an einem offenbar in aller Eile verlassenen Schlafraum gelangten sie über einen schmalen Flur zu einer ins Freie führenden Tür, dann über eine Treppe hinab in einen Hof und durch eine weitere Tür in eine Gasse hinter dem Gebäude.

»Narbengesicht hätte zunächst die Gegend genauer erkunden sollen«, sagte Skari. »Aber auch wenn er diesen Ausgang entdeckt hätte, hätte er Gildor und seine Eskorte nicht überraschen können. Denn so, wie ich in der Schankstube gewacht habe, hatten die Zwerge auch hier eine Wache postiert.«

»Du wirst eine Menge Fragen beantworten müssen, sobald wir in Sicherheit sind«, brummte Barun.

»Ja«, entgegnete sie. »Und du auch.«

7

Arisha hatte sich auf einem Diwan im zweiten Stock des Dunklen Turms ausgestreckt, der Ondruin als Wohnbereich diente. In der Hand hielt sie ein mit Rotwein gefülltes Glas und nippte gelegentlich daran. Der Wein war köstlich, und die Wohnräume waren mit Möbeln eingerichtet, die allerhöchste Handwerkskunst verrieten.

Nur leider war nichts davon real. Es hatte einst Jahre gedauert, bis sie herausgefunden hatte, dass dies alles nur eine magisch geschaffene Illusion war. Allerdings war sie so perfekt, dass sie von der Wirklichkeit nicht zu unterscheiden war. In der Praxis machte es keinen Unterschied.

»Also dann«, sagte Ondruin. Er hatte sich ihr gegenüber auf einem gleichartigen Diwan niedergelassen. »Bringen wir den förmlichen Teil unseres Wiedersehens möglichst schnell hinter uns. Du sagtest, du müsstest mit mir reden. Um was geht es?«

»Ich habe nur eine Frage. Unterhältst du wieder Kontakt zur Außenwelt und versuchst, Einfluss auf sie zu nehmen?«

»Die Außenwelt«, schnaubte der schwarze Magier. »Was interessiert es mich, was außerhalb dieser Mauern vorgeht, wenn es hier so viel zu entdecken gibt, dass es für ein ganzes unsterbliches Leben reicht?«

»Dann hast du keinen Boten geschickt, der in Waloria Unruhe stiftet?«

»Ich weiß nicht einmal, wo dieses Waloria liegt. Warum sollte ich mich in irgendwelche Belange dort einmischen? Wie kommst du überhaupt darauf, dass ich etwas damit zu tun haben könnte?«

»Weil es sich um einen Magier handelt. Einen extrem starken Magier, der sich der finsteren Künste bedient.«

»Und da hast du natürlich gleich an mich gedacht.« Ondruin lachte leise. »Was erwartest du nun von mir?«

»Ich will, dass du mir in die Augen siehst und sagst, dass du nichts damit zu tun hast.«

Der Blick aus Ondruins eisgrauen Augen verschmolz mit dem Arishas. »Ich weiß nicht, wer dieser Magier ist und habe nichts mit ihm zu schaffen.«

Arisha glaubte ihm. Sie hatte schon immer gewusst, wann er log und wann er die Wahrheit sagte. Vielleicht lag es an der Magie dieses Turms, vielleicht aber auch an ihren besonderen Fähigkeiten.

»Doch dieser Unbekannte interessiert mich«, fügte der Magier hinzu. »Erzähl mir mehr von ihm.«

Arisha nippte noch einmal an ihrem Wein, dann berichtete sie. Dabei ließ sie nichts aus, von der ersten Entdeckung des Magiers bis hin zu dem Kampf vor den Toren Bornums. Auch dass er bereits von Ordensschwestern in weit entfernten Gegenden gesichtet worden war, erzählte sie.

Ondruin hörte ihr schweigend und mit unbewegtem Gesichtsausdruck zu. Lediglich als sie den Kampf schilderte, stellte er einige Zwischenfragen, wenn ihre Beschreibungen ihm nicht präzise genug waren.

»Seine Aktivitäten beunruhigen mich außerordentlich«, schloss sie. »Es ist sicherlich kein Zufall, dass Herzog Lethrides unseren Orden verboten hat, nachdem wir von der Existenz seines geheimnisvollen Besuchers erfahren haben. Das zeigt, wie stark dessen Einfluss auf den Herzog ist. Er destabilisiert die gesamte Region, und offenbar nicht nur diese. Es muss mehrere seines Schlages geben, vielleicht einen geheimen Orden. Selbst mit dem schnellsten Pferd kann ein einzelner Mann nicht nahezu zeitgleich an so vielen weit voneinander entfernten Orten auftauchen. Überall, wo eine solche Gestalt gesichtet wurde, sind Kriege ausgebrochen, oder es laufen zumindest Kriegsvorbereitungen, wie meine Schwestern mir berichten.«

»Dann muss es wahrlich viele dieser Chaos stiftenden Magier geben, da das auf fast jede Region des Reiches zutrifft«, wandte Ondruin ein.»Oder eben doch nur einen, der sich einer anderen Art der Fortbewegung bedient als ein Pferd.«

»Du meinst ...«

»Ich spreche von einem magischen Portal«, fiel Ondruin ihr ins Wort.»Du weißt, dass ich selbst einige Erfahrungen auf diesem Gebiet habe, und die habe ich in den Jahren deiner Abwesenheit noch vertieft. Glaubst du, ich begebe mich immer noch auf lange Ausritte, nur um mir Nachschub für meine Experimente zu besorgen?«

Die Hohepriesterin erschauderte. Sie wusste, was Ondruin meinte, wenn er so lapidar von »Nachschub« sprach. Er hatte noch niemals Skrupel gehabt, Menschen zu opfern, wenn seine Forschungen es erforderten.

»Magische Portale haben nur einen Nachteil«, sprach er weiter.»Man muss zunächst auf herkömmliche Weise zu dem gewünschten Ziel reisen. Um ein Portal zu schaffen, muss man dort bestimmte, äußerst machtvolle Symbole in einem exakten Winkel zueinander in Bäume oder Steine brennen und eine ganz spezielle Beschwörung durchführen. Dann jedoch kann man jeden dieser Orte jederzeit ohne Zeitverlust wieder aufsuchen. Dafür ist nur eine weitere, sehr simple Beschwörung nötig. Ich habe selbst mehrere dieser Portale in der Nähe großer Städte erschaffen, wo es nicht auffällt, wenn des Öfteren mal eine Dirne oder Bettlerin oder sonst wer spurlos verschwindet.«

Erneut rann Arisha ein Schauder über den Rücken, diesmal nicht nur angesichts der Beiläufigkeit, mit der Ondruin darüber sprach, Menschen zu entführen, um sie hier im Turm zu töten oder bestialisch zu foltern.

Wohl jeder, der sich mit Magie beschäftigte, hegte den uralten Traum, in Sekundenbruchteilen von einem Ort zu einem weit entfernten reisen zu können. Auch sie selbst hatte im Tempel schon entsprechende Forschungen angestellt, doch waren diese nicht weit gediehen. Selbst in den ältesten Folianten ihrer Bibliothek hatten sich keinerlei Hinweise in dieser Richtung finden lassen.

Wieder einmal war Ondruin mit seinen Forschungen tiefer in die Geheimnisse der Magie vorgedrungen als jeder andere.

Jeder, bis auf einen, und dieser Gedanke war äußerst beunruhigend. Trotz allem hatte sie, wie es aussah, den fremden Magier noch unterschätzt. Seine Macht schien weitaus größer zu sein, als sie bislang befürchtet hatte.

War es wirklich möglich, dass ein einzelner Mann ein ganzes Reich ins Chaos stürzen konnte? Natürlich, der Frieden der letzten Jahrhunderte war stets brüchig gewesen. Es hatte immer Grenzstreitigkeiten und auch Kriege gegeben, aber das waren jeweils nur regionale Konflikte gewesen. Vor allem aber hatte sich der Kaiser nicht gescheut, notfalls mit eiserner Hand durchzugreifen und die Ordnung wiederherzustellen, wenn sich ein solcher Konflikt auszuweiten drohte.

»Dieser fremde Magier interessiert mich«, wiederholte Ondruin. »Wenn du wieder einmal gegen ihn kämpfst, dann richte ihm aus, dass er im Dunklen Turm jederzeit willkommen ist. Ein Austausch von Wissen könnte sich für beide Seiten als äußerst fruchtbar erweisen.«

Arisha schnappte nach Luft.

»Das ist alles?«, stieß sie hervor. »Willst du denn gar nichts unternehmen? Die Welt um dich herum droht im Chaos zu versinken, und du würdest dich gerne mit diesem Kerl auf eine gemütliche Plauderei treffen?«

Ondruin lachte. »Du kennst mich. Was hast du erwartet? Du weißt, dass mich die Welt da draußen nicht kümmert. Wenn es einem einzelnen Mann gelingt, ihre Ordnung umzustoßen, dann zeigt das nur, wie unvollkommen sie ist. Ich habe dem Chaos schon immer den Vorzug vor der Ordnung gegeben. Und nun Schluss mit diesem ermüdenden Thema!«

»Nur eins noch«, bat Arisha rasch. »Du sagtest, für ein Portal seien magische Symbole vonnöten. Was, wenn man diese Symbole entfernt? Bäume können gefällt, Felsen zertrümmert oder bewegt werden. Könnte man auf diese Art ein Portal zerstören?«

»Aber sicher«, erwiderte Ondruin. »Eines meiner Portale wurde mal unbrauchbar, als ein heftiger Sturm zahlreiche Bäume entwurzelte und umstürzen ließ, darunter auch einen, der mein Symbol trug.«

»Gut.« Arisha wusste nun, warum der fremde Magier ausgerechnet aus dem Wäldchen außerhalb Bornums hervorgekommen und dorthin wieder zurückgekehrt war. »Ich besitze einen Spiegel, der mir Ereignisse zeigt, die anderswo stattfinden, und mit dem ich auch zu meinen Schwestern in weit entfernten Tempeln Kontakt aufnehmen kann. Verfügst du über etwas Ähnliches? Ich muss meinen Priesterinnen unbedingt eine Nachricht zukommen lassen.«

Erneut lächelte der schwarze Magier. »Ist das eine ernsthafte Frage? Wenn es denn sein muss, dann komm, lass es uns schnell hinter uns bringen. Es gibt so viel, was ich dir unbedingt zeigen muss. Es ist mir mittlerweile gelungen, Zugang zu den Katakomben unter dem Turm zu erlangen, und du glaubst nicht, auf welche Geheimnisse ich dort gestoßen bin. Ich habe es sogar geschafft, Verbindung mit Kreaturen aus den Dimensionen des Wahnsinns jenseits unserer Welt aufzunehmen. Du wirst nicht glauben, welche Wunder ich dir zeigen werde.«

»Später. Erst die Nachricht«, entgegnete Arisha Lakari, nun wieder ganz die Hohepriesterin der Mondgöttin, und stand auf.

Sie war sich nicht sicher, ob sie all das, was er als Wunder bezeichnete und ihr zeigen würde, wirklich sehen wollte.

8

Die Elben überwanden ihre Überraschung als Erste. Auf einen knappen Befehl Egarions hin verließen sie den Turm, eilten die Stufen hinab und hasteten wesentlich schneller, als jeder Zwerg laufen konnte, über die Wehrmauer zu dem neu bedrohten Abschnitt. Für sie ging es bei diesem Kampf noch um wesentlich mehr als für die Zwerge. Sollten die Trolle die Mauer überwinden, würde die Stadt immer noch durch massive Tore geschützt. Die Elben aber lebten hier draußen, hatten in einem der Wäldchen ein Dorf errichtet. Entsprechend verbissen würden sie kämpfen.

Auch Urtan reagierte rasch. Das letzte der drei Bataillone, die als ständige Bereitschaft in der Kaserne stationiert waren, hatte seine Stellung fast erreicht. Da die Lage hier jedoch ziemlich unter Kontrolle war, beorderte er es sofort im Laufschritt zu dem stärker gefährdeten Mauerabschnitt. Bis zu seinem Eintreffen würden die Wachen mit der Unterstützung der Elben hoffentlich durchhalten.

Der Alarm hatte auch die übrigen Krieger zu den Waffen gerufen, und sicherlich waren einige inzwischen in der Kaserne eingetroffen. Doch es würde etwas dauern, bis sie gerüstet und bewaffnet waren. Zusätzlich zu den regulären Wachen waren drei Bataillone in Bereitschaft bislang stets ausreichend erschienen.

Solange die Trolle ohne Führung gewesen waren, hatten sie den Befestigungsanlagen ohnehin nicht gefährlich werden können, und auch Duul'Athun konnte immer nur an einem Ort zur gleichen Zeit sein. Umso erstaunlicher waren nun diese Angriffe an zwei verschiedenen Stellen, die er nicht gleichzeitig befehligen konnte.

Auch Urtan hielt es nicht länger auf seinem Beobachtungsposten. Er beschloss, den Elben zu folgen und ebenfalls zum Ort des zweiten Angriffs zu eilen. Doch schon auf der Treppe des Turms prallte er fast mit einem Meldegänger zusammen.

»Majestät!«, keuchte dieser. »Das Haupttor! Die Trolle greifen das Haupttor Arkhazans an!«

Urtan stöhnte auf. Er spürte, wie er blass wurde und sich ihm der Bart sträubte. Was vermochte Duul'Athun noch alles aufzubieten? Er musste sich eingestehen, dass er den Oger weit unterschätzt hatte. Ein koordinierter, fast zeitgleicher Angriff an nicht nur zwei, sondern sogar drei verschiedenen Orten – angesichts der Dummheit der Trolle war das eine organisatorische Meisterleistung.

Und noch etwas wurde Urtan im selben Moment klar. Die Angriffe auf die Mauer, so gefährlich und blutig sie auch waren, dienten in erster Linie zur Ablenkung. Der Angriff auf das Tor dagegen, das Arkhazan von den Stollen und dem Rest des Gebirges trennte, war weitaus ernster. Dort hielt sich vermutlich auch Duul'Athun selbst auf.

Ohne zu zögern, änderte Urtan seine Pläne. Anstatt zu dem zweiten Mauerabschnitt eilte er über die Pfade zwischen den Feldern, machte sich im Laufschritt auf den Weg in die Stadt. Es wäre schlimm, wenn die Trolle die Mauer überwinden und in den zu Arkhazan gehörenden Teil des Talkessels eindringen würden. Sie im offenen Kampf von dort wieder zu vertreiben würde schwer werden und viele Opfer fordern, ganz davon abgesehen, dass sie das Dorf der Elben zweifellos dem Erdboden gleichmachen würden.

Wenn es ihnen aber gelang, die Tore zur Stadt selbst zu erstürmen, würde das zu einer beispiellosen Katastrophe führen. Seine Anwesenheit wurde jetzt dort gebraucht.

Die ganze Stadt schien inzwischen auf den Beinen zu sein. Männliche und weibliche Zwerge standen in Grüppchen zusammen und diskutierten aufgeregt. Vor allem aber waren zum Teil noch schlaftrunken wirkende Krieger unterwegs. Einige eilten in Richtung des Talkessels, die meisten aber wandten sich in die andere Richtung, zu den Stadttoren.

Davon gab es zwei, eines am Eingang und zur Sicherheit noch ein zweites am Ende einer Grotte, die der riesigen Wohnhöhle vorgelagert war. Als Urtan die Höhle erreichte, sah er zu seiner Erleichterung, dass bereits zahlreiche Kriegerinnen und Krieger eingetroffen waren.

Aber er vernahm auch laute Schläge vom äußeren der beiden Tore her. Das waren nicht nur Trolle, die mit ihren Keulen von der anderen Seite dagegenschlugen. Das hätten sie hundert Jahre lang tun können, ohne dem Tor aus Adamantit etwas anhaben zu können. Doch etwa alle zehn Sekunden ertönte ein wuchtiger Schlag, der das ganze Tor zum Dröhnen brachte und ohrenbetäubend laut in der Grotte widerhallte.

Ein Rammbock!, durchfuhr es ihn. *Die Trolle benutzen einen Rammbock!*

Und der Wucht der Schläge nach war es nicht irgendeine Ramme. Die donnernden Stöße erschütterten nicht nur das Tor selbst, sondern pflanzten sich auch durch die Mauer beiderseits davon fort.

Urtan eilte hin und stieg eine Treppe im Inneren der bis zur Höhlendecke reichenden Mauer hinauf. Auch hier gab es über dem Tor zwei Wehrgänge, doch waren sie nicht offen, sondern es gab nur fensterartige Aussparungen in der Außenwand, durch die die Wachen kurzschäftige Speere und vor allem Brandsätze schleuderten. Die Öffnungen waren viel zu klein, als dass die Trolle durch sie eindringen könnten, weshalb ihnen Leitern hier nichts nutzten. Wollten sie die Befestigung überwinden, mussten sie das Tor selbst niederreißen.

Urtan trat an eine der Öffnungen und blickte hindurch. Es war wie ein Blick in die apokalyptischen Tiefen der Unterwelt, und Entsetzen befiel ihn.

Eine unüberschaubare Masse an Trollen hatte sich vor der Mauer versammelt, doch was ihn hauptsächlich erschreckte, war der Rammbock. Er hatte mit einer einfachen Ramme aus Holz gerechnet, mit der die Trolle gegen das Tor anrannten, dem Stamm eines gefällten Baums. Stattdessen jedoch erblickte er ein riesiges, ganz aus Metall gefertigtes Gebilde auf Rädern. Die eigentliche Ramme hing an Ketten daran. Auch sie sah aus wie ein Teil eines gewaltigen, vorn abgerundeten Baumstamms, gut einen Meter dick und mehr als drei Meter lang, bestand aber ebenso wie das Gestell ganz aus Metall.

Und genau das war im Grunde unmöglich!

Es schien sich zwar nur um Eisen zu handeln und das von nicht einmal besonders guter Qualität, aber selbst das vermochten die Trolle nicht herzustellen. Ihre Intelligenz reichte gerade einmal aus, auf die Jagd zu gehen, mit ihren Keulen auf Feinde loszustürmen und sich am Hintern zu kratzen, wenn er juckte. Selbst der beste Drill konnte ihre Intelligenz nicht steigern, sondern ließ sie lediglich geschickter werden und ohne zu zögern Befehle ausführen. Davon, wie man Eisenerz verhüttete und zu massivem Eisen verarbeitete, hatten sie nicht die geringste Ahnung.

Sie nicht, aber anscheinend Duul'Athun. Irgendwie musste es ihm gelungen sein, zumindest eine Art primitive Schmiede zu errichten.

Das eigentlich Apokalyptische aber waren die Feuer, die

überall loderten, die brennend und in schrillen Tönen kreischend umhertaumelnden Trolle und der Gestank von verkohltem Fleisch, der Urtan Übelkeit bereitete.

Wie beim Kampf im Talkessel verfügten die Trolle auch hier über große Schilde, die sie schützend über sich und ihre zahlreichen Artgenossen hielten, die hinter dem Bock standen und die Ramme an Ketten immer wieder zu sich heranzogen, um sie dann, von der Wucht ihres eigenen Gewichts getrieben, gegen das Tor donnern zu lassen.

Doch anders als die hölzernen Schilde der Trolle im Talkessel bestanden diese ebenfalls aus Metall. Duul'Athun war sich der Taktik und der Möglichkeiten seiner Gegner nur zu bewusst. Ihm war klar, dass die Zwerge es nicht wagen würden, innerhalb des dicht bewaldeten Kessels Brandgeschosse einzusetzen. Zu groß war die Gefahr, dadurch einen Brand auszulösen, der durch Funkenflug auch auf ihren eigenen Bereich übergreifen könnte.

Hier, in den Höhlen und Stollen, bestand diese Gefahr nicht, und Duul'Athun war klar gewesen, dass brennbare Schilde aus Holz hier nicht viel Schutz bieten würden. Aus dem gleichen Grund hatte er auch den Rammbock aus Metall fertigen lassen.

Die Spieße, die die Krieger zunächst auf die Angreifer geschleudert hatten, zeigten gegen den Schildwall wenig Wirkung. Nur vereinzelt drang einer von ihnen durch eine Lücke.

Weitaus wirksamer hingegen waren die Brandsätze. Dabei handelte es sich um handliche gläserne Gefäße. Gefüllt waren sie mit Petroleum, dem die Elben noch einige Ingredienzien hinzugefügt hatten, durch die es sich leichter entzündete und heißer brannte. Verstopft waren die bauchigen Gefäße mit Tüchern, die sich mit dem Petroleum vollgesogen hatten und von den Kriegern mittels Zunderbüchsen in Brand gesteckt wurden, ehe sie sie schleuderten.

Sobald die Wurfgeschosse auf die Schilde trafen, zerbarsten sie, und das umherspritzende Petroleum entzündete sich. Zwar fingen die metallenen Schilde selbst kein Feuer, aber die brennende Flüssigkeit rann an ihnen herab auf die Trolle, die darunter Schutz suchten.

Mehrere Hundert verkohlte oder immer noch brennende Leichen lagen hinter dem Rammbock, doch für jeden getöteten Troll sprang sofort ein anderer in die Bresche. Offenbar fürchteten sie Duul'Athuns Zorn mehr als den Flammentod.

Unermüdlich donnerte die gewaltige Ramme gegen das Tor, und allmählich zeigte es Wirkung. Selbst Adamantit war nicht unzerstörbar. Das Metall des Tors zeigte bereits eine deutliche Wölbung nach innen, doch noch ungleich verheerender wirkten die beständigen Erschütterungen auf das Mauerwerk. Es knirschte und ächzte bei jedem Rammstoß, und erste Risse bildeten sich.

»Wir müssen einen Ausfall wagen«, keuchte Urtan an Dorgan gewandt, der als Waffenmeister Arkhazans das Kommando über die Wachen übernommen hatte und immer wieder lauthals Befehle brüllte. »Wir müssen sie zurücktreiben. Lange halten das Tor und die Mauern dem nicht mehr stand.«

»Dort hinaus?«, ächzte Dorgan. »Unsere Krieger können in dieser Flammenhölle nichts ausrichten. Außerdem ist das Tor so verzogen, dass es sich mit Sicherheit nicht mehr öffnen lässt.«

In diesem Moment entstand mit einem weiteren Rammstoß ein fingerdicker Riss in der Außenmauer.

»Lange können wir uns hier ohnehin nicht mehr halten, ehe alles in sich zusammenbricht«, erklärte der einäugige Waffenmeister. »Ihr solltet Euch zur zweiten Mauer zurückziehen, Majestät.«

Ein weiterer Riss bildete sich ein Stück neben dem ersten, dann brach das gesamte Stück der Mauer dazwischen heraus und stürzte in die Tiefe.

»Rasch, Majestät, ihr müsst hier fort!«, drängte der Waffenmeister und schob Urtan mit sanfter Gewalt in Richtung der Treppe. Dann formte er mit den Händen einen Trichter vor dem Mund und brüllte:»Rückzug, die Mauer bricht. Wir geben die Stellung auf. Zieht euch zurück!«

9

»Dort drüben, tragt dort noch mehr von dem Fels ab!«, befahl
Torek Eisenfaust und deutete auf die entsprechende Stelle. »Der
Wehrgang kann noch um mehrere Meter länger werden.«

Wie an fast jedem der vergangenen Tage inspizierte er auch
an diesem die dem Haupttor Erak-Nors vorgelagerten Verteidigungsanlagen. Es waren mächtige, aus dem Fels der Berghänge
herausgehauene Bollwerke. Zahlreiche hinter Zinnen verborgene Wehrgänge und mächtige Türme, von denen aus man jeden,
der sich dem Tor näherte, mit Speeren, Steinen und siedendem
Öl eindecken konnte.

Auf geebneten Flächen hinter einigen dieser Wehrmauern
standen Katapulte, die in Form schwerer Steinbrocken Tod und
Vernichtung über jedes angreifende Heer bringen würden.

Das Problem war nur, dass diese Verteidigungsanlagen alle
noch aus der Zeit der Gründung Erak-Nors stammten, als man
nicht sicher gewesen war, ob die Oger und Trolle eines Tages
zurückkehren würden. Jahrhunderte des Friedens, in denen das
Tor der Mine jedem Besucher offen gestanden hatte, hatten jeden Gedanken an einen Angriff auf die Mine in so weite Ferne
rücken lassen, dass niemand es für nötig gehalten hatte, die
Wehranlagen instand zu halten oder gar auszubauen.

Das rächte sich jetzt.

Den aus dem Berg geschlagenen Wehrgängen hatte die Zeit

wenig anhaben können, sah man davon ab, dass einige durch Steinschläge oder Erdrutsche beschädigt waren. Die Katapulte hingegen waren vielfach unbrauchbar und mussten durch neue ersetzt werden. Außerdem mussten die Anlagen an vielen Stellen ausgebessert werden. Hunderte von Zwergen waren bereits seit Tagen damit beschäftigt.

Während Torek hier oben stand, ließ er seine Gedanken oft in die Ferne schweifen. Er fragte sich, wie es seinem Sohn und dessen Begleitern wohl gehen mochte, ob sie überhaupt noch am Leben waren.

Wie hatte der dumme Junge nur nach dem Überfall durch die Männer des Herzogs mit einer so kleinen Eskorte weiterreisen können? Was für ein bodenloser Leichtsinn! Es war ein Unterfangen, das eigentlich nur in den Tod führen konnte, da Torek nicht glaubte, dass Herzog Lethrides so einfach aufgeben würde.

Aber im Grunde musste er die Vorwürfe an sich selbst richten. Er hätte diesem ganzen Unterfangen niemals seinen Segen geben dürfen! Allerdings war die Aussicht, durch die Wälder unbemerkt bis fast zur Grenze reisen zu können, durchaus vielversprechend gewesen. Damit, dass Lethrides auch auf der anderen Seite des Gebirgen Wachen stationiert hatte, hatte niemand rechnen können. Immerhin sah es so aus, dass man den Waldläufern trauen konnte.

Torek richtete seinen Blick wieder ins Tal vor sich. An die Stelle der Stadtgarde Bergbachs war inzwischen gut eine halbe Hundertschaft Krieger aus der Armee des Herzogs getreten. Sie lagerte dort, wo vorher nur einige wenige Gardisten den Weg blockiert und jeden aufgehalten hatten, der mit Erak-Nor hatte Handel treiben wollen. Lethrides versuchte nicht einmal mehr zu verschleiern, dass es ihm nicht nur um Zölle ging, sondern dies eine Belagerung war.

In diesem Moment erregte eine Gruppe von etwa einem

Dutzend sich nähernder Berittener Toreks Aufmerksamkeit. Die Krieger traten ihnen entgegen, doch dann geschah etwas Sonderbares.

Sämtliche Krieger ließen plötzlich ihre Waffen fallen, begannen auf einem Bein zu hüpfen und sich dabei im Kreis zu drehen, erst in die eine, dann in die andere Richtung. Wenige Sekunden später sanken sie auf die Knie und hoben die Arme wie zur Lobpreisung, dann verneigten sie sich immer noch kniend so weit, dass sie ihre Gesichter fast in den Dreck drückten. Torek musste grinsen, zu bizarr war der Anblick. Gleichzeitig runzelte er aber auch die Stirn. Was hatte das zu bedeuten? Selbst wenn sich Herzog Lethrides persönlich bei den Reitern befand, war eine solche Geste völliger Unterwerfung übertrieben.

Langsam ritten die Unbekannten weiter, näherten sich dem geschlossenen Haupttor Erak-Nors. Torek überlegte, ob er Alarm geben sollte, aber auch andere waren bereits auf die Reiter aufmerksam geworden und beäugten sie misstrauisch.

Als sie näher kamen, erkannte Torek, dass es sich um Frauen handelte. Eine von ihnen zog ein weißes Tüchlein aus der Tasche und winkte damit.

»Bleibt stehen!«, befahl Torek, als sie bis auf knapp fünfzig Meter an das Tor herangekommen waren. »Wer seid ihr, und was ist Euer Begehr? Sprecht rasch, denn Menschen und besonders Diener von Herzog Lethrides sind hier derzeit nicht gern gesehen.«

Die Reiterinnen zügelten ihre Pferde. »Wir sind keine Dienerinnen von Herzog Lethrides«, rief die junge Frau, die das Tüchlein geschwungen hatte. »Mein Name ist Ariole. Ich bin Oberpriesterin des Tempels der Mondgöttin. Der Herzog hat unseren Orden verboten, um sich unsere Reichtümer für seine Kriegspläne unter den Nagel zu reißen. Einige von uns harren noch im Tempel aus, aber die meisten mussten fliehen. Arisha

Lakari, unsere Hohepriesterin, hat mir befohlen, mich mit meinen Begleiterinnen an Euch zu wenden. Wir sind gekommen, um Euch für den Fall eines Angriffs unsere Hilfe anzubieten, mächtiger Torek Eisenfaust.«

Das war eine überraschende Wendung des Geschehens. Dennoch zögerte Torek. In letzter Zeit war ihm das Schicksal nicht gerade wohlgesonnen gewesen, weshalb er scheinbar glücklichen Fügungen gegenüber misstrauisch geworden war. Zudem stand der Orden der Mondgöttin in nicht gerade gutem Ruf. Man bezichtigte die Priesterinnen allerhand dunkler Praktiken und nannte sie insgeheim Hexen. So viel hatte er bei den Einwohnern Bergbachs aufgeschnappt, obwohl er sich nie sonderlich für die Religionen der Menschen interessiert hatte.

Die Gerüchte über Hexerei und schwarze Magie aber machten die Geschichte vom Verbot des Ordens durchaus glaubwürdig, und hinzu kam die Reaktion der Krieger auf die Priesterinnen. Diese richteten sich erst jetzt wieder auf, blickten sich verwirrt um und debattierten aufgeregt miteinander.

Torek war bewusst, dass er ein erhebliches Risiko einging, wenn er die Hexen in die Mine ließ, aber vielleicht war ein bisschen Hexerei genau das, was er in seiner verzweifelten Lage brauchte.

»Öffnet das Tor!«, befahl er.

10

Mit fast zwergischer Sicherheit führte Skari Barun und die anderen Zwerge durch ein Gewirr enger Gassen. Hier war von dem in anderen Teilen Siegtals zur Schau gestellten Prunk nichts zu sehen. Auch Laternen gab es hier nicht, und nur vereinzelt war ein Fenster erleuchtet. Aber die Nacht war sternenklar, und der silberne Mondschein reichte aus, dass sie ihre Umgebung einigermaßen erkennen konnten.

Das Straßenpflaster war in miserablem Zustand, und die Häuser waren äußerst heruntergekommen. Gelegentlich entdeckte Barun ein verhärmtes Gesicht in einem der Fenster. Hier lebten die, die am Reichtum der Stadt nicht teilhatten. Es handelte sich eindeutig um ein Gebiet, das Besucher nicht zu sehen bekommen sollten.

Am Fuße eines hölzernen, halb eingestürzten Wachturms blieben sie stehen.

»Das hier ist das ursprüngliche Siegtal aus der Zeit der Gründung der Stadt«, erklärte Skari. »Hier verlief einst die Stadtgrenze. Auch der Turm stammt noch aus dieser Zeit.«

»Sehr interessant«, entgegnete Barun ironisch. »Aber du hast uns wohl kaum hergeführt, um uns ein paar weniger schöne Sehenswürdigkeiten der Stadt zu zeigen.«

»Sicher nicht.« Sie fuhr herum, und ehe Barun sich versah, spürte er die Spitze eines Messers an seinem Kehlkopf. »Aber zuerst müssen wir ein paar Sachen klären. Wer seid ihr, und woher kommt ihr?«, stieß sie hervor. »Ganz gewiss stammt ihr nicht aus Khron-Adur, das hat mir euer mangelndes Wissen sofort verraten. Khron-Adur liegt östlich von hier, nicht westlich, und sein König heißt nicht Waron, sondern Gwarun und erfreut sich meines Wissens bester Gesundheit.«

Sie stand in einer für sie ungünstigen Position mit ausgestrecktem Arm vor ihm, hätte ihm das Messer besser von hinten an die Kehle gehalten. Instinktiv wollte Barun ihren Arm wegschlagen. Doch er hatte sie im Kampf erlebt, und es wäre in jedem Fall ein Risiko.

Baruns Begleiter hatten ihre Äxte drohend erhoben, doch mit einer Geste bedeutete er ihnen, sie zu senken. Er glaubte nicht, dass ihm Gefahr drohte, solange sich alle ruhig verhielten. Er hatte Skari angelogen, und an ihrer Stelle wäre er auch misstrauisch geworden.

»Du hast recht, wir kommen nicht aus Khron-Adur«, sagte er und blickte ihr dabei offen in die Augen, denn er spürte, dass es genau das war, was sie wollte. Sie hatte diese für sie ungünstige Position gewählt, weil sie ihm in die Augen sehen wollte, um zu erkennen, ob er log. »Damit wollte ich nur den Narbigen beschwichtigen.«

»Woher kommt ihr dann, und was ist euer Auftrag?«

»Wir kommen von sehr weit her«, behauptete Barun, was nicht einmal gelogen war, wenn man die Zeit miteinbezog. »Und wir sind einem Geheimauftrag unseres Königs verpflichtet. Wir müssen uns über unsere Herkunft ausschweigen, bitte respektiere das. Ich versichere dir, dass wir gegen niemanden etwas Böses im Schilde führen. Und nun töte mich, oder nimm das Messer von meiner Kehle, mehr werde ich dir nicht sagen.«

»Nur eine Frage noch. Ihr seid nicht zufällig in den Tanzenden Bären gekommen, sondern habt gezielt nach den Zwergen gesucht, die ich begleite. Warum?«

»Weil wir gehört haben, dass sich noch andere Zwerge in Siegtal aufhalten. Da wir hier fremd sind, wollten wir sie gern treffen, das ist alles. Zu dem Zeitpunkt wussten wir noch nicht, dass sie gejagt werden.«

Skari blickte ihn noch einige Sekunden lang prüfend an, dann nickte sie, zog das Messer zurück und steckte es wieder in den Gürtel.

»Ich glaube dir und respektiere deinen Wunsch, eure Herkunft geheim zu halten. Es war ohnehin schwer vorstellbar, dass Zwerge sich von Herzog Lethrides kaufen lassen, um ihr eigenes Volk zu verraten.«

Sie reckte einen Arm mit geballter Faust in die Höhe und stieß gleichzeitig wieder einen Pfiff aus.

Bereits seit sie bei dem Turm angekommen waren, hatte Barun das Gefühl, beobachtet zu werden. Nun sah er, dass er sich nicht getäuscht hatte. Aus einem fast zur Ruine verfallenen Haus traten fünf Zwerge und kamen auf sie zu.

An ihrer Spitze schritt ein kräftiger junger Mann mit einem prächtigen schwarzen Bart, der unschwer als Anführer des kleinen Trupps zu erkennen war. Trotz seiner Jugend umgab ihn eine Aura der Autorität, die sich in seinem Gesicht und seinen Bewegungen ausdrückte. Das musste der Königssohn sein, von dem Skari gesprochen hatte.

»Barlok Schädelspalter, zu Euren Diensten«, stellte sich Barun mit seinem Tarnnamen vor, als der Trupp heran war, und verbeugte sich.

»Gildor, Sohn von Torek Eisenfaust, des Königs von Erak-Nor«, entgegnete sein Gegenüber und deutete ebenfalls eine Verbeugung an. Er stellte seine Begleiter vor, und Barun tat es ihm gleich.

»Die Schergen des Herzogs sind uns bis nach Siegtal gefolgt und haben uns aufgespürt«, berichtete Skari an Gildor gerichtet. »Sie waren zahlreich, aber diese Zwerge haben geholfen, sie aufzuhalten und Euch die Flucht zu ermöglichen. Allein hätte ich es vermutlich nicht geschafft. Doch die Gefahr ist noch nicht gebannt, ich bin sicher, dass sie es wieder versuchen werden.«

»Dann bin ich Euch zu großem Dank verpflichtet«, wandte sich Gildor an Barun. »Ich bin in einer äußerst wichtigen Mission unterwegs, von der das Überleben Erak-Nors abhängen könnte. Ihr habt Euch um unsere Sache äußerst verdient gemacht. Euer heldenmütiger Einsatz soll in Liedern gepriesen werden. Wir wurden schon einmal überfallen, und die Zahl meiner Eskorte ist stark geschrumpft. Wenn Ihr Euch uns anschließt, würde das unsere Aussichten, Khron-Adur unbeschadet zu erreichen, erheblich vergrößern.«

Barun überlegte kurz. Indem er die Weißberge gegen den Befehl König Urtans verlassen hatte und von der Stadtgarde nach Siegtal gebracht worden war, hatte er sich bereits meilenweit von seinem ursprünglichen Auftrag entfernt und das Geheimnis um die Existenz Arkhazans auf im Grunde unverantwortliche Weise gefährdet. Es wäre Wahnsinn, sich noch tiefer in die Angelegenheiten einer Welt einzumischen, über die er kaum etwas wusste.

Anderseits waren sie nun wieder ein Teil dieser Welt. Auch wenn sich Urtan aus Furcht vor Veränderungen am liebsten weiterhin heimlich im Inneren der Berge verkriechen würde, sie würden irgendwann Kontakt mit der Außenwelt aufnehmen *müssen*. Ein Beitrag zur Rettung einer Zwergenmine und der Besuch einer zweiten in Begleitung eines Thronerben wären dafür kein schlechter Anfang.

»Ich bin mit den Gegebenheiten in diesem Teil des Reichs nicht allzu vertraut«, sagte er vorsichtig. »Wer ist dieser Herzog Lethrides, und welchen Ärger habt Ihr mit ihm?«

»Setzen wir uns«, schlug Gildor vor und deutete auf einige

Trümmerstücke aus dem steinernen Fundament des Turms. Mit der nächsten Geste wies er seine Begleiter offenbar an, die Umgebung zu sichern, denn sie verteilten sich und verschwanden in der Dunkelheit.

Es dauerte mehr als eine halbe Stunde, bis sich Barun ein einigermaßen vollständiges Bild über die Lage in diesem Teil des Kaiserreichs gemacht hatte, und was er zu hören bekam, war ein Schock für ihn.

Seinem subjektiven Empfinden nach war es erst wenige Tage her, dass die Heere der Zwerge, Menschen und Elben in einem jahrelangen Krieg Seite an Seite ihre Freiheit erkämpft hatten. Damals waren die Menschen das schwächste der Völker gewesen, und nun sollten sie sich quasi zu den Herren der Welt aufgeschwungen haben? Es fiel ihm schwer, sich das vorzustellen.

»Über Jahrhunderte hinweg herrschten Frieden und sogar Freundschaft zwischen Erak-Nor und den die Mycäischen Berge umgebenden Ländereien, aus denen schließlich das Herzogtum Waloria entstand. Es gab regen Handel, von dem beide Seiten profitierten. Aus weit entfernten Gegenden kamen Karawanen, um unsere Schmiedewaren zu kaufen und uns mit anderen Dingen zu versorgen. Auch die Bauern in der Umgebung verdienten gut an uns, denn wir waren auf die Nahrungsmittel angewiesen, die sie anbauen.«

Begierig sog Barun alle Informationen auf. Es gab Themen, die ihn noch mehr interessiert hätten, beispielsweise, was nach dem Krieg aus den Elben, aber auch den Ogern und Trollen geworden war, von denen er nichts gesehen oder gehört hatte. Aber darüber wusste in dieser Zeit vermutlich jedes Kind Bescheid, deshalb wagte er nicht, danach zu fragen.

»Und dann?«, erkundigte er sich stattdessen. »Wie kam es, dass dieser Friede zerbrach?«

»Obwohl die Menschen wohl immer etwas neidisch auf unsere Schätze waren, ist das eine ziemlich neue Entwicklung«, erwiderte Gildor und berichtete, wie sich der Konflikt in den letzten Jahren immer mehr zugespitzt hatte. Bis hin zu den neusten Eskalationen, die ihn dazu getrieben hatten, die gefährliche Reise nach Khron-Adur anzutreten. Er erzählte von dem Überfall in den Wäldern und dass die Waldläufer ihnen schließlich bis fast an die Grenze zu Lagon sicheres Geleit gewährt hatten. »Es gibt Flüsse in den Wäldern, und einen Teil unserer Reise haben wir mit Booten zurückgelegt«, schloss er. »Boote auf Wasser, brrr. Es war ein einziger Albtraum, aber nur so konnten wir die Grenze vor den Häschern des Herzogs erreichen. Danach wähnten wir uns in Sicherheit, blieben aber glücklicherweise dennoch vorsichtig.«

»Ich begreife das nicht ganz«, gab Barun zu. »Die Menschen mögen zahlreich sein, aber sie sind schwächlich. Wie können sie einer gut befestigten Zwergenmine gefährlich werden?«

»Wir Zwerge sind keine Bauern, und wir besitzen keine Ländereien außerhalb der Berge, wo wir selbst Nahrungsmittel anbauen könnten«, erklärte Gildor. »Dadurch haben wir uns genau wie die meisten anderen Minen in eine gefährliche Abhängigkeit von den Menschen begeben, die Herzog Lethrides nun ausnutzt. Nicht zuletzt deshalb ist es so wichtig, dass wir uns gegen ihn behaupten. Würde ausgerechnet Erak-Nor fallen, die erste große Stadt unseres Volkes, die einst von König Martuk Ogertod persönlich gegründet wurde, wäre das ein verheerendes Signal.«

»König Martuk hat Erak-Nor gegründet? Demnach hat er die Große Schlacht überlebt?«

»Aber ja, und danach war ihm noch ein äußerst langes Leben beschieden. Mein Vater und damit auch ich führen unsere Abstammung in direkter Linie auf ihn zurück.« Misstrauen zeigte sich auf Gildors Gesicht. »Ihr müsst wahrlich von sehr weit her kommen, dass Ihr nichts über das Leben des großen Befreiers unseres Volkes wisst.«

Den letzten Satz hörte Barun kaum noch, zu bedeutsam war das, was er gerade erfahren hatte.

»Ihr seid ein Nachfahre König Martuks?«, hakte er nach.

»Das bin ich.«

Barun starrte ihn mit großen Augen an. Jetzt, da er von der direkten Verwandtschaft wusste, meinte er sogar eine vage Ähnlichkeit zu bemerken.

Er hatte König Martuk einst die Treue bis zum Tod geschworen, dem König ihres gesamten, damals noch kleinen Volkes. Dieser Schwur hatte nicht nur Martuk persönlich gegolten, sondern im Falle von dessen Tod auch seinen Nachkommen.

Obwohl die Umstände sicherlich außergewöhnlich waren, galt dieser Treueschwur streng genommen noch immer. Dabei ging es nicht um eine Spitzfindigkeit. Barun fühlte sich an diesen Schwur gebunden. Seinem subjektiven Empfinden nach war es erst wenige Tage her, dass er Martuk gegenübergestanden und mit ihm gesprochen hatte. Diese Bande galten mehr als die zu Urtan und auch mehr als seine Vernunft, die das Geheimnis der Existenz Arkhazans weiterhin wahren wollte.

Etwas, das stärker war als sein Verstand, ergriff Besitz von ihm. Wie in Trance erhob er sich, sank vor Gildor auf ein Knie hinab und beugte den Kopf.

»Mein König!«, stieß er hervor. »König aller Zwerge!«

»Nun mal langsam«, sagte Gildor nach einem Moment der Verblüffung und legte ihm lachend die Hand auf die Schulter. »Steht auf, Barlok Schädelspalter. Zum einen bin ich kein König, sondern nur Thronerbe, und zum zweiten fürchte ich, dass diese ruhmreiche Abstammung in der heutigen Zeit nicht mehr ganz so viel gilt. ›König aller Zwerge‹, das sind nur noch Worte ohne jedes Gewicht. Auch innerhalb unseres Volkes gibt es Neid und Missgunst. Selbst wenn ich Khron-Adur erreichen sollte, ist noch ungewiss, ob man dort bereit ist, Erak-Nor zu helfen.«

»Dann wäre König Gwarun von Khron-Adur ein ehrloser Verräter!«, stieß Barun hervor. »Auch er stammt von Zwergen ab, die Martuk und seinen Nachkommen einst unverbrüchliche Treue geschworen haben. Und in der Stunde der Not will er Eurem Vater nun die Gefolgschaft verweigern?«

»Es ist keineswegs sicher, dass man sich unserer Bitte verschließt, aber um ihr mehr Nachdruck zu verleihen, habe ich trotz aller Gefahren persönlich diese Reise angetreten«, wandte Gildor ein und seufzte. »Aber ›unverbrüchlich‹ ist ein großes Wort, das den Veränderungen der Jahrhunderte oft nicht standhält. Ich will König Gwarun nicht an eine längst überholte Treuepflicht erinnern, sondern ihm vor Augen führen, dass ein Fall Erak-Nors auch für ihn und die anderen Zwergenminen katastrophale Folgen hätte. Doch wenn Ihr Euch durch den Schwur Eurer Vorfahren noch immer derart an mein Haus gebunden fühlt, darf ich dann hoffen, dass Ihr und Eure Begleiter Euch meiner Mission anschließen werdet?«

Barun überlegte kurz, während er sich aufrichtete. Die Begegnung mit einem Nachkommen König Martuks veränderte alles. Er konnte ihn nicht länger anlügen, um seine Rolle zu spielen.

»Ich werde mehr als das tun!«, rief er aus und straffte sich. »Ich werde dafür sorgen, dass Ihr eine weitere Armee zu Eurer Unterstützung erhaltet, die Armee des bislang verborgenen Königreichs Arkhazan, wo Urtan auf dem Thron sitzt, der genau wie ich einst König Martuk persönlich einen Treueschwur leistete! Denn mein wahrer Name lautet nicht Barlok. Ich bin Barun, den man nun den Schädelspalter nennt, der vor der Großen Schlacht ein Heer in die Weißberge führte! Der den finsteren Magier erschlug, in der Zeit eingefroren wurde und nun zurückgekehrt ist, um Euch beizustehen!«

11

Das Wesen bestand aus Gestalt gewordenem Schrecken, einem Entsetzen jenseits aller Vorstellungskraft. Und es war gigantisch. Ein unförmiger, titanischer Balg aus wabernder Schwärze, größer als ein halbes Dutzend Häuser, aus dem ein ganzer Wald durch die Luft peitschender Tentakel hervorwuchs. Schwärende Pestbeulen bildeten sich überall auf dem Leib des Ungetüms, zerplatzten, wenn sie eine gewisse Größe erreichten, und setzten widerlich stinkenden Eiter frei.

Aus drei mehr als wagenradgroßen Augen, die nicht nur feuerrot waren, sondern in denen tatsächlich Flammen loderten, starrte die Kreatur auf Arisha Lakari hinab.

»Ein Mensch!«, donnerte eine Stimme direkt in Arishas Gedanken, die allein ausgereicht hätte, einen Menschen mit einem weniger disziplinierten und magisch geschulten Geist augenblicklich in den Irrsinn zu treiben. »Nur ein jämmerliches Menschlein.«

»Wer bist du und was willst du?«, fragte die Hohepriesterin mit erstickter Stimme. Es fiel ihr schwer, im Angesicht dieses namenlosen Grauens überhaupt ein Wort herauszubringen. Nur mit äußerster Willenskraft drängte sie die Panik zurück, die von jeder Zelle ihres Körpers Besitz ergriffen hatte. Mit einem einzigen Hieb ihrer gigantischen Tentakel könnte die Kreatur sie so beiläufig zerschmettern, wie sie selbst eine Ameise unter ihrem Fuß zertrat. Dabei war der Tod vermutlich noch das mildeste Schicksal, das die Kreatur ihr zufügen konnte.

»Ich spreche zu dir aus den Abgründen jenseits von Zeit und Raum, die euer erbärmliches Dasein bestimmen. Ich hatte Lust, einen der Bewohner eurer Welt zu erforschen, nun, da sie dicht vor dem Untergang steht, aber ich hatte auf einen würdigeren Vertreter gehofft. Möglichst einen Elb. Nun sehe ich, wie bedeutungslos eure Existenz ist, sodass ihr es nicht einmal wert wäret, als Sklaven zu überleben.«

Arisha spürte, dass etwas wie mit widerlichen, dürren Spinnenbeinen in ihren Geist eindrang. Instinktiv errichtete sie einen Block, um die Spinnenbeine zurückzudrängen.

»Dein Widerstand ist sinnlos«, *hallte die Stimme der Kreatur in ihrem Geist wider und fegte ihre Abwehr mühelos hinweg.* »Jede Form des Widerstandes. Eure Welt, eure Errungenschaften, alles, was ihr errichtet habt und worauf ihr so stolz seid, wird in einem gewaltigen Brand untergehen. Meine Diener, die Rhi'il, haben über Jahrtausende hinweg alles vorbereitet, und nun stehen Legionen meiner Armee bereit, mir diese Welt wieder untertan zu machen.«

»*Du prahlst ein wenig viel für ein Wesen mit der Macht, wie du sie zu haben behauptest*«, *rief Arisha, während die geistigen Fühler in die tiefsten Tiefen ihres Verstandes eindrangen und jedes noch so gut gehütete Geheimnis hervorzerrten. Es war das Schlimmste, was sie jemals erlebt hatte, und sie wünschte sich nichts sehnlicher, als dass die Kreatur in Wut geriet und ihr einen schnellen, gnädigen Tod bereitete.*

»Keine Prahlerei«, *entgegnete das Wesen.* »Ich gewähre dir nur einen Blick auf das Unabwendbare. Berichte anderen davon, damit auch sie vor Angst und Entsetzen erstarren, denn daran werde ich mich weiden. Ihr habt nicht die geringste Vorstellung davon, welche Mächte ihren Blick auf eure Welt gerichtet haben. Eure Armeen sind schwach und haben sich in unbedeutenden Grenzkriegen aufgerieben. Sie stellen keine Gefahr für meine Legionen dar. Eure Städte werden zu Schlachthäusern und Leichenhallen werden. Millionen werden sterben, und ihr Opfer wird die Kerker, in die ich und meine Brüder einst verbannt wurden, niederreißen.«

Etwas wie eine grelle Explosion fand in Arishas Geist statt, als die spinnenartigen Fühler mit einem Schlag auf ihr gesamtes Wissen zugriffen und ...

-... mit einem Schrei fuhr sie in die Höhe.

Im ersten Moment wusste sie nicht einmal, wo sie sich befand, stand noch ganz im Bann des Albtraums, der ihr auch nach dem Aufwachen noch ein Stück weit in die Realität folgte. Auch die geistigen Fühler schienen nur langsam aus ihrem Verstand zu weichen. Ihr Herz hämmerte, und sie fühlte Übelkeit in sich aufsteigen. Fast erwartete sie, die abscheuliche Kreatur stünde vor ihr, doch sie war nur von der lediglich durch eine schwach brennende Laterne an der Tür erhellte Dunkelheit des Schwarzen Turms umgeben.

Arisha atmete ein paarmal tief durch, doch ihr rasender Puls beruhigte sich nur langsam. Nun erinnerte sie sich wieder daran, dass sie sich in Ondruins Schlafgemach befand.

Sie hatte das, was sie von dem schwarzen Magier erfahren hatte, durch den magischen Spiegel an ihre in Bornum verbliebenen Priesterinnen weitergegeben und sie beauftragt, das magische Portal zu finden und zu zerstören. Anschließend hatte sie sich von Ondruin dessen Fortschritte auf dem Gebiet der Magie zeigen lassen.

Manche seiner Experimente und Erkenntnisse hatten sie bis ins Mark erschüttert. Niemand sonst hätte es gewagt, in diese Richtungen zu forschen, aber für Ondruin schienen keinerlei Grenzen oder Tabus zu existieren.

Mit vielen der Forschungen, die nun abgeschlossen oder zumindest weiter vorangeschritten waren, war er bereits zu der Zeit beschäftigt gewesen, als Arisha noch im Turm gelebt hatte. In den seither verstrichenen Jahrzehnten hatte sie sich weiterentwickelt und sah vieles nun in einem anderen Licht.

Aber neben der Abscheu hatte sie zugleich auch wieder eine beständig wachsende Faszination verspürt. Immerhin war sie zu einem kleinen Teil selbst einst an diesen Forschungen beteiligt gewesen.

Mit seinem Wissen über die Magie, neben dem ihr eigenes ihr klein und unbedeutend vorkam, könnte Ondruin die Welt aus den Angeln heben. Die Lösungen der Rätsel, die sie selbst schon seit Langem zu ergründen versuchte, hatten sich offen vor ihr ausgebreitet. Ondruin hatte an Mächten gerührt, die so düster und grauenvoll waren, dass es ihr fast wie ein Wunder erschien, dass sie ihn nicht schlichtweg zermalmt hatten oder er auf andere Art unter der Last seines Wagemuts zu Tode gekommen war.

Nun hatte er ihr all das mit der zügellosen Begeisterung eines kleinen Kindes präsentiert, das stolz auf eine selbst gebaute Sandburg war. Die Einsamkeit der Jahrhunderte zehrte an ihm, es war unverkennbar, wie sehr er ihre Anwesenheit und ihre Bewunderung genoss.

Am meisten erschüttert, aber auch fasziniert hatte Arisha, dass er sich anschickte, in blasphemischer Verspottung der Götter selbst das Geheimnis des Lebens zu ergründen. In zwei Trögen züchtete er Kreaturen, die bislang nur eine entfernte Ähnlichkeit mit Menschen hatten. Eine von ihnen hatte er speziell für sie vor der Zeit mittels einer komplizierten Beschwörung und eines Tranks, dessen Zusammensetzung er nicht einmal ihr verraten hatte, belebt. Tatsächlich hatte sich die Kreatur aus ihrem Trog erhoben, aber sie war bar jeder Intelligenz gewesen und hatte ihn nur stupide angeglotzt.

»Sie ist noch nicht ausgereift, hätte noch einige Monate in dem Trog gebraucht«, hatte Ondruin erklärt und sie mit einem Blitz aus seinen Fingerspitzen in Asche verwandelt. »Ich werde eine neue erschaffen.« Die bloße Tatsache, dass es ihm gelungen war, ihr jeder göttlichen Ordnung zuwider den Lebensfunken zu verleihen, war jedoch schon erschreckend und beeindruckend genug gewesen. Schließlich hatte Arisha es nicht mehr ausgehalten; lange bevor er ihr alles gezeigt hatte. Die Fülle der Informationen und fragwürdigen Wunder war zu viel, ihr Verstand hatte sich geweigert, noch mehr davon aufzunehmen.

Sie hatten sich geliebt, und Ondruin hatte sich als derselbe unersättliche, leidenschaftliche und zügellose Liebhaber wie damals erwiesen. Noch immer verstand er es wie kein anderer, eine unbändige Lust in ihr zu entfachen. Er schien ihren Körper besser zu kennen als sie selbst, berührte sie stets an den richtigen Stellen und hatte sie von einem laut herausgeschrienen Höhepunkt zum nächsten getrieben, bis sie schließlich mit einem Gefühl unendlich tiefer Befriedigung eingeschlafen war.

Und dann war der Albtraum gekommen, wenn es denn wirklich nur ein Albtraum gewesen war.

Die Welt wird in einem gewaltigen Brand untergehen ...

Eure Städte werden zu Schlachthäusern und Leichenhallen werden ...

Millionen werden sterben, und ihr Opfer wird die Kerker, in die ich und meine Brüder einst verbannt wurden, niederreißen ...

Waren all diese finsteren Prophezeiungen in ihrer beispiellosen Deutlichkeit nur ein Traum gewesen? Denn es kam ihr vor, als hätte diese von finsterer Magie durchtränkte Umgebung und ihre völlig überreizten Sinne im Schlaf die Grenzen zwischen Raum und Zeit, zwischen dieser Welt und einer anderen, in der Chaos und Wahnsinn hausten, niedergerissen und als hätte der Urdämon, denn nur um einen solchen konnte es sich handeln, es wirklich geschafft, irgendwie Kontakt mit ihr aufzunehmen.

Arisha tastete über die Betthälfte neben sich, doch diese war leer. Ein wenig gekränkt runzelte sie die Stirn. Im Gegensatz zu ihr hatte die Leidenschaft, mit der sie sich geliebt hatten, Ondruin nicht genügend erschöpft, dass er sich ein paar Stunden Schlaf an ihrer Seite gönnte. Sie hätte es wissen müssen. Seine einzig wahre Passion war schon immer die Besessenheit für seine Studien und Forschungen gewesen. Sie beherrschte ihn mehr als alles andere.

Arisha schlug die Decke zurück und schwang ihren nackten, vom Schweiß feuchten Körper aus dem Bett. Ihre Robe, die Ondruin ihr vom Körper gerissen hatte, lag noch auf dem Boden neben dem Bett. Rasch streifte Arisha sie über, dann verließ sie das Zimmer.

Da sie Ondruin erwartungsgemäß nicht in seinen Wohngemächern antraf, stieg sie die Treppe hinauf. Doch auch in seinen Laboratorien, in denen er die Experimente im Grenzbereich zwischen Wissenschaft und Magie durchführte, hielt er sich nicht auf.

Erst im Stockwerk darüber, das für seine Beschwörungen und rein magischen Forschungen zur Verfügung stand, entdeckte sie ihn. Er stand über den magischen Spiegel gebeugt, mit dem sie zuvor mit ihren Priesterinnen Kontakt aufgenommen hatte. Jetzt zierte ein Pentagramm die silberne Fläche, in dessen Spitzen irgendwelche Symbole eingetragen waren.

Ondruin murmelte eine Beschwörung aus kehligen Lauten und war so darauf konzentriert, dass er sie nicht bemerkte, als sie auf bloßen Füßen hinter ihn trat.

Arisha fragte sich, wem oder was die Beschwörung galt. Die Antwort erhielt sie gleich darauf, als sich ein etwas mehr als faustgroßer schwarzer Fleck im Zentrum des Pentagramms bildete. Doch der Fleck blieb nicht auf die Fläche beschränkt, sondern wölbte sich und *wuchs daraus heraus*, wurde zu einem Kopf aus der Farbe der Nacht, der aussah wie der des Urdämons in ihrem Traum, mit zwei gelblichen, voller Tücke funkelnden Augen.

Nur mit Mühe konnte sie ein erschrockenes Keuchen unterdrücken, als ihr bewusst wurde, dass Ondruin auch mit seiner Behauptung, er könne Dämonen aus einer anderen Existenzebene heraufbeschwören, nicht übertrieben hatte.

Ondruin musste den Verstand verloren haben! Entsetzt starrte sie auf den Spiegel, dem ein leibhaftiger Dämon entwuchs.

12

»Ich bitte Euch, tut es nicht, Majestät«, flehte Dorgan, Waffenmeister von Arkhazan. »Das ist Wahnsinn!«

»Kein Wahnsinn, sondern Tradition«, erwiderte Urtan, während er sich seine Rüstung anlegen ließ. »Schon König Martuk, ebenso wie alle Könige vor ihm, haben stets an der Spitze ihrer Truppen gekämpft.«

»Ja, weil es zu dieser Zeit, als unser Volk noch von den Ogern unterdrückt wurde, ihre Hauptaufgabe war, die Truppen anzuführen. Aber heute ist das anders. Ihr werdet gebraucht, um das Volk zu regieren und in Arkhazan für Ordnung zu sorgen. Seit Jahrhunderten schon hat keiner unserer Könige mehr persönlich gegen die Trolle gekämpft. Es ist meine Aufgabe als Waffenmeister, die Truppen zu befehligen.«

»Die Gefahr für unser Volk war in den vergangenen Jahrhunderten auch noch nie so groß, und ich stamme nun mal aus einer anderen Zeit. Die Krieger werden umso entschlossener kämpfen, wenn ihr König sie persönlich in die Schlacht führt.«

Nachdem sie die äußere Mauer und das Tor hatten aufgeben müssen, hatten die beiden Männer kurz beratschlagt, ob sie die Krieger hinter das zweite Tor zurückziehen sollten. Aber ihnen beiden war klar, dass sich dort nur alles wiederholen würde.

So oder so würden sie sich den Trollen zur offenen Schlacht stellen müssen, und es war besser, dies außerhalb der Stadt zu tun. Darüber herrschte Einigkeit zwischen ihnen. Nicht aber darüber, dass Urtan das Heer persönlich anführte.

»Majestät, ich beschwöre Euch!«, unternahm Dorgan einen neuen Anlauf. »Nicht einmal Eure Nachfolge ist geregelt, wenn Euch etwas zustößt, da Ihr keine Erben habt. Wer soll im Falle Eures Todes ...«

»Dieser Stiefel war mir eh immer eine Nummer zu groß. Barun hat damals das gesamte Heer kommandiert. Wenn jemand die Krone tragen sollte, dann er. Ich weiß, er hat es abgelehnt, aber wenn es die Not gebieten sollte, wird er sich der Verantwortung nicht entziehen.«

Urtan warf einen Blick zu dem Tor hinüber, das der unablässig dagegen donnernden Ramme immer noch standhielt. Doch es neigte sich bereits bedrohlich, und immer mehr Stücke brachen aus der Mauer. Es grenzte an ein Wunder, dass es überhaupt noch hielt, nachdem es nicht einmal mehr verteidigt wurde. Darin zeigte sich, mit welcher Kunstfertigkeit Tor und Mauer errichtet worden waren.

Dennoch war ihr Ende nun abzusehen.

»Aber Barun ist nicht einmal hier«, erinnerte Dorgan. »Und wer weiß, wie es ihm in der Außenwelt ergeht, ob er überhaupt zurückkehrt.«

»Das wird er, mein Freund, vertrau mir.« Urtan legte dem Waffenmeister die Hand auf die Schulter. »Er hat schon ganz andere Herausforderungen gemeistert, und die Welt dort draußen ist, wie es scheint, friedlich geworden. Ich zweifle nicht daran, dass er morgen bereits wieder bei uns sein wird. Sollte mir wirklich etwas zustoßen, dann bestimme ich dich bis dahin zum Regenten. Aber ich weiß auch jetzt noch, wie man eine Axt schwingt. Und nun kein Wort mehr davon! Bereiten wir uns auf den Kampf vor.«

Urtans Rüstung war ihm mittlerweile vollständig angelegt worden, und abrupt wandte er sich ab.

Inzwischen waren mehrere Tausend Zwergenkrieger in Reih und Glied in der Halle angetreten, heiß darauf, den Trollen einen angemessenen Empfang zu bereiten. In vorderster Reihe stand ein komplettes Bataillon Lanzenträger, die Axtkämpfer warteten dahinter.

Ein weiterer Rammstoß traf das Tor, und diesmal war ihm selbst das Adamantit nicht mehr gewachsen. Das Metall kreischte, ein Riss bildete sich und ließ das Metall aufplatzen. Gleichzeitig war das mahlende Geräusch berstenden Gesteins zu hören. Als wäre der Zeitablauf um ein Vielfaches verringert, neigte sich ein meterbreiter Abschnitt der Mauer mitsamt des noch immer darin verankerten Tores nach vorn und brach schließlich in sich zusammen.

Grölend und wilde Triumphschreie ausstoßend, stürmten die Trolle vor, quollen wie eine kompakte graue Masse über die Trümmer hinweg durch die Lücke – und wurden von den Lanzen der Zwerge aufgespießt.

Unter dem bloßen Ansturm begann die Reihe der Verteidiger zu wanken und wurde zurückgedrängt, doch schon dieser erste Angriff kostete Dutzende Trolle das Leben. Ihre Leichen bildeten zugleich eine Art Barriere, über die die nachfolgenden erst hinwegklettern mussten, was sie zu leichten Opfern für weitere Lanzenstöße der Zwerge machte.

Aber auch deren Zahl lichtete sich. Oftmals gelang es den Zwergen nicht schnell genug, ihre Lanzen wieder aus dem Fleisch der Trolle herauszuzerren, wenn diese tödlich getroffen zurücktaumelten oder zusammenbrachen während das Geröll unter ihren Füßen erbebte. Andere Waffen wurden den Zwergen aus den Händen gerissen, während sie damit nach den Angreifern stachen.

Immer mehr Krieger mussten stattdessen zu ihren Äxten greifen. Zunächst wichen sie zurück, um andere Zwerge, die noch über Lanzen verfügten, nach vorn zu lassen, aber der Zeitpunkt, an dem sie sich den riesenhaften Trollen im Nahkampf stellen mussten, nahte unaufhaltsam.

Hinter den Wänden der Halle befanden sich Stollen, deren Öffnungen so klein waren, dass die Trolle sich nicht hindurchzwängen konnten. Allerdings waren sie ideal, um von dort aus Spieße und Brandsätze auf die Angreifer zu schleudern. Diese gingen jedoch allmählich zur Neige und wurden nur gegen die neu in die Halle drängenden Trolle eingesetzt, damit das umherspritzende Petroleum nicht auch die Zwerge traf. Die Speere hingegen erzielten hier wesentlich mehr Erfolg als zuvor, da die Trolle die unhandlichen Schilde vor dem Tor zurückgelassen hatten.

Weiterhin dröhnte die Ramme, um auch den Rest der Verteidigungsanlagen zu zertrümmern. Einmal ihrer Stabilität beraubt, stürzten weitere Teile der Mauer ein, wodurch sich die Öffnung vergrößerte und immer mehr Angreifer in die Halle strömten.

Die meisten der Lanzenträger waren inzwischen zurückgewichen und die von Urtan befehligten Axtkämpfer an ihre Stelle gerückt. Auch er selbst stand nun an vorderster Front und sah sich einem Troll gegenüber, der seine Keule hob, um sie auf ihn niedersausen zu lassen. Doch ehe er dazu kam, trieb Urtan ihm die Axt in die Hüfte.

Auch der besonders gehärtete Zwergenstahl, aus dem sie einst ihre Waffen gefertigt hatten, hatte die panzerartige Haut der Trolle durchdringen können, allerdings nur, wenn ein Hieb hart genug geführt war. Das Adamantit von Urtans heutiger Klinge schnitt fast mühelos hindurch und drang tief ein.

Der Troll brüllte auf. Blut schoss aus seiner Wunde und traf den König, als dieser seine Axt zurückriss und sofort noch einmal zuschlug. Diesmal trieb er dem Troll die Schneide tief in den Unterleib. Sterbend brach das Ungeheuer zusammen.

Sofort wandte sich Urtan einem anderen zu und schlug ihm mit einem wuchtigen Hieb fast das Bein ab. Der Troll stürzte zu Boden. Mit einem weiteren wuchtigen Hieb spaltete Urtan ihm den Kopf.

Er fühlte sich wieder jung und stark und gleichzeitig wie berauscht. Als junger Mann war er zum Krieger ausgebildet worden und es immer geblieben, hatte tief in seinem Herzen nie etwas anderes sein wollen. Dies hier war seine Bestimmung, der Kampf. Er fühlte sich lebendiger als in all den Jahren, in denen er auf dem Thron gesessen, sich die Vorschläge seiner Berater angehört und sich den Kopf über Probleme zerbrochen hatte, für deren Lösung andere viel geeigneter gewesen wären.

In denen er sich unglücklich gefühlt hatte und jeden Tag ein bisschen gestorben war.

Urtan stieg auf den toten Troll und schmetterte seine Axt in den Brustkorb eines anderen Ungeheuers, das gerade im Begriff stand, einen Zwerg zu erschlagen.

Wie er es erhofft hatte, spornte sein Beispiel die anderen Krieger noch mehr an, als der drohende Verlust ihrer Heimat es vermochte. Sie gerieten in einen regelrechten Blutrausch. Urtan sah einen seiner Krieger, dessen linker Arm zerquetscht und nur noch eine einzige blutende Wunde war. Eigentlich hätte der Zwerg gar nicht mehr am Leben, zumindest aber nicht mehr bei Bewusstsein sein dürfen. Dennoch kämpfte er weiter, schwang seine Axt mit einer Hand und tötete noch zwei Trolle, ehe er schließlich zusammenbrach.

Urtan merkte, dass er sich in einen ähnlichen Zustand steigerte. Fast ohne zu zielen und ohne überhaupt darauf zu achten, was er traf, ließ er seine Axt herumwirbeln, trieb sie immer wieder in graue Trollhaut. Trotz seines Alters spürte er keine Schwäche, spürte auch keinen Schmerz, obwohl er mittlerweile aus zahlreichen kleinen Wunden blutete.

Er zwang sich innezuhalten. Seine Art zu kämpfen unterschied sich nicht mehr sonderlich von der der Trolle. Er griff einfach nur an und schlug zu, erfüllte seine Aufgabe als Krieger.

Aber er war kein einfacher Krieger, sondern musste einen klaren Kopf bewahren, wenn er das Heer anführen wollte. Schwer atmend blickte er sich um. Überall lagen Leichen, Trolle und Zwerge gleichermaßen. Auf der rechten Seite drohten die Ungeheuer durchzubrechen, und sofort schickte Urtan Krieger zur Unterstützung dorthin. In der Mitte hingegen hielt sich die Zahl der Trolle in Grenzen.

Wenn er dort einen Sturmangriff durchführte, konnten sie das feindliche Heer in zwei Teile zerschneiden und die Front aufbrechen.

»Vorwärts, folgt mir!«, brüllte er und stürmte los. Wieder geriet er in einen Zustand, in dem er nur noch mechanisch seine Axt schwang. Er wusste nicht, wie viele der Krieger ihn gehört hatten und ihm folgten, aber es mussten viele sein, denn es gelang ihnen tiefer und immer tiefer ins Zentrum ihrer Feinde vorzustoßen.

Plötzlich wurde Urtan bewusst, dass sie sich fast bis zu den Überresten des äußeren Tors und der Mauer durchgekämpft hatten. Ein Teil der Steinbrocken war mittlerweile von den Trollen aus dem Weg geräumt worden, um die Öffnung zu verbreitern.

Und dahinter stand der Rammbock.

Wenn es ihnen gelingen sollte, ihn zu zerstören, war der Angriff der Trolle gescheitert. Denn dann konnten sich die Zwerge hinter das zweite Tor zurückziehen, anstatt sich den Trollen in einer offenen Schlacht zu stellen. Und Duul'Athun würde nichts anderes übrig bleiben, als mit dem Rest seines Heers abzuziehen. Viel Widerstand würde das schlecht verarbeitete Eisen der Ramme ihren Adamantit-Äxten nicht entgegensetzen.

Allerdings waren da noch die Trolle, die ihnen in großer Zahl entgegenstürmten. Es würde nicht leicht sein, sich bis zu dem

Rammbock durchzukämpfen, beinahe ein Selbstmordkommando, doch wenn es ihnen gelang, würde es das Blutvergießen mit einem Schlag beenden und unzähligen Zwergen das Leben retten. Ein paar Hiebe nur, und das Gestell der Ramme würde in sich zusammenbrechen ...

»Zum Rammbock!«, brüllte Urtan. »Zerstört die Ramme. Zeigen wir diesen Hundesöhnen, was es heißt, auf diese Art an unser Tor zu klopfen. Schickt sie alle in die Unterwelt, treibt sie dorthin zurück, woher sie gekommen sind, aber zerstört die Ramme! Für Arkhazan!«

»Für Arkhazan«, griffen die Krieger um ihn herum den Ruf auf. »Für Arkhazan!«, schallte es den Trollen aus Hunderten Kehlen mit einer solchen Entschlossenheit entgegen, dass ihr Vordringen für einen Moment ins Stocken geriet und sich Furcht in ihre Herzen schlich, während sich die Zwerge noch wilder als zuvor auf sie stürzten.

13

Gleichzeitig furchterfüllt und fasziniert beobachtete Arisha die Dämonenbeschwörung. Das Wesen wuchs weiter aus dem Spiegel heraus, bis es schließlich vollends darauf stand. Es war von menschlicher Gestalt, allerdings kaum größer, als Arishas Unterarm lang war, und dabei unglaublich dürr, schien nur aus Haut und Knochen zu bestehen. Seine Augen waren für sein Gesicht viel zu groß und kreisrund. Anstelle einer Nase hatte es nur zwei kleine Löcher. Seine Haut war bräunlich, erinnerte an geknittertes Leder. Rasend vor Wut versuchte der Dämon, aus dem Pentagramm zu entkommen, konnte die Linien jedoch nicht überschreiten. Wilde Flüche ausstoßend trommelte er mit den Fäusten gegen die unsichtbaren Mauern und warf sich wieder und wieder dagegen.

»Gib endlich auf, Knirps«, forderte Ondruin ihn auf. »Ich verlange nur Antworten auf ein paar einfache Fragen, dann lasse ich dich auf deine Daseinsebene zurückkehren.«

»Knirps? Wen nennst du hier Knirps?«, keifte die Kreatur. »Ich werde dir die Haut bei lebendigem Leib vom Fleisch reißen, werde dich in siedendem Öl rösten und dir die Gedärme aus dem Leib reißen, werde ...«

»Gar nichts wirst du«, unterbrach Ondruin den Redefluss. »Du kannst meine Schutzzauber nicht durchdringen, also zögere das Unvermeidliche nicht länger hinaus. Umso eher lasse ich dich wieder frei.«

»Lass mich jetzt frei, jetzt sofort, dann werde ich deine Welt mit Feuer und Schwert erobern, werde ihre Einwohner versklaven oder einfach abschlachten. Und dir reiße ich den Kopf von den Schultern und fertige einen Trinkbecher daraus!«

»Mit Feuer und Schwert?«, hakte Ondruin nach. Seine Stimme klang amüsiert. »Wie willst du das machen? Ich sehe an dir kein Schwert, von einem Feuerstein oder gar einer Zunderbüchse ganz zu schweigen.«

Die Kreatur starrte ihn mit ihren großen gelben Augen an. »Hast du ... Hast du denn gar keine Angst vor mir?«, fragte sie schließlich kläglich.

»Warum sollte ich vor einem Knirps wie dir Angst haben? Vor allem, da du mein Gefangener bist.«

»Wage es nicht, mich noch einmal Knirps zu nennen!«, kreischte das Wesen. »Warte nur, ich werde dir die Augen herausschneiden und fresse sie, ehe ich ...«

»Genug jetzt!«, donnerte der schwarze Magier. »Ich habe Wichtigeres zu tun, als mir deinen Unsinn anzuhören. Wirst du mir jetzt meine Fragen beantworten, oder soll ich dich erst einmal schmoren lassen und später wiederkommen, wenn du dich ausgetobt hast? Vielleicht machen ein paar Stunden im Bann des Pentagramms dich gefügiger.«

»Das wagst du nicht!«, empörte sich der Dämon. Er straffte seine Gestalt, richtete sich, so weit er konnte, auf, ohne dadurch größer zu werden, und schüttelte die Fäuste. »Niemand lässt Pak, den Vernichter, einfach so stehen!«

»Was vernichtest du denn? Zeit?«, spottete Ondruin. »Ich werde später noch mal nach dir sehen.«

»Halt, warte! Es ist äußerst respektlos, dass du keinerlei Angst vor mir zeigst, aber ich bin daran gewöhnt. Auf meiner Daseinsebene ist es nicht anders, doch hieß es immer, zumindest die Bewohner dieser Welt fürchteten Dämonen.« Arisha meinte unglaublicherweise sogar, etwas Feuchtes in den Augen des Dämons blitzen zu sehen, doch gleich darauf senkte er den Kopf. »Also gut, stell deine Fragen.«

»Ich muss mehr über einen bestimmten Magier wissen. Er ist offenbar sehr mächtig. Sein Aussehen verbirgt er durch eine schwarze Kutte.«

»Es gibt jemanden, auf den diese Beschreibung zutrifft. Er steht gerade vor mir«, entgegnete Pak patzig. »Zumindest, wenn du den Turm verlässt und eine Kapuze aufsetzt.«

Arisha lächelte flüchtig. Ondruin schien ihren Bericht ernster zu nehmen, als er es sich zunächst hatte anmerken lassen, wenn er sogar ein Wesen aus der Schattenebene beschwor, um Antworten zu erhalten.

»Ich spreche aber nicht von mir. Dieser Magier, den ich meine, hetzt die Reiche der Menschen gegeneinander auf. Er wurde in Waloria gesichtet, in der Hauptstadt Bornum, wo er Einfluss auf Herzog Lotho Lethrides ausübt, aber auch an anderen Orten. Möglicherweise handelt es sich um mehrere Magier.«

Der Dämon kratzte sich an seinem hässlichen, kahlen Kopf und schien einen Moment lang in sich hineinzulauschen.

»Es gibt keinen solchen Magier und schon gar nicht mehrere«, behauptete er dann.

»Frag ihn, ob es sich um ein Wesen handeln könnte, das weder ein menschlicher noch ein elbischer Magier ist«, mischte sich Arisha in Erinnerung an ihren Albtraum ein. Ondruin fuhr erschrocken herum.

»Du bist wach? Ich habe dich gar nicht kommen gehört. Warum hast du nichts gesagt?«

»Ich dachte mir, ich höre erst mal zu. Falls du überhaupt vorgehabt hast, mir von dieser Beschwörung zu erzählen, hättest du möglicherweise ein paar wichtige Informationen zu berichten vergessen.«

Ondruin lachte.

»Misstrauisch wie eh und je, aber wohl nicht ohne Grund«, sagte er und wandte sich wieder dem Dämon zu. »Du hast gehört, was sie gesagt hat. Handelt es sich um ein Wesen einer fremden Art?«

Wieder lauschte der Dämon kurz in sich herein. Gleich darauf weiteten sich seine Augen, und sein Gesicht verzerrte sich vor Schrecken.

»Nein«, keuchte er. »Frag nicht weiter! Es wäre mein Tod. Sie würden sich grausam rächen!«

»Sie?«

»Sie existieren schon seit Ewigkeiten, aber es gibt nur noch wenige von ihnen. Einst dienten sie den Urdämonen. Sie nennen sich ...«

»Die Rhi'il«, fiel Arisha ihm ins Wort.

Ondruin blickte sie verblüfft an, und auch der Dämon schwieg für einen Moment.

»Warum bringt ihr mich in Todesgefahr, wenn ihr die Antwort schon kennt?«, zeterte er dann wieder los. »Lasst mich gehen, ich bitte euch ... Zu spät, sie haben mich bemerkt. Sie greifen mit ihrer Magie nach ...«

Der Spiegel explodierte.

Scharfkantige Metallsplitter sausten wie Geschosse durch den Raum. Arisha schrie auf, als sie getroffen wurde, und taumelte zurück. Vom Druck der Explosion wurde Pak schrill kreischend davongeschleudert, prallte gegen eine Wand und blieb benommen davor liegen.

Ondruin fluchte. Er bot ein Bild des Schreckens. Zahlreiche Metallscherben hatten ihn getroffen. Sie steckten in seinen Armen, seinem Oberkörper und mehrere auch in seinem Gesicht. Eine hatte sich in sein Auge gebohrt. Blut rann über seine Züge, verwandelte sie in eine Maske des Grauens.

Wenn er Schmerzen verspürte, dann ließ er es sich nicht anmerken. Immer noch fluchend zog er eine Scherbe nach der anderen heraus und ließ sie zu Boden fallen. Die Blutungen versiegten sofort, und die Wunden schlossen sich. Selbst sein Auge blickte nach wenigen Sekunden schon wieder klar.

Auch Arisha zog sich eine Scherbe aus dem Arm und zwei weitere aus der Brust. Es tat höllisch weh, und sofort strömte Blut aus den Wunden, aber sie war es gewohnt, Schmerz zu unterdrücken. Zum Glück hatte sie an der Stirn eine Scherbe nur gestreift und ihr eine leichte Schnittwunde zugefügt, war aber nicht eingedrungen. Blut lief ihr ins Auge, ließ sie alles nur noch wie durch einen roten Vorhang sehen.

»Halt still, das haben wir gleich«, hörte sie Ondruins Stimme. Mit den Fingerspitzen strich er über ihre Verletzungen. Ein wohltuendes Prickeln breitete sich darin aus, und auch ihre Wunden schlossen sich wieder, ohne auch nur Narben zu hinterlassen.

»Was ... Was war das?«, stieß sie, bis ins Mark erschüttert, hervor. Ihre Beine zitterten. Sie blickte sich nach einem Stuhl oder einer anderen Sitzgelegenheit um, konnte aber nichts finden.

»Die Gefahr scheint größer zu sein, als ich geglaubt habe«, entgegnete Ondruin ernst. »Der Feind hat gemerkt, dass ich Informationen über ihn erlangen wollte, und hat die Verbindung zur Schattenebene zerstört. Dazu gehört eine schier unglaubliche Macht. Ich habe die Kräfte, mit denen wir es hier zu tun haben, unterschätzt.« Seine Stimme wurde vorwurfsvoll. »Du hast mir nicht alles erzählt, was du weißt.«

Arisha blickte zu der Stelle, an der Pak niedergestürzt war, und ein neuer, heißer Schrecken durchfuhr sie.

»Er ist weg!«, stieß sie hervor. »Geflohen. Du Wahnsinniger hast einen Dämon aus einer fremden Daseinsebene in unsere Welt geholt, wo er frei sein Unwesen treiben kann!«

»Mach dir keine Sorgen«, sagte Ondruin und mit einer

gleichgültigen Handbewegung. »Er ist nur ein Dämon der untersten und damit schwächsten Kategorie. Das wahrscheinlich Schlimmste, was er tun kann, ist, jemandem ins Bein zu beißen. Mag ihn erschlagen, wer will, wir haben andere Sorgen.«

Seine letzten Worte hörte Arisha schon kaum noch. Alles schien sich um sie herum zu drehen, und die Kraft verließ sie endgültig.

Ondruin sprang herbei und fing sie auf, als sie bewusstlos zusammenbrach.

14

Einige Sekunden lang war es nach Baruns Offenbarung so still, dass man eine Nadel hätte fallen hören können. Dann verzog Gildor das Gesicht und begann schallend zu lachen. Seine Begleiter fielen ein, nur die Menschenfrau blieb ernst. »Bei Guranon, Ihr habt Humor, Schädelspalter«, grölte der Königssohn. »Barun, der ein Jahrtausend überdauert hat und nun plötzlich wie aus dem Nichts auftaucht, um uns seine Hilfe anzubieten! Das ist gut! Und die dreitausend Krieger, die er damals befehligt hat, könnt Ihr vermutlich auch zu unserer Hilfe herbeizaubern, wie?«

Barun starrte Gildor fassungslos an. Ihm war klar gewesen, dass es nicht leicht werden würde, ihn zu überzeugen, aber dass er ihn schlichtweg auslachen würde, damit hatte er nicht gerechnet. Er wollte aufbrausen, beherrschte sich dann aber.

Jetzt, da er darüber nachdachte, konnte er die Zwerge aus Erak-Nor sogar verstehen. Er hatte rein instinktiv gehandelt, getrieben von einer tief in ihm verankerten Loyalität dem Nachkommen des Königs gegenüber, dem er einst die Treue geschworen hatte. Ihm wurde bewusst, wie verrückt seine Behauptung klingen musste, dass man sie nur als einen Scherz auffassen konnte. Für diese Zwerge war er längst tot, eine Legende aus tiefster Vergangenheit.

»Ich weiß, wie unglaubwürdig das klingt, aber ich bin wirklich jener Barun. Wir haben den Ogern und Trollen damals eine Falle gestellt, aber sie hatten einen Magier bei sich, der ...«

»Ihr solltet es nicht zu weit treiben«, unterbrach Gildor ihn. Er lachte nicht mehr und wirkte unangenehm berührt. »Beim ersten Mal war Euer Scherz noch komisch, aber jetzt wird es peinlich und geschmacklos.«

»Nun gut«, sagte Barun. Es war offensichtlich, dass er so nicht weiterkam, sondern den Königssohn nur verärgerte. »Ich mache Euch einen Vorschlag. Meine Begleiter und ich gehen mit Euch nach Khron-Adur, aber vorher möchte ich Euch am Fuß der Weißberge etwas zeigen. Es ist nur ein kleiner Umweg, und es dürfte interessant für Euch sein.«

»Das klingt vernünftig«, mischte sich Skari ein. »Wir sollten ohnehin den direkten Weg meiden, solange die Häscher des Herzogs Jagd auf uns machen.«

»Dann ist es abgemacht«, stimmte Gildor zu. »Ich danke Euch für Euren Beistand. Mit Euch an unserer Seite steigen unsere Chancen erheblich, Khron-Adur zu erreichen.«

»Dann lasst uns aufbrechen«, drängte Skari. »Der Aufruhr, den die Häscher in der Stadt verursacht haben, dürfte sich inzwischen gelegt haben, und noch hatten sie nicht genügend Zeit, einen Hinterhalt zu legen.«

Sie führte die Zwerge weiter durch das Elendsviertel, bis sie die Umfriedung der Stadt erreichten. Auch sie war an dieser Stelle baufällig und nicht instand gehalten worden. Es bereitete ihnen keine Schwierigkeit, einige Palisaden zu finden, deren Holz so verfault war, dass sie es mühelos eintreten und so eine Öffnung schaffen konnten.

»Noch etwas«, sagte Barun, als sie die Stadt verlassen hatten. »Ein Stadtgardist berichtete mir, dass sich eine Bande von Mördern und Dieben in der Gegend aufhalten soll. Die Garde entdeckte uns überhaupt nur, weil sie auf der Suche nach ihnen war, sonst wären wir gar nicht nach Siegtal gekommen. Wir sollten also auch vor ihnen auf der Hut sein.«

Zu seiner Überraschung brach diesmal Skari in helles Lachen aus.

»Mörder und Diebe, und gleich eine ganze Bande«, prustete sie.»Ihr seht sie vor Euch. Als ich heute Nachmittag die Stadt erkundete, hörte ich, wie eine Frau von einer Kette schwärmte, die die Frau des Bürgermeisters trug, während er gestern eine Ansprache hielt. Dem konnte ich einfach nicht widerstehen.« Sie griff in ihre Tasche und zog eine Kette mit einem Anhänger heraus, in den ein großer Saphir eingearbeitet war.»Manchmal kann ich einfach nicht aus meiner Haut.«

»Ihr habt sie gestohlen?« Barun starrte sie mit großen Augen an.

»Nur um in Form zu bleiben, gewissermaßen. Habe ich nicht erwähnt, dass ich eine Diebin bin, wenn ich nicht gerade Zwerge durch die Gegend führe? Aber ich habe niemanden ermordet, sondern lediglich einen Dienstboten niedergeschlagen. Und kaum, dass ich aus der Stadt war, bin ich ein Stück entfernt wieder über die Palisade geklettert. Sollen die Gardisten doch suchen, wo und nach wem sie wollen. Anscheinend hat sich der Bürgermeister gedacht, dass sie sich mehr ins Zeug legen würden, wenn sie glaubten, es mit einer ganzen Bande zu tun zu haben.«

Barun schüttelte nur stumm den Kopf. Eine Diebin – das passte zu der unberechenbaren Frau. Nun wurde ihm auch klar, wieso sie sie bei ihrer ersten Begegnung durch eine so perfekte Maskerade hatte täuschen können.

Sie machten sie auf den Weg zu dem nur schemenhaft gegen den Nachthimmel sichtbaren Gebirge. Der Mond war nicht mehr zu sehen, und es hatte sich bewölkt. Wieder einmal bewahrheitete es sich, dass es in der Stunde vor Anbruch der Dämmerung am dunkelsten war, was ihnen nur gelegen kam.

Zwerge konnten im Dunkeln weitaus besser sehen als die meisten Menschen, aber selbst Baruns Blick reichte nur wenige Meter weit. Es bestand also keine Gefahr, dass sie von irgendwem entdeckt wurden.

Nach kaum einer Stunde erreichten sie die ersten Ausläufer der Berge.

»Und nun?«, erkundigte sich Gildor in einem Tonfall, als ob er das alles für ausgemachten Unfug halte. Barun konnte es ihm nicht einmal verdenken. »Was wollt Ihr mir nun zeigen?«

»Habt noch einen Moment Geduld. Es ist nicht mehr weit.«

Barun führte sie weiter, durch die ausgewaschenen Bachbetten und durch den Gebüschstreifen bis in das kleine Tal vor dem Eingang in den Berg. Doch als er sich diesem näherte, erlebte er eine herbe Enttäuschung. Vielleicht hatte es einen erneuten Erdrutsch gegeben, vielleicht waren auch Trolle aufgetaucht, und es war den Schürfmeistern nichts anderes übrig geblieben, als den Durchgang, König Urtans Befehl folgend, zu sprengen.

Auf jeden Fall war er wieder vollständig durch Felsen versperrt.

»Das dürfte der Zugang sein, durch den Duul'Athun einst seine Saikorai-Legionen in den Berg geführt hat«, vermutete Gildor. »Ich kenne die alten Geschichten. Seine genaue Lage gilt als vergessen, denn niemand hat sich mehr die Mühe gemacht, nach ihm zu suchen. Nun, Ihr habt ihn also gefunden, aber Ihr habt mich doch sicher nicht nur hergeführt, um ihn mir zu zeigen. Er ist seit einem Jahrtausend ebenso magisch versiegelt wie der, den unser Volk einst benutzt hat.«

Wütend schlug Barun mit der Faust gegen einen der herabgebrochenen Felsen.

»Das darf nicht sein, das ...«

»Kampfmeister Barun?«, ertönte eine leise Stimme aus dem Gebüsch rechts von ihm, und gleich darauf tauchte ein Zwergenkrieger aus der Dunkelheit auf, dem zwei weitere folgten.

Gildor griff nach seiner Axt, doch Barun legte ihm besänftigend die Hand auf den Arm. »Es tut mir leid, wenn wir euch einen Schrecken eingejagt haben, doch wir hielten es für sicherer, den Zugang zumindest provisorisch wieder zu verschließen.«

»Was, bei Guranon, ist hier eigentlich los?«, polterte Gildor mit erwachendem Zorn. »Was soll das Gerede über den Zugang?«

Einer der Wächter schlug mit seiner Axt in einem bestimmten Rhythmus gegen einen der herabgebrochenen Felsen, dann ergriff er einen der Brocken und hob ihn ohne große Mühe aus der Blockade heraus. Auch die anderen beiden Zwerge packten mit an, und Barun hörte auch aus dem Inneren das Poltern von Felsen.

Zufrieden beobachtete Barun, wie Gildors Augen immer größer wurden und ihm der Mund offen stehen blieb. Es dauerte kaum eine Minute, bis das nur provisorisch aufgeschichtete Hindernis vollständig beseitigt war.

»Ich hab es Euch gesagt, ich bin Barun Schädelspalter, und so wie unser Volk an anderen Orten Minen errichtet hat, haben die Nachfahren der Zwerge, die ich einst in das Gebirge führte, es auch dort getan.« Barun deutete eine Verbeugung an. »Und nun, da der magische Bann erloschen ist, der die Weißberge für so lange Zeit versiegelt hat, ist es mir eine Ehre, Euch, Gildor, Nachkomme des großen Königs Martuk Ogertod, in das mächtige und geheime Zwergenreich Arkhazan einzuladen.«

15

»Du hast mir Informationen vorenthalten«, beklagte sich Ondruin erneut, kaum dass Arisha die Augen aufgeschlagen hatte.
»Informationen, die vielleicht lebenswichtig gewesen wären.
Wir hatten Glück, dass der Spiegel unter dem Ansturm der magischen Kraft sofort zerborsten ist, sonst hätte es sehr viel übler
für uns ausgehen können.«

»Nein, das habe ich nicht. Du irrst dich«, erwiderte die Hohepriesterin. Sie lag wieder auf dem Diwan im Wohnbereich des
Schwarzen Turms. Noch immer war ihr etwas schwindlig, und
sie hatte einen ekelhaften Geschmack im Mund. Rasch setzte
sie sich auf, griff nach dem Weinglas, das auch jetzt wieder vor
ihr stand, und trank einen Schluck. »Als ich herkam, wusste ich
noch nicht mehr, als ich dir gesagt habe.«

»Ach, dann ist inzwischen wohl der Heilige Geist in dich gefahren und hat dich erleuchtet, wie?«, spottete Ondruin. »Du
hast mir nur von einem Magier erzählt, dabei wusstest du, dass
es sich um eine Kreatur aus frühester Vorzeit handelt, ein Ge-
schöpf der Urdämonen. Wie hast du es gleich genannt?«

»Rhi'il«, wiederholte Arisha.

»Du hast uns beide in größte Gefahr gebracht, indem du
mir das verschwiegen hast, ist dir das klar? Ich hätte ganz andere Sicherheitsvorkehrungen getroffen, wenn ich geahnt hätte ...«

»Hör endlich auf!«, rief die Hohepriesterin verärgert mit loderndem Blick. »Wenn ich all das vorher gewusst hätte, hätte ich gar nicht herzukommen brauchen. Ich habe selbst gedacht, dass es sich nur um einen menschlichen Magier handelt. Höchstens vielleicht noch um einen abtrünnigen, auf die dunkle Seite gewechselten Elb. Aber etwas ist passiert, während ich vorhin geschlafen habe.«

»Und was soll das gewesen sein?«

»Ich ... Ich hatte einen Albtraum«, murmelte Arisha. »Zumindest habe ich das zunächst gedacht. Einen Albtraum von einem Urdämon. Aber inzwischen denke ich, dass es nicht nur ein Traum war. Möge Lunara uns allen beistehen, ich glaube, dass diese Kreatur irgendwie Kontakt mit mir aufgenommen hat. Sie hat zu mir gesprochen, vom bevorstehenden Ende der Welt, dass die Rhi'il alles vorbereitet haben und wir alle sterben werden. Millionen von Toten, und durch sie werde der Kerker geöffnet, in den der Urdämon einst in todesähnlichem Schlaf von seinen Feinden verbannt wurde.«

»Unmöglich!«, stieß Ondruin hervor, aber Arisha sah, dass seine ohnehin blasse Haut noch bleicher wurde. »Ich weiß besser als vermutlich jeder andere über die Urdämonen Bescheid, habe alle Schriften und sonstigen Quellen über sie erforscht.«

»Dann gab es sie also wirklich? In einigen Schriften unseres Ordens werden sie erwähnt, aber ich habe stets geglaubt, dass es sich nur um Legenden handelt. Zumindest bis heute.«

»Oh nein, keine Legenden. Es gab sie, und sie herrschten einst über die Welt, als diese noch im Entstehen begriffen war. Als sie heiß und unfruchtbar war, als es noch keine Meere und kein Leben in unserem Sinne gab, nur langsam erkaltende Lava. Und da sie in ihrem Machtrausch wahnsinnig waren und nicht einmal ihresgleichen neben sich duldeten, bekämpften sie einander. Kriege, die Jahrmillionen währten, während die Erde weiter abkühlte. Und da es ihren Machthunger nur befriedigen

konnte, wenn sie über andere herrschten, schufen sie sich will-
fährige Diener, zu denen offenbar auch diese Rhi'il gehörten.
Aber trotz all ihrer Macht waren diese Diener nur ein unbedeu-
tender Abklatsch ihrer Schöpfer, denn die Urdämonen selbst
waren Titanen, kosmische Nachtmahre, die Essenz des Bösen.
Zu schrecklich, als dass ein Mensch auch nur ihren bloßen Anblick ertragen könnte. Hättest du wirklich Kontakt mit einem
Urdämon gehabt, wäre dein Gehirn verkocht und dein Körper
in Flammen aufgegangen.«

Ondruin hatte sich in Rage geredet, aber nun schwieg er und
schüttelte nur den Kopf.

»Ich habe geschlafen, und es war, als würden sich zwei Träume überlappen, meiner und seiner, aber es war auch so schrecklich genug«, sagte Arisha und erschauderte schon bei der bloßen Erinnerung. »Wenn ich nicht gestorben oder wahnsinnig
geworden bin, dann nur, weil der Urdämon selbst es verhindert
hat. Vielleicht trug auch dieser Turm einen Teil dazu bei, so wie
ich vermute, dass der Kontakt durch ihn überhaupt erst möglich war. Ich glaube, diese Bestie mästete sich an meiner Angst
und meinem Entsetzen, und sie wollte, dass ich die Nachricht
vom bevorstehenden Untergang der Welt verbreite, weil ihr das
noch mehr Kraft verleihen wird.«

»Es ist unmöglich«, beharrte Ondruin. »Ich bezweifle nicht,
dass du diesen Traum hattest und er dir entsprechend realis-
tisch vorkam, aber ich kann nicht glauben, dass sich nach all
den Äonen wirklich ein Urdämon mit einem Menschen in Verbindung gesetzt hat.«

»Und woher kenne ich dann den Namen der Rhi'il? Ondruin,
ich schwöre, dass ich diesen Begriff noch nie zuvor gehört habe,
ehe der Urdämon ihn in meinem Traum benutzte.«

»Ich weiß es nicht«, murmelte der Magier. »Ein Teil von mir
will es auch gar nicht wissen, und ich *will* es nicht glauben, weil
die Konsequenzen ...« Erneut schüttelte er den Kopf. »Die Urdä-

monen sind kein Mythos, das belegen alle meine Forschungen. Dieser Turm ist eines der wenigen Überbleibsel ihrer Festungen. Sie erhoben sich einst aus dem Feuer der neu entstanden Welt, und es steht fest, dass sie sich mit einer Macht gegenseitig bekämpften, die wir uns nicht einmal ansatzweise vorstellen können. Von ihrem Ende ist wenig überliefert, aber das Wenige deutet darauf hin, dass sie und ihre Diener sich in diesem Krieg gegenseitig vernichtet haben. Dass sie in dem entfachten Weltenbrand zugrunde gingen und keiner von ihnen die Gewalten, die sie selbst entfesselt haben, überdauert hat. Aber wenn das, was du vermutest, stimmt, wenn du auf den fremdartigen Pfaden des Traumes wirklich einem Urdämonen begegnet bist ... Nein, es darf nicht sein, denn es würde bedeuten, dass zumindest eine dieser Kreaturen überlebt und die Zeiten überdauert hat. Wenn sich unter diesen Kutten wirklich Rhi'il verbergen und sie einen Weg finden sollten, diese Kreatur aus dem Schlaf zu erwecken, in dem sie anscheinend gefangen ist, dann wäre dies wirklich der Untergang der Welt.«

Ondruins Fassade aus übersteigertem Selbstbewusstsein, Überlegenheit und Überheblichkeit hatte Risse bekommen, war unter der Erkenntnis zerborsten, es mit einer Macht zu tun zu haben, die auch ihn mühelos zermalmen konnte. Über Jahrhunderte hinweg hatte er sich für unangreifbar gehalten, doch nun schimmerte Angst durch seine bröckelnde Maske. Arisha hatte das Gefühl, zum ersten Mal den *wahren* Ondruin zu sehen.

»Noch ist es nicht zu spät«, sagte sie, doch sie fühlte sich hilflos dabei. »Die Rhi'il sind nicht unbesiegbar, und es scheinen nur noch wenige zu sein. Wenn wir ihre Portale zerstören, erschweren wir ihnen ihr Tun erheblich. Sie bedienen sich hauptsächlich der List, der Lüge und der Verführung, benutzen Herrscher der Menschen, um sie gegeneinander auszuspielen. So ist es ihnen gelungen, überall Brände zu entfachen, aber dafür müssen sie den ihnen hörigen Herrschern ständig neues

Gift ins Ohr flüstern. Denn das ist ihr Plan. Die Menschen sollen sich in Kriegen gegeneinander und gegen die Zwerge aufreiben, bis sie ihnen nichts mehr entgegensetzen können.«

»*Wem* etwas entgegensetzen?«, warf Ondruin ein. »Wenn die Rhi'il nur wenige sind, wie wollen sie dann die Völker unterwerfen?«

Arisha überlegte kurz. Da war noch etwas gewesen, etwas, das sie angesichts all der anderen Schrecken verdrängt hatte.

»Legionen!«, stieß sie plötzlich hervor. »Der Urdämon hat Legionen erwähnt, die nun bereitstehen, ihm die Welt untertan zu machen.«

»Legionen? Legionen von was?« Der Magier nagte an seiner Unterlippe. »Eine Armee aus dem Nichts? Ich denke, es sind eher die Truppen der unter dem Einfluss der Rhi'il stehenden Könige und Fürsten gemeint.«

»Dann müssen wir diesen Einfluss brechen«, rief Arisha.

»Ich weiß wenig darüber, wie es in anderen Teilen des Reiches aussieht, aber die wohl größte und aktuellste Gefahr geht von Herzog Lethrides aus. Er darf Erak-Nor nicht angreifen, und wenn wir das nicht verhindern können, dann darf er zumindest nicht siegreich sein. Ein offener Krieg zwischen den Menschen und dem Zwergenvolk überall im Reich käme der Apokalypse schon ziemlich nahe, die der Urdämon plant. Wir müssen ...«

»Wir?«, fiel Ondruin ihr ins Wort. »Zieh du meinetwegen los und versuche die Streitereien zwischen Menschen und Zwergen zu schlichten, um die Pläne der Rhi'il zu durchkreuzen. Vielleicht gelingt es dir sogar, aber damit gewinnst du höchstens ein wenig Zeit. Nur denken die Rhi'il in anderen Zeitmaßstäben. Sollten sie jetzt scheitern, dann werden sie es in hundert oder auch zweihundert Jahren erneut versuchen und dann noch geschickter vorgehen.«

»Demnach willst du dich weiterhin in diesem Turm verkriechen und darauf hoffen, dass dieser Sturm über dich hinwegzieht?«, fauchte die Hohepriesterin und sprang auf. »Sollten die Rhi'il Erfolg haben, sollten sie die Welt wirklich in ein Schlachthaus verwandeln und den Urdämon erwecken, werden dir auch all dein Wissen, deine Macht und der Schutz des Schwarzen Turms nichts mehr nutzen.«

»Meinst du, das wüsste ich nicht?«, entgegnete Ondruin ruhig. »Ich bin weit tiefer als je ein Elb oder gar Mensch zuvor in die Geheimnisse der Magie eingedrungen. Wenn ich zu diesem Kampf irgendetwas beisteuern kann, dann ist es genau das. Obwohl ich über die Urdämonen und ihre Diener geforscht habe, haben sie für mich nie eine große Rolle gespielt, da ich sie für ein abgeschlossenes Kapitel der Vergangenheit hielt. Nun, da ich weiß, wie akut diese Gefahr ist, werde ich die entsprechenden Forschungen verstärken, und vielleicht stoße ich auf etwas, das uns nutzen wird.«

»Wie du meinst«, sagte Arisha frostig. Zwar war sie halbwegs versöhnt, dass er überhaupt etwas unternehmen würde, doch hätte sie sich gewünscht, dass er ihr helfen würde, die aktuellen Pläne der Rhi'il zu durchkreuzen, vor allem die kriegerischen Machenschaften von Herzog Lethrides. Selbst wenn es ihnen nur einen Zeitaufschub von ein paar Jahren verschaffen würde, so war das besser als nichts.

Aber sie wusste auch, wie sinnlos der Versuch war, Ondruin von einem einmal gefassten Entschluss abzubringen.

»Dann werde ich dich jetzt verlassen. Ich muss versuchen, einen Krieg zu verhindern.«

16

Es war seltsam, aber bei der Rückkehr ins Innere der Weißberge verspürte Barun tatsächlich so etwas wie heimatliche Gefühle. Er war lediglich einen Abend und eine Nacht fort gewesen, und seit seinem Sturz aus der Zeit war erst eine knappe Woche vergangen. Dennoch empfand er Arkhazan anscheinend schon als sein Zuhause, was ihm erst jetzt bewusst wurde.

Er *freute* sich darauf, in die Stadt zurückzukehren.

Dazu kam noch eine gehörige Portion Stolz, angesichts der Reaktion, die all dies bei Gildor und den anderen Zwergen aus Erak-Nor hervorrief. Ihnen stand während der gesamten Wanderung durch die Stollen Fassungslosigkeit ins Gesicht geschrieben. Sie bewegten sich wie Schlafwandler, als wäre dies alles hier nur ein Traum, aus dem sie jeden Moment aufzuwachen fürchteten.

Anfangs hatte Gildor ihn mit Fragen bestürmt, die Barun jedoch nicht beantwortet hatte. Lieber sollten Urtan und eventuell Egarion entscheiden, wie viel sie ihm berichten wollten.

Zehn der Krieger begleiteten sie für den Fall, dass sie unterwegs auf Trolle treffen sollten. Die anderen waren zurückgeblieben, um den Ausgang aus dem Berg wieder zu verschließen.

»Ihr seid wirklich jener Barun aus der Vergangenheit, nicht wahr?«, erkundigte sich Skari, nachdem sie eine Weile schweigend durch das Labyrinth der Stollen gewandert waren.

»Ja«, erwiderte Barun einsilbig. Gerade bei der Diebin hielt er sich mit Informationen zurück. Es gefiel ihm nicht, dass er auch einen Menschen in den Berg führte, aber er hatte sie schlecht allein zurücklassen können, zumal sie ohnehin schon von dem Geheimnis erfahren hatte.

»Ich war mir erst unsicher, was ich davon halten sollte, als Ihr es Gildor verraten habt«, sprach sie weiter. »Es erschien allzu unglaubhaft, aber gleichzeitig habe ich gespürt, dass Ihr nicht gelogen habt. Ich erkenne, wenn mir jemand etwas vormacht, es sei denn, er ist ein noch besserer Gauner als ich.«

»Gildor vertraut dir, und bislang scheinst du ihm treu gedient zu haben«, sagte Barun heftiger, als er es wollte. »Aber wir Zwerge sind ein ehrliches Volk. Wir haben es nicht nötig, jemanden zu bestehlen. Mein Vertrauen musst du dir erst noch verdienen.«

Sie lachte leise. »Ehrlich?«, wiederholte sie. »Das sagt der Zwerg, der sich unter einem falschen Namen vorgestellt und behauptet hat, von weither aus dem Osten gekommen zu sein?«

Ihre Antwort brachte Barun ein wenig aus dem Konzept. »Das ist etwas anderes«, erklärte er. »Die Zeit ist noch nicht reif, dass alle Welt von der Existenz Arkhazans erfährt. Tausend Jahre haben wir, von der Außenwelt abgeschnitten, in diesen Bergen gelebt. Meine Begleiter und ich sind die Ersten, die die Weißberge seither verlassen haben, und wir hatten nicht vor, mit irgendwem Kontakt aufzunehmen oder gar bis in die Menschenstadt vorzudringen.«

»Gut, dass es anders gekommen ist«, sagte Skari mit großem Ernst. »Vielleicht wären der Thronerbe und wir anderen sonst schon nicht mehr am Leben. Zumindest wäre unsere Mission endgültig gescheitert. Es scheint, als wäret Ihr von einem Schicksal geleitet worden, das uns wohlgesonnen ist.«

Aus dieser Sicht hatte es Barun noch nicht betrachtet. Das Schwinden des magischen Banns und sein Erwachen gerade zu dieser Zeit, das Öffnen des Ausgangs aus dem Berg, sein Entschluss, sich wenigstens ein wenig in der Außenwelt umzusehen, die Entdeckung durch die Garde und der erzwungene Abstecher nach Siegtal … Vielleicht steckte wirklich mehr als nur eine Verkettung von Zufällen dahinter.

»Ich frage gar nicht erst, wie Ihr es geschafft habt, so lange zu leben und trotzdem jung zu bleiben«, fuhr die Diebin fort. »Aber Ihr müsst Euch bewusst sein, dass Eure Abgeschiedenheit und das Geheimnis um Eure Existenz ein jähes Ende finden werden, wenn Ihr Erak-Nor mit einer Streitmacht zu Hilfe eilt.«

Barun nickte. Darum hatte er sich bislang nur wenige Gedanken gemacht und diese gleich wieder verdrängt. Das war eine Entscheidung, die nicht er treffen konnte, sondern nur König Urtan. Und die Lage, in die er den König brachte, indem er Gildor nach Arkhazan führte, würde Urtan ohne jeden Zweifel nicht gefallen.

Aber vielleicht war auch diese Entwicklung von einem Schicksal gelenkt, das mächtiger war als sie alle und das sie nicht durchschauten …

Skari, die spürte, dass Barun sich nicht unterhalten, sondern seinen Gedanken nachhängen wollte, gesellte sich zu Gildor.

Der mehrere Meilen lange Weg zwischen der Stadt und dem Ausgang war etwas, was Barun nicht gefiel. Wenn die Mine irgendwann wie die anderen mit der Außenwelt Handel treiben wollte, würde das zum Problem werden, doch daran ließ sich leider nichts ändern. Immerhin hatte die Entfernung auch einen Vorteil: Sollte Arkhazan irgendwann in eine ähnliche Lage wie Erak-Nor geraten, mussten auch die Feinde diesen langen Weg zurücklegen, auf dem sie überall angreifbar wären.

Aber all das war noch ferne Zukunftsmusik.

Mittlerweile waren die Tore Arkhazans nicht mehr fern, doch die Krieger an der Spitze ihres Trupps verharrten plötzlich. Gleich darauf vernahm Barun Geräusche. Im ersten Moment dachte er, dass es Kampflaute wären, das Klirren von Waffen, aber dann erkannte er, dass es stattdessen Hämmern war, mit dem Gestein bearbeitet wurde.

»Vielleicht lässt Urtan angesichts der aktuellen Ereignisse Tor und Mauer noch verstärken«, vermutete einer der Krieger. Das klang zwar durchaus möglich, doch instinktiv spürte Barun, dass etwas anderes dahintersteckte. Sie beschleunigten ihre Schritte noch, bis ihnen hinter einer Biegung plötzlich einige Zwergenkrieger mit kampfbereit erhobenen Waffen entgegentraten. Als sie erkannten, wen sie vor sich hatten, senkten sie die Waffen sofort wieder, allerdings bedachten sie Gildor und seine Begleiter und vor allem Skari mit misstrauischen Blicken.

»Kriegsmeister Barun«, sagte einer der Krieger, »gut, dass Ihr zurück seid.«

»Was ist los?«, erkundigte sich Barun. »Warum hat Urtan schon hier draußen Wachen aufgestellt?«

»Ihr solltet es Euch selbst ansehen«, erwiderte der Krieger. »Bitte kommt mit.«

Sie folgten ihm, bis sie die Höhle vor dem Tor erreichten, wo Barun so abrupt stehen blieb, als wäre er gegen eine Wand gelaufen.

Fassungslos starrte er auf das Bild des Schreckens, das sich ihm bot. Nicht nur das Tor, sondern auch ein großer Teil der Mauer waren von unvorstellbaren Gewalten niedergerissen worden. Hunderte, vielleicht Tausende von Trollleichen lagen, teilweise entsetzlich verkohlt, in einem Teil der Höhle. Zahlreiche Zwerge waren damit beschäftigt, sie zusammenzutragen. Andere zertrümmerten mit großen Hämmern und Hacken die Überreste der Mauer, um auch sie wegschaffen zu können. Zwergenleichen entdeckte Barun zum Glück keine, doch konnte es sein, dass man sie schon vom Schlachtfeld getragen hatte.

Ein großes, in Stücke gehauenes Gebilde, in dem er erst auf den zweiten Blick einen zerstörten Rammbock erkannte, stand vor den Überresten des Tors.

»Trolle!«, keuchte Gildor. »Das ... Das sind tote Trolle! Aber wie kann das sein?«

»Was ist hier geschehen?«, fuhr Barun den Krieger an, der sie das letzte Stück begleitet hatte.

»Es war grauenvoll. Ein Trollangriff«, berichtete der Zwerg. »Es ist kaum zwei Stunden her, dass sie sich zurückgezogen haben. Sie griffen völlig überraschend an. Ihr erster Angriff galt der Mauer im Talkessel, und dann ... Aber das soll Euch besser der Waffenmeister schildern. Ich muss zurück zu meinem Wachposten.«

Barun entließ ihn mit einer Handbewegung, als er sah, dass Dorgan mit großen Schritten auf sie zukam.

»Barun Schädelspalter«, stieß der Waffenmeister hervor, »gut, dass Ihr zurück seid!« Dass sich fremde Zwerge und sogar eine Menschenfrau bei ihnen befand, schien er in seiner Aufregung gar nicht wahrzunehmen.

In aller Eile berichtete er, was sich zugetragen hatte, von den beiden Angriffen im Talkessel bis zum Fall des Tors und der Schlacht in der dahinter liegenden Höhle.

»Die Trolle drohten unsere Verteidigung zu überrennen«, schloss er. »Aber dann führte König Urtan einen Gegenangriff. Bei Guranon, ich habe noch nie Zwerge so kämpfen sehen. Seinem Beispiel folgend machten sie alles nieder, was sich ihnen in den Weg stellte. Zwar erlitten sie furchtbare Verluste, aber es gelang ihnen, sich durch die feindlichen Reihen zu kämpfen und dann weiter bis zu dem Rammbock. Sie zerstörten ihn und retteten uns dadurch, aber sie haben einen hohen Preis bezahlt. Kaum einer von ihnen hat das Massaker überlebt.«

»Und ... Urtan?«, fragte Barun beklommen.

»Eine Keule traf ihn von hinten, als er auf den Rammbock

einschlug.« Dorgan senkte den Kopf. »Einer der Stacheln bohrte sich in seinen Nacken. Er war sofort tot.«

Barun biss die Zähne zusammen. Die Nachricht schockierte
ihn. Urtan war nicht nur sein Freund gewesen, sondern auch
der einzige noch lebende Zwerg aus seiner Zeit. Dennoch gestattete er der Trauer nicht, ihn zu überwältigen.

»Früher hat er immer davon geträumt, den Heldentod im
Kampf zu sterben«, sagte er leise.

»Ich glaube, es war immer noch sein Traum, und nun hat
er sich erfüllt. Wäre es ihm nicht gelungen, den Rammbock
zu zerstören, gäbe es Arkhazan jetzt vielleicht schon nicht
mehr. Durch seinen Einsatz wurde die Stadt gerettet. Er wird
nie vergessen werden und als Held in unsere Geschichte eingehen.«

»Ausgerechnet in der Nacht, in der ich nicht hier war«, stieß
Barun hervor. »Ich hätte diesen Gegenangriff anführen sollen.«

»Umso wichtiger ist, dass Ihr nun zurück seid. Bevor er in
den Kampf zog, hat Urtan Euch zu seinem Nachfolger ernannt.
Er sagte, Ihr wäret der einzig wahre König für diese Zeit der Veränderungen, auch wenn Ihr es selbst nicht wünscht. Ich glaube,
er ahnte, dass er die Nacht nicht überleben würde. Für die Zeit
bis zu Eurer Rückkehr hat er mich zum provisorischen Regenten ernannt. Aber nun lege ich die Verantwortung bereitwillig
in Eure Hände.«

Barun stöhnte innerlich auf. »Dies ist nicht der Zeitpunkt,
um solche Dinge zu entscheiden«, sagte er ausweichend. »Ich
wünsche, dass du ... dass *Ihr* zunächst weiterhin Regent bleibt.
Nicht nur hier haben sich schreckliche Dinge ereignet. Die Welt
da draußen ist leider längst nicht so friedlich, wie es zunächst
den Anschein hatte. Euch wird nicht entgangen sein, dass ich
nicht allein zurückgekehrt bin. Bitte verzeiht, dass ich meine
Begleiter erst jetzt vorstelle. Dies ist Gildor, Sohn von König Torek Eisenfaust, Thronerbe der Zwergenmine Erak-Nor und ein

411

direkter Nachkomme von König Martuk Ogertod, dem ich einst die Treue schwor. Erak-Nor wird von Menschen belagert, die die Mine und ihre Reichtümer in ihren Besitz bringen wollen. Ich habe Gildor Hilfe zugesichert, auch wenn das einen weiteren Kriegszug bedeuten mag. Wir haben viel zu besprechen.«

17

Mit finsterem Blick starrte Herzog Lethrides, der »Adler«, zu den schroffen Hängen der Mycäischen Berge hinüber, die nicht weit entfernt trutzig und scheinbar unbezwingbar aufragten. Unbezwingbar? Das würde sich erst noch zeigen, deshalb war er schließlich hergekommen.

Zehn Tage waren vergangen, seit er Hauptmann Makira nach seinem Versagen in den Wäldern jenseits des Gebirges hinter dem Thronerben Erak-Nors hergeschickt hatte, und in dieser Zeit hatte er entweder gar keine oder nur schlechte Nachrichten erhalten.

Die meisten dieser schlechten Nachrichten betrafen den Orden der Mondgöttin. Das Verbot aller Religionen außer der des Sonnengottes war ihm als ein Geniestreich erschienen, um gleich zwei Probleme auf einen Streich zu lösen. Er war der Bitte seines geheimnisvollen Ratgebers nachgekommen, diese Gefahr zu beseitigen, und hatte gehofft, sich gleichzeitig die Reichtümer des Tempels unter den Nagel reißen zu können.

Die Protestnote, die der Sohn des Kaisers ihm daraufhin geschickt hatte, interessierte ihn nicht. Argenion verfügte über keine echte Macht, und Kaiser Togenian war zu krank, um seine Amtsgeschäfte noch ausüben zu können.

Nun, die Hexen waren aus Bornum geflohen, allerdings an den letzten Ort, den er sich gewünscht hätte. Die Nachricht, dass sie den Belagerungsring mit ihren Zauberkunststückchen mühelos durchbrochen und in Erak-Nor Unterschlupf gefunden hatten, hatte ihn zu einem Tobsuchtsanfall getrieben. Er wusste, dass man die Hexen nicht unterschätzen durfte. Mit ihren magischen Kräften stellten sie eine nicht unerhebliche Verstärkung der Zwerge dar.

Und was den Tempel und seine Schätze betraf – sie hatten beides keineswegs schutzlos zurückgelassen. Die oberirdischen Tempelanlagen hatten seine Krieger recht problemlos in ihre Gewalt bringen können, aber dort nichts von Wert gefunden. Wie es aussah, gab es Katakomben, von denen er bislang nichts gewusst hatte und die weit in die Tiefe reichten. Und diese hatten die Hexen mit tödlichen Fallen gesichert. Sieben seiner stärksten Magier und rund ein Dutzend schwächere hatten beim Versuch, dort hineinzugelangen, bereits ihr Leben verloren, dennoch waren sie erst bis ins zweite Untergeschoss vorgedrungen. Sein vermeintlicher Geniestreich hatte ihm bislang nur zusätzliche Probleme bereitet, wie Lethrides sich eingestehen musste.

Erheblich mehr Sorgen bereiteten ihm allerdings die Nachrichten, die er bislang *nicht* erhalten hatte. Wäre es Hauptmann Makira gelungen, die Zwerge noch vor der Grenze zu Lagon abzufangen, hätte er sicher längst von ihm gehört. Sein Schweigen konnte nur bedeuten, dass er bislang keinen Erfolg gehabt hatte.

Noch ärger aber traf ihn das Schweigen seines geheimnisvollen Beraters. Seit mehr als zwei Wochen hatte dieser sich nun bereits nicht mehr bei ihm gemeldet. Selbst im Palast, dem Zentrum seines Reichs, in dem alle Informationen zusammenliefen, hatte Herzog Lethrides das Gefühl gehabt, nicht mehr zu wissen, was um ihn herum vorging.

Vor drei Tagen hatte er sich deshalb entschlossen, nicht länger tatenlos zu warten, sondern nach Süden zu reisen und persönlich den Befehl über sein nicht weit vor Erak-Nor lagerndes Heer zu übernehmen. Nun hatte er wenigstens das Gefühl, sich am Ort des Geschehens aufzuhalten und nicht nur als Beobachter aus der Ferne zu agieren.

»Was meint ihr, General Walessan?«, wandte er sich an den Mann neben ihm, seinen obersten militärischen Ratgeber und einen erfahrenen Veteranen zahlreicher Schlachten. »Hätte ein Angriff zum jetzigen Zeitpunkt Aussicht auf Erfolg?«

»Das kommt darauf an, was Ihr unter Erfolg versteht«, erhielt er zur Antwort. »Ich bin sicher, dass wir ihre äußeren Verteidigungsanlagen relativ schnell mit unseren Katapulten in Schutt und Asche legen können. Und wenn diese nicht mehr existieren, können wir sicherlich auch das Tor zertrümmern. Aber was einen Einmarsch nach Erak-Nor selbst betrifft, kann ich Euch nichts anderes sagen als schon in den letzten Wochen.«

»Dass es in jedem Fall riskant wäre, ich weiß.«

»Im Gegensatz zu den Zwergen kennen wir uns im Inneren des Berges nicht aus, schon deshalb wären wir im Nachteil. Es wimmelt dort vermutlich nur so von Fallen, und die feindlichen Krieger werden uns an allen Ecken und Winkeln auflauern. Unser Heer ist groß, größer als das der Zwerge, aber wir müssten auf einem völlig unbekannten Terrain kämpfen, und ich kann nicht für einen Erfolg garantieren. In jedem Fall würde es eine äußerst blutige Angelegenheit werden. Wir müssen damit rechnen, dass wir einen beträchtlichen Teil unserer Krieger bei einem Einmarsch verlieren, ohne dass ein Erfolg sicher wäre.«

Das war genau die Antwort, die der Herzog befürchtet hatte. Weiterhin starrte er unverwandt zu den Bergen hinüber. Diese verdammten Berge! Könnte er sie doch nur abtragen, um an die Schatzkammern von Erak-Nor zu gelangen! Sie niederreißen oder irgendwo anders hin versetzen, um die Reichtümer der Zwerge freizulegen, die es ihm ermöglichen würden, ein

Heer aufzustellen, wie es in diesem Teil der Welt seinesgleichen suchte.

Aber nein, die Reichtümer wurden von Zwergen bewacht, und die würden sich ihm nicht im offenen Kampf stellen. Sie verkrochen sich lieber hinter Millionen Tonnen von Felsgestein, in das seine Truppen nur durch schmale Stollen eindringen konnten.

Walessan hatte recht, ein offener Angriff auf die Mine wäre Wahnsinn und würde in jedem Fall zu einem Blutbad führen. Von seiner Armee würde kaum etwas übrig bleiben. Aber er würde sie bedenkenlos opfern, wenn ihm dies zweifelsfrei das Gold Erak-Nors verschaffen würde, mit dem er sich eine neue, um ein Vielfaches größere Armee zusammenkaufen könnte, als er sie jetzt befehligte. Söldner gab es überall in rauen Mengen.

Aber was, wenn er scheiterte? Wenn das gewaltige Gebirge seine Armee verschluckte, ohne dass er an das Gold kam? Dann stünde er plötzlich hilflos da. Dann wäre er nicht länger eine Bedrohung für seine Nachbarn, sondern er müsste aufpassen, dass sie nicht stattdessen ihn angriffen, um sich für sein aggressives Verhalten in den letzten Jahren zu rächen.

Ein glorreicher Sieg oder eine vernichtende Niederlage.

Wie oft schon hatte er den Unheimlichen in seiner Kapuzenkutte verflucht, wenn dieser wieder einmal zu einem unpassenden Zeitpunkt aufgetaucht war. Jetzt hingegen sehnte er ihn geradezu herbei. Er hatte immer gewusst, was zu tun war, und nie hatte sich einer seiner Ratschläge als schlecht erwiesen.

Warum bloß verschmähte ihn der Unheimliche plötzlich und ließ sich nicht mehr blicken?

»Warum warten wir nicht einfach weiterhin ab und hungern sie aus?«, fragte Walesson. »Sie können nicht mehr viele Vorräte haben. Sobald sie nichts mehr zu essen haben, werden sie auf allen vieren herausgekrochen kommen und uns anflehen, ihnen etwas zu geben.«

»So hatte ich es geplant«, entgegnete Herzog Lethrides und schnaubte. »Aber durch die Unfähigkeit Hauptmann Makiras besteht die Gefahr, dass wir zwischen Hammer und Amboss geraten. Was, wenn dieser Königssohn Erfolg hat und plötzlich mit einem Zwergenheer aus Khron-Adur und möglicherweise noch anderen Minen in unserem Rücken auftaucht? Wir können es uns nicht mehr leisten, einfach nur abzuwarten.«

»Wir werden es rechtzeitig erfahren, wenn ein fremdes Heer unsere Grenzen überschreitet.«

»Und was können wir dann noch tun? Uns zurückziehen oder an zwei Fronten gleichzeitig kämpfen. Tausende zu allem entschlossene Zwergenkrieger vor uns und Tausende hinter uns. Keine günstige Lage.«

Lethrides wünschte sich, frei wie ein echter Adler über das Gebirge fliegen zu können. Und nicht nur über das Gebirge, sondern auch hinein in die Stollen Erak-Nors, um sie auszukundschaften. Und dann weiter über die Gipfel der Berge nach Westen, um herauszufinden, wo sich der Sohn Toreks befand.

Schließlich rang er sich zu einer Entscheidung durch. »Wir werden morgen bei Sonnenaufgang angreifen«, sagte er. »Zunächst einmal werden wir die äußeren Bollwerke zertrümmern, dann können wir immer noch weitersehen. Vielleicht wird in Verbindung mit dem Hunger schon eine solche Demonstration meiner Entschlossenheit reichen, die Zwerge zur Aufgabe zu treiben.«

18

Kaum zeigten sich am frühen Morgen die ersten grauen Streifen am Horizont und die Dunkelheit der Nacht wich der Dämmerung, erschollen Alarmhörner in Erak-Nor.

Im ersten Licht des neuen Tages entdeckten die Wachen auf den äußeren Verteidigungsanlagen, dass die Truppen des Herzogs während der Nacht nicht untätig gewesen waren. Ein gutes Dutzend riesiger Katapulte waren am Fuß des Gebirges in Stellung gebracht worden. Aus dem Waldstück, in dem die Armee des Herzogs lagerte, marschierten Truppen heran und nahmen dahinter Aufstellung, um die Katapulte vor einem Ausfall der Zwergenkrieger zu schützen.

Torek Eisenfaust wurde von dem Alarm aus dem Schlaf gerissen. Schnell kleidete er sich an und eilte zu den äußeren Wehrgängen.

»Also beginnt es«, stieß er hervor, nachdem er einen Blick ins Tal geworfen hatte. »Dieser Wahnsinnige schreckt tatsächlich nicht vor einem offenen Krieg zurück und greift uns an.«

Bedienmannschaften begannen damit, die Katapulte zu laden. Torek gab Befehl, das Gleiche zu tun. Er versuchte, die Entfernung abzuschätzen. Die feindlichen Katapulte schienen sich ganz knapp in der Reichweite ihrer eigenen zu befinden. Zwar wurden sie durch Hügel und aufgeschüttete Erdwälle geschützt, aber gegen einen direkten Treffer von oben boten diese keinen Schutz. Kurz darauf wurden ein Dutzend fast einen Meter durchmessende Brocken in die Luft geschleudert. Die meisten prallten wirkungslos gegen das Gestein der Bergwand, doch einer von ihnen traf einen der Wehrgänge und schlug eine breite Bresche in das Gestein der Brüstung. Es war vermutlich nur ein Glückstreffer, und mit Erleichterung sah Torek, dass die Zwerge, die dahinter gestanden hatten, rechtzeitig zurückgewichen und unverletzt geblieben waren.

Er befahl, dass sämtliche Krieger bis auf die Bedienmannschaften der eigenen Katapulte die Wehrgänge unverzüglich räumen sollten. In einen Fernkampf wie diesen konnten sie ohnehin nicht eingreifen, sondern liefen nur Gefahr, verletzt oder gar getötet zu werden.

Sobald seine Krieger die Katapulte geladen und bereit gemacht hatten, gab er den Feuerbefehl.

Zwar wurde keines der gegnerischen Katapulte getroffen, was Torek bei der ersten Salve und so kleinen Zielen auch nicht erwartet hatte, aber die Steinbrocken gingen in ihrer unmittelbaren Nähe nieder und entfalteten eine ungeheure psychologische Wirkung.

Offenbar hatte der Feind nicht damit gerechnet, dass Erak-Nor ebenfalls über Katapulte verfügte, zumindest keine, die ebenso weit wie die seinen schossen. Torek beobachtete mit Genugtuung, dass die Bedienmannschaften wie aufgeschreckte Grottenmolche durcheinanderliefen.

Zwar gelang es den Offizieren rasch, das Chaos in den Griff zu bekommen, doch es hatte ausgereicht, dass die Zwerge ihre Katapulte wesentlich schneller nachladen und als Erste eine zweite Salve von Felsbrocken schleudern konnten.

Auch diesmal trafen sie keine der feindlichen Wurfmaschinen, aber eine wurde nur um einen oder zwei Meter verfehlt und mehrere der Soldaten, die sie bedienten, wurden erschlagen.

»Gut so!«, brüllte Torek Eisenfaust. »Zeigt es diesen verfluchten Bastarden!«

Je eher sie die feindlichen Katapulte zerstörten oder die Angreifer sich wegen zu hoher Verluste zurückziehen mussten, desto schneller war die Gefahr für seine Außenbollwerke beseitigt.

Er erschrak, als er aus den Augenwinkeln plötzlich Ariole erblickte. Lautlos hatte sich ihm die Hexe genähert, und auch die anderen Priesterinnen standen dicht hinter ihm. Instinktiv wollte er nach seiner Axt greifen, fürchtete Verrat, unterdrückte die Bewegung dann aber doch.

Seit der Ankunft der Hexen hatte er nicht viel Kontakt mit ihnen gehabt. Nur selten hatten sie die ihnen zugewiesenen Quartiere verlassen. Mehrfach hatte er vorgehabt, sie dort zu besuchen, um mehr darüber zu erfahren, warum genau und in welcher Weise sie ihm helfen wollten. Doch es war immer etwas dazwischengekommen, und deshalb hegte er ihnen gegenüber noch immer ein gewisses Misstrauen.

»Ihr solltet nicht hier draußen sein«, sagte er barsch. »Es ist zu gefährlich. Bitte begebt Euch zurück in Eure Quartiere.«

»Wir sind gekommen, um zu helfen, und wir fürchten die Gefahr nicht«, entgegnete Ariole mit ihrer hellen Stimme.

Wieder traten die Wurfmaschinen der Angreifer in Aktion und schleuderten ein Dutzend Gesteinsbrocken gegen die Felswand. Diesmal trafen gleich zwei von ihnen die zinnenbewehrten Mauern der Wehrgänge und rissen Löcher hinein.

»Wie wollt Ihr hier helfen? Könnt Ihr die Felsbrocken mit bloßen Händen auffangen oder einen Blitz vom Himmel herabzaubern, der die Katapulte zerstört?«

Seine spöttischen Worte taten Torek in dem Moment, als er sie ausgesprochen hatte, schon wieder leid, doch Ariole schien sie ihm nicht übel zu nehmen. Sie trat neben ihn an die Brüstung und deutete in die Tiefe.

»Seht Ihr die Männer in den weißen Gewändern dort unten, die sich nicht weit hinter den Katapulten sammeln? Das sind Magier, die dem Herzog treu ergeben sind, Priester vom Orden des Sonnengottes Almon. Sie verfügen über starke Kräfte, die jedoch schwächer sind als unsere. Diese beiden Treffer waren kein Zufall. Sie beeinflussen die Flugbahn der Wurfgeschosse, um ihnen eine größere Zielgenauigkeit zu verleihen. Wenn wir sie gewähren lassen, wird schon bald jedes einzelne Wurfgeschoss treffen.«

Toreks Augen weiteten sich. Wie die meisten Zwerge hatte er Magie schon immer verabscheut, nicht zuletzt deshalb, weil sein Volk keine eigenen Magier hervorgebracht hatte. Er verstand nicht, wie die Zauber funktionierten und wie man sich davor schützen konnte, sah nun aber, welche Schäden sie anzurichten vermochten.

Die Vorstellung, durch Magie ins Ziel gelenkte Wurfgeschosse könnten die äußeren Verteidigungsanlagen Erak-Nors komplett zerstören, deren Ausbau er in den letzten Wochen mit so viel Aufwand vorangetrieben hatte, legte sich wie ein Albdruck über seine Seele. Dies wäre ein schwerer Rückschlag für die Verteidiger der Mine, denn die Angreifer könnten dann, ohne auf Widerstand zu treffen, direkt bis zum Tor vordringen.

»Und Ihr könnt das verhindern?«

»Wir werden es versuchen. Wie ich schon sagte, sind wir diesen Magiern unter günstigen Bedingungen in vielem überlegen, außer an Zahl. Aber im strahlenden Sonnenlicht schwindet die Macht der Mondgöttin, während die des Sonnengottes wächst.«

Die Priesterinnen traten näher und fassten sich an den Händen, bildeten zusammen mit Ariole einen Kreis.

Die Katapulte Erak-Nors schleuderten erneut ihre Last ins Tal. Torek war sich nicht ganz sicher, aber er meinte, dass einer der Felsbrocken seine Flugbahn um eine Winzigkeit veränderte. Zielsicher stürzte er auf eine der Wurfmaschinen nieder und zermalmte sie unter sich.

»Ja, gut so!«, stieß er hervor und reckte seine eiserne Faust. Aber die Magier des Herzogs hatten sich mittlerweile in großer Zahl versammelt und waren nun vorgewarnt. Eine ganze Weile tobte der Kampf hin und her, ohne dass eine Seite einen Vorteil erringen konnte. Die Hexen lenkten die heranfliegenden Gesteinsbrocken so ab, dass sie ihre Ziele verfehlten. Und die Priester des Herzogs taten auf ihrer Seite das Gleiche. Die Folge war, dass kein einziges Geschoss sein Ziel traf.

Torek betrachtete das bereits als Sieg, denn er wollte den Angriff lediglich abwehren. Und solange die vom Feind geschleuderten Geschosse keinerlei Schaden mehr anrichteten, hatte er dies erreicht.

In Gedanken leistete er den Priesterinnen Abbitte für das Misstrauen, das er ihnen zunächst entgegengebracht hatte. Ohne ihre Unterstützung gäbe es die äußeren Verteidigungsanlagen jetzt vielleicht schon nicht mehr. Allerspätestens bis zum Abend hätte der Feind sie vollständig zerstört und unmittelbar vor dem Tor gestanden.

Schließlich verließ Ariole den Kreis der Hexen und trat auf ihn zu.

»Meine Priesterinnen haben sich verausgabt. Es erfordert enorme Kraft, auf die Felsbrocken einzuwirken. Den Priestern des Herzogs dürfte es ähnlich ergehen, aber sie sind viel zahlreicher und können vermutlich länger durchhalten. Es wird Zeit, dass der Angriff endet.«

»Nichts wäre mir lieber als das, aber wie sollen wir das anstellen?«

Sie zog ein kleines Fläschchen aus ihrem Gewand, das sie ihm reichte. »Hier, träufelt etwas davon auf einen der Steinbrocken, aber erst unmittelbar, bevor er geschleudert wird. Es würde euren Kriegern nicht gefallen, wenn sie länger als ein paar Sekunden damit in Kontakt kommen.«

»Was ist das, und was bewirkt es?«, erkundigte sich der König und betrachtete das Fläschchen zweifelnd.

»Jeder im Umkreis von ein paar Dutzend Metern wird Pusteln und einen unerträglich juckenden Ausschlag am ganzen Körper bekommen«, erklärte die Priesterin. »Die Wirkung verfliegt nach ein paar Stunden wieder, aber bis dahin wird niemand, der davon betroffen ist, seine Pflicht erfüllen können.«

»Es werden sofort andere an ihre Stelle treten«, wandte Torek ein.

»Doch sobald sie in die Nähe des damit beträufelten Steins kommen, werden auch sie sich infizieren«, behauptete Ariole.

»Das klingt gut.« Mit einem breiten Grinsen reichte Torek Eisenfaust das Fläschchen an einen Krieger weiter. »Sorg dafür, dass alles so geschieht, wie sie gesagt hat«, befahl er.

Wenig später war erneut das Donnern der Katapulte zu hören. Erneut traf keines der Geschosse sein Ziel, dennoch dauerte es nur ein paar Sekunden, bis eine Wirkung zu erkennen war.

Die Soldaten des Herzogs zuerst an einem, dann auch an den benachbarten Katapulten begannen seltsame Bewegungen auszuführen. Einige warfen sich auf den Boden und kratzten sich heftig. Andere hielten sich zunächst noch auf den Beinen, doch es wurden immer weniger.

Einige der Magier, die erkannten, dass die Krieger von einem Zauber befallen waren, eilten herbei, um zu helfen, doch es dauerte nicht lange, bis auch sie sich auf dem Boden wälzten.

»Welch ein Spaß!«, rief König Torek aus. »Selbst sie sind gegen Euer Mittel nicht immun!«

Einzig die Bedienmannschaften an den äußersten Katapulten waren von dem Zauber nicht betroffen. Dennoch hatten auch sie die Arbeit eingestellt und beobachteten verwundert – oder entsetzt – das Treiben ihrer Kameraden.

Es dauerte nicht lange, bis zunächst an diese Katapulte Pferde gespannt wurde, die sie zurückzogen. Kurz darauf wagten sich auf Befehl des Herzogs auch an die anderen Wurfmaschinen Soldaten heran und spannten auch dort Pferde an, ehe sie ebenfalls von dem Juckreiz befallen wurden.

Der Angriff war gescheitert. Herzog Lethrides hatte eine weitere schmachvolle Niederlage erlitten.

19

Gildor und seinen Begleitern wurden im Palast Quartiere zugewiesen, in denen sie sich ausruhen konnten. Noch an diesem Abend würden sie, von einer Kriegerstreitmacht aus Arkhazan eskortiert, ihre Reise nach Khron-Adur fortsetzen. Dies hatte Barun ihnen fest zugesagt, und Dorgan hatte keinerlei Einspruch erhoben.

Da er Barun als rechtmäßigen König betrachtete, würde er sich wohl keinem seiner Wünsche widersetzen, auch wenn der Waffenmeister bis zur offiziellen Krönung oder zumindest Übergabe des Amtes das Oberhaupt der Zwerge von Arkhazan war.

Das erleichterte für Barun alles ungemein, der sich auf lange, schwierige Gespräche mit Urtan eingerichtet hatte. Vor allem, was das Entsenden eines Heers nach Erak-Nor betraf, hätte es zweifellos großer Überredungskunst bedurft, wenn Urtan überhaupt nachgegeben hätte, da dessen Stolz und Misstrauen nicht zu unterschätzen waren.

Und doch hätte Barun alles gegeben, um diese Gespräche mit ihm noch führen zu können.

Er war auf direktem Wege in den Thronsaal geeilt, wo König Urtans Leichnam aufgebahrt worden war. Obwohl ihm unzählige Fragen auf der Zunge lagen, blickte er lange auf die sterblichen Überreste und das im Tod entspannte Gesicht seines

Freundes, des letzten Zwerges, der noch aus derselben Zeit wie er selbst stammte.

Anschließend erwies er auch den anderen Gefallenen seine Ehre und suchte zusammen mit Dorgan die Stätten der nächtlichen Angriffe auf. An der Mauer im Talkessel hatte es nicht viele Schäden gegeben, obwohl der zweite Angriff nur mit knapper Mühe hatte abgewehrt werden können.

Bis zum Eintreffen der Elben war es vielen Trollen bereits gelungen, auf die Mauer zu gelangen und die verzweifelt Widerstand leistenden Wachen zurückzudrängen. Das Eingreifen der Spitzohren und wenig später eines Bataillons Zwergenkrieger aber hatte das Kriegsglück gewendet, und die Trolle waren wieder von der Mauer vertrieben worden, wenn auch um einen hohen Preis.

Zwar hatte der Kampf am Tor die meisten Opfer gefordert, aber auch hier im Talkessel hatte es viele Tote gegeben.

»Ich kenne noch keine genauen Zahlen, aber viele Hundert Krieger haben in dieser Nacht ihr Leben verloren«, berichtete Dorgan. »Möglicherweise bis zu eintausend, und die Zahl der Verletzten ist mindestens genauso hoch. Unsere Kampfkraft ist stark geschwächt, noch so einen Angriff könnten wir schwerlich abwehren. Zumal das äußere Tor und die Mauer nahezu vollständig zerstört wurden.«

»Allerdings dürfte Duul'Athun zu keinem weiteren Angriff mehr fähig sein«, meinte Barun. »Er hat noch weitaus größere Verluste erlitten. Er hat alles auf eine Karte gesetzt und verloren. Er kann nichts anderes tun, als seine Wunden zu lecken, bis er nicht einen neuen Rammbock hat bauen lassen.«

»Und auch mit dem wird er nicht noch einmal Erfolg haben«, behauptete Dorgan. »Als die Tore und die Mauern gebaut wurden, hatten wir es nur mit einfältigen Trollen zu tun, die nichts dagegen aufbieten konnten. Wir müssen das äußere Tor mitsamt der Mauer so schnell wie möglich neu errichten, aber diesmal werden wir den Boden davor abtragen und eine steile Treppe bauen, die für jeden Rammbock ein unüberwindliches Hindernis darstellt.«

»Sehr gut. Ich sehe, Eurem neuen Titel gemäß macht Ihr Euch bereits Gedanken über Verbesserungen.«

»Genau darüber müssen wir sprechen. Vorhin habt Ihr gesagt, es sei nicht der richtige Zeitpunkt, aber Ihr dürft Urtans letzten Wunsch nicht ausschlagen. Gerade in diesen Zeiten braucht unser Volk einen starken König, und Ihr seid jemand, zu dem es aufschaut. Ihr habt es schon einmal gerettet, und nur Euch traut man zu, dies wieder zu tun.«

»Ich kann nicht«, widersprach Barun heftig. »Ich bin ein Krieger, nur ein militärischer Anführer. Ich war nie etwas anderes und werde nie etwas anderes sein. Ich kann ein Heer kommandieren, aber von allen anderen Aufgaben eines Königs verstehe ich nichts.«

»Fast genau das Gleiche hat auch Urtan gesagt, bevor er unser König wurde. Aber seit Duul'Athun die Trolle wieder befehligt und mit dem Ende des magischen Banns hat sich alles geändert. Wir *brauchen* wieder einen Krieger als König, so wie schon in den alten Zeiten, die Ihr ja noch aus eigenem Erleben kennt. Wir sind mit den Trollen im Krieg, und wie gefährlich sie sein können, hat sich diese Nacht gezeigt. Ihr sagt, eine nicht weit entfernt liegende Mine wird von den Menschen bedroht, und Ihr wollt ein Heer dorthin entsenden. Das bedeutet Krieg an mehreren Fronten, Barun Schädelspalter, und wir befinden uns bereits mittendrin. Die Jahrhunderte der Ruhe und des Friedens, in denen wir alle, mich eingeschlossen, aufgewachsen sind, sind vorbei. Wir brauchen einen König, der weiß, wie man Schlachten schlägt. Das ist dringender als alle Verwaltungsaufgaben. Sucht Euch gute Ratgeber, die diese für Euch erledigen.«

»Ich glaube, so hätte auch Urtan am liebsten die Staats-

427

geschäfte geführt«, sagte Barun leise. »Ein Jammer, dass er gerade jetzt nicht mehr da ist.«

»Ein Jammer«, bestätigte Dorgan.

Schweigend machten sie sich auf den Rückweg zum Palast. Dort angekommen, gönnte Barun sich etwas Ruhe, doch er fand keinen Schlaf, döste nur ein paarmal kurz ein.

Am Abend, nach einem üppigen Essen, verabschiedete er sich von Gildor und seinen Begleitern. Fünfzig Zwergenkrieger würden sicherstellen, dass sie Khron-Adur unbeschadet erreichten.

Skari hingegen würde sich ihnen nicht anschließen, sondern nach Siegtal zurückkehren. Unauffälliger als jeder andere konnte sie dort untertauchen und die Ohren offen halten, um frühzeitig Gerüchte und wichtige Informationen aufzuschnappen.

Sie verließ Gildor nicht gern, und er ließ sie nicht gern gehen. Dabei ging es ihr kaum noch um den von Torek versprochenen Lohn, denn obwohl sie sich in erster Linie sich selbst verpflichtet fühlte, war ihr doch klar, dass sie hier in etwas geraten war, das wichtiger war als sie und ihr in Gold aufgewogenes Gewicht.

Es widerstrebte ihr, Gildor nicht länger schützen zu können, doch eine halbe Hundertschaft Zwergenkrieger waren ein angemessener Ersatz.

Gemeinsam machten sie sich auf den Weg zum Ausgang, wo sie sich trennten, während Barun in Arkhazan zurückblieb.

Im Laufe des Tages hatten viele Einwohner der Stadt den Thronsaal aufgesucht, um von ihrem König Abschied zu nehmen. In der Nacht hielt Barun Totenwache an Urtans Bahre, der am folgenden Tag mit allen Ehren unter großer Anteilnahme der Bevölkerung in einer Gruft beigesetzt wurde. Auch die übrigen Toten wurden an diesem Tag bestattet, wohingegen die Leichen der Trolle mit Karren zu einer nicht weit entfernten Erdspalte gebracht und dort hineingeworfen wurden. Die Spalte war so tief, dass an ihrem Grund rötlich Lava glühte.

Am selben Tag noch rang sich Barun zu einer Entscheidung durch und sprach erneut mit Dorgan.

»Ich habe heute mit vielen Zwergen geredet, und während der Trauerfeierlichkeiten einigen Gesprächen gelauscht«, berichtete er. »Es ist, wie Ihr gesagt habt: Das bislang ruhige und beschauliche Leben hier ist in Aufruhr geraten, Angst und Unsicherheit haben von den Bewohnern Arkhazans Besitz ergriffen, und sie sehnen sich nach einem starken Herrscher.«

»Und Ihr seid der, dem sie zutrauen, sie vor allen Gefahren zu schützen«, ergänzte der Waffenmeister. »Auch ich habe vieles aufgeschnappt. Sie achten mich, aber in Euch sehen sie einen Retter. Und ich glaube, Duul'Athun fürchtet Euch.«

»Wie kommt ihr darauf?«

»Ich bin sicher, dass der Angriff so kurz nach Eurem Erwachen kein Zufall war«, erklärte der Waffenmeister. »Der Oger hat übereilt zugeschlagen, und ich denke, das geschah Euretwegen. Er weiß, was Ihr vermögt, und dass Eure Krönung ein Fanal wäre, das unser Volk wachrütteln würde. Ihr seid ein Krieger durch und durch, stammt aus derselben Zeit wie er, und er weiß, wie sehr Ihr ihn hasst. Deshalb ist ihm klar, dass Ihr Euch nicht wie Urtan mit den gegebenen Umständen abfinden, sondern unser Volk über kurz oder lang in eine Entscheidungsschlacht gegen ihn und seine Trolle führen werdet. Das fürchtet er mehr als alles andere. Der Angriff war ein verzweifelter Versuch, dem zuvorzukommen.«

Barun nickte bedächtig. Was Dorgan sagte, klang einleuchtend. Im Moment gab es wichtigere Dinge, ansonsten hätte er die Trolle am liebsten sofort angegriffen, um diese Gefahr ein für alle Mal zu bannen.

»Ich will die Königskrone nach wie vor nicht«, erklärte er. »Obwohl ich mittlerweile eine gewisse Verbundenheit mit diesem Ort verspüre, ist er mir immer noch in vielerlei Hinsicht fremd, und ich kenne bislang kaum jemanden. Aber ich werde mich dem Wunsch des Volkes nicht länger widersetzen. Angesicht der Wirren und Gefahren, die vor uns liegen, will ich es geeint, hoffnungsvoll und voller Zuversicht wissen. Und ich will Duul'Athuns schlimmste Albträume wahr werden lassen. Trefft alle Vorbereitungen, damit die Krönung so schnell wie möglich stattfinden kann.«

20

Die Priester vom Orden des Sonnengottes hatten den ganzen restlichen Tag und die folgende Nacht hindurch geforscht, um ein Mittel gegen die Pusteln, Eiterbeulen und den juckenden Ausschlag zu finden, der die Bedienmannschaften an den Katapulten befallen hatte. Im Morgengrauen präsentierten sie dem Herzog eine bauchige Flasche mit einem Serum, das das Gift der Hexen unwirksam machen sollte.

Jeder, der an den Katapulten arbeitete, musste vorab einen Schluck davon trinken, dann wurden die Wurfmaschinen wieder in Stellung gebracht, und das Bombardement wurde erneut aufgenommen.

Diesmal ließen die Hexen schon die ersten Steinbrocken, die auf die Katapulte der Menschen geschleudert wurden, mit ihrem Gift beträufeln, und kaum waren sie in deren Nähe eingeschlagen, bildeten sich auf der Haut der Soldaten dort wieder Ausschlag, Pusteln und eitrige Beulen.

Das Serum wirkte nicht.

In ohnmächtiger Wut ließ Lethrides die Katapulte zurückziehen, ehe sie von den gegnerischen Wurfmaschinen zerstört werden konnten.

Wieder machten sich die Priester an die Arbeit. Mehrere von ihnen steckten sich an dem Gift an, doch glücklicherweise ließ die Wirkung auch diesmal nach wenigen Stunden nach. Die kurze Zeit, ehe sich das Gift verflüchtigte, reichte allerdings nicht aus, um es vollständig zu erforschen.

Deshalb versuchten die Priester diesmal gar nicht erst, ein Gegenmittel zu entwickeln, sondern verlegten sich auf ihre Magie. Sie forschten und perfektionierten ihre Kräfte drei Tage und Nächte lang, bis es ihnen gelang, binnen weniger Sekunden eine Art magische Kugel zu erzeugen, mit der sie einen vergifteten Steinbrocken umschließen konnten, ehe das Teufelszeug jemanden infizierte.

Keiner von ihnen, auch nicht der immer ungeduldiger auf einen Erfolg drängende Herzog, ahnte, dass ihre Bemühungen und der damit verbundene Zeitverlust völlig unnötig waren. Denn bei ihrer Flucht aus dem Tempel der Hauptstadt Bornum hatten die Priesterinnen der Mondgöttin nur wenig mit sich führen können, weshalb das zweite Fläschchen dieses speziellen Gifts zugleich auch ihr letztes gewesen war.

Ein weiteres Mal wurden die Katapulte in Stellung gebracht, und der Beschuss begann. Nur etwa die Hälfte der Magier bemühte sich, die Treffgenauigkeit der Steinbrocken zu erhöhen. Die Übrigen hielten sich bereit, um mit geistigen Fühlern jeden heranfliegenden Felsen schon vor dem Aufprall auf Gift zu untersuchen und ihn in eine magische Schutzkugel einzuschließen.

Sie warteten vergebens. Die Priesterinnen hatten sich erneut zu einem Kreis zusammengeschlossen und lenkten die feindlichen Wurfgeschosse ab, aber die Katapulte Erak-Nors erwiderten den Beschuss nicht.

Herzog Lethrides bekam einen erneuten Tobsuchtsanfall, als ihm bewusst wurde, dass die letzten drei Tage vergeudete Zeit gewesen waren. Ein Priester beruhigte ihn, indem er erklärte, dass die Hexen auf einen weiteren Einsatz ihres Giftes wohl deshalb verzichteten, weil sie erkannt hatten, dass dies keine Wirkung mehr zeigen würde. Wahrscheinlich habe die Mondgöttin ihnen eine entsprechende Vision geschickt. Und ohne ihr Teufelsgebräu müssten sich die Hexen ihre Kräfte nun einteilen und würden sich deshalb darauf beschränken, die von den Priestern beeinflussten Wurfgeschosse abzulenken. Denn gemessen an der Zahl der Priester hielten sich nur wenige Hexen in der Mine auf.

So falsch der Priester mit seiner ersten Vermutung lag, so nah kam er der Wahrheit mit seiner zweiten. Zwar verfügten Ariole und ihre Begleiterinnen noch über andere Gifte, doch entfalteten diese im Freien nur wenig Wirkung und wären deshalb vergeudet. Sie hatten einen kleineren Kreis gebildet, und da die Priester des Sonnengottes ohnehin jedes Wurfgeschoss ablenken würden, beschränkten sie sich auf die Abwehr, um länger durchhalten zu können.

Da die Zwerge nicht auf den Beschuss antworteten, schlossen sich auf der gegnerischen Seite nach und nach immer mehr der Priester jenen an, die den Geschossen eine größere Zielgenauigkeit verliehen, wodurch die Kräfte der Hexen extrem gefordert wurden.

Dabei hatten sie genau auf diesen Moment gewartet. Die nicht in den magischen Kreis einbezogenen Priesterinnen bildeten einen zweiten Kreis und verschmolzen so ihre Kräfte miteinander. Ariole gab Torek ein Zeichen, und ohne jede Vorwarnung traten die Katapulte Erak-Nors doch noch in Aktion.

Die Priester des Herzogs wurden davon völlig überrascht. Es gelang ihnen nicht, schnell genug eine Abwehr aufzubauen. Von den Hexen des zweiten magischen Kreises gelenkt, trafen die Felsbrocken gleich vier der feindlichen Wurfmaschinen und zerstörten sie vollständig.

Bei dieser einen Salve blieb es, aber die Priester begingen nicht noch einmal den Fehler, ihre Abwehr zu vernachlässigen. Rund die Hälfte von ihnen hielt sich bereit, weitere Geschosse abzuwehren. Dadurch konnten sie den Angriff nicht länger unterstützen, und da dafür nun ohnehin weniger Katapulte zur Verfügung standen, wurden die Hexen erheblich entlastet.

Wieder erlitt Herzog Lethrides auf dem Hügel, von dem aus er den Verlauf des Kampfes beobachtete, einen Wutanfall. Er musste erkennen, dass seine Taktik nicht aufging. Zwar vermochten die Hexen nicht alle Geschosse abzuwehren, und vereinzelt traf einer der Felsbrocken sein Ziel, aber weitgehend waren die Verteidigungsanlagen der Zwerge immer noch intakt, und ihm lief die Zeit davon.

Am späten Nachmittag schließlich ereignete sich etwas, was ihn mit neuer Hoffnung erfüllte. Aus nördlicher Richtung preschte ein Reiter heran. Er trug eine lange schwarze Kutte und ritt auf einem gewaltigen schwarzen Pferd, sodass die beiden zu einer Einheit zu verschmelzen schienen. Aufgeregt gab Lethrides Befehl, den Reiter sofort zu ihm durchzulassen.

Erst unmittelbar vor dem Herzog zügelte Urian-Ti-Ghol sein Ross und stieg ab.

»Endlich!«, begrüßte ihn Lethrides. »Ich habe Euch schon viel früher erwartet. Warum habt Ihr mich so lange warten lassen?«

»Diese verfluchten Hexen!«, stieß der Unheimliche mit seiner knarrenden Stimme hervor. »Sie haben einige der Wege blockiert, die ich normalerweise nutze, wenn ich in entfernten Gegenden zu tun habe. Deshalb blieb mir nichts anderes übrig, als ein Pferd zu nehmen, was Zeit gekostet hat. Ich bringe schlechte Nachrichten. Eure Häscher, die den Königssohn abfangen sollten, haben versagt und sind desertiert. Er ist bis nach Khron-Adur gelangt und hat König Gwarun überzeugt, Erak-Nor mit einem Heer aus mehreren Tausend Zwergenkriegern zu Hilfe zu eilen.«

Herzog Lethrides stieß einen wilden Fluch aus.

»Aber das ist nicht alles. Noch ein weiteres Heer aus einer anderen Zwergenmine ist hierher unterwegs. Aus welcher, konnte ich noch nicht herausfinden. Beide Heere dürften sich vereinen, ehe sie hier eintreffen. Sie marschieren schnell und dürften Eure Grenzen bereits erreicht haben.«

»Ich werde ihnen unverzüglich einen Teil meiner Armee entgegenschicken, um sie aufzuhal...«, begann der Herzog, doch der Unheimliche fiel ihm ins Wort.

»Dafür ist keine Zeit mehr. Außerdem würde Eure Armee bei diesem Kampf so hohe Verluste erleiden, dass sie anschließend keinesfalls mehr zu einem Angriff auf Erak-Nor in der Lage wäre.«

»Und was schlagt Ihr stattdessen vor?«, erkundigte sich Lethrides, obwohl er die Antwort bereits zu kennen glaubte.

»Ihr müsst Erak-Nor sofort angreifen, noch heute Nacht. Die Mine ist wichtiger als alles andere. Wenn Ihr sie einnehmt, ehe die Verstärkung der Zwerge eintrifft, ist alles gewonnen. Nur so könnt Ihr das Kriegsglück noch zu Euren Gunsten wenden. Einen Angriff bei Nacht werden die Zwerge nicht erwarten, das verschafft Euch schon mal einen Vorteil.«

Herzog Lethrides überlegte kurz. Solange die Außenbollwerke der Mine nicht zerstört waren, würde es viele Tote geben, ehe seine Soldaten das Tor überhaupt erreichten. Außerdem barg ein nächtlicher Angriff zusätzliche Risiken. Dennoch sah er ein, dass Urian-Ti-Ghol wieder einmal recht hatte und seine vermutlich einzige Chance darin lag, die Mine zu erobern, bevor der Königssohn mit seinem Heer eintraf.

»Ich werde den Soldaten befehlen, sich kampfbereit zu machen«, entschied er. »Heute Nacht werden wir mit dem Sturmangriff auf Erak-Nor beginnen.«

21

Der Gewittersturm tobte noch immer über dem Schwarzen Turm, als Arisha Lakari durch das Portal ins Freie trat. Er würde in dem vergeblichen Bemühen, dieses Relikt aus einem lang vergangenen Zeitalter hinwegzufegen, ewig wüten, wie Arisha wusste.

Der Wind trieb ihr kalte Regenschauer ins Gesicht, doch sie wandte es nicht ab, sondern genoss das Tosen der Naturgewalten. Sie fühlte sich wie von einem Albdruck befreit, den sie zuvor nicht einmal gespürt hatte. Die düstere Stimmung des Turms und seine Andersartigkeit kamen ihr erst jetzt, da sie ihn wieder verlassen hatte, richtig zu Bewusstsein.

Dennoch bereute sie ihre Reise hierher nicht. Sie hatte ihr andere Erkenntnisse gebracht als erwartet, dafür aber in überreicher Fülle. Alles, was ihr zuvor rätselhaft erschienen war, hatte sich ihr im Schwarzen Turm offenbart.

Arisha stieß einen Pfiff aus. Sofort kam der Schimmel angetrabt, der sich ein geschütztes Plätzchen gesucht hatte, und begrüßte sie mit einem freudigen Schnauben.

Rasch sattelte sie das Tier und preschte los. Wie bei ihrer Ankunft öffnete sich das Tor vor ihr und schlug hinter ihr wieder zu.

Noch immer stand sie ganz im Bann dessen, was geschehen war und was sie erfahren hatte, und sie bemühte sich, ihre Gedanken zu ordnen. Außerhalb des Turms schien ihr selbst das leichter zu fallen.

Was sollte sie mit ihrem neu erworbenen Wissen anfangen? Natürlich würde sie es innerhalb des Ordens weitergeben, aber wer sonst würde ihr glauben? Wichtig war es jetzt vor allem, den drohenden Krieg um Erak-Nor zu verhindern, die Keimzelle der finsteren Pläne der Rhi'il, da sich dieser Konflikt allzu leicht auf die gesamte Region ausdehnen konnte.

Aber wie sollte sie das anstellen? Selbst wenn Herzog Lethrides sich dazu herabließ, sie zu empfangen, würde er sie auslachen, wenn sie ihm erzählte, was sie in Erfahrung gebracht hatte. Und nicht nur er, die meisten weltlichen Herrscher würden so reagieren.

Als sie nah an einem der zyklopischen Gesteinsbrocken vorbeiritt, traf sie etwas am Nacken und klammerte sich an ihren Haaren fest.

»Halt sofort an!«, vernahm sie ein krächzendes Stimmchen an ihrem Ohr. »Halt an, oder ich erwürge dich und werfe dich vom Pferd, schände deinen Leichnam und lass dich zum Fraß für die Krähen hier liegen!«

Arisha spürte Hände an ihrem Hals, doch waren sie viel zu klein, um ihn zu umfassen und ihr die Luft abzuschnüren.

»Pak«, sagte sie seufzend und verdrehte die Augen, zügelte aber dennoch ihr Pferd. »Und nun?«

»Steig ab, ehe ich dich hinunterstoße!«

Arisha beschloss, das Spiel mitzumachen, und ließ sich aus dem Sattel gleiten. Ihr war von Anfang an nicht wohl bei dem Gedanken gewesen, den Dämon frei durch die Welt streifen zu lassen. Außer mit dem Mund mochte er harmlos sein, aber man wusste nie. Außerdem mochte er manches wissen, das für sie noch von Vorteil sein könnte.

Sie spürte, wie er an ihrem Umhang hinabkletterte, dann baute er sich mit in die Hüften gestemmten Fäusten vor ihr auf.

»Du und dieser andere Kerl habt mich aus meiner Welt herausgerissen, und nun ist mir der Rückweg versperrt!«, keifte er. »Also muss ich in eurer Welt leben und werde sie mir unterwerfen. Aber dafür brauche ich zunächst mal ein Streitross. Deins ist gerade recht, und zum Ausgleich verschone ich dein unwürdiges Leben.«

Er drehte sich um und blickte zu dem Schimmel auf. Ein paarmal hopste er in die Höhe, um den Steigbügel zu packen, konnte ihn aber nicht erreichen. Daraufhin wandte er sich einem der Hinterläufe zu, um daran emporzuklettern. Das Pferd bewegte sich unruhig.

»Wirst du wohl still stehen, elende Schindmähre!«, rief er. »Oder willst du, dass ich dich schlachte und zu ...«

Der Schimmel keilte nach hinten aus, und Pak flog davon und prallte gegen einen der Felsen. Sofort rappelte er sich wieder auf, schüttelte benommen den Kopf und eilte wieder herbei.

»Das wird dieser Ackergaul noch büßen!«, verkündete er. »Ach, wenn ich doch nur ein bisschen größer wäre. Du da!«, wandte er sich an die Priesterin. »Hilf mir hinauf!«

»Wie du befiehlst«, antwortete sie, packte ihn unsanft mit einer Hand, sodass er zu kreischen begann, und setzte ihn vor dem Sattel auf den Pferderücken.

»Und nun los, mein Ross!«, brüllte er. »Es gilt, Könige zu töten und Reiche zu erobern!«

Der Schimmel rührte sich nicht. Nach ein paar Sekunden schließlich wandte er den Kopf und blickte zu dem Winzling, der auf seinem Rücken herumturnte, dann bäumte er sich kurz auf, und erneut flog Pak in hohem Bogen durch die Luft.

»Ich fürchte, er spürt deinen Schenkeldruck nicht«, sagte Arisha belustigt. »Du kitzelst ihn lediglich.«

»Ja, ich fürchte, so geht es nicht«, grummelte der Dämon und senkte bedrückt den Kopf. »Ich ... ähm ... Ich fürchte, ich muss dich mitnehmen, damit du dieses verdammte Vieh für mich reitest. Aber ich warne dich, nur eine falsche Bewegung, und ich werde dich ohne Erbarmen töten!«

Arisha packte den Winzling und schwang sich geschmeidig wieder in den Sattel, wo sie ihn vor sich absetzte.

»Halt dich an der Mähne fest, damit du nicht wieder runterfällst«, riet sie ihm. »Wohin möchte der mächtige Eroberer denn gebracht werden?«

»Ähm ... Ich kenne mich hier nicht aus. Was schlägst du vor? Wo sollte ich meinen Eroberungsfeldzug am besten beginnen?«

»Nur ein paar Tagesritte von hier entfernt bahnt sich eine große Schlacht zwischen Menschen und Zwergen an«, sagte sie. »Du könntest die feindlichen Heere vernichten und so ein gewaltiges Zeichen setzen.«

»Eine Schlacht, das klingt gut. Bring mich auf schnellstem Weg dorthin. Aber vergiss nicht, du bist meine Gefangene. Wenn ich nur die geringste Spur von Verrat entdecke ...«

»... bringst du mich ohne Erbarmen um«, führte Arisha den Satz zu Ende, dann trieb sie ihr Pferd an.

22

Baruns Krönung fand nur drei Tage nach den Trauerfeierlichkeiten für Urtan und die anderen Gefallenen statt. Angesichts der drängenden Probleme hatte er darauf bestanden, dass es eine Feier ohne großen Pomp wurde. Dennoch fanden sich Tausende Zwerge ein. Vermutlich versammelte sich, abgesehen von den Wachen an den Außengrenzen, die gesamte Bevölkerung auf dem Platz vor dem Palast und den umliegenden Straßen. Auch viele Elben, unter ihnen Egarion, und sogar einige Gnome waren erschienen.

Dorgan hielt eine Rede, in der er noch einmal an Urtan erinnerte, dessen Wunsch es gewesen sei, dass im Falle seines Todes Barun sein Nachfolger werde. Begleitet vom Hall zahlreicher Hörner, setzte er ihm anschließend die Krone aufs Haupt.

Nachdem die Hörner und die Hochrufe verklungen waren, hielt auch Barun eine kurze Ansprache. Darin ging es um den Wandel der Zeiten und die großen Veränderungen, die sich zuletzt vollzogen hatten. Weitere schwierige Herausforderungen lägen nun vor ihnen, und sie müssten für sich einen Platz in einer Welt finden, von der sie nicht länger ausgesperrt wären. Er würde alles in seiner Macht Stehende tun, um diesen Weg für sie zu ebnen und Schaden von ihnen abzuwenden.

Damit war der offizielle Teil der Zeremonie abgeschlossen. Ungezählte Fässer Met wurden angeschlagen, und die

Feiernden, die sich vor dem Palast gedrängt hatten, verteilten sich.

Barun traf sich derweil im Thronsaal mit einer Gruppe von Zwergen, die nach Dorgans Ansicht als Berater für ihn infrage kamen. Sie unterhielten sich über die verschiedensten Themen, und geschickt sortierte Barun nach und nach die aus, die seiner Meinung nach nicht geeignet waren, bis am Ende zwei weibliche und zwei männliche Zwerge übrig blieben, die zusammen mit Dorgan seinen Beraterstab bilden würden. Zudem erschienen ihm die fünf durchaus fähig, Arkhazan auch ohne ihn zu regieren, wenn er sich in der Außenwelt aufhielt, und das war wichtig für ihn.

Ihm selbst war nicht nach Feiern zumute, deshalb nutzte er den Nachmittag, um den Fortschritt der Arbeiten am niedergerissenen Tor zu besichtigen. Sämtliche Zwergenhandwerker, die sonst in der Mine schürften und dort neue Stollen ins Gestein trieben, arbeiteten nun hier. Der Schutz Arkhazans war jetzt wichtiger als alle Reichtümer, die sie aus dem Leib der Erde holen konnten.

Auch die letzten Überreste der alten Mauer waren inzwischen abgetragen. Aus den Trümmern war eine fast bis zur Decke reichende Barrikade mit nur einem schmalen Durchgang errichtet worden, die die Arbeiter vor einem Überraschungsangriff der Trolle schützen sollte.

Außerhalb der Barrikade hatten die Zwerge bereits damit begonnen, mit Hacken und Stemmeisen den Höhlenboden aufzubrechen. Nach den noch von Dorgan ausgearbeiteten Plänen sollte er um mindestens drei Meter abgetragen werden und das Tor nur über eine Treppe erreichbar sein.

Auch an einer neuen, dicken Mauer mit Wehrgängen darin wurde bereits gebaut. Diese würde in ihrer gesamten Länge durch beindicke Träger aus Adamantit verstärkt sein, die man beiderseits tief in den Felswänden verankerte.

Barun war überaus zufrieden und sprach dem Schürfmeister, der die Bauarbeiten leitete, sein Lob aus.

Als Nächstes besuchte er die großen Schmieden mit ihren Schmelzöfen. Hier wurden im Eiltempo die mächtigen Adamantit-Träger für die neue Mauer gefertigt. Auch an einem neuen Tor wurde bereits gearbeitet, doch angesichts seiner Größe würde es noch Wochen bis zur Fertigstellung dauern.

Am folgenden Tag löste Barun sein Versprechen ein, das er Dorgan schon beim ersten Rundgang durch Arkhazan gegeben hatte, und nahm an der Ausbildung und dem Kampftraining der jungen Zwerge teil. Er führte Probekämpfe gegen einige, die sich durch ihr Können und ihre Geschicklichkeit besonders hervorgetan hatten, gab ihnen Tipps und verriet Tricks, um ihren Umgang mit der Axt und mit anderen Waffen noch zu verbessern, und sparte nicht mit Lob und Kritik.

»Wir alle stammen von den Kriegern ab, die einst unter Eurem Kommando kämpften«, erinnerte Dorgan. »Dieses Erbe ist über die Generationen hinweg erhalten geblieben. Das Kämpfen liegt ihnen im Blut.«

Nach dem Training setzte sich Barun mit dem Waffenmeister zusammen, und sie wählten rund zweihundert der besten Rekruten aus, die keine weitere Ausbildung mehr benötigten, sondern zu ihrer großen Freude sofort in das reguläre Heer übernommen werden konnten. So wurden wenigstens einige der Lücken gestopft, die der Trollangriff gerissen hatte.

Zuletzt suchte Barun das Dorf der Elben auf. Es war ganz anders, als er es sich vorgestellt hatte, denn es war fast vollständig in den Bäumen errichtet worden. Auf großen Plattformen standen kleine, aber mit zahlreichen kunstvollen Schnitzereien versehene Häuser, die teils mit den Stämmen der Bäume verschmolzen.

Egarion persönlich führte ihn herum und zeigte ihm vieles.

»Ich habe vor Gildors Aufbruch ein paar Worte mit ihm gewechselt«, sagte er, als sie einen Moment allein waren. »Doch auch er konnte mir nichts über den Verbleib meines Volkes sagen.

Offenbar haben die Elben den Angelegenheiten der Menschen und Zwerge schon vor langer Zeit den Rücken gekehrt, und seither wurden nur noch extrem selten einzelne Wanderer meines Volkes gesehen.«

»Das ist das, was er mir auch erzählt hat.«

»Schon während der Herrschaft der Oger hat sich mein Volk an unzugängliche Orte zurückgezogen, von denen es sicherlich auch heute noch viele gibt. Solange die Verteidigung Arkhazans geschwächt ist, sind auch meine Leute hier in Gefahr, deshalb werde ich noch warten. Aber sobald die entsprechenden Arbeiten beendet sind, werde ich mit einigen Getreuen aufbrechen und mich auf die Suche nach meinem Volk machen.«

Diese Nachricht kam für Barun nicht unerwartet. Er selbst hätte in einer derartigen Situation nicht anders gehandelt, daher hatte er damit gerechnet, dass Egarion über kurz oder lang diesen Entschluss fassen würde.

Trotzdem erfreuten ihn die Worte des Elbs nicht gerade. Arkhazan war offenbar die letzte Enklave, in der Zwerge und Elben freundschaftlich und zu beiderseitigem Nutzen zusammenlebten, selbst wenn es über Jahrhunderte hinweg ein erzwungenes Zusammenleben gewesen war. Sollte Egarions Suche Erfolg haben, würden sich mit großer Wahrscheinlichkeit die hier lebenden Elben auf den Weg zum Rest ihres Volkes machen, was Barun als eine bedrückende Vorstellung empfand. Aber er wusste auch, dass er Egarion nicht von seinem Vorhaben würde abbringen können, und war froh, dass dieser nicht sofort aufzubrechen wünschte.

Dann schließlich kehrte Skari mit Neuigkeiten aus Siegtal nach Arkhazan zurück.

»Herzog Lethrides hat mit dem Angriff auf Erak-Nor begonnen«, berichtete sie. »Vielerorts wird darüber gesprochen.

Wie es scheint, belagert er Erak-Nor schon seit mehreren Tagen, aber die Nachricht hat Siegtal erst jetzt erreicht. Entsprechend weiß ich auch nichts über den aktuellen Stand der Kämpfe.«

»Und was ist mit Gildor?«

»Gestern vernahm ich erste Gerüchte über ein Zwergenheer, das sich von Nordosten her nähern soll, und heute traf ein Reiter ein, der die Gerüchte bestätigte. Seiner Schilderung nach handelt es sich um mehrere Tausend Krieger, also scheint Gildor sehr erfolgreich mit König Gwarun verhandelt zu haben.«

»Das ist eine gute Nachricht!«, rief Barun aus. »Wie weit ist das Heer noch entfernt?«

»Es scheint nur Rast einzulegen, wenn es unbedingt nötig ist, und ansonsten Tag und Nacht zu marschieren. Die Zwerge sind auf der alten Heerstraße unterwegs, die südlich an Siegtal vorbeiführt. In zwei, spätestens drei Tagen dürften sie die Höhe der Weißberge erreichen.«

»Dann müssen auch wir noch heute Nacht aufbrechen«, entschied Barun.

Außer dem Nachkommen König Martuks gegenüber war er noch nicht gewillt, die Existenz und die genaue Lage Arkhazans öffentlich preiszugeben. Aus diesem Grund würden sie sich erst unmittelbar an der Grenze zu Waloria mit dem anderen Heer vereinigen. Zudem würden sie nicht durch die Ebene südlich der Weißberge ziehen, wo sie selbst nachts zwangsläufig von Siegtal aus entdeckt werden würden. Stattdessen würden sie Arkhazan in kleinen Gruppen verlassen und sich durch das nur karg besiedelte Land nördlich des Gebirges schlagen.

Das bedeutete einen Umweg von ungefähr zwei Tagen. Wenn sie noch in dieser Nacht aufbrachen, würden sie ungefähr zur gleichen Zeit wie das andere Heer an dem mit Gildor vereinbarten Ort eintreffen.

»Das Heer soll sich zum Aufbruch bereit machen«, wandte er sich an Dorgan. »Wir ziehen in den Krieg!«

23

Sehr zum Verdruss von Herzog Lethrides zeigte sich am Abend und auch nach Sonnenuntergang kein Wölkchen am Firmament. Es war ein völlig klarer Nachthimmel, und der Mond übergoss die Landschaft mit seinem silbernen Licht. Entsprechend blieb der Aufmarsch der walorischen Armee nicht lang unbemerkt.

Erneut erschollen Alarmhörner in Erak-Nor, und binnen kürzester Zeit waren die äußeren Wehrgänge mit Zwergen besetzt und die Katapulte geladen.

»Das sind mehr als zehntausend Mann, vielleicht sogar zwanzigtausend«, stöhnte König Torek, als er das sich nähernde feindliche Heer betrachtete. Bisher hatte er noch gehofft, dass die Angaben über die Größe der herzoglichen Armee übertrieben wären, aber nun sah er es mit eigenen Augen.

Als hätte jemand ein riesiges Fass Tinte über der Ebene ausgekippt, wogten die Soldaten des Herzogs heran, gesichtslose Schatten in der Dunkelheit.

Etwas außerhalb der Reichweite der Katapulte kam die Armee zum Stehen, aber nicht für lange. Mehrere Kolonnen lösten sich vom Rest des Heers und stürmten weiter vor. Es mochten etwa fünfhundert sein, schätzte Torek. Dies war noch kein ernsthafter Angriff, nur ein erstes Vorgeplänkel, um die Stärke der Verteidigung zu testen.

Sobald die Angreifer sich in Reichweite der Katapulte befanden, gab er den Schussbefehl, und die mächtigen Wurfmaschinen schleuderten ihre Felsbrocken in die Luft.

Diesmal standen keine Priester bereit, um sie abzulenken, da dies bei einem beweglichen Ziel wie einem vorrückenden Heer keinen Sinn machte.

Gebannt verfolgten die Soldaten die Flugbahn der Felsbrocken, und wenn sie sahen, dass diese auf sie hinabfielen, versuchten sie ihnen auszuweichen. Manchen gelang es, anderen nicht. Ungeachtet der zurückbleibenden Toten wurde der Vormarsch im Laufschritt fortgesetzt.

Noch dreimal brachten die Wurfmaschinen Tod und Verderben, dann waren die Überlebenden dem Berg zu nah gekommen, um noch von ihnen getroffen zu werden. Stattdessen gerieten sie nun in die Reichweite der Zwergenkrieger, die von den Wehrgängen aus Speere auf sie schleuderten.

Aber die Soldaten des Herzogs trugen nicht nur Schilde, mit denen sie viele der Speere abwehrten, sondern auch Helme, Brustpanzer und Arm- und Beinschienen aus Stahl. Viele davon waren in Erak-Nor gefertigt worden, wie Torek grimmig erkannte. Nur wenige der Speere drangen durch Lücken in der Panzerung.

Während ein Teil der Soldaten Sturmleitern aufstellte, um auf die Wehrgänge zu gelangen, wandten sich andere direkt dem Tor zu. Sie führten Beile mit sich, mit deren Schneiden sie auf das eisenharte Holz des Tors einhieben, das zusätzlich noch mit stählernen Beschlägen verstärkt war.

Torek schnitt eine verächtliche Grimasse. »Auf diese Art werden sie Tage brauchen, um auch nur ein Guckloch hineinzuschlagen.«

Wesentlich gefährlicher waren die Angriffe auf die Wehrgänge. Entsprechend den in verschiedenen Höhen aus dem Fels geschlagenen Wehrgängen, waren auch die Leitern unter-

schiedlich lang. So konnte fast jede Stellung der Zwerge angegriffen werden. Lediglich zu den höchstgelegenen Wehrgängen, von wo aus König Torek den Kampf beobachtete, reichten
sie nicht.

Viele der Leitern wurden umgestoßen, weil die Menschen
den Fehler begingen, sie in zu steilem Winkel aufzustellen,
doch sie lernten rasch daraus. Trotz ihrer schweren Rüstungen
kletterten sie mit erstaunlicher Geschicklichkeit die Sprossen
hinauf.

Dennoch kamen die meisten nicht weit. Steine erwiesen sich
als wesentlich wirkungsvoller als die Speere, und so ging ein
ganzer Hagel von Gesteinsbrocken auf die Angreifer nieder. Sie
rissen die kletternden Soldaten mit sich in die Tiefe und forder-
ten auch unter denen, die sich am Fuß der Felswand versammelt
hatten, viele Opfer.

Ihre Schilde wurden zertrümmert, und nicht einmal ihre
Rüstungen konnten sie bei einem direkten Treffer der aus großer Höhe herabgeschleuderten Steine schützen. Zwar blieb die
Rüstung heil, aber die Knochen darunter zerbarsten. Ein direkter Treffer am Kopf brach ihnen das Genick, sofern ihr Kopf
nicht völlig zerschmettert wurde.

Über dem Tor war inzwischen Wasser in großen Kesseln zum
Kochen gebracht worden und wurde auf die Angreifer hinun-
tergekippt. Die, die nicht direkt starben, wälzten sich schwer
verbrüht und vor Schmerz schreiend am Boden. Jedoch nahmen
andere sofort ihren Platz ein und schlugen weiter mit ihren Beilen auf das Tor ein.

Zahlreiche Soldaten des Herzogs waren inzwischen tot oder
schwer verletzt, während nicht einem der Zwerge auch nur ein
Haar gekrümmt worden war.

Aber der Angriff war noch nicht abgewehrt. Trotz der hor-
renden Verluste schickte Lethrides weitere Truppen in den
Kampf, und auch von ihnen starben Dutzende im Gesteinshagel

der Katapulte. Von den Überlebenden stürmte nur ein Teil weiter, um sich dem Angriff auf die Wehrgänge anzuschließen, die anderen blieben außerhalb der Reichweite der Speere zurück.

Zu seinem Schrecken erkannte Torek Eisenfaust, dass es sich um Bogenschützen handelte, und diesmal gab es auch unter den Zwergen Tote und Verletzte. Jeder Verteidiger, der sich aus der Deckung der Zinnen hervorwagte, um einen Stein auf die Angreifer zu schleudern, war für sie ein Ziel, und Torek musste sich widerwillig eingestehen, dass es sich um hervorragende Schützen handelte, denen das Mondlicht für einen treffsicheren Schuss völlig ausreichte.

Wieder wurden zahlreiche Leitern aufgerichtet, an denen Kämpfer des Herzogs in die Höhe stiegen. Trotz der Gefahr durch den Pfeilbeschuss wehrten die Verteidiger sie mit geschleuderten Steinbrocken ab, doch manch ein Zwerg bezahlte seine Tapferkeit mit dem Leben.

Die Lage für die Zwerge wurde kritisch, obwohl der Herzog bislang nur einen kleinen Teil des Heers in den Kampf geschickt hatte.

»Ausfall!«, befahl König Torek, und ein Krieger blies das entsprechende Hornsignal. Nur wenige Sekunden später öffnete sich das mächtige, zweiflügelige Tor.

Jeweils zu acht nebeneinander marschierten Zwergenkrieger mit langen Lanzen in den Händen Reihe um Reihe nach draußen. Die feindlichen Soldaten, die versucht hatten, das Tor aufzubrechen, hatten keine Chance. Wer nicht schnell genug floh, wurde von den Lanzen durchbohrt.

Sofort wurden die Lanzenträger von den feindlichen Bogenschützen unter Beschuss genommen, doch die meisten Pfeile prallten von ihren Rüstungen ab.

Kaum war der Platz unmittelbar vor dem Tor geräumt, lösten die Lanzenträger ihre Marschformation auf und stürzten sich auf die Soldaten, die die Wehrgänge zu erklimmen versuchten. Die meisten von ihnen wandten sich augenblicklich zur Flucht. Die wenigen besonders Tapferen – oder besonders Dummen –, die sich den Zwergen zum Kampf stellten, wurden ebenso ein Opfer der Lanzen wie zuvor ihre Kameraden am Tor. Dann wandten sich die Zwerge den Bogenschützen zu. Gegen gut bewaffnete Fußtruppen hatten diese keine Chance. Das wusste auch Herzog Lethrides. Sie schossen noch eine letzte Salve ab, dann erscholl in der Ferne ein Hornsignal, und sie zogen sich zurück.

Es wäre Wahnsinn gewesen, sie zu verfolgen, da in der Ebene die Hauptstreitmacht des Herzogs lauerte, deshalb ließ auch Torek zum Rückzug blasen. Bald darauf schloss sich das Tor wieder hinter den Lanzenträgern.

Den ersten Angriff hatten sie zurückgeschlagen, doch Torek wusste, dass schon bald weitere folgen würden. Obwohl der Herzog nur einen kleinen Teil seiner Armee in die Schlacht geschickt hatte, wären die äußeren Befestigungsanlagen ohne den Ausfall in ernste Gefahr geraten.

Das hatte dieses erste Kräftemessen auch dem Herzog gezeigt. Sein nächster Angriff würde ungleich härter werden.

24

Wie Skari berichtet hatte, war das Land nördlich der Weißberge in der Tat kaum besiedelt, und das nicht ohne Grund. Karger Felsboden wechselte sich mit dichten Waldgebieten und mit Disteln, Nesseln und Brombeerdickichten oder von anderen dornigen Sträuchern überwucherten Flächen ab. Schon nach kaum einer Stunde verfluchte Barun seinen Entschluss, diesen Umweg zu nehmen, nur um nicht durch die Ebene marschieren zu müssen.

Immerhin war sein Plan aufgegangen. Seit dem Angriff der Trolle wurden die Umgebung des zerstörten Tors und der Weg zum Ausgang aus dem Gebirge scharf bewacht, und es war niemand gesichtet worden. Daher war davon auszugehen, dass Duul'Athun nichts vom Aufbruch des Heers bemerkt hatte. Heimliches Spionieren und Kundschaften war nicht gerade eine Stärke der Trolle.

So leise wie möglich verließen sie das Gebirge in kleinen Gruppen. Der Ausgang war vor Blicken aus Siegtal verborgen, und sie sammelten sich erst wieder etwas nördlich in einer Talmulde. Was sie an Verpflegung für den Marsch brauchten, führten sie mit sich, sodass sie nicht darauf angewiesen waren, unterwegs von irgendwoher Proviant zu bekommen.

Mit Dorgan hatte sich Barun geeinigt, dass er Erak-Nor mit dreitausend Kriegerinnen und Kriegern zu Hilfe eilen würde.

Das waren weniger, als er ursprünglich gehofft hatte, aber durch den Trollangriff hatte das Heer schwere Verluste erlitten, und sie wagten nicht, mehr Krieger von der Verteidigung Arkhazans abzuziehen. Immerhin mochten die Waffen und Rüstungen aus Adamantit sie auch einer zahlenmäßig weit größeren Armee ebenbürtig machen.

Skari führte ihr zweifellos in Siegtal gestohlenes Pferd am Zügel. Stillschweigend hatte sie die Führung übernommen, und Barun ließ sie gewähren. Sie fand sich in einem Gelände wie diesem weitaus besser zurecht als er, und sie hatte einiges von den Waldläufern gelernt. Selbst im Mondlicht entdeckte sie Pfade, die ihm niemals aufgefallen wären, zumeist nur Tierwechsel, die ihnen das Vorankommen dennoch erleichterten.

Bei Anbruch der Morgendämmerung hatten sie bereits viele Meilen hinter sich gebracht und legten eine erste Rast ein. Barun ließ seinen Blick über die steil aufragenden Berghänge schweifen, versuchte sich vorzustellen, dass in dem von ihnen umschlossenen Tal nun das normale Tagwerk der Zwerge, Elben und Gnome beginnen würde, dass dort friedlich weitere Felder abgemäht und Früchte geerntet würden.

Es fiel ihm schwer, es sich auszumalen. Dies hier war eine völlig andere Welt, und der Gedanke, dass sie sich diesmal nicht nur auf einer Erkundungsexpedition befanden, sondern in den Krieg zogen, lastete wie ein dunkler Schatten auf ihm.

Wie viele der Zwerge, die er nach Erak-Nor führte, würden wohl zurückkehren? Und wie viele würden dort, in einem für sie fremden Land, im Kampf um eine fremde Zwergenmine den Tod finden?

Mit aller Macht verdrängte er diese Gedanken.

Sie marschierten den ganzen Tag und die Nacht, so schnell es das Gelände zuließ, und machten nur selten Rast, doch keiner der Krieger murrte.

Am nächsten Vormittag stießen sie auf eine offenbar schon sehr alte, von Nordosten in westliche Richtung führende Straße. Sie befand sich in schlechtem Zustand und wurde anscheinend nur noch selten genutzt, was sie für ihre Bedürfnisse ideal machte. Nun kamen sie wesentlich schneller voran, und am Abend lagen die Weißberge bereits ein gutes Stück hinter ihnen.

Bald kamen sie in dichter besiedeltes Gebiet. Vereinzelte kleine Dörfer säumten die Straße, die hier besser gepflegt war, und es gab Bauernhöfe und kleine Hufen. Die Dörfer umging Barun, anstatt hindurchzumarschieren, auch wenn sie dadurch von der Straße abweichen mussten. Aber das Land hier war eben und fruchtbar und legte ihnen keine Hindernisse in den Weg. Natürlich wurden sie nun immer häufiger gesehen.

Manche der auf den Feldern arbeitenden Menschen nahmen beim Anblick des Zwergenheers Reißaus, flüchteten in ihre Häuser und verriegelten die Türen. Andere starrten sie voller Neugier an. Die Zwerge kümmerten sich nicht darum.

Schließlich trat Skari, ihr Pferd immer noch am Zügel führend, zu Barun.

»Ich werde Euch jetzt verlassen«, verkündete sie.

»Warum? Wohin willst du?«, erkundigte sich Barun überrascht.

»Ich werde dem Heer aus Khron-Adur entgegenreiten, um herauszufinden, wie weit es noch entfernt ist. Vor allem will ich mich vergewissern, dass Gildor wohlauf ist. Ihr bedürft meiner Führung nicht länger. Folgt einfach der Straße. Ein Grenzstein wird Euch verraten, wo Lagon endet und Waloria beginnt. Wartet dort, bis das andere Heer eintrifft. Vielleicht werde ich bis dahin sogar schon wieder zurück sein.«

»Wird die Grenze nicht bewacht?«

»Dafür ist diese Straße zu unbedeutend. Herzog Lethrides braucht seine Krieger für den Angriff auf Erak-Nor und wird schwerlich die ganze Grenze überwachen lassen. Solltet Ihr dennoch auf einige Grenzsoldaten stoßen, so stellen sie sicherlich keine Gefahr für Euch dar.«

Mit diesen Worten stieg sie in den Sattel und preschte davon. Barun blickte ihr mit gemischten Gefühlen nach. Sie war die Einzige, die sich in dieser Gegend auskannte, aber einfach nur der Straße zu folgen würde er auch ohne ihre Hilfe schaffen.

»Also dann, weiter!«, befahl er.

25

Für den Rest der Nacht blieb alles ruhig. Als nach einer Stunde noch kein weiterer Angriff erfolgt war, verdreifachte Torek die Wachen und schickte die restlichen Krieger in die Kaserne. Dort konnten sie etwas ruhen, blieben aber dennoch in Bereitschaft und konnten rasch herbeigerufen werden. Auch Torek selbst zwang sich, ein paar Stunden zu schlafen. Übermüdet und zu Tode erschöpft, wäre er am kommenden Tag als Befehlshaber nicht brauchbar, und er wusste, dass man ihn wecken würde, sobald etwas Ungewöhnliches geschah.

Blutrot stieg am nächsten Morgen die Sonne über den Bergen auf, und Torek hoffte, dass dies kein schlechtes Omen war. Bereits in aller Frühe hatte er sich wecken lassen, und auch die Krieger waren bereits wieder auf ihren Posten.

Doch der bereits mit dem ersten Licht des neuen Tages erwartete Angriff ließ auf sich warten. Nur eine einzelne Gestalt schritt langsam über die Ebene auf Erak-Nor zu. Als sie näher herankam, erkannte Torek, dass sie von Kopf bis Fuß in eine schwarze Kutte gehüllt war. Das Gesicht war unter einer spitzen Kapuze verborgen.

»Das ist er, der Magier und Ratgeber des Herzogs, von dem ich Euch berichtet habe«, stieß Ariole neben dem König hervor. Ihre Stimme überschlug sich fast vor Aufregung, und offener Hass klang darin mit. »Er hat Lethrides zu diesem Krieg angestachelt, er trägt die Schuld an allem. Tötet ihn! Tötet ihn sofort, oder er wird Unheil und Verderben über uns alle bringen. Seine Kräfte sind immens.«

Ihre Worte und vor allem die Leidenschaft, mit der die Priesterin sie hervorstieß, erschreckten Torek. Dennoch zögerte er. Der Fremde kam unbewaffnet und wollte offenbar eine Nachricht überbringen, auch wenn er keine weiße Fahne trug. Selbst wenn er gefährlich sein mochte, widerstrebte es dem König, ihn kaltblütig umbringen zu lassen, ohne ihn wenigstens angehört zu haben.

»Tötet ihn!«, drängte die Priesterin noch einmal. »Er ist der Urheber all dessen, und er würde euch ebenfalls ohne zu zögern vernichten, wenn es in seiner Macht stünde.«

Inzwischen hatte sich der Magier dem Tor bis auf wenige Dutzend Schritte genähert und blieb stehen.

»Mein Name ist Urian-Ti-Ghol!«, rief er. Obwohl seine Stimme dumpf und knarrend klang, war sie weithin vernehmbar. »Erak-Nor ist dem Untergang geweiht!«

»Das wird sich erst noch zeigen!«, rief Torek zurück.

»Erak-Nor ist dem Untergang geweiht!«, wiederholte Urian-Ti-Ghol unbeirrt. »Aber ich gebe euch eine letzte Chance. Ergebt euch und verlasst die Mine, dann garantiere ich euch freien Abzug, wohin immer ihr wollt. Anderenfalls werdet ihr alle bis hin zum letzten Greis und zum letzten Kind sterben. Es wird keinerlei Gnade geben.«

Torek entgingen die Feinheiten seiner Rede nicht. Der Magier machte dieses Angebot nicht im Auftrag des Herzogs – es war seines.

»Wir denken nicht daran zu kapitulieren. Wenn der Herzog die Mine will, dann muss er sie sich teuer mit Blut erkaufen, denn wir werden sie bis zum letzten Greis und zum letzten Kind verteidigen!«, schleuderte Torek ihm entgegen, wobei er bewusst die gleichen Worte verwendete. »Falls Ihr sonst nichts zu sagen habt, dann verschwindet von hier und richtet dem Herzog meine Botschaft aus, ehe ich Euch töten lasse!«

Der Magier stieß ein düster klingendes Lachen aus. Torek erschauderte und hatte das Gefühl, als dränge es in seine Seele und ließe etwas darin zu Eis erstarren. Und so wie ihm erging es jedem, der dieses schauerliche Lachen hörte.

»Dann sterbt, ihr Narren!«, rief der Magier, hob den Arm und deutete zum obersten Wehrgang hinauf, wo Torek stand. Gleich darauf spürte dieser einen heftigen Stoß und wurde zur Seite geschleudert.

Nur Bruchteile von Sekunden später zuckte ein greller Lichtblitz aus dem Ärmel des Magiers und ließ die zinnenbewehrte Brüstung genau dort in einer Breite von mehreren Metern zerbersten, wo Torek gerade noch gestanden hatte. Ein heißer Gluthauch strich über ihn hinweg, und einige kleinere Steinbrocken prasselten auf ihn nieder.

Benommen rappelte er sich wieder auf und blickte sich um. Mehrere verkohlte Zwergenleichen lagen auf dem Wehrgang. Der Blitz hatte nicht nur die Brüstung zerstört, sondern auch alle getötet, die sich dahinter aufgehalten hatten. Mit Schrecken erkannte der König, wie knapp er dem Tod entronnen war.

Direkt neben ihm lag Ariole. Ihr Gewand war am Rücken verbrannt, und auch die Haut darunter wies schwere Verbrennungen auf. Aber immerhin war sie noch am Leben, denn sie stöhnte leise, rührte sich aber nicht.

Erst langsam begriff Torek, dass sie es gewesen war, die ihn zur Seite gestoßen hatte. Sie hatte ihm das Leben gerettet und war dabei selbst von dem Blitz gestreift worden.

Zwei ihrer Ordensschwestern eilten mit entsetzten Gesichtern herbei, hoben sie vorsichtig auf und brachten sie in Sicherheit.

Sofort nach dem Blitz hatten die Krieger begonnen, Speere auf den Magier zu schleudern, aber keiner davon traf. Dicht vor ihm glühten die Schäfte und stählernen Spitzen auf und zerfielen zu Asche. Nach einigen Sekunden gaben die Zwerge ihre sinnlosen Bemühungen auf.

Erneut hob der Magier den Arm, und wieder zuckte ein Blitz aus seinem Ärmel, schlug in einem Wehrgang ein und zerstörte die Brüstung. Diesmal jedoch waren die Zwerge gewarnt und kannten die Gefahr, weshalb es ihnen gelang, rechtzeitig zurückzuweichen.

»Ich gebe euch eine letzte Chance, euch zu ergeben!«, rief die finstere Gestalt. »Sonst werde ich jede einzelne eurer Befestigungen in Staub verwandeln!«

Torek würdigte ihn nicht einmal einer Antwort. Hinter sich vernahm er ein leises, melodisches Summen. Im Schutz des Durchgangs vom Berg auf den Wehrgang hatten sich neun Priesterinnen an den Händen ergriffen und bildeten einen Kreis. Als der Magier einen weiteren Blitz gegen eine der Verteidigungsanlagen schleuderte, schien dieser mitten in der Luft auf ein unsichtbares Hindernis zu treffen und zerbarst in einer harmlosen Lichtkaskade.

»Verfluchtes Hexengesindel!«, zischte der Magier. »Auch ihr haltet mich nicht auf!«

Wie zum Beweis schleuderte er einen weiteren Blitz, der wieder ungehindert sein Ziel traf.

Das Summen der Priesterinnen ging in einen leisen Gesang über. Die Worte klangen fremdartig und waren unverständlich.

Gleich darauf begann die Luft um den Magier herum zu flimmern. Wie aus dem Nichts entstand eine Art Gespinst, das ihn einhüllte und die Arme an seinen Körper zwang. Er brüllte auf und machte sich mit einem Ruck frei, doch sofort bildete sich ein weiteres Gespinst um ihn.

»Helft uns«, stieß eine der Priesterinnen hervor. »Er ist ... zu stark. Wir schaffen es ... nicht allein.«

Torek verstand nichts von dem magischen Kampf, der sich vor seinen Augen abspielte, konnte nicht einmal ermessen, welche Kräfte dabei aufeinanderprallten. Aber er begriff, was die Priesterin wollte, und rief einen lauten Befehl.

Sofort schleuderten die Zwerge erneut Speere auf den Magier. Zwar zerfielen diese auch jetzt zu Asche und konnten ihm nichts anhaben, aber während er sie abwehrte, schienen die Gespinste an Stofflichkeit zu gewinnen.

Mit einer gewaltigen Kraftanstrengung machte der Magier sich erneut frei, während weiterhin Speere auf ihn einprasselten. Aber für jedes Gespinst, das er zerriss, bildete sich sofort ein neues.

Schritt für Schritt wich er rückwärtsgehend zurück, bis er außer Reichweite der Speere war, und noch weiter. Zwar konnte er sich jetzt ganz auf die magischen Gespinste konzentrieren, aber er war offenkundig geschwächt. In unregelmäßigen Abständen krümmte er sich wie unter Schmerzen, und einmal leckten sogar Flammen an seiner Kutte empor, die jedoch sofort wieder erloschen.

Der Gesang der Priesterinnen ging in Stöhnen über. Sie hatten den Kreis gelöst und brachen fast alle entkräftet zusammen. Nur drei von ihnen standen noch und hielten einander an den Händen.

Der Magier wich dennoch weiter zurück, die Gespinste hatten ihm hart zugesetzt.

Aber noch war er nicht vollkommen besiegt!

Ein letztes Mal streckte er den Arm in Richtung des Berges aus, und ein Blitz zuckte auf. Diesmal allerdings war er nicht auf die Wehrgänge gerichtet.

Stattdessen traf er das massive Tor Erak-Nors und zerschmetterte es.

26

Am Abend des nächsten Tages, noch ehe Barun und seine Krieger die Grenze erreichten, kehrte Skari zurück. Zu Baruns Überraschung war sie nicht allein; Gildor saß hinter ihr auf dem Rücken des Pferdes und klammerte sich an ihr fest. Seinem Gesicht war anzusehen, wie wenig ihm diese Art des Reisens gefiel, und er war sichtlich erleichtert, als er absteigen konnte und wieder festen Boden unter den Füßen spürte.

»Diese Pferde sind ein Werk der Dämonen«, schimpfte er. »Auf ihnen zu reiten ist fast so schrecklich wie die Fahrt mit dem Boot durch das Gebiet der Waldläufer.«

»Sein königlicher Allerwertester ist es nicht gewohnt und tut ihm weh«, ergänzte die Diebin respektlos, was ihr einen finsteren Blick des Thronerben einhandelte.

Barun musste grinsen, aber rasch wurde er wieder ernst.

»König Gwarun von Khron-Adur empfing mich mit allen Ehren, war aber wenig angetan von dem Gedanken, ein Heer auszusenden«, berichtete Gildor. »Es dauerte etwas, ihn umzustimmen, aber schließlich sah er ein, dass der Fall Erak-Nors einen Flächenbrand auslösen könnte und sich schon bald gierige Menschenaugen auch auf Khron-Adur richten würden. ›Wer wird Euch dann zu Hilfe eilen, wenn Ihr selbst anderen Eure Hilfe versagt habt? Unser Volk muss treu zusammenstehen. Wenn der Angriff auf Erak-Nor scheitert, wird es so bald kein

Mensch mehr wagen, nach Zwergenbesitz zu schielen, weil er wissen wird, dass er es mit mehr als nur einer Zwergenmine zu tun bekommt‹, habe ich gesagt. Das hat ihn schließlich überzeugt.«

»Wie groß ist das Heer, das er ausgesandt hat?«

»Viertausend grimmige Zwergenkrieger, die es gar nicht erwarten können, dem Herzog auf die Finger und auf andere Körperteile zu hauen.« Gildor blickte sich um. »Und Ihr marschiert mit dreitausend Kriegern, wie Skari mir bereits mitgeteilt hat.« Er strich sich zufrieden über den Bart. »Das dürfte reichen, um das Belagerungsheer des Herzogs in die Unterwelt zu jagen.«

»Wenn wir rechtzeitig eintreffen«, schränkte Skari ein. »Das Heer aus Khron-Adur ist nur einen halben Tagesmarsch hinter Euch, und die Grenze liegt nur noch ein oder zwei Meilen entfernt. Ihr solltet hier rasten und dann vereint weiterziehen. Eile tut Not, auch wenn ich keine neuen Informationen über den Verlauf der Belagerung erhalten habe.«

Barun nickte zustimmend. Nach allem, was er gehört hatte, war Erak-Nor stark befestigt und verfügte über ein Heer von rund achttausend Kriegern. Die Mine dürfte einem Angriff von schwächlichen Menschen mühelos ein paar Tage standhalten können.

Allerdings würde jeder Tag, den der Kampf andauerte, Zwergenleben kosten. Dieser Krieg musste so schnell wie möglich enden. In der Tat war Eile geboten.

»König Torek Eisenfaust weiß noch nichts von unserem Marsch«, sprach Skari weiter. »Um die Entschlossenheit der Verteidiger zu stärken, werden Gildor und ich deshalb schon nach einer kurzen Rast weiterreiten und ihm die frohe Botschaft überbringen.«

»Ihr wollt allein direkt durch das Land des Feindes reiten?« Barun schüttelte den Kopf. »Das halte ich für keine gute Idee.

Sollte Gildor auf diese Art doch noch in die Hände des Herzogs fallen, besäße dieser ein mächtiges Druckmittel. Wenn du es unbedingt wagen willst, dann reite allein, obwohl mir schleierhaft ist, wie du während einer Schlacht durch die feindlichen Linien gelangen willst.«

»Ich habe nichts dergleichen vor, sondern werde denselben Weg nehmen, auf dem wir hergekommen sind, nämlich südlich des Gebirges. Die Waldläufer werden uns helfen und uns Wege weisen, auf denen wir auch zu Pferde durch die dichten Wälder gelangen. Aber nur Gildor kann das geheime Tor nach Erak-Nor öffnen, deshalb ist seine Begleitung unumgänglich.«

»So wird es geschehen«, bestätigte der Thronerbe. »Ich vermute, unser Weg ist sogar weniger gefährlich als der Eure. Mein Vater wird sehr erleichtert sein, wenn ich unversehrt zurückkehre und frohe Botschaft überbringe, und unsere Truppen noch entschlossener in die Schlacht führen.«

Unter diesen Umständen hatte auch Barun nichts mehr gegen den Plan einzuwenden. Fast bedauerte er, dass er nicht denselben Weg nehmen konnte. Wie er von Skari wusste, waren die Pfade, die die Waldläufer in den dichten Wäldern angelegt hatten, jedoch nur für einzelne Reisende passierbar. Ein Heer von gut siebentausend Zwergenkriegern käme dort wesentlich langsamer voran als in den Ebenen nördlich des Gebirges. Zudem war fraglich, ob die Waldläufer überhaupt einem ganzen Heer die Durchreise gestatten würden.

Barun gab den Befehl zum Rasten und teilte die Wachen ein. Lagerfeuer wurden entzündet, und nachdem sie etwas gegessen und getrunken hatten, legten sich die meisten Zwerge nieder, um ein wenig zu schlafen.

»Eines ist mir aufgefallen«, sagte Gildor kauend. »Ihr habt viele Kriegerinnen in Eurem Heer. Bei uns ist das Kämpfen die Angelegenheit der Männer.«

»Dann hat sich das über die Jahrhunderte gewandelt«, entgegnete Barun. »In den dunklen Tagen der Ogertyrannei, aus denen ich stamme, wurde jede Hand gebraucht, die eine Axt zu führen vermochte, egal, ob sie zu einem Zwerg oder einer Zwergin gehörte. Und abgeschieden von der Außenwelt, haben wir diese Tradition in Arkhazan bewahrt.«

»Erstaunlich«, murmelte Gildor und spuckte ins Feuer. »Und Ihr habt gute Erfahrungen damit gemacht?«

»Unsere Kriegerinnen sind den Kriegern durchaus ebenbürtig. Sie sind körperlich zumeist schwächer, aber das machen sie durch größere Geschicklichkeit wett.«

»Erstaunlich«, wiederholte der Thronerbe. »Diese Zeiten verlangen mehr nach Kriegern als nach Handwerkern und Frauen, die nur ihre Männer versorgen und die Kinder aufziehen. Wenn ich mir vorstelle, welch ein gewaltiges, bislang ungenutztes Potenzial sich da eröffnet ...«

»Allerdings wird es ebenso wie bei den Kriegern Jahre dauern, sie auszubilden«, wandte Barun ein. »Es wäre eine Veränderung, die erst in der Zukunft irgendwann Erfolge zeigen würde.«

»Dennoch. Wenn König Torek sieht, dass Eure Kriegerinnen ebenso gut kämpfen wie die Männer, wird er sich entsprechenden Vorschlägen schwerlich widersetzen können.«

»Bevor wir uns über die Zukunft den Kopf zerbrechen, müssen wir erst einmal verhindern, dass Erak-Nor untergeht«, mischte sich Skari ein. »Und deshalb sollten wir aufbrechen. Wir haben lange genug gerastet.«

Sie schwang sich wieder auf ihr Pferd und half Gildor, hinter ihr aufzusteigen. Dann ritten sie nach einem kurzen Gruß davon und waren gleich darauf im Dunkel der Nacht verschwunden.

Wie Skari angekündigt hatte, stieß nur wenige Stunden später das Heer aus Khron-Adur zu ihnen, und gemeinsam überquerten sie die Grenze. Wenn es tatsächlich Grenzposten gegeben haben sollte, so waren diese geflohen, ohne dass die Zwerge sie auch nur zu Gesicht bekamen.

Beim ersten Schimmer der Morgendämmerung erreichten sie die Ausläufer der Mycäischen Berge und zogen an ihrem Fuß entlang weiter nach Westen, auf Erak-Nor zu.

27

Unmittelbar hinter dem wuchtigen Tor Erak-Nors lag eine große Halle. In besseren Zeiten hatten die Zwerge hier interessierten Käufern edle Schmuckstücke und viele andere von ihnen hergestellte Handwerkswaren präsentiert. Die Bauern der umliegenden Höfe hatten hier ihre Lebensmittel abgeliefert, und die Waren, die Händler oder ganze Karawanen aus fernen Ländern mitbrachten, waren hier von den Zwergen begutachtet und gegebenenfalls gekauft worden. Stets hatten sich hier zahlreiche Zwerge und Menschen gedrängt. Die Halle war das Handelszentrum Erak-Nors gewesen. So war verhindert worden, dass Händler und Neugierige in die Stadt selbst strömten, wohin die Zwerge nur ausgewählten Gästen Zutritt gewährten.

Mit Beginn der Blockade war die Halle jedoch leer geräumt worden. Derzeit hielten sich nur noch ein Großteil der Zwergenkrieger hier auf, bereit, ihre Heimat zu verteidigen. Mitten zwischen ihnen stand Torek Eisenfaust und beriet sich mit Kampfmeister Morlan und Orluk Weißbart.

»Ich fürchte, es hätte wenig Sinn, das zerstörte Tor durch große Felsbrocken zu ersetzen«, widersprach der Kampfmeister einem entsprechenden Vorschlag Toreks. »Wenn die Menschen in großer Zahl angreifen, würden sie sie abtragen oder einfach darüberklettern. Es würde sie nur kurze Zeit aufhalten, und danach würde sich der Kampf direkt schon in diese Halle verlagern, also unmittelbar vor die Stadt.«

»Sofern uns überhaupt noch genügend Zeit bleibt, eine solche Barrikade zu errichten«, ergänzte Orluk. »Und falls dieser Magier sie nicht ebenfalls mit seinen Blitzen zerstört.«

»Durch sein Erscheinen sind alle unsere bisherigen Verteidigungspläne hinfällig geworden«, fuhr der Kampfmeister fort. »Unter anderen Umständen wären Hindernisse aus Stein, Holz und Stahl überaus wirksam gewesen. Aber wir haben erlebt, dass sie Angriffen mit Magie nicht standhalten. Ohne die Hilfe der Priesterinnen wäre die Lage noch viel schlimmer. Wir müssen uns umstellen.«

Das waren gewichtige Argumente, die Torek nicht einfach abtun konnte. Unter allen Umständen wollte er verhindern, dass sich die Kämpfe in die Stadt selbst verlagerten und er gezwungen wäre, sie zu evakuieren.

»Aber welche Alternativen bleiben uns?«

»Lasst das Heer ausrücken, Majestät«, drängte Morlan. »Wir müssen uns dem Feind im direkten Kampf stellen, anstatt uns hinter Bollwerken zu verschanzen, die nur fragwürdigen Schutz bieten.«

»Ihr klingt wie mein Sohn«, erwiderte Torek mit einem wehmütigen Lächeln. »Diese Worte hätten auch von ihm stammen können.« Noch immer wusste er nichts über Gildors Schicksal, denn durch die Belagerung gelangten auch keine Nachrichten mehr nach Erak-Nor. War er bis nach Khron-Adur gelangt? Und wenn, wie hatte König Gwarun auf seinen Hilferuf reagiert? Hatte er Truppen geschickt, die womöglich bereits auf dem Weg waren, oder hatte er ihn abgewiesen?

»Dann ist Euer Sohn ein weiser Mann«, sagte Morlan schmunzelnd. »Ich weiß, dass Ihr kein Freund davon seid, unsere Krieger außerhalb Erak-Nors kämpfen zu lassen. Aber das Tor, von dem wir uns Schutz versprochen haben, ist durch finstere Magie zerstört worden, ebenso ein beträchtlicher Teil unserer äußeren Verteidigungsanlagen. Wenn Stein und Holz die Armee des Herzogs nicht aufhalten können, dann vermögen es vielleicht Fleisch und Stahl und wilde Entschlossenheit.«

Und Berge von Toten, fügte Torek in Gedanken hinzu.

Das Gellen eines Alarmhorns drang an ihre Ohren.

»Der Herzog verliert keine Zeit«, sagte Orluk. »Ich habe es befürchtet. Nun haben wir nicht einmal mehr die Möglichkeit, den Eingang zu verbarrikadieren.«

Torek Eisenfaust nickte. Damit war ihm die Entscheidung abgenommen worden, und er zauderte nicht länger.

»Gebt Befehl zum Ausrücken! Kein Feind wird auch nur einen Fuß ins Innere dieses Berges setzen, wenn wir es verhindern können. So soll denn die entscheidende Schlacht im Sonnenlicht stattfinden!«

Morlan hatte bereits Pläne für diesen Fall ausgearbeitet. Er rief einige Befehle, dann marschierten die ersten Zwergenkrieger durch das Tor. Ihnen folgte Reihe um Reihe eine schier endlose Kolonne in schimmernden Stahl gekleideten Willens, die Mine notfalls bis zum Tod zu verteidigen.

Auch Torek trat ins Freie. Sein Wunsch, das Heer, alter Tradition gemäß, anzuführen, wurde fast übermächtig, aber er beherrschte sich. Schon zu Beginn der Kampfhandlungen hatten ihn seine Ratgeber überzeugt, sich zumindest anfangs im Hintergrund zu halten. Zu groß war die Gefahr.

Ihn selbst schreckte der Gedanke nicht, er könnte in der Schlacht fallen, aber sein Tod würde die Krieger demoralisieren. Noch schlimmer wäre es, sollte er lebend in die Hände des Feindes fallen.

Er richtete seinen Blick nach Norden. Ein beträchtlicher Teil des feindlichen Heers hatte sich in Bewegung gesetzt. Mehrere Tausend Soldaten näherten sich Erak-Nor. Der Herzog wollte den Krieg mit einer mächtigen Schlacht fortführen.

Bald darauf hatten die ersten Zwergenkrieger ihre Positionen erreicht und formierten sich gemäß der von Morlan geplanten Kampfaufstellung. An die vorderste Front hatte er Lanzenträger beordert, die außerdem mit großen Schilden ausgerüstet waren und den ersten Ansturm des Feindes brechen sollten.

Dahinter nahmen Krieger mit kurzschäftigen Äxten Aufstellung, die sich einhändig führen ließen. So musste es sein, da diese Kämpfer zum Schutz vor feindlichem Pfeilbeschuss ebenfalls Schilde trugen. Erst dann folgten die Krieger mit den langstieligen Streitäxten, die mit beiden Händen geführt wurden. Dementsprechend verfügten sie nicht über Schilde und würden erst in die Schlacht eingreifen, wenn es zum Nahkampf kam. Dann würden die Bogenschützen ihren Beschuss einstellen müssen, um nicht die eigenen Kameraden zu treffen.

Insgesamt bestanden die Verteidigungslinien aus rund fünftausend Zwergenkriegern, mehr als die Hälfte ihres Heers. Den Rest hielt Morlan zunächst als Reserve zurück.

Torek bewunderte die Präzision, mit der der Kampfmeister seine Pläne ausgearbeitet hatte, obwohl von Anfang an festgestanden hatte, dass ein offener Kampf unter freiem Himmel erst als letzte Möglichkeit in Betracht kam. Alles war so bemessen, dass sich die feindlichen Bogenschützen, die hinter den Soldaten des Herzogs Stellung beziehen würden, ständig in der Reichweite der Katapulte Erak-Nors befinden würden.

Und noch einen Vorteil hatten die Verteidiger auf ihrer Seite. Das Gelände am Fuß der Berge war abschüssig. Die Truppen des Herzogs würden bergauf anstürmen und kämpfen müssen.

Torek hoffte, dass diese Vorteile, zusammen mit der Tapferkeit und Entschlossenheit der Zwergenkrieger, den Ausschlag geben würden.

Er wusste, dass mehr als die Hälfte der Armee des Herzogs aus im Laufe der letzten Monate angeheuerten Söldnern bestand. Viele davon waren zweifellos kampferprobt, aber sie kämpften nicht aus Überzeugung, sondern nur für Geld. Ihre Moral würde nicht besonders hoch sein.

Die feindlichen Truppen hatten sich inzwischen bis auf wenige Hundert Meter genähert. Auch an ihrer Spitze marschierten mit Schilden bewehrte Lanzenträger, doch prangte auf ihren Schilden nicht das blau-weiße Wappen Walorias, sondern das rot-gelbe von Lorthon, einem der östlichen Fürstentümer.

Also hatte sich Fürst Orman dazu entschlossen, Herzog Lethrides bei seinem Krieg zu unterstützen, dachte Torek bitter. Wie viele der umliegenden Länder mochten noch Truppen geschickt haben, die die herzogliche Armee verstärkten?

Sobald die Lanzenträger in Reichweite der Katapulte kamen, begannen diese zu feuern. Gleichzeitig gaben die Soldaten ihre dicht gedrängte Marschordnung auf, schwärmten aus, um ein schlechteres Ziel zu bieten, und stürmten mit Kampfgeschrei vorwärts.

Doch das laute Grölen aus Tausenden von Zwergenkehlen übertönte ihre Rufe mühelos.

Wie nicht anders zu erwarten, blieben die Bogenschützen hinter den Lanzen- und Schwertträgern zurück. Kaum waren sie in Stellung gegangen, schossen sie eine erste Salve ab, aber die Zwerge hatten ihre Schilde rechtzeitig erhoben und dahinter Deckung gesucht.

Dann jedoch geschah etwas schier Unglaubliches. Etwa die Hälfte der Lanzenträger, nämlich die zuvorderst heranstürmenden mit dem Wappen Lorthons auf ihren Schilden, blieben plötzlich stehen, wandten sich um und richteten ihre Lanzen gegen die ihnen folgenden Soldaten Walorias.

Diese waren davon völlig überrascht. Viele konnten ihren Lauf nicht mehr rechtzeitig stoppen oder ausweichen und wurden von den Lanzen ihrer vermeintlichen Verbündeten aufgespießt. Fassungslos und durch den Verrat bis ins Mark erschüttert, wichen die Überlebenden zurück, und der Vormarsch der gesamten Armee geriet ins Stocken.

Torek konnte kaum glauben, was er sah. Eine wilde Freude erfasste sein Herz. Er stieß einen Begeisterungsschrei aus, riss seine eiserne Faust in die Höhe und hieb mit ihr gleich darauf dem neben ihm stehenden Kampfmeister so fest auf die Schulter, dass dieser vor Schmerz ächzte.

»Sie laufen zu uns über!«, brüllte Torek mit sich überschlagender Stimme. »Sie stellen sich gegen den Herzog!«

Erneut wandten sich die Lorthorner Erak-Nor zu, doch zum Zeichen, dass sie keinen Angriff planten, richteten sie die Spitzen ihrer Lanzen gen Himmel. Die Zwergenkrieger wichen zur Seite und bildeten eine Gasse für sie.

Hinter dem Zwergenheer verharrten sie, nur einer der Krieger kam, von zwei Zwergen eskortiert, weiter auf Morlan und den König zu. Es war ein alter Haudegen mit von Wind und Wetter gegerbter Haut und einem für Menschen beeindruckenden Schnauzbart. Seine Waffen hatte er abgelegt.

»Seid gegrüßt, Torek Eisenfaust, König von Erak-Nor«, sagte er und deutete eine Verbeugung an. »Mein Name ist Mokari, und ich diene als Oberst in der ruhmreichen Armee Lorthons. Mein Herr, Fürst Orman, hat mich zusammen mit fünfhundert Lanzenkriegern geschickt, um Herzog Lethrides beizustehen, unter der Bedingung, dass wir als Reserve zurückgehalten und nur in den Kampf geschickt werden, wenn es das Schlachtenglück unbedingt erfordert. Der Herzog jedoch hat diese Vereinbarung gebrochen und uns in die vorderste Angriffsreihe gestellt.«

»Ein übler Verrat«, befand Torek.

»So ist es. Meine Männer wären die ersten Opfer der Schlacht geworden, und zweifellos wären die meisten, wenn nicht alle gestorben. Der Herzog wollte uns verheizen, um die Verluste seiner eigenen Truppen gering zu halten. Diesen Verrat konnte ich nicht hinnehmen und habe seine Pläne durchkreuzt.«

»Dann werdet Ihr stattdessen auf unserer Seite kämpfen?«

»Nein«, erwiderte der Oberst. »Obwohl ich nicht übel Lust dazu hätte. Trotz des Verrats des Herzogs kann ich einen vollständigen Seitenwechsel nicht ohne Befehl von Fürst Orman vollziehen. Meine Männer und ich werden uns aus dem Kampf heraushalten. Dafür erbitten wir Zuflucht in Erak-Nor.«

Das war nicht, was Torek Eisenfaust zu hören gehofft hatte, aber dass die Lanzenträger nicht länger auf der Seite des Herzogs kämpfen würden, war immerhin ein nicht zu unterschätzender Vorteil.

»Die Zuflucht sei Euch und Euren Männern gewährt, unter der Bedingung, dass Ihr Eure Waffen an uns übergebt«, sagte er. Er war nicht bereit, fünfhundert bewaffnete Menschen einzulassen, für den Fall, dass es sich wider Erwarten um eine Kriegslist handelte.

Mit einem Nicken erklärte Oberst Mokari sein Einverständnis.

»Zwei Dinge noch«, fügte Torek hinzu. »Unsere Nahrungsvorräte sind so gut wie erschöpft, wir haben kaum genug, um unser eigenes Volk zu ernähren.«

»Das ist kein Problem. In unserem Marschgepäck befindet sich noch Proviant für zwei Tage, und zwei weitere Tage können wir zur Not hungern. Länger wird der Kampf hoffentlich nicht andauern, welche Seite auch immer den Sieg davontragen mag. Was noch?«

»Euch wird bewusst sein, dass der Herzog im Falle eines Sieges auch Euch nicht verschonen wird. Ihr habt bereits Soldaten des Herzogs getötet. Auch wenn er selbst zuerst Verrat begangen hat, wird er Euch nicht verzeihen und weder Euch noch einen Eurer Männer am Leben lassen.«

»Darüber werde ich befinden, wenn es so weit ist«, erklärte Mokari. »Seine Lanzenträger hätten uns nicht gehen lassen, sondern von hinten niedergestochen, wenn wir sie nicht überrascht hätten. Sollte unser eigenes Leben in Gefahr geraten, werden wir uns selbstverständlich zur Wehr setzen, auch wenn das bedeutet, dass wir an eurer Seite kämpfen. Aber ich hoffe, dass es gar nicht erst so weit kommen wird.«

Mokari verbeugte sich noch einmal und kehrte zu seinen Männern zurück, die ihre Lanzen und Schwerter bereitwillig niederlegten.

»Das Kriegsglück scheint sich zu unseren Gunsten zu wenden«, stellte Torek fest.

»Loben wir den Tag nicht vor dem Abend«, entgegnete der Kampfmeister zweifelnd. »Zwar wird Lethrides Gift und Galle spucken, aber sein Heer ist so groß, dass eintausend Lanzenträger kaum ins Gewicht fallen. Seht, Majestät, seine Armee rückt bereits wieder vor.«

Um nicht innerhalb der Reichweite der Katapulte zu verbleiben, war das Angriffsheer zurückgewichen. Während sie mit Mokari gesprochen hatten, waren jedoch weitere Hundertschaften Lanzenträger herbeigeeilt, um die durch die Flucht der Lorthoner entstanden Lücken in der Angriffsfront zu füllen.

Diese hatten ihre Position bereits erreicht und trampelten achtlos über die Leichen ihrer getöteten Kameraden hinweg.

Gleich darauf prallten die beiden Heere mit einem urgewaltigen Krachen aufeinander. Lanzen trafen auf Schilde und glitten von ihnen ab oder suchten sich Lücken und bohrten sich in Fleisch. Schilde prallten gegen Schilde, Rüstungen aus Zwergenstahl gegen solche, die in den Schmieden der Menschen gefertigt worden waren. Doch erschreckend viele der Angreifer trugen in Erak-Nor hergestellte Rüstungen, an denen die Lanzenspitzen abprallten, während sie die Rüstungen aus minderwertigerem menschlichem Stahl zumeist durchbohrten.

Trotz der Wucht des Angriffs hielten die Reihen der Verteidiger stand, wichen nicht einen Schritt zurück, wie Torek mit Befriedigung sah.

Viele der walorischen Lanzenträger blieben reglos liegen. Unter Mokaris Männern wären die Verluste noch weitaus höher gewesen, da sie ausschließlich normale Rüstungen trugen. Wie der Oberst gesagt hatte, hätte der Herzog sie skrupellos in den Tod gehetzt. So hingegen erlitten seine eigenen Truppen schon beim ersten Zusammenprall der Heere erhebliche Verluste.

Die überlebenden Lanzenträger wichen zurück und machten den direkt hinter ihnen heranstürmenden Infanterietruppen Platz, die mit handlichen, für den Nahkampf bestens geeigneten Kurzschwertern ausgerüstet waren. Sofort hieben sie mit ihren Klingen auf die Zwerge ein, die ihre Lanzen nicht schnell genug gegen sie richten konnten oder sie erst aus den Leichen der Gefallenen reißen mussten.

Sofern es ihnen möglich war, wichen nun auch die Lanzenträger der Zwerge zurück. An ihre Stelle traten die Krieger mit den schweren Streitäxten. Viele der menschlichen Soldaten fielen unter ihren wuchtigen Streichen. Mit ihren kurzen Schwertern war es ihnen nicht möglich, die Axthiebe abzufangen, doch dafür waren sie flinker. Wenn die gewaltigen Äxte trafen, fügten sie schwere, fast immer tödliche Wunden zu. Gelang es einem Soldaten jedoch, einem Streich auszuweichen, streckte er seinen Gegner mit dem Schwert nieder.

Viele Zwergenkrieger starben unter den Klingen des Feindes, dessen zahlenmäßige Überlegenheit sich immer deutlicher bemerkbar machte.

Morlan ließ ein Hornsignal blasen. Auch die Krieger mit den kurzschäftigen Äxten, die mit ihren Schilden bislang lediglich den Pfeilen der Bogenschützen getrotzt hatten, stürzten sich nun in den Kampf. Ihr Eingreifen gab den Ausschlag.

Mehr und mehr Soldaten sanken erschlagen zu Boden, bis die Überlebenden sich schließlich zur Flucht wandten und davoneilten.

Dafür geschah genau das, wovor Torek sich am meisten gefürchtet hatte: Der Herzog entsandte seine Reiterei. Ein riesiger Pulk löste sich vom Rest seines Heers und kam schnell näher. Der Boden erbebte unter dem Donnern Tausender Pferdehufe. Nach Toreks Schätzung musste es sich um mindestens dreitausend Reiter handeln. In aller Eile formierten sich die Zwergenkrieger neu. Morlan schickte zwei weitere Bataillone Lanzenträger, die zur Abwehr eines Reiterangriffs am besten geeignet waren, und ein Bataillon Axtkämpfer an die Front. Im Laufschritt stürmten sie vor und erreichten ihre Position gerade noch rechtzeitig, ehe die Reiter heran waren. Ein Wald aus Stahlspitzen ragte zwischen den Schilden der Zwerge hervor und streckte sich dem Feind entgegen.

Glücklicherweise verfügte Herzog Lethrides nicht über eine schwere gepanzerte Kavallerie, sondern nur einige Regimenter leichter Reiterei. Gegen Panzerplatten, die so dick und schwer waren, dass ein Fußsoldat sich darin kaum noch hätte bewegen können, wären auch Lanzen wirkungslos. Aber solche Rüstungen kosteten ein Vermögen, weshalb sich schwere Kavallerie fast ausschließlich in der kaiserlichen Armee fand.

Die Reiter des Herzogs trugen lediglich Kettenhemden, offene Helme und einen stählernen Arm- und Beinschutz. Bewaffnet waren sie mit leicht gebogenen Säbeln, am linken Arm trugen sie runde Holzschilde.

Erneut ertönte ein urgewaltiges Krachen, als sie in die Phalanx der Zwerge einbrachen. Durch die bloße Wucht des Angriffs rissen sie den Schildwall auf, doch viele der Reiter bezahlten mit ihrem Leben dafür, wurden von den Lanzen aufgespießt oder zumindest von ihnen aus dem Sattel gehoben.

Die, die die Reihen der Lanzenträger durchbrachen, sahen sich ein Dutzend Metern dahinter einer Mauer aus grimmigen Axtkämpfern gegenüber. Ihr Schwung war weitgehend aufgezehrt, und ein wildes Hauen und Stechen begann, doch ein Großteil der Reiter bog zu den Seiten ab, preschte zwischen den Linien der Zwerge hindurch und griff die Axtkämpfer in einer Zangenbewegung von den Seiten an. Viele Angreifer gelangten sogar in ihren Rücken und drohten, sie einzuschließen.

Die Lanzenträger, die nicht den Säbeln zum Opfer gefallen, sondern nur von den Pferden niedergetrampelt oder zur Seite gerammt worden waren und dabei keine schweren Verletzungen davongetragen hatten, erhoben sich wieder. Aber gut die Hälfte von ihnen blieb reglos liegen, wie Torek mit Schrecken sah. Zwar hatte auch die feindliche Reiterei schwere Verluste erlitten, doch aufgrund der zahlenmäßigen Überlegenheit konnten die Truppen des Herzogs sie leichter verkraften.

Sofort griffen die Lanzenträger die sich im Einzelkampf mit den Axtkriegern befindlichen Reiter an, die sich so von zwei Seiten bedrängt sahen. Herrenlose Pferde, die in Panik über das Schlachtfeld galoppierten, vergrößerten das Chaos noch.

Gleichzeitig ließ Kampfmeister Morlan weitere Kriegerverbände vorrücken, die Torek und er eigentlich als Reserve hatten zurückhalten wollen. Da die Reiter nun Gefahr liefen, ihrerseits in die Zange genommen zu werden, gaben sie ihren Angriff auf und zogen sich zurück.

Schon hoffte Torek, die Attacke wäre überstanden, doch die Reiter sammelten sich lediglich und führten dann einen neuen Angriff.

Diesmal war der Wald der sich ihnen entgegenreckenden Lanzen wesentlich lichter. Auch die Krieger erkannten, dass sie so den Schwung der Reiter kein weiteres Mal brechen konnten. Mehr als hundert der Axtträger ergriffen die Lanzen der Toten und reihten sich in der vordersten Frontreihe ein.

Aber die Reiter griffen die Lanzenträger kein weiteres Mal an. Stattdessen teilte sich die Streitmacht ein Stück vor ihnen und schwenkte außerhalb der Reichweite der Spieße nach rechts und links ab. So preschten die Reiter die Frontlinie entlang, umgingen sie und brachen von den Seiten in die Linien der Axtkämpfer ein.

Wild schlugen und stachen sie mit ihren Säbeln zu, rissen die Formation der Zwerge auf und durchbrachen sie. Dann wendeten sie ihre Pferde und griffen sofort wieder an, doch nun waren auch die Lanzenträger der Zwerge heran. Durch ihre längere Reichweite töteten sie viele der Reiter, ohne dass diese mit ihren Säbeln an sie herankamen.

Schließlich wandten sich die Angreifer zur Flucht, und diesmal sammelten sie sich nicht erneut, sondern kehrten zu den Stellungen des Herzogs zurück. Gut die Hälfte der walorischen Kavallerie blieb tot oder verwundet auf dem Schlachtfeld zurück.

Aber aufseiten der Zwerge sah es nicht besser aus, und die Schlacht dauerte erst wenige Stunden an.

28

Diesmal kam Skari der Weg durch den Stollen, der von dem geheimen Ausgang aus nach Erak-Nor führte, nicht ganz so schlimm vor. Vielleicht lag es daran, dass nur Gildor bei ihr war und sie zu zweit nicht so viel von der ohnehin schlechten Luft verbrauchten, oder einfach daran, dass sie nun wusste, was sie erwartete. Obwohl sie auch diesmal stellenweise Probleme mit dem Atmen hatte, eilten sie, so schnell es ging, durch den Gang. Die Zeit saß ihnen im Nacken, denn die Reise durch das Gebiet der Waldläufer hatte wesentlich länger gedauert als erhofft. Die Pfade durch die Wälder waren zu Fuß gut passierbar, nicht aber auf dem Rücken eines Pferdes. In der Hinsicht hatte sich Skari geirrt, und sie waren nur langsam vorangekommen.

Endlich erreichten sie das Ende des Stollens und trafen auf die ersten Zwerge, die vor allem Gildor begeistert begrüßten und ihn auch direkt mit Fragen bestürmten.

»Hilfe ist unterwegs und wird bald eintreffen, aber bevor ich mehr sage, will ich erst mit dem König sprechen!« Das war alles, was er antwortete.

Der Weg durch die Stadt zum Palast kam Skari fast wie ein Spießrutenlauf vor. Obwohl es schon später Abend war, verbreitete sich die Nachricht von der Rückkehr des Thronerben rasch, und eine beständig größer werdende Zwergenmenge, die hauptsächlich aus Frauen bestand, eilte herbei.

Schließlich reagierte Gildor überhaupt nicht mehr auf die vielen auf ihn niederprasselnden Fragen, sondern verlangte nur mit barscher Stimme, durchgelassen zu werden. Man sah ihm an, dass er erschüttert war, und der Diebin ging es nicht anders.

Trotz der Freude, mit der Gildors Rückkehr sie erfüllte, standen in den Gesichtern der meisten Zwerge Trauer und Leid geschrieben. Und Angst.

Von den Zwergenmännern, auf die sie trafen, waren viele verletzt. Die Kämpfe mussten hart gewesen sein, und Skari brannte darauf, mehr darüber zu erfahren. Aber immerhin war die Stadt noch frei. Auf den letzten Meilen ihres Weges durch den Stollen hatte sie immer schlimmer die Angst gequält, Erak-Nor könnte bereits gefallen und von den Truppen des Herzogs besetzt worden sein.

Die freudige Botschaft hatte sich bereits bis zum Palast herumgesprochen. Als sie dort eintrafen, erwartete König Torek sie schon vor dem Portal. Überglücklich eilte er die Stufen hinunter und schloss seinen Sohn in die Arme, drückte ihn so fest an sich, als wollte er ihn nicht mehr loslassen.

»Du lebst!«, rief er immer und immer wieder.

»Vater, Ihr erdrückt mich«, stieß Gildor schließlich hervor. Dennoch dauerte es noch einmal Sekunden, bis Torek sich von ihm löste.

»Ich hatte die Hoffnung, dich lebend wiederzusehen, fast aufgegeben«, sprudelte es aus ihm heraus. »Sag, bringst du Hilfe?«

»Ein Heer von siebentausend Zwergen ist auf dem Weg hierher. Es dürfte im Laufe des morgigen Tages eintreffen.«

»Siebentausend?«, hakte Torek ungläubig nach. Er packte Gildor am Arm. »Und schon morgen? Bei Guranon, das ist wahrlich eine gute Nachricht. Ich weiß nicht, ob wir den morgigen Tag noch überstanden hätten. Wie hast du König Gwarun überreden können, so viele Krieger zu schicken?«

»Sie kommen nicht nur aus Khron-Adur«, antwortete Gildor ausweichend. »Ich war noch in einer zweiten Mine, aber es steht mir nicht zu, mehr darüber zu sagen, nicht einmal Euch gegenüber. Wenn das Heer eintrifft, wird Euch jemand, den Ihr sicher nicht erwartet, alles erklären.«

»Was soll das? Jetzt ist nicht die Zeit für Geheimniskrämerei und Rätselraten«, sagte Torek unwirsch, doch Gildor blieb hart.

»Bis auf diese Frage werde ich Euch jede beantworten, und ich habe selbst auch viele, wie Ihr Euch vorstellen könnt. Aber zunächst brauche ich einen ordentlichen Schluck Met, um meine Zunge zu befeuchten. Den letzten hatte ich in Khron-Adur, und er konnte sich mit unserem nicht messen.«

»Du sollst so viel Met bekommen, dass du darin baden kannst«, versprach Torek und führte sie in den Besprechungsraum, in dem Skari sich den Zwergen erstmals offenbart hatte. Orluk Weißbart und Kampfmeister Morlan warteten dort bereits.

»Gildor!«, rief der Kampfmeister. »Also ist es wahr! Wir haben gerade über unsere äußerst missliche Lage beraten. Ich hoffe, Ihr bringt gute Neuigkeiten, denn sonst, so fürchte ich, seid Ihr nur zurückgekehrt, um ebenfalls in Gefangenschaft des Herzogs zu geraten.«

»Dazu wird es nicht kommen«, behauptete der Thronerbe, griff nach dem Krug auf dem Tisch und trank einen großen Schluck daraus. Erst dann setzte er sich ebenso wie Skari und der König und begann – unterbrochen durch viele weitere Schlucke – zu berichten.

Als er an die Stelle kam, wo er und seine Begleiter in Siegtal auf Bewohner einer anderen Mine getroffen waren, wurde er vage, und als der Kampfmeister nachfragte, gab er ihm die gleiche Antwort wie zuvor dem König.

Morlan und Orluk runzelten die Stirn, gaben sich aber für den Moment damit zufrieden.

Gildor berichtete weiter, wie es ihm gelungen war, König Gwarun von Khron-Adur trotz anfänglichen Widerstands zu überzeugen, ein Heer nach Erak-Nor zu entsenden, und wie er mit Skari durch die Wälder im Süden des Gebirges zum geheimen Ausgang zurückgekehrt war.

»Gerne wäre ich schneller gekommen, um die guten Neuigkeiten schon früher zu überbringen«, schloss er. »Wir fürchteten schon, zu spät zu kommen, aber offenbar habt Ihr die bisherigen Angriffe des Herzogs abwehren können.«

»Mit Mühe, Junge«, sagte Torek Eisenfaust, »mit Mühe und unter großen Verlusten. Der Angriff begann bereits vor Tagen, aber erst heute kam es zur ersten offenen Schlacht. Ein paarmal stand es auf Messers Schneide, und ich wagte kaum noch zu hoffen, dass wir bis zum Einbruch der Nacht durchhalten könnten.«

Auch der König berichtete nun, was sich in den vergangenen Tagen zugetragen hatte, und endete mit dem Angriff der Reiter. »Es war der schwerste und verlustreichste Kampf. Als sich die Reiter endlich zurückzogen, waren unsere Truppen zu erschöpft, um noch weiterkämpfen zu können. Wir mussten sie zurückholen, damit ihre Wunden versorgt werden und sie sich etwas Ruhe gönnen konnten. An ihrer Stelle mussten wir alle Reserven, die wir für besonders kritische Situationen oder gar einen Kampf innerhalb der Stadt zurückhalten wollten, aufs Schlachtfeld schicken. Im Laufe des Nachmittags erfolgten noch mehrere Infanterieangriffe, aber es gelang uns, sie zurückzuschlagen. Mehr als die Hälfte unserer Krieger sind gefallen oder schwer verletzt. Noch so einen Tag würden wir nicht überstehen. Ich hoffe nur, dass die Verstärkung morgen nicht allzu spät eintrifft und der Herzog uns bis dahin noch nicht aus unseren schönen Hallen vertrieben hat.«

»So ernst ist die Lage?« Diese Eröffnung erschreckte Gildor erheblich. Wäre nicht gerade zur rechten Zeit Barun Schädelspalter wie ein Gespenst aus der Vergangenheit aufgetaucht, um ihm zu helfen, Khron-Adur auf direktem Weg und ohne einen weiteren Angriff durch die Häscher des Herzogs zu erreichen, hätte er niemals so schnell zurückkehren können. Und selbst wenn, so wären die viertausend Krieger König Gwaruns vielleicht nicht genug gewesen, um Erak-Nor zu retten.

»Natürlich hat auch der Herzog hohe Verluste erlitten«, stellte Morlan klar. »Aber wir vermuten, dass sein Heer immer noch gut doppelt so groß ist wie unseres. Das bedeutet, dass uns morgen noch ein schwerer Tag bevorsteht. Auch er wird von dem sich nähernden Zwergenheer wissen und noch einmal alles in die Schlacht werfen, was er aufbieten kann.«

»Dann sollte ich meinen vereinbarten Lohn dafür, dass ich Euren Sohn heil an sein Ziel und wieder zurückgebracht habe, wohl besser sofort einfordern«, sagte Skari, an den König gewandt, doch sie lächelte dabei. »Anderseits habe ich durch die beschwerliche Reise und die karge Kost sicherlich ein paar Pfunde verloren. Also werde ich mich erst etwas mästen und auf Euer Kriegsglück vertrauen.«

29

Kampfmeister Morlans Prophezeiung erfüllte sich bereits in aller Frühe am nächsten Morgen. Kaum dass es hell genug geworden war, dass man das Schlachtfeld überschauen und auf Truppenbewegungen reagieren konnte, setzte der Herzog gleich drei starke Verbände Fußtruppen in Marsch, jede mehrere Hundert Mann stark.

Nur eine der Kolonnen bewegte sich direkt auf das Zentrum der Zwergenarmee zu. Die anderen beiden marschierten in einem Bogen, um die Flanken anzugreifen.

Offenbar war Lethrides wild entschlossen, noch vor der Ankunft der Verstärkung eine Entscheidung zu erzwingen, und bereit, dafür alles zu riskieren.

Sobald die Soldaten in die Reichweite der Katapulte gerieten, lösten sie wie am Vortag ihre geschlossene Formation auf und eilten in auseinandergezogenen Linien im Laufschritt vorwärts. Nur wenige von ihnen fielen den geschleuderten Steinbrocken zum Opfer.

Bis hin zum letzten Zwerg hatte Morlan das gesamte noch verbliebene Heer Erak-Nors in den Kampf geschickt. Nun stand ihm keinerlei Reserve mehr zur Verfügung. Es ging um alles, sie mussten einfach nur noch einige Stunden überstehen. Das wussten auch die Krieger, und sie würden mit eisernem Durchhaltewillen kämpfen.

Eine freudige Überraschung hatte es für ihn an diesem Morgen immerhin schon gegeben. Die ganze Nacht hindurch hatten sich die Priesterinnen der Mondgöttin um die Verletzten gekümmert und hatten viele von ihnen geheilt, mit deren Einsatz am heutigen Tag niemand mehr gerechnet hatte. So war die Streitmacht der Zwerge wieder um gut zweihundert Krieger angewachsen.

Als Morlan die walorischen Soldaten nun in mehreren Kolonnen gleichzeitig angreifen sah, entwarf er rasch eine neue Strategie und postierte einige Verbände geringfügig anders, damit sie flexibler auf die Bedrohung der Flanken reagieren konnten. Doch sollte eine von ihnen überrannt werden, würde die gesamte Verteidigung zusammenbrechen, da er keine frischen Truppen mehr zur Unterstützung schicken konnte.

Von den Lanzenträgern der Zwerge waren zu wenige übrig, um aus ihnen ein komplettes Bataillon zu bilden, deshalb hatte Morlan sie auf die übrigen Kampfgruppen in vorderster Front verteilt. Obwohl sie bereits so viel gelitten und so viele Verluste hatten hinnehmen müssen, hatte keiner der Lanzenträger gemurrt, dass sie wieder die Hauptlast der Verteidigung würden tragen müssen. Auch sie wussten, dass es jetzt um alles ging.

So standen in der vordersten Linie jeweils abwechselnd ein Axtkämpfer und ein Lanzenträger nebeneinander und empfingen den Feind. Zwar versuchten die walorischen Soldaten, die auf sie gerichteten Lanzen mit ihren Schwertern beiseitezuschlagen, dennoch wurden viele von ihnen aufgespießt.

Wer den Lanzen entging, auf den hieben die Axtträger ein. Es waren überwiegend frische Truppen aus der am Vortag noch zurückgehaltenen Reserve. Welle um Welle der feindlichen Soldaten brach sich an dieser tödlichen Mauer.

Auch an den Flanken hielt der Wall der Verteidiger stand. Aber aus der Ebene rückten bereits drei weitere Kolonnen nach, wieder jede um die fünfhundert Mann stark. Noch bevor es den

Verteidigern gelang, den ersten Angriff abzuschlagen, stürzten auch sie sich in den Kampf.

Diesmal wurde die Front der Zwerge erschüttert. An mehreren Stellen drohte sie zu brechen, wie Gildor mit Schrecken erkannte. Zusammen mit dem König, dem Waffenmeister und Skari stand er dicht vor dem zerstörten Tor und beobachtete von dort aus den Verlauf der Schlacht. Genau wie Torek und Morlan war er voll gerüstet und hielt seine Axt in Händen. Sollten die Truppen des Herzogs die Verteidigungslinien durchbrechen und der Zugang zur Mine bedroht sein, waren sie entschlossen, selbst in den Kampf einzugreifen und das letzte Aufgebot der Zwerge anzuführen.

Noch aber war es nicht so weit. Die Zwergenkrieger wurden um einige Meter zurückgedrängt, aber sie hielten stand. Nach einigen kritischen Minuten schlossen sich ihre Reihen wieder, und eine knappe Viertelstunde später gelang es ihnen sogar, wieder bis zu ihren ursprünglichen Stellungen vorzustoßen.

Als der Herzog von seinem fernen Beobachtungsposten aus erkannte, dass seine Soldaten es nicht schafften, die Front der Zwerge zu durchstoßen, sondern in Einzelkämpfen aufgerieben zu werden drohten, beorderte er sie mit einem Hornsignal zurück. Auch ihm schien bewusst geworden zu sein, wie stark seine Armee geschrumpft war, und er verschwendete das Leben seiner Soldaten nicht mehr so leichtfertig wie am Vortag, als er noch sicher gewesen war, einen raschen Sieg zu erringen.

Dennoch blieb den Zwergen keine Verschnaufpause, denn Lethrides setzte erneut seine mächtigste Waffe ein und schickte seine Kavallerie in den Kampf. Auch wenn die Zahl der Reiter gegenüber dem Vortag stark geschrumpft war, brachten sie erneut Tod und Vernichtung über die Zwerge.

Ihre Taktik hatte sich geändert. Da sie schon rein zahlenmäßig nicht mehr in der Lage waren, das Zwergenheer einzuschließen, preschten sie in gerader Linie direkt auf die Front der

Verteidiger zu. Sie brachen in die Reihen der Zwerge ein, töteten so viele wie möglich und zogen sich dann wieder zurück, um kurz darauf erneut anzugreifen.

Viermal ritten sie gegen das Heer aus Erak-Nor an und wurden wieder zurückgedrängt, doch beim fünften Mal rissen sie die Verteidigungslinien so weit auf, dass ihnen der Durchbruch gelang. Die gesamte Front geriet ins Wanken.

Gildor brauchte sich nicht mit Morlan und seinem Vater abzusprechen. Sie alle erkannten, dass dies der wohl kritischste Moment der Schlacht war. Wenn sie drauf hoffen durften, das Ruder durch ihr persönliches Eingreifen noch einmal herumzureißen, dann mussten sie jetzt handeln. Gleichzeitig hasteten sie los, lediglich Skari blieb zurück.

Während sie zu dritt auf ihr von der Auslöschung bedrohtes Heer zueilten, warf Gildor noch einmal einen verzweifelten Blick zu den Hügeln im Osten, wie er es an diesem Vormittag immer wieder getan hatte, aber sie blieben einsam und leer.

»Der König! Der König kommt!«, eilten Rufe ihnen voraus. Wie erhofft, fachte das persönliche Eingreifen von Torek Eisenfaust den Kampfwillen der Zwerge noch einmal an, wandelte aufkommende Verzweiflung in Entschlossenheit.

Die Reiter verhinderten, dass die Zwergenkrieger erneut eine einheitliche Front bildeten. Aber sie rotteten sich zu stetig wachsenden Grüppchen zusammen, um ihre Kräfte zu bündeln, und trachteten danach, diese Grüppchen zu Kampfverbänden zu vereinen.

Auf den größten dieser Verbände, der gut fünfhundert Zwerge umfasste und den Angriffen der Reiterei immer wieder trotzte, hielt König Torek zu. Gildor und Morlan folgten ihm auf dem Fuß.

Einige der Reiter witterten ihre Chance, den König und seinen Sohn gefangen zu nehmen und die Schlacht so auf einen

Schlag zu beenden, doch Zwergenkrieger stellten sich ihnen entgegen, als sie auf die beiden zuhielten.

Nur einem Reiter gelang es, ihnen auszuweichen und weiter auf den König zuzureiten. Gildor und Morlan wollten sich schützend vor ihn stellen, doch Torek stieß sie beiseite und packte seine Streitaxt mit beiden Händen. Er wartete bis zum allerletzten Moment, erst dann wich er zur Seite aus, duckte sich unter der herabsausenden Säbelklinge weg und trieb dem Reiter seine Axt so tief ins linke Bein, dass er es ein Stück oberhalb des Knies abtrennte.

Schreiend stürzte der Mann aus dem Sattel, doch er blieb mit dem rechten Fuß im Steigbügel hängen und wurde von dem durchgehenden Pferd mitgeschleift.

Das war das Letzte, was Gildor für eine Weile mitbekam. Denn rechts und links von ihm waren plötzlich Zwerge und dazwischen die Reiter Walorias, die mit ihren Säbeln wild zuschlugen. Auch Gildor schwang seine Axt gegen Pferd und Reiter gleichermaßen, riss sie manchmal hoch, um einen Säbelhieb abzuwehren, und schlug dann erneut zu.

Wo Morlan und der König abgeblieben waren, wusste er nicht, das Chaos um ihn herum verschlang alles.

Überall um ihn herum war Blut. Zeit und Raum verloren ihre Gültigkeit. Wichtig war allein, weiter die Axt zu schwingen und die Feinde zu töten oder zumindest zurückzudrängen.

Er wachte wie aus einem Rausch auf und wusste nicht, wie viel Zeit vergangen war, als er irgendwann keine Feinde, sondern nur noch Zwerge um sich sah. Sein Herz hämmerte, als wollte es zerspringen, und seine Arme waren schwer und schmerzten.

Gildor nutzte den Moment, in dem kein Gegner in seiner Reichweite war, um sich umzuschauen. Die gesamte Armee des Herzogs hatte sich in Bewegung gesetzt. Alle ihm noch verbliebenen Truppen rückten vor und hatten das Schlachtfeld fast erreicht. Er erblickte auch Herzog Lethrides selbst, der auf einem gewaltigen Streitross inmitten seiner Soldaten ritt.

Gildor wusste nicht, wie viele Zwerge noch am Leben waren, aber ihm war klar, dass es ihnen ohne geordnete Formation unmöglich gelingen konnte, diesen Ansturm aufzuhalten. Schritt für Schritt wurde das Zwergenheer zurückgedrängt. Gildor versuchte, sich weiter nach vorn zu drängen, um sich dem Feind zu stellen, aber es gelang ihm nicht.

In diesem Moment ertönten viele Hörner. Ihr Klang hallte über das Schlachtfeld, und er war fremdartig, denn es waren weder die Hörner der Menschen noch der Zwerge von Erak-Nor. Die Kampfhandlungen kamen zum Erliegen, und die Blicke aller richteten sich nach Osten.

Zwergenkrieger zogen über die Kuppen der Hügel und stürmten ins Tal herab, erst nur wenige Hundert, dann immer mehr, bis die gewaltige Größe des angreifenden Heers offenbar wurde. Jubel brandete um Gildor herum auf, in den sich die Schreckensschreie der Menschen mischten.

In fliegender Hast versuchte Herzog Lethrides, eine neue Kampffront aufzubauen, doch viele der Soldaten verzagten angesichts dieses überlegenen neuen Gegners und ergriffen die Flucht, vor allem die angeheuerten Söldner, die nicht einsahen, sich für ihren Sold in Stücke hauen zu lassen.

Die Truppen, die treu zum Herzog hielten, wurden von den Heeren aus Arkhazan und Khron-Adur ohne große Mühe hinweggefegt.

Die Schlacht war vorbei.

Erak-Nor war gerettet.

30

Auf dem Rückweg trieb noch größere Eile Arisha Lakari voran als auf dem Weg hin zum Schwarzen Turm. Denn dort hatte sie Ondruin nur um Rat bitten und herausfinden wollen, ob er etwas mit dem unbekannten Magier zu schaffen hatte.

Im Licht der Erkenntnisse, die sie inzwischen gewonnen hatte, war ihr aktuelles Anliegen ungleich wichtiger und dringender. Sie musste den Rhi'il als das entlarven, was er war, und alle vor ihm warnen. Vor allem aber musste sie einen Krieg zwischen Menschen und Zwergen verhindern, wenn es dafür nicht schon zu spät war.

Pak war es schon bald leid geworden, vor ihr zu sitzen und bei jedem Hufschlag durchgeschüttelt zu werden. Stattdessen war er auf ihre Schulter geklettert und klammerte sich nun an ihren Haaren fest. Da Arisha es kaum spürte, ließ sie ihn gewähren.

Als sie bewohntes Gebiet erreichte, hielt sie nur einmal an einem Bauernhof an, um sich mit Proviant für die Reise einzudecken. Da zu erwarten war, dass Paks Anblick die Bauersleute erschrecken würde, befahl sie ihm, bei ihrem Pferd zu bleiben, und zu ihrer Überraschung gehorchte er sogar.

Anders als auf dem Hinweg kehrte sie nicht mehr in Herbergen ein, sondern rastete im Freien und nur so lange, wie unbedingt nötig, damit der Schimmel nicht vor Erschöpfung unter ihr zusammenbrach. Unter normalen Umständen hätten diese Pausen längst nicht ausgereicht, doch sie stärkte das Pferd zusätzlich auf magische Weise.

Anfangs hatte sie während dieser Zwangspausen versucht, von Pak Informationen über seine Welt und die darin lebenden Dämonen zu erhalten. Doch er hatte sich strikt geweigert, darüber zu sprechen, weshalb sie ihre sinnlosen Versuche bald aufgegeben hatte.

Stattdessen beschäftigte sie sich mit dem Armreif, den Ondruin ihr zum Abschied geschenkt und den sie über ihr Handgelenk gestreift hatte. Er bestand aus Gold und war mit mehreren rubinartigen Steinen besetzt. Außerdem waren zahlreiche ihr unbekannte Runen darin eingraviert.

Ondruin zufolge handelte es sich um ein uraltes Artefakt, das ihre magischen Fähigkeiten verstärken könnte, doch Arisha konnte keinerlei Macht darin spüren. Wenn es wirklich über verborgene Kräfte verfügte, dann gelang es ihr nicht, diese zu wecken. Sie würde den Reif später eingehend untersuchen.

Tag und Nacht preschte sie voran, bis sie endlich wieder nach Waloria kam. Anstatt auf Bornum hielt sie direkt auf die Mycäischen Berge und Erak-Nor zu.

Dort angekommen, musste sie erkennen, dass sie zu spät war. Die Schlacht hatte bereits begonnen, war sogar so gut wie entschieden. Von einem Hügel aus beobachtete sie, wie sich Zwerge und Menschen auf dem Hang vor dem Eingang der Mine einen erbitterten Kampf lieferten. Doch waren die Zwerge in hoffnungsloser Unterzahl, denn das gesamte Menschenheer rückte nun vor, um auch den letzten Widerstand zu brechen.

Arishas Aufmerksamkeit galt nicht allein der Schlacht. Mit ihren scharfen Augen erspähte sie Herzog Lethrides inmitten der vorrückenden Armee, aber sie suchte vielmehr nach dem Rhi'il.

Schließlich entdeckte sie ihn, doch er befand sich nicht bei dem Herzog, sondern ritt auf einem schwarzen Pferd gen Norden, auf die großen Wälder zu, die sich dort erstreckten.

Arisha trieb ihren Schimmel an und folgte ihm, obwohl sein Vorsprung so groß war, dass sie nicht hoffen durfte, ihn einzuholen. Doch sie wollte herausfinden, wohin er ritt, warum er sich gerade im Moment des Triumphes von der Schlacht abwandte.

»Was machst du denn?«, protestierte der Dämon. »Dort unter uns tobt die Schlacht. Lass uns hinreiten und mitkämpfen, uns die Sterblichen unterwerfen und sie grausam zu Tode foltern!«

Bevor sie antworten konnte, erschollen hinter ihr laute Hörner, und als sie sich umblickte, sah sie ein gewaltiges Zwergenheer die Hänge der den Bergen vorgelagerten Hügel hinunterstürmen. Gut, wie es aussah, würde der Herzog doch nicht siegen.

Aber ihre Aufgabe war jetzt der Rhi'il und die zweifellos finsteren Pläne, die er verfolgte.

Als er sich dem Rand des Waldes bis auf eine knappe Meile genähert hatte, schien dieser plötzlich zum Leben zu erwachen. Die Priesterin zügelte ihr Pferd und starrte entsetzt auf die Kreaturen, die unter den Bäumen hervorkamen. Dutzende von Ungeheuern, wie Arisha sie noch nie gesehen hatte, dann Hunderte, schließlich Tausende, und der Strom riss nicht ab.

Nun wusste sie, von welchen Legionen der Urdämon gesprochen hatte!

Wie gebannt starrte sie auf das schreckliche Bild, unfähig, den Blick davon zu lösen.

»Die sind ja noch besser!«, holte Paks Stimme sie schließlich in die Wirklichkeit zurück. »Greifen wir wenigstens die an?«

»Nein, auch die greifen wir nicht an, aber ich fürchte, sie werden *uns* bald angreifen«, keuchte Arisha, dann wendete sie ihr Pferd und preschte zurück nach Erak-Nor.

31

So kam es, dass sich Barun Schädelspalter, Kelmon, der Befehls-
haber des Heers aus Khron-Adur, und Gildor als Sieger auf dem
Schlachtfeld wiedertrafen und sich freudig begrüßten.
»Ihr hättet wahrlich nicht später kommen dürfen«, sagte
Gildor.»Unsere Verteidigung drohte zu zerbrechen.«
»Wir sind geeilt, so schnell es ging«, entgegnete Barun.»Die
ganze Zeit mussten wir darauf gefasst sein, dass der Herzog uns
ein Heer entgegenschickt, um uns aufzuhalten, doch er hatte
wohl andere Pläne.«
»In der Tat. Es wäre leichter für ihn gewesen, zunächst gegen
Euch zu ziehen. Erak-Nor wäre ihm nicht weggelaufen. Stattdessen wollte er wohl die Mine erobern, um sich dort vor Euch
zu verschanzen. Und um ein Haar wäre es ihm auch gelungen.«
»Als wir die Hügel erreichten«, ergriff Kelmon das Wort,
»sahen wir, dass Ihr Euch in argen Schwierigkeiten befandet,
und wir sind froh, dass wir noch gerade rechtzeitig eingetroffen sind. Auch wenn unser Beitrag zu den Kampfhandlungen
nur kurz ausfiel.« Er überragte die anderen um fast eine halbe Haupteslänge, und auch seine Schultern waren erheblich
breiter als die der meisten Zwerge.»Selbst die walorischen
Krieger, die nicht geflohenen sind, sondern gegen uns Stellung bezogen, waren demoralisiert und leisteten kaum Widerstand.«

»Dort kommt mein Vater«, sagte Gildor. »Er wird Euch fraglos danken wollen.«

Torek Eisenfaust näherte sich ihnen an der Spitze einer kleinen Delegation, der auch Skari, Morlan, Orluk Weisshaupt und eine Priesterin angehörte. Sie war blass und erholte sich noch von einer Verletzung, bewegte sich deshalb nur langsam und steif.

Gildor nannte ihre Namen und machte alle miteinander bekannt. »Und das ist Barun Schädelspalter, König der Mine, über die ich Euch bislang nichts verraten durfte«, sagte er zum Schluss.

»Ich werde Euch alle Eure diesbezüglichen Fragen beantworten, sobald wir unter vier Augen miteinander sprechen können, edler König Eisenfaust, Nachkomme des großen Martuk Ogertod«, versprach Barun. »Lasst uns diesen Punkt für den Moment noch aussparen.«

»Wie Ihr wünscht«, entgegnete Torek. »Wir alle stehen tief in Eurer Schuld, Ihr edlen Herren. Ihr müsst hungrig und durstig und von dem langen Marsch erschöpft sein. Bitte folgt mir in die ruhmreichen Hallen Erak-Nors. Unsere Vorräte sind knapp, aber sie reichen noch aus, Euch angemessen zu bewirten. Und nun, da die Belagerung vorbei ist, werden wir sie auffrischen können.«

»Gern nehmen wir Eure Einladung an«, erwiderte Barun, »doch gestattet mir, Euch zuvor ein Gastgeschenk zu überreichen.«

Auf einen Wink von ihm hin schafften zwei Zwerge eine Gestalt herbei, die gefesselt und deren Gesicht durch einen übergestülpten Sack verhüllt war. Die Gestalt humpelte, doch nahmen die Zwerge darauf wenig Rücksicht. Als sie heran waren, rissen sie den Sack herunter.

»Herzog Lethrides!«, stieß Torek Eisenfaust überrascht hervor. »Ich nahm an, er wäre geflohen.«

»Das wollte er auch, als er erkannte, dass seine Sache schlecht stand«, erklärte Kelmon. »Aber er scheint kein sehr geübter Reiter zu sein, denn sein Pferd scheute und warf ihn ab. So konnten wir ihn gefangen nehmen. Wir überlassen es Euch, was mit ihm geschehen soll.«

»Schafft ihn zunächst einmal in den Kerker«, befahl Torek einigen Kriegern aus Erak-Nor. »Und dann ...«

Er brach ab, als Ariole plötzlich einen freudigen Ruf ausstieß.

»Arisha! Das ist Arisha Lakari, Hohepriesterin unseres Tempels in Bornum!«, rief sie und deutete auf eine rothaarige Frau, die auf einem Pferd herangaloppierte.

Erst unmittelbar vor ihnen zügelte die Rothaarige ihr Pferd und sprang aus dem Sattel. Gildors Blick irrte zwischen ihrem schönen Gesicht und dem seltsamen Wesen hin und her, das auf ihrer Schulter hockte.

»Wehe, großes Unheil nähert sich!«, rief sie. »Auch wenn Ihr gerade erst eine Schlacht geschlagen habt, eine neue und noch viel schrecklichere steht Euch bevor. Die Horden der Finsternis sind aus der Unterwelt emporgestiegen und nähern sich rasch. In spätestens einer Stunde werden sie über Euch herfallen.«

»Und dann wird das große Schlachten beginnen!«, fügte das merkwürdige Wesen auf ihrer Schulter mit schriller Stimme hinzu und hüpfte vor Begeisterung auf und ab.

ENDE

DAS NEUE FANTASY-EPOS VON
RJ BARKER
(DIE KNOCHENSCHIFFE)

RJ BARKER:
WÄCHTER DES WYRDWOOD
(WYRDWOOD, Band 1)
ISBN 978-3-8332-4486-5

Cahan ist einer der wenigen Menschen, die sich in den gefährlichen Wäldern von Crua zurechtfinden. Doch einst war er mehr als ein Waldläufer. Udinny dient der Göttin der Verlorenen, der Beschützerin der Geringen und Hilflosen. Als Udinny in den Wyrdwood aufbrechen muss, um ein vermisstes Kind zu finden, bittet sie Cahan, ihr Führer zu sein. Doch in einem Land, in dem die Menschen den Launen gefühlloser Götter ausgeliefert sind und der Wald von Monstern heimgesucht wird, muss Cahan zwischen zwei Leben wählen – und seine Entscheidung wird Konsequenzen für seine ganze Welt haben.

Nach der viel beachteten und von der Kritik gefeierten Gezeitenkind-Trilogie erfreut der britische Ausnahme-"Phantast" RJ Barker seine Fangemeinde mit einer neuen spektakulären Saga um Götter, Geister und bizarre Kreaturen.

JETZT NEU
IM BUCHHANDEL ERHÄLTLICH

www.paninibooks.de

MASTER AND COMMANDER TRIFFT AUF GAME OF THRONES UND PIRATES OF THE CARIBBEAN.

GREG KEYES: DER BASILISKEN-THRON
Roman, ISBN 978-3-8332-4397-4

Rasante High-Fantasy mit Kämpfen auf hoher See und der ungewöhnlichen Geschichte einer klugen jungen Frau, die sich den perfiden Bedrohungen eines kaiserlichen Hofes stellt. Doch der Schlüssel zum Sieg über einen magiebegabten Feind könnte bei einem dreisten Schurken und der Sklavin eines Wahnsinnigen liegen. Jahrhundertelang haben die Herrscher auf dem Basilisken-Thron alle Kontinente beherrscht und die menschlichen Bewohner brutal versklavt. Doch nun, nach endlosen Kriegen, haben die drei menschlichen Reiche Ophion, Velesa und Modjal die grausamen Drehhu in ihr Kernland zurückgedrängt und sich zu einem letzten, massiven Angriff zusammengeschlossen, um sie für immer zu besiegen. Dies wurde schon einmal versucht, aber die höllischen Waffen und die dunkle Magie der Drehhu haben diese immer vor eine Niederlage beschützt. Dies könnte sich nun ändern, denn jetzt verfügen auch die Menschen über eine Geheimwaffe. Doch der Preis dafür ist sehr hoch. Das Schicksal des Basilisken-Throns liegt nun in den Händen einer jungen Frau ...

Jetzt neu im Buchhandel

www.paninibooks.de